Don DeLillo:
Weißes Rauschen
Roman

Deutsch von Helga Pfetsch

Deutscher
Taschenbuch
Verlag

dtv

Für die Hilfe beim Entschlüsseln unbekannter Töne im Weißen Rauschen der amerikanischen Warenwelt sei Ardagh, Cindy und Don sehr herzlich gedankt. H. P.

Ungekürzte Ausgabe
1. Auflage Oktober 1989
Deutscher Taschenbuch Verlag GmbH & Co. KG, München

Titel der amerikanischen Originalausgabe: ›White Noise‹

ISBN 3-462-01806-X
Umschlaggestaltung: Celestino Piatti
Gesamtherstellung: C. H. Beck'sche Buchdruckerei, Nördlingen
Printed in Germany · ISBN 3-423-11135-6
1 2 3 4 5 6 · 94 93 92 91 90 89

Für Sue Buck und für Lois Wallace

Das Buch

»Ich bin Leiter der Abteilung für Hitlerstudien im College-on-the-Hill. Ich habe im März 1968 die Hitlerforschung für Nordamerika entdeckt. Es war ein kalter strahlender Tag mit böigen Ostwinden.« Durch die Augen Jack Gladneys zeigt Don DeLillo mit grimmigem Humor ein Amerika, wie wir es nicht kennen, ein Amerika, das wild und bizarr ist. Doch das Leben zwischen Supermärkten, Fernsehprogrammen und Fast food verändert sich schlagartig, als über der Stadt eine Giftwolke auftaucht. Gladney gerät in ihren Niederschlag und wird von den giftigen Dämpfen verseucht: »Technisch gesehen bin ich tot. In meinem Körper wächst eine nebelhafte Massierung.« Befürchtungen, die er schon lang hatte, bestätigen sich... »Don DeLillo hat ein großartiges Buch geschrieben, das trotz des ernsten, ja beklemmenden Themas mit funkensprühendem Charme auftritt«, schrieb Hansjörg Schertenleib in der ›Weltwoche‹.

Der Autor

Don DeLillo wurde am 20. November 1936 in New York City geboren und lebt heute dort. Seit 1966 freier Schriftsteller. 1971 erschien sein erstes Buch ›Americana‹, dem acht Romane folgten, zuletzt ›Libra‹ (1988).

I Wellen und Strahlen

1

Die Kombiwagen trafen um zwölf Uhr ein, eine lange glänzende Schlange, die durch den westlichen Campus zog. Einer hinter dem anderen umfuhren sie die orangefarbene Stahlträgerskulptur und bewegten sich auf die Studentenheime zu. Die Dächer der Kombiwagen bogen sich fast unter den sorgfältig festgebundenen Koffern voller leichter und warmer Kleidung, den Kisten mit Decken, Stiefeln und Schuhen, Schreibzeug und Büchern, Bettwäsche, Kopfkissen, Quilts; den zusammengerollten Bettvorlegern und Schlafsäcken; den Fahrrädern, Skiern, Rucksäcken, Western- und englischen Sätteln, aufgeblasenen Gummiflößen. Sowie die Autos auf Schrittempo verlangsamten und dann anhielten, sprangen schon Studenten heraus und rasten zu den Hecktüren, um mit dem Ausladen der drinnen verstauten Gegenstände anzufangen: die Stereoanlagen, Radios, Personal Computer; kleine Kühlschränke und Kochplatten, die Kartons mit Schallplatten und Kassetten; die Haarföhne und Lockenstäbe; die Tennisschläger, Fußbälle, Hockey- und Lacrosseschläger, Pfeile und Bögen; die rezeptpflichtigen Substanzen, die Antibabypillen und Verhütungsmittel; den noch in Tüten verpackten Knabberkram – Zwiebel- und Knoblauchchips, Nacho-Flips, Erdnußkrempastetchen, Waffeletten und Kaboom-Flocken, Kaubonbons und Toffeepopcorn; die Dumdumlutscher und die mystischen Pfefferminz.

Ich beobachte dieses Schauspiel jeden September, schon seit einundzwanzig Jahren. Es ist ein gleichbleibend überwältigendes Ereignis. Die Studenten begrüßen sich mit komischen Aufschreien und Gesten schlaffen Zusammenbruchs. Ihr Sommer war wie immer vollgestopft mit kriminellen Vergnügungen. Die Eltern stehen von der Sonne geblendet neben ihren Automobilen und sehen in allen Richtungen Spiegelbilder ihrer selbst. Die gewissenhafte Sonnenbräune. Die gut geschnittenen Gesichter und die überlegenen Blicke. Sie verspüren neue Kräfte, fühlen sich allseitig anerkannt. Die Frauen drahtig und forsch, diätgestählt, mit vorzüglichem Namensgedächtnis. Ihre Ehemänner zufrieden damit, kostbare Zeit zuzumessen, zurückhaltend, aber nicht murrend, mit der Elternrolle vertraut, etwas an ihnen läßt massiven Versicherungsschutz ahnen. Dieses Treffen der Kombiwagen vermittelt den Eltern, fast stärker als alles, was sie sonst im Laufe eines Jahres tun mögen, und mehr als formelle Liturgien und Gesetze, daß sie eine Ansammlung von Gleichgesinnten, von geistig Verwandten sind, ein Volk, eine Nation.

Ich verließ mein Zimmer und ging den Hügel hinunter und in die Stadt. In der Stadt gibt es Häuser mit Türmchen und zweistöckigen Veranden, auf denen Leute im Schatten von uralten Ahornbäumen sitzen. Es gibt neugriechische und gotische Kirchen. Und es gibt eine Irrenanstalt mit einem langgestreckten Säulengang, verzierten Giebelfenstern und einem steil abfallenden Dach, das von einer Ananaskreuzblume gekrönt ist. Babette und ich und unsere Kinder aus früheren Ehen wohnen am Ende einer ruhigen Straße, an einer Stelle, wo sich einst eine bewaldete Gegend mit tiefen Schluchten erstreckte. Jetzt führt hinter dem Grundstücksende eine Schnellstraße vorbei, ein Stück unter uns, und wenn wir uns nachts in unser Messingbett kuscheln, spült dünn der Verkehr vorbei, ein entferntes und beständiges Murmeln um unseren Schlaf, wie von toten Seelen, die am Rande eines Traumes raunen.

Ich bin Leiter der Abteilung für Hitlerforschung im College-on-the-Hill. Ich habe im März 1968 die Hitlerforschung für Nordamerika entdeckt. Es war ein kalter strahlender Tag mit böigen Ostwinden. Als ich dem Rektor vorschlug, daß wir eine ganze Abteilung um Hitlers Leben und Werk schaffen könnten, erkannte er schnell die Möglichkeiten. Es war ein unmittelbarer und erregender Erfolg. Bis zu seinem Tode in einem Skilift in Österreich diente der Rektor weiterhin Nixon, Ford und Carter als Berater.

An der Ecke von Forth und Elm Street biegen die Autos nach links zum Supermarkt ab. Eine in ein schachtelartiges Gefährt geduckte Polizistin fährt das Gelände ab und hält Ausschau nach falsch geparkten Autos, abgelaufenen Parkuhren, Inspektions-Aufklebern mit verfallenem Datum. An Telegrafenmasten überall in der Stadt hängen handgeschriebene Zettel, auf denen nach entlaufenen Hunden und Katzen gesucht wird, manchmal in Kinderschrift.

2

Babette ist groß und ziemlich ausladend; alles an ihr ist Umfang und Gewicht. Ihr Haar ist ein fanatischer blonder Mop von einem bestimmten lohfarbenen Ton, den man früher schmutzig-blond nannte. Wäre sie eine zierliche Frau, so würde ihr Haar zu niedlich, zu schelmisch und künstlich wirken. Die Größe aber verleiht ihrer Wuscheligkeit etwas Seriöses. Üppige Frauen planen so etwas nicht. Ihnen fehlt die Raffinesse für Verschwörungen des Körpers.

»Das hättest du sehen müssen«, sagte ich zu ihr.

»Was?«

»Heut war der Tag der Kombiwagen.«

»Habe ich sie schon wieder verpaßt? Du solltest mich doch dran erinnern.«

»Sie standen ganz runter bis zur Musikbücherei und auf die Interstate. Blau, grün, burgunderrot, braun. Sie glänzten in der Sonne wie eine Wüstenkarawane.«

»Du weißt doch, daß man mich immer erinnern muß, Jack.«

Babette, mit ihrem zerzausten Haar, hat die unbekümmerte Würde eines Menschen, der zu sehr mit ernsthaften Dingen beschäftigt ist, als daß er merkte oder sich Gedanken darüber machte, wie er aussieht. Nicht, daß sie Talente für das Große hätte, was die Welt gemeinhin schätzt. Sie sammelt die Kinder um sich und versorgt sie, leitet einen Kurs in einer Institution für Erwachsenenbildung, gehört einer Gruppe von Freiwilligen an, die blinden Menschen vorlesen. Einmal in der Woche liest sie einem älteren Mann namens Treadwell vor, der am Rande der Stadt wohnt. Er ist als »der alte Treadwell« bekannt, als sei er eine Sehenswürdigkeit, eine Felsformation oder ein brütender Sumpf. Sie liest ihm aus dem ›National Enquirer‹, dem ›National Examiner‹, dem ›National Express‹, dem ›Globe‹, der ›World‹, dem ›Star‹ vor. Der alte Knabe verlangt seine wöchentliche Ration an Kultmysterien. Warum sie ihm versagen? Mir jedenfalls gibt Babette mit allem, was sie tut, das Gefühl süßen Belohntseins, das

Gefühl, mit einer seelenvollen Frau verbunden zu sein, einer, die das Tageslicht und das pralle Leben liebt, mit dem mannigfaltig wimmligen Geruch von Familie. Ich beobachte sie unaufhörlich dabei, wie sie in wohlüberlegter Abfolge Dinge verrichtet, gekonnt, offenbar ganz entspannt, ganz anders als meine früheren Ehefrauen, die die Tendenz hatten, sich der gegenständlichen Welt entfremdet zu fühlen – diese Handvoll überempfindlicher Egozentrikerinnen mit ihren Verbindungen zur Gemeinschaft der Geheimdienstler.

»Die Kombiwagen interessieren mich ja gar nicht so sehr. Aber die Leute, wie sehen die aus? Haben die Frauen karierte Faltenröcke an und Pullover mit Zopfmuster? Stecken die Männer in Golfjacken? Was ist eigentlich eine Golfjacke?«

»Sie haben sich mit ihrem Geld angefreundet«, sagte ich. »Sie glauben allen Ernstes, daß es ihnen zusteht. Diese Überzeugung verleiht ihnen eine Art derbe Gesundheit. Sie glühen ein wenig.«

»Ich habe Schwierigkeiten, mir bei dieser Einkommensstufe den Tod vorzustellen«, sagte sie.

»Vielleicht gibt es dort keinen Tod, wie wir ihn kennen. Einfach nur Dokumente, die den Besitzer wechseln.«

»Dabei haben wir doch selbst einen Kombiwagen.«

»Aber der ist klein, metallicgrau und hat eine Tür, die völlig verrostet ist.«

»Wo ist Wilder?« fragte sie, gewohnheitsmäßig von Panik gepackt, und rief das Kind, eins von ihren, das unbeweglich auf seinem Dreirad im Hof saß.

Babette und ich führen unsere Unterhaltungen in der Küche. Die Küche und das Schlafzimmer sind die wichtigsten Räumlichkeiten hier bei uns, die Kraftzentren, die Quellen. Sie und ich, wir gleichen uns darin, daß wir den Rest des Hauses als Stauraum betrachten, zum Abstellen von Möbeln, Spielzeug, all den unbenutzten Gegenständen aus früheren Ehen und verschiedenen Kinderscharen, den Geschenken verlorener Schwippschwäger, den vererbten Kleidern und dem Ramsch. Sachen, Kisten. Warum haben diese Besitztümer so ein kummervolles Gewicht? Etwas Dunkles hängt ihnen an, eine böse Vorahnung. Sie wecken meinen Argwohn, nicht vor persönlichem Mißerfolg oder persönlicher Niederlage, sondern vor etwas Allgemeinerem, etwas von Umfang und Inhalt her Größerem.

Sie kam mit Wilder herein und setzte ihn auf die Küchentheke. Denise und Steffie kamen herunter, und wir sprachen über die Dinge, die sie für die Schule brauchen würden. Bald darauf war es Zeit fürs Mittagessen. Wir traten in eine Phase des Lärms und des Chaos ein. Wir wimmelten durcheinander, zankten ein wenig, ließen Besteck fallen. Schließlich waren wir alle zufrieden mit dem, was wir uns aus den Schränken oder aus dem Kühlschrank hatten ergattern oder voneinander stibitzen können, und wir begannen in aller Ruhe, unser leuchtend buntes Essen mit Senf oder Majonäse zu beschichten. Es herrschte eine Stimmung todernster Vorfreude, hart erkämpfter Belohnung. Es war voll am Tisch, und Babette und Denise stießen einander zweimal mit dem Ellbogen, aber keine von beiden sagte etwas. Wilder saß immer noch auf der Theke, umgeben von offenen Schachteln, zerknitterter Alufolie, glänzenden Kartoffel-Chips-Tüten, Schüsseln mit teigigen Substanzen, die mit Plastikfolie zugedeckt waren, Ringen vom Dosenaufreißen und Drehverschlüssen, einzeln verpackten Scheiben von orangefarbenem Käse. Heinrich kam herein und betrachtete die Szene aufmerksam, mein einziger Sohn, dann ging er durch die Hintertür hinaus und verschwand.

»Das ist eigentlich nicht das Mittagessen, das ich mir vorgenommen hatte«, sagte Babette. »Ich hatte ernstlich an Joghurt und Weizenkeime gedacht.«

»Wo haben wir das bloß schon mal gehört?« sagte Denise.

»Wahrscheinlich genau an dieser Stelle«, sagte Steffie.

»Sie kauft das Zeug ständig.«

»Aber sie ißt es nie«, sagte Steffie.

»Weil sie glaubt, wenn sie es immer weiter kauft, muß sie es auch essen, um es loszuwerden. Als ob sie sich selbst austricksen wollte.«

»Die halbe Küche ist voll davon.«

»Aber sie wirft es weg, bevor sie es ißt, weil es schlecht wird«, sagte Denise. »Und dann fängt sie mit dem Ganzen wieder von vorne an.«

»Wo man hinschaut«, sagte Steffie, »steht es rum.«

»Sie hat ein schlechtes Gewissen, wenn sie es nicht kauft, sie hat ein schlechtes Gewissen, wenn sie es kauft und es nicht ißt, sie hat ein schlechtes Gewissen, wenn sie es im Kühlschrank sieht, sie hat ein schlechtes Gewissen, wenn sie es fortwirft.«

»Als ob sie rauchen würde, aber das tut sie ja nicht«, sagte Steffie.

Denise war elf, ein hartgesottenes Kind. Sie führte einen mehr oder weniger täglichen Protestkampf gegen jene Angewohnheiten ihrer Mutter, die ihr verschwenderisch oder gefährlich vorkamen. Ich verteidigte Babette. Ich erklärte ihr, daß ich derjenige sei, der eigentlich Disziplin in Sachen Essen zeigen müßte. Ich erinnerte Babette daran, wie sehr mir ihr Aussehen gefiel. Ich gab zu verstehen, daß dem Massigen etwas Ehrliches anhaftet, wenn es gerade das richtige Ausmaß hat. Die Menschen bringen einem gewissen Ausmaß von Masse bei anderen Vertrauen entgegen.

Doch Babette war nicht glücklich über ihre Hüften und Oberschenkel, sie schlug beim Gehen ein scharfes Tempo an, sie jagte die Stadiontreppen bei der neoklassischen High School hinauf. Sie sagte, ich verkehre ihre Mängel in Tugenden, weil es in meiner Natur läge, Menschen, die ich liebte, von der Wahrheit abzuschirmen. In der Wahrheit lauere etwas, sagte sie.

Im Flur im ersten Stock ging die Rauchalarmanlage los, entweder, um uns mitzuteilen, daß die Batterie leer war oder daß das Haus brannte. Wir beendeten schweigend unser Mittagessen.

3

Die Leiter der Fachabteilungen im College-on-the-Hill tragen Talar. Keine großartigen, wallenden, bodenlangen Angelegenheiten, sondern eine ärmellose Tunika, die an den Schultern gefältelt ist. Mir gefällt das. Ich befreie gern meinen Arm aus den Falten des Gewands, um auf die Uhr zu schauen. Der einfache Vorgang des Zeitablesens wird durch diese schwungvolle Gebärde aufgewertet. Dekorative Gesten bringen Romantik ins Leben. Müßiggehende Studenten sehen so vielleicht die Zeit selbst als komplizierte Ausschmückung, als Romanze des menschlichen Bewußtseins, wenn sie Zeuge davon werden, wie der Institutsleiter über den Campus geht, wie der gebeugte Arm aus seinem mittelalterlichen Talar auftaucht, die Digitaluhr im Spätsommerdunst aufblinkt. Der Talar ist selbstverständlich schwarz und paßt zu fast allem.

Es gibt kein eigentliches Hitler-Seminargebäude. Wir sind in der Centenary Hall untergebracht, einem dunklen Backsteinkomplex, den wir mit der Abteilung für Popkultur teilen, die offiziell unter der Bezeichnung »Amerikanische Milieus« läuft. Ein kurioser Haufen. Der Lehrkörper setzt sich fast ausschließlich aus New Yorker Emigranten zusammen, die clever und brutal sind, verrückt nach Kino und Trivialwissen.

Sie sind hier, um die natürliche Sprache der Kultur zu dechiffrieren, um die glitzernden Vergnügungen, die sie in ihrer Europa-geprägten Kindheit genossen haben, zu einer formalen Methode zu machen, einem aristotelischen Gedankengefüge aus Kaugummi-Papierchen und Margarinereklame. Der Leiter der Abteilung ist Alfonse (Fast Food) Stompanato, ein breitschultriger, finster blikkender Mann, dessen Sammlung von Vorkriegs-Limonadenflaschen in ständiger Ausstellung in einer Nische zu sehen ist. Alle Lehrer in seiner Abteilung sind männlich, tragen zerknitterte Kleidung, müßten dringend zum Frisör, halten beim Husten das Gesicht in Richtung Achselhöhle. Zusammen sehen sie aus wie Funktionäre einer Lastwagenfahrergewerkschaft, die sich versammelt haben, um den verstümmelten Körper eines Kollegen zu identifizieren. Sie vermitteln einen Eindruck von alles durchdringender Bitterkeit, von Verdacht und Intrige.

Eine Ausnahme bildet in einiger Hinsicht Murray Jay Siskind, ein Ex-Sportjournalist, der mich im Speisesaal, wo der institutionalisierte Geruch schwer bestimmbarer Speisen in mir eine verschüttete, düstere Erinnerung weckte, einlud, mit ihm zusammen zu essen. Murray war neu im Hill, ein Mann mit hängenden Schultern, einer kleinen runden Brille und einem Ziegenbärtchen. Er sollte als Gastdozent Vorlesungen über »Lebende Legenden« halten und schien peinlich berührt von dem, was er über seine Kollegen im Fach Popkultur bisher in Erfahrung gebracht hatte.

»Ich verstehe die Musik, ich verstehe die Filme, ich begreife sogar, daß Comics uns etwas mitteilen können. Aber hier gibt es ausgewachsene Professoren, die nichts anderes lesen als die Texte auf den Cornflakespackungen.«

»Das ist die einzige Avantgarde, die wir haben.«

»Ich beklage mich ja gar nicht. Mir gefällt es hier. Ich bin absolut hingerissen von diesem Ort. Kleinstadtatmosphäre. Ich will frei sein von Großstädten und komplizierten Sexgeschichten. Von der Hitze. Das verkörpern Großstädte für mich. Man steigt aus der Bahn und tritt aus dem Bahnhof, und die Woge schlägt einem voll entgegen. Die Hitze von Luft, Verkehr und Menschen. Die Hitze von Essen und Sex. Die Hitze der hohen Gebäude. Die Hitze, die aus den Unterführungen und Tunnels strömt. In den Großstädten ist es immer fünfzehn Grad heißer. Die Hitze steigt von den Bürgersteigen auf und fällt vom vergifteten Himmel. Die Busse atmen Hitze. Die Massen der Einkaufenden und Büroangestellten strahlen Hitze aus. Die gesamte Infrastruktur basiert auf Hitze, zehrt die Hitze verzweifelt auf und brütet weitere Hitze aus. Der dermaleinstige Hitzetod des Universums, über den die Wissenschaftler so gerne reden, ist schon in vollem Gange, und in jeder großen oder mittleren Stadt kann man spüren, wie er sich ringsum ereignet. Die Hitze und die Feuchtigkeit.«

»Wo wohnen Sie, Murray?«

»In einer Pension. Ich bin absolut fasziniert und bezaubert. Es ist ein herrliches altes, baufälliges Haus in der Nähe der Irrenanstalt. Sieben oder acht Mieter, mehr oder weniger auf Dauer, mit Ausnahme von mir. Eine Frau, die ein schreckliches Geheimnis hütet. Ein Mann mit gehetztem Blick. Ein Mann, der nie sein Zimmer verläßt. Eine Frau, die stundenlang am Briefkasten steht und auf etwas wartet, das offenbar nie ankommt. Ein Mann ohne Vergangenheit. Eine Frau mit Vergangenheit. In dem Haus hängt ein Geruch von unglücklichen Kino-Lebensläufen, auf den ich sehr stark reagiere.«

»Welcher davon sind Sie?« fragte ich.

»Ich bin der Jude. Was sonst sollte ich sein?«

Etwas Rührendes war an der Tatsache, daß Murray fast vollständig in Cordsamt gekleidet war. Ich konnte mich des Gefühls nicht erwehren, daß er schon mit elf Jahren in seiner dichtbesiedelten Betonwüste diesen strapazierfähigen Stoff mit höherer Gelehrsamkeit an einem unerreichbar fernen, von Bäumen beschatteten Ort assoziiert hatte.

»Es ist mir unmöglich, in einer Stadt namens Blacksmith nicht glücklich zu sein«, sagte er. »Ich bin hier, um Situationen zu vermeiden. Großstädte sind voller Situationen, voller sexuell gewitzter Menschen. Es gibt Teile meines Körpers, zu deren freizügiger Handhabung ich keine Frau mehr ermutige. In Detroit befand ich mich mit einer Frau in einer Situation. Sie brauchte meinen Samen für ein Scheidungsverfahren. Das Ironische daran ist, daß ich Frauen liebe. Ich zerschmelze beim Anblick von langen Beinen, die an einem Wochentag im Spiel des Morgenlichts ausschreiten, rasch, während vom Fluß eine Brise heraufweht. Die zweite Ironie dabei ist, daß mich letztlich nicht nach dem Körper von Frauen verlangt, sondern nach ihrem Geist. Dem geistigen Sein der Frau. Der feinsinnigen Verkammerung und dem wuchtigen, in eine Richtung verlaufenden Strom, wie in einem physikalischen Experiment. Welch ein Vergnügen bereitet es, sich mit einer intelligenten Frau, die Nylonstrümpfe trägt, zu unterhalten, während sie die Beine übereinanderschlägt. Dieses kleine elektrisierende Geräusch von knisterndem Nylon ist auf mehreren Ebenen beglückend für mich. Die dritte und damit in Zusammenhang stehende Ironie ist, daß ich mich unweigerlich zu den kompliziertesten und neurotischsten und schwierigsten Frauen hingezogen fühle. Ich mag einfache Männer und komplizierte Frauen.«

Murrays Haar war dicht und sah schwer aus. Er hatte buschige Brauen, und an seinem Hals kräuselten sich seitlich Haarlocken nach oben. Der kleine steife Bart, der sich auf sein Kinn beschränkte und von keinem Schnurrbart begleitet war, schien ein beliebig verwendbares Versatzstück, anklebbar oder abnehmbar, je nachdem wie die Umstände es rechtfertigten.

»Was für Vorlesungen wollen Sie denn abhalten?«

»Genau darüber wollte ich mit Ihnen reden«, sagte er. »Sie haben hier mit Hitler eine großartige Sache auf die Beine gestellt. Sie haben sie geschaffen, Sie haben sie gehegt, Sie haben sie zu Ihrer Sache gemacht. Kein Fakultätsmitglied eines Colleges oder einer Universität in dieser Region kann auch nur das Wort Hitler aussprechen, ohne ein Nicken in Ihre Richtung, wörtlich oder bildlich gesprochen. Dies ist das Zentrum, die unbestrittene Quelle. Er ist jetzt Ihr Hitler, Gladneys Hitler. Das muß doch hoch befriedigend für Sie sein. Das College ist infolge der Hitlerforschung international bekannt. Es hat eine Identität, den Anstrich von etwas Geleistetem. Sie haben ein ganzes System um diese Figur geschaffen, ein Gefüge mit zahllosen Subgefügen und damit in Beziehung stehenden Forschungsgebieten, eine Geschichte innerhalb der Geschichte. Ich bewundere diese Leistung. Das war meisterhaft, gescheit und verblüffend vorausschauend. Dasselbe möchte ich mit Elvis machen.«

Ein paar Tage später fragte Murray mich nach einer Touristenattraktion, die als meistfotografierte Scheune Amerikas bekannt war. Wir fuhren zweiundzwanzig Meilen ins Land um Farmington hinein. Dort gab es Wiesen und Apfelplantagen. Weiße Zäune zogen sich durch die wogenden Felder. Bald tauchten die Schilder auf. DIE MEISTFOTOGRAFIERTE SCHEUNE AMERIKAS. Wir zählten fünf Schilder, bevor wir die Stelle erreichten. Vierzig Autos und ein Bus standen auf dem Behelfsparkplatz. Wir gingen einen Trampelpfad entlang bis zu dem leicht erhöhten Punkt, der zum Anschauen und Fotografieren ausersehen war. Alle Leute hatten Fotoapparate dabei; einige sogar Stative, Teleobjektive, verschiedene Filter. Ein Mann in einem Kiosk verkaufte Postkarten und Dias – Bilder der Scheune, die von dem erhöhten Punkt aus aufgenommen worden waren. Wir standen in der Nähe eines kleinen Baumbestandes und beobachteten die Fotografen. Murray verfiel in anhaltendes Schweigen, wobei er gelegentlich Notizen in ein Büchlein kritzelte.

»Keiner sieht die Scheune«, sagte er schließlich.

Langes Schweigen folgte.

»Sobald man die Hinweisschilder auf die Scheune gesehen hat, wird es unmöglich, die Scheune selbst zu sehen.«

Wieder verstummte er. Menschen mit Fotoapparaten verließen den höher gelegenen Platz, und sofort traten andere an ihre Stelle.

»Wir sind nicht hier, um ein Bild einzufangen, wir sind hier, um eines aufrechtzuerhalten. Jedes Foto verstärkt die Aura. Spüren Sie das, Jack? Eine Anhäufung namenloser Energien.«

Ausgedehntes Schweigen folgte. Der Mann im Kiosk verkaufte Postkarten und Dias.

»Hierzusein bedeutet eine Art geistiges Ausgeliefertsein. Wir sehen nur, was die anderen sehen. Die Tausende, die in der Vergangenheit hiergewesen sind, und diejenigen, die in der Zukunft noch kommen werden. Wir haben eingewilligt, Teil einer kollektiven Wahrnehmung zu sein. Das bringt im wahrsten Sinne des Wortes Farbe in unser Vorstellungsvermögen. Eine religiöse Erfahrung gewissermaßen, wie aller Tourismus.«

Erneutes Schweigen schloß sich an.

»Sie fotografieren das Fotografieren«, sagte er.

Eine Weile sprach er nicht mehr. Wir lauschten dem unaufhörlichen Klicken von Auslösern, dem rasselnden Kurbeln von Hebeln, die den Film transportierten.

»Wie war die Scheune, bevor sie fotografiert wurde?« fragte er. »Wie sah sie aus, inwiefern unterschied sie sich von anderen Scheunen, inwiefern glich sie anderen Scheunen? Wir können diese Fragen nicht beantworten, weil wir die Schilder gelesen haben, die Leute gesehen haben, die die Fotos schießen. Wir können nicht aus der Aura heraus. Wir sind Teil der Aura. Wir sind hier, wir sind das Jetzt.«

Er schien unendlich erfreut darüber.

In schlechten Zeiten verspüren die Menschen einen Drang, zu viel zu essen. Blacksmith ist voll von fettleibigen Erwachsenen und Kindern, sackhosig, kurzbeinig, watschelig. Sie kämpfen sich aus Kleinwagen heraus; sie legen Trainingsanzüge an und rennen familienweise durch die Landschaft; sie gehen mit Essen im Gesicht die Straße hinunter; sie essen in Läden, Autos, auf Parkplätzen, in Warteschlangen vor dem Bus und dem Kino, unter den stattlichen Bäumen.

Nur die Älteren scheinen vom Eßfieber ausgenommen. Mögen sie auch manchmal weit weg von ihren Worten und Gesten sein, so sind sie doch schlank und sehen gesund aus, die Frauen sorgfältig gepflegt, die Männer zweckmäßig und gut gekleidet, wenn sie draußen vor dem Supermarkt einen Einkaufswagen aus der Schlange auswählen.

Ich überquerte den Rasen der High School und ging zur Rückseite des Gebäudes und auf das kleine offene Stadion zu. Babette rannte die Stadionstufen hinauf. Ich setzte mich an der anderen Seite des Platzes in die erste Reihe von Steinsitzen. Der Himmel war voller langgezogener Wolken. Wenn Babette den oberen Rand des Stadions erreicht hatte, blieb sie stehen und pausierte, wobei sie die Hände auf die hohe Brüstung legte und sich zum Ausruhen schräg dagegenlehnte. Dann drehte sie sich um und ging mit wippenden Brüsten wieder hinunter. Der Wind kräuselte ihren übergroßen Anzug. Sie ging mit den Händen auf den Hüften und gespreizten Fingern. Sie hatte das Gesicht nach oben gereckt, um die kühle Luft aufzusaugen, und sie sah mich nicht. Als sie die unterste Stufe erreicht hatte, drehte sie sich zu den Sitzreihen um und machte eine Art von Nackendehnübung. Dann fing sie wieder an, die Stufen hinaufzulaufen.

Dreimal stieg sie die Stufen hoch und kam langsam wieder hinunter. Niemand war in der Nähe. Sie rackerte sich ab, ihr Haar flog, die Beine und Schultern arbeiteten. Jedesmal, wenn sie die Höhe erreicht hatte, lehnte sie sich gegen die Wand, Kopf nach unten, mit pochendem Oberkörper. Nach dem letzten Abstieg ging ich am Rand des Spielfelds auf sie zu und umarmte sie, wobei ich meine Hände in den Schweißbund ihrer grauen Baumwollhose legte. Ein kleines Flugzeug tauchte über den Bäumen auf, Babette war feucht und warm und strahlte ein kreatürliches Summen aus.

Sie rennt, sie schaufelt Schnee, sie dichtet die Badewanne und das Spülbecken ab. Sie spielt mit Wilder Sprachlernspiele und liest abends im Bett laut klassische Erotika. Und was tue ich? Ich zwirble die Müllsäcke, binde sie zu, schwimme Bahnen im College-Schwimmbad. Wenn ich spazierengehe, kommen Jogger lautlos hinter mir her, tauchen an meiner Seite auf und lassen mich in idiotischem Schrecken zusammenfahren. Babette spricht mit Hunden und Katzen. Ich sehe farbige Flecken im rechten Augenwinkel. Sie plant mit vor Aufregung glänzendem Gesicht Skireisen, die wir niemals unternehmen. Ich gehe zu Fuß den Berg zum College hinauf und bemerke die weißgestrichenen Steine, die die Auffahrten der neueren Eigenheime säumen.

Wer wird zuerst sterben?

Diese Frage taucht von Zeit zu Zeit auf, so wie: Wo sind die Autoschlüssel? Sie beendet einen Satz, verlängert einen Blick zwischen uns. Ich frage mich, ob der Gedanke selbst Teil des Wesens der körperlichen Liebe ist, ein umgekehrter Darwinismus, der den Überlebenden mit Traurigkeit und Furcht belohnt. Oder ist er ein träges Element in der Luft, die wir atmen, etwas Rares wie Neon, mit einem Schmelzpunkt, einem Atomgewicht? Ich hielt Babette auf der Aschenbahn in meinen Armen. Kinder kamen in unsere Richtung gelaufen, dreißig Mädchen in leuchtenden Shorts, eine unwahrscheinliche, auf- und abhüpfende Masse. Das eifrige Atmen, die sich überschneidenden Rhythmen ihrer Tritte. Manchmal denke ich, unsere Liebe ist unerfahren. Die Frage nach dem Sterben wird zur weisen Mahnung. Sie heilt uns von unserer Unschuld gegenüber der Zukunft. Die einfachen Dinge sind dem Untergang geweiht, oder ist das ein Aberglaube? Wir sahen zu, wie die Mädchen wieder vorbeikamen. Jetzt waren sie auseinandergezogen, hatten Gesichter und unterschiedliche Laufstile, waren fast schwerelos in ihrem Sehnen, waren fähig, leicht zu landen.

Das Airport Marriott Hotel, das Holiday Inn, das Sheraton Hotel und Kongreßzentrum.

Auf dem Heimweg sagte ich: »Bee will Weihnachten zu Besuch kommen. Wir können sie zu Steffie legen.«

»Kennen sich die beiden?«

»Sie haben sich in Disney World kennengelernt. Es wird schon gehen.«

»Als du in Los Angeles warst?«

»Du meinst Anaheim.«

»Als du in Anaheim warst?«

»Du meinst Orlando. Es ist fast drei Jahre her.«

»Wo war ich?« fragte sie.

Meine Tochter Bee, aus meiner Ehe mit Tweedy Browner, begann gerade in einem Washingtoner Vorort mit der siebten Klasse und hatte Probleme, sich nach zwei Jahren in Südkorea wieder an das Leben in den Staaten zu gewöhnen. Sie bestellte sich Taxis, um zur Schule zu fahren, telefonierte mit Freunden in Seoul und Tokio. Im Ausland hatte sie Ketchup-Sandwiches und Salzstangen zu essen verlangt. Jetzt kochte sie wilde, zischende Gerichte aus Frühlingszwiebeln und Baby-Shrimps und nahm Tweedys professionellen Restaurantherd in Beschlag.

An diesem Abend, einem Freitag, ließen wir uns chinesisches Essen kommen und sahen alle sechs gemeinsam fern. Das hatte Babette eingeführt. Sie schien zu glauben, wenn Kinder einen Abend in der Woche mit Eltern oder Stiefeltern zusammen fernsähen, so würde das Medium dadurch in den Augen der Kinder seines falschen Zaubers beraubt und zu einem gesunden häuslichen Sport werden. Sein narkotischer Sog und seine unheimliche krankhafte und hirnzersetzende Wirkung würden allmählich reduziert werden. Ich fühlte mich durch diese Argumentation irgendwie gekränkt. In der Tat war der Abend für uns alle eine subtile Form der Bestrafung. Heinrich saß schweigend über seinen Eierröllchen. Steffie geriet aus der Fassung, sobald sich anzudeuten schien, daß auf dem Bildschirm jemandem etwas Beschämendes oder Demütigendes zustoßen würde. Sie hatte ein ungeheures Talent, für andere Menschen peinlich berührt zu sein. Sie verließ oft das Zimmer, bis Denise ihr signalisierte, daß die Szene vorbei war. Denise benützte diese Gelegenheiten, um dem jüngeren Mädchen gute Ratschläge zum Thema Härte zu erteilen und über die Notwendigkeit, auf dieser Welt gemein und dickfellig zu sein.

Mein persönlicher regelmäßiger Freitagsbrauch war es, mich nach einem Abend vor dem Fernseher bis tief in die Nacht bei Hitler festzulesen.

In einer solchen Nacht stieg ich neben Babette ins Bett und erzählte ihr, wie der Rektor mir damals, 1968, geraten hatte, mit meinem Namen und meiner äußeren Erscheinung etwas zu unternehmen, falls ich als Hitler-Innovator ernstgenommen werden wollte. Jack Gladney reiche einfach nicht, sagte er und fragte mich, welche anderen Namen ich zur Verfügung hätte. Schließlich kamen wir überein, daß ich mir noch eine Initiale ausdenken und mich J. A. K. Gladney nennen sollte, ein Etikett, das ich trug wie einen geborgten Anzug.

Der Rektor warnte mich auch vor etwas, was er als meine Neigung bezeichnete, eine schwache Darstellung meiner selbst zu geben. Er empfahl mir dringlichst zuzunehmen. Er wollte, daß ich in Hitler »hineinwachsen« sollte. Er selbst war groß, dickbäuchig, rot, hängebakkig, großfüßig und dumm. Eine gräßliche Kombination. Ich hatte die Vorzüge einer beträchtlichen Größe, großer Hände, großer Füße, doch mangelte es mir entscheidend an Masse, oder jedenfalls fand er das, an der Ausstrahlung ungesunden Übermaßes, an Gepolstertheit und Übertreibung, an ungeschlachter Massigkeit. Wenn ich häßlicher werden könnte, das schien er andeuten zu wollen, würde das meiner Karriere enorm weiterhelfen.

So hat Hitler mir etwas gegeben, in das ich hineinwachsen, worauf ich mich zuentwickeln kann, wie zaghaft mein Bemühen darum auch gelegentlich gewesen sein mag. Die Brille mit dem dicken schwarzen schweren Gestell und den dunklen Gläsern war meine eigene Idee, eine Alternative zu dem buschigen Bart, den meine damalige Frau mir nicht zugestehen wollte. Babette sagte, ihr gefalle die Abfolge J. A. K. und sie finde nicht, daß sie auf eine billige Art aufmerksamkeitsheischend sei. Für sie verkörpere sie Würde, Bedeutung und Prestige.

Ich hinke hinter meiner Ausstrahlung her.

5

Genießen wir doch diese planlosen Tage, solange wir können, sagte ich mir, in leiser Furcht, bald könne alles vorbei sein.

Beim Frühstück las Babette alle unsere Horoskope laut vor, wobei sie ihre Märchentantenstimme benutzte. Ich versuchte, nicht zuzuhören, als sie an meins kam, obwohl ich eigentlich zuhören wollte, ich glaube, ich suchte Anhaltspunkte.

Nach dem Abendessen hörte ich auf dem Weg nach oben den Fernseher sagen: »Wir wollen uns jetzt in den halben Lotussitz niederlassen und an unser Rückgrat denken.«

In dieser Nacht schien ich, Sekunden nachdem ich eingeschlafen war, durch mich selbst hindurchzufallen, in einem flachen, das Herz anhaltenden Sturz. Bebend erwacht, starrte ich in die Dunkelheit, und mir wurde klar, daß ich soeben die mehr oder weniger normale Muskelkontraktion erlebt hatte, die als myoklonischer Krampf bekannt ist. Ob es wohl so ist, abrupt, definitiv? Sollte der Tod, dachte ich, vielleicht doch kein Schwalbensprung sein, anmutig, weißbeschwingt und glatt, ohne eine Spur an der Oberfläche zu hinterlassen?

Bluejeans drehten sich im Trockner.

Wir begegneten Murray Siskind im Supermarkt. Sein Korb enthielt markenlose Eß- und Trinkwaren, Gegenstände in rein weißer Verpackung mit einfacher Beschriftung; eine weiße Dose, auf der EINGEMACHTE PFIRSICHE stand; ein weißes Paket mit durchwachsenem Speck ohne das Plastikfenster, durch das man eine repräsentative Scheibe hätte sehen können. Auf einem Glas mit gerösteten Nüssen klebte ein weißes Etikett mit den Worten UNSORTIERTE ERDNÜSSE. Murray nickte Babette unaufhörlich zu, als ich sie einander vorstellte.

»Dies ist die neue Nüchternheit«, sagte er. »Geruchsdichte Verpackungen. Mir gefällt das. Ich habe das Gefühl, daß ich nicht nur Geld spare, sondern überdies einen Beitrag zu einer Art spirituellen Übereinkommens leiste. Es ist wie der dritte Weltkrieg. Alles ist weiß. Sie werden uns unsere leuchtenden Farben nehmen und sie für ihre Kriegsanstrengungen benützen.«

Er starrte Babette in die Augen und hob dabei Gegenstände aus unserem Einkaufswagen hoch und roch daran.

»Ich habe diese Erdnüsse schon einmal gekauft. Sie sind rund, kubisch, pockennarbig, haben Risse. Zerbrochene Erdnüsse. Eine Menge Krümel auf dem Boden des Glases. Aber sie schmecken gut. Am allerbesten gefallen mir die Verpackungen selbst. Sie hatten recht, Jack. Dies ist die letzte Avantgarde. Kühne neue Formen. Die Macht zu schockieren.«

Eine Frau fiel vorne im Geschäft in einen Ständer mit Taschenbüchern. Ein vierschrötiger Mann tauchte aus der erhöhten Kabine in der anderen Ecke auf und bewegte sich vorsichtig auf sie zu, mit schräggelegtem Kopf, um klarere Sicht zu bekommen. Ein Mädchen an der Kasse sagte: »Leon, Petersilie?« und er antwortete, während er auf die gestürzte Frau zuging: »Neunundsiebzig.« Seine Brusttasche steckte voller Filzstifte.

»Dann kochen Sie also in Ihrer Pension?« sagte Babette.

»Man kann einen Elektrokocher in meinem Zimmer anschließen. Ich bin dort glücklich. Ich lese das Fernsehprogramm, ich lese die Anzeigen in ›Ufologie heute‹. Ich möchte in die amerikanische Magie und die amerikanische Furcht eintauchen. Mein Seminar läuft gut. Die Studenten sind gescheit und ansprechbar. Sie stellen Fragen, und ich beantworte sie. Sie machen sich Notizen, während ich spreche. Das ist in meinem Leben eine ziemliche Überraschung.«

Er nahm unsere Flasche mit extra starkem Schmerzmittel in die Hand und schnüffelte um den Rand der kindergesicherten Verschlußkappe herum. Er roch an unseren Honigmelonen, unseren Flaschen mit Club Soda und Ginger Ale. Babette ging den Gang zwischen der Tiefkühlkost hinunter, einen Bereich, den zu meiden mein Doktor mir geraten hatte.

»Das Haar Ihrer Frau ist ein lebendes Wunder«, sagte Murray und schaute mir dabei dicht ins Gesicht, wie um mir mitzuteilen, daß diese neue Information seinen Respekt vor mir vertieft habe.

»Ja, das ist es«, sagte ich.
»Sie hat bedeutendes Haar.«
»Ich glaube, ich verstehe, was Sie meinen.«
»Ich hoffe, Sie schätzen diese Frau.«
»Ausgesprochen.«
»Eine Frau wie sie ist nämlich nicht selbstverständlich.«
»Das weiß ich.«
»Sie muß sehr gut mit Kindern umgehen können. Oder noch mehr als das, ich bin sicher, es muß großartig sein, sie bei einer Familientragödie in der Nähe zu haben. Sie ist doch wohl der Typ, der die Sache in die Hand nimmt, Stärke zeigt und Trost gibt.«
»Nein, im Gegenteil, sie ist ganz aufgelöst. Sie war ganz aufgelöst, als ihre Mutter starb.«
»Wer wäre das nicht?«
»Sie war ganz aufgelöst, als Steffie aus dem Sommerlager anrief und sich die Hand gebrochen hatte. Wir mußten die ganze Nacht fahren. Ich fand mich auf einer Straße wieder, die nur für Holzabfuhr bestimmt war. Neben mir weinte Babette.«
»Ihre Tochter, weit fort, unter Fremden, und dabei Schmerzen. Wer würde da nicht weinen?«
»Nicht ihre Tochter. Meine Tochter.«
»Nicht einmal ihre eigene Tochter.«
»Nein.«
»Erstaunlich. Das muß mir einfach gefallen.«
Wir gingen zu dritt hinaus, versuchten unsere Einkaufswagen zwischen den Taschenbüchern, die über den ganzen Eingang verstreut lagen, hindurchzumanövrieren. Murray schob einen unserer Einkaufswagen auf den Parkplatz und half uns dann, all unsere in Doppeltüten verstauten Einkäufe in den Kofferraum des Kombiwagens zu wuchten und zu schieben. Autos fuhren herein und hinaus. Die Polizistin in ihrem winzigen Reißverschluß-Auto kundschaftete das Areal nach roten Signalen auf den Parkuhren aus. Wir stellten Murrays einzige leichtgewichtige Tüte voller weißer Artikel zu unserer Ladung und fuhren über die Elm Street in Richtung seiner Pension. Es kam mir so vor, als hätten Babette und ich durch die Menge und Vielfalt unserer Einkäufe, durch die schiere Vollkommenheit, an die diese vollgestopften

Tüten gemahnten, durch ihr Gewicht, ihre Größe und Anzahl, durch die vertrauten Verpackungen und die bunten Beschriftungen, die Großpackungen, die Familiensparpackungen mit den leuchtfarbenen Rabatt-Aufklebern, durch das Gefühl des Aufgetankthabens, das uns erfüllte, durch das Wohlbehagen, das Sicherheitsgefühl und die Zufriedenheit, die diese Produkte einer Art trautem Heim in unseren Seelen brachten – mir schien, als hätten wir dadurch eine Fülle des Seins erreicht, die solchen Menschen nicht bekannt ist, die weniger brauchen, weniger erwarten, die ihr Leben um einsame Abendspaziergänge planen.

Murray nahm beim Aussteigen Babettes Hand.

»Ich würde Sie bitten, mit in mein Zimmer zu kommen, aber es ist zu klein für zwei Menschen, es sei denn, sie seien bereit, intim zu werden.«

Murray ist fähig, einen Blick zu erzeugen, der vielsagend und offen zugleich ist. Es ist ein Blick, der gleichermaßen die Katastrophe und den wollüstigen Erfolg erwartet. Er sagt, er habe in den alten Tagen seiner urbanen Verstrikkungen geglaubt, daß es nur einen Weg gäbe, eine Frau zu verführen, und zwar durch klares und offenes Begehren. Er habe sich darum bemüht, Selbstverachtung, Selbstverhöhnung, Zweideutigkeit, Ironie, Subtilität, Verwundbarkeit, einen kultivierten Weltüberdruß und einen tragischen Geschichtssinn auszuschalten, und dabei seien das für ihn, sagt er, die natürlichsten Dinge. Von allen diesen habe er nur ein einziges Element, nämlich die Verletzlichkeit, allmählich Eingang in sein Programm der freimütigen Wollust finden lassen. Er sei dabei zu versuchen, eine Verletzlichkeit zu entwickeln, die Frauen attraktiv fänden. Er arbeite bewußt daran, wie ein Sportler in einer Turnhalle mit Gewichten und Spiegel. Doch haben seine Bemühungen bisher nur diesen vielsagenden Blick hervorgebracht, der blöde und einschmeichelnd wirkt.

Er dankte uns fürs Mitnehmen. Wir sahen zu, wie er auf die schiefe, mit Schlackesteinen gestützte Eingangsterrasse zuging, wo ein Mann in einem Schaukelstuhl in den Weltraum spähte.

6

Heinrichs Haaransatz beginnt sich zu lichten. Ich mache mir Gedanken darüber. Hat seine Mutter irgendeine Gen-zerstörende Substanz eingenommen, als sie schwanger war? Bin ich irgendwie verantwortlich? Habe ich ihn, unwissentlich, in der Nachbarschaft einer Sondermülldeponie aufgezogen, im Bereich von Luftströmen, die Industrieabgase mit sich führen, welche Degenerationen der Kopfhaut und wunderschöne Sonnenuntergänge bewirken können? (Die Leute sagen, die Sonnenuntergänge seien hier in der Gegend vor dreißig oder vierzig Jahren nicht annähernd so überwältigend gewesen.) Die Schuld des Menschen in der Geschichte und in den Gezeiten seines eigenen Blutes ist durch die Technologie, jenen täglich tropfenden, falschherzigen Tod, kompliziert worden.

Der Junge ist vierzehn, oft ausweichend und launisch, zu anderen Zeiten beunruhigend willfährig. Ich habe so ein Gefühl, daß sein bereitwilliges Nachgeben gegenüber unseren Wünschen und Forderungen seine private Waffe des Vorwurfs ist. Babette hat Angst, daß er in einem verbarrikadierten Winkel enden wird, aus dem er Hunderte von Maschinengewehrsalven über eine leere Einkaufszone jagen wird, bevor die SWAT-Mannschaften mit ihren Schnellfeuergewehren, ihren Megaphonen und Kampfanzügen ihn holen kommen.

»Es wird heute abend regnen.«

»Es regnet jetzt schon«, sagte ich.

»Im Radio hieß es heute abend.«

Ich fuhr ihn an seinem ersten Tag nach einer fiebrigen Halsentzündung in die Schule. Eine Frau in gelbem Ölzeug hielt den Verkehr an, um einige Kinder die Straße überqueren zu lassen. Ich stellte sie mir in einem Werbespot für Suppe vor, wie sie ihren Südwester abnimmt, während sie die freundliche Wohnküche betritt, in der ihr Mann sich über einen Topf dampfender Hummercremesuppe beugt, ein schmächtiges Männchen, das nur noch sechs Wochen zu leben hat.

»Schau doch auf die Windschutzscheibe«, sagte ich. »Ist das Regen oder nicht?«

»Ich erzähl dir ja nur, was sie gesagt haben.«

»Nur weil es im Radio kam, brauchen wir nicht gleich unseren Glauben an die Offensichtlichkeit unserer Sinne außer Kraft zu setzen.«

»Unserer Sinne? Unsere Sinne täuschen sich viel, viel öfter, als sie recht haben. Das ist in Labortests bewiesen worden. Weißt du denn nichts von all den Lehrsätzen, die besagen, daß nichts so ist, wie es scheint? Es gibt außerhalb unseres Denkens keine Vergangenheit, keine Gegenwart, keine Zukunft. Die sogenannten Bewegungsgesetze sind ein riesiger Schwindel. Sogar der Schall kann das Bewußtsein täuschen. Nur weil man ein Geräusch nicht hört, bedeutet das noch nicht, daß es nicht da ist. Hunde können es hören. Andere Tiere auch. Und ich bin sicher, es gibt Geräusche, die auch Hunde nicht hören können. Aber sie existieren in der Luft, in Wellen. Vielleicht hören sie nie auf. Ganz, ganz hochfrequent. Von irgendwo kommen die doch her.«

»Regnet es«, sagte ich, »oder regnet es nicht?«

»Das würde ich nicht gern entscheiden müssen.«

»Was, wenn dir jemand eine Pistole an die Stirn hielte?«

»Wer, du?«

»Irgend jemand. Ein Mann im Trenchcoat und mit getönter Brille. Er hält dir die Pistole an die Stirn und sagt: Regnet es, oder regnet es nicht? Du brauchst nur die Wahrheit zu sagen, und ich steck die Pistole weg und hau mit dem nächsten Flugzeug hier ab.«

»Welche Wahrheit will er? Will er die Wahrheit von jemand, der sich mit Lichtgeschwindigkeit in einer anderen Galaxis bewegt? Will er die Wahrheit von jemand, der sich in der Umlaufbahn um einen Neutronenstern bewegt? Wenn diese Leute uns durch ein Teleskop sehen könnten, dann würden wir vielleicht aussehen, als ob wir dreiunddreißig Zentimeter groß wären, und vielleicht hätte es dann gestern geregnet statt heute.«

»Er hält die Pistole an *deine* Stirn. Er will deine Wahrheit.«

»Was nützt meine Wahrheit? Meine Wahrheit bedeutet nichts. Was ist, wenn dieser Typ mit der Pistole von einem

Planeten aus einem ganz anderen Sonnensystem kommt? Was wir Regen nennen, das nennt er Seife. Was wir Äpfel nennen, nennt er Regen. Was also soll ich ihm sagen?«

»Sein Name ist Frank R. Smalley, und er kommt aus St. Louis.«

»Er will wissen, ob es *jetzt* regnet, in dieser Minute?«

»Hier und jetzt. Genau.«

»Gibt es so etwas wie jetzt? ›Jetzt‹ kommt und geht so schnell, wie du es aussprichst. Wie kann ich sagen, daß es jetzt regnet, wenn dein sogenanntes ›jetzt‹ ›dann‹ wird, sobald ich es ausspreche?«

»Du hast gesagt, es gäbe keine Vergangenheit, Gegenwart oder Zukunft.«

»Nur in unseren Verben. Das ist die einzige Stelle, wo wir sie finden.«

»Regen ist ein Substantiv. Ist hier, genau an dieser Stelle, innerhalb der nächsten zwei Minuten, in denen du beliebst, auf die Frage zu antworten, Regen?«

»Wenn du über genau diese Stelle sprichst, während du in einem Fahrzeug sitzt, das sich ganz offensichtlich bewegt, dann meine ich, liegt hier der Haken der ganzen Diskussion.«

»Jetzt antworte schon, Heinrich, okay?«

»Ich könnte allerhöchstens eine Vermutung aussprechen.«

»Entweder regnet es, oder es regnet nicht«, sagte ich.

»Genau. Genau das meine ich doch. Du müßtest eine Vermutung anstellen. Es kann so oder so sein.«

»Aber du siehst doch, daß es regnet.«

»Man sieht auch, wie sich die Sonne über den Himmel bewegt. Aber bewegt sich die Sonne über den Himmel oder dreht sich die Erde?«

»Ich kann diese Analogie nicht akzeptieren.«

»Du bist so sicher, daß das Regen ist. Woher weißt du, daß es nicht Schwefelsäure von den Fabriken auf der anderen Flußseite ist? Woher weißt du, daß es nicht radioaktiver Niederschlag von einem Krieg in China ist? Du willst hier und jetzt eine Antwort. Kannst du beweisen, hier und jetzt, daß das Zeug Regen ist? Woher soll ich wissen, daß das, was du Regen nennst, wirklich Regen ist? Und was ist überhaupt Regen?«

»Es ist das Zeug, das vom Himmel fällt und dich das macht, was man naß nennt.«

»Ich bin nicht naß. Bist du naß?«

»Na schön«, sagte ich. »Sehr gut.«

»Nein, mal ernst, bist du naß?«

»Erstklassig«, sagte ich zu ihm. »Ein Sieg für Ungewißheit, Willkürlichkeit und das Chaos. Eine Sternstunde der Wissenschaft.«

»Sei ruhig ironisch.«

»Die Sophisten und die Haarspalter erleben eine Sternstunde.«

»Nur zu, sei nur ironisch, mir macht das nichts.«

Heinrichs Mutter lebt jetzt in einem Ashram. Sie hat den Namen Mutter Devi angenommen und kümmert sich um die geschäftliche Seite der Dinge. Der Ashram befindet sich im Randgebiet der ehemaligen kupferverarbeitenden Stadt Tubb in Montana, die jetzt Dharamsalapur heißt. Die üblichen Gerüchte über sexuelle Freizügigkeit, sexuelle Versklavung, über Drogen, Nacktheit, Gehirnwäsche, mangelnde Hygiene, Steuerhinterziehung, Anbetung von Affen, Folter, verlängerte und häßliche Todesqualen bleiben natürlich nicht aus.

Ich sah zu, wie er durch den Platzregen zum Schuleingang ging. Er bewegte sich bewußt langsam und nahm seine tarnfarbene Mütze schon zehn Meter vor dem Eingang ab. In solchen Momenten stelle ich fest, daß ich ihn mit einer animalischen Verzweiflung liebe, mit einem Drang, ihn unter meinen Mantel zu nehmen und ihn an meine Brust zu drücken, ihn dort zu halten, ihn zu beschützen. Er scheint Gefahr auf sich zu ziehen. Sie sammelt sich in der Luft und folgt ihm von Zimmer zu Zimmer. Babette backt seine Lieblingsplätzchen. Wir beobachten ihn an seinem Schreibtisch, einer ungestrichenen Holzplatte mit Büchern und Zeitschriften. Er arbeitet bis tief in die Nacht, knobelt Schachzüge aus für ein Spiel, das er per Post mit einem wegen Mordes überführten Insassen der Strafanstalt spielt.

Am nächsten Tag war es warm und strahlend, und die Studenten des Hill saßen auf dem Rasen und in den Studentenheimfenstern, ließen ihre Tonbänder laufen und nahmen Sonnenbäder. In der Luft lag ein wehmütiger

Sommernachhall, der letzte schwüle Tag, Gelegenheit, noch einmal leicht gekleidet zu gehen, den gemähten Klee zu riechen. Ich ging hinüber in den Geisteswissenschaften-Komplex, unser neuestes Gebäude, eine zweiflügelige Angelegenheit mit einer Fassade aus eloxiertem Aluminium in meergrün, die die Wolken einfing. Im unteren Stockwerk war der Filmvorführraum, ein ansteigender, mit dunklen Teppichen ausgelegter Raum mit zweihundert Plüschsitzen. Ich saß im schwachen Licht am Ende der ersten Reihe und wartete auf meine Studenten.

Es waren alles Hitler-Hauptfachstudenten, Teilnehmer des einzigen Seminars, das ich noch selbst abhielt, Nazismus für Fortgeschrittene, drei Stunden pro Woche, auf fortgeschrittene Semester nach der Zwischenprüfung beschränkt, eine Veranstaltung, die darauf abzielte, den historischen Weitblick zu fördern sowie theoretische Exaktheit und gereifte Einsicht in die sich fortsetzende Massenattraktion der faschistischen Tyrannei, mit besonderem Schwergewicht auf Paraden, Aufmärschen und Uniformen, drei benotete Arbeiten, schriftliche Protokolle.

Jedes Semester organisierte ich eine Filmvorführung von Hintergrundmaterial. Dieses bestand aus Propagandafilmen, Szenen, die bei Parteitagen aufgenommen worden waren, herausgeschnittene Takes aus mystischen Filmepen über Turner- und Bergsteigeraufmärsche – ein Sammelsurium, das ich zu einem eindrucksvollen achtzigminütigen Dokumentarfilm zusammengeschnitten hatte. Massenszenen herrschten vor. Gedrängte Nahaufnahmen von Tausenden von Menschen vor einem Stadion nach einer Goebbels-Rede, wogende, sich drängende Massen, die sich in die Straßen ergießen und den Verkehr blockieren. Hallen, mit Hakenkreuzfahnen behängt, mit Trauerkränzen und Totenkopfinsignien. Tausende von aufgereihten Fahnenträgern, vor Säulen gefrorenen Lichts aufgestellt, hundertdreißig Flak-Scheinwerfer, die schnurgerade nach oben gerichtet waren – eine Szene, die einem geometrischen Verlangen glich, der formellen Notierung eines mächtigen Wunsches der Massen. Es gab keine Erzählerstimme. Nur monotonen Singsang, Lieder, Arien, Reden, Schreie, Begeisterungsstürme, Beschuldigungen, Gebrüll.

Ich stand auf und nahm vorne im Saal Aufstellung, vor dem Mittelgang, Blick zur Tür.

Sie kamen aus der Sonne herein, in ihren Laufshorts aus Popeline und ihren T-Shirts beschränkter Auflage, in ihrer hochwertigen Strickkleidung, ihrem Polo-Styling und den Rugby-Streifen. Ich sah zu, wie sie sich auf ihre Plätze setzten und nahm die gedämpfte und ehrfürchtige Stimmung wahr, die unbestimmte Erwartung. Einige hatten Hefte und Taschenlampenbleistifte; einige trugen Vorlesungsmaterial in bunten Mappen unterm Arm. Es gab Geflüster, Papier raschelte, das klopfende Geräusch von herunterklappenden Sitzen, als sich die Studenten einer nach dem anderen niederließen. Ich lehnte mich gegen den Bühnenrand, während ich wartete, bis die letzten paar Studenten hereingekommen waren und jemand die Tür vor unserem wollüstigen Sommertag verschlossen hatte.

Bald wurde es ruhig. Es war an der Zeit, daß ich die einführenden Worte sprach. Ich ließ die Stille sich noch einen Moment vertiefen, dann machte ich die Arme von den Falten des Amtstalars frei, um ungehindert gestikulieren zu können.

Als die Vorführung beendet war, fragte jemand nach der Verschwörung, bei der Hitler getötet werden sollte. Die Diskussion ging dann zu Verschwörungen im allgemeinen über. Ich hörte mich zu den versammelten Häuptern sagen: »Alle Verschwörungen tendieren dazu, zum Tode zu führen. Das liegt in der Natur von Verschwörungen. Politische Verschwörungen, Verschwörungen von Terroristen, Liebesverschwörungen, Dramenverschwörungen, Verschwörungen, die ein Teil von Kinderspielen sind. Wir rücken dem Tod immer näher, jedesmal wenn wir uns verschwören. Das ist wie ein Vertrag, den alle unterschreiben müssen, die Verschwörer ebenso wie die, die Ziel der Verschwörung sind.«

Ist das wahr? Warum habe ich das gesagt? Was bedeutet das?

7

Zwei Abende in der Woche geht Babette zur Congregational Church am anderen Ende der Stadt und hält dort im Kellergeschoß Erwachsenen Vorträge über richtige Körperhaltung. Im wesentlichen bringt sie ihnen bei, wie man steht, sitzt und geht. Die meisten ihrer Schüler sind alt. Mir ist eigentlich nicht klar, warum sie ihre Haltung verbessern wollen. Wir glauben anscheinend, es sei möglich, den Tod abzuwenden, indem wir Regeln sorgfältiger Körperpflege befolgen. Manchmal begleite ich meine Frau in das Kellergeschoß der Kirche und schaue zu, wie sie steht, sich dreht, verschiedene heroische Posen einnimmt, anmutig gestikuliert. Sie erwähnt Yoga, Kendo, das Gehen in Trance. Sie spricht von Sufi-Derwischen, Sherpa-Lastträgern. Die alten Leutchen nicken und hören zu. Nichts ist ihnen fremd, nichts zu entlegen, um zuzutreffen. Ich bin jedesmal überrascht über ihre Bereitwilligkeit und ihr Vertrauen, ihren rührenden Glauben. Nichts ist zu fragwürdig, um ihnen von Nutzen zu sein bei ihrem Streben danach, ihren Körper aus einer lebenslangen schlechten Haltung zu erlösen. Es ist das Ende des Skeptizismus.

Wir gingen unter einem Ringelblumenmond nach Hause. Unser Haus am Ende der Straße sah alt und fahl aus, die Eingangsbeleuchtung schien auf ein Dreirad aus Plastik und einen Stapel von künstlichem Kaminholz aus Sägemehl und Wachs, buntflammig, Brenndauer drei Stunden. Denise machte in der Küche ihre Hausaufgaben und paßte auf Wilder auf, der die Treppe heruntergekommen war, um auf dem Fußboden zu sitzen und durch das Sichtfenster in den Backofen zu starren. Stille in den Fluren, Schatten auf dem schräg abfallenden Rasen. Wir schlossen die Tür und entkleideten uns. Das Bett war ein Chaos. Zeitschriften, Gardinenstangen, ein rußiger Kinderstrumpf. Babette summte etwas aus einem Broadwaymusical und stellte die Gardinenstangen in eine Ecke. Wir umarmten uns, fielen kontrolliert seitwärts aufs Bett, brachten uns dann in eine neue Stellung, badeten einer in des anderen Fleisch und versuchten dabei, die Laken von unseren Knöcheln zu strampeln. Ihr Körper besaß eine Anzahl länglicher Vertiefungen, Stellen, zu deren Erkundung die Hand im Dunkeln gern haltmachte, tempoverlangsamende Stellen.

Wir glaubten, daß im Keller etwas hauste.

»Was möchtest du jetzt tun?« sagte sie.

»Das, was du möchtest.«

»Ich möchte, was für dich am schönsten ist.«

»Für mich ist am schönsten, dir Freude zu bereiten«, sagte ich.

»Ich möchte dich glücklich machen, Jack.«

»Ich bin glücklich, wenn ich dir Freude bereite.«

»Ich möchte das, was du möchtest.«

»Ich möchte, was am schönsten für dich ist.«

»Aber du machst mir eine Freude, wenn du zuläßt, daß ich dir eine Freude mache«, sagte sie.

»Ich glaube, ich als männlicher Partner bin dafür verantwortlich, Freude zu geben.«

»Ich bin nicht sicher, ob das eine liebevoll einfühlsame Bemerkung ist oder eine sexistische.«

»Ist es denn falsch, wenn ein Mann seiner Partnerin gegenüber rücksichtsvoll ist?«

»Ich bin deine Partnerin, wenn wir Tennis spielen, was wir übrigens wieder aufnehmen sollten. Ansonsten bin ich deine Frau. Möchtest du, daß ich dir vorlese?«

»Großartig.«

»Ich weiß, du hast es gern, wenn ich dir Sexgeschichten vorlese.«

»Ich dachte, du magst das auch.«

»Hat nicht in erster Linie derjenige, dem vorgelesen wird, Gewinn und Befriedigung davon? Wenn ich dem alten Treadwell vorlese, dann tu ich das nicht, weil ich diese Revolverblättchen anregend finde.«

»Treadwell ist blind, ich nicht. Ich dachte, du liest gern erotische Stellen.«

»Wenn es dir Freude macht, tue ich es gern.«

»Aber es muß dir auch Freude machen, Baba. Wie würde ich mir denn sonst vorkommen?«

»Mir macht Freude, daß du Spaß daran hast, wenn ich lese.«

»Ich habe langsam das Gefühl, wir schieben eine Bürde hin und her. Die Bürde, wer derjenige sein muß, der sich freut.«

»Ich möchte gern lesen, Jack. Ehrlich.«

»Bist du absolut und völlig sicher? Wenn nicht, dann kommt es nämlich überhaupt nicht in Frage.«

Jemand schaltete den Fernseher am Ende des Flurs an, und die Stimme einer Frau sagte: »Wenn er leicht bricht, nennt man ihn Schieferton. Wenn er naß ist, riecht er wie Ton.«

Wir lauschten auf den sachte versickernden Strom des nächtlichen Verkehrs.

Ich sagte: »Such dir ein Jahrhundert aus. Willst du über etruskische Sklavinnen lesen oder über georgianische Wüstlinge? Ich glaube, wir haben auch Literatur über Flagellationsbordelle. Wie wär's mit dem Mittelalter? Wir haben Inkubi und Sukkubi. Massenhaft Nonnen.«

»Was für dich am schönsten ist.«

»Ich möchte, daß du es aussuchst. Das ist erregender.«

»Einer sucht aus, der andere liest. Wir wollen doch ein Gleichgewicht, eine Art Geben und Nehmen? Das macht es doch erst erregend, oder?«

»Eine Anspannung, eine Gespanntheit. Großartig. Ich werde etwas aussuchen.«

»Ich werde lesen«, sagte sie. »Aber ich möchte nicht, daß du etwas aussuchst, worin Männer in Frauen vorkommen, Anführungszeichen, oder Männer, die in Frauen eindringen. ›Ich drang in sie ein.‹ ›Er drang in mich ein.‹ Wir sind doch kein Dschungel oder feindliches Territorium. ›Ich wollte ihn in mir haben‹, als könnte er vollständig hineinkriechen, ein Lagerfeuer anzünden, schlafen, essen und so weiter. Können wir uns darauf einigen? Mir ist egal, was diese Leute tun, solange sie nicht eindringen oder in sie eingedrungen wird.«

»Einverstanden.«

»›Ich drang in sie ein und begann zu stoßen.‹«

»Ich bin absolut einverstanden«, sagte ich.

»›Dring in mich ein, dring in mich ein, ja, ja!‹«

»Blöder Ausdruck, vollkommen richtig.«

»›Steck ihn rein, Rex. Ich will dich in mir, dring ein, fest, tief, ja, jetzt, oh.‹«

Ich merkte, wie sich eine Erektion regte. Wie dumm und unpassend. Babette lachte über ihre eigenen Worte. Der Fernseher sagte: »Bis Chirurgen in Florida ein künstliches Glied ansetzten.«

Babette und ich erzählen einander alles. Ich habe jeder meiner Ehefrauen alles erzählt, was jeweils zu ihrer Zeit los war. Es gibt natürlich immer mehr zu erzählen, je mehr die Ehen sich häufen. Wenn ich sage, daß ich an das sich völlig Preisgeben glaube, so meine ich das nicht billig, als anekdotischen Wettbewerb oder seichte Enthüllungen. Es ist eine Form der Selbsterneuerung und eine Geste vormundschaftlichen Vertrauens. Die Liebe hilft uns, eine Identität zu entwickeln, die so sicher ist, daß man sie in die Fürsorge und den Schutz eines anderen Menschen legen kann. Babette und ich haben unser Leben vor dem einfühlsamen Blick des anderen bloßgelegt, haben es im Mondlicht in unseren bleichen Händen gedreht und gewendet, bis tief in die Nacht über Väter und Mütter, Kindheit, Freundschaft, Momente des Erwachens, alte Lieben, alte Ängste (mit Ausnahme der Angst vor dem Tod) gesprochen. Kein Detail darf ausgelassen werden, auch nicht der Hund, der Zecken hatte, oder der Nachbarsjunge, der wegen einer Wette ein Insekt verspeiste. Der Geruch von Speisekammern, die Atmosphäre leerer Nachmittage, das Gefühl von Dingen, die über unsere Haut regneten, Dinge wie Tatsachen und Leidenschaften, die Empfindung von Schmerz, Verlust, Enttäuschung, atemlosem Entzücken. In diesen nächtlichen Abfragestunden schaffen wir Raum zwischen den Dingen, zwischen unseren damaligen Empfindungen und unserer heutigen Sicht. Dies ist der Zwischenraum, der für Ironie, Anteilnahme und liebevolles Belächeln reserviert ist, die Mittel, mit deren Hilfe wir uns vor der Vergangenheit retten.

Ich entschied mich für das zwanzigste Jahrhundert. Ich zog meinen Bademantel an und ging den Flur entlang zu Heinrichs Zimmer, um ein Aufgeilheftchen zu suchen, aus dem Babette vorlesen könnte, eins von der Sorte, die Leserbriefe mit detailliert beschriebenen Liebesabenteuern abdrucken. Mir ging auf, daß dies einer der wenigen Beiträge der modernen Erfindungskraft zur Geschichte der erotischen Praktiken ist. Die Phantasien wirken zweimal bei diesen Briefen: Jemand schreibt erfundene Episoden auf und findet sie dann in einer überregionalen Zeitschrift veröffentlicht wieder. Welches ist das stärkere Stimulans?

Wilder saß bei Heinrich im Zimmer und schaute ihm bei einem physikalischen Experiment mit Stahlkugeln und einer Salatschüssel zu. Heinrich hatte einen Frotteebademantel an, ein Handtuch um den Hals und ein weiteres Handtuch auf dem Kopf. Er riet mir, unten zu suchen.

In einem Stapel von Papieren fand ich einige Familienfotoalben, von denen eines oder zwei mindestens fünfzig Jahre alt waren. Ich nahm sie mit hinauf ins Schlafzimmer. Wir brachten Stunden damit zu, sie im Bett sitzend durchzusehen. Kinder, die in die Sonne blinzelten, Frauen mit Sonnenhüten, Männer, die ihre Augen vor dem gleißenden Licht schützten, als hätte die Vergangenheit eine Lichtqualität besessen, die wir nicht mehr kennen, ein Sonntagsleuchten, das Menschen in Kirchgangskleidern dazu brachte, die Gesichter zu straffen und sich im Winkel zur Zukunft aufzustellen, eine Spur abgewandt, wie es schien, mit einem fixierten und feingezeichneten Lächeln, einen leisen Zweifel im Blick vor etwas im Wesen der einfachen Boxkamera.

Wer wird zuerst sterben?

8

Mein Kampf mit der deutschen Sprache begann Mitte Oktober und dauerte fast das ganze akademische Jahr an. Als prominenteste Persönlichkeit auf dem Gebiet der Hitlerforschung in Nordamerika hatte ich lange die Tatsache zu verheimlichen versucht, daß ich kein Deutsch konnte. Ich konnte es weder sprechen noch lesen, konnte kein gesprochenes Wort verstehen, geschweige denn auch nur den einfachsten Satz zu Papier bringen. Die geringsten meiner Hitlerkollegen konnten wenigstens ein paar Brocken Deutsch; andere sprachen es entweder fließend oder waren der Sprache doch einigermaßen mächtig. Niemand konnte im College-on-the-Hill Hitler im Hauptfach studieren, ohne mindestens ein Jahr Deutsch gelernt zu haben. Kurzum, ich vegetierte am Rande einer Landschaft unermeßlicher Schmach dahin.

Die deutsche Sprache. Fleischig, verschroben, spuckesprühend mit einem Stich ins Violette gehend und grausam. Letztlich mußte ich mich ihr doch stellen. War nicht Hitlers eigener Kampf, sich auf deutsch auszudrücken, der entscheidende Hintergrund seiner klotzigen, schwadronierenden Autobiographie, die er in einem Festungsgefängnis in den bayrischen Bergen diktiert hatte? Grammatik und Syntax. Vielleicht hatte sich dieser Mensch auf mehr als nur eine Art eingesperrt gefühlt.

Ich hatte schon mehrere Versuche unternommen, Deutsch zu lernen, ernsthafte Vorstöße in die Ursprünge, Strukturen, Wurzeln. Ich spürte die tödliche Gewalt der Sprache. Ich wollte sie beherrschen, sie als Zauber benützen, als Schutzmechanismus. Je mehr ich davor zurückschreckte, konkrete Wörter, Regeln und Aussprache zu lernen, um so wichtiger schien es, voranzukommen. Was wir nur widerstrebend angehen, erweist sich oft als eben der Stoff, aus dem unsere Rettung ist. Doch schon die einfachsten Laute brachten mich zu Fall, die barsche, ruckende Nördlichkeit der Wörter und Silben, der Kommandoton. Zwischen meinem Zungenrücken und meinem Gaumen passierte etwas, das meine Versuche, deutsche Worte auszusprechen, zur Farce machte.

Ich war fest entschlossen, es noch einmal zu versuchen.

Da ich einen hohen professionellen Rang erreicht hatte, da meine Vorlesungen gut besucht waren und meine Artikel in den größeren Fachzeitschriften abgedruckt wurden, da ich Tag und Nacht, wann immer ich mich auf dem Campus befand, einen Talar und eine dunkle Brille trug, da ich dreihundertdreißig Pfund auf einem einsfünfundachtzig hohen Knochengerüst herumtrug und große Hände und Füße hatte, wußte ich, daß meine Deutschstunden geheim bleiben mußten.

Ich nahm Kontakt mit einem Mann auf, der nichts mit dem College zu tun hatte, jemand, auf den Murray Jay Siskind mich aufmerksam gemacht hatte. Sie wohnten beide in dem Haus mit den grünen Schindeln am Middlebrook. Der Mann war in den Fünfzigern, zog den Fuß leicht nach. Er hatte sich lichtendes Haar, ein unauffälliges Gesicht und trug die Ärmel seines Hemds bis zu den Unterarmen aufgekrempelt, so daß sie die darunterliegende Thermowäsche enthüllten.

Seine Gesichtsfarbe war von einem Ton, den ich als fleischfarben bezeichnen möchte. Howard Dunlop war sein Name. Er sagte, er sei früher einmal Chiropraktiker gewesen, nannte aber keinen Grund, warum er nicht mehr aktiv war und erzählte auch nicht, wann er Deutsch gelernt hatte oder warum, und etwas in seiner Art hielt mich davon ab, zu fragen.

Wir saßen in seinem dunklen, vollgestellten Zimmer in der Pension. Ein Bügelbrett stand aufgeklappt am Fenster. Auf einer Kommode standen angestoßene Emailletöpfe, Tabletts voller Haushaltsgeräte. Das Mobiliar war nichtssagend, zusammengewürfelt. An den Zimmerwänden standen die elementaren Gegenstände, ein nackter Heizkörper, ein mit Armeedecken bedecktes Bett. Dunlop saß auf der Kante eines Stuhls mit gerader Lehne und intonierte allgemeine Prinzipien der Grammatik. Wenn er von englisch zu deutsch überwechselte, war es, als habe sich in seinem Kehlkopf ein Stimmband verdreht. Eine unvermittelte Gefühlswallung durchdrang dann seine Stimme, ein Kratzen und

Gurgeln, das wie der aufgestachelte Ehrgeiz eines Tieres klang. Er riß den Mund auf und gestikulierte, er krächzte, er war dem Ersticken nahe. Laute erbrachen sich von seiner Zungenwurzel, harte, vor Leidenschaft feuchte Laute. Er demonstrierte nur bestimmte Aussprachemuster, aber die Veränderungen in seinem Gesicht und seiner Stimme ließen bei mir den Eindruck entstehen, daß er von einer Seinsebene in eine andere überwechselte.

Ich saß da und machte mir Notizen.

Die Stunde verging schnell. Dunlop rang sich ein karges Achselzucken ab, als ich ihn bat, mit niemandem über die Stunden zu sprechen. Mir fiel ein, daß er der Mann sein mußte, den Murray in seinem Resümee über seine Mitmieter als denjenigen beschrieben hatte, der niemals sein Zimmer verließ.

Ich klopfte an Murrays Zimmertür und lud ihn ein, mit mir nach Hause zum Abendessen zu kommen. Er legte sein ›American Transvestite‹-Heft hin und schlüpfte in seine Cordjacke. Auf der Eingangsveranda blieben wir stehen, bis Murray den Hauswirt, der dort saß, über einen tropfenden Wasserhahn im Badezimmer im zweiten Stock informiert hatte. Der Hauswirt war ein fülliger, rosiger Mann von solch robuster und überschäumender Gesundheit, daß uns schien, er müsse noch unter unseren Augen einen Herzanfall erleiden.

»Er wird ihn schon reparieren«, sagte Murray, als wir uns zu Fuß in Richtung Elm Street aufmachten. »Irgendwann repariert er alles. Er kennt sich sehr gut aus mit all diesen Werkzeugen und Installationen und Vorrichtungen, von denen die Leute in Großstädten nicht einmal die Namen kennen. Die Namen dieser Gegenstände sind nur in entlegenen Gemeinden, Kleinstädten und ländlichen Gegenden bekannt. Zu schade, daß er so ein kleingeistiger Eiferer ist.«

»Woher wissen Sie, daß er ein kleingeistiger Eiferer ist?«

»Menschen, die Dinge reparieren können, sind in der Regel kleingeistige Eiferer.«

»Wie meinen Sie das?«

»Denken Sie doch an all die Leute, die jemals in Ihrem

Haus etwas repariert haben. Das waren doch alles kleingeistige Eiferer oder nicht?«

»Ich weiß nicht.«

»Sie fuhren Kleinlieferwagen, nicht wahr, mit Schiebeleitern auf dem Dach und irgendeinem Plastikmaskottchen, das am Rückspiegel baumelte?«

»Ich weiß nicht, Murray.«

»Das ist doch sonnenklar«, sagte er.

Er fragte mich, warum ich mir gerade dieses Jahr ausgesucht hatte, um Deutsch zu lernen, nach so vielen Jahren erfolgreichen Durchmogelns. Ich erzählte ihm, daß für das nächste Frühjahr im College-on-the-Hill eine Hitler-Tagung geplant sei. Drei Tage lang Vorträge, Arbeitsgruppen und Podiumsdiskussionen. Mit Hitlerforschern aus 17 Staaten und neun Nationen. Sogar echte Deutsche würden anwesend sein.

Zu Hause versenkte Denise eine feuchte Tüte mit Müll in den Küchenkompressor. Sie schaltete den Apparat ein. Der Preßkolben schlug mit einem entsetzlich ruckenden Geräusch, voll unheimlichen Gefühls nach unten. Kinder kamen in die Küche und gingen wieder hinaus, in der Spüle tropfte Wasser, die Waschmaschine wogte im Flur. Murray schien in das Netz von Hintergrundgeräuschen vertieft. Wimmerndes Metall, explodierende Flaschen, flachgepreßtes Plastik. Denise lauschte aufmerksam und achtete darauf, daß das zerfetzende Getöse die richtigen Schallelemente enthielt, was bedeutete, daß die Maschine richtig funktionierte.

Heinrich sagte zu jemandem am Telefon: »Tiere begehen ständig Inzest. Wie kann er denn da unnatürlich sein?«

Babette kam vom Laufen nach Hause, mit durchgeweichtem Anzug. Murray ging quer durch die Küche, um ihr die Hand zu schütteln. Sie ließ sich in einen Sessel fallen und suchte den Raum nach Wilder ab. Ich beobachtete, wie Denise im Stillen einen Vergleich zwischen der Joggingkleidung ihrer Mutter und der nassen Tüte zog, die sie in den Kompressor geworfen hatte. Ich konnte diese zynische Gedankenverbindung in ihren Augen erkennen. Diese sekundären Ebenen des Lebens, dieses außersinnliche Aufblitzen, diese fließenden Nuancen des Seins, diese sich unerwartet bildenden Beziehungsenklaven, ließen mich glauben, daß wir, Erwachsene und Kinder zusammen, eine magische Nummer waren, daß wir Unerklärliches miteinander gemein hatten.

»Wir sollen das Trinkwasser abkochen«, sagte Steffie.

»Warum?«

»Es kam im Radio.«

»Die sagen immer, man soll das Wasser abkochen«, sagte Babette. »Das ist jetzt das Neueste, so wie, daß man das Lenkrad in die Richtung der Bremsspur drehen soll. Ach, da kommt Wilder. Ich denke, wir können essen.«

Der Kleine bewegte sich mit schaukelndem Kinderschritt, sein großer Kopf wackelte, und seine Mutter schnitt entzückte Gesichter, glückliche, fremdartige Fratzen, während sie zusah, wie er näherkam.

»Neutrinos gehen direkt durch die Erde durch«, sagte Heinrich ins Telefon.

»Ja, ja, ja«, sagte Babette.

9

Am Dienstag mußten sie die Grundschule evakuieren. Kinder bekamen Kopfweh und entzündete Augen und schmeckten Metall auf der Zunge. Ein Lehrer wälzte sich auf dem Boden und redete in fremden Sprachen. Keiner wußte, was los war. Fachleute sagten, es könne das Ventilationssystem sein, die Farbe oder der Lack, die Schaumstoffisolierung, das Elektroisoliermaterial, das Essen in der Cafeteria, die Strahlen von den Mikrocomputern, die Brandschutzplatten aus Asbest, der Kleber an den Versandkisten, die Dämpfe aus dem gechlorten Schwimmbecken oder vielleicht etwas, das tiefer, feinkörniger, dichter in die Grundstruktur der Dinge verwoben war.

Denise und Steffie blieben die Woche über zu Hause, während Männer in Mylex-Anzügen und mit Sauerstoffmasken das Gebäude mit Infrarot-Detektoren und Meßausrüstungen systematisch durchkämmten. Da Mylex seinerseits ein verdächtiges Material ist, neigten die Ergebnisse zur Ambiguität, und eine zweite Runde strikterer Ermittlungen mußte in die Wege geleitet werden.

Die beiden Mädchen und Babette, Wilder und ich gingen zum Supermarkt. Wenige Minuten nachdem wir ihn betreten hatten, begegneten wir Murray. Es war das vierte oder fünfte Mal, daß ich ihn im Supermarkt sah, und ungefähr genauso oft hatte ich ihn auch auf dem Campus getroffen. Er packte Babette am linken Oberarm und drückte sich um sie herum, wobei er offensichtlich an ihrem Haar roch.

»Ein köstliches Essen«, sagte er, als er direkt hinter ihr stand. »Ich koche selbst gern, was meine Anerkennung für jemand, der gut kocht, noch verdoppelt.«

»Kommen Sie doch mal wieder«, sagte sie und drehte sich, bemüht ihn zu finden, nach hinten.

Gemeinsam gingen wir in das ultra-kühle Interieur. Wilder saß im Einkaufswagen und versuchte, Waren aus den Regalen zu reißen, an denen wir vorbeigingen. Mir fiel auf, daß er eigentlich zu alt und zu groß dafür war, in Supermarkteinkaufswagen zu sitzen. Ich fragte mich auch, warum sein Vokabular bei fünfundzwanzig Wörtern stehengeblieben zu sein schien.

»Ich bin glücklich, hier zu sein«, sagte Murray.

»In Blacksmith?«

»In Blacksmith, im Supermarkt, in der Pension, auf dem Hill. Ich merke, daß ich jeden Tag wichtige Dinge lerne. Tod, Krankheit, das Leben nach dem Tode, der Weltraum. Alles ist hier viel klarer. Ich kann nachdenken und verstehen.«

Wir betraten die Abteilung der markenlosen Artikel, und Murray blieb mit seinem Plastikkorb stehen, um zwischen weißen Packungen und Dosen zu stöbern. Ich war nicht sicher, ob ich verstand, wovon er sprach. Was meinte er mit viel klarer? Er könne nachdenken und verstehen: worüber und was denn?

Steffie nahm meine Hand, und wir wanderten an den Obstständen vorbei, einer Abteilung, die sich etwa 35 Meter lang an einer Wand hinzog. Die Obstkisten waren diagonal aufgestellt und am hinteren Ende mit Spiegeln begrenzt, an die die Leute aus Versehen stießen, wenn sie Früchte aus den oberen Reihen nehmen wollten. Eine Stimme sagte durch den Lautsprecher: »Kleenex Softies, Ihr Lieferwagen blockiert die Einfahrt.« Äpfel und Zitronen kullerten zu Boden, immer zwei oder drei auf einmal, wenn jemand von bestimmten Stellen des Stapels eine Frucht wegnahm. Es gab sechs Apfelsorten, es gab exotische Melonen in verschiedenen Pastelltönen. Alles wirkte reif, gespritzt, poliert, bunt. Menschen rissen hauchdünne Plastiktüten von Rollen und versuchten herauszufinden, an welcher Seite die Öffnung war. Mir fiel auf, daß dieser Ort von Lärm überflutet war. Das eintönige Summen der Aggregate, das Quietschen und Rollen der Einkaufswagen, der Lautsprecher und die Kaffeemaschinen, das Geschrei von Kindern. Und über allem, oder unter allem, ein dumpfes und nicht lokalisierbares Dröhnen wie von einer Art von schwärmendem Leben, das eben außerhalb des Bereichs der menschlichen Wahrnehmung liegt.

»Hast du Denise gesagt, daß es dir leid tut?«

»Vielleicht später«, sagte Steffie. »Erinnere mich dran.«

»Sie ist ein liebes Mädchen und möchte gerne deine

ältere Schwester und deine Freundin sein, wenn du sie nur läßt.«

»Freundin? Ich weiß nicht. Sie kommandiert ein bißchen gern herum, findest du nicht?«

»Und abgesehen davon, daß du dich bei ihr entschuldigst, gib ihr bitte ihr ›Handbuch für den praktischen Arzt‹ zurück.«

»Sie liest die ganze Zeit in diesem Ding. Findest du das nicht ulkig?«

»Zumindest liest sie irgend etwas.«

»Klar, Listen von Drogen und Arzneimitteln. Und weißt du auch warum?«

»Warum?«

»Weil sie versucht, die Nebenerscheinungen herauszufinden von dem Zeug, das Baba nimmt.«

»Was nimmt Baba denn?«

»Frag mich nicht. Frag Denise.«

»Woher weißt du, daß sie überhaupt etwas nimmt?«

»Frag Denise.«

»Warum soll ich nicht Baba fragen?«

»Frag Baba«, sagte sie.

Murray kam aus einem Gang heraus und ging direkt vor uns neben Babette her. Er nahm eine Doppelrolle Papierhandtücher aus ihrem Wagen und roch daran. Denise hatte Freunde getroffen, und sie gingen nach vorn, um sich die Taschenbücher in den spindeldürren Ständern anzusehen, die Bücher mit dem glänzenden Metallicdruck, den erhabenen Buchstaben, den grellen Illustrationen von Gewaltkulten und windgepeitschter Romantik. Denise trug einen grünen Augenschirm. Ich hörte, wie Babette Murray erzählte, daß sie ihn schon drei Wochen lang vierzehn Stunden am Tag trage. Sie verließ das Haus nicht ohne ihn, nicht einmal ihr Zimmer. Sie trug ihn in der Schule, wenn Schule war, trug ihn auf der Toilette, im Zahnarztstuhl, bei Tisch zum Abendessen. Etwas an dem Augenschirm schien sie anzusprechen, ihr Ganzheit und Identität anzubieten.

»Er ist ihre Nahtstelle zur Welt«, sagte Murray.

Er half Babette, ihren vollbeladenen Wagen zu schieben. Ich hörte, wie er zu ihr sagte: »Die Tibetaner glauben, daß es zwischen Tod und Wiedergeburt einen Übergangszustand gibt. Der Tod ist im Grunde eine Warteperiode. Bald wird ein neuer Schoß die Seele empfangen. In der Zwischenzeit baut sich die Seele wieder etwas von jener Göttlichkeit auf, die sie bei der Geburt verloren hat.« Er studierte ihr Profil, wie um eine Reaktion zu entdecken. »Daran muß ich immer denken, wenn ich hier hereinkomme. Dieser Ort lädt uns spirituell neu auf, er bereitet uns vor, er ist ein Tor oder ein Pfad. Sehen Sie nur, wie bunt. Er ist voller übersinnlicher Daten.«

Meine Frau lächelte ihn an.

»Alles ist in Symbolen verborgen, verdeckt von Schleiern des Geheimnisses und von Schichten aus Kulturmaterie. Aber es sind psychische Daten, kein Zweifel. Die großen Türen gleiten auf, sie schließen sich ungebeten. Energiewellen, einfallende Strahlung. Alle Buchstaben und Zahlen sind hier, alle Farben des Spektrums, alle Stimmen und Geräusche, alle Schlüsselworte und zeremoniellen Floskeln. Es ist nur eine Frage des Entzifferns, des neu Ordnens, des Abschälens der Schichten von Unaussprechlichem. Nicht, daß wir das etwa wollten, nicht, daß damit irgendeinem nützlichen Zweck gedient wäre. Dies ist nicht Tibet. Nicht einmal Tibet ist mehr Tibet.«

Er studierte ihr Profil. Sie stellte Joghurt in ihren Wagen.

»Die Tibetaner versuchen, den Tod als das zu sehen, was er ist. Er ist das Ende der Bindung an Dinge. Die einfache Wahrheit ist schwer auszuloten. Aber sobald wir aufhören, den Tod zu leugnen, können wir uns ganz ruhig dem Sterben hingeben und anschließend die uterine Wiedergeburt erleben oder ein jüdisch-christliches Leben nach dem Tode oder ein außerkörperliches Erlebnis oder eine Reise in einem UFO oder wie immer wir es auch nennen wollen. Wir können das mit klarem Blick tun, ohne Furcht oder Schrecken. Wir brauchen nicht künstlich am Leben zu hängen, und übrigens auch nicht am Tode. Wir gehen ganz einfach auf die Schiebetür zu. Wellen und Strahlungen. Sehen Sie nur, wie gut erleuchtet alles ist. Dieser Ort ist versiegelt, in sich geschlossen. Er ist zeitlos. Noch ein Grund, warum ich an Tibet denke. Sterben ist in Tibet eine Kunst. Ein Priester kommt herein, setzt sich, befiehlt den weinenden Verwandten hinauszugehen und läßt das Zimmer versiegeln. Türen, Fenster versiegeln. Er muß sich einer wichtigen Aufgabe widmen. Gesänge, Numerologie, Horoskope, Rezitationen. Hier sterben wir nicht, wir kaufen ein. Aber der Unterschied ist weniger ausgeprägt, als Sie glauben.«

Er flüsterte jetzt fast, und ich versuchte, dichter heranzukommen, ohne mit meinem Wagen den von Babette zu rammen. Ich wollte alles hören.

»Supermärkte dieser Größe und Sauberkeit und Modernität sind für mich eine Offenbarung. Ich habe mein Leben in kleinen, dumpfen Lebensmittelläden verbracht, mit schrägen Glastheken, in denen sich weiche, nasse, klumpige Sachen von bläßlicher Farbe auf Tabletts ausbreiteten. Mit so hohen Glastheken, daß man sich auf die Zehenspitzen stellen mußte, um seine Wünsche zu sagen. Geschrei, Akzente. In Großstädten bemerkt keiner das spezifische Sterben. Sterben ist eine Eigenschaft der Luft. Es ist überall und nirgends. Die Leute schreien beim Sterben, um bemerkt zu werden, damit man sich eine oder zwei Sekunden an sie erinnert. In einer Wohnung statt in einem Haus zu sterben kann, denke ich, die Seele über mehrere zukünftige Leben hinweg bedrücken. In der Kleinstadt gibt es Häuser, Pflanzen in Erkerfenstern. Die Menschen bemerken das Sterben eher. Die Toten haben Gesichter, Automobile. Wenn man den Namen nicht kennt, dann kennt man doch einen Straßennamen oder den Namen eines Hundes. ›Er fuhr einen orangeroten Mazda.‹ Man weiß ein paar unnütze Dinge über einen Menschen, die zu bedeutenden Identifikationsmerkmalen und kosmischen Einordnungskriterien werden, wenn er plötzlich stirbt, nach kurzer Krankheit, im eigenen Bett mit Steppdecke und passenden Kopfkissen, an einem regnerischen Mittwochnachmittag, fiebrig, etwas Blut in den Nebenhöhlen und in der Brust, in Gedanken bei den Kleidern, die in der Reinigung sind.«

Babette sagte: »Wo ist Wilder?« und drehte sich zu mir, um mich auf eine Art anzusehen, die ausdrückte, daß zehn Minuten vergangen waren, seit sie ihn zuletzt gesehen hatte. Andere Blicke, weniger nachdenklich und weniger schuldbewußt zeigten größere Zeitspannen, tiefere Seen von Unaufmerksamkeit an. Wie: *»Ich wußte gar nicht, daß Wale Säugetiere sind.«* Je länger die Zeitspanne, desto leerer der Blick, desto gefährlicher die Situation. Es war, als sei Schuld ein Luxus, den sie sich nur erlaubte, wenn die Gefahr verschwindend gering war.

»Wie konnte er nur aus dem Wagen klettern, ohne daß ich es gemerkt habe?«

Wir drei Erwachsenen stellten uns jeder an das Ende eines Gangs und spähten in das Getümmel von Einkaufswagen und vorbeischiebenden Körpern. Dann suchten wir drei weitere Gänge ab, den Kopf vorgereckt, hin- und hertretend, während wir den Blickwinkel änderten. Ich sah fortwährend bunte Punkte rechts von mir, aber wenn ich mich hindrehte, war dort nichts. Ich hatte schon jahrelang bunte Punkte gesehen, aber nie so viele, so fröhlich belebte. Murray entdeckte Wilder im Einkaufswagen einer anderen Frau. Die Frau winkte zu Babette herüber und steuerte auf uns zu. Sie wohnte in unserer Straße, zusammen mit einer halberwachsenen Tochter und einem asiatischen Kleinkind, Chun Duc. Jedermann nannte das Kind bei seinem Namen, fast in einem Ton stolzer Eigentümerschaft, aber keiner wußte, wem Chun gehörte oder wo er oder sie hergekommen war.

»Kleenex Softies, Kleenex Softies.«

Steffie hielt meine Hand in einer Weise, die, wie ich im Laufe der Zeit gemerkt hatte, nicht sanft besitzergreifend gemeint war, was ich zuerst gedacht hatte, sondern beruhigend. Ich war ein wenig erstaunt. Ein fester Griff, der mir helfen sollte, wieder Zutrauen zu mir selbst zu gewinnen, mich davor bewahren sollte, mich jenen melancholischen Launen hinzugeben, die sie anscheinend um meine Person herumschweben sah.

Bevor Murray zu der Schlange vor der Expreßkasse hinüberging, lud er uns für Samstag in einer Woche zum Abendessen ein.

»Sie brauchen mir erst in letzter Minute Bescheid zu sagen.«

»Wir werden kommen«, sagte Babette.

»Ich mache keine großen Umstände, also rufen Sie einfach kurz vorher an und sagen mir, ob sich sonstwas ergeben hat. Sie brauchen nicht mal anzurufen. Wenn Sie nicht erscheinen, weiß ich ja, daß etwas dazwischengekommen ist und Sie es mir nicht mehr sagen konnten.«

»Murray, wir werden kommen.«

»Bringen Sie die Kinder mit.«

»Nein.«

»Prima. Aber wenn Sie sich doch entschließen, sie mitzubringen, kein Problem. Ich will nicht, daß Sie das Gefühl haben, daß ich Sie zu etwas dränge. Haben Sie nicht das Gefühl, daß Sie eine eherne Verpflichtung eingegangen sind. Sie kommen einfach, oder Sie kommen nicht. Ich muß ja sowieso etwas essen, also ist es keine größere Katastrophe, wenn etwas dazwischenkommt und Sie absagen müssen. Ich möchte nur, daß Sie wissen, daß ich da bin, falls Sie sich dazu entschließen vorbeizuschauen, mit oder ohne Kinder. Wir haben bis nächsten Mai oder Juni Zeit, sowas zu machen, also ist das mit dem Samstag in einer Woche im Grunde gar nicht so wichtig.«

»Kommen Sie nächstes Semester wieder?« sagte ich.

»Ich soll ein Seminar über das Kino der Verkehrsunfälle abhalten.«

»Tun Sie das.«

»Das habe ich vor.«

In der Warteschlange vor der Kasse rieb ich mich an Babette. Sie schob sich nach hinten auf mich, und ich legte die Arme um sie und die Hände auf ihre Brüste. Sie bewegte die Hüften, und ich drückte meinen Kopf in ihr Haar und murmelte: »Schmutzig-blond.« Leute stellten Schecks aus, hochaufgeschossene Jungen packten die Waren in Tüten. Nicht alle Leute an den Kassen sprachen englisch, auch in der Nähe der Obststände und bei der Tiefkühlkost oder draußen zwischen den Autos auf dem Parkplatz nicht. Ich hörte zunehmend Sprachen, die ich nicht identifizieren konnte, geschweige denn verstehen, obwohl die hochaufgeschossenen Jungen gebürtige Amerikaner waren und auch die Frauen an den Kassen, die klein und dicklich in blauen Kitteln steckten und Stretchhosen und winzige weiße Sandaletten trugen. Ich versuchte, meine Hände in Babettes Rock zu zwängen, über ihren Bauch, während die Schlange sich langsam auf die letzte Einkaufsmöglichkeit zuschob, die Pfefferminzbonbons für frischen Atem und die Naseninhalatoren.

Draußen auf dem Parkplatz hörten wir die ersten Gerüchte darüber, daß ein Mann während der Untersuchungen in der Grundschule gestorben sein sollte, einer der gestiefelten, massigen Männer in Masken und Mylex-Anzügen. Sei einfach zusammengebrochen und gestorben, ging das Gerücht, in einem Klassenzimmer auf dem zweiten Stock.

10

Die Studiengebühren im College-on-the-Hill betragen vierzehntausend Dollar, einschließlich Sonntagsbrunch. Ich habe das Gefühl, daß ein Zusammenhang besteht zwischen dieser gewaltigen Summe und der Weise, in der die Studenten sich in den Lesezonen der Bibliothek physisch arrangieren. Auf breiten gepolsterten Bänken sitzen sie in verschiedensten linkischen Haltungen, die eindeutig darauf abzielen, Erkennungszeichen einer Verwandtschaftsgruppe oder Geheimorganisation zu sein. Die Haltungen sind: fötal, gespreizt, x-beinig, gebeugt, quadratisch verknotet, manchmal fast kopfüber. Sie sind so einstudiert, daß sie einer klassischen Pantomime nahekommen. Sie enthalten ein Element von Überkultiviertheit und Inzucht. Manchmal habe ich das Gefühl, daß ich in einen fernöstlichen Traum geraten bin, zu fern, um interpretierbar zu sein, und doch ist es nur die Sprache der wohlhabenden Klasse, die sie sprechen, in einer ihrer zulässigen äußeren Formen, so wie die Eröffnungsversammlung der Kombiwagen zu Beginn des Semesters.

Denise sah zu, wie ihre Mutter das kleine Zellophanband an einer Sparpackung mit sechzehn einzeln verpackten Kaugummis aufriß. Ihre Augen verengten sich, als sie sich wieder den Adreßbüchern auf dem Küchentisch vor sich zuwandte. Das Gesicht der Elfjährigen war eine meisterhafte Maske unterdrückter Wut.

Sie wartete einen langen Augenblick, dann sagte sie beherrscht: »Das Zeug ruft bei Labortieren Krebs hervor, falls du das nicht wußtest.«

»Du wolltest, daß ich Kaugummi ohne Zucker kaue. Das war deine Idee!«

»Damals stand auf der Packung noch keine Warnung. Inzwischen haben sie eine Warnung draufgeschrieben, und ich kann mir absolut nicht vorstellen, daß du die nicht gesehen haben solltest.«

Sie übertrug Namen und Telefonnummern aus einem alten Buch in ein neues. Adressen gab es keine. Ihre Freunde hatten nur Telefonnummern, eine Rasse von

Menschen mit einem sieben Zeichen entsprechenden Bewußtseinsstand.

»Mir ist es so oder so recht«, sagte Babette. »Es bleibt völlig dir überlassen. Entweder kaue ich Kaugummi mit Zucker und künstlichen Farbstoffen, oder ich kaue zukkerlosen und farblosen Kaugummi, der schädlich für Ratten ist.«

Steffie legte den Telefonhörer auf. »Kau doch gar nichts«, sagte sie. »Hast du das schon mal erwogen?«

Babette schlug Eier in eine hölzerne Salatschüssel. Sie warf mir einen Blick zu, in dem die Frage stand, wie das Mädchen telefonieren und uns gleichzeitig zuhören konnte. Ich wollte antworten, weil sie uns interessant findet.

Babette sagte zu den Mädchen: »Schaut mal, entweder kaue ich Kaugummi oder ich rauche. Wenn ihr wollt, daß ich wieder anfange zu rauchen, braucht ihr mir nur meinen Kaugummi und meine Eukalyptusbonbons wegzunehmen.«

»Warum mußt du denn überhaupt eins von beiden tun?« fragte Steffie. »Warum tust du nicht keins von beiden?«

»Warum nicht beides?« fragte Denise, und ihr Gesicht entleerte sich sorgfältig jeden Ausdrucks. »Das möchtest du doch am liebsten, oder? Wir dürfen doch alle tun, was wir wollen, oder nicht? Nur wenn wir morgen in die Schule wollen, können wir das nicht, weil sie das Gebäude ausräuchern oder wer weiß was.«

Das Telefon klingelte; Steffie griff nach dem Hörer.

»Ich bin doch kein Verbrecher«, sagte Babette, »ich will nur hin und wieder ein armseliges kleines, geschmackloses Stückchen Kaugummi kauen.«

»So einfach ist das auch wieder nicht«, sagte Denise.

»Aber es ist auch kein Verbrechen. Ich kaue vielleicht zwei von diesen Stückchen am Tag.«

»Dann darfst du das jetzt eben nicht mehr.«

»Doch, das darf ich, Denise. Ich will es. Das Kauen ist eben entspannend für mich. Du machst einen Aufstand wegen nichts und wieder nichts.«

Es gelang Steffie, unsere Aufmerksamkeit auf sich zu ziehen, allein durch die flehende Dringlichkeit ihres Gesichtsausdrucks. Ihre Hand lag über der Sprechmuschel. Sie sprach nicht, sondern formte nur stumm die Worte.

Die Stovers wollen rüberkommen.

»Eltern oder Kinder?« fragte Babette.

Meine Tochter zuckte mit den Achseln.

»Wir wollen sie nicht«, sagte Babette.

»Halt sie uns vom Leib«, sagte Denise.

Was soll ich sagen?

»Sag irgendwas, was du willst.«

»Halt sie uns bloß vom Leib.«

»Sie sind langweilig.«

»Sag ihnen, sie sollen zuhause bleiben.«

Steffie zog sich mit dem Telefon zurück, es sah aus, als wolle sie es mit ihrem Körper abschirmen, die Augen voller Furcht und Aufregung.

»Ein bißchen Kaugummi kann doch unmöglich schaden«, sagte Babette.

»Wahrscheinlich hast du recht. Laß nur. Ist ja nur eine Warnung auf der Packung.«

Steffie legte auf. »Nur gefährlich für deine Gesundheit«, sagte sie.

»Nur Ratten«, sagte Denise. »Wahrscheinlich hast du recht. Laß nur.«

»Vielleicht glaubt sie, daß sie im Schlaf gestorben sind.«

»Nur unnütze Nager, was soll's also?«

»Was soll's, wozu der Aufstand?« sagte Steffie.

»Wer's glaubt, daß sie nur zwei Stück am Tag kaut! So vergeßlich, wie sie ist.«

»Was vergesse ich denn?« sagte Baba.

»Schon gut«, sagte Denise, »laß nur.«

»Was vergesse ich?«

»Mach nur weiter so und kau. Vergiß die Warnung. Mir ist's egal.«

Ich hob Wilder aus einem Stuhl und gab ihm einen lauten Kuß aufs Ohr, und er wich entzückt zurück. Dann setzte ich ihn auf die Theke und ging nach oben, um Heinrich zu suchen. Er war in seinem Zimmer und studierte die Aufstellung von Schachfiguren aus Plastik.

»Spielst du immer noch mit dem Typ im Gefängnis? Wie läuft's denn?«

»Ganz gut. Ich glaube, ich hab ihn in die Enge getrieben.«

»Was weißt du über den Typ? Wollte ich schon lange fragen.«

»Zum Beispiel, wen er umgebracht hat? Das ist heute das Größte, Interesse am Opfer.«

»Du spielst schon monatelang mit dem Mann Schach. Was weißt du über ihn, außer daß er lebenslänglich sitzt, wegen Mord? Ist er jung, alt, schwarz, weiß? Teilt ihr euch überhaupt gegenseitig etwas mit außer euren Schachzügen?«

»Wir schicken uns manchmal kurze Briefe.«

»Wen hat er umgebracht?«

»Er stand unter Streß.«

»Und was war los?«

»Es wurde immer schlimmer.«

»Und dann ging er hin und hat jemand erschossen? Wen hat er erschossen?«

»Ein paar Leute in Iron City.«

»Wie viele?«

»Fünf.«

»Fünf Menschen.«

»Ohne den Polizisten, das war später.«

»Sechs Menschen! Hat er seine Waffen zwanghaft geliebt? Hatte er ein ganzes Arsenal in seinem schäbigen kleinen Zimmer neben einem sechsstöckigen Betonparkhaus gehortet?«

»Ein paar Pistolen und ein Schnellfeuergewehr mit Zielvorrichtung.«

»Ein Zielfernrohr. Hat er von einer Highway-Überführung, aus einem gemieteten Zimmer geschossen? Ist er in eine Kneipe marschiert, einen Waschsalon, an seinen früheren Arbeitsplatz und hat angefangen, blind um sich zu schießen? Und die Leute sind auseinandergespritzt und haben unter den Tischen Deckung gesucht? Und die Leute auf der Straße dachten, sie hätten einen Feuerwerkskörper gehört. ›Ich hab auf den Bus gewartet, als ich so ein leises krachendes Geräusch hörte, wie wenn ein Feuerwerkskörper losgeht!‹«

»Er ist auf ein Dach gestiegen.«

»Ein Dachheckenschütze. Hat er in sein Tagebuch geschrieben, bevor er auf das Dach stieg? Hat er seine Stimme auf Tonband aufgenommen, ist er ins Kino gegangen, hat er Bücher über andere Massenmörder gelesen, um sein Gedächtnis aufzufrischen?«

»Tonbänder besprochen.«

»Tonbänder besprochen. Was hat er damit gemacht?«

»Sie an Leute geschickt, die er liebte, um Verzeihung gebeten.«

»›Ich kann nicht anders, Leute.‹ Waren die Opfer völlig Fremde? War es ein Racheakt? War er entlassen worden? Hatte er Stimmen gehört?«

»Völlig Fremde.«

»Hatte er Stimmen gehört?«

»Im Fernsehen.«

»Die nur zu ihm sprachen? Ihn ausgesucht hatten?«

»Die ihm sagten, er müsse in die Geschichte eingehen. Er war siebenundzwanzig, arbeitslos, geschieden, sein Auto sollte versteigert werden. Die Zeit wurde ihm knapp.«

»Beharrliche, drängende Stimmen. Wie hat er es mit den Medien gehalten? Viele Interviews gegeben, Leserbriefe an die Lokalzeitung geschrieben, versucht, einen Buchvertrag abzuschließen?«

»In Iron City gibt's keine Medien. Daran hat er erst gedacht, als es zu spät war. Er sagt, wenn er es nochmal zu machen hätte, würde er es nicht als normalen Mord durchziehen, dann würde er es als Attentat machen.«

»Er würde sorgfältiger auswählen. Eine berühmte Persönlichkeit umlegen, auffallen, sich einprägen.«

»Er weiß jetzt, daß er nicht in die Geschichte eingehen wird.«

»Das werde ich auch nicht.«

»Aber du hast Hitler.«

»Ja, das stimmt.«

»Was hat Tommy Roy Foster schon?«

»Na schön, er hat dir das also alles in den Briefen erzählt, die er dir schickt. Was schreibst du ihm?«

»Mir fallen die Haare aus.«

Ich sah ihn an. Er hatte einen Trainingsanzug an, ein Handtuch um den Hals, Schweißbänder an beiden Handgelenken.

»Du weißt, was deine Mutter zu dieser postalischen Schachbeziehung sagen würde.«

»Ich weiß, was du sagen würdest. Du sagst es.«

»Wie geht's deiner Mutter? Hast du in letzter Zeit von ihr gehört?«

»Sie will, daß ich diesen Sommer in den Ashram komme.«

»Möchtest du hin?«

»Wer weiß, was ich möchte? Wer weiß, was irgend jemand möchte? Wie kann man sich über sowas überhaupt klar sein? Ist das nicht alles eine Frage der Hirnchemie, von Signalen, die hin- und hergehen, elektrischer Energie in der Hirnrinde? Woher weißt du, daß etwas wirklich das ist, was du tun möchtest, oder einfach nur eine Art Nervenimpuls im Gehirn? Irgendein winzig kleiner Vorgang läuft irgendwo an einem unwichtigen Ort in einer der Gehirnhälften ab, und plötzlich möchte ich nach Montana, oder ich möchte nicht nach Montana. Woher weiß ich, daß ich wirklich hinmöchte und daß es nicht nur ein paar Neuronensalven sind oder was. Vielleicht ist es nur ein zufälliger Blitz im Rückenmark, und plötzlich sitze ich in Montana, und ich stelle fest, daß ich eigentlich gar nicht dort hinwollte. Ich kann nicht steuern, was in meinem Gehirn passiert, wie kann ich also mit Sicherheit wissen, was ich in zehn Sekunden tun will, geschweige denn, ob ich nächsten Sommer nach Montana will? Alles ist nur Gehirnaktivität, und du weißt gar nicht, was du als Person bist und was einfach nur ein Neuron ist, das gerade zufällig schießt oder fehlschießt. Ist das nicht der Grund, warum Tommy Roy diese Menschen umgebracht hat?«

Am Morgen ging ich zur Bank. Ich ging zum Kassenautomaten, um meinen Kontostand zu überprüfen. Ich steckte meine Karte ein, gab meinen Geheimcode an und tippte meine Bitte ein. Die Zahl auf dem Bildschirm entsprach grob gesehen meiner unabhängigen Schätzung, zu der ich nach langer Suche in den Unterlagen und gequältem Kopfrechnen erschöpft gelangt war. Wellen der Erleichterung und Dankbarkeit durchströmten mich. Das System hatte mein Leben gesegnet. Ich spürte seine Unterstützung und seine Billigung. Die Hardware des Systems, dessen Zentraleinheit in einem abgeschlossenen Raum in irgendeiner fernen Stadt saß. Welch erfreuliche Interaktion. Ich hatte das Gefühl, daß etwas von zutiefst persönlichem Wert, jedoch nicht Geld – das keinesfalls – legalisiert und bestätigt worden war. Eine geistesgestörte Person wurde von zwei bewaffneten Wachmännern aus der Bank geführt. Das System war unsichtbar, was es um so eindrucksvoller machte, um so beunruhigender im Umgang. Doch waren wir im Einklang, zumindest für den Augenblick. Die Netzwerke, die Schaltsysteme, die Ströme, die Harmonien.

11

Ich erwachte von einem Todesschweiß gefesselt. Wehrlos gegen meine eigenen quälenden Ängste. Eine Unterbrechung im Zentrum meines Seins. Mir fehlte der Wille und die physische Kraft, aus dem Bett zu steigen und, mich an Wänden und Treppengeländern entlangtastend, durch das dunkle Haus zu wandern. Mir den Weg zu erfühlen, wieder Einzug in meinen Körper zu halten, wieder in die Welt zu treten. Schweiß tropfte an meinen Rippen hinunter. Die Digitalanzeige des Radioweckers stand auf 3:51. Immer ungerade Zahlen zu solchen Zeiten. Was bedeutet das? Ist der Tod ungerade? Gibt es lebensstärkende Zahlen, andere Zahlen, die mit Bedrohung geladen sind? Babette murmelte im Schlaf, und ich rückte dicht an sie und atmete ihre Hitze. Schließlich schlief ich ein, wurde aber bald wieder vom Geruch verbrannten Toasts geweckt. Das mußte Steffie sein. Sie läßt oft Toast anbrennen, zu jeder Tages- und Nachtzeit, absichtlich. Sie liebt den Geruch, sie ist süchtig danach; es ist ihr Lieblingsduft. Er befriedigt sie in einer Weise, wie Rauch von Holz das nicht tut, oder ausgeblasene Kerzen oder der Geruch von Schießpulver, den die Feuerwerkskörper am Vierten Juli auf der Straße verbreiten. Sie hat eine Reihenfolge der Vorlieben entwickelt. Verbranntes Roggenbrot, verbranntes Weißbrot, und so weiter.

Ich zog meinen Bademantel an und ging nach unten. Ständig zog ich den Bademantel an und ging irgendwohin, um mit einem Kind ein ernstes Wort zu reden. Babette war bei ihr in der Küche. Das überraschte mich. Ich hatte gedacht, sie sei noch im Bett.

»Möchtest du Toast?« sagte Steffie.

»Nächste Woche werde ich einundfünfzig.«

»Das ist doch nicht alt, oder?«

»Ich fühle mich schon seit fünfundzwanzig Jahren gleich.«

»Schlecht. Wie alt ist meine Mutter?«

»Sie ist noch jung. Sie war erst zwanzig, als wir zum ersten Mal geheiratet haben.«

»Ist sie jünger als Baba?«

»Ungefähr gleich. Nur damit du nicht denkst, daß ich einer von den Männern bin, die sich ständig jüngere Frauen suchen.«

Ich war nicht sicher, ob meine Antworten für Steffie oder Babette gedacht waren. So etwas spielt sich in der Küche ab, wo die Datenebenen vielfältig und tief sind, wie Murray sagen würde.

»Ist sie immer noch beim CIA?« fragte Steffie.

»Darüber dürfen wir eigentlich gar nicht reden. – Sie ist nur Vertragsagentin.«

»Was ist das?«

»So etwas machen Leute heutzutage für ein Zweiteinkommen.«

»Was genau tut sie da?« fragte Babette.

»Sie bekommt einen Anruf aus Brasilien. Der aktiviert sie.«

»Und dann?«

»Sie trägt Geld rum, in einem Koffer, quer durch Lateinamerika.«

»Das ist alles? Das könnte ich auch.«

»Manchmal schicken sie ihr Bücher, die sie rezensieren soll.«

»Habe ich sie kennengelernt?« fragte Babette.

»Nein.«

»Kenne ich ihren Namen?«

»Dana Breedlove.«

Steffies Lippen formten die Worte, während ich sie aussprach.

»Du hast doch nicht vor, das zu essen, oder?« fragte ich sie.

»Ich esse meinen Toast immer.«

Das Telefon läutete, und ich nahm ab. Eine Frauenstimme gab ein energiegeladenes Hallo von sich. Sie sagte, sie sei computererzeugt und Teil einer Marktforschungsumfrage, die darauf abziele, den augenblicklichen Stand von Konsumentenwünschen zu ermitteln. Sie sagte, sie werde eine Anzahl von Fragen stellen und nach jeder eine Pause machen, um mir Gelegenheit zum Antworten zu geben.

Ich gab Steffie den Hörer. Als offensichtlich war, daß

sie mit der synthetischen Stimme beschäftigt war, sprach ich leise zu Babette. »Sie hat gern intrigiert.«

»Wer?«

»Dana. Sie hat mich gern in Sachen verwickelt.«

»Was für Sachen?«

»Zwietrachten. Bestimmte Freunde gegen andere auszuspielen. Häusliche Intrigen, Fakultätsintrigen.«

»Klingt nach dem Üblichen.«

»Mit mir hat sie englisch gesprochen, am Telefon spanisch oder portugiesisch.«

Steffie drehte sich um und benützte ihre freie Hand, um ihren Pullover vom Körper wegzuziehen, damit sie das Schildchen lesen konnte.

»Virgo-Acryl«, sagte sie ins Telefon.

Babette untersuchte das Schildchen an ihrem Pullover. Ein leichter Regen setzte ein.

»Was ist das für ein Gefühl, fast einundfünfzig zu sein?« sagte sie.

»Nicht anders als fünfzig.«

»Außer, daß das eine gerade und das andere ungerade ist«, stellte sie klar.

An diesem Abend erhoben wir uns in Murrays gräulichweißem Zimmer nach einem sensationellen Mahl – Kornisch Huhn in der Form eines Frosches, auf einer Kochplatte mit zwei Flammen zubereitet – von unseren Metallklappstühlen und gingen zum Kaffee hinüber zu seinem Etagenbett.

»Als ich noch Sportjournalist war«, sagte Murray, »war ich ständig unterwegs, ich lebte in Flugzeugen und Hotels und im Rauch des Stadions und fühlte mich in meiner eigenen Wohnung nie zuhause. Jetzt habe ich ein Heim.«

»Richtig hübsch haben Sie sich's gemacht«, sagte Babette, und ihr Blick wanderte verzweifelt im Zimmer umher.

»Es ist klein, es ist dunkel, es ist einfach«, sagte er selbstzufrieden. »Ein Schrein für Gedanken.«

Ich wies hinüber zu dem alten vierstöckigen Gebäude, das auf der anderen Straßenseite auf einem mehrere Morgen großen Gelände stand. »Hören Sie viel von der Irrenanstalt?«

»Sie meinen Schläge und Geschrei? Es ist interessant,

daß die Leute es immer noch Irrenanstalt nennen. Das muß die auffällige Architektur sein, das hohe, steile Dach, die schlanken Kamine, die Säulen, die kleinen Schnörkel hier und da, die entweder anheimelnd sind oder unheimlich – ich kann mich nicht entscheiden. Es sieht eben nicht aus wie ein Pflegeheim oder eine psychiatrische Klinik. Es sieht aus wie eine Irrenanstalt.«

Seine Hosen bekamen an den Knien glänzende Stellen.

»Ich finde es schade, daß Sie die Kinder nicht mitgebracht haben. Ich möchte gern kleine Kinder kennenlernen. Unsere Gesellschaft ist eine Gesellschaft der Kinder. Ich sage meinen Studenten immer, daß sie schon zu alt sind, um für die Formung der Gesellschaft eine bedeutende Rolle zu spielen. Von Minute zu Minute wird die Kluft zwischen ihnen und der Gesellschaft größer. ›Schon während wir hier sitzen‹, sage ich zu ihnen, ›bewegt ihr euch in Spiralen vom Kern weg, werdet ihr als Gruppe weniger erkennbar, weniger anvisierbar für Werbeleute und Produzenten von Massenkultur. Kinder sind ein echter Allgemeinbegriff. Aber ihr seid schon weit darüber hinaus, fangt schon an zu driften, euch den Produkten, die ihr konsumiert, entfremdet zu fühlen. Für wen sind sie entworfen? Wo ist euer Platz im Marketingsystem? Sobald ihr aus der Schule seid, ist es nur noch eine Sache der Zeit, bis ihr die ungeheure Einsamkeit und Unzufriedenheit von Konsumenten erfahrt, die ihre Gruppenidentität verloren haben.‹ Dann klopfe ich mit dem Bleistift auf den Tisch, um das verhängnisvolle Zerrinnen der Zeit anzudeuten.«

Weil wir auf dem Bett saßen, mußte Murray sich weit vorbeugen und an der Kaffeetasse, die ich auf der Hand balancierte, vorbeischauen, um Babette anzusprechen.

»Wie viele Kinder haben Sie, alles in allem?«

Sie schien zu zögern.

»Da ist einmal natürlich Wilder. Dann Denise.«

Murray trank seinen Kaffee schlückchenweise und versuchte dabei, die Tasse an der Unterlippe, Babette seitwärts anzusehen.

»Dann ist da Eugene, der dieses Jahr bei seinem Papa in Westaustralien ist. Eugene ist acht. Sein Papa forscht im australischen Busch. Sein Papa ist auch Wilders Papa.«

»Der Junge wächst ohne Fernsehen auf«, sagte ich, »könnte lohnend sein, mal mit ihm zu reden, Murray, eine Art Kind der Wildnis, ein Wilder, der aus dem Busch gezerrt wurde, intelligent und lese- und schreibkundig, aber der tieferen Chiffren und Botschaften, die seine Spezies als einzigartig kennzeichnen, nicht teilhaftig.«

»Fernsehen ist nur ein Problem, wenn man das Sehen und Zuhören verlernt hat«, sagte Murray. »Meine Studenten und ich diskutieren fortwährend darüber. Sie haben nämlich das Gefühl, daß sie sich gegen das Medium auflehnen müßten, genau wie eine frühere Generation sich gegen ihre Eltern und ihr Vaterland aufgelehnt hat. Ich sage ihnen, daß sie lernen müssen, wieder wie Kinder zu sehen. Die Substanz ausgraben. Die Chiffren und Botschaften finden, um Ihren Ausdruck zu benützen, Jack.«

»Was sagen Sie dazu?«

»Fernsehen sei einfach nur ein anderer Name für Postwurfsendungen. Aber ich sage ihnen, daß ich das nicht akzeptieren kann. Ich erzähle ihnen, daß ich seit mehr als zwei Monaten in diesem Zimmer sitze und bis in die frühen Morgenstunden fernsehe und aufmerksam zuhöre und mir Notizen mache. Eine grandiose und demütigende Erfahrung, kann ich Ihnen sagen. Nahezu mystisch.«

»Zu welchem Ergebnis sind Sie gekommen?«

Er schlug geziert die Beine übereinander und saß dann vor sich hinlächelnd mit der Tasse im Schoß da.

»Wellen und Strahlungen«, sagte er. »Mir ist klargeworden, daß dieses Medium im amerikanischen Heim eine Urgewalt darstellt. Versiegelt, zeitlos, unabhängig, auf sich selbst verweisend. Es ist, als werde mitten in unseren Wohnzimmern ein Mythos geboren, wie etwas, das wir auf träumerische, vorbewußte Art schon kennen. Ich bin sehr angetan, Jack.«

Er sah mich an und lächelte dabei immer noch auf seine vielsagende Art.

»Man muß sehen lernen. Man muß sich dem Informationsfluß öffnen. Das Fernsehen bietet unglaubliche Mengen psychischer Daten. Es eröffnet uralte Erinnerungen an Weltgeburten, es heißt uns willkommen im Raster, im Netzwerk der kleinen summenden Punkte, die das Bildmuster ergeben. Licht ist da, Ton ist da. Ich frage meine Studenten: ›Was wollt ihr mehr?‹ Schauen Sie sich nur den Reichtum an Daten an, die im Raster verborgen sind, in der bunten Verpackung, dem Geklingel, der aus dem Leben gegriffenen Werbung, den Produkten, die aus der Dunkelheit schießen, den chiffrierten Botschaften und endlosen Wiederholungen, wie Psalmen oder Mantras. *Coca Cola is it, Coca Cola is it.* Das Medium quillt förmlich über von heiligen Formeln, wenn wir uns daran erinnern können, wie man unschuldig reagiert und unseren Ärger, unseren Überdruß und unseren Abscheu hinter uns lassen können.«

»Aber Ihre Studenten sind nicht dieser Meinung?«

»Schlimmer als Postwurfsendungen. Ihrer Meinung nach ist Fernsehen der Todeskampf des menschlichen Bewußtseins. Sie schämen sich ihrer Fernsehvergangenheit. Sie wollen über Filme reden.«

Er stand auf und schenkte uns Kaffee nach.

»Woher wissen Sie so viel?« sagte Babette.

»Ich komme aus New York.«

»Je mehr Sie reden, desto hintergründiger sehen Sie aus, als wollten Sie uns etwas aufschwatzen.«

»Die beste Rede ist Verführung.«

»Waren Sie jemals verheiratet?« sagte sie.

»Einmal, kurz. Während ich über die Jets, die Mets und die Nets Bericht erstattete: Wie sonderbar muß ich Ihnen jetzt vorkommen, ein einzelgängerischer Kauz, der sich mit einem Fernseher und Dutzenden von Stapeln verstaubter Comics von der Außenwelt abschneidet. Bitte denken Sie nicht, daß ich einen aufregenden Besuch zwischen zwei und drei Uhr morgens nicht schätzen würde«, sagte er zu ihr, »von einer intelligenten Frau mit Pfennigabsätzen und geschlitztem Rock mit hocheindrucksvollen Accessoires.«

Es tröpfelte, als wir nach Hause gingen, ich hatte den Arm um Babettes Taille gelegt. Die Straßen waren leer. An der Elm waren alle Läden dunkel, die beiden Banken waren schwach erleuchtet, die Neonlichtspiele im Schaufenster des Optikers warfen ein raffiniertes Licht auf den Bürgersteig.

Dralon, Orlon, Lycra Spandex.

»Ich weiß, daß ich Dinge vergesse«, sagte sie, »aber ich wußte nicht, daß es so offensichtlich ist.«

»Das ist es nicht.«

»Hast du Denise gehört? Wann war das, letzte Woche?«

»Denise ist clever und zäh. Keinem sonst fällt das auf.«

»Ich wähle am Telefon eine Nummer und vergesse, wen ich anrufe. Ich gehe in ein Geschäft und vergesse, was ich kaufen wollte. Jemand erzählt mir etwas, ich vergesse es, er erzählt es mir noch einmal, ich vergesse es, er erzählt es mir nochmal, mit einem komischen Lächeln.«

»Wir alle vergessen mal was«, sagte ich.

»Ich vergesse Namen, Gesichter, Telefonnummern, Adressen, Verabredungen, Anweisungen, Wegbeschreibungen.«

»Das geht doch aber mehr oder weniger jedem so.«

»Ich vergesse, daß Steffie nicht Stephanie genannt werden will. Manchmal sage ich Denise zu ihr. Ich vergesse, wo ich das Auto abgestellt habe, und dann vergesse ich einen fürchterlichen Moment lang, wie das Auto aussieht.«

»Die Vergeßlichkeit hat sich in der Luft und im Wasser ausgebreitet. Sie hat schon Eingang in die Nahrungskette gefunden.«

»Vielleicht ist es der Kaugummi, den ich kaue. Ist das zu weit hergeholt?«

»Vielleicht ist es etwas anderes.«

»Was meinst du?«

»Du nimmst noch etwas, außer dem Kaugummi.«

»Wie kommst du auf die Idee?«

»Ich habe sie aus zweiter Hand von Steffie.«

»Wo hat Steffie sie her?«

»Von Denise.«

Sie zögerte und gestand damit die Möglichkeit ein, daß ein Gerücht oder eine Theorie, falls Denise die Urheberin war, sehr wohl stimmen konnte.

»Was nehme ich denn laut Denise?«

»Das wollte ich dich fragen, bevor ich sie frage.«

»Soweit ich weiß, Jack, nehme ich überhaupt nichts,

was für meine Gedächtnisausfälle verantwortlich sein könnte. Andrerseits bin ich weder alt, noch habe ich je eine Kopfverletzung gehabt, noch gibt es in meiner Familie irgendwelche Anomalien außer Gebärmutterverkrümmungen.«

»Du sagst doch, daß Denise vielleicht recht hat.«

»Das können wir nicht ausschließen.«

»Du sagst doch, daß du vielleicht etwas nimmst, was als Nebenwirkung die Gedächtnisleistung beeinträchtigt.«

»Entweder nehme ich etwas und erinnere mich nicht daran, oder ich nehme nichts und erinnere mich nicht daran. Mein Leben ist ein Entweder/Oder. Entweder kaue ich normalen Kaugummi, oder ich kaue zuckerlosen Kaugummi. Entweder kaue ich Kaugummi, oder ich rauche. Entweder rauche ich, oder ich nehme zu. Entweder nehme ich zu, oder ich renne die Stadiontreppen hinauf.«

»Das klingt nach einem sehr langweiligen Leben.«

»Ich hoffe, es dauert noch ewig«, sagte sie.

Bald darauf waren die Straßen mit Blättern bedeckt. Blätter kamen die schrägen Dächer heruntergetaumelt und -gerutscht. Jeden Tag gab es Zeiten, zu denen ein steifer Wind blies und die Bäume noch kahler machte, und in den Gärten hinter den Häusern und auf den kleinen Rasen davor tauchten Rentner auf, mit Rechen mit gebogenen Zinken. Schwarze Plastiksäcke waren in schiefen Reihen an den Bordsteinen aufgestellt.

Grüppchen ängstlicher Kinder tauchten an unserer Haustür auf, um ihre Halloween-Süßigkeiten einzuheimsen.

12

Ich ging zweimal in der Woche zum Deutschunterricht, am späten Nachmittag, und mit jedem Besuch brach die Dunkelheit früher herein. Es war Howard Dunlops Arbeitsgrundsatz, daß wir die volle Länge der Unterrichtsstunde einander gegenübersaßen. Er wollte, daß ich seine Zungenstellung beobachtete, während er die Aussprache von Konsonanten, Diphthongen, langen und kurzen Vokalen demonstrierte. Er seinerseits schaute auch mir eingehend in den Mund, während ich versuchte, die unglückseligen Laute wiederzugeben.

Sein Gesicht war mild und still, eine ovale Fläche ohne die leiseste Spur einer Besonderheit, bis er anfing, seine Stimmübungen zu absolvieren. Dann begannen die Verzerrungen. Es war unheimlich anzusehen, so unanständig faszinierend wie vielleicht ein Tobsuchtsanfall, dem man aus sicherer Entfernung beiwohnt. Er zog den Kopf zwischen die Schultern, kniff die Augen zusammen, schnitt roboterhafte Grimassen. Wenn es an mir war, die Geräusche zu wiederholen, tat ich desgleichen, wenn auch nur, um meinen Lehrer zu erfreuen. Ich verzog den Mund, schloß die Augen vollständig, und war mir einer Überartikulation bewußt, die so peinigend war, daß sie sich wie eine Vergewaltigung der Naturgesetze anhören mußte, wie ein Stein oder ein Baum, der sich abmüht zu sprechen. Wenn ich die Augen öffnete, war er nur Zentimeter von meinem Mund entfernt und beugte sich vor, um hineinzuschauen. Ich fragte mich jedesmal, was er dort drin wohl sah.

Vor und nach jeder Stunde herrschte ein unnatürliches Schweigen. Ich versuchte, Konversation zu machen, ihn dazu zu bringen, über seine Jahre als Chiropraktiker zu reden, über sein Leben vor der deutschen Sprache. Er schaute dann weg, in unbestimmte Fernen, nicht ärgerlich oder gelangweilt oder ausweichend – einfach nur distanziert, frei von logischen Zusammenhängen, wie es schien. Wenn er etwas sagte, über die anderen Mieter oder den Hauswirt, lag etwas Nörgelndes in seiner Stimme, ein schleppend klagender Unterton. Es war wichtig für ihn, der Meinung zu sein, daß er sein Leben unter Menschen verbracht hatte, die immer am Wesentlichen vorbeigingen.

»Wie viele Schüler haben Sie?«

»In Deutsch?«

»Ja.«

»Sie sind der einzige, den ich in Deutsch habe. Früher hatte ich noch andere. Deutsch hat nachgelassen. Solche Dinge laufen in Zyklen ab, wie alles andere auch.«

»Was unterrichten Sie sonst noch?«

»Griechisch, Lateinisch, Hochseesegeln.«

»Kommen Leute hierher, um Hochseesegeln zu lernen?«

»Nicht mehr so häufig.«

»Es ist erstaunlich, wie viele Leute heutzutage lehren«, sagte ich. »Auf jeden Menschen kommt ein Lehrer. Jeder, den ich kenne, ist entweder Lehrer oder Schüler. Was bedeutet das wohl?«

Er schaute weg, auf eine Schranktür.

»Unterrichten Sie sonst noch etwas?« sagte ich.

»Meteorologie.«

»Meteorologie. Wie kam das denn?«

»Der Tod meiner Mutter hat mich schrecklich getroffen. Ich brach völlig zusammen, verlor meinen Glauben an Gott. Ich war untröstlich, zog mich völlig in mich selbst zurück. Dann sah ich eines Tages zufällig einen Wetterbericht im Fernsehen. Ein dynamischer junger Mann mit Leuchtzeigestock stand vor einem vielfarbigen Satellitenfoto und sagte das Wetter für die folgenden fünf Tage voraus. Ich saß da, wie hypnotisiert von seiner Selbstsicherheit und seinem Können. Es war, als würde eine Botschaft übermittelt, von dem Wettersatelliten durch diesen jungen Mann und dann zu mir in meinem Safarisessel. Ich wandte mich der Meteorologie zu, um Trost zu finden. Ich las Wetterkarten, sammelte Bücher über das Wetter, wohnte den Starts von Wetterballons bei. Ich merkte, daß das Wetter etwas war, das ich mein ganzes Leben lang gesucht hatte. Es vermittelte mir ein Gefühl des Friedens und der Sicherheit, das ich nie zuvor erfahren hatte. Tau, Frost und Nebel. Schneegestöber.

Der Jetstream. Ich halte den Jetstream für etwas Erhabenes. Ich begann, aus meinem Schneckenhaus herauszukommen, mit Leuten auf der Straße zu reden. ›Schön heute.‹ – ›Sieht nach Regen aus.‹ – ›Na, ist Ihnen jetzt heiß genug?‹ Auf's Wetter achtet jeder. Nach dem Aufstehen geht man als erstes zum Fenster und sieht nach dem Wetter. Sie tun es, ich tu es. Ich machte eine Liste von Zielen, die ich in der Meteorologie zu erreichen hoffte. Ich nahm an einem Fernstudium teil, erhielt ein Diplom, das mich zum Lehren des Gegenstands in Gebäuden mit weniger als hundert Sitzplätzen befähigte. Ich habe schon in Gemeindesälen, auf Wohnwagenanlagen, in Mansarden und Wohnzimmern über Meteorologie gesprochen. In Millers Creek, Lumberville, Watertown sind Leute gekommen, um mich zu hören. Fabrikarbeiter, Hausfrauen, Kaufleute, Polizisten und Feuerwehrleute. Ich habe in ihren Augen etwas gesehen. Einen Hunger, ein zwingendes Bedürfnis.«

In den Bündchen seiner Thermounterhemden waren kleine Löcher. Wir standen in der Mitte des Zimmers. Ich wartete, daß er weitersprechen würde. Es war die Jahreszeit, die Tageszeit, zu der sich eine kleine, hartnäckige Traurigkeit über alles legt. Dämmerung, Stille, eiserne Kühle. Etwas Einsames im Mark der Dinge.

Als ich nach Hause kam, stand Bob Pardee in der Küche und übte seinen Golfschlag. Bob ist Denises Vater. Er sagte, er sei auf der Durchreise nach Glassboro, wo er eine Präsentation machen müsse, und habe die Idee gehabt, uns alle zum Essen einzuladen.

Er schwang die ineinandergelegten Hände mit einer langsamen Bewegung über die linke Schulter und zog dann glatt durch. Denise musterte ihn von einem Hocker am Fenster aus. Er trug eine ziemlich zottelige Strickjakke, mit Ärmeln, die über seine Manschetten fielen.

»Was für eine Präsentation?« sagte sie.

»Ach, du weißt schon. Tabellen, Pfeile. Paar Farben an die Wand werfen. Einfache, kleine Tricks, um jemand rumzukriegen, mein Herzchen.«

»Hast du schon wieder den Job gewechselt?«

»Ich mache Mittel locker. Hab irre zu tun, kannste mir glauben.«

»Was für Mittel?«

»Eben alles, was es da zu holen gibt, verstehst du? Die Leute würden mir am liebsten ihre Food Stamps geben oder ihre Bilder von der Wand. Na, prima, mir ist alles recht.« Er beugte sich über einen Putt. Babette lehnte mit verschränkten Armen an der Kühlschranktür und sah ihm zu. Eine Treppe höher sagte eine Stimme mit britischem Akzent: »Es gibt Formen von Schwindel, bei denen keine Drehgefühle auftreten.«

»Mittel wofür?« sagte Denise.

»Es gibt da so eine kleine Sache, von der du vielleicht schon mal gehört hast, die Reaktorunfall-Bereitschaftsstiftung. Im Grunde genommen eine Rechtsschutzstiftung für die Industrie. Nur eben falls mal.«

»Falls was?«

»Falls ich vor Hunger in Ohnmacht falle. Kommt, wir schleichen uns an ein paar Steaks ran, wie wär's? Der eine steht auf Keule, der andre steht auf Brüstchen, Babette, was meinst du? Ich bin im Stande und schlachte mir selbst einen Ochsen!«

»Der wievielte Job ist das?«

»Nerv mich nicht, Denise.«

»Dann eben nicht, ist mir doch egal, mach was du willst.«

Bob nahm die drei älteren Kinder mit ins »Wagon Wheel«. Ich fuhr Babette zum Haus am Flußufer, wo sie Mr. Treadwell vorlesen sollte, dem alten blinden Mann, der dort mit seiner Schwester zusammen wohnte. Wilder saß zwischen uns und spielte mit den Sensationsblättchen aus dem Supermarkt, die Treadwell als Lesestoff zu favorisieren schien. Als freiwillige Blindenvorleserin hatte Babette gewisse Vorbehalte gegen den Appetit des alten Herrn auf Schund und Schmutz, da sie glaubte, Behinderte seien moralisch zu höheren Formen der Unterhaltung verpflichtet. Wenn wir nicht zu ihnen aufschauen könnten wegen ihrer Siege über den menschlichen Geist, zu wem könnten wir dann aufschauen? Sie hatten ein Beispiel zu geben, genau wie sie auch, als Vorleserin und Moralverstärkerin. Doch tat sie routiniert ihre Pflicht und las ihm mit tiefem Ernst, wie einem Kind, von Toten vor, die auf Anrufbeantwortern Botschaften hinterlassen.

Wilder und ich warteten im Auto. Es war geplant, daß wir drei nach dem Vorlesen im »Dinky Donut« zu der Gruppe aus dem »Wagon Wheel« stoßen würden, wo sie dann einen Nachtisch und wir zu Abend essen würden. Ich hatte mir ein Exemplar von ›Mein Kampf‹ für diesen Teil des Abends mitgebracht.

Das Treadwellsche Haus war ein alter, leicht gebauter Kasten mit rostigen Gittern um die Eingangsterrasse. Kaum fünf Minuten, nachdem sie hineingegangen war, kam Babette wieder heraus, ging unschlüssig ans andere Ende der Terrasse und spähte über den dämmrigen Hof. Dann kam sie langsam zum Auto herüber.

»Die Tür stand offen. Ich ging rein, keiner da. Ich hab rumgeschaut, nichts, niemand. Ich bin nach oben gegangen, kein Lebenszeichen. Es scheint aber nichts zu fehlen.«

»Was weißt du über seine Schwester?«

»Sie ist älter als er und wahrscheinlich in noch schlechterer Verfassung, mal abgesehen davon, daß er blind ist und sie nicht.«

Die beiden nächstgelegenen Häuser waren dunkel, standen beide zum Verkauf, und in vier weiteren Häusern in der Nähe wußte keiner etwas über den Verbleib der Treadwells während der vergangenen Tage. Wir fuhren zur Polizeiwache und sprachen mit einer Angestellten, die hinter einer Computerkonsole saß. Sie erzählte uns, alle elf Sekunden werde jemand vermißt und nahm alles, was wir sagten, auf Tonband auf.

Im »Dinky Donut«, außerhalb der Stadt, saß Bob Pardee schweigend da, während die Familie aß und redete. Sein weiches gerötetes Golfergesicht fing an, wabbelig von seinem Schädel zu hängen. Das Fleisch schien überall nach unten zu sacken und gab ihm das erbärmliche Aussehen von jemandem, der sich an strenge Diätvorschriften halten muß. Sein Haar war von einem teuren Friseur geschnitten und gelegt, eine bestimmte Menge an Farbe war hineingetönt, eine bestimmte Menge von Technologie angewandt worden, doch schien es nach einem dynamischeren Kopf zu verlangen. Ich merkte, wie Babette ihn aufmerksam ansah und versuchte, die Bedeutung der vier wechselhaften Jahre, die sie als Mann und Frau verbracht hatten, zu erfassen. Blutvergießen auf der ganzen Linie. Er trank, spielte, fuhr mit dem Auto Böschungen hinunter, wurde gefeuert, kündigte, ging in Pension, reiste vermummt nach Coaltown, wo er eine Frau dafür bezahlte, daß sie Schwedisch mit ihm sprach, während sie vögelten. Das Schwedisch war es, was Babette in Rage brachte, das oder sein Bedürfnis, es ihr zu beichten, und sie ging auf ihn los – schlug mit den Handrücken, Ellbogen und Handgelenken auf ihn ein. Alte Lieben, alte Ängste. Jetzt beobachtete sie ihn mit einer zärtlichen Anteilnahme, einer Aufmerksamkeit, die so tief und liebevoll und großzügig schien, als schließe sie allen magischen Gegenzauber für sein derzeitiges Unglück mit ein, obwohl ich, als ich mich wieder meinem Buch zuwandte, natürlich wußte, daß es nur eine vorübergehende Gemütsbewegung war, eine jener Freundlichkeiten, die keiner versteht.

Am nächsten Tag durchsuchten sie mittags mit einem Schleppnetz den Fluß.

13

Die Studenten neigen dazu, sich dicht beim Campus aufzuhalten. In Blacksmith selbst gibt es nichts für sie zu tun, keine Naturschönheiten oder Anziehungspunkte. Sie haben ihr eigenes Essen, ihre eigenen Filme, ihre eigene Musik, ihr eigenes Theater, ihren eigenen Sport, ihre eigenen Unterhaltungen und ihren eigenen Sex. Blacksmith ist eine Stadt der Chemischen Reinigungen und Optiker. Fotos von hoch aufragenden viktorianischen Häusern zieren die Fenster der Immobilienfirmen. Diese Bilder sind seit Jahren nicht mehr ausgetauscht worden. Die Häuser sind entweder verkauft oder abgerissen oder stehen in anderen Städten oder Staaten. Es ist eine Stadt der Flohmärkte und privaten Sperrmüllverkäufe, bei denen die Fehlanschaffungen in den Auffahrten aufgereiht stehen und von Kindern beaufsichtigt werden.

Babette rief mich in meinem Dienstzimmer in Centenary Hall an. Sie sagte, Heinrich sei unten am Fluß gewesen, Tarnmütze auf dem Kopf und Instamatic in der Hand, um zuzusehen, wie nach den Leichen gesucht wurde, und während er dort war, sei verbreitet worden, daß die Treadwells lebend, aber stark mitgenommen in einem verlassenen Keksverkaufsstand im Mid-Village Mall, einem riesigen Einkaufszentrum draußen an der Interstate, gefunden worden seien. Anscheinend waren sie zwei Tage lang durch das Einkaufszentrum geirrt, verwirrt und voller Angst, bevor sie sich in den abfallübersäten Kiosk geflüchtet hatten. Sie verbrachten zwei weitere Tage in dem Kiosk, während derer die schwache Schwester sich taumelnd nach draußen gewagt hatte, um die mit Schwingklappen versehenen Micky-Maus-Papierkörbe nach Essensresten zu durchsuchen. Es war reines Glück, daß ihr Aufenthalt auf dem Einkaufsgelände mit einer Periode milden Wetters zusammenfiel. Zu diesem Zeitpunkt wußte noch niemand, warum sie nicht um Hilfe gebeten hatten. Wahrscheinlich war es die enorme Größe und Fremdheit des Orts und ihr fortgeschrittenes Alter, das bewirkte, daß sie sich in einer Landschaft entfernter und bedrohlicher Figuren so hilflos und dem Schicksal preisgegeben vorgekommen waren. Die Treadwells kamen nicht oft aus dem Haus. Bisher wußte auch noch keiner, wie sie überhaupt auf das Einkaufsgelände geraten waren. Möglicherweise hatte ihre Großnichte sie mit dem Auto hingebracht und vergessen, sie wieder abzuholen. Die Großnichte, sagte Babette, sei nicht zu erreichen, um sich dazu zu äußern.

Am Tag vor der glücklichen Entdeckung hatte die Polizei ein Medium zu Rate gezogen, das ihnen helfen sollte, etwas über den Verbleib und das Schicksal der Treadwells zu ermitteln. Das Lokalblättchen war voll davon. Das Medium war eine Frau, die in einem mobilen Heim in einer waldigen Gegend außerhalb der Stadt wohnte. Sie wünschte nur als Adele T. bekannt zu werden. Laut Zeitung hatten sie und der Polizeichef Hollis Wright in ihrem mobilen Heim gesessen, und sie hatte Fotos von den Treadwells angeschaut und an Gegenständen aus ihrer Garderobe gerochen. Dann hatte sie den Polizeichef gebeten, sie eine Stunde lang allein zu lassen. Sie hatte Übungen gemacht, etwas Reis und *dahl* gegessen und sich dann in Trance versetzt. Während dieses veränderten Zustands, wußte der Zeitungsbericht weiter, versuchte sie, eine Datenspur zu denjenigen entfernten physischen Systemen zu legen, die sie zu lokalisieren wünschte, in diesem Fall dem alten Treadwell und seiner Schwester. Als Polizeichef Wright den Wohnwagen wieder betrat, riet Adele T. ihm, den Fluß zu vergessen und sich auf eine mondlandschaftähnliche trockene Stelle zu konzentrieren, die sich innerhalb eines Radius von fünfzehn Meilen vom Treadwellschen Haus befände. Die Polizei begab sich sofort zu einem gipsverarbeitenden Betrieb zehn Meilen flußabwärts, wo sie eine Tasche mit dem Werbeemblem einer Fluglinie fanden, die eine Handfeuerwaffe und zwei Kilo unverschnittenes Heroin enthielt.

Die Polizei hatte Adele T. bereits bei verschiedenen anderen Gelegenheiten konsultiert, und sie hatte die Polizei auf die Spur zweier niedergeknüppelter menschlicher Körper, eines Syrers in einem Kühlschrank und eines Geheimlagers mit numerierten Geldscheinen im Wert von sechshunderttausend Dollar geführt, obwohl die Polizei, wie der Bericht schloß, in jedem dieser Fälle nach etwas ganz anderem gesucht hatte.

Das amerikanische Mysterium vertieft sich.

Wir drängten uns um das Fenster in Steffies kleinem Zimmer, um den spektakulären Sonnenuntergang zu beobachten. Nur Heinrich blieb fern, entweder weil er diesen gesunden gemeinsamen Vergnügungen mißtraute, oder weil er glaubte, daß dem modernen Sonnenuntergang etwas Unheilvolles anhafte.

Später saß ich im Bademantel im Bett und lernte deutsch. Ich murmelte Wörter vor mich hin und fragte mich, ob es mir wohl gelingen würde, bei der Tagung im Frühjahr das Deutschsprechen auf eine kurze Eröffnungsrede zu beschränken, oder ob die anderen Teilnehmer erwarten würden, daß die deutsche Sprache durchgehend benützt würde, in den Vorträgen, beim Essen, im persönlichen Gespräch als Zeichen unserer Seriosität und unserer Einzigartigkeit in der gelehrten Welt.

Das Fernsehen sagte: »Am Rentenmarkt war die Tendenz dagegen freundlicher.«

Denise kam herein, warf sich über das Fußende des Bettes und legte den Kopf auf die verschränkten Arme, das Gesicht von mir abgewandt. Wieviele Chiffren, Gegenchiffren, wieviel Sozialgeschichte lag in dieser einfachen Körperhaltung? Eine volle Minute verging.

»Was sollen wir wegen Baba unternehmen?« sagte sie.

»Wie meinst du das?«

»Sie kann nichts im Kopf behalten.«

»Hat sie dich gefragt, ob sie ein Medikament nimmt?«

»Nein.«

»Was nein? Nimmt sie keins oder hat sie nicht gefragt?«

»Sie hat nicht gefragt.«

»Das sollte sie aber«, sagte ich.

»Sie hat es jedenfalls nicht getan.«

»Woher weißt du, daß sie etwas nimmt?«

»Ich habe das Fläschchen im Müll unter der Küchenspüle gefunden. Ein Arzneifläschchen. Ihr Name stand drauf und der Name des Mittels.«

»Wie heißt das Mittel?«

»Dylar. Alle drei Tage eine Tablette. Was so klingt, als

könnte es gefährlich sein oder suchterzeugend oder sonstwas.«

»Was steht in deinem Arzneimittelhandbuch über Dylar?«

»Es steht nicht drin. Ich habe stundenlang gesucht. Es gibt fünf Stichwortverzeichnisse.«

»Es kann erst seit kurzem auf dem Markt sein. Möchtest du, daß ich es noch mal überprüfe?«

»Ich sag doch, ich habe schon nachgesehen. *Richtig.*«

»Wir könnten natürlich ihren Arzt anrufen. Aber ich will das nicht hochspielen. Jeder Mensch nimmt irgendein Mittel, jeder vergißt gelegentlich etwas.«

»Nicht so wie meine Mutter.«

»Ich vergesse ständig Dinge.«

»Was nimmst du ein?«

»Blutdrucktabletten, Anti-Streßtabletten, Allergietabletten, Augentropfen, Aspirin. Das Übliche.«

»Ich habe in das Arzneischränkchen in eurem Bad geschaut.«

»Kein Dylar?«

»Ich dachte, vielleicht ist ein neues Fläschchen drin.«

»Der Arzt hat ihr dreißig Tabletten verschrieben. Das ist alles. Das Übliche. Jeder nimmt irgendwas.«

»Trotzdem will ich es wissen«, sagte sie.

Die ganze Zeit hatte sie von mir abgewandt dagesessen. Welche Handlungsmöglichkeiten steckten in dieser Situation, welche Chancen, abwegige Manöver zu unternehmen, geheime Pläne zu schmieden. Doch jetzt veränderte sie ihre Haltung, stützte ihren Oberkörper mit dem Ellbogen ab und beobachtete mich forschend vom Fußende des Bettes.

»Kann ich dich etwas fragen?«

»Klar«, sagte ich.

»Wirst du auch nicht böse?«

»Du weißt bereits, was in meinem Arzneischränkchen steht. Was kann es da noch für Geheimnisse geben?«

»Warum hast du Heinrich Heinrich genannt?«

»Berechtigte Frage.«

»Du brauchst nicht zu antworten.«

»Gute Frage. Kein Grund, warum du nicht fragen solltest.«

»Warum also?«

»Ich fand, es war ein kraftvoller Name, ein starker Name. Er hat eine gewisse Autorität.«

»Heißt er nach jemand?«

»Nein. Er wurde geboren, kurz nachdem ich die Abteilung gegründet hatte, und wahrscheinlich wollte ich mich für mein Glück erkenntlich zeigen. Ich wollte etwas Deutsches tun. Ich hatte das Gefühl, daß eine Geste am Platze sei.«

»Heinrich Gerhardt Gladney?«

»Ich fand, daß der Name eine Autorität hatte, die dann vielleicht auch Heinrich anhaften würde. Ich fand, daß er wuchtig und eindrucksvoll klang, und das finde ich immer noch. Ich wollte ihm einen Schutz mitgeben und ihn furchtlos machen. Die Leute nannten ihre Kinder damals Kim, Kelly und Tracy.«

Ein langes Schweigen folgte. Sie fuhr fort, mich zu beobachten. Ihre Gesichtszüge, die sich gewissermaßen in der Mitte ihres Gesichts zusammendrängten, gaben ihr in Augenblicken der Konzentration ein stupsnasiges und leicht streitbares Aussehen.

»Meinst du, daß ich mich verkalkuliert habe?«

»Es steht mir nicht zu, das zu entscheiden.«

»Es ist etwas dran an den deutschen Namen, der deutschen Sprache, den deutschen Gegenständen. Ich weiß nicht, was genau das ist. Es ist einfach da. In der Mitte von allem steht natürlich Hitler.«

»Er kam gestern abend wieder im Fernsehen.«

»Er kommt immer im Fernsehen. Ohne ihn wäre Fernsehen gar nicht denkbar.«

»Sie haben den Krieg verloren«, sagte sie. »So großartig konnten sie ja dann wohl nicht sein?«

»Ein stichhaltiger Einwand. Aber es ist keine Frage von Größe. Es ist keine Frage von Gut und Böse. Ich weiß nicht, was es ist. Versuch es mal so zu sehen. Manche Menschen tragen immer ihre Lieblingsfarbe. Manche Menschen tragen eine Pistole mit sich herum. Manche Menschen ziehen eine Uniform an und fühlen sich dann größer, stärker, sicherer. Das ist der Bereich, auf dem auch meine Obsessionen liegen.«

Steffie kam herein, mit Denises grünem Tennisschild

auf dem Kopf. Ich wußte nicht, was das zu bedeuten hatte. Sie kletterte aufs Bett, und zu dritt blätterten wir mein Deutsch-Englisches Lexikon durch, auf der Suche nach Wörtern, die in beiden Sprachen etwa gleich klingen, so wie *Orgie* oder *Schuh*.

Heinrich kam den Flur entlanggelaufen, platzte ins Zimmer. »Los kommt, beeilt euch, Filmmaterial vom Flugzeugabsturz.« Dann war er wieder aus der Tür, die Mädchen waren vom Bett gesprungen, und alle drei liefen durch den Flur zum Fernseher.

Ich saß ein wenig benommen im Bett. Die Schnelligkeit und der Lärm ihres Abzugs hatte das Zimmer in einen Zustand molekularer Erschütterung versetzt. In den Trümmern unsichtbarer Materie schien sich die Frage zu erheben: Was geht hier vor sich? Bis ich endlich das Zimmer am Ende des Flurs erreichte, war nur noch eine schwarze Rauchwolke am Rand des Bildschirms zu sehen. Aber der Absturz wurde noch zweimal gezeigt, einmal in Zeitlupe, während ein Kommentator versuchte, den Grund für den Höhenabfall zu erklären. Ein Trainingsjet in einer Flugzeugshow in Neuseeland.

Wir hatten zwei Schranktüren, die sich von allein öffneten.

An diesem Abend, einem Freitag, versammelten wir uns vor dem Fernsehapparat, wie es der Brauch und ungeschriebenes Gesetz war, mit Essen aus dem Chinarestaurant. Es gab Überschwemmungen, Erdbeben, Erdrutsche, Vulkanausbrüche. Noch nie zuvor hatten wir unsere Pflicht, unsere Freitagsversammlung so aufmerksam wahrgenommen. Heinrich war nicht verdrossen, ich war nicht gelangweilt. Steffie, die sich von Filmkomödien-Ehemännern, die sich mit ihrer Frau stritten, zu Tränen rühren ließ, schien völlig gefesselt von diesen Dokumentarstreifen über Unglück und Tod. Babette versuchte, auf eine lustige Fernsehserie umzuschalten, in der eine Gruppe von Kindern mehrerer Rassen sich ihren eigenen Kommunikationssatelliten bauten. Die Heftigkeit unseres Einspruchs erschreckte sie. Ansonsten blieben wir stumm, während wir zusahen, wie Häuser ins Meer rutschten, ganze Dörfer in einer Masse heranfließender Lava zerbarsten und in Flammen aufgingen. Jede

Katastrophe weckte in uns den Wunsch nach mehr, nach Größerem, Grandioserem, Überwältigenderem.

Als ich am Montag in mein Dienstzimmer ging, fand ich Murray auf dem Stuhl neben meinem Schreibtisch sitzend vor, wie jemanden, der darauf wartet, daß die Schwester mit dem Blutdruckmeßgerät kommt. Er habe Schwierigkeiten gehabt, sagte er, sich in der Abteilung Amerikanische Milieus in Sachen Elvis Presley eine Machtposition aufzubauen. Der Fachbereichsleiter Alfonse Stompanato schien der Meinung zu sein, daß einer der anderen Lehrer, ein dreihundert Pfund schwerer ehemaliger Rock'n'Roll-Leibwächter namens Dimitrios Cotsakis, ein Vorrecht darauf erworben habe, indem er nach Memphis flog, als der King gestorben war, Angehörige des Kreises um den King und seine Familie interviewte und seinerseits vom lokalen Fernsehen als Interpret des Phänomens interviewt wurde.

Ein mehr als nur mittelmäßiger Coup, räumte Murray ein. Ich machte den Vorschlag, in seiner nächsten Vorlesung aufzutauchen, informell, unangekündigt, einfach um der Angelegenheit einen Anstrich von Bedeutung zu geben, um ihn in den Genuß des Einflusses und Ansehens kommen zu lassen, der meinem Amt, meinem Gegenstand, meiner physischen Existenz innewohnen mochte. Er nickte langsam und fingerte dabei an der Spitze seines Bartes.

Später, beim Mittagessen, entdeckte ich nur einen einzigen freien Stuhl, an einem Tisch, der von den New Yorker Emigranten besetzt war. Alfonse saß am Kopfende, eine imponierende Erscheinung, sogar in einem Campus-Speisesaal. Er war voluminös, zynisch, blickte finster und hatte zernarbte Brauen und einen ungestümen, graugesäumten Bart. Es war genau der Bart, den ich mir 1969 hätte wachsen lassen, wenn nicht Janet Savory, meine zweite Ehefrau, Heinrichs Mutter, dagegen gesprochen hätte. »Laß sie doch diese sanfte Glattheit sehen«, sagte sie mit ihrer winzigen, trockenen Stimme. »Sie ist wirkungsvoller, als du glaubst.«

Alfonse umgab alle Dinge, die er tat, mit einem Anstrich allesverzehrender Entschlossenheit. Er beherrschte vier Sprachen, hatte ein fotografisches Gedächtnis und löste schwierige Mathematikaufgaben im Kopf. Er hatte mir einmal erzählt, daß die Kunst, sich in New York durchzusetzen, darauf beruhe, daß man lerne, Unzufriedenheit auf interessante Weise auszudrücken. Die Luft sei erfüllt von Wut und Klagen. Die Leute hätten keine Nachsicht mit den speziellen Nöten eines einzelnen, wenn er es nicht verstehe, sie damit zu amüsieren. Alfonse selbst amüsierte Leute gelegentlich auf zermalmende Weise. Er hatte eine Art, die es ihm erlaubte, alle Meinungen, die mit der seinen kollidierten, zu absorbieren und zunichte zu machen. Wenn er über die Popkultur sprach, ließ er die enge Logik eines religiösen Eiferers walten, der für seinen Glauben tötet. Dann wurde sein Atem schwer und ungleichmäßig, seine Brauen schienen sich ineinander zu schieben. Die anderen Emigranten begriffen seine Herausforderungen und Schmähungen offenbar als geeignete Umgebung für ihre eigenen Anstrengungen. Sie benutzten sein Dienstzimmer zum Groschenschlittern.

Ich sagte zu ihm: »Wie kommt es, Alfonse, daß anständige, wohlmeinende und verantwortungsbewußte Menschen sich von Katastrophen derartig fesseln lassen, wenn sie sie im Fernsehen sehen?«

Ich erzählte ihm von dem Abend neulich voller Lava, Lehm und wütenden Wassern, den die Kinder und ich so unterhaltsam gefunden hatten.

»Wir wollten mehr, immer mehr.«

»Das ist natürlich, das ist normal«, sagte er mit einem beruhigenden Kopfnicken. »Das passiert jedem.«

»Warum?«

»Weil wir an Gehirnüberreizung leiden. Wir brauchen eine Katastrophe hier und da, um die unaufhörliche Bombardierung mit Informationen aufzubrechen.«

»Ist doch sonnenklar«, sagte Lasher. Ein schmächtiger Mann mit angespanntem Gesicht und nach hinten geklatschtem Haar.

»Der Fluß ist gleichbleibend«, sagte Alfonse. »Wörter, Bilder, Zahlen, Fakten, graphische Darstellungen, Statistiken, Flecken, Wellen, Partikel, winzige Teilchen. Nur eine Katastrophe fesselt unsere Aufmerksamkeit. Wir wollen Katastrophen, wir brauchen sie, wir sind abhängig von ihnen. Solange sie sich woanders ereignen. Kalifornien ist ein Beispiel hierfür. Erdrutsche, Buschbrände, Küstenerosion, Erdbeben, Massenmorde et cetera. Wir können diese Katastrophen entspannt genießen, weil wir im tiefsten Herzen fühlen, daß Kalifornien verdient, was es da bekommt. Die Kalifornier haben den Begriff des Lebensstils erfunden. Schon allein das rechtfertigt ihr Verderben.«

Cotsakis zerdrückte eine leere Dose Diätpepsi und warf sie gegen einen Abfalleimer.

»Japan ist recht ordentlich, was Filmmaterial über Katastrophen angeht«, sagte Alfonse. »Indien ist noch weitgehend unausgeschöpft. Sie haben ein enormes Potential, mit ihren Hungersnöten, Monsunen, Religionskriegen, Zugunglücken, Schiffsuntergängen et cetera. Doch gehen ihre Katastrophen größtenteils unaufgezeichnet über die Bühne. Drei Zeilen in der Zeitung. Kein Filmmaterial, keine Satellitenschaltung. Deshalb ist Kalifornien auch so wichtig. Wir genießen es nicht nur, zu sehen, wie sie für ihren entspannten Lebensstil und ihre progressiven sozialen Ideen bestraft werden, sondern wir wissen auch, daß uns nichts entgeht. Die Kameras sind an Ort und Stelle. Sie halten sich bereit. Nichts Schreckliches entgeht ihrem prüfenden Blick.«

»Sie wollen damit sagen, daß es mehr oder weniger allgemein üblich ist, von Fernsehkatastrophen fasziniert zu sein?«

»Für die meisten Menschen gibt es nur zwei Orte auf der Welt. Der, an dem sie leben, und ihren Fernsehapparat. Wenn etwas im Fernsehen geschieht, haben wir jedes Recht, es faszinierend zu finden, egal was es ist.«

»Ich weiß nicht, ob ich erleichtert sein oder ein schlechtes Gewissen haben soll, wo ich jetzt höre, daß diese Erfahrung von vielen anderen geteilt wird.«

»Haben Sie ein schlechtes Gewissen«, sagte er.

»Ist doch sonnenklar«, sagte Lasher. »Wir haben alle ein schlechtes Gewissen. Aber auf dieser Grundlage können wir es genießen.«

Murray sagte: »Das kommt eben von der falschen Aufmerksamkeit. Die Leute bekommen eine Gehirnüberreizung. Das kommt daher, daß sie verlernt haben, wie Kinder zuzuhören und zuzuschauen. Sie haben verlernt, Daten zu sammeln. Psychologisch gesehen spielt sich ein Waldbrand im Fernsehen auf einer niedrigeren Ebene ab als ein zehnsekündiger Werbespot für eine Geschirrspülmaschine. Der Werbespot hat tiefere Wellen, tiefere Ausstrahlungen. Aber wir haben die relative Bedeutung dieser Dinge umgekehrt. Deshalb sind die Augen, Ohren, Gehirne und Nervensysteme der Menschen müde geworden. Es ist einfach ein Fall von falschem Gebrauch.«

Grappa warf lässig ein halbes Butterbrötchen nach Lasher und traf ihn an der Schulter. Grappa war bleich und babyspeckig, und das Brötchen war ein Versuch, Lashers Aufmerksamkeit auf sich zu ziehen.

Grappa fragte ihn: »Hast du dir schon mal die Zähne mit den Fingern geputzt?«

»Ich habe mir die Zähne mit den Fingern geputzt, als ich zum ersten Mal über Nacht im Haus der Eltern meiner Frau war, bevor wir verheiratet waren. Ihre Eltern verbrachten damals ein Wochenende in Asbury Park. Es war eine Pepsodent-Familie.«

»Die Zahnbürste vergessen ist bei mir eine Manie«, sagte Cotsakis. »Ich habe mir die Zähne in Woodstock, Altamont, Monterey und vielleicht bei einem Dutzend weiterer origineller Ereignisse mit den Fingern geputzt.«

Grappa sah Murray an.

»Ich habe mir in Zaire nach dem Boxkampf Ali gegen Foreman die Zähne mit den Fingern geputzt«, sagte Murray. »Das ist der südlichste Punkt, an dem ich mir je die Zähne mit den Fingern geputzt habe.«

Lasher sah Grappa an.

»Hast du schon mal in eine Toilettenschüssel ohne Brille geschissen?«

Grappas Antwort war fast lyrisch. »In einem grandiosen, stinkigen Männerklo in einer alten Socony Mobil Tankstelle an der Bostoner Post Road, als mein Vater zum ersten Mal mit dem Auto aus der Stadt rausfuhr. An der Tankstelle mit dem fliegenden roten Pferd. Willst du was über das Auto wissen? Ich kann dir die Einzelheiten beschreiben bis hin zum kleinsten Extra.«

»Das sind die Sachen, die kein Professor lehrt«, sagte Lasher. »Kloschüsseln ohne Brille. In den Ausguß pissen.

Die Kultur der öffentlichen Toiletten. All die grandiosen Restaurants, Kinos, Tankstellen. Das ganze Ethos der Straße. Ich habe in dem gesamten amerikanischen Westen in Ausgüsse gepißt. Ich habe mich über die Grenze gestohlen, um in Manitoba und Alberta in Ausgüsse zu pissen. Darum geht's doch eigentlich. Die großartigen Himmel des Westens. Die besten Motels des Westens. Die Speisegaststätten und Drive-ins. Die Poesie der Straße, der Plains, der Wüste. Die dreckigen stinkenden Toiletten. Ich habe in Utah in einen Ausguß gepißt, bei 30 Grad minus. Das war das Kälteste, bei dem ich je in einen Ausguß gepißt habe.«

Alfonse Stompanato sah Lasher eindringlich an.

»Wo warst du, als James Dean starb?« sagte er mit drohender Stimme.

»Im Haus der Eltern meiner Frau, bevor wir heirateten, ich habe mir auf dem alten Emerson Tischgrammophon ›Make Believe Ballroom‹ angehört. Das Motorola mit der Leuchtskala gehörte schon der Vergangenheit an.«

»Du hast eine Menge Zeit im Haus der Eltern deiner Frau verbracht, vögelnderweise scheint mir«, sagte Alfonse.

»Wir waren Kinder. Es war noch zu früh in der Kulturmatrix für richtiges Vögeln.«

»Was habt ihr denn dann gemacht?«

»Sie ist meine Frau, Alfonse. Willst du wirklich, daß ich das vor versammelter Mannschaft erzähle?«

»James Dean stirbt, und du fummelst mit einer Zwölfjährigen rum!«

Alfonse starrte Dimitrios Cotsakis an.

»Wo warst du, als James Dean starb?«

»Hinten im Restaurant meines Onkels in Astoria, Queens, beim Staubsaugen mit einem Hoover.«

Alfonse sah Grappa an.

»Und wo zum Teufel warst du?« fragte er, als sei ihm eben eingefallen, daß der Tod des Schauspielers ohne einen Bericht von Grappas Aufenthaltsort nicht komplett sei.

»Ich weiß ganz genau, wo ich war, Alfonse. Laß mich nur eine Sekunde nachdenken.«

»Wo warst du, du Mistkerl?«

»Ich weiß solche Sachen immer genau bis ins kleinste Detail. Aber ich war ein verträumter junger Mann. Ich habe da solche Gedächtnislücken in meinem Leben.«

»Du warst gerade dabei, dir einen runterzuholen. Das meinst du doch?«

»Frag mich nach Joan Crawford.«

»Dreißigster September, neunzehnfünfundfünfzig. James Dean stirbt. Wo befindet sich Nicholas Grappa, und was treibt er?«

»Frag mich nach Clark Gable, nach der Monroe.«

»Der silberne Porsche nähert sich einer Kreuzung, pfeilschnell. Keine Zeit für den Ford Sedan, abzubremsen. Glas birst, Metall kreischt. Jimmy Dean sitzt mit gebrochenem Genick, mehreren Knochenbrüchen und Fleischwunden auf dem Fahrersitz. Es ist fünf Uhr fünfundvierzig, nachmittags, Pazifikküstenzeit. Wo befindet sich Nicholas Grappa, der Wichserkönig der Bronx?«

»Frag mich nach Jeff Chandler.«

»Du bist ein Mann mittleren Alters, Nicky, der in seine Kindheit zurückreist. Du hast die Pflicht, etwas zu produzieren.«

»Frag mich nach John Garfield, frag mich nach Monty Clift.«

Cotsakis war ein Monolith aus dickem und gepolstertem Fleisch. Er war Little Richards persönlicher Leibwächter gewesen und hatte die Sicherheitsvorkehrungen bei Rockkonzerten organisiert, bevor er hierher an die Fakultät gekommen war.

Elliot Lasher warf ein Stück rohe Möhre nach ihm und fragte ihn dann: »Hat dir schon mal eine Frau nach ein paar Tagen am Strand die Hautfetzen vom Rücken gepellt?«

»Cocoa Beach, Florida«, sagte Cotsakis. »Es war total umwerfend. Das zweit- oder drittgrößte Erlebnis meines Lebens.«

»War sie nackt?« fragte Lasher.

»Bis zur Taille«, sagte Cotsakis.

»Von wo?« sagte Lasher.

Ich sah zu, wie Grappa einen Cracker nach Murray warf. Der fing ihn mit Rückhand, wie eine Frisbeescheibe.

15

Ich setzte meine dunkle Brille und ein gelassenes Gesicht auf und ging in den Raum hinein. Fünfundzwanzig oder dreißig junge Männer und Frauen, viele in Herbstfarben, saßen in Sesseln und auf Sofas und auf dem sandfarbenen Webteppich. Murray ging zwischen ihnen herum und redete, wobei seine rechte Hand manieriert bebte. Als er mich sah, lächelte er schüchtern. Ich lehnte mich an die Wand und versuchte, bedeutend zu wirken, die Arme unter dem schwarzen Talar verschränkt.

Murray war mitten in einem nachdenklichen Monolog. »Wußte seine Mutter, daß Elvis früh sterben würde? Sie sprach von Attentaten. Sie sprach über das Leben. Das Leben eines Stars dieses Typs und dieser Größe. Ist das Leben nicht überhaupt daraufhin angelegt, den Menschen früh zu fällen? Das ist doch das Entscheidende, nicht wahr? Es gibt Regeln und Richtlinien. Wenn man nicht den Anstand und die Klugheit hat, früh zu sterben, ist man gezwungen zu verschwinden, sich schamhaft und wie um Vergebung bittend zu verstecken. Sie machte sich Gedanken darüber, daß er schlafwandelte. Sie fürchtete, er könnte aus dem Fenster fallen. Ich kenne mich mit Müttern aus. Mütter wissen Bescheid. Der Volksglaube hat da ganz recht.«

»Hitler hat seine Mutter innig geliebt«, sagte ich.

Eine Welle von Aufmerksamkeit, unausgesprochen, feststellbar nur an einer bestimmten Konvergenz der Stille, einer innerlichen Anspannung. Murray wanderte natürlich weiter umher, aber ein wenig besonnener, er suchte sich seinen Weg zwischen den Stühlen und den auf dem Boden sitzenden Menschen. Ich stand an die Wand gelehnt, die Arme verschränkt.

»Elvis und Gladys herzten und liebkosten einander gern«, sagte er. »Sie schliefen im gleichen Bett, bis er begann, sich der körperlichen Reife zu nähern. Sie sprachen immerzu Babysprache miteinander.«

»Hitler war als Kind faul. Sein Zeugnis war voller mangelhafter Noten. Aber Klara liebte ihn, verwöhnte ihn, schenkte ihm die Aufmerksamkeit, die sein Vater ihm nicht schenken wollte. Sie war eine stille Frau, bescheiden und religiös, eine gute Köchin und Hausfrau.«

»Gladys brachte Elvis jeden Tag zur Schule und holte ihn wieder ab. Sie verteidigte ihn bei kleinen Prügeleien und schlug auf jedes Kind ein, das versuchte, ihm Angst zu machen.«

»Hitler phantasierte. Er nahm Klavierstunden, machte Skizzen von Museen und Villen. Er saß viel im Haus herum. Klara duldete das. Er war das erste ihrer Kinder, das die frühe Kindheit überlebte. Drei andere waren schon gestorben.«

»Elvis vertraute Gladys. Er brachte seine Freundinnen mit nach Hause, damit sie sie kennenlernen konnten.«

»Hitler schrieb ein Gedicht auf seine Mutter. Seine Mutter und seine Nichte waren die Frauen mit dem größten Einfluß auf sein Denken.«

»Als Elvis zum Militär ging, wurde Gladys krank und deprimiert. Sie spürte etwas, vielleicht ebenso an sich selbst wie an ihm. Ihr psychischer Apparat ließ alle Warnleuchten aufblitzen. Böse Vorahnungen und Schwermut.«

»Es darf kaum daran gezweifelt werden, daß Hitler das war, was wir als ›mama's boy‹ bezeichnen.«

Ein mitschreibender junger Mann murmelte geistesabwesend auf deutsch »Muttersöhnchen«. Ich betrachtete ihn argwöhnisch. Dann gab ich, einem Impuls folgend, meine Stellung an der Wand auf und begann wie Murray, durchs Zimmer zu schreiten, gelegentlich pausierend, um zu gestikulieren, zu horchen, aus einem Fenster oder an die Decke zu schauen.

»Elvis konnte es kaum ertragen, Gladys aus den Augen zu lassen, als ihr Zustand sich verschlimmerte. Er hielt im Krankenhaus Wache bei ihr.«

»Als seine Mutter ernstlich erkrankte, schob Hitler ein Bett in die Küche, um näher bei ihr zu sein. Er kochte und putzte.«

»Elvis verzehrte sich fast vor Kummer, als Gladys starb. Er streichelte und liebkoste sie noch im Sarg. Er sprach Babysprache mit ihr, bis sie unter der Erde war.«

»Klaras Beerdigung kostete dreihundertsiebzig Kronen. Hitler weinte am Grab und verfiel in eine depressive Phase und Selbstmitleid. Er spürte eine bohrende Einsamkeit. Er hatte nicht nur seine geliebte Mutter verloren, sondern auch das Gefühl, eine Heimat zu haben.«

»Es scheint weitgehend gesichert, daß Gladys' Tod eine grundlegende Änderung im Kern der Weltsicht des King of Rock'n'Roll bewirkte. Sie war sein Anker gewesen, sein sicherer Rückhalt. Er begann, sich von der realen Welt zurückzuziehen und in das Stadium seines eigenen Sterbens einzutreten.«

»Den Rest seines Lebens konnte Hitler es nicht ertragen, sich in der Nähe von Weihnachtsschmuck aufzuhalten, weil seine Mutter vor einem Weihnachtsbaum gestorben war.«

»Elvis drohte mit dem Tode und erhielt Todesdrohungen. Er nahm an Führungen durch Leichenhallen teil und fing an, sich für UFOs zu interessieren. Er begann, das ›Bardo Thödol‹ zu lesen, das gemeinhin als das ›Tibetanische Buch des Todes‹ bekannt ist. Es ist ein Leitfaden über Sterben und Wiedergeburt.«

»Noch Jahre später bewahrte Hitler, in den Klauen der Selbstmystifizierung und tiefer Entrückung, ein Porträt seiner Mutter in seinem spartanischen Quartier auf dem Obersalzberg auf. Er begann, im linken Ohr ein Summen zu hören.«

Murray und ich gingen nahe der Zimmermitte aneinander vorbei und wären fast aufeinander geprallt. Alfonse Stompanato trat ein, gefolgt von mehreren Studenten, vielleicht angezogen von einer magnetischen Welle der Erregung, einer in der Luft liegenden Ekstase. Er ließ seine mürrische Masse in einen Sessel sinken, während Murray und ich einander umkreisten und in entgegengesetzte Richtungen auseinandergingen, es vermieden, Blicke zu wechseln.

»Elvis erfüllte die Bedingungen des Vertrags. Exzeß, Verschleiß, Selbstzerstörung, groteskes Verhalten, körperliche Aufschwemmung und eine Reihe von selbst zugefügten Gehirnverletzungen. Sein Platz in der Legende ist ihm sicher. Er hat die Skeptiker abgefunden, indem er früh, gräßlich und unnötigerweise starb. Jetzt konnte ihn keiner mehr ablehnen. Seine Mutter hat das wahrscheinlich schon alles Jahre vor ihrem eigenen Tod wie auf einem vierzig-auf-vierziger-Bildschirm vor sich gesehen.«

Murray gab glücklich an mich ab und ging in eine Ecke des Raums, setzte sich auf den Boden und ließ mich allein schreiten und gestikulieren, geborgen in meiner professionellen Aura von Macht, Wahnsinn und Tod.

»Hitler nannte sich selbst einen einsamen Wanderer aus dem Nichts. Er lutschte Brustpastillen, sprach zu Menschen in endlosen Monologen, frei assoziierend, als fließe die Sprache aus einer Unermeßlichkeit jenseits der Welt und er sei nur das Medium der Offenbarungen. Es wäre eine interessante Überlegung, ob er in dem Führerbunker unter der brennenden Stadt wohl an die frühen Tage seiner Macht zurückdachte. Dachte er an die Touristengrüppchen, die den kleinen Weiler besichtigten, in dem seine Mutter geboren war und wo er die Sommer mit seinen Cousins und Cousinen verbracht hatte, auf Ochsenwagen gefahren war und Drachen gebaut hatte? Sie kamen, um dem Ort ihre Reverenz zu erweisen, Klaras Geburtsstätte. Sie betraten das Bauernhaus und schnüffelten ehrfürchtig darin herum. Heranwachsende Jungen kletterten auf das Dach. Mit der Zeit kamen immer mehr. Sie fotografierten, ließen kleine Gegenstände in ihre Taschen gleiten. Dann kamen Mengen, Massen von Leuten, die scharenweise in den Hof einfielen und patriotische Lieder sangen, Hakenkreuze an die Wände, auf die Flanken von Tieren malten. Menschenmengen strömten zu seinem Berghaus, so viele Leute, daß er im Haus bleiben mußte. Sie sammelten Kieselsteine auf, über die er gegangen war, und nahmen sie als Souvenirs mit nach Hause. Menschenmengen kamen, um ihn sprechen zu hören, Menschenmengen, die erotisch aufgeladen waren, die Masse, die er einmal seine einzige Braut genannt hatte. Er schloß die Augen, ballte die Fäuste, während er sprach, verrenkte seinen schweißgebadeten Körper, er machte seine Stimme zu einer erregenden Waffe. ›Sexualmorde‹ nannte jemand diese Reden. Menschenmengen kamen, um sich von der Stimme hypnotisieren zu lassen, von den Parteihymnen, den Fackelzügen.«

Ich starrte auf den Teppich und zählte im Stillen bis sieben.

»Doch halt. Wie vertraut all dies scheint, wie dicht am Normalen! Menschenmengen kommen, geraten in Erregung, berühren sich und drängeln – Menschen, die begierig danach sind, sich verzücken zu lassen. Ist das nicht normal? All das kennen wir auch. Etwas an diesen Menschenmengen muß anders gewesen sein. Was war es? Lassen Sie mich das schreckliche Wort flüstern, aus dem Altenglischen, aus dem Althochdeutschen, aus dem Altnorwegischen. *Tod.* Viele dieser Menschenmengen waren im Namen des Todes versammelt. Sie waren da, um Huldigungen an die Toten beizuwohnen. Prozessionen, Lieder, Reden, Dialoge mit den Toten, Rezitationen der Namen von Toten. Sie waren da, um Scheiterhaufen und brennende Räder zu sehen, Tausende von Fahnen, zum Salut gesenkt, Tausende von uniformierten Trauernden. Es gab Mannschaften und Bataillone, kunstvoll ausgearbeitete Kulissen. Blutbanner und schwarze Galauniformen. Menschenmengen kamen, um einen Schutzschild um ihr eigenes Sterben zu bilden. Zu einer Menschenmenge zu werden, bedeutet, den Tod abzuwehren. Aus der Menschenmenge auszubrechen, bedeutet, als Individuum den Tod zu riskieren, dem Alleinsterben ins Auge zu blicken. Vor allem aus diesem Grund kamen die Menschenmengen. Sie waren da, um eine Menge zu bilden.«

Murray saß auf der anderen Seite des Raums. Seine Augen zeigten tiefe Dankbarkeit. Ich war großzügig gewesen mit der Macht und dem Wahnsinn, die mir zur Verfügung standen, hatte die Assoziation meines Gegenstandes mit einer unendlich geringfügigeren Gestalt zugelassen, mit einem Kerl, der in Freizeitsesseln saß und Fernsehapparate ausschoß. Das war keine Kleinigkeit. Wir alle hatten eine Aura zu erhalten, und indem ich meine mit einem Freund teilte, setzte ich genau das aufs Spiel, was mich unangreifbar machte. Leute sammelten sich ringsum, Studenten und Lehrer, und im sanften Getöse halbgehörter Bemerkungen und darum herum kreisender Stimmen wurde mir klar, daß wir jetzt eine Menschenmenge waren. Dabei brauchte ich jetzt gar keine Menschenmenge um mich. Gerade jetzt am allerwenigsten. Der Tod war hier eine streng berufliche Angelegenheit. Ich hatte keine Schwierigkeiten mit ihm, ich stand darüber. Murray kämpfte sich an meine Seite durch und geleitete mich aus dem Zimmer, die Menschenmenge mit flatternden Händen teilend.

16

An diesem Tag fing Wilder um zwei Uhr nachmittags zu weinen an. Um sechs weinte er immer noch, wobei er auf dem Küchenfußboden saß und durch das Backofenfenster schaute, und wir aßen rasch unser Abendessen und machten einen Bogen um ihn oder traten über ihn hinweg, um zum Backofen und zum Kühlschrank zu gelangen. Babette beobachtete ihn, während sie aß. Sie hatte eine Unterrichtsstunde über das Sitzen, Stehen und Gehen zu halten, die in eineinhalb Stunden beginnen sollte. Sie sah mich erschöpft und flehentlich an. Sie hatte beruhigend auf ihn eingesprochen, ihn hochgehoben und gestreichelt, seine Zähne nachgesehen, ihn gebadet, ihn untersucht, ihn gekitzelt, ihn gefüttert, versucht, ihn dazu zu bringen, in seinen Spieltunnel aus Plastik zu kriechen. Ihre alten Leute warteten im Gemeindesaal auf sie.

Es war ein rhythmisches Weinen, ein regelmäßig wiederkehrendes Thema aus kurzen, dringlichen Stößen. Zeitweise schien es, als wolle er in ein Wimmern abfallen, ein tierisches Klagen, unregelmäßig und erschöpft, aber der Rhythmus hielt an, der betonte Schlag, der verwaschene rosa Kummer in seinem Gesicht.

»Wir fahren mit ihm zum Arzt«, sagte ich. »Und dann setze ich dich bei der Kirche ab.«

»Würde der Arzt ein Kind untersuchen, weil es weint? Außerdem hat sein Arzt jetzt keine Sprechstunde.«

»Und deiner?«

»Der ja, glaube ich. Aber ein weinendes Kind, Jack! Was soll ich zu dem Mann sagen? ›Mein Kind weint‹?«

»Gibt es einen Zustand, der fundamentaler ist?«

Bis jetzt hatten wir noch nicht das Gefühl einer Krise gehabt. Nur der Erbitterung und Verzweiflung. Aber nachdem wir beschlossen hatten, zum Arzt zu gehen, begannen wir, uns zu beeilen, uns aufzuregen. Wir suchten nach Wilders Jacke und seinen Schuhen, versuchten uns daran zu erinnern, was er in den vergangenen vierundzwanzig Stunden gegessen hatte, sahen Fragen voraus, die der Arzt stellen würde, und probten sorgfältig unsere Antworten. Es schien kolossal wichtig, in den Antworten übereinzustimmen, auch wenn wir nicht sicher waren, ob sie richtig waren. Ärzte verlieren das Interesse an Menschen, die einander widersprechen. Diese Furcht beseelt schon lange mein Verhältnis zu Ärzten, die Furcht, sie könnten das Interesse an mir verlieren, ihre Sprechstundenhilfen anweisen, andere Namen vor meinem aufzurufen, mein Sterben als selbstverständlich hinnehmen.

Ich wartete im Auto, während Babette und Wilder das Ärztehaus am Ende der Elm Street betraten. Arztpraxen bedrücken mich noch mehr als Krankenhäuser wegen ihrer Atmosphäre der unangenehmen Erwartung und wegen des notorischen Patienten, der sie mit guter Kunde verläßt, dem Arzt die keimfreie Hand schüttelt, laut lacht, über alles lacht, was der Arzt sagt, brüllt vor Lachen und vor primitivem Kraftgefühl, und angelegentlich die anderen Patienten übersieht, wenn er aus dem Wartezimmer geht, immer noch provozierend lachend – er hat sie schon hinter sich gelassen, hat nichts mehr zu tun mit ihrem schwächlichen Trübsinn, ihrem ängstlichen, minderwertigen Sterben. Lieber würde ich noch eine Unfallambulanz aufsuchen, solch einen urbanen Brunnen des Zitterns, wo Leute mit Bauchschüssen, aufgeschlitzt, mit vor Opium triefenden Augen, mit abgebrochenen Nadeln in Armen eingeliefert werden. Diese Dinge haben nichts zu tun mit meinem eigenen unausweichlichen Tod, dem gewaltlosen, kleinstädtischen, nachdenklichen.

Sie kamen aus der kleinen hellerleuchteten Vorhalle auf die Straße. Dort war es kalt, leer und dunkel. Der Junge ging neben seiner Mutter, hielt ihre Hand, er weinte noch immer, und sie boten ein Bild solch amateurhafter Traurigkeit und Misere, daß ich fast angefangen hätte zu lachen – nicht über die Traurigkeit, sondern über das Bild, das sie davon abgaben, über die Diskrepanz zwischen ihrem Kummer und seinem äußeren Anschein. Meine zärtlichen und mitleidigen Gefühle wurden von dem Anblick unterminiert, wie sie, dick in ihre Kleider gemummt, den Bürgersteig überquerten, das Kind entschlossen weinend, die Mutter mit wirrem Haar und hängendem Kopf dahintappend, ein jämmerliches und klägliches Paar. Sie waren dem ausgesprochenen Gram, dem großen aufrichtigen Schmerz nicht angemessen. Erklärt das die Existenz von berufsmäßigen Trauernden? Sie bewahren den Leichenschmaus davor, in komisches Pathos auszuarten.

»Was hat der Arzt gesagt?«

»Ich soll ihm ein Aspirin geben und ihn ins Bett stekken.«

»Das hat Denise auch gesagt.«

»Das habe ich ihm erzählt. Er hat gesagt: ›Und warum haben Sie es nicht getan?‹«

»Warum haben wir es denn nicht getan?«

»Weil sie ein Kind ist und kein Arzt – deshalb.«

»Hast du das zu ihm gesagt?«

»Ich weiß nicht, was ich zu ihm gesagt habe«, sagte sie. »Ich habe nie einen Einfluß auf das, was ich zu Ärzten sage, geschweige denn, auf das, was sie zu mir sagen. Es liegt immer so etwas Verwirrendes in der Luft.«

»Ich weiß genau, was du meinst.«

»Es ist, als ob man sich auf einem Spaziergang im Weltraum unterhält, während man in diesen schweren Anzügen hängt.«

»Alles schwebt und treibt.«

»Ich lüge Ärzte immer an.«

»Ich auch.«

»Aber warum?« sagte sie.

Als ich das Auto startete, wurde mir klar, daß sein Weinen sich von der Beschaffenheit und Tonhöhe her verändert hatte. Die rhythmische Dringlichkeit war einem unterdrückten, unartikulierten und todtraurigen Laut gewichen. Jetzt klagte er. Es war der Ausdruck einer fernöstlichen Wehklage, eines Schmerzes, der so offenkundig ist, daß er mit Macht das überschwemmt, was ihn unmittelbar verursacht hat. Etwas Dauerhaftes und zu Herzen Gehendes lag in diesem Weinen. Es war ein Laut ureigenster Trostlosigkeit.

»Was sollen wir tun?«

»Laß dir doch was einfallen«, sagte sie.

»Dein Unterricht fängt erst in fünfzehn Minuten an. Wollen wir noch mit ihm zur Klinik fahren, zur Notfallambulanz? Nur um zu sehen, was sie sagen.«

»Man kann ein Kind nicht zur Notfallambulanz bringen, weil es weint. Wenn etwas kein Notfall ist, dann dies.«

»Ich bleibe im Auto«, sagte ich.

»Was soll ich zu ihnen sagen? ›Mein Kind weint‹? Gibt es hier überhaupt eine Notfallambulanz?«

»Weißt du das nicht mehr? Wir haben im vergangenen Sommer die Stovers dort hingebracht.«

»Warum?«

»Ihr Auto war in Reparatur.«

»Ist auch egal.«

»Sie hatten die Spraydämpfe von einem Fleckenentferner eingeatmet.«

»Bring mich zu meinem Unterricht«, sagte sie.

Haltung. Als ich vor der Kirche anhielt, gingen ein paar ihrer Schüler die Treppe zum Gemeindesaal-Eingang hinunter. Babette sah ihren Sohn an – mit einem suchenden, flehenden und verzweifelten Blick. Er weinte bereits die sechste Stunde. Sie lief den Bürgersteig entlang und in das Gebäude hinein.

Ich dachte daran, mit ihm ins Krankenhaus zu fahren. Aber wenn ein Arzt, der den Jungen in seiner behaglichen Praxis mit den kunstvoll goldgerahmten Gemälden an der Wand untersucht hatte, nichts feststellte, was konnten dann die Notfalltechniker tun, Leute, die darauf trainiert sind, jemand auf die Brust zu springen und auf einen Herzstillstand einzuhämmern?

Ich hob ihn hoch und setzte ihn vors Steuer, Gesicht zu mir, seine Füße auf meinen Oberschenkeln. Die unermeßliche Klage ging weiter, Welle auf Welle. Es war ein Ton, der so groß und rein war, daß ich fast zuhören konnte, bewußt versuchen konnte, ihn zu verstehen, so wie man sich in einem Konzertsaal oder im Theater darauf einstellt, etwas in sich aufzunehmen. Er schniefte nicht und schluchzte nicht. Er weinte laut hinaus, sagte namenlose Dinge auf eine Weise, die mich mit ihrer Tiefe und Schwere rührten. Dies war ein uralter Klagegesang, der durch seine entschlossene Monotonie nur noch eindrucksvoller wirkte. Heulen. Ich hielt ihn aufrecht mit einer Hand unter jedem seiner Arme. Während das Weinen andauerte, vollzog sich in meinen Gedanken eine merkwürdige Wandlung. Ich merkte, daß ich gar nicht unbedingt wollte, daß er aufhörte. Vielleicht war es gar nicht so entsetzlich, dachte ich, noch ein wenig dasitzen und das anhören zu müssen. Wir sahen einander an. Hinter diesem aufgelösten Gesicht arbeitete ein komplexer Verstand. Ich hielt ihn mit einer Hand und benützte die andere dazu, laut auf deutsch seine Finger in den Fausthandschuhen zu zählen. Das untröstliche Weinen dauerte an. Ich ließ es über mich fließen wie einen Regenguß. Ich begab mich gewissermaßen hinein. Ich ließ es über mein Gesicht und meine Brust fallen und stürzen. Mir kam der Gedanke, daß er sich in seinen Klageton zurückgezogen hatte und daß wir beide, wenn ich an diesem verlorenen und schwebenden Ort zu ihm stoßen könnte, gemeinsam ein heiteres Wunder an Verständlichkeit vollbringen könnten. Ich ließ ihn über meinen Körper hereinbrechen. Vielleicht war es gar nicht so schrecklich, dachte ich, noch vier Stunden hier sitzen zu müssen, mit laufendem Motor und angeschalteter Heizung, und seiner eintönigen Klage zuzuhören. Es könnte sogar gut sein, es könnte merkwürdig beruhigend sein. Ich begab mich hinein, fiel hinein, ließ sie sich um mich entfalten und mich bedekken. Er weinte mit offenen Augen, mit geschlossenen Augen, die Hände in den Taschen, die Handschuhe mal an-, mal ausgezogen. Ich saß da und nickte verständig. Auf eine plötzliche Eingebung hin drehte ich ihn um, setzte ihn auf meinen Schoß, startete das Auto und ließ Wilder lenken. Wir hatten das schon früher einmal gemacht, auf einer Strecke von fünfzehn Metern, in der Sonntagabenddämmerung im August, als unsere Straße tief in trägem Schatten lag. Wieder reagierte er positiv und weinte beim Lenken, während wir um Ecken fuhren, bis ich das Auto wieder vor der Congregational Church zum Halten brachte. Ich setzte ihn auf mein linkes Bein, einen Arm um ihn gelegt, zog ihn an mich und ließ meine Gedanken bis in die Nähe des Schlafs treiben. Das Geräusch zog sich in eine unstete Ferne zurück. Hin und wieder fuhr ein Auto vorbei.

Ich lehnte mich gegen die Tür, mir seines Atems an meinem Daumen schwach bewußt. Einige Zeit später klopfte Babette ans Fenster, und Wilder krabbelte über den Sitz, um die Verriegelung für sie zu öffnen. Sie stieg ein, zog seine Mütze zurecht und hob ein zerknittertes Papiertaschentuch vom Boden auf.

Wir waren beinahe zu Hause, als das Weinen aufhörte. Es hörte ganz plötzlich auf, ohne vorherige Veränderung in Ton und Intensität. Babette sagte nichts, ich hielt weiter die Augen auf die Straße gerichtet. Er saß zwischen uns und blickte ins Radio. Ich wartete darauf, daß Babette hinter seinem Rücken oder über seinen Kopf hinweg zu mir herüberschauen würde, um Erleichterung, Glück, gespannte Hoffnung zu zeigen. Ich wußte nicht, wie mir zumute war, und brauchte einen Hinweis. Aber sie blickte starr geradeaus, als ob sie Angst hätte, daß jede Veränderung in der empfindlichen Struktur von Geräusch, Bewegung und Ausdruck das Weinen wieder ausbrechen lassen könnte.

Zu Hause sprach keiner. Alle gingen still von einem Zimmer ins andere und beobachteten ihn aus der Ferne mit verstohlenen und respektvollen Blicken. Als er um Milch bat, lief Denise leise in die Küche, barfuß und im Schlafanzug, im Bewußtsein, daß sie durch Sparsamkeit ihrer Bewegungen und Leichtfüßigkeit vermeiden konnte, die feierliche und dramatische Atmosphäre zu stören, die er mit ins Haus gebracht hatte. Er stürzte die Milch in einem einzigen mächtigen Zug hinunter, immer noch vollständig angezogen, einen Fausthandschuh mit einer Sicherheitsnadel am Ärmel festgesteckt.

Sie beobachteten ihn beinahe ehrfürchtig. Nahezu sieben volle Stunden ernsthaften Weinens. Es war, als sei er gerade von einer lang dauernden Wanderung an einem entfernten und heiligen Ort, in Sandwüsten oder schneebedeckten Bergketten zurückgekehrt, von einem Ort, wo Dinge ausgesprochen, Anblicke geschaut, Entfernungen erreicht werden, die wir in unserer Alltagsplackerei nur mit jener Mischung aus Ehrfurcht und Bewunderung betrachten können, die wir für Großtaten der erhabensten und schwierigsten Dimensionen in Reserve halten.

17

Eines Abends sagte Babette im Bett zu mir: »Ist es nicht herrlich, all diese Kinder um sich zu haben?«

»Bald kommt noch eins dazu.«

»Wer?«

»Bee kommt in ein paar Tagen.«

»Gut. Wen können wir sonst noch kriegen?«

Am nächsten Tag beschloß Denise, ihre Mutter direkt wegen des Medikaments zur Rede zu stellen, das sie nahm oder nicht nahm, in der Hoffnung, Babette ein Geständnis zu entlocken, ein Bekenntnis oder wenigstens eine leicht verwirrte Reaktion. Diese Taktik hatten das Mädchen und ich zwar nicht diskutiert, doch konnte ich nicht umhin, die Kühnheit ihrer Zeitplanung zu bewundern. Wir saßen zu sechst ins Auto gezwängt, auf dem Weg zum Mid-Village Einkaufszentrum, und Denise wartete einfach eine natürliche Pause in der Unterhaltung ab, um in möglichst unbeteiligtem Tonfall ihre Frage an Babettes Hinterkopf zu richten.

»Was weißt du über Dylar?«

»Ist das die Schwarze, die bei den Stovers wohnt?«

»Das ist Dakar«, sagte Steffie.

»Dakar ist nicht ihr Name. Von da kommt sie her«, sagte Denise. »Das ist ein Land an der Elfenbeinküste von Afrika.«

»Die Hauptstadt ist Lagos«, sagte Babette. »Das weiß ich aus einem Film über Surfer, den ich mal gesehen habe, wo sie über die ganze Welt reisen.«

»›Die ideale Welle‹«, sagte Heinrich. »Den hab ich im Fernsehen gesehen.«

»Aber wie heißt dann das Mädchen?« fragte Steffie.

»Ich weiß nicht«, sagte Babette, »aber der Film hieß nicht ›Die ideale Welle‹. Die ideale Welle haben sie gesucht.«

»Die fahren nach Hawaii«, erzählte Denise Steffie, »und da warten sie auf diese Flutwellen, die von Japan kommen. Origamis heißen die.«

»Und der Film hieß ›Der lange heiße Sommer‹, sagte ihre Mutter.

»›Der lange heiße Sommer‹«, sagte Heinrich, »ist zufällig ein Stück von Tennessee Ernie Williams.«

»Das ist egal«, sagte Babette, »weil man Titel sowieso nicht urheberrechtlich schützen kann.«

»Wenn sie aus Afrika ist«, sagte Steffie, »wüßte ich gern, ob sie schon mal auf einem Kamel geritten ist.«

»Ich halte einen Audi Turbo für wahrscheinlicher.«

»Dann schon eher ein Toyota Supra.«

»Was ist das gleich noch mal, was die Kamele in ihren Höckern speichern?« fragte Babette. »Fett oder Wasser? Ich hab' das noch nie auseinanderhalten können.«

»Es gibt Kamele mit einem Höcker und Kamele mit zwei Höckern«, belehrte Heinrich sie. »Also hängt es davon ab, über welche Art du redest.«

»Willst du damit sagen, daß Kamele mit zwei Höckern in dem einen Höcker Fett speichern und im anderen Wasser?«

»Das Entscheidende an Kamelen ist«, sagte er, »daß Kamelfleisch als Delikatesse betrachtet wird.«

»Ich dachte, das ist Alligatorfleisch«, sagte Denise.

»Wer hat gleich nochmal das Kamel in Amerika eingeführt?« sagte Babette. »Eine Zeitlang gab es welche draußen im Westen, um den Tagelöhnern, die die großen Eisenbahnlinien gebaut haben, die bei Ogden in Utah zusammentrafen, Lebensmittelvorräte zu bringen. Das weiß ich noch aus meiner Geschichtsprüfung.«

»Bist du sicher, daß du nicht Lamas meinst?« sagte Heinrich.

»Das Lama blieb in Peru«, sagte Denise. »In Peru gibt's das Lama, das Vicuña und noch ein anderes Tier, in Bolivien gibt's Zinn und in Chile Kupfer und Eisen.«

»Ich biete jedem in diesem Auto fünf Dollar«, sagte Heinrich, »der mir die Bevölkerung von Bolivien nennen kann.«

»Bolivier«, sagte meine Tochter.

Die Familie ist die Wiege aller Fehlinformationen der Welt. Im Familienleben muß es etwas geben, was Sachfehler erzeugt. Zu große Nähe, der Lärm und die Hitze des Seins. Vielleicht etwas noch Tieferes, wie das Bedürfnis zu überleben. Murray sagt, wir sind zerbrechliche Wesen, umgeben von einer Welt feindlicher Tatsachen. Tatsachen bedrohen unser Glück und unsere Sicherheit. Je tiefer wir in die Natur der Dinge eindringen, um so loser wird vielleicht unsere eigene Struktur. Der familienbildende Prozeß arbeitet darauf hin, die Welt auszuschließen. Kleinen Fehlern wachsen Köpfe, Fiktionen setzen sich durch Zellteilung fort. Ich erkläre Murray, daß Ignoranz und Verwirrung unmöglich die treibenden Kräfte hinter der Familiensolidarität sein können. Was für eine subversive Idee. Er fragt mich, warum es die stärksten Familien-Verbände in den am wenigsten entwickelten Gesellschaften gibt. Nichtwissen ist eine Überlebenswaffe, sagt er. Magie und Aberglaube schlagen Wurzeln als die mächtige Orthodoxie des Klans. Die Familie ist dort am stärksten, wo es am wahrscheinlichsten ist, daß die objektive Realität falsch interpretiert wird. Was für eine herzlose Theorie, sage ich. Aber Murray besteht darauf, daß sie stimmt.

In einem riesigen Heimwerkerladen im Einkaufszentrum sah ich Eric Massingale, einen ehemaligen Mikrochip-Marketingspezialisten, der sein Leben verändert hat, indem er hierher gezogen ist, um dem Lehrerkollegium des Computerzentrums im Hill beizutreten. Er war schlank und blaß und grinste gefährlich.

»Sie haben ja gar nicht Ihre dunkle Brille auf, Jack.«

»Die setze ich nur auf dem Campus auf.«

»Verstehe.«

Wir gingen auf getrennten Wegen in das tiefe Innere des Geschäfts. Ein grandioses hallendes Getöse wie vom Aussterben einer Tierspezies erfüllte den riesigen Raum. Die Leute kauften Zehn-Meter-Leitern, sechs verschiedene Sorten Schmirgelpapier, Motorsägen, mit denen man Bäume fällen konnte. Die Gänge waren lang und bunt, angefüllt mit überdimensionalen Besen, gewaltigen Säkken voller Torf und Dünger, riesigen *Rubbermaid*-Mülleimern. Seile hingen da wie tropische Früchte, ebenmäßig geflochtene Zöpfe, dick, braun, stark. Wie herrlich anzusehen und anzufassen eine Rolle Seil doch ist! Ich kaufte fünfzehn Meter Manilahanf, nur um ihn zu Hause zu haben, ihn meinem Sohn zu zeigen, davon zu erzählen, wo er herkommt, wie er gemacht wird. Die Leute sprachen Englisch, Hindi, Vietnamesisch und verwandte Sprachen.

Bei der Kasse lief ich wieder Massingale in die Arme.

»Ich hab' Sie noch nie außerhalb des Campus gesehen, Jack. Sie sehen anders aus ohne Brille und Talar. Wo haben Sie den Pullover her? Ist das ein türkischer Armeepullover? Versandhaus, stimmt's?«

Er betrachtete mich eingehend, befühlte den Stoff der wasserabstoßenden Jacke, die ich über dem Arm trug. Dann trat er zurück, änderte den Blickwinkel und nickte ein wenig, wobei sein Grinsen einen selbstzufriedenen Ausdruck annahm und eine verborgene Überlegung widerspiegelte.

»Ich glaube, ich kenne diese Schuhe«, sagte er.

Was sollte das heißen, er kenne diese Schuhe?

»Sie sind ein völlig anderer Mensch.«

»In welcher Hinsicht anders, Eric?«

»Sind Sie auch nicht beleidigt?« sagte er, wobei sein Grinsen schlüpfrig wurde, fett von hintergründiger Bedeutung.

»Natürlich nicht. Warum denn?«

»Versprechen Sie mir, nicht beleidigt zu sein!«

»Ich werde nicht beleidigt sein.«

»Sie sehen so harmlos aus, Jack. Ein großer, harmloser, alternder, irgendwie nichtssagender Typ.«

»Warum sollte ich deshalb beleidigt sein?« sagte ich, bezahlte mein Seil und eilte aus der Tür.

Die Begegnung versetzte mich in Kauflaune. Ich stieß zu den anderen, und wir gingen über zwei Parkplätze hinüber zum Hauptkomplex des Mid-Village Mall, einem zehnstöckigen Gebäude, das um einen Innenhof mit Wasserfällen, Arkaden und Gärten herumgebaut ist. Babette und die Kinder folgten mir in den Aufzug und in die Geschäfte entlang der übereinanderliegenden Vestibüle, durch die Kaufhallen und Warenhäuser, verblüfft über mein Kaufbedürfnis, aber auch freudig erregt. Als ich mich zwischen zwei Hemden nicht entscheiden konnte, redeten sie mir zu, beide zu kaufen. Als ich sagte, ich sei hungrig, fütterten sie mich mit Salzstangen, Bier, Souvlaki. Die beiden Mädchen kundschafteten aus, erspähten Dinge, von denen sie glaubten, daß ich sie vielleicht haben wollte oder brauchte, liefen dann zurück, um mich zu holen, an den Armen zu packen, mich inständig zu bitten, mitzukommen. Sie waren meine Führerinnen zu einem Wohlbefinden ohne Ende. Menschen durchschwärmten die Boutiquen und Feinkostläden. Orgelmusik stieg aus dem phantastischen Innenhof auf. Wir rochen Schokolade, Popcorn, Kölnischwasser, wir rochen Teppiche und Pelze, baumelnde Salamis und tödliches Vinyl. Meine Familie sonnte sich in diesem Erlebnis. Ich war einer von ihnen, ein Käufer, endlich. Sie gaben mir Ratschläge, hetzten um meinetwillen Verkäufer. Immer wieder sah ich mich unerwartet selbst in irgendeiner spiegelnden Fläche. Wir zogen von Geschäft zu Geschäft, indem wir nicht nur einzelne Gegenstände in bestimmten Abteilungen links liegen ließen, nicht nur ganze Abteilungen, sondern ganze Geschäfte, Mammutkorporationen, die uns aus irgendeinem Grund nicht anregten. Immer gab es noch ein Geschäft, drei Stockwerke, acht Stockwerke, Untergeschosse voller Käsereiben und Küchenmesser. Ich kaufte mit leichtfertiger Hemmungslosigkeit. Ich kaufte für unmittelbare Bedürfnisse und ferne Eventualitäten. Ich kaufte um des Kaufens willen, schaute und faßte an, inspizierte Waren, die ich gar nicht zu kaufen beabsichtigte, und kaufte sie dann doch. Ich schickte Verkäufer an ihre Stoffproben und Mustermappen, um nach ausgefallenen Designs zu suchen. Ich begann, an Selbstwert und Selbstachtung zuzunehmen. Ich füllte mich aus, fand neue Seiten an mir, entdeckte eine Persönlichkeit, von der ich gar nicht mehr wußte, daß sie existierte. Glanz und Heiterkeit verbreiteten sich um mich. Wir gingen von der Möbelabteilung hinüber zur Herrenabteilung, wobei wir die Kosmetikabteilung durchquerten. Unsere Ebenbilder erschienen auf verspiegelten Säulen, auf Glasgegenständen und Chrom, auf Fernsehschirmen in den Sicherheitsräumen. Ich tauschte Geld gegen Waren. Je mehr Geld ich ausgab, um so weniger wichtig kam es mir vor. Ich war größer als diese Summen. Diese Summen ergossen sich aus mir wie Regenmassen. Diese Summen kehrten ja in Form von existentiellen Guthaben zu mir zurück. Ich kam mir überschwenglich vor, geneigt, überwältigend großzügig zu sein und forderte die Kinder auf, sich ihre Weihnachtsgeschenke auszusuchen, hier und jetzt. Ich gestikulierte in einer wie mir schien überschwenglichen Weise. Ich merkte ihnen an, daß sie beeindruckt waren. Sie schwärmten fächerförmig über das Areal aus, jedes plötzlich geneigt, ungestört, schattenhaft, ja sogar heimlichtuerisch zu sein. In Abständen kehrte eines von ihnen zurück, um bei Babette den Namen eines Gegenstandes anzumelden, wachsam darauf bedacht, die anderen nicht wissen zu lassen, was es war. Ich selbst sollte nicht mit langweiligen Details belästigt werden. Ich war der Wohltäter, derjenige, der die Gaben verteilt, die Gratifikationen, die Bestechungsgelder, das Bakschisch. Die Kinder wußten, es lag in der Natur solcher Dinge, daß man von mir nicht erwarten konnte, mich in technische Diskussionen über die Geschenke selbst einzulassen. Wir nahmen eine zweite Mahlzeit ein. Eine Band spielte live Muzak-Musik. Stimmen stiegen zehn Stockwerke hoch aus den Gärten und Arkaden auf, ein Geschrei, das durch die riesige Galerie wirbelte und in ihr widerhallte, sich mit Geräuschen von den Vestibülen vermischte, mit schlurfenden Schritten und klingelnden Glocken, dem Brummen von Aufzügen, dem Geräusch essender Menschen, dem menschlichen Gesumm irgendeiner lebhaften und gelungenen Transaktion.

Wir fuhren schweigend heim. Wir gingen jeder in unser Zimmer, wollten allein sein. Etwas später beobachtete ich Steffie vor dem Fernseher. Sie bewegte die Lippen und versuchte, die Worte mitzuartikulieren, während sie noch gesprochen wurden.

18

Es liegt in der Natur der Kleinstädter und ist ihr Vergnügen, der Großstadt zu mißtrauen. All die Leitprinzipien, die von einem Zentrum der Ideen und kulturellen Energien ausgehen könnten, werden als korrupt angesehen oder als eine andere Form von Pornographie. Kleinstädte sind eben so.

Aber Blacksmith liegt nicht in der Nähe irgendeiner Großstadt. Wir fühlen uns nicht ganz so bedroht und gekränkt wie andere Kleinstädte. Wir liegen nicht mitten auf der Bahn der Geschichte und ihrer Infektionsherde. Wenn unsere Klagen einen Brennpunkt hätten, dann müßte das der Fernsehapparat sein, in dem die von außen kommenden Qualen lauern und Ängste hervorrufen und heimliches Begehren. Dem College-on-the-Hill hängt jedenfalls mit Sicherheit nicht oder kaum der üble Ruf an, ein Symbol verderblichen Einflusses zu sein. Die Schule erstreckt sich auf einem stets heiteren Streifen am Rande der Stadt, halb freiliegend, mehr oder weniger landschaftlich reizvoll, von politischer Ruhe umgeben. Kein Ort, der geschaffen wäre, Argwohn zu nähren.

Bei leichtem Schneetreiben fuhr ich zum Flughafen außerhalb von Iron City, einer großflächigen, in Unordnung versunkenen Kleinstadt, die eher eine Ansammlung verlassener Häuser und zerbrochener Fensterscheiben ist als eine Stätte klar erkennbaren städtischen Zerfalls. Bee, meine zwölfjährige Tochter, sollte nach zwei Zwischenlandungen und einmal Umsteigen mit dem Flugzeug aus Washington kommen. Aber es war ihre Mutter, Tweedy Browner, die stattdessen in der Ankunftshalle, einem engen, staubigen, Dritte-Welt-artigen, in zögernder Renovierung begriffenen Raum auftauchte. Einen Augenblick lang dachte ich, Bee sei tot und Tweedy sei gekommen, um es mir persönlich mitzuteilen.

»Wo ist Bee?«

»Sie kommt später. Deshalb bin ich hier. Um ein wenig mit ihr zusammenzusein. Ich muß morgen nach Boston. Familienangelegenheiten.«

»Aber wo ist sie denn?«

»Bei ihrem Vater.«

»Ich bin ihr Vater, Tweedy.«

»Malcolm Hunt natürlich, Dummchen, mein Mann.«

»Er ist dein Mann, nicht ihr Vater.«

»Liebst du mich noch, Tuck?« sagte sie.

Sie nannte mich Tuck, so, wie ihre Mutter ihren Vater genannt hatte. Alle männlichen Browners hießen Tuck. Als die Linie verblaßte und eine Reihe von Ästheten und Nichtskönnern hervorbrachte, gaben sie jedem Mann, der in die Familie einheiratete, diesen Namen, soweit vertretbar. Ich war der erste von ihnen und erwartete ständig, einen Ton überfeinerter Ironie aus ihren Stimmen herauszuhören, wenn sie mich so nannten. Ich glaubte, wenn die Traditionen zu flexibel würden, müsse sich der Stimme Ironie beimischen. Nasaler Ton, Sarkasmus, Selbstkarikatur und so weiter. Daß sie mich strafen würden, indem sie sich über sich selbst lustig machten. Aber sie waren so nett dabei und völlig aufrichtig, ja sogar dankbar dafür, daß ich ihnen erlaubte, damit fortzufahren.

Sie trug einen Shetlandpullover, einen Tweedrock, Kniestrümpfe und Collegeschuhe. Ein Hauch protestantischer Baufälligkeit haftete ihr an, ein Klima des Zusammenbruchs, in dem ihr Körper ums Überleben kämpfte. Das offene und kantige Gesicht, die leicht vorstehenden Augen, die Anzeichen von Angestrengtheit und Unzufriedenheit, die sich um ihren Mund und ihre Augen abzeichneten, das Pulsieren an ihren Schläfen, die erhabenen Adern an den Händen und am Hals. Zigarettenasche hing im losen Gewebe ihres Pullovers.

»Zum dritten Mal: wo ist sie?«

»In Indonesien, mehr oder weniger. Malcolm arbeitet dort im Geheimauftrag, er sponsort eine neue kommunistische Bewegung. Es ist Teil eines eleganten Vorhabens mit dem Ziel, Castro zu stürzen. Laß uns hier rausgehen, Tuck, bevor wir von bettelnden Kindern umringt werden.«

»Kommt sie allein?«

»Warum nicht?«

»Aus Fernost nach Iron City ist doch wohl nicht so einfach.«

»Bee kommt damit klar, wenn sie muß. Sie will übrigens tatsächlich Reiseschriftstellerin werden. Macht eine hervorragende Figur zu Pferd.«

Sie zog heftig an ihrer Zigarette und stieß den Rauch rasch und gekonnt aus Nase und Mund aus, eine Masche, die sie anwandte, wenn sie Ungeduld über ihre unmittelbare Umgebung ausdrücken wollte. Es gab weder Kneipen noch Restaurants am Flughafen – nur einen Stand mit abgepackten Sandwiches, über die ein Mann mit Sektenzeichen im Gesicht präsidierte. Wir holten Tweedys Gepäck, gingen zum Auto hinaus und fuhren durch Iron City, an verlassenen Fabriken vorbei, auf überwiegend verlassenen Straßen, durch diese Hügelstadt mit ihren nur vereinzelt gepflasterten Straßen und hier und da einem prachtvollen alten Haus mit Weihnachtskranz im Fenster.

»Tuck, ich bin nicht glücklich.«

»Warum nicht?«

»Ehrlich gesagt dachte ich, du würdest mich ewig lieben. Ich bin da ganz auf dich angewiesen. Malcolm ist so viel weg.«

»Du läßt dich scheiden, nimmst mir all mein Geld, du heiratest einen wohlhabenden Diplomaten mit besten Verbindungen und teuren Schneideranzügen, der an exponierten und schwer zugänglichen Gebieten heimlich Agenten ein- und ausschleust.«

»Malcolm hat sich schon immer zu dschungelartigen Gegenden hingezogen gefühlt.«

Wir fuhren parallel zu den Eisenbahnschienen. Das Unkraut war voller Plastikbecher, die aus Zugfenstern geworfen oder von der Deponie nach Norden geweht worden waren.

»Und Janet hat sich zu einem Ashram hingezogen gefühlt, in Montana«, sagte ich.

»Janet Savory? Großer Gott, warum denn das?«

»Sie heißt jetzt Mother Devi. Sie führt die Geschäfte des Ashram. Kapitalanlagen, Grundbesitz, Steueroasen. Das hat Janet schon immer angestrebt. Seelenfrieden inmitten eines profitorientierten Lebens.«

»Phantastischer Knochenbau, diese Janet.«

»Sie hatte ein Talent für Heimlichkeiten.«

»Du sagst das mit solcher Bitterkeit. Ich wußte gar nicht, daß du bitter sein kannst, Tuck.«

»Dumm, nicht bitter.«

»Was meinst du mit Heimlichkeit? Hat sie auch im Geheimauftrag gearbeitet wie Malcolm?«

»Sie hat mir nie gesagt, wieviel Geld sie verdient. Ich glaube, sie hat meine Post gelesen. Direkt nachdem Heinrich geboren war, hat sie mich in ein kompliziertes Investmentprojekt mit einem Haufen von mehrsprachigen Leuten hineingezogen. Sie sagte, sie hätte Informationen.«

»Aber das hat nicht gestimmt und du hast riesige Summen verloren.«

»Wir haben riesige Summen eingenommen. Ich war verstrickt, umgarnt. Immer hat sie so geschickt laviert. Meine Gemütsruhe war in Gefahr. Das lange und ereignislose Leben, nach dem mir der Sinn stand. Sie wollte uns eingliedern. Wir bekamen Anrufe aus Liechtenstein, von den Hebriden. Fiktive Orte, Verschwörungstaktiken.«

»Das klingt gar nicht nach der Janet Savory, mit der ich einmal ein reizendes halbes Stündchen verbracht habe. Der Janet mit den hohen Wangenknochen und der ironischen Stimme.«

»Ihr hattet alle hohe Wangenknochen. Durch die Bank. Phantastischen Knochenbau. Für Babette und ihr langes fleischiges Gesicht kann ich Gott nur danken.«

»Gibt es hier kein Lokal, wo wir eine gepflegte Mahlzeit einnehmen können?« sagte Tweedy. »Sowas mit Tischtuch und eisgekühlten Butterröllchen. Malcolm und ich haben einmal mit Oberst Ghaddafi Tee getrunken. Ein charmanter und grausamer Mann; unter den Terroristen, die wir kennengelernt haben, einer der wenigen, der seinem Ruf tatsächlich Ehre macht.«

Jetzt fiel kein Schnee mehr. Wir fuhren durch ein Lagerhausviertel, durch weitere verlassene Straßen, eine Trostlosigkeit und Anonymität, die sich in uns mit einer gespenstischen Sehnsucht nach etwas deckte, das weit jenseits aller Erreichbarkeit lag. Wir kamen an einsamen Cafés vorbei, einem weiteren Schienenstrang, an Güterwaggons, die auf einem Nebengleis abgestellt waren.

Tweedy rauchte Kette, extralange Zigaretten, und paffte aufgebrachte Rauchwolken in alle Richtungen.

»Gott, Tuck, wir waren gut zusammen.«

»Gut worin?«

»Dummchen, du mußt mich jetzt liebevoll und nostalgisch ansehen und wehmütig lächeln.«

»Du hast im Bett Handschuhe angehabt.«

»Hab ich immer noch.«

»Handschuhe, Augenklappen und Socken.«

»Du kennst meine schwachen Punkte. Du hast sie schon immer gekannt. Ich reagiere auf viele Dinge überempfindlich.«

»Sonnenlicht, Luft, Essen, Wasser, Sex.«

»Ausnahmslos alles Krebserreger.«

»Worum geht's bei den Familienangelegenheiten in Boston?«

»Ich muß meine Mutter beruhigen, daß Malcolm nicht tot ist. Sie hat richtig Gefallen an ihm gefunden, aus welchem Grund auch immer.«

»Warum glaubt sie, daß er tot ist?«

»Wenn Malcolm im Geheimauftrag arbeitet, dann ist es, als hätte es ihn nie gegeben. Er verschwindet nicht nur hier und jetzt, sondern auch rückwirkend. Keine Spur von dem Mann bleibt zurück. Ich frage mich manchmal, ob der Mann, mit dem ich verheiratet bin, tatsächlich Malcolm Hunt ist oder ein völlig anderer Mensch, der auch im Geheimauftrag arbeitet. Es ist offengestanden sehr beunruhigend. Ich weiß nicht, welche Hälfte von Malcolms Leben real ist und welche Hälfte Spionage. Aber ich hoffe, daß Bee etwas Licht in das Dunkel bringt.«

Verkehrsampeln schwankten in einem plötzlichen Windstoß an ihren Kabeln. Dies war die Hauptstraße der Stadt: eine Reihe von Discountläden, Bankschaltern, Großhandelsgeschäften. Ein hohes altes Kino im maurischen Stil, jetzt bemerkenswerterweise eine Moschee. Ausdruckslose Bauwerke mit Namen wie Güterumschlagplatz, Großhandelshaus, Haus des Handelsverkehrs. Wie nahe dies einer klassischen Fotografie des Bedauerns kam!

»Ein grauer Tag in Iron City«, sagte ich. »Wir können genauso gut zum Flughafen zurückfahren.«

»Wie geht's Hitler?«

»Prima, immer solide und zuverlässig.«

»Du siehst gut aus, Tuck.«

»Ich fühle mich aber nicht gut.«

»Du hast dich noch nie gut gefühlt. Du bist ganz der alte Tuck. Du warst schon immer ganz der alte Tuck. Wir haben einander geliebt, nicht wahr? Wir haben einander alles erzählt, jedenfalls soweit unser gutes Benehmen und unser Taktgefühl es zuließen. Malcolm erzählt mir nichts. Wer ist er? Was tut er?«

Sie saß mit untergezogenen Füßen da, mir zugewandt und schnippste die Asche in ihre Schuhe, die auf der Gummifußmatte standen.

»War das nicht wunderschön, so gerade und aufrecht zwischen Wallachen und Stuten aufzuwachsen, mit einem Papa, der blaue Blazer trug und steifen grauen Flanell?«

»Wie soll ich das wissen?«

»Mutter stand immer im Laubeneingang mit einem Armvoll frisch geschnittener Blumen. Sie stand einfach da und war sie selbst.«

Auf dem Flughafen warteten wir in einem Nebel von Gipsstaub, zwischen freiliegenden Kabeln und Bergen von Schutt. Eine halbe Stunde, bevor Bee ankommen sollte, begannen Passagiere eines anderen Fluges hintereinander durch einen zugigen Tunnel in die Ankunftshalle zu tröpfeln. Sie waren grau und leidend, von Erschöpfung und Schock gebeugt, zerrten ihr Handgepäck über den Boden. Zwanzig, dreißig, vierzig Leute kamen heraus, wortlos und blicklos, die Augen zu Boden geschlagen. Einige hinkten, einige weinten. Weitere Menschen kamen durch den Tunnel, Erwachsene mit wimmernden Kindern, alte Leute, die zitterten, ein schwarzer Pastor mit schiefsitzendem Kragen, dem ein Schuh fehlte. Tweedy half einer Frau mit zwei kleinen Kindern. Ich ging auf einen jungen Mann zu, einen stämmigen Burschen mit Briefträgermütze und Bierbauch, der eine Daunenweste anhatte, und er sah mich an, als gehöre er nicht in diese Raum-Zeit-Dimension, sondern sei widerrechtlich herübergekommen, habe einen plumpen Einfall unternommen. Ich zwang ihn, stehenzubleiben und mich anzusehen, fragte ihn, was dort oben geschehen sei. Während die Leute weiter einzeln vorbeikamen, atmete er müde aus. Dann nickte er, die Augen fest auf meine geheftet, voller sanfter Resignation.

Alle drei Motoren waren ausgefallen, und das Flugzeug war von 34000 Fuß auf 12000 Fuß abgesunken. An die vier Meilen. Als der steile Gleitflug anfing, standen die Leute auf, fielen hin, stießen zusammen, wurden in ihren Sitzen hin- und hergeworfen. Dann erst setzte das Schreien und Stöhnen ein. Fast unmittelbar danach hörte man über die Lautsprecher eine Stimme aus dem Cockpit: »Wir fallen vom Himmel! Wir sinken! Wir sind eine silberglänzende Todesmaschine!« Dieser Ausbruch mußte den Passagieren wie der totale Zusammenbruch jeglicher Autorität, Kompetenz und Führungspräsenz vorkommen und löste eine Welle erneuten und verzweifelten Jammerns aus.

Aus der Bordküche rollten Gegenstände heraus, die Gänge waren voller Trinkgläser, Küchenutensilien, Mäntel, Decken. Eine Stewardeß, die von dem spitzwinkligen Sinkflug an die Trennwand gedrückt wurde, versuchte, in einem Buch mit dem Titel ›Leitfaden für Katastrophen‹ die passende Stelle zu finden. Dann kam eine zweite männliche Stimme vom Cockpit, diese nun bemerkenswert ruhig und präzise, und gab den Passagieren den Glauben wieder, daß es doch noch jemand Verantwortlichen und einen Funken von Hoffnung gab: »Hier spricht American Airlines zwei-eins-drei auf den Cockpit Flugrecorder. Jetzt wissen wir, wie es ist. Es ist schlimmer, als wir es uns je vorgestellt haben. Hierauf hat man uns im Todessimulator in Denver nicht vorbereitet. Unsere Furcht ist rein, so vollkommen ungetrübt von allen Ablenkungen und von jedem Druck, daß sie wie eine Art transzendentale Meditation wirkt. In weniger als drei Minuten werden wir aufsetzen, sozusagen. Sie werden unsere Leichen auf irgendeinem rauchenden Feld finden, verstreut, in grausigen Todesstellungen. Ich liebe euch alle, Lance.« Diesmal gab es eine kurze Pause, bevor das Massenwehklagen wieder einsetzte. Lance? Was für Leute hatten denn die Verantwortung für dieses Flugzeug? Das Weinen nahm einen bitteren und desillusionierten Ton an.

Während der Mann in der Daunenweste die Geschichte erzählte, begannen sich Passagiere aus dem Tunnel um uns zu versammeln. Keiner sprach, unterbrach oder versuchte, den Bericht zu beschönigen.

An Bord des stürzenden Flugzeugs krabbelte eine Stewardeß den Gang entlang, über Körper und Trümmer, und wies in jeder Reihe die Leute an, die Schuhe auszuziehen, scharfe Gegenstände aus den Taschen zu entfernen und Embryohaltung einzunehmen. Am anderen Ende des Flugzeugs kämpfte jemand mit einer Schwimmervorrichtung. Bestimmte Teile der Crew hatten beschlossen, so zu tun, als sei es keine Bruch-, sondern eine Bauchlandung, die in wenigen Sekunden bevorstand. Schließlich besteht der Unterschied zwischen den beiden nur in einem einzigen Buchstaben. Konnte das nicht nahelegen, daß diese beiden Arten, den Flug zu beenden, mehr oder weniger austauschbar waren? Welche Rolle konnte ein einziger Buchstabe spielen? Eine ermutigende Frage unter den Umständen, wenn man nicht zu lange darüber nachdachte, und zum Nachdenken war jetzt sowieso keine Zeit. Der entscheidende Unterschied zwischen einer Bruch- und einer Bauchlandung schien der, daß man sich auf eine Bauchlandung sinnvoll vorbereiten kann, und genau das versuchten sie. Die Nachricht verbreitete sich im Flugzeug, der Begriff wurde Reihe für Reihe wiederholt, »Bauchlandung, Bauchlandung«. Sie sahen, wie leicht es war, durch Austauschen eines einzigen Buchstabens die Zukunft in den Griff zu bekommen, sie in Bewußtsein umzusetzen, wenn nicht gar in reale Tatsache. Sie klopften sich nach Kugelschreibern ab und nahmen Embryohaltung ein.

Als der Erzähler in seinem Bericht soweit gekommen war, hatten sich schon viele Menschen um ihn versammelt, nicht nur Menschen, die eben erst dem Tunnel entstiegen waren, sondern auch die, die mit als erste das Flugzeug verlassen hatten. Sie waren zurückgekommen, um zuzuhören. Sie waren noch nicht bereit, auseinanderzugehen, wieder Einzug in ihre erdgebundenen Körper zu halten, sondern wollten noch in ihrem Schrecken verweilen, ihn nur noch ein Weilchen isoliert und intakt erhalten. Weitere Menschen trieben auf uns zu, wimmelten durcheinander, nahezu alle Flugzeuginsassen. Sie waren es zufrieden, daß der Mann mit Mütze und Weste für sie sprach. Keiner bestritt seinen Bericht oder versuchte, individuelle Aussagen hinzuzufügen. Es war, als erzähle man ihnen von einem Ereignis, an dem sie gar nicht persönlich beteiligt gewesen waren. Sie schienen interessiert an dem, was er sagte, sogar neugierig, aber auch deutlich distanziert. Sie trauten ihm zu, ihnen zu erzählen, was sie gesagt und gefühlt hatten.

An diesem Punkt des Sinkflugs, als sich der Begriff »Bauchlandung« im Flugzeug ausbreitete, mit einer deutlichen Betonung auf der zweiten Worthälfte, kamen die Passagiere der ersten Klasse kriechend und sich festkrallend durch die Vorhänge, erkletterten sich förmlich ihren Weg in die Touristenklasse, um dem Schicksal zu entgehen, als erste auf der Erde aufzuprallen. Es gab Leute in der Touristenklasse, die fanden, daß man sie zurückschicken sollte. Diese Meinung drückte sich nicht so sehr in Worten und Handlungen aus, als vielmehr in gräßlichen und unartikulierten, vorwiegend tierischen Lauten, einem hartnäckigen und zwanghaften Brüllen. Plötzlich setzten die Motoren wieder ein. Einfach so. Energie, Stabilität, Kontrolle. Die Passagiere, auf den Aufprall eingestellt, konnten sich nur langsam an die neue Flut von Informationen gewöhnen. Neue Geräusche, eine neue Flugbahn, das Gefühl, von einem soliden Gehäuse umschlossen zu sein und nicht von einem Stück Plastikfolie. Das Zeichen für Rauchen leuchtete auf, eine internationale Hand mit Zigarette. Stewardessen kamen mit Dufttüchern, um Blut und Erbrochenes wegzuwischen. Die Menschen lösten sich allmählich aus ihrer Embryohaltung, lehnten sich schlaff zurück. Vier Meilen Schrecken in der Haupteinschaltzeit. Keiner wußte, was er sagen sollte. Noch am Leben zu sein, bedeutete eine Fülle von Gefühlen. Dutzende von Dingen, Hunderte von Dingen. Der Kopilot kam den Gang entlang, lächelte und plauderte auf eine leere, angenehme, körperschaftliche Art. Sein Gesicht hatte den rosigen und zuversichtlichen Glanz, der uns an Betreuern großer Passagierflugzeuge so vertraut ist. Sie sahen ihn an und fragten sich, warum sie Angst gehabt hatten.

Ich war von Leuten, die sich heranschoben, um zuzuhören – es waren gut über hundert, die ihre Umhängetaschen und Reisetaschen über den staubigen Fußboden hinter sich herzogen –, von dem Erzähler abgedrängt worden. Als mir eben klar wurde, daß ich fast außer Hörweite war, sah ich Bee neben mir stehen, das kleine Gesicht glatt und weiß in einer Masse von krausem Haar. Sie sprang hoch, in meine ausgebreiteten Arme, nach Jet-Abgasen riechend.

»Wo sind die Medien?« sagte sie.

»Es gibt keine Medien in Iron City.«

»Haben sie das alles umsonst durchgemacht?«

Wir suchten Tweedy und machten uns auf den Weg zum Auto. Am Stadtrand gab es einen Stau, und wir saßen auf einer Straße vor einer verlassenen Gießerei fest. Tausend zerbrochene Fensterscheiben, die Straßenlampen kaputt, bei einbrechender Dämmerung. Bee hockte im Lotussitz auf der Mitte der Rückbank. Sie schien bemerkenswert ausgeruht nach ihrer Reise, die sich über Zeitzonen, Landmassen, riesige Ozeanentfernungen, Tage und Nächte erstreckt hatte, in kleinen und großen Flugzeugen, durch Sommer und Winter, von Surabaya bis Iron City. Jetzt saßen wir wartend in der Dunkelheit, bis ein Auto abgeschleppt war oder eine Zugbrücke sich geschlossen hatte. Bee fand nicht, daß diese wohlvertraute Ironie modernen Reisens eines Kommentars wert war. Sie saß einfach da und hörte zu, wie Tweedy mir erklärte, warum Eltern sich keine Gedanken zu machen brauchen, wenn Kinder solche Reisen allein unternehmen. Flugzeuge und Flughäfen seien die sichersten aller Orte für sehr junge und sehr alte Menschen. Man kümmere sich um sie, lächele auf sie herunter, bewundere sie für ihre Beweglichkeit und ihren Mut. Die Mitreisenden stellten freundliche Fragen, boten ihnen Decken und Süßigkeiten an.

»Jedes Kind sollte die Möglichkeit haben, einmal Tausende von Meilen allein zu reisen«, sagte Tweedy, »um seiner Selbstachtung und inneren Unabhängigkeit willen, mit Kleidern und Toilettenartikeln nach eigener Wahl. Je früher wir sie in die Luft bringen, um so besser. Wie Schwimmen oder Eislaufen. Man muß früh damit anfangen. Daß ich es bei Bee geschafft habe, ist eins von den

Dingen, auf die ich am meisten stolz bin. Ich habe sie, als sie neun war, zu Ostern nach Boston geschickt. Ich habe zu Granny Browner gesagt, sie soll sie nicht am Flugzeug abholen. Aus Flughäfen hinauszufinden, ist genauso wichtig wie der Flug selbst. Zu viele Eltern schenken dieser Phase in der Entwicklung eines Kindes keine Beachtung. Bee ist jetzt restlos zweiküstig. Mit zehn ist sie zum ersten Mal im Jumbo geflogen, in O'Hare umgestiegen, hat in Los Angeles fast den Anschluß verpaßt. Zwei Wochen später flog sie mit der Concorde nach London. Malcolm hat sie mit einem Piccolo erwartet.«

Vor uns tanzten die Rücklichter, die Schlange setzte sich langsam wieder in Bewegung.

Technische Störungen, Wetterturbulenzen und Terroristenanschläge einmal ausgenommen, sagte Tweedy, sei ein Flugzeug, das sich mit Schallgeschwindigkeit fortbewege, vielleicht überhaupt das letzte Refugium für ein kultiviertes Leben und gepflegte Umgangsformen, das der Mensch kenne.

19

Bee bewirkte, daß wir uns zeitweise unserer selbst bewußt wurden, eine Strafe, die Gäste oftmals unabsichtlich ihren selbstzufriedenen Gastgebern zufügen. Von Bee schien ein nüchternes Operationslicht auszustrahlen. Wir begannen, uns als Gruppe zu sehen, die planlos agierte, es vermied, Entscheidungen zu treffen, abwechselnd dumm und emotional instabil war, überall nasse Handtücher herumliegen ließ, ständig ihr jüngstes Mitglied verlegte. Alles, was wir taten, war plötzlich ein Vorgang, der eine Erklärung zu verlangen schien. Meine Frau war besonders irritiert dadurch. Wenn Denise ein Kommissar im Kleinformat war, der uns nörgelnd zu größerer Gewissenhaftigkeit trieb, dann war Bee ein stillschweigender Augenzeuge, der sogar noch den Sinn unseres Lebens in Frage stellte. Ich sah, wie Babette bestürzt in ihre leeren Hände starrte.

Das zwitschernde Geräusch war nur der Heizkörper.

Bee betrachtete Flachsereien, sarkastische Bemerkungen und andere Familieneigenarten mit stiller Geringschätzung. Ein Jahr älter als Denise war sie größer, dünner, blasser, sowohl weltlich als auch ätherisch, als sei sie im tiefsten Herzen durchaus keine Reiseschriftstellerin, was sie nach den Worten ihrer Mutter werden wollte, sondern nur eine Reisende, die unschuldigere Form, jemand, der Eindrücke sammelt, dichte Gefühlsstrukturen, aber kein Interesse daran hat, sie aufzuzeichnen.

Sie war selbstbeherrscht und rücksichtsvoll, hatte uns handgeschnitzte Geschenke aus dem Dschungel mitgebracht. Sie nahm Taxis, um zur Schule und zum Tanzunterricht zu fahren, sprach ein wenig Chinesisch, hatte einmal einer Freundin, die auf dem Trockenen saß, telegraphisch Geld geschickt. Ich bewunderte sie auf eine distanzierte und beklommene Art, mit dem Gefühl einer namenlosen Bedrohung, als sei sie gar nicht mein Kind, sondern die gewandte und selbstsichere Freundin eines meiner Kinder. Hatte Murray recht? Waren wir ein zerbrechliches, von feindseligen Fakten umgebenes Gebilde?

Würde ich Ignoranz, Vorurteil und Aberglauben Vorschub leisten, um meine Familie vor der Welt zu schützen?

Am ersten Weihnachtstag saß Bee am Kamin unseres selten benützten Wohnzimmers und sah in die türkisgrünen Flammen. Sie hatte ein langes, loses Khakigewand an, das lässig und teuer aussah. Ich saß im Sessel mit drei oder vier Geschenkkartons auf dem Schoß, aus denen Bändchen und Seidenpapier hingen. Mein eselsohriges Exemplar von ›Mein Kampf‹ ruhte auf dem Boden neben dem Stuhl. Ein paar von den anderen waren in der Küche und bereiteten das Essen vor, ein paar waren nach oben gegangen, um sich allein mit ihren Geschenken zu beschäftigen. Der Fernseher sagte: »Dieses Wesen hat seiner blattreichen Nahrung entsprechend einen komplizierten Magen entwickelt.«

»Mir gefällt diese Sache mit Mutter gar nicht«, sagte Bee mit kultiviert besorgter Stimme. »Sie sieht die ganze Zeit so nervös aus. Als ob sie sich über etwas Sorgen machte, aber nicht wüßte, worüber. Es ist natürlich wegen Malcolm. Er hat seinen Dschungel. Was hat sie schon? Eine riesige luftige Küche mit einem Herd, der in ein Dreisternerestaurant in der Provinz gehört. Sie hat all ihre Energien in diese Küche gesteckt, aber wozu? Das ist gar keine Küche, das ist ihr Leben, die Mitte ihres Lebens. Baba könnte so eine Küche genießen. Für sie wäre es eine Küche. Für Mutter ist sie wie ein unheimliches Symbol für das Überwinden einer Krise, nur daß sie sie noch nicht überwunden hat.«

»Deine Mutter ist nicht ganz sicher, wer ihr Mann ist.«

»Das ist nicht das eigentliche Problem. Das eigentliche Problem ist, daß sie nicht weiß, wer sie ist. Malcolm ist im Gebirge und lebt von Rinde und Schlangen. Das ist Malcolm. Er braucht Hitze und Feuchtigkeit. Er hat wer weiß wieviele akademische Würden in Außenpolitik und Wirtschaftswissenschaften, aber das einzige, was er will, ist, unter einem Baum zu hocken und zuzusehen, wie Eingeborene sich Lehm auf ihren Körper klatschen. Es macht ihm Spaß, ihnen zuzuschauen. Was macht Mutter zum Spaß?«

In Bees Gesicht war alles klein, mit Ausnahme der Augen, die zwei Formen des Lebens zu enthalten schienen, das Gegenständliche und seine versteckten Implikationen. Sie redete von Babettes mühelosem Geschick, Dinge auf Vordermann zu bringen, das Haus, die Kinder, den gesamten Routineablauf, und sie hörte sich ein wenig an wie ich, aber tief in der Iris ihres Auges bewegte sich noch ein sekundäres Unterwasserleben. Was bedeutete das, was sagte sie in Wirklichkeit, warum schien sie zu erwarten, daß ich auf dieselbe Weise reagierte? Sie wollte auf dieser zweiten Ebene kommunizieren, über optische Flüssigkeiten. Sie wollte ihren Verdacht bestätigt haben, etwas über mich herausfinden. Aber welchen Verdacht hegte sie, und was gab es herauszufinden? Mir wurde unbehaglich. Als der Geruch von angebranntem Toast das Haus erfüllte, versuchte ich, sie dazu zu bringen, über das Leben in der siebten Klasse zu erzählen.

»Brennt es in der Küche?«

»Das ist Steffie, sie läßt Toast anbrennen. Das macht sie von Zeit zu Zeit.«

»Ich hätte so eine Art Kimchi kochen können.«

»Etwas aus deiner Zeit in Korea?«

»Es ist eingelegter Kohl mit rotem Paprika und einer Handvoll weiterer Dinge. Scharf wie Feuer. Aber ich kenne mich mit den Zutaten nicht aus. In Washington kriegt man sie schon schwer genug.«

»Höchstwahrscheinlich gibt es außer Toast noch etwas anderes zu essen«, sagte ich.

Der leichte Tadel machte sie glücklich. Sie mochte mich am liebsten, wenn ich trocken, spöttisch und scharf war, ein Naturtalent, von dem sie glaubte, daß ich es durch den langen Umgang mit Kindern eingebüßt hätte.

Der Fernseher sagte: »Jetzt kleben wir dem Schmetterling die kleinen Fühler an.«

Zwei Nächte später im Bett hörte ich Stimmen, zog meinen Bademantel an und ging den Flur entlang, um nachzusehen, was los war. Denise stand vor der Badezimmertür.

»Steffie nimmt mal wieder so ein Bad.«

»Es ist spät«, sagte ich.

»Sie sitzt einfach in dem ganzen dreckigen Wasser.«

»Ist doch mein Dreck«, sagte Steffie hinter der Tür.

»Trotzdem ist es Dreck.«
»Jedenfalls ist es mein Dreck, und mir ist das wurscht.«
»Es ist Dreck«, sagte Denise.
»Es ist mein Dreck.«
»Dreck ist Dreck.«
»Nicht wenn es meiner ist.«

Bee erschien am Flurende in einem Kimono in Silber und Rot. Stand einfach nur da, entrückt und bleich. Es folgte ein Augenblick, in dem unser geometrischer Ort aus Kleinlichkeit und Scham sich handgreiflich zu einer Karikatur der Befangenheit auszudehnen schien. Denise brummte Steffie durch den Türspalt etwas Gewalttätiges zu und ging dann still in ihr Zimmer.

Am Morgen fuhr ich Bee zum Flughafen. Fahrten zum Flughafen machen mich schweigsam und niedergeschlagen. Wir hörten im Radio den neuesten Stand der Nachrichten, sonderbar aufgeregte Berichte von Feuerwehrleuten, die ein brennendes Sofa aus einem Wohnhaus in Watertown herausholten – abgegeben vor einer Geräuschkulisse aus tickenden Fernschreibern. Ich merkte, daß Bee mich aufmerksam, bedeutungsvoll beobachtete. Sie saß mit dem Rücken an der Tür, die Knie hochgezogen und fest zusammengepreßt, die Arme darumgelegt. Ihr Blick drückte ernstes Mitgefühl aus. Es war ein Blick, dem ich nicht unbedingt traute, da ich glaubte, daß er wenig mit Mitleid oder Liebe oder Trauer zu tun hatte. Ja, ich erkannte ihn als etwas völlig anderes: als die mildeste Form von Herablassung von Seiten einer heranwachsenden Frau.

Auf dem Rückweg vom Flughafen fuhr ich an der Uferstraße von der Schnellstraße ab und parkte das Auto am Waldrand. Ich stieg einen steilen Weg hinauf. Dort stand ein alter Lattenzaun mit einem Schild.

ALTER FRIEDHOF
des Dorfes Blacksmith

Die Grabsteine standen schief, waren klein, pockennarbig, mit Flechten oder Moos bewachsen, die Namen und Daten kaum lesbar. Die Erde war hart, stellenweise mit Eis bedeckt. Ich ging zwischen den Steinen herum, zog meine Handschuhe aus, um den rauhen Marmor anzufassen. In die Erde vor einer der Gedenktafeln eingelassen stand eine schmale Vase mit drei kleinen amerikanischen Flaggen, das einzige Zeichen davon, daß in diesem Jahrhundert schon jemand vor mir an dieser Stelle gewesen war. Es gelang mir, einige der Namen zu entziffern, große, starke, einfache Namen, die moralische Strenge suggerierten. Ich stand da und lauschte.

Der Verkehrslärm, die pulsierende Betriebsamkeit der Fabriken auf der anderen Flußseite drang nicht bis hier herüber. So hatten sie zumindest damit das Richtige getan, den Friedhof hierher zu legen, in eine Stille, die sich behauptet hatte. Die Luft war schneidend kalt. Ich atmete tief, blieb an einer Stelle stehen und wartete darauf, den Frieden zu spüren, der sich angeblich auf die Toten senkt, wartete darauf, das Licht zu sehen, das über den Feldern larmoyanter Landschaftsmaler liegt.

Ich stand lauschend da. Der Wind blies Schnee von den Ästen. Schnee trieb in Wirbeln und fegenden Böen aus dem Wald. Ich stellte meinen Kragen hoch und zog die Handschuhe an. Als die Luft wieder ruhig war, ging ich zwischen den Steinen herum, versuchte, die Namen und Daten zu lesen, und stellte die Fahnen so, daß sie frei flattern konnten. Dann stand ich nur noch da und lauschte.

Die Macht der Toten besteht darin, daß wir glauben, daß sie uns jederzeit sehen. Die Toten haben eine Gegenwart. Gibt es eine Energieebene, die nur aus Toten besteht? Natürlich liegen sie auch in der Erde, schlafend und zerfallend. Vielleicht sind wir das, was sie träumen.

Mögen die Tage ziellos sein. Laß die Jahreszeiten dahinfließen. Treibe das Handeln nicht einem Plan gemäß voran.

Mr. Treadwells Schwester starb. Ihr Vorname war Gladys. Der Arzt sagte, sie sei an schleichender Furcht gestorben, einer Auswirkung der vier Tage und Nächte, die sie und ihr Bruder im Mid-Village Mall verbracht hatten, verirrt und verwirrt.

Ein Mann in Glassboro starb, als das Hinterrad seines Autos sich von der Achse löste. Eine Eigenart dieses Automodells. Der stellvertretende Gouverneur des Staates starb an geheimgehaltenen natürlichen Ursachen, nach langer Krankheit. Wir wissen alle, was das bedeutet.

Ein Mann aus Mechanicsville starb außerhalb von Tokio während einer Belagerung des Flughafens durch zehntausend behelmte Studenten.

Wenn ich Todesanzeigen lese, achte ich immer auf das Alter der Verstorbenen. Automatisch setze ich die Zahl ins Verhältnis zu meinem eigenen Alter. Noch vier Jahre, denke ich. Noch neun Jahre. Zwei Jahre, und ich bin tot. Die Macht der Zahlen wird nie deutlicher, als wenn wir sie dazu benutzen, über den Zeitpunkt unseres Todes zu spekulieren. Manchmal handle ich mit mir selbst. Würde ich 65 akzeptieren, das Alter von Dschingis Khan, als er starb? Suleiman der Erhabene hat es auf 76 gebracht. Das hört sich gut an, besonders wenn ich mich so wie jetzt fühle, aber wie wird es sich anhören, wenn ich 73 bin?

Es fällt schwer, sich vorzustellen, ob diese Männer beim Gedanken an den Tod getrauert haben. Attila, der Hunne, starb jung. Er war erst in den Vierzigern. Hat er sich bedauert? Ist er Selbstmitleid und Depressionen erlegen? Er war der König der Hunnen, der Eindringling in Europa, die Geißel Gottes. Ich möchte gern glauben, daß er in seinem Zelt lag, in Tierfelle gewickelt wie in einem der international finanzierten Filmepen, und tapfere grausame Sachen zu seinen Beratern und Gefolgsmännern sagte. Kein Nachlassen des Lebensmuts. Kein Gefühl für die Ironie der menschlichen Existenz, daß wir die höchste Form des Lebens auf der Erde sind und gleichzeitig unsäglich traurig, weil wir wissen, was kein anderes Lebewesen weiß, nämlich daß wir sterben müssen. Attila blickte nicht durch die Öffnung in seinem Zelt, um auf einen lahmen Hund zu deuten, der am Rand des Feuers darauf wartete, daß ihm ein Fleischrest zugeworfen würde. Er sagte nicht: »Dieses erbärmliche, von Flöhen geplagte Tier hat es besser als der größte Herrscher der Menschheit. Es weiß nicht, was wir wissen, es fühlt nicht, was wir fühlen, es kann nicht traurig sein, so wie wir traurig sind.«

Ich möchte gern glauben, daß er keine Angst hatte. Er akzeptierte den Tod als ein Erlebnis, das sich ganz natürlich aus dem Leben ergibt, als wilden Ritt durch den Wald, so, wie es sich für einen ziemt, der als Geißel Gottes bekannt ist. So endete es für ihn, und seine Diener schnitten sich das Haar ab und entstellten ihre Gesichter als barbarischen Tribut, während die Kamera aus dem Zelt zurückfährt und über den Nachthimmel des fünften Jahrhunderts schwenkt, der klar und unverseucht ist, hell gestreift von schimmernden Welten.

Babette blickte von ihren Spiegeleiern mit Reibekuchen auf und sagte mit stiller Intensität zu mir: »Das Leben ist schön, Jack.«

»Wie kommst du darauf?«

»Ich finde einfach, daß es einmal gesagt werden muß.«

»Fühlst du dich besser, jetzt, wo du es gesagt hast?«

»Ich habe schreckliche Träume«, murmelte sie.

Wer wird zuerst sterben? Sie sagt, sie möchte zuerst sterben, weil sie sich ohne mich unerträglich einsam und traurig fühlen würde, besonders wenn die Kinder schon erwachsen wären und woanders wohnen würden. Sie ist da unerbittlich. Sie will mir allen Ernstes vorangehen. Sie diskutiert über dieses Thema mit solch streitlustigem Nachdruck, daß offensichtlich ist, daß sie glaubt, wir hätten in dieser Sache eine Wahl. Sie glaubt auch, daß uns nichts passieren kann, solange von uns abhängige Kinder im Haus sind. Die Kinder sind eine Garantie für unsere relative Langlebigkeit. Wir sind sicher, solange sie da sind. Aber wenn sie dann einmal groß werden und sich in alle Winde zerstreuen, will sie die erste sein, die geht. Das klingt fast übereifrig. Sie hat Angst, daß ich unerwartet sterbe, verstohlen, mich in der Nacht davonmache. Es ist nicht so, daß sie das Leben nicht liebte; allein gelassen zu werden, das macht ihr Angst. Die Leere, das Gefühl kosmischer Dunkelheit.

Master Card, Visa, American Express.

Ich sage zu ihr, daß ich als erster sterben möchte. Ich bin so an sie gewöhnt, daß ich mich erbärmlich unvollständig fühlen würde. Wir sind zwei Aspekte derselben Person. Ich würde den Rest meines Lebens damit zubringen, mich zu ihr zu wenden, um etwas zu sagen. Keiner da, ein Loch in Raum und Zeit. Sie behauptet, mein Tod würde ein größeres Loch in ihrem Leben hinterlassen als ihr Tod in meinem Leben. Dies ist die Ebene unsrer Diskurse. Die relative Größe von Löchern, Abgründen und Lücken. Wir führen ernste Auseinandersetzungen auf dieser Ebene. Sie sagt, wenn ihr Tod fähig ist, ein großes Loch in meinem Leben zu hinterlassen, dann würde mein Tod in ihrem einen Abgrund hinterlassen, eine gähnende Kluft. Ich kontere mit einer unergründlichen Tiefe oder leerem Raum. Und so geht es bis in die Nacht. Diese Argumente kommen uns, solange wir streiten, nie töricht vor. So stark ist die adelnde Macht unseres Themas.

Sie zog einen langen glänzenden wattierten Mantel an – er sah segmentiert aus, wie ein Hautskelett, für den Meeresgrund entworfen – und ging los, um ihren Unterricht in Körperhaltung zu geben. Steffie schlüpfte lautlos durchs Haus und trug kleine Plastiktüten herum, die sie dazu benützte, die Weidenkörbe, die überall herumstanden, auszukleiden. Sie tat das ein- oder zweimal die Woche mit der ruhigen und gewissenhaften Miene von jemandem, der keine Anerkennung dafür will, daß er Menschenleben rettet. Murray kam herüber, um mit den beiden Mädchen und Wilder zu sprechen, was er von Zeit zu Zeit tat, als Bestandteil seiner Forschungen über das, was er die Gesellschaft der Kinder nannte. Er redete über das weltfremde Geschwätz der amerikanischen Familie. Er schien zu glauben, wir seien eine visionäre Gruppe, offen für bestimmte Bewußtseinsformen. Es flössen enorme Mengen von Daten durch das Haus, die nur darauf warteten, analysiert zu werden.

Er ging mit den drei Kindern nach oben, um fernzusehen. Heinrich kam in die Küche, setzte sich an den Tisch und packte mit jeder Hand eine Gabel. Der Kühlschrank bebte anhaltend. Ich schnippte einen Schalter, und irgendwo unter der Spüle reduzierte ein Zerkleinerungsmechanismus Schalen, Rinden und Tierfette zu winzigen, hinunterspülbaren Fragmenten, mit einer motorisierten Aufwallung, die mich zwei Schritte zurücktreten ließ. Ich nahm meinem Sohn die Gabeln aus den Händen und steckte sie in die Geschirrspülmaschine.

»Trinkst du schon Kaffee?«

»Nein«, sagte er.

»Baba trinkt gern eine Tasse, wenn sie vom Unterricht zurückkommt.«

»Mach ihr doch stattdessen Tee.«

»Sie mag keinen Tee.«

»Sie kann es aber lernen, oder?«

»Beides schmeckt vollkommen verschieden.«

»Gewohnheit ist Gewohnheit.«

»Eine Gewohnheit muß man erst entwickeln.«

»Das sag ich ja. Mach ihr Tee.«

»Ihr Unterricht ist anstrengender, als es sich anhört. Kaffee entspannt sie.«

»Deshalb ist er ja gefährlich«, sagte er.

»Er ist nicht gefährlich.«

»Alles, was einen entspannt, ist gefährlich. Wenn du das nicht weißt, kann ich mich genausogut mit der Wand unterhalten.«

»Murray möchte auch einen Kaffee«, sagte ich, mir eines kleinen triumphierenden Tones in der Stimme bewußt.

»Hast du gesehen, was du gerade getan hast? Du hast die Kaffeedose mit zur Theke genommen.«

»Na und?«

»Das wäre nicht nötig gewesen. Du hättest sie beim Herd stehen lassen können, wo du ja gestanden hast, und dann zum Schrank gehen können, um den Löffel zu holen.«

»Willst du damit sagen, daß ich die Kaffeedose unnötig herumgetragen habe?«

»Du hast sie in der rechten Hand den ganzen Weg zur Theke hinüber getragen, hast sie abgestellt, um die

Schublade aufzuziehen, was du nicht mit der linken Hand tun wolltest, hast dann den Löffel in die rechte Hand genommen, in die linke abgegeben, die Kaffeedose mit der rechten Hand genommen und bist zurück zum Herd gegangen, wo du sie wieder abgestellt hast.«

»So macht man das eben.«

»Das ist vergeudete Bewegung. Der Mensch verschwendet ungeheure Mengen von Bewegung. Du müßtest manchmal Baba zusehen, wenn sie einen Salat macht.«

»Der Mensch denkt nicht über jede winzige Bewegung und Geste nach. Ein bißchen Verschwendung schadet da gar nicht.«

»Und über ein ganzes Leben gesehen?«

»Was spart man denn, wenn man nichts vergeudet?«

»Über ein ganzes Leben? Da sparst du ungeheure Mengen von Zeit und Energie«, sagte er.

»Und was tust du dann damit?«

»Du benützt sie, um länger zu leben.«

In Wirklichkeit will ich gar nicht zuerst sterben. Wenn ich eine Wahl hätte zwischen Einsamkeit und Tod, würde ich nur den Bruchteil einer Sekunde brauchen, um zu entscheiden. Aber ich will auch nicht allein sein. Alles, was ich über Löcher und Lücken zu Babette sage, ist wahr. Ihr Tod würde mich verwirrt zurücklassen, ich würde mit Stühlen und Kissen reden. Laß uns nicht sterben, möchte ich diesem Himmel des fünften Jahrhunderts zurufen, der vor Rätselhaftigkeit und Spiralnebeln funkelt. Laß uns beide ewig leben, in Krankheit und Gesundheit, schwachsinnig, wackelig, zahnlos, leberfleckig, trübsichtig, halluzinierend. Wer entscheidet über diese Dinge? Was ist dort draußen? Wer bist du?

Ich sah zu, wie der Kaffee durch den Zylinder in der Mitte und den perforierten Einsatz in die kleine blasse Kugel hochstieg. Eine wunderbare und traurige Erfindung, so rund, genial und menschlich. Sie war wie ein philosophischer Disput, wiedergegeben in Begriffen aus dem alltäglichen Leben, Wasser, Metall, braune Bohnen. Ich hatte noch niemals zuvor Kaffee betrachtet.

»Wenn Plastikmöbel verbrennen, kriegt man eine Zyanidvergiftung«, sagte Heinrich und klopfte dabei auf die Tischplatte aus Resopal.

Er aß einen Winterpfirsich. Ich goß eine Tasse Kaffee für Murray ein, und der Junge und ich gingen zusammen die Treppe hinauf zu Denises Zimmer, in dem sich der Fernseher im Augenblick befand. Der Ton war leise gestellt, und die Mädchen waren in einen verzückten Dialog mit Murray versunken. Murray sah aus, als sei er glücklich, hier zu sein. Er saß mitten auf dem Fußboden und machte sich Notizen, seinen Dufflecoat und seine Rennfahrermütze neben sich auf dem Teppich. Das Zimmer um ihn herum war reich an Chiffren und Botschaften, eine archäologische Fundstätte der Kindheit, Dinge, die Denise mit sich herumgetragen hatte, seit sie drei war, angefangen von Uhren mit Comicfiguren bis zu Werwolfpostern. Sie ist eins dieser Kinder, die ihren eigenen Anfängen gegenüber eine beschützende Zärtlichkeit an den Tag legen. Es gehört zu ihrer Strategie in dieser Welt der Ablösungen, jede mögliche Anstrengung zur Wiedereinsetzung und Erhaltung der Dinge zu machen, sie beisammenzuhalten um ihres Erinnerungswertes willen, ihr Weg, sich an ein Leben zu binden.

Damit wir uns nicht falsch verstehen: Ich nehme diese Kinder ernst. Es ist unmöglich, zu viel in sie hineinzusehen, die eigene gelegentliche Gabe, Charakter zu erforschen, überzustrapazieren. Es ist alles da, in voller Kraft, geladene Wellen der Identität und des Seins. Es gibt keine Amateure in der Welt der Kinder.

Heinrich stand in einer Zimmerecke und nahm seine Haltung des kritischen Beobachters ein. Ich gab Murray seinen Kaffee und war im Begriff, das Zimmer zu verlassen, als ich im Vorbeigehen auf den Fernsehschirm schaute. Ich blieb an der Tür stehen und sah dieses Mal genauer hin. Es stimmte, es war da. Ich zischte den anderen zu, still zu sein, und ihre Köpfe flogen in meine Richtung, verblüfft und ärgerlich. Dann folgten sie meinem Blick, hin zu dem robusten Fernsehapparat am Bettende.

Das Gesicht auf dem Bildschirm war Babettes Gesicht. Aus unseren Mündern kam ein Schweigen, das so argwöhnisch und tief war wie das Knurren eines Tieres. Verwirrung, Angst, Erstaunen drückte sich auf unseren Gesichtern aus. Was hatte das zu bedeuten? Was tat sie da, in schwarz-weiß, umschlossen von dieser offiziellen Umrahmung? War sie tot, wurde sie vermißt, war sie von ihrer körperlichen Hülle befreit? War dies ihr Geist, ihr geheimes Selbst, ein zweidimensionales Faksimile, durch die Macht der Technik freigesetzt, befreit, um durch Wellenlängen, durch Energie-Ebenen hindurchzugleiten, um innezuhalten und uns vom fluoreszierenden Bildschirm her Lebwohl zu sagen?

Ein merkwürdiges Gefühl packte mich, ein Gefühl geistiger Verwirrung. Aber sie war es wirklich, das Gesicht, das Haar, die Art und Weise, wie sie rasch zwei- oder dreimal hintereinander blinzelt. Ich hatte sie erst vor einer Stunde noch gesehen, wie sie Eier aß, aber ihr Erscheinen auf dem Bildschirm machte sie in meiner Vorstellung zu einer fernen Gestalt aus der Vergangenheit, irgendeiner Ex-Frau und abwesenden Mutter, einer Wandelnden zwischen den Nebeln des Todes. Und wenn sie nicht tot war, war ich es dann vielleicht? Ein zweisilbiger, infantiler Schrei ba-ba brach aus den Tiefen meiner Seele.

All das auf Sekunden komprimiert. Erst als die Zeit wieder einsetzte, sich normalisierte, uns ein Gefühl für unsere Umgebung wiederbrachte, für das Zimmer, das Haus, die Realität, in der der Fernsehapparat stand, erst da begriffen wir, was eigentlich los war.

Babette hielt ihren Unterricht im Kirchengemeindesaal ab, und er wurde vom lokalen Kabelsender aufgenommen. Entweder hatte sie nicht gewußt, daß eine Kamera dabeisein würde, oder sie hatte es vorgezogen, es uns nicht zu erzählen, aus Verlegenheit, Liebe, Aberglaube oder was sonst jemanden dazu veranlassen mag, das eigene Bild denen, die einen kennen, vorzuenthalten.

Da der Ton so leise gestellt war, konnten wir nicht verstehen, was sie sagte, aber keiner machte sich die Mühe, die Lautstärke einzustellen. Es war das Bild, das wichtig war, das Gesicht in schwarz-weiß, beseelt, aber auch flach, entfernt, versiegelt, zeitlos. Sie war es und war es doch nicht. Wieder einmal mußte ich denken, daß Murray vielleicht doch auf der richtigen Spur war. Wellen und Strahlungen. Etwas entwich durch das Netz. Sie warf ein Licht auf uns, sie wurde existent, wurde endlos geformt und wieder neu geformt, indem ihre Gesichtsmuskeln beim Lächeln und Reden arbeiteten, während die elektronischen Punkte schwärmten.

Wir wurden von Babette durchbohrt. Ihr Bild wurde auf unsere Körper projiziert, schwamm in uns hinein und durch uns hindurch. Babette der Elektronen und Photonen, all der Kräfte, die dieses graue Licht produzierten, das wir für ihr Gesicht hielten.

Die Kinder waren ganz erhitzt vor Aufregung, aber ich empfand eine gewisse Unruhe. Ich versuchte, mir zu sagen, daß das ja nur das Fernsehen sei – was immer das war und wie immer es funktionierte – und keine Reise aus dem Leben oder dem Tode, keine mysteriöse Trennung. Murray schaute zu mir hoch und lächelte sein hintergründiges Lächeln.

Nur Wilder blieb ruhig. Er sah seiner Mutter zu, sprach zu ihr in Wortfetzen, vernünftig klingenden Fragmenten, die überwiegend erfunden waren. Als die Kamera zurückfuhr, damit Babette eine feine Einzelheit des Stehens oder Gehens demonstrieren konnte, ging Wilder zu dem Gerät und berührte ihren Körper, wobei er einen Handabdruck auf der staubigen Oberfläche des Bildschirms hinterließ.

Dann krabbelte Denise zum Gerät hin und drehte an der Lautstärke. Nichts passierte. Es war kein Ton da, keine Stimme, gar nichts. Sie wandte den Kopf, um mich anzusehen, ein Moment erneuter Verwirrung. Heinrich kam heran, fummelte am Tonknopf herum, streckte die Hand hinter den Apparat, um die versenkten Knöpfe einzustellen. Als er es auf einem anderen Kanal versuchte, dröhnte der Ton, roh und unscharf. Wieder auf dem Kabelkanal konnte er nicht einmal ein Summen produzieren, und während wir zusahen, wie Babette die Stunde beschloß, war uns seltsam beklommen zumute. Sobald jedoch die Sendung beendet war, wurden die beiden Mädchen wieder aufgeregt und gingen nach unten, um an der Tür auf Babette zu warten und sie mit der Neuigkeit, daß sie sie gesehen hatten, zu überraschen.

Der kleine Junge blieb beim Fernseher, nur Zentimeter von dem dunklen Bildschirm entfernt, und weinte leise, unsicher, in schwachen Stößen und Wellen, während Murray sich Notizen machte.

II Der luftübertragene toxische Vorfall

Nach einer Nacht von traumerhellten Schneefällen wurde die Luft klar und still. Eine gespannte Bläue lag in dem Januarlicht, etwas Hartes und Zuversichtliches. Das Geräusch von Stiefeln auf zusammengepreßtem Schnee, die Kondensstreifen, die sauber in den hohen Himmel gesträhnt waren. Das Wetter spielte eine entscheidende Rolle, obwohl ich das anfangs nicht wußte.

Ich bog in unsere Straße ein und ging an Männern vorbei, die sich in ihren Einfahrten über Schaufeln beugten und Nebel atmeten. Ein Eichhörnchen sprang in fließender Bewegung einen Ast entlang, ein Ablauf, der so kontinuierlich war, daß er ein eigenes physikalisches Gesetz zu sein schien, anders als jene, denen zu vertrauen wir gelernt haben. Als ich die Straße halb hinuntergegangen war, sah ich Heinrich auf dem schmalen Sims vor unserem Dachbodenfenster hocken. Er trug seine Tarnjacke und -mütze, eine Ausrüstung, die für ihn als Vierzehnjährigen komplexe Bedeutung hatte, in einem Alter, in dem er sich anstrengte zu wachsen und gleichzeitig unbemerkt zu bleiben, obwohl seine Geheimnisse uns allen bekannt waren. Er schaute durch ein Fernglas nach Osten.

Ich ging nach hinten ums Haus zur Küche. Im Eingang vibrierten die Waschmaschine und der Trockner friedlich vor sich hin. An Babettes Stimme merkte ich, daß die Person, mit der sie am Telefon sprach, ihr Vater war. Ungeduld vermischt mit Schuldgefühlen und Besorgnis. Ich stand hinter ihr und legte ihr meine kalten Hände auf die Wangen. Eine kleine Überraschung, die ich liebte. Sie legte den Hörer auf.

»Warum ist er auf dem Dach?«

»Heinrich? Es hat was mit dem Rangierbahnhof zu tun«, sagte sie. »Es kam im Radio.«

»Soll ich ihn nicht lieber runterholen?«

»Warum?«

»Er könnte abstürzen.«

»Sag ihm das nur nicht.«

»Warum nicht?«

»Er glaubt, daß du ihn unterschätzt.«

»Er sitzt auf dem Sims«, sagte ich. »Irgend etwas müßte ich doch unternehmen.«

»Je mehr Besorgnis du zeigst, desto näher wird er an den Rand rücken.«

»Das weiß ich, aber trotzdem muß ich ihn runterholen.«

»Überrede ihn vorsichtig, hereinzukommen«, sagte sie. »Sei sensibel und liebevoll. Bring ihn dazu, daß er über sich spricht. Mach keine plötzlichen Bewegungen.«

Als ich auf den Dachboden kam, war er schon wieder drinnen, stand am offenen Fenster und schaute immer noch durch das Fernglas. Überall standen abgelegte Besitztümer, bedrückend und herzzerreißend, und schufen unter den freiliegenden Balken und Stützpfosten und den Glasfiber-Isoliermatten ihr eigenes Klima.

»Was ist passiert?«

»Im Radio kam, daß ein Tankwaggon entgleist ist. Ich glaube aber nicht, daß er entgleist ist, nach dem, was ich gesehen habe. Ich glaube, er ist gerammt worden, und irgend ein Gegenstand hat ein Loch hineingerissen. Da ist eine Menge Rauch, und mir gefällt nicht, wie die Sache aussieht.«

»Wie sieht die Sache aus?«

Er gab mir das Fernglas und trat beiseite. Ohne auf den Sims zu steigen, konnte ich den Rangierbahnhof und den oder die betreffenden Güterwagen nicht sehen. Aber der Rauch war deutlich sichtbar, eine schwere schwarze Masse, die auf der anderen Flußseite in der Luft hing, mehr oder weniger formlos.

»Hast du die Löschfahrzeuge gesehen?«

»Es wimmelt nur so davon«, sagte er. »Aber es sieht mir danach aus, als ob sie sich nicht so nah heranwagen. Es muß ziemlich giftiges oder ziemlich explosives Zeug sein oder beides.«

»Es wird nicht hier herüberkommen.«

»Woher willst du das wissen?«

»Es wird eben nicht. Der springende Punkt ist, daß du nicht auf vereisten Simsen stehen sollst. Das beunruhigt Baba.«

»Du glaubst, wenn du mir erzählst, daß es sie beunruhigt, dann bekomme ich Schuldgefühle und tu es nicht mehr. Aber wenn du mir erzählst, daß es dich beunruhigt, tu ich es gerade.«

»Mach das Fenster zu« , befahl ich ihm.

Wir gingen in die Küche hinunter. Steffie durchsuchte die grellbunte Post nach Gratiscoupons, Lotterien und Preisausschreiben. Es war der letzte Ferientag für die Grundschule und die High School. Der Unterricht im Hill sollte in einer Woche wieder beginnen. Ich schickte Heinrich nach draußen, um den Schnee vom Bürgersteig zu räumen. Ich sah ihm zu, wie er da draußen stand, völlig regungslos, den Kopf leicht zur Seite gewandt, geschärfte Aufmerksamkeit in der Haltung. Ich brauchte eine Weile, bis ich merkte, daß er auf die Sirenen auf der anderen Flußseite horchte.

Eine Stunde später war er wieder auf dem Dachboden, diesmal mit einem Radio und einer Straßenkarte. Ich stieg die schmale Treppe hoch, lieh mir das Fernglas aus und sah noch einmal hindurch. Es war immer noch da, eine etwas größere Akkumulation, eigentlich eine sich auftürmende Masse, jetzt vielleicht ein wenig schwärzer.

»Im Radio sprechen sie von einem fiedrigen Dunstschwaden«, sagte er, »aber es ist kein Dunstschwaden.«

»Was ist es denn?«

»Ein formloses, wachsendes Ding. Ein dunkles, schwarzes, atmendes Ding aus Rauch. Warum sprechen sie von einem Dunstschwaden?«

»Sendezeit ist kostbar. Sie können sich nicht auf lange, gewundene Beschreibungen einlassen. Haben sie gesagt, was für ein chemischer Stoff es ist?«

»Er heißt Nyodenderivat oder Nyoden-D. Das kam in einem Film über Giftmüll vor, den wir in der Schule gesehen haben. Diese Ratten auf Videoband.«

»Was bewirkt er?«

»Im Film waren sie nicht sicher, was er bei Menschen bewirkt. Da ging es hauptsächlich um Ratten, bei denen hartnäckige Knoten entstanden.«

»Das behauptet der Film. Was sagen sie im Radio?«

»Zuerst haben sie gesagt, Hautreizungen und Schweiß in den Handflächen. Aber jetzt sagen sie Übelkeit, Erbrechen, Kurzatmigkeit.«

»Wir sprechen jetzt von Übelkeit bei Menschen. Nicht bei Ratten.«

»Nicht bei Ratten«, sagte er.

Ich gab ihm das Fernglas.

»Jedenfalls wird es nicht hier herüberziehen.«

»Woher weißt du das?« sagte er.

»Ich weiß es eben. Es ist völlig ruhig und windstill heute. Und wenn um diese Jahreszeit ein Wind weht, dann weht er dorthin, nicht hierher.«

»Und was, wenn er hierherweht?«

»Das wird er nicht.«

»Vielleicht ausgerechnet diesmal.«

»Das wird er nicht. Warum auch?«

Er schwieg einen Augenblick und sagte dann ausdruckslos: »Sie haben gerade einen Teil der Interstate geschlossen.«

»Das ist ja wohl auch verständlich.«

»Warum?«

»Ganz natürlich. Eine vernünftige Vorsichtsmaßnahme. Eine Möglichkeit, um das Durchkommen von Dienstfahrzeugen und so weiter zu erleichtern. Beliebig viele Gründe, die nichts mit dem Wind oder der Windrichtung zu tun haben.«

Babettes Kopf tauchte oben an der Treppe auf. Sie sagte, eine Nachbarin hätte ihr erzählt, 150000 Liter seien aus dem Tankwaggon ausgelaufen. Den Leuten würde geraten, die Umgebung zu meiden. Ein fiedriger Dunstschwaden hänge über der Stelle. Sie sagte auch, daß die Mädchen über Schweiß in den Handflächen klagten.

»Das ist inzwischen korrigiert worden«, sagte Heinrich, »sag ihnen, daß sie jetzt kotzen müßten.«

Ein Hubschrauber flog über uns weg, in Richtung auf die Unfallstelle. Die Stimme im Radio sagte: »Nur eine begrenzte Zeit erhältlich mit Megabyte-Festplatte nach Wahl.«

Babettes Kopf sank außer Sichtweite. Ich sah zu, wie Heinrich die Straßenkarte an zwei Balken festklebte. Dann ging ich hinunter in die Küche, um ein paar Rechnungen zu bezahlen und war mir dabei der bunten Punkte bewußt, die automatisch irgendwo rechts und hinter mir wirbelten.

Steffie sagte: »Kann man den Dunstschwaden vom Dachfenster aus sehen?«

»Es ist kein Dunstschwaden.«

»Aber müssen wir denn von zu Hause weg?«

»Natürlich nicht.«

»Woher weißt du das?«

»Ich weiß es eben.«

»Weißt du noch, wie wir nicht zur Schule konnten?«

»Das war drinnen. Jetzt ist es draußen.«

Wir hörten Polizeisirenen heulen. Ich beobachtete, wie Steffies Lippen die Sequenz formten: uaa-uaa-uaa-uaa. Sie lächelte auf eine bestimmte Weise, als sie sah, daß ich sie beobachtete, wie sanft aus einem geistesabwesenden Vergnügen hochgeschreckt.

Denise kam herein, die Hände an ihren Jeans reibend.

»Sie benützen Schneegebläse, um etwas auf das ausgelaufene Zeug zu blasen«, sagte sie.

»Was denn?«

»Ich weiß nicht, aber es soll die ausgelaufene Substanz harmlos machen, was aber noch nicht erklärt, was sie mit dem Dunstschwaden selbst vorhaben.«

»Sie verhindern, daß er noch größer wird«, sagte ich. »Wann essen wir?«

»Ich weiß nicht, aber wenn er größer wird, wird er hier herüberziehen, mit oder ohne Wind.«

»Er wird nicht hierherziehen.«

»Woher weißt du das?«

»Weil es eben so ist.«

Sie sah ihre Handflächen an und ging nach oben. Das Telefon klingelte. Babette kam in die Küche und hob den Hörer ab. Sie sah mich an, während sie zuhörte. Ich schrieb zwei Schecks aus und schaute dabei in Abständen hoch, um zu sehen, ob sie mich immer noch ansah. Sie schien mein Gesicht nach der versteckten Bedeutung der Botschaft, die ihr übermittelt wurde, abzusuchen. Ich spitzte die Lippen auf eine Weise, die sie, wie ich wußte, nicht mochte.

»Das waren die Stovers«, sagte sie. »Sie haben direkt mit dem Wetterzentrum außerhalb von Glassboro gesprochen. Sie bezeichnen es nicht mehr als fiedrigen Dunstschwaden.«

»Wie bezeichnen sie es denn?«

»Als schwarze dräuende Wolke.«

»Das ist eine Spur genauer, was bedeutet, daß sie sich ernsthaft mit dem Ding auseinandersetzen. Gut.«

»Aber noch was«, sagte sie. »Es wird erwartet, daß irgendwelche Luftmassen von Kanada herunterziehen.«

»Es ziehen immer irgendwelche Luftmassen von Kanada herunter.«

»Das stimmt«, sagte sie, »das ist ganz sicher nichts Neues. Und da Kanada im Norden liegt, wird die dräuende Wolke, falls sie genau nach Süden getrieben wird, ausreichend weit an uns vorbeiziehen.«

»Wann essen wir?« sagte ich.

Wieder hörten wir Sirenen, diesmal andere, einen Ton mit mehr Volumen – nicht Polizei, Feuer oder Krankenwagen. Es waren, wie mir klar wurde, Luftschutzsirenen, und sie schienen in Sawyersville zu heulen, einer kleinen Gemeinde im Nordosten.

Steffie wusch sich die Hände an der Küchenspüle und ging nach oben. Babette begann, Sachen aus dem Kühlschrank zu nehmen. Ich griff ihr zwischen die Oberschenkel, als sie am Tisch vorbeikam. Sie wand sich genüßlich, ein Paket tiefgefrorenen Mais in der Hand.

»Vielleicht sollten wir beunruhigter über die dräuende Wolke sein«, sagte sie. »Wir sagen doch nur wegen der Kinder dauernd, daß nichts passieren wird. Wir wollen ihnen keine Angst machen.«

»Es wird nichts passieren.«

»Ich weiß, daß nichts passieren wird, du weißt, daß nichts passieren wird. Aber auf irgendeiner Ebene sollten wir vielleicht trotzdem darüber nachdenken, nur für alle Fälle.«

»Solche Sachen passieren Leuten, die in exponierten Gegenden wohnen. Die Gesellschaft ist so organisiert, daß es immer die Armen und Ungebildeten sind, die unter dem Hauptdruck der natürlichen und von Menschen verursachten Katastrophen leiden. Leute in tiefliegenden Gebieten kriegen Überschwemmungen, Leute, die in Hütten wohnen, kriegen Hurrikane und Tornados. Ich bin Professor an einem College. Hast du bei irgendeiner dieser Fernsehüberschwemmungen schon mal einen Collegeprofessor in einem Boot seine Straße hinunterpaddeln sehen? Wir leben in einer ordentlichen und netten Kleinstadt mit einem drolligen Namen in der Nähe von einem College. Solche Dinge passieren nicht an Orten wie Blacksmith.«

Inzwischen saß sie auf meinem Schoß. Die Schecks, Rechnungen, Preisausschreibenformulare und Gratiscoupons lagen durcheinander auf dem Tisch.

»Warum willst du denn so früh essen?« flüsterte sie sexy.

»Ich hab nichts zu Mittag gehabt.«

»Soll ich ein Brathähnchen mit Chili machen?«

»Großartig.«

»Wo ist Wilder?« sagte sie mit gepreßter Stimme, während ich meine Hände über ihre Brüste wandern ließ und mit den Zähnen versuchte, durch die Bluse ihren Büstenhalter aufzuhaken.

»Ich weiß nicht. Vielleicht hat Murray ihn gestohlen.«

»Ich habe deinen Talar gebügelt«, sagte sie.

»Große Klasse.«

»Hast du die Telefonrechnung bezahlt?«

»Find sie nicht.«

Jetzt sprachen wir beide mit gepreßter Stimme. Ihre Arme waren so über meinen verschränkt, daß ich die Serviervorschläge auf der Schachtel mit den Maiskörnern in ihrer linken Hand lesen konnte.

»Laß uns über die dräuende Wolke nachdenken. Nur ein ganz kleines bißchen, okay? Sie könnte gefährlich sein.«

»Alles, was in Tankwaggons ist, ist gefährlich. Aber die Wirkungen sind vor allem langfristig, und wir müssen eben sehen, daß wir außer Schußweite bleiben.«

»Wir sollten nur aufpassen, daß wir es im Hinterkopf behalten«, sagte sie, als sie aufstand, um einen Eiswürfelbehälter wiederholt gegen den Rand der Spüle zu schlagen, um so die Eiswürfel in Zweier- und Dreiergrüppchen herauszulösen.

Ich spitzte die Lippen zu ihr hin. Dann stieg ich noch einmal auf den Dachboden. Wilder war oben bei Heinrich, dessen rascher Blick in meine Richtung eine gewisse einstudierte Anklage enthielt.

»Sie bezeichnen es nicht mehr als fiedrigen Dunstschwaden«, sagte er, ohne mir in die Augen zu sehen, wie um sich die Qual meiner Verlegenheit zu ersparen.

»Das weiß ich schon.«

»Sie bezeichnen es als schwarze dräuende Wolke.«

»Gut.«

»Warum ist das gut?«

»Das bedeutet, daß sie der Sache mehr oder weniger direkt ins Auge sehen. Sie haben die Situation im Griff.«

Mit einer Pose müder Entschlossenheit öffnete ich das Fenster, nahm das Fernglas und stieg auf den Fenstersims. Ich hatte einen dicken Pullover an und fühlte mich nicht ungemütlich in der kalten Luft, achtete aber darauf, mich mit meinem Körpergewicht gegen das Gebäude zu lehnen, und die ausgestreckte Hand meines Sohnes hielt mich am Gürtel fest. Ich spürte seine Unterstützung bei meiner kleinen Mission, sogar seine hoffnungsvolle Überzeugung, daß es mir gelingen könnte, seinen reinen Beobachtungen das ausgewogene Gewicht eines reifen und wohlüberlegten Urteils hinzuzufügen. Das ist schließlich die Aufgabe von Eltern.

Ich setzte das Fernglas an die Augen und spähte durch die zunehmende Dunkelheit. Unter der Wolke von verdunsteten Chemikalien herrschte eilige und chaotische Geschäftigkeit. Flutlichter glitten über das Rangiergelände. An verschiedenen Punkten schwebten Armeehubschrauber und strahlten noch mit zusätzlichen Scheinwerfern hinunter auf die Szene. Farbige Lichter von Polizeistreifenwagen kreuzten diese breiteren Strahlen. Der Tankwaggon stand fest auf den Schienen, und von der Stelle, wo anscheinend das Loch war, stiegen Dämpfe auf. Offensichtlich hatte sich die Kupplungsvorrichtung eines zweiten Waggons in den Tankwaggon gebohrt. Löschfahrzeuge standen in einiger Entfernung bereit, etwas weiter weg Krankenautos und Polizeimannschaftswagen. Ich hörte Sirenen, Stimmen, die durch Megaphone sprachen, überlagert von atmosphärischen Funkstörungen, die in der frostigen Luft kleine Verzerrungen verursachten. Männer rannten von einem Fahrzeug zum anderen, packten Zubehör aus, trugen leere Tragbahren. Andere Männer in grellgelben Mylex-Anzügen und Sauerstoffmasken bewegten sich langsam durch den hell erleuchteten Nebel und trugen Todesmeßinstrumente herum. Schneegebläse sprühten eine rosafarbene Substanz auf den Tankwaggon und das umliegende Gelände. Der dickliche Nebel bewegte sich im Bogen durch die Luft wie ein grandioses Feuerwerk bei einem Konzert patriotischer Musik. Die Schneegebläse waren von dem Typ, der auf Flughäfen für Start- und Landebahnen eingesetzt wird, die Polizeiwagen waren von der Sorte, in denen Verletzte von Straßenschlachten transportiert werden. Rauch trieb aus den roten Lichtstrahlen in die Dunkelheit und dann über die Breite der malerischen weißen Fluten. Die Männer in den Mylex-Anzügen bewegten sich so vorsichtig wie Astronauten auf dem Mond. Jeder Schritt drückte eine nicht vom Instinkt gesteuerte Besorgnis aus. Feuer und Explosionen waren hier nicht die unmittelbaren Gefahren. Dieser Tod würde in die Tiefe wirken, in die Gene einsickern, sich in Körpern zeigen, die noch gar nicht geboren waren. Sie bewegten sich wie über eine Mulde von Mondstaub, massig und unsicher im Käfig der Vorstellung dessen, was Zeit bedeutet.

Ich kletterte mit einiger Mühe wieder nach drinnen.

»Was denkst du?« sagte er.

»Sie hängt immer noch dort. Sieht aus, als ob sie an der Stelle festgewachsen wäre.«

»Willst du damit sagen, daß du nicht glaubst, daß sie hierherzieht?«

»Ich merke an deiner Stimme, daß du etwas weißt, was ich nicht weiß.«

»Glaubst du, daß sie hierherzieht oder nicht?«

»Du willst, daß ich sage, daß sie auf keinen Fall hierherzieht. Und dann gehst du mit deiner Handvoll von Informationen zum Angriff über. Na los, erzähl mir schon, was sie im Radio gesagt haben, während ich da draußen war.«

»Sie bewirkt nicht Übelkeit, Erbrechen, Atemnot, wie sie früher gesagt haben.«

»Was bewirkt sie denn?«

»Herzklopfen und ein *déjà vu*-Gefühl.«

»Déjà vu?«

»Sie wirkt auf den falschen Teil der menschlichen Erinnerung oder irgendsowas. Und das ist noch nicht alles. Sie bezeichnen sie jetzt nicht mehr als schwarze dräuende Wolke.«

»Als was bezeichnen sie sie jetzt?«

Er blickte mich wachsam an.

»Als luftübertragenen toxischen Vorfall.«

Er sprach diese Worte abgehackt und bedeutungsschwer aus, Silbe für Silbe, als spüre er das Bedrohliche an der amtlich geschaffenen Terminologie. Er fuhr fort, mich genau zu beobachten, mein Gesicht nach etwas Beruhigendem gegen die Möglichkeit einer echten Gefahr abzusuchen – etwas Beruhigendem, das er dann sofort als Schwindel zurückweisen würde. Eine seiner Lieblingsmaschen.

»Das alles ist nicht wichtig. Das wichtige ist der Standort. Das Ding ist dort, und wir sind hier.«

»Umfangreiche Luftmassen ziehen von Kanada herunter«, sagte er ruhig.

»Das weiß ich auch schon.«

»Das bedeutet doch nicht, daß es nicht wichtig ist.«

»Vielleicht ist es wichtig, vielleicht auch nicht. Kommt drauf an.«

»Es gibt einen Wetterwechsel!« schrie er mich fast an, mit einer Stimme, die vom wehleidigen Beben seines spezifischen Lebensalters erfüllt war.

»Ich bin kein einfacher College-Professor. Ich bin der Leiter einer Abteilung. Ich sehe mich nicht vor einem luftübertragenen toxischen Vorfall fliehen. Das ist was für Leute, die in mobilen Heimen leben, draußen in gestrüppreichen Gegenden des Landes, wo die Fischzuchten sind.«

Wir sahen zu, wie Wilder rückwärts die Dachbodentreppe herunterkletterte, die steiler als alle übrigen Treppen im Haus war. Beim Abendessen stand Denise ständig auf und ging mit steifen, raschen Schritten zur Toilette im Flur, eine Hand vor den Mund gepreßt. Wir hielten alle paar Augenblicke beim Kauen oder Salzstreuen inne, um sie ergebnislos würgen zu hören. Heinrich sagte ihr, daß sie überholte Symptome zeige. Sie warf ihm einen schlitzäugigen Blick zu. Es war eine Periode von Blicken und Andeutungen von Blicken, strömenden Interaktionen,

Teil des sensorischen Aufgebots, das ich normalerweise so liebe. Hitze, Lärm, Lichter, Blicke, Wörter, Gesten, Persönlichkeiten, Gerätschaften. Eine umgangssprachliche Dichte, die das Familienleben zu dem einen Medium von Sinnenwissen macht, in dem ein Erstaunen des Herzens routinemäßig enthalten ist.

Ich beobachtete, wie die Mädchen sich mit verstohlenen Blicken verständigten.

»Essen wir heute nicht ein bißchen früh?« sagte Denise.

»Was nennst du früh?« sagte ihre Mutter.

Denise sah Steffie an.

»Vielleicht, weil wir es hinter uns bringen wollen?«

»Warum sollten wir es hinter uns bringen wollen?«

»Falls etwas passiert«, sagte Steffie.

»Was soll schon passieren?« sagte Babette.

Die Mädchen sahen einander wieder an, ein ernster und schleppender Austausch von Blicken, der anzeigte, daß ein düsterer Verdacht sich bestätigte. Wieder ertönten Luftschutzsirenen, diesmal so dicht bei uns, daß wir negativ betroffen, ja so davon erschüttert wurden, daß wir es vermieden, einander in die Augen zu sehen, um dadurch zu bestreiten, daß etwas Ungewöhnliches vor sich ging. Das Geräusch kam von unserem eigenen roten Backstein-Feuerwehrhaus. Sirenen, die ein Jahrzehnt oder länger nicht mehr ausprobiert worden waren. Sie gaben ein Geräusch von sich wie ein territoriales Kreischen aus dem Mesozoikum. Wie ein Papageienraubtier mit der Flügelspannweite einer DC-9. Welch eine Heiserkeit brutaler Aggression erfüllte das Haus, vermittelte das Gefühl, die Wände wollten bersten. So dicht bei uns, so definitiv über uns. Erstaunlich, sich vorzustellen, daß dieses Klangmonster jahrelang ganz in der Nähe versteckt gewesen war.

Wir aßen weiter, still und manierlich, die Größe unserer Bisse reduzierend, baten höflich darum, Dinge gereicht zu bekommen. Wir wurden übergenau und präzise, verringerten das Ausmaß unserer Bewegungen, bestrichen unsere Brote mit Butter wie Spezialisten, die ein Fresko restaurieren. Immer noch dauerte das gräßliche Dröhnen an. Wir vermieden weiterhin jeden Augenkontakt, achteten darauf, nicht mit den Eßgeräten zu klappern. Ich glaube, wir hegten die dümmliche Hoffnung, daß wir nur auf diese Weise vermeiden könnten, bemerkt zu werden. Es war, als kündigten die Sirenen die Gegenwart eines Kontrollinstruments an – eines Dinges, das wir besser nicht mit Streitsucht oder verkleckertem Essen provozierten.

Erst als ein zweiter Ton im Puls der mächtigen Sirenen hörbar wurde, kamen wir auf die Idee, in unserer kleinen Episode dekorativer Hysterie eine Pause einzulegen. Heinrich rannte zur Haustür und riß sie auf. Die vereinigten Geräusche der Nacht strömten mit ganz neuer Frische und Unmittelbarkeit herein. Zum ersten Mal seit Minuten sahen wir einander an, wohl wissend, daß das neue Geräusch eine Lautsprecherstimme war, doch ohne zu verstehen, was sie sagte. Heinrich kam zurück, sein Gang war überbedächtig und stilisiert und enthielt Elemente von Verstohlenheit. Dies bedeutete offensichtlich, daß er vor Bedeutung fast erstarrt war.

»Sie wollen uns evakuieren«, sagte er, ohne uns in die Augen zu sehen.

Babette sagte: »Hattest du den Eindruck, daß sie nur einen Vorschlag gemacht haben, oder meinst du, daß es eher verbindlich war?«

»Es war das Einsatzleiterauto von der Feuerwehr mit Lautsprecher, und es fuhr ziemlich schnell.«

Ich sagte: »Mit anderen Worten: du hast keine Gelegenheit gehabt, die feineren Nuancen des Tonfalls wahrzunehmen.«

»Die Stimme hat gebrüllt.«

»Wegen der Sirenen«, sagte Babette hilfreich.

»Sie hat etwas gesagt wie: ›Alle Wohnhäuser sind zu räumen. Wolke tödlicher Chemikalien, Wolke tödlicher Chemikalien.‹«

Wir saßen da, vor unserem Bisquitkuchen mit Dosenpfirsichen.

»Ich bin sicher, daß noch viel Zeit ist«, sagte Babette, »sonst hätten sie doch sicher ausdrücklich angeordnet, daß wir uns beeilen sollen. Wie schnell bewegen sich Luftmassen wohl?«

Steffie las einen Coupon für Lux Babyseife und weinte dabei leise. Das brachte Leben in Denise. Sie ging nach oben, um für uns alle ein paar Sachen zu packen. Heinrich raste, je zwei Stufen auf einmal, hinauf zum Dachboden nach seinem Fernglas, seiner Straßenkarte und dem Radio. Babette ging in die Speisekammer und fing an, Dosen und Gläser mit vertrauten, lebenssteigernden Etiketten zusammenzusuchen.

Steffie half mir, den Tisch abzuräumen.

Zwanzig Minuten später saßen wir im Auto. Die Stimme im Radio sagte, daß die Leute aus dem Westen der Stadt zu dem verlassenen Pfadfinderlager fahren sollten, wo Freiwillige des Roten Kreuzes Saft und Kaffee verteilen würden. Leute aus dem östlichen Teil sollten den Parkway zur vierten Raststätte fahren und von dort weiter zu einem Restaurant namens Kung Fu Palace, einem weitverzweigten Gebäude mit Pagoden, Seerosenteichen und Wildgehege.

Wir waren unter den Zuspätkommenden der ersten Gruppe und schlossen uns dem Verkehrsstrom zur Hauptausfahrtsstraße aus der Stadt an, einem trostlosen Spießrutenlauf durch Gebrauchtwagen, Schnellimbisse, Discount-Märkte und Kino-Center. Während wir darauf warteten, uns in die vierspurige Straße einzufädeln, hörten wir, wie die Lautsprecherstimme über und hinter uns, in einer Straße mit Platanen und hohen Hecken verdunkelten Häusern zurief: »Alle Häuser sind zu verlassen. Sofort. Sofort. Toxischer Vorfall, chemische Wolke.«

Die Stimme wurde lauter, verklang, wurde wieder lauter, während das Fahrzeug in die Straßen ein- und wieder herausfuhr. Toxischer Vorfall, chemische Wolke. Wenn die Worte schwächer wurden, war immer noch der Tonfall wahrnehmbar, eine wiederkehrende Abfolge in der Ferne. Es scheint, daß Gefahr öffentlichen Stimmen einen Rhythmus von Verantwortlichkeit verleiht, als läge in metrischen Einheiten ein Zusammenhalt, den wir als Gegengewicht benützen können für jedes beliebige sinnlose und wilde Ereignis, das im Begriff ist, sich über unseren Köpfen zusammenzubrauen.

Wir schafften die Auffahrt auf die Straße, während Schnee zu fallen begann. Wir hatten einander wenig zu sagen, da wir uns innerlich noch nicht auf die Lage der Dinge, die absurde Tatsache der Evakuierung, eingestellt hatten. Wir sahen uns vor allem Leute in anderen Autos an und versuchten, von ihren Gesichtern abzulesen, wie groß unsere Angst eigentlich sein müßte. Der Verkehr bewegte sich im Schrittempo, aber wir dachten, daß die Geschwindigkeit ein paar Meilen weiter zunehmen würde, weil es dort eine Unterbrechung in der Mittelleitplanke gibt, die es unserem in Richtung Westen fahrenden Verkehrsstrom ermöglichen würde, alle vier Spuren zu benützen. Die beiden Spuren in der Gegenrichtung waren leer, was bedeutete, daß die Polizei den Verkehr in unsere Richtung schon gestoppt hatte. Ein ermutigendes Zeichen. Was Menschen bei einem Exodus am unmittelbarsten befürchten, ist, daß alle, die sich in Autoritätspositionen befinden, schon lange geflohen sind und uns unserem Chaos alleine überlassen.

Der Schnee fiel dichter, der Verkehr bewegte sich stoßweise. In einem Möbelhaus fand ein Einrichtungs-Ausverkauf statt. Hell erleuchtete Männer und Frauen standen an dem riesigen Fenster und schauten staunend zu uns heraus. Wir kamen uns wie Verrückte vor, wie Touristen, die immer das Falsche unternehmen. Warum waren sie damit zufrieden, Möbel zu kaufen, während wir in panischem Schrecken bei einem Schneesturm, im Schrittempo fahrenden Verkehr festsaßen? Sie wußten etwas, was wir nicht wußten. In einer Krise sind die wahren Fakten das, wovon andere Menschen behaupten, daß sie es seien. Kein Wissen ist weniger abgesichert als das eigene.

Immer noch ertönten Luftschutzsirenen in zwei oder mehr Städten. Was konnten die Käufer wissen, das sie zurückbleiben ließ, während vor uns allen ein mehr oder weniger klarer Weg in die Sicherheit lag? Ich begann, am Radio Knöpfe zu drücken. Auf einem Sender aus Glassboro hörten wir, daß es neue und wichtige Informationen gab. Menschen, die sich in Häusern befanden, wurden aufgefordert, drinnen zu bleiben. Uns blieb überlassen, die Bedeutung dieser Anordnung zu erraten. Waren die Straßen völlig verstopft? Schneite es Nyoden-D?

Ich drückte weiter auf Knöpfe, in der Hoffnung, jemanden mit Hintergrundinformationen zu finden. Eine Frau, die als Verbraucherberatungs-Redakteurin ausgewiesen wurde, fing an, die medizinischen Probleme zu erörtern, die sich aus einem direkten Kontakt mit dem luftübertragenen toxischen Vorfall ergeben könnten. Babette und ich tauschten einen wachsamen Blick. Sie fing sofort an, mit den Mädchen zu sprechen, während ich den Ton leiser drehte, damit sie nicht erfahren sollten, wovon sie dann glauben würden, daß es ihnen bevorstand.

»Krämpfe, Koma, Fehlgeburt«, sagte die wohlinformierte und muntere Stimme.

Wir kamen an einem dreistöckigen Motel vorbei. Alle Zimmer waren beleuchtet, alle Fenster voller Leute, die zu uns herausstarrten. Wir waren ein Zug von Narren, nicht nur den Auswirkungen des chemischen Niederschlags ausgeliefert, sondern auch dem verächtlichen Urteil anderer Menschen. Warum waren sie nicht hier draußen, saßen sie nicht in dicken Mänteln hinter Scheibenwischern im stillen Schnee? Es schien unbedingt erforderlich, daß wir zu dem Pfadfinderlager gelangten, uns ins Hauptgebäude drängten, die Türen verschlossen, uns mit unserem Saft und Kaffee auf Feldbetten kauerten und auf die Entwarnung warteten.

Autos begannen, den grasbewachsenen Abhang neben dem Straßenrand hinaufzufahren und bildeten dadurch eine dritte, gefährlich schrägstehende Verkehrsspur. Da wir uns dort befanden, wo zuvor die rechte Spur gewesen war, blieb uns nichts anderes übrig, als zuzusehen, wie diese Autos eine Spur weiter oben an uns vorbeifuhren und mit schnittigem Seitenschub von der Horizontale abwichen.

Langsam näherten wir uns einer Autobahnüberführung, auf der wir Leute zu Fuß gehen sahen. Sie trugen Kartons und Koffer, Gegenstände in Decken, ein langer Zug von Leuten, die gegen den wehenden Schnee ankämpften. Menschen, die Haustiere und kleine Kinder in den Armen trugen, ein alter Mann, der eine Decke über seinen Schlafanzug gelegt, zwei Frauen, die einen zusammengerollten Teppich geschultert hatten. Menschen auf Fahrrädern zogen vorbei, Kinder, die auf Schlitten und in Handwagen gezogen wurden. Menschen mit Supermarktkarren, Menschen in jede Art von dicken Kleidungsstücken gehüllt, aus tiefen Kapuzen herausspähend. Eine Familie war völlig in Plastk gewickelt, in eine einzige große Plane durchsichtigen Polyäthylens. Sie gingen im Gleichschritt unter ihrem Schild, der Mann und die Frau je an einem Ende, drei Kinder zwischen sich, alle zusätzlich in schimmerndes Regenzeug gepackt. Die ganze Angelegenheit hatte etwas Guteinstudiertes und Selbstzufriedenes an sich, als hätten sie schon monatelang darauf gewartet, ihre Show abzuziehen. Immer mehr Menschen tauchten hinter einem Hohen Wall auf und stapften über die Überführung, die Schultern mit Schnee bestäubt, Hunderte von Menschen, die sich mit einer Art schicksalbestimmter Entschlossenheit bewegten. Eine neue Abfolge von Sirenensignalen hob an. Die stapfenden Menschen beschleunigten ihren Schritt nicht, schauten nicht auf uns herunter oder hinauf in den Nachthimmel nach einem Zeichen der windgetriebenen Wolke. Sie bewegten sich einfach weiter über die Brücke, durch Flekken von schneedurchtobtem Licht. Dort draußen im Freien, ihre Kinder dicht bei sich, ihre Habe mit sich tragend, schienen sie Teil eines uralten Schicksals, in Verhängnis und Verderben einer ganzen Geschichte von Menschen verbunden, die über verwüstete Landschaften hinzogen. Sie hatten etwas Episches an sich, das mich zum ersten Mal Überlegungen über das Ausmaß unserer mißlichen Lage anstellen ließ.

Das Radio sagte: »Das Regenbogen-Hologramm verleiht dieser Kreditkarte ihre Marketingfaszination.«

Wir fuhren langsam unter der Überführung hindurch und hörten dabei ein Gewirr von Autohupen und das flehende Heulen eines Krankenwagens, der im Stau festsaß. Vierzig Meter vor uns floß der gesamte Verkehr in eine einzige Spur zusammen, und wir sahen bald, warum. Eins der Fahrzeuge war von dem Abhang heruntergerutscht und in ein Fahrzeug auf unserer Spur gerast. Hupen quäkten überall in der Schlange. Ein Hubschrauber schwebte direkt über uns und beleuchtete mit einem weißen Lichtstrahl die Masse eingedrückten Metalls. Menschen saßen benommen im Gras und wurden von einem Paar bärtiger Sanitäter versorgt. Zwei Menschen waren voller Blut. Blut klebte an einem zersplitterten Fenster.

Blut näßte durch frischgefallenen Schnee. Blutstropfen sprenkelten eine gelbbraune Handtasche. Die Szene mit den Verletzten, Sanitätern, dem rauchenden Stahl, alles in grelles und unheimliches Licht getaucht, glich in ihrer Ausdrucksstärke einem offiziellen Arrangement. Wir fuhren schweigend daran vorbei, fühlten uns merkwürdig ehrfürchtig, ja sogar durch den Anblick der aufeinandergehäuften Autos und gefallenen Menschen erhoben.

Heinrich beobachtete alles durch das Rückfenster weiter und nahm, als die Szene in der Ferne verschwand, seinen Feldstecher zu Hilfe. Er beschrieb uns genauestens die Anzahl und die Lage der Körper, die Bremsspuren, den Blechschaden. Als das Autowrack nicht mehr sichtbar war, redete er über alles, was seit der Luftschutzsirene beim Abendessen geschehen war. Er sprach voller Begeisterung, mit einer Art Bewunderung für das Intensive und das Unerwartete. Ich dachte, wir seien alle von der gleichen Stimmung beherrscht, gedämpft, besorgt, verwirrt. Mir war gar nicht der Gedanke gekommen, daß einer von uns diese Ereignisse als phantastisch stimulierend empfinden könnte. Ich sah ihn durch den Rückspiegel an. Er saß in seiner Tarnjacke mit den Klettverschlüssen lässig da und weidete sich glücklich an der Katastrophe. Er redete vom Schnee, vom Verkehr, von den dahinstapfenden Menschen. Er mutmaßte, wie weit wir von dem verlassenen Lager entfernt wären, welche Art von primitiven Räumlichkeiten dort zur Verfügung stehen würden. Ich hatte ihn noch nie mit so sprühendem Vergnügen so pausenlos über etwas reden gehört. Er war geradezu beschwingt. Er mußte doch wissen, daß dies unser Tod sein konnte. War es eine Art Weltuntergangseuphorie? Suchte er Ablenkung von seinen eigenen kleinen Nöten in einem gewaltträchtigen und überwältigenden Ereignis? Seine Stimme verriet ein Verlangen nach dem Entsetzlichen.

»Ist dies ein milder oder ein harter Winter?« sagte Steffie.

»Verglichen womit?« sagte Denise.

»Ich weiß nicht.«

Ich glaubte zu sehen, wie Babette sich etwas in den Mund schob. Ich hob den Blick einen Moment von der

Straße und beobachtete sie aufmerksam. Sie schaute stur geradeaus. Ich gab vor, meine Aufmerksamkeit wieder der Straße zuzuwenden, wandte mich dann aber schnell noch mal zur Seite und ertappte sie dabei, wie sie das, was sie in den Mund gesteckt hatte, offensichtlich herunterschluckte.

»Was ist das?« sagte ich.

»Konzentrier dich aufs Fahren, Jack!«

»Ich habe an deinem Hals eine Kontraktion gesehen. Du hast etwas geschluckt.«

»Nur einen Life Saver. Konzentrier dich bitte aufs Fahren!«

»Du steckst dir einen sauren Drops in den Mund, und du schluckst ihn runter, ohne auch nur einen Augenblick daran zu lutschen?«

»Was schluck ich? Ich hab ihn noch im Mund.«

Sie schob ihr Gesicht zu mir herüber und benützte die Zunge, um in der Backe eine kleine Beule zu machen. Ein eindeutiger, amateurhafter Bluff.

»Aber du hast etwas geschluckt, ich hab's gesehen.«

»Das war nur Spucke, ich hab' nicht gewußt, was ich damit tun sollte. Konzentrier dich doch bitte aufs Fahren, ja?«

Ich spürte, daß Denises Interesse erwachte und beschloß, die Angelegenheit nicht weiter zu verfolgen. Dies war kein geeigneter Zeitpunkt, ihre Mutter über Medikamente, Nebenwirkungen und dergleichen zu verhören. Wilder schlief, in Babettes Arm gelehnt. Die Scheibenwischer hinterließen schwitzende Bögen. Aus dem Radio erfuhren wir, daß Hunde, die darauf dressiert waren, Nyoden-D zu erschnüffeln, von einem chemischen Untersuchungszentrum in einem entlegenen Teil von New Mexico in unsere Gegend geschickt wurden.

Denise sagte: »Haben die sich schon mal überlegt, was mit den Hunden passiert, wenn sie nah genug an das Zeug herankommen, daß sie es schnüffeln können?«

»Den Hunden passiert nichts«, sagte Babette.

»Woher weißt du das?«

»Weil es nur auf Menschen und Ratten eine Wirkung hat.«

»Das glaube ich dir nicht.«

»Frag Jack.«

»Frag Heinrich«, sagte ich.

»Es könnte stimmen«, sagte er, wobei er offensichtlich log. »Man benützt Ratten, um zu testen, woran Menschen erkranken können, das bedeutet also, daß wir die gleichen Krankheiten kriegen, Ratten und Menschen. Außerdem würden sie Hunde nicht nehmen, wenn sie glauben würden, daß es ihnen etwas ausmacht.«

»Warum nicht?«

»Hunde sind Säugetiere.«

»Ratten auch«, sagte Denise.

»Ratten sind Ungeziefer«, sagte Babette.

»In erster Linie«, sagte Heinrich, »sind Ratten Nagetiere.«

»Sie sind auch Ungeziefer.«

»Küchenschaben sind Ungeziefer«, sagte Steffie.

»Küchenschaben sind Insekten. Man zählt die Beine, daran kann man's erkennen.«

»Sie sind auch Ungeziefer.«

»Kriegen Küchenschaben Krebs? Nein«, sagte Denise. »Das muß doch bedeuten, daß Ratten eher wie Menschen sind als wie Küchenschaben, auch wenn beide Ungeziefer sind, weil Ratten und Menschen Krebs kriegen können, aber Küchenschaben nicht.«

»Mit anderen Worten«, sagte Heinrich, »sie will damit sagen, daß zwei Objekte, die Säugetiere sind, mehr miteinander gemein haben als zwei, die nur Ungeziefer sind.«

»Wollt ihr etwa behaupten«, sagte Babette, »daß Ratten nicht nur Ungeziefer und Nager sind, sondern auch noch Säugetiere?«

Schnee wurde zu Schneeregen, Schneeregen zu Regen.

Wir kamen an die Stelle, wo die Zementleitplanke auf zwanzig Meter einem begrünten Mittelstreifen Platz macht, der nicht höher ist als ein Bordstein. Aber anstelle des erwarteten Polizisten, der den Verkehr auf die beiden zusätzlichen Fahrspuren lenken sollte, sahen wir einen Mann im Mylexanzug, der uns an der Lücke vorbeiwinkte. Direkt hinter ihm erhob sich ein Grabhügel aus dem Schrott eines Winnebago-Wohnmobils und eines Schneepflugs. Das riesige entstellte Wrack strömte eine rostige

Rauchfahne aus. Leuchtend buntes Plastikbesteck lag auf einige Entfernung verstreut herum. Es gab keine Anzeichen von Unfallopfern oder frischem Blut, was uns zu der Annahme brachte, daß einige Zeit vergangen sein mußte, seit das Freizeitgefährt auf den Schneepflug aufgefahren war, wahrscheinlich in einem Moment, als Opportunismus, unter den gegebenen Umständen, ein entschuldbares Versagen schien. Es mußte der blendende Schnee gewesen sein, der den Fahrer auf den Mittelstreifen hatte hinauffahren lassen, ohne auf der anderen Seite ein Hindernis zu sehen.

»Ich hab das alles schon mal gesehen«, sagte Steffie.

»Wie meinst du das?« sagte ich.

»Das ist schon mal passiert. Genau so. Der Mann in dem gelben Anzug und der Gasmaske. Das große Autowrack im Schnee. Es war absolut und genau so. Wir saßen alle hier im Auto. Der Regen machte kleine Löcher in den Schnee. Alles.«

Es war Heinrich gewesen, der mir gesagt hatte, daß der Kontakt mit dem chemischen Gift bei Menschen das Gefühl des *déjà vu* auslösen könnte. Steffie war nicht dabei, als er es sagte, aber sie konnte es im Küchenradio gehört haben, wo sie und Denise wahrscheinlich auch die Sache mit dem Schweiß in den Handflächen und dem Erbrechen erfahren hatten, bevor sie selbst die Symptome entwickelten. Ich nahm zwar nicht an, daß Steffie wußte, was *déjà vu* bedeutete, aber es war möglich, daß Babette es ihr erklärt hatte. *Déjà vu* war allerdings inzwischen schon kein aktuelles Symptom der Nyoden-Verseuchung mehr. Es war abgelöst von Koma, Krämpfen und Fehlgeburten. Falls Steffie über das Radio von *déjà vu* erfahren hatte, dann aber die anschließenden Steigerungen zu den noch schrecklicheren Zuständen versäumt hatte, konnte das bedeuten, daß sie sich in einer Lage befand, in der ihr eigener Suggestionsmechanismus sie überlistet hatte: Sie und Denise waren schon den ganzen Abend nachgehinkt. Sie waren mit den schwitzenden Handflächen zu spät dran, mit der Übelkeit zu spät dran und wiederum zu spät mit *déjà vu*. Was hatte das alles zu bedeuten? Bildete Steffie sich wirklich ein, daß sie das Autowrack schon einmal gesehen hatte, oder bildete sie sich nur ein, daß sie es sich einbildete? Ist es möglich, eine falsche Wahrnehmung einer Illusion zu haben? Gibt es ein echtes *déjà vu* und ein falsches *déjà vu*? Ich fragte mich, ob sie wirklich Schweiß in den Handflächen gehabt hatte, oder ob sie sich nur ein Gefühl von Feuchtigkeit eingebildet hatte.

Und war sie so empfänglich für Suggestionen, daß sie jetzt jedes Symptom entwickeln würde, sobald es angekündigt wurde?

Mir tun die Menschen leid und die eigenartige Rolle, die wir bei unseren eigenen Katastrophen spielen.

Was aber, wenn sie nicht Radio gehört hatte und nicht wußte, was *déjà vu* war? Was, wenn sie echte Symptome auf natürlichem Wege entwickelte? Vielleicht hatten die Wissenschaftler ja recht mit ihren ursprünglichen Ankündigungen, bevor sie sich nach oben korrigierten. Was war schlimmer, der tatsächliche Zustand oder der selbstgeschaffene, und spielte es überhaupt eine Rolle? Ich machte mir Gedanken über diese und assoziierte Fragen. Während ich fuhr, merkte ich, wie ich eine mündliche Prüfung abhielt und gleichzeitig ablegte, die sich auf jene Art von spitzfindigen Haarspaltereien gründete, wie sie über mehrere Jahrhunderte hin Müßiggänger des Mittelalters beschäftigt hielten. Konnte eine Neunjährige aufgrund der Macht einer Suggestion eine Fehlgeburt haben? Mußte sie dazu erst schwanger sein? Konnte die Macht der Suggestion stark genug sein, um auf diese Weise rückwärts zu wirken, von der Fehlgeburt zur Schwangerschaft zur Menstruation zum Eisprung? Was kommt zuerst, die Menstruation oder der Eisprung? Reden wir nur über Symptome oder über tief verwurzelte Zustände? Ist ein Symptom ein Zeichen oder ein Ding? Was ist ein Ding, und woher wissen wir, daß es nicht etwas ganz anderes ist?

Ich schaltete das Radio aus, nicht um besser denken zu können, sondern um mich vom Denken abzuhalten. Fahrzeuge schlingerten und rutschten. Jemand warf ein Kaugummipapierchen aus einem Seitenfenster, und Babette hielt eine empörte Rede über rücksichtslose Menschen, die Straßen und Landschaft mit Abfall verschandelten.

»Ich sag euch nochmal was, was schon einmal passiert ist«, sagte Heinrich. »Das Benzin geht uns aus.«

Der Zeiger zitterte auf *Leer.*

»Es ist immer noch etwas drin«, sagte Babette.

»Wie kann denn immer noch etwas drin sein?«

»So ist der Tank eben gebaut. Damit das Benzin einem nicht ausgeht.«

»Es kann nicht *immer* noch etwas drin sein. Wenn man immer weiterfährt, geht es einem aus.«

»Man fährt ja nicht ewig weiter.«

»Woher weißt du denn, wann du anhalten mußt?« sagte er.

»Wenn man an einer Tankstelle vorbeikommt«, belehrte ich ihn, und da war auch schon eine, ein verlassenes und von Regen umpeitschtes Einkaufszentrum mit stolzen Zapfsäulen unter einem Arrangement vielfarbiger Fähnchen. Ich fuhr hinein, sprang aus dem Auto, rannte nach hinten zu den Zapfsäulen, den Kopf unter den aufgestellten Kragen meines Mantels geduckt. Sie waren nicht verschlossen, was bedeutete, daß die Tankwarte plötzlich geflohen sein mußten und faszinierenderweise alles hatten stehen und liegen lassen, wie die Werkzeuge und die Töpferwaren einer Pueblokultur, Brot im Backofen, der Tisch für drei Personen gedeckt, ein Mysterium, das noch Generationen beschäftigte. Ich ergriff den Einfüllstutzen der bleifreien Zapfsäule. Die Fähnchen knallten im Wind.

Ein paar Minuten später, wieder auf der Straße, sahen wir einen bemerkenswerten und erschreckenden Anblick. Er tauchte am Himmel links vor uns auf, brachte uns dazu, uns tiefer in unsere Sitze zu drücken, die Köpfe um einer klareren Sicht willen zu verdrehen, einander in halbangefangenen Sätzen Dinge zuzurufen. Es war die schwarze dräuende Wolke, der luftübertragene toxische Vorfall, erleuchtet von den klaren Strahlen von sieben Armeehubschraubern. Sie verfolgten seine windgesteuerte Bewegung, behielten ihn im Auge. In allen Autos verschoben sich Köpfe, hupten Fahrer, um andere aufmerksam zu machen, tauchten an den Seitenfenstern Gesichter auf, in denen sich der Ausdruck fassungslosen Staunens abzeichnete.

Die riesige dunkle Masse bewegte sich wie ein Totenschiff in einer altnordischen Sage über den Nachthimmel, begleitet von gepanzerten Geschöpfen mit schraubenförmigen Flügeln. Wir waren nicht sicher, wie wir reagieren sollten. Es war ein entsetzlicher Anblick, so dicht, so niedrig, mit Chloriden, Benzinen, Phenolen, Hydrokarbonaten oder was sonst genau der giftige Inhalt sein mochte, bepackt. Doch war er auch imposant, Teil der Großartigkeit eines überwältigenden Vorgangs, wie die belebte Szene auf dem Rangierbahnhof oder die Menschen, die mit ihren Kindern, Lebensmitteln, Besitztümern über die verschneite Überführung stapften, eine tragische Armee der Enteigneten. Unsere Angst war begleitet von einem Gefühl der Ehrfurcht, die ans Religiöse grenzte. Es ist sicher möglich, Ehrfurcht zu empfinden vor etwas, das das eigene Leben bedroht, es als kosmische Gewalt zu sehen, so viel größer als man selbst, mächtiger, von urgewaltigen und eigenwilligen Rhythmen geschaffen. Dies war ein im Labor hergestellter Tod, definiert und meßbar, doch dachten wir damals einfach und primitiv darüber, wie über eine jahreszeitlich bedingte Widernatürlichkeit der Erde, eine Überschwemmung oder einen Tornado, etwas, das keiner Kontrolle unterlag. Unsere Hilflosigkeit schien nicht vereinbar mit der Vorstellung eines von Menschen verursachten Ereignisses.

Auf dem Rücksitz stritten sich die Kinder um den Besitz des Fernglases.

Das Ganze war erstaunlich. Man schien die Wolke für uns anzustrahlen, als sei sie Teil einer Licht- und Ton-Show, ein wenig einstimmender Nebel, der über eine hohe Bugzinne zieht, in der ein König geschlagen worden ist. Doch was wir hier erlebten, war nicht geschichtliche Vergangenheit. Es war ein heimlich gärendes Ding, ein geträumtes Gefühl, das den Schläfer über den Schlaf hinaus begleitet. Leuchtsignale winkten ohnmächtig von den Hubschraubern herunter, weiche Ausbrüche von rotem und weißem Licht. Fahrer hupten und Kinder umlagerten alle Fenster, mit schräggelegten Gesichtern, rosa Händen, die ans Glas gepreßt waren.

Die Straße bog ab, fort von der toxischen Wolke, und der Verkehr floß eine Weile freier. An einer Kreuzung in der Nähe des Pfadfinderlagers bogen zwei Schulbusse in den Hauptverkehrsstrom ein, die die Verrückten von Blacksmith beförderten. Wir erkannten die Fahrer, entdeckten vertraute Gesichter in den Fenstern, Menschen, die wir gewöhnlich in Liegestühlen hinter den spärlichen Hecken der Irrenanstalt sitzen oder in immer enger werdenden Kreisen, mit immer zunehmender Geschwindigkeit gehen sahen, wie wirbelnde Materie in einem Drehapparat. Wir empfanden eine merkwürdige Zärtlichkeit für sie und Erleichterung, daß auf umsichtige und professionelle Weise für sie gesorgt wurde. Das schien darauf hinzudeuten, daß das Grundgefüge intakt war.

Wir fuhren an einem Hinweisschild auf die am häufigsten fotografierte Scheune in Amerika vorbei.

Es dauerte eine Stunde, bis der Verkehr sich in die einspurige Zufahrtsstraße zu dem Lager eingefädelt hatte. Männer in Mylexanzügen winkten mit Taschenlampen und stellten Leuchtfarbenkegel auf, um uns damit zum Parkplatz und auf Sportplätze und andere freie Flächen zu dirigieren. Menschen kamen aus dem Wald, manche hatten Grubenlampen auf der Stirn, manche trugen Einkaufstüten, Kinder, Haustiere. Wir holperten über unbefestigte Wege, Furchen und Erdhügel. In der Nähe der Hauptgebäude sahen wir eine Gruppe von Männern und Frauen, die Klemmschreibtafeln und Funksprechgeräte trugen, Offizielle ohne Mylexanzüge, Experten der neuen Wissenschaften der Evakuierung. Steffie sank wie Wilder in einen unruhigen Schlaf. Der Regen ließ nach. Die Leute schalteten die Scheinwerfer aus und saßen unentschlossen in ihren Autos. Die lange, seltsame Reise war vorüber. Wir warteten darauf, daß uns ein Gefühl der Befriedigung überkäme, eine Stimmung von der Art einer stillen Erfüllung, die wohlverdiente Ermattung, die einen ruhigen und tiefen Schlaf verspricht. Aber die Menschen saßen in ihren dunklen Autos und starrten durch geschlossene Fenster zueinander heraus. Heinrich aß einen Bonbonriegel. Wir horchten auf das Geräusch seiner Zähne, die in der Karamel- und Traubenzuckermasse steckenblieben. Schließlich stieg eine fünfköpfige Familie aus einem Datsun Maxima aus. Sie hatten Schwimmwesten an und trugen Signallampen.

Kleine Grüppchen sammelten sich um bestimmte Männer. Hier waren die Quellen der Information und Gerüchte. Einer arbeitete in einer chemischen Fabrik, ein anderer hatte eine Bemerkung mitgehört, ein dritter war mit einem Angestellten in einer staatlichen Behörde verwandt. Wahre, falsche und andere Neuigkeiten verbreiteten sich von diesen Menschentrauben durch den Schlafsaal.

Es hieß, daß wir früh am nächsten Morgen nach Hause gehen dürften; daß die Regierung bestrebt sei, alles zu vertuschen; daß ein Hubschrauber in die toxische Wolke hineingeflogen und nie wieder aufgetaucht sei, daß die Hunde von New Mexico angekommen seien, per Fallschirm in waghalsigem Nachtabsprung über einer Wiese; daß die Stadt Farmington auf vierzig Jahre unbewohnbar sein würde.

Die Äußerungen befanden sich in einem Stadium des permanenten Flusses. Keine Einzelheit war glaubwürdiger oder weniger glaubwürdig als eine andere Einzelheit. In dem Maße, in dem die Menschen über die Realität hinausschossen, waren wir der Notwendigkeit entbunden, Unterscheidungen zu treffen.

Manche Familien zogen es vor, in ihren Autos zu schlafen, andere waren dazu gezwungen, weil kein Platz für sie in den sieben oder acht Gebäuden auf dem Gelände war. Wir waren in einer großen Baracke untergebracht, einem von drei gleichartigen Gebäuden im Lager, und jetzt, wo der Generator funktionierte, war es einigermaßen gemütlich dort. Das Rote Kreuz hatte Feldbetten, tragbare Heizgeräte, Sandwiches und Kaffee zur Verfügung gestellt. Es gab Kerosinlampen als Ergänzung zu den existierenden Deckenleuchten. Viele Leute hatten Radios dabei und zusätzliches Essen, das sie mit anderen teilten, Decken, Klappstühle, zusätzliche Kleidung. Der Raum war gedrängt voll, immer noch ziemlich kalt, aber der Anblick von Krankenschwestern und freiwilligen Helfern vermittelte uns das Gefühl, daß die Kinder in Sicherheit seien, und die Gegenwart anderer gestrandeter Seelen, junger Frauen mit Kleinkindern, alter und kränklicher Menschen, gab uns eine gewisse Standhaftigkeit und Willenskraft, einen Hang zur Selbstlosigkeit, der ausgeprägt genug war, als gemeinsame Identität zu funktionieren. Dieses große, graue Areal, naßkalt und dürftig und noch vor ein paar Stunden von der Geschichte unberührt, war jetzt für den Augenblick ein merkwürdig angenehmer Ort, erfüllt von einem Bedürfnis nach Gemeinsamkeit und vielen Stimmen.

Neuigkeitssuchende gingen von einer Menschentraube zur anderen, mit der Tendenz, sich eher bei den größeren Gruppen aufzuhalten. Auf diese Weise bewegte auch ich mich langsam durch die Baracke. Es gab neun Evakuierungszentren, hörte ich, dieses und den Kung Fu Palace eingeschlossen. Iron City war nicht geräumt worden, auch die meisten anderen Städte in der Gegend nicht. Es hieß, der Gouverneur sei mit einem Diensthubschrauber auf dem Weg vom Regierungsgebäude hierher. Der Hubschrauber werde wahrscheinlich auf einem Bohnenfeld außerhalb einer verlassenen Stadt aufsetzen und dem Gouverneur Gelegenheit geben, sich zähnebleckend und zuversichtlich, mit Buschhemd bekleidet, zehn oder fünfzehn Sekunden lang in Kameraschußweite zu zeigen, als Demonstration seiner Unverwüstlichkeit.

Welch eine Überraschung war es, als ich mir den Weg zwischen den Menschen am äußeren Rand einer der größten Menschentrauben hindurchbahnte und entdeckte, daß mein eigener Sohn im Mittelpunkt des Geschehens stand und mit seiner neugefundenen Stimme, mit seinem Brustton der Begeisterung über die galoppierende Katastrophe redete. Er sprach in technischen Begriffen über den luftübertragenen toxischen Vorfall, doch seine Stimme sang geradezu in prophetischem Offenbarungseifer. Den Namen selbst, Nyoden-Derivat, sprach er mit einem ungehörigen Genuß aus, mit morbidem Entzücken schon am bloßen Klang. Die Menschen hörten diesem Jugendlichen in Feldjacke und Mütze, mit dem Fernglas um den Hals und der am Gürtel befestigten Instamatic aufmerksam zu. Zweifellos waren seine Zuhörer von seinem jugendlichen Alter beeinflußt. Er mußte wahrhaftig sein und es redlich meinen, konnte keinem fremden Interesse dienen; er mußte ein Umweltbewußtsein haben, sein chemisches Wissen mußte frisch und auf dem neuesten Stand sein.

Ich hörte ihn sagen: »Das Zeug, das sie auf dem Rangierbahnhof auf die ausfließenden Chemikalien gestreut haben, war vermutlich Sodaasche. Aber es war ein typischer Fall von zu wenig und zu spät. Meine Vermutung ist, daß sie bei Tagesanbruch ein paar Schädlingsbekämpfungsflugzeuge in die Luft schicken werden und die toxische Wolke mit Mengen weiterer Sodaasche bombardieren, die dann die Wolke aufbrechen und sie in eine Million harmlose kleine Dampfwölkchen zerteilen könnte. Sodaasche ist der allgemein gebräuchliche Name für Natriumkarbonat, das bei der Herstellung von Glas, Keramik, Waschpulver und Seifen verwendet wird. Es ist auch der Stoff, aus dem das doppeltkohlensaure Natrium gemacht wird, was viele von Ihnen vermutlich schon mal nach einer durchzechten Nacht geschluckt haben.«

Die Leute drängten sich dichter heran, beeindruckt vom Kenntnisreichtum und Witz des Jungen. Es war ungewöhnlich, ihn so unbeschwert zu einer Menge von Unbekannten sprechen zu hören. War er dabei, sich selbst zu finden, zu lernen, seinen Eigenwert aus den Reaktionen von anderen zu bestimmen? War es möglich, daß er aus dem Tumult und den Spannungen dieses gräßlichen Ereignisses lernen würde, seinen Weg in der Welt zu machen?

»Sie alle werden sich wahrscheinlich fragen, was genau eigentlich dieses Nyoden-D ist, von dem wir ununterbrochen hören. Eine gute Frage. Wir haben das in der Schule gelernt, wir haben Filme gezeigt bekommen von Ratten, die Krämpfe hatten und so weiter. Also gut, es ist im Grunde genommen ganz einfach. Nyoden-D ist eine ganze Masse von zusammengewürfelten Stoffen, die Nebenprodukte bei der Herstellung von Insektiziden sind. Das Mittel selbst killt Küchenschaben, die Nebenprodukte killen alles, was noch übrig bleibt. Kleiner Witz von unserem Lehrer.«

Er schnalzte mit den Fingern und wippte ein wenig mit dem linken Bein.

»In Pulverform ist es farblos, geruchlos und sehr gefährlich, nur daß keiner genau zu wissen scheint, was es bei Menschen und menschlichen Nachkommen eigentlich bewirkt. Man hat jahrelang Versuche gemacht, und entweder weiß man es wirklich nicht genau, oder man weiß es, und es wird nur nicht gesagt. Manche Dinge sind zu schrecklich, als daß man sie bekanntgeben könnte.«

Er zog die Brauen hoch und fing an, komisch zu zwinkern, wobei er die Zunge aus dem einen Mundwinkel hängen ließ. Ich war erstaunt, die Leute lachen zu hören.

»Wenn es einmal in den Boden eingedrungen ist, hat es eine Lebensdauer von vierzig Jahren. Und das ist länger als die von vielen Menschen. Nach fünf Jahren werden Sie verschiedene Arten von Pilzen feststellen, die zwischen den normalen Fenstern und den Sturmfenstern auftauchen und auch in Kleidungsstücken und im Essen. Nach zehn Jahren werden die Rahmen Ihrer Fliegenfenster rosten und allmählich Löcher bekommen und zerfallen. Holz wird sich verziehen. Es wird Glasbrüche geben und Verletzungen bei Haustieren. Nach zwanzig Jahren werden Sie sich vermutlich auf dem Dachboden einsiegeln müssen und einfach abwarten und Tee trinken. Ich nehme an, hinter all dem steckt eine Lehre. Man lernt seine Chemikalien kennen.«

Ich wollte nicht, daß er mich dort sah. Es würde ihn verlegen machen, ihn an sein früheres Leben als gedrückten, ausweichenden Jungen erinnern. Soll er doch aufblühen, im Namen von Mißgeschick, Schrecken und ziellloser Katastrophe. Deshalb schlich ich mich fort, an einem Mann vorbei, der in Plastik eingepackte Moonboots anhatte, und ging auf die andere Seite der Baracke zu, wo wir vorher unser Lager aufgeschlagen hatten.

Wir lagerten neben einer schwarzen Familie von Zeugen Jehovas. Ein Mann und eine Frau mit einem etwa zwölfjährigen Jungen. Vater und Sohn verteilten Traktate an Leute in der Nähe und schienen keine Schwierigkeiten zu haben, willige Abnehmer und Zuhörer zu finden.

Die Frau sagte zu Babette: »Ist das nichts?«

»Mich überrascht nichts mehr«, sagte Babette.

»Kann man wohl sagen.«

»Was mich überraschen würde, wäre, wenn's keine Überraschungen mehr gäbe.«

»Klingt ganz richtig.«

»Oder wenn es nur klitzekleine Überraschungen gäbe. Das wäre eine Überraschung. Statt solchen wie dieser hier.«

»Unser Gott Jehova hält noch eine größere Überraschung bereit als die hier«, sagte die Frau.

»Unser Gott Jehova?«

»Ja, der.«

Steffie und Wilder schliefen auf einem der Feldbetten. Denise saß am anderen Ende, in das ›Handbuch für den Praktischen Arzt‹ vertieft. Mehrere Matratzen waren an der Wand aufgestapelt. Eine lange Warteschlange stand beim Nottelefon, Leute, die Verwandte anriefen oder versuchten, bei der einen oder anderen Radiosendung mit Höreranrufen zur Zentrale durchzukommen. Die meisten Radios hier waren auf solche Sendungen eingestellt. Babette saß auf einem Klappstuhl und kramte in einer Segeltuchtasche voller Salzknabbereien und anderer Vorräte. Mir fielen Gläser und Packungen auf, die monatelang im Kühlschrank oder im Vorratsschrank gestanden hatten.

»Ich hab mir gedacht, daß dies eine gute Gelegenheit ist, den Genuß fetthaltiger Speisen einzuschränken«, sagte sie.

»Warum gerade jetzt?«

»Dies ist eine Zeit für Disziplin, inneres Stehvermögen. Es steht praktisch auf Messers Schneide.«

»Ich finde es interessant, daß du eine mögliche Katastrophe für dich, deine Familie und Tausende von anderen Menschen als Gelegenheit betrachtest, den Genuß fetthaltiger Speisen einzuschränken.«

»Man sucht sich die Disziplin eben, wo man sie findet«, sagte sie. »Wenn ich mein Joghurt jetzt nicht esse, dann kann ich genausogut für immer aufhören, das Zeug zu kaufen. Nur die Weizenkeime lasse ich wohl besser sein.«

Der Name des Produkts sah fremdländisch aus. Ich nahm das Glas mit den Weizenkeimen in die Hand und studierte das Etikett.

»Die sind deutsch«, sagte ich. »Iß sie.«

Es gab Menschen in Schlafanzügen und Pantoffeln. Einen Mann mit einem Gewehr über der Schulter. Kinder, die in Schlafsäcke krabbelten. Babette machte mir ein Zeichen, wollte, daß ich mich näher zu ihr beugte.

»Laß uns das Radio ausgeschaltet lassen«, flüsterte sie. »Damit die Mädchen es nicht hören. Sie sind noch nicht weiter als bis zum *déjà vu* gekommen. Ich möchte, daß es dabei bleibt.«

»Und was, wenn die Symptome echt sind?«

»Wie können sie denn echt sein?«

»Warum sollen sie nicht echt sein?«

»Sie kriegen sie doch nur, wenn sie im Radio gesendet werden«, flüsterte sie.

»Hat Steffie über das *déjà vu* im Radio gehört?«

»Muß sie wohl.«

»Woher weißt du das? Warst du dabei, als es erwähnt wurde?«

»Ich bin nicht sicher.«

»Denk scharf nach.«

»Ich kann mich nicht erinnern.«

»Erinnerst du dich daran, daß du ihr erklärt hast, was *déjà vu* bedeutet?«

Sie löffelte etwas Joghurt aus dem Becher, schien zu zögern, tief in Gedanken.

»Das ist schon mal passiert«, sagte sie schließlich.

»Was ist schon mal passiert?«

»Daß wir hier sitzen, Joghurt essen, über *déjà vu* reden.«

»Ich will davon nichts hören.«

»Das Joghurt war auf meinem Löffel. Ich habe es blitzartig gesehen. Das ganze Erlebnis. Naturbelassen, Vollmilch, fettarm.«

Das Joghurt war immer noch auf dem Löffel. Ich sah zu, wie sie nachdenklich den Löffel in den Mund steckte, versuchte, die Handlung an der Illusion eines passenden Originals zu messen. Aus meiner Hockstellung winkte ich ihr, sich dichter herüberzubeugen.

»Heinrich kommt anscheinend aus seinem Schneckenhaus«, flüsterte ich.

»Wo ist er? Ich habe ihn nicht gesehen.«

»Siehst du die Menschentraube da? Er steht mittendrin. Er erzählt ihnen, was er über den toxischen Vorfall weiß.«

»Was weiß er?«

»Anscheinend eine ganze Menge.«

»Warum hat er uns das nicht erzählt?« flüsterte sie.

»Wahrscheinlich hat er uns satt. Er glaubt nicht, daß es sich lohnt, vor seiner eigenen Familie witzig und charmant zu sein. So sind eben Söhne. Wir stellen die falsche Form der Herausforderung dar.«

»Witzig und charmant?«

»Ich nehme an, er hat es schon immer in sich gehabt. Es ging nur darum, den richtigen Zeitpunkt zu finden, um seine Gaben anzuwenden.«

Sie kam näher, und unsere Köpfe berührten sich jetzt fast. »Meinst du nicht, daß du hinübergehen solltest?« sagte sie.

»Laß ihn sehen, daß du in der Menge bist. Zeig ihm, daß sein Vater in seinem großen Augenblick dabei ist.«

»Wenn er mich in der Menge sieht, bringt ihn das nur aus dem Gleichgewicht.«

»Warum?«

»Ich bin sein Vater.«

»Wenn du rübergehst, wirst du ihm also alles verderben, weil du ihn in Verlegenheit bringst und ihn an seiner Entfaltung hinderst wegen dieser Vater-Sohn-Sache. Und wenn du nicht rübergehst, wird er nie wissen, daß du ihn in seinem großen Augenblick gesehen hast, und er wird denken, daß er sich in deiner Gegenwart so benehmen muß, wie er sich immer benommen hat, so in Richtung gereizt und defensiv, anstatt auf diese neue herrliche und aufgeschlossene Art.«

»Das ist ein auswegloser Konflikt.«

»Und wenn ich hinübergehe?« flüsterte sie.

»Dann wird er denken, daß ich dich geschickt habe.«

»Wäre das denn so schrecklich?«

»Er denkt, daß ich dich benütze, um ihn dazu zu bringen zu tun, was ich will.«

»Da mag was Wahres dran sein, Jack. Aber wozu sind Stiefeltern eigentlich gut, wenn man sie nicht einmal in kleinen Geplänkeln zwischen Blutsverwandten benützen kann?«

Ich kam noch dichter, senkte die Stimme noch mehr.

»Nur ein Life Saver«, sagte ich.

»Was?«

»Nur ein bißchen Spucke, mit der du nichts anfangen konntest.«

»Es war ein saurer Drops«, flüsterte sie und machte mit ihrem Daumen und Zeigefinger ein O.

»Gib mir einen.«

»Es war der letzte.«

»Welcher Geschmack – *schnell.*«

»Kirsche.«

Ich spitzte die Lippen und gab kleine saugende Geräusche von mir. Der Schwarze mit den Traktätchen kam herüber und kauerte sich neben mich. Wir gaben uns einem ernsthaften und ausführlichen Händedruck hin. Er studierte mein Gesicht ganz unverblümt und vermittelte mir den Eindruck, daß er diese holprige Strecke hergereist war und seine Familie entwurzelt hatte, nicht um dem Chemievorfall zu entkommen, sondern um den einen Menschen zu finden, der verstehen würde, was er zu sagen hatte.

»Es passiert überall, stimmt's?«

»Mehr oder weniger«, sagte ich.

»Und was tut die Regierung?«

»Nichts.«

»Das haben Sie gesagt, nicht ich. Es gibt nur ein einziges Wort in unserer Sprache, das beschreibt, was dagegen getan wird, und Sie haben es ganz genau gefunden. Ich bin kein bißchen überrascht. Aber wenn man es mal bedenkt, was können sie denn schon tun? Denn was kommt, das kommt ganz bestimmt. Keine Regierung der Welt ist groß genug, um es aufzuhalten. Kennt ein Mann wie Sie die Stärke der stehenden Armee von Indien?«

»Eine Million.«

»Das hab' ich nicht gesagt, das haben Sie gesagt. Eine Million Soldaten, und keiner kann es aufhalten. Wissen Sie denn, wer die größte stehende Armee der Welt hat?«

»Das muß entweder China sein oder Rußland, obwohl man vielleicht auch die Vietnamesen erwähnen müßte.«

»Sagen Sie mir eins«, sagte er. »Können die Vietnamesen es aufhalten?«

»Nein.«

»Es ist hier, stimmt's? Die Menschen spüren es. Es steckt uns in den Knochen. Gottes Reich kommt.«

Er war ein geschmeidiger Mann mit dünnem Haar und einer Lücke zwischen den Schneidezähnen. Er saß mühelos in der Hocke, schien gelenkig, und offenbar war es ihm bequem. Mir fiel auf, daß er einen Anzug und Krawatte und dazu Joggingschuhe trug.

»Ist das nicht eine großartige Zeit?« sagte er.

Ich studierte sein Gesicht auf der Suche nach einem Hinweis auf die richtige Antwort. »Spüren Sie, wie es kommt? Ist es schon unterwegs? *Wollen* Sie, daß es kommt?«

Er schnellte auf die Zehen, während er sprach.

»Kriege, Hungersnöte, Erdbeben, Vulkanausbrüche. Es fängt alles an, Gestalt anzunehmen. In Ihren eigenen Worten, gibt es irgendwas, das es aufhalten kann, wenn es einmal in Schwung gekommen ist?«

»Nein.«

»Das haben Sie gesagt, nicht ich. Überschwemmungen, Tornados, Epidemien von seltsamen neuen Krankheiten. Ist das ein Zeichen? Ist es die Wahrheit? Sind Sie bereit?«

»Spüren die Menschen es wirklich in den Knochen?« sagte ich.

»Gute Nachrichten verbreiten sich schnell.«

»Reden die Leute davon, haben Sie auf Ihren Gängen von Tür zu Tür den Eindruck, daß sie es wollen?«

»Es geht nicht darum, ob sie es wollen. Es geht darum, wo muß ich hin, um beizutreten? Es geht darum, hol mich hier raus und zwar jetzt. Die Leute fragen: ›Gibt es in Gottes Reich den Wechsel der Jahreszeiten?‹ Sie fragen: ›Gibt es da Brückenzölle und Pfandflaschen?‹ Mit anderen Worten, was ich sagen will, ist, daß sie jetzt anfangen, sich damit zu beschäftigen.«

»Sie haben das Gefühl, daß es eine Grunddünung ist.«

»Eine plötzliche Häufung. Genau gesagt. Ich habe einen Blick auf Sie geworfen und Bescheid gewußt. Dies ist ein Mann, der versteht.«

»Erdbeben fallen nicht ins Gewicht, statistisch gesehen.«

Er schenkte mir ein herablassendes Lächeln. Ich hatte das Gefühl, daß es reichlich verdient war, wenn ich mir auch nicht sicher war, warum. Vielleicht war es pedantisch, im Angesicht von mächtigen Glaubensinhalten, Ängsten und Begierden die Statistik zu zitieren.

»Wie haben Sie vor, Ihre Auferstehung zu verbringen?« sagte er, als frage er nach einem bevorstehenden langen Wochenende.

»Steht uns allen eine zu?«

»Sie gehören entweder zu den Bösen oder zu den Geretteten. Die Bösen, die müssen verfaulen, stehenden Fußes.

Die spüren dann, wie ihnen die Augen aus den Höhlen fallen. Man erkennt sie an der Klebrigkeit und den fehlenden Teilen. Leute, die ihren eigenen Schleim hinter sich herziehen. Die ganze Protzigkeit von Armageddon steckt in der Fäulnis. Die Geretteten erkennen einander an ihrer Sauberkeit und Zurückhaltung. Wenn einer nichts Angeberisches an sich hat, daran erkennt man den Geretteten.«

Er war ein ernsthafter Mann, er war sachlich und praktisch bis hinunter zu seinen Joggingschuhen. Ich machte mir Gedanken über seine unheimliche Selbstsicherheit, seine Freiheit von Zweifeln. Ist dies der springende Punkt von Armageddon? Keine Zweideutigkeit, kein Zweifel mehr. Er war bereit, in die nächste Welt hinüberzujoggen. Er zwang die nächste Welt, in mein Bewußtsein einzudringen, enorme Ereignisse, die ihm als Wahrheiten erschienen, selbstverständlich, vernünftig, nahe bevorstehend, wahr. Ich spürte Armageddon nicht in den Knochen, aber ich sorgte mich um all die Menschen, die es spürten, die bereit dafür waren, es sich heftig wünschten, telefonierten und Geld von ihren Bankkonten abhoben. Wenn genügend Menschen wollen, daß es passiert, passiert es dann auch? Wie viele Menschen reichen aus? Warum kauern wir hier wie Urmenschen, während wir miteinander sprechen?

Er gab mir ein Pamphlet mit dem Titel: »Zwanzig der häufigsten falschen Annahmen über das Ende der Welt.« Ich kämpfte mich aus meiner Hockstellung hoch, mir war schwindlig und mein Rücken schmerzte. Am vorderen Ende der Halle sagte eine Frau etwas über die Gefährdung durch Kontakt mit den Giftstoffen. Ihre leise Stimme wurde fast von dem schleppenden Dröhnen der Baracke und dem leisen Rumoren, das Menschen üblicherweise in großen, geschlossenen Räumen von sich geben, übertönt. Denise hatte ihr Nachschlagewerk sinken lassen und warf mir einen kaltäugigen Blick zu. Es war der Blick, den sie normalerweise für ihren Vater und sein jüngstes Abrutschen aus sicherem Halt aufsparte.

»Was ist denn?« sagte ich zu ihr.

»Hast du nicht gehört, was die Stimme gesagt hat?«

»Kontakt mit den Giftstoffen.«

»Stimmt«, sagte sie scharf.

»Was hat das mit uns zu tun?«

»Nicht mit uns«, sagte sie, »mit dir.«

»Warum mit mir?«

»Bist du nicht aus dem Auto ausgestiegen, um zu tanken?«

»Wo war der luftübertragene Vorfall, als ich das tat?«

»Direkt vor uns. Weißt du nicht mehr? Du bist wieder eingestiegen, und wir sind ein Stückchen gefahren, und da war er dann in all den Lichtern.«

»Willst du damit sagen, daß die Wolke, als ich aus dem Auto stieg, vielleicht dicht genug gewesen ist, um auf mich herunterzuregnen?«

»Es ist doch nicht deine Schuld«, sagte sie ungeduldig, »aber du warst etwa zweieinhalb Minuten lang praktisch mitten drin.«

Ich kämpfte mich nach vorne durch. Zwei Schlangen bildeten sich. A bis M und N bis Z. Am Ende jeder Schlange stand ein Klapptisch mit einem Mikrocomputer. Fachleute wuselten umher, Männer und Frauen mit Ansteckschildchen und farbkodierten Armbinden. Ich stand hinter der schwimmwestentragenden Familie. Sie sahen bunt, glücklich und gut gedrillt aus. Die dicken orangefarbenen Schwimmwesten schienen gar nicht sonderlich fehl am Platz, obwohl wir uns auf mehr oder weniger trockenem Boden befanden, ein gutes Stück über Meereshöhe, viele Meilen vom nächsten bedrohlichen Gewässer entfernt. Heftige Umwälzungen bringen jede Art von kuriosen Abweichungen zutage, einfach durch die Plötzlichkeit ihres Auftretens. Impressionistische Tupfer von Farbe und charakteristischen Eigenarten bestimmten die Szene von Anfang bis Ende.

Die Schlangen waren nicht lang. Als ich den A-bis-M-Tisch erreichte, tippte der Mann, der dort saß, Daten in seine Tastatur. Meinen Namen, mein Alter, meine Krankheitsgeschichte und so weiter. Es war ein hagerer junger Mann, dem jegliche Unterhaltung, die von bestimmten, nicht definierten Richtlinien abwich, verdächtig schien. Über dem linken Ärmel seiner Khakijacke trug er eine grüne Armbinde mit der Aufschrift SIMUVAK.

Ich berichtete über die Umstände meines mutmaßlichen Kontakts.

»Wie lange haben Sie sich draußen aufgehalten?«

»Zweieinhalb Minuten«, sagte ich. »Würde man das als lang oder kurz bezeichnen?«

»Alles, was Sie in direkte Berührung mit tatsächlichen Emissionen bringt, bedeutet, daß wir es mit einer Situation zu tun haben.«

»Warum hat sich die dahintreibende Wolke in all dem Wind und Regen eigentlich nicht aufgelöst?«

»Wir haben hier nicht die alltägliche Zirruswolke. Dies ist ein hochgradiger Vorfall. Er ist mit dichten Konzentrationen von Nebenprodukten vollgepackt. Sie könnten sozusagen einen Haken reinwerfen und das Ding aufs Meer abschleppen, ich übertreibe natürlich, um mich verständlich zu machen.«

»Was ist mit den Leuten im Auto? Ich mußte ja die Tür öffnen, um aus- und dann wieder einzusteigen.«

»Es gibt da verschiedene Kontaktgrade. Ich würde sagen, bei denen handelt es sich um Minimalrisiken. Die zweieinhalb Minuten aber, die Sie förmlich dringestanden haben, die machen mir Bauchschmerzen. Direkter Haut- und Körperöffnungskontakt. Es geht hier schließlich um Nyoden-D. Eine völlig neue Generation von Giftstoffen. Das, was wir als neuesten Stand der Wissenschaft bezeichnen. Ein Teilchen auf eine Million kann eine Ratte in die ewigen Jagdgründe schicken.«

Er betrachtete mich mit der unerbittlichen Überlegenheit eines Kriegsveteranen. Offenbar hielt er nicht viel von Leuten, deren selbstzufriedenes und überbehütetes Leben keine Gelegenheit zur Begegnung mit klinisch toten Ratten bot. Ich wollte diesen Mann auf meine Seite bringen. Er hatte den Zugang zu Daten. Ich war bereit, mich unterwürfig und kriecherisch zu verhalten, wenn ihn das davon abhalten konnte, diese beiläufigen, vernichtenden Bemerkungen über das Ausmaß meines Giftkontakts und meine Überlebenschancen fallen zu lassen.

»Tolle Armbinde haben Sie da. Was bedeutet denn SIMUVAK? Klingt ganz schön bedeutend.«

»Abkürzung für Simulierte Evakuierung. Ein neues staatliches Projekt, um dessen Finanzierung noch gekämpft wird.«

»Aber diese Evakuierung ist nicht simuliert. Sie ist echt.«

»Das wissen wir. Aber wir dachten, wir könnten sie als Modell benützen.«

»Eine Art Übung? Wollen Sie damit sagen, daß Sie eine Chance dafür sehen, das wirkliche Ereignis dazu zu benützen, die Simulation zu üben?«

»Richtig. Wir sind damit auf die Straße gegangen.«

»Und wie läuft's?« sagte ich.

»Die Einsatzkurve verläuft nicht so glatt, wie wir sie gern hätten. Es gibt einen Wahrscheinlichkeitsüberschuß. Dazu kommt, daß wir unsere Opfer nicht dort liegen haben, wo wir sie gern hätten, wenn dies eine wirkliche Simulation wäre. Anders ausgedrückt, wir sind gezwungen, unsere Opfer zu nehmen, wo wir sie finden. Wir haben den Computerverkehr nicht in den Griff bekommen. Plötzlich ist das Zeug da rausgezischt, dreidimensional, quer durch die Landschaft. Man muß natürlich Zugeständnisse machen, aufgrund der Tatsache, daß alles, was wir heute nacht erleben, Realität ist. Wir müssen eben noch viel Feinarbeit leisten. Aber dazu dient diese Übung ja.«

»Und was ist mit den Computern? Sind das echte Daten, die Sie durchjagen, oder ist das nur Übungsmaterial?«

»Gucken Sie her«, sagte er.

Er verbrachte eine beträchtliche Zeit damit, auf die Tasten einzuhämmern und dann die kodierten Antworten auf dem Bildschirm zu betrachten – eine beträchtlich längere Zeitspanne, schien mir, als er für die Menschen aufgewendet hatte, die vor mir in der Schlange gestanden hatten. Ich hatte sogar langsam das Gefühl, daß andere mich anstarrten. Ich stand mit verschränkten Armen da und versuchte, das Bild eines Unbeteiligten abzugeben, eines Mannes in der Schlange in einem Baumarkt, der darauf wartet, bis das Mädchen an der Kasse sein extra strapazierfähiges Seil eingetippt hat. Es schien die einzige Möglichkeit, die Ereignisse zu neutralisieren, dem Durchfließen von Computerpunkten, die mein Leben und meinen Tod registrierten, entgegenzuwirken. Keinen ansehen, sich nichts anmerken lassen, sich still verhalten.

Das Geniale an einer primitiven Intelligenz ist, daß sie menschliche Hilflosigkeit auf elegante und wunderschöne Weise wiedergeben kann.

»Sie erzeugen hohe Zahlen«, sagte er, während er auf den Bildschirm spähte.

»Ich war nur zweieinhalb Minuten da draußen. Wieviele Sekunden sind das?«

»Es ist nicht nur, daß Sie soundsoviele Sekunden da draußen waren. Es ist Ihr ganzes Datenprofil. Ich habe Ihre Geschichte angezapft. Jetzt krieg ich Zahlen in Klammern mit pulsierenden Sternchen.«

»Was bedeutet das?«

»Besser, Sie erfahren's gar nicht.«

Er machte eine ruhegebietende Geste, als ob etwas von besonders makabrem Interesse auf dem Bildschirm erscheine. Ich fragte mich, was er wohl meinte, als er sagte, er habe meine Geschichte angezapft. Wo genau befand sich diese? In einer staatlichen oder einer Bundesbehörde, einer Versicherungsgesellschaft oder einem Kreditunternehmen oder einer medizinischen Verrechnungsstelle? Von welcher Geschichte redete er? Ich hatte ihm ein paar elementare Dinge gesagt. Größe, Gewicht, Kinderkrankheiten. Was wußte er sonst noch? Wußte er Bescheid über meine Frauen, meine Beschäftigung mit Hitler, meine Träume und Ängste? Er hatte einen mageren Hals und Ohren wie Henkeltassen, die zu seinem verhungerten Schädel paßten – das unschuldige Vorkriegsaussehen eines Mörders vom Lande.

»Werde ich sterben?«

»Nicht als solcher«, sagte er.

»Wie meinen Sie das?«

»Das kann man nicht in drei Worten sagen.«

»Wieviele Worte braucht man denn dazu?«

»Es ist keine Frage der Worte. Es ist eine Frage von Jahren. In fünfzehn Jahren wissen wir mehr. In der Zwischenzeit haben wir auf jeden Fall eine Situation.«

»Was wissen wir in fünfzehn Jahren?«

»Wenn Sie dann noch am Leben sind, werden wir sehr viel mehr wissen als jetzt. Nyoden-D hat eine Lebensdauer von dreißig Jahren. Sie werden dann die Hälfte erreicht haben.«

»Ich dachte, es seien vierzig Jahre.«

»Vierzig Jahre im Erdboden, dreißig Jahre im menschlichen Körper.«

»Um diese Substanz zu überleben, muß ich also wenigstens achtzig werden. Dann kann ich langsam aufatmen.«

»In Anbetracht dessen, was wir jetzt wissen.«

»Aber die allgemeine Übereinstimmung scheint zu sein, daß wir im Augenblick noch nicht genug wissen, um irgend etwas sicher zu wissen.«

»Lassen Sie mich das mal so sagen. Wenn ich eine Ratte wäre, würde ich mich nicht gern irgendwo in einem Zweihundertmeilen-Umkreis des luftübertragenen Vorfalls aufhalten wollen.«

»Und wenn Sie ein Mensch wären?«

Er blickte mich aufmerksam an. Ich stand mit verschränkten Armen da und starrte über seinen Kopf weg zur Eingangstür der Baracke. Ihn anzusehen, würde bedeuten, meine Verwundbarkeit zuzugeben.

»Ich würde mir keine Gedanken machen über das, was ich nicht sehe oder fühle«, sagte er. »Ich würde einfach weitermachen und mein Leben leben. Heiraten, mich häuslich einrichten, Kinder kriegen. Es gibt keinen Grund, warum Sie das nicht tun sollten, in Anbetracht dessen, was wir wissen.«

»Aber Sie haben gesagt, wir hätten eine Situation.«

»Ich habe das nicht gesagt. Der Computer hat es gesagt. Das ganze System sagt es. Wir bezeichnen das als massive datenbankgestützte Abrechnung. Gladney, J. A. K. Ich gebe den Namen ein, die Substanz, die Kontaktdauer, und dann zapfe ich Ihre Computer-Geschichte an. Ihre Erbanlagen, Ihre Personalien, Ihre Medizinalien, Ihr Psychogramm, Ihre Polizei- und Krankenhaus-Kontakte. Es kommt in pulsierenden Sternen raus. Das bedeutet nicht, daß Ihnen als solchem etwas passiert, zumindest nicht heute oder morgen. Es bedeutet einfach nur, daß Sie die Gesamtsumme Ihrer Daten sind. Dem kann kein Mensch entrinnen.«

»Und diese massive sogenannte Abrechnung ist keine Simulation, trotz der Armbinde, die Sie tragen? Sie ist echt.«

»Sie ist echt«, sagte er.

Ich stand völlig regungslos. Wenn sie dachten, ich sei schon tot, würden sie mich vielleicht in Frieden lassen. Ich glaube, ich fühlte mich, als ob ein Arzt eine Röntgenaufnahme ans Licht hielt, die im Zentrum eines meiner lebenswichtigen Organe ein sternförmiges Loch aufwies. Der Tod hat Einzug gehalten. Er ist in dir. Es heißt, daß du stirbst, und doch bist du von diesem Sterben ausgeschlossen, kannst es in Muße überdenken, auf der Röntgenaufnahme oder dem Computerbildschirm die erschreckende fremde Logik von alledem im wahrsten Sinne des Wortes erkennen. Erst wenn der Tod graphisch dargestellt wird, sozusagen übertragen wird, spürst du eine unheimliche Trennung zwischen deinem Zustand und dir selbst. Ein Netzwerk von Symbolen ist eingeführt worden, eine ganze ehrfurchtgebietende Technologie ist den Göttern gewaltsam entrissen worden. Sie vermittelt dir das Gefühl, bei deinem eigenen Tod ein Fremder zu sein.

Ich sehnte mich nach meinem Talar und meiner dunklen Brille.

Als ich ans andere Ende der Baracke zurückkam, schliefen die drei jüngeren Kinder, Heinrich zeichnete etwas in eine Straßenkarte ein, und Babette saß in einiger Entfernung bei dem alten Treadwell und einer Anzahl anderer Blinder. Sie las ihnen aus einem kleinen Stoß grellbunter Supermarkt-Groschenblätter vor.

Ich brauchte Ablenkung. Ich fand einen Campingstuhl und setzte ihn hinter Babette in die Nähe der Wand. Vier Blinde, eine Krankenschwester und drei Sehende saßen in einem Halbkreis der Vorleserin gegenüber. Andere blieben gelegentlich stehen, um einen oder zwei Artikel anzuhören, und gingen dann weiter. Babette benützte ihre Märchentantenstimme, denselben aufrichtigen und schwungvollen Ton, den sie an sich hatte, wenn sie Wilder Märchen vorlas oder ihrem Ehemann in ihrem gemeinsamen Messingbett, hoch über dem ungestümen Verkehrsbrausen, erotische Passagen. Sie kündigte eine Titelseitenstory an: ›Leben nach dem Tode – mit Gratiscoupon garantiert.‹ Dann blätterte sie zur angegebenen Seite.

»Wissenschaftler des bekannten Instituts für Fortgeschrittene Studien in Princeton haben die Welt mit einem absoluten und unwiderlegbaren Beweis für das Leben nach dem Tode verblüfft. Ein Forscher des weltberühmten Instituts benutzte die Hypnose, um Hunderte von Menschen zu veranlassen, sich an Erlebnisse aus ihren früheren Leben als Pyramidenbauer, Austauschstudenten und außerirdische Wesen zu erinnern.«

Babette stellte ihre Stimme auf Dialog.

»›Allein im letzten Jahr‹, erklärt Reinkarnations-Hypnotiker Ling Ti Wan, ›habe ich Hunderten von Menschen dazu verholfen, sich unter Hypnose in frühere Leben zurückzuversetzen. Eine meiner erstaunlichsten Versuchspersonen war eine Frau, der es gelang, sich ihr Leben als Jäger und Sammler im Mesolithikum vor zehntausend Jahren ins Gedächtnis zurückzurufen. Es war bemerkenswert zu hören, wie diese zierliche Seniorin in Polyesterhose ihr Leben als ungeschlachter männlicher Häuptling beschrieb, dessen Stamm ein Torfmoor bewohnt und mit primitiven Pfeilen und Bogen Wildschweine gejagt hatte. Sie war dazu in der Lage, konkrete Einzelheiten jener Epoche zu identifizieren, die nur ein ausgebildeter Archäologe hätte kennen können. Sie sprach sogar mehrere Sätze in der Sprache jener Zeit, einem Idiom, das dem heutigen Deutsch erstaunlich ähnelt‹.«

Babettes Stimme nahm wieder den Ton normaler Erzählung auf.

»Dr. Shiv Chatterjee, Fitness-Guru und Hochenergiephysiker, hat jüngst in einer Fernseh-Live-Sendung die Zuschauer verblüfft, indem er über den gut dokumentierten Fall zweier Frauen berichtete, die, einander unbekannt, in derselben Woche zu einer Rückversetzung zu ihm kamen, um dann festzustellen, daß sie vor fünfzigtausend Jahren in der untergegangenen Stadt Atlantis Zwillingsschwestern gewesen waren. Beide Frauen beschreiben die Stadt vor ihrem mysteriösen und unheilvollen Absturz ins Meer als saubere und gutgeführte Kommune, in der man sich fast zu jeder Tages- und Nachtzeit sicher bewegen konnte. Heute sind sie Lebensmittelberaterinnen bei der NASA.

Noch erstaunlicher ist der Fall der fünfjährigen Patti

Weaver, die Dr. Chatterjee gegenüber überzeugend belegen konnte, daß sie in ihrem früheren Leben der geheime KGB-Attentäter war, der für die unaufgedeckten Morde an den bekannten Persönlichkeiten Howard Hughes, Marilyn Monroe und Elvis Presley verantwortlich ist. In internationalen Geheimagentenkreisen als ›die Viper‹ bekannt, wegen des tödlichen und nicht nachweisbaren Gifts, das er in die Fußballen seiner berühmten Opfer injizierte, starb der Attentäter beim Absturz eines brennenden Moskauer Hubschraubers, nur wenige Stunden, bevor die kleine Patti Weaver in Popular Mechanics in Iowa geboren wurde. Sie hat nicht nur dieselben besonderen Körpermerkmale wie die Viper, sondern offenbar auch ein bemerkenswertes Talent, russische Wörter und Sätze aufzuschnappen.

›Ich habe diese Versuchsperson mindestens ein dutzendmal zurückversetzt‹, berichtete Dr. Chatterjee. ›Ich habe die härtesten professionellen Techniken benützt, um sie dazu zu bringen, sich zu widersprechen. Doch ihre Geschichte ist bemerkenswert konsequent. Es ist ein Märchen davon, wie Gutes aus Bösem entstehen kann. Die kleine Patti: ›Im Augenblick meines Todes als die Viper sah ich einen glühenden Lichtkreis. Er schien mich willkommen zu heißen, mir zuzuwinken. Es war ein tiefes spirituelles Erlebnis. Ich ging direkt auf ihn zu. Ich war überhaupt nicht traurig‹.«

Babette ahmte die Stimmen von Dr. Chatterjee und Patti Weaver nach. Ihr Chatterjee sprach ein warmes und mildes Englisch mit indischem Akzent, in knappen kurzen Sätzen. Sie las Patti als kindliche Heldin in einem Film unserer Zeit, die einzige Person auf der Leinwand, die von den mysteriösen Klopfphänomenen unbeeindruckt bleibt.

»In einem weiteren aufsehenerregenden Stadium enthüllte die kleine Patti, daß die drei hochberühmten Persönlichkeiten alle aus demselben erstaunlichen Grund ermordet worden waren. Sie waren alle drei zum Zeitpunkt ihres Todes heimliche Besitzer des Heiligen Leichentuchs von Turin, das für seine göttliche Heilkraft berühmt ist. Die Entertainer Elvis und Marilyn waren Opfer von Alkoholismus- und Drogenalpträumen und hofften insgeheim, seelische und körperliche Ruhe in ihr Leben einziehen zu lassen, wenn sie sich nach porentiefen Säuberungsaktionen in der Sauna mit dem Heiligen Leichentuch abtrockneten. Der facettenreiche Multimilliardär Howard Hughes litt an dem Stop-Action-Zwinkersyndrom, einem absonderlichen Zustand, der dazu führte, daß sich seine Augen nach einem einfachen Zwinkern stundenlang nicht öffnen ließen, und er hoffte offensichtlich, sich die erstaunliche Kraft des Leichentuchs zunutze zu machen, bis dann die Viper mit einer raschen Injektion von Phantomgift intervenierte. Patti Weaver enthüllte weiterhin unter Hypnose, daß der KGB seit langem trachtet, in den Besitz des Leichentuchs von Turin zu kommen, zugunsten der überaus rasch alternden und schmerzgeplagten Mitglieder des Politbüros, des berühmten Exekutivkomitees der Kommunistischen Partei. In den Besitz des Leichentuchs zu kommen, soll auch das wahre Motiv des Attentats auf Papst Johannes II. im Vatikan gewesen sein – ein Versuch, der nur deshalb fehlschlug, weil die Viper schon bei dem entsetzlichen Hubschrauberunglück umgekommen und als sommersprossiges Mädchen in Iowa wiedergeboren worden war.

Der risikolose Gratiscoupon unten garantiert Ihnen Zugang zu Dutzenden von dokumentierten Fällen von Leben nach dem Tode, immerwährendem Leben, Erlebnissen aus früheren Leben, posthumem Leben im Weltraum, Seelenwanderung und personalisierter Auferstehung durch Bewußtseinsstrom-Computertechniken.«

Ich betrachtete die Gesichter im Halbkreis. Keiner schien erstaunt über diesen Bericht. Der alte Treadwell zündete sich eine Zigarette an, ungeduldig über seine zitternden Hände und dazu gezwungen, die Flamme auszuwedeln, bevor er sich die Finger daran verbrannte. Es zeigte sich kein Interesse an einer Diskussion. Die Geschichte nistete sich in irgendeinen Schlupfwinkel passiven Glaubens ein. Und dort saß sie, vertraut und tröstlich auf ihre eigene merkwürdige Art, eine Reihe von Behauptungen, nicht weniger wahr als unser täglicher Anteil an beobachtbaren Alltagstatsachen. Nicht einmal Babette verriet durch den Ton ihrer Stimme Anzeichen von Skeptizismus oder Überheblichkeit. Und sicher war ich nicht in der Position, mich diesen älteren Zuhörern, blind oder sehend, überlegen zu fühlen. Die Wanderung der kleinen Patti auf den warmen freundlichen Schein zu traf mich in geschwächtem und aufnahmebereitem Zustand an. Zumindest diesen Teil der Geschichte wollte ich glauben.

Babette las eine Anzeige vor. Über die Stanforder 3-Tages Schlankheitsdiät, die auf der Zertrümmerung linearbeschleunigender Teilchen beruhte.

Sie nahm eine andere Zeitung auf. Die Titelgeschichte handelte von den führenden medial begabten Personen des Landes und ihren Vorhersagen für das kommende Jahr. Sie las die einzelnen Punkte langsam vor.

»UFO-Geschwader werden in Disney World und Cap Canaveral eindringen. In einer überraschenden Wendung wird sich der Angriff als Demonstration gegen den Kriegswahnsinn entpuppen und zu einem Atomwaffenteststop-Abkommen zwischen den USA und Rußland führen.

Elvis Presleys Geist wird beobachtet werden, wie er in der Morgendämmerung einsame Spaziergänge um Graceland, sein musikalisches Herrenhaus, unternimmt.

Ein japanisches Konsortium wird *Air Force One* kaufen und es in fliegende Luxus-Eigentumswohnungen umwandeln, mit Luftauftank-Vorrecht und Luft-Boden-Flugkörper-Tauglichkeit.

Bigfoot wird mit großem Trara auf einem Campingplatz an der zerklüfteten und malerischen nordwestlichen Pazifikküste auftauchen. Das behaarte, aufrechtgehende Mann-Tier, das eine Größe von zwei Meter fünfzig aufweist und möglicherweise das fehlende Glied in der Evolutionskette darstellt, wird die Touristen freundlich einladen, sich um ihn herum zu versammeln, und sich als Apostel des Friedens zu erkennen geben.

UFOs werden mit telekinetischen Mitteln und mit Hilfe von mächtigen Kabeln, deren Eigenschaften bei irdischen Materialien unbekannt sind, die untergegangene Stadt Atlantis aus ihrem feuchten Grab in der Karibik heben. Ergebnis wird eine ›Stadt des Friedens‹ sein, in der Geld und Pässe völlig unbekannt sind.

Der Geist Lyndon B. Johnsons wird Kontakt mit leitenden Angestellten beim CBS aufnehmen, um ein Live-

Interview im Fernsehen zu vereinbaren, zur Verteidigung gegen Vorwürfe, die kürzlich in Büchern gegen ihn erhoben worden sind.

Beatle-Attentäter Mark David Chapman wird offiziell seinen Namen in John Lennon ändern lassen und von seiner Gefängniszelle im Mördertrakt eine neue Karriere als Rock-Lyriker beginnen.

Mitglieder eines Flugzeugabsturz-Kults werden einen Jumbo-Jet entführen und ihn in einem Akt blinder Hingabe an ihren mysteriösen und zurückgezogen lebenden Führer, der nur als Uncle Bob bekannt ist, über dem Weißen Haus zum Absturz bringen. Der Präsident und die First Lady werden laut engen Freunden des Ehepaares wie durch ein Wunder mit kleineren Schnittwunden überleben.

Der tote Multimilliardär Howard Hughes wird auf rätselhafte Weise am Himmel über Las Vegas erscheinen.

Wunderdrogen, in der schwerelosen Umgebung pharmazeutischer Labors an Bord von UFOs serienmäßig produziert, werden Heilung von Angstzuständen, Fettleibigkeit und Stimmungsumschwüngen möglich machen.

Aus ihrem Grab heraus wird die verstorbene lebende Legende John Wayne telepathisch mit Präsident Reagan kommunizieren, um ihn bei der Neuorientierung der amerikanischen Außenpolitik zu unterstützen. Durch das Todeserlebnis geläutert wird der stämmige Schauspieler eine hoffnungsreiche Politik des Friedens und der Liebe befürworten.

Der Superkiller der sechziger Jahre, Charles Manson, wird aus dem Gefängnis ausbrechen und wochenlang Landgebiete in Kalifornien terrorisieren, bis er schließlich in den Büros von International Creative Management über Live-Fernsehen Verhandlungen über seine Auslieferung aufnehmen wird.

Der einzige Satellit der Erde, der Mond, wird in einer feuchten Nacht im Juli explodieren und dadurch die Gezeiten völlig durcheinanderbringen und Erde und Trümmer über einen großen Teil unseres Planeten regnen lassen. UFO-Aufräumkommandos werden jedoch dabei helfen, eine weltweite Katastrophe abzuwenden und das

Zeichen für eine Epoche des Friedens und der Harmonie setzen.«

Ich beobachtete die Zuhörer. Verschränkte Arme, leicht schräggelegte Köpfe. Die Voraussagen erschienen ihnen nicht verwegen. Sie gaben sich damit zufrieden, kurze und unzusammenhängende Bemerkungen auszutauschen, wie während der Fernsehpause für einen Werbespot. Die Revolverblatt-Zukunft mit ihrem Mechanismus des hoffnungsvollen Ausgangs von apokalyptischen Ereignissen unterschied sich vielleicht gar nicht so sehr von unseren eigenen augenblicklichen Erfahrungen. Man sehe sich nur uns einmal an, dachte ich. Von zu Hause vertrieben, in die bitterkalte Nacht hinausgeschickt, von einer Giftwolke verfolgt, in behelfsmäßige Unterkünfte zusammengedrängt, auf undurchsichtige Weise zum Tode verurteilt. Wir waren Bestandteil des öffentlich zugänglichen Materials der Medienkatastrophen geworden. Die kleine Zuhörerschaft dieser Alten und Blinden erkannte die Voraussagen der Hellseherinnen als Ereignisse, die so nah an der Realität waren, daß sie im voraus unseren Bedürfnissen und Wünschen entsprechend geformt werden mußten. Aus einer hartnäckigen Vorahnung des großen Zusammenbruchs heraus erfanden wir immer wieder Hoffnung.

Babette las eine Anzeige für Schlankheits-Sonnenbrillen vor. Dic alten Leute hörten interessiert zu. Ich ging zurück zu unserem Platz. Ich wollte in der Nähe der Kinder sein, sehen, wie sie schliefen. Zu sehen, wie Kinder schlafen, gibt mir ein andächtiges Gefühl, das Gefühl, Teil eines spirituellen Systems zu sein. Es ist die größte Gottesnähe, die ich erreichen kann. Wenn es eine weltliche Entsprechung dazu gibt, in einer großen, spitztürmigen Kathedrale mit Marmorsäulen und Strömen mystischen Lichtes, das schräg durch zweigeschossige gotische Fenster einfällt, zu stehen, dann wäre das, Kindern in ihren kleinen Kinderzimmern beim Schlafen zuzusehen. Besonders Mädchen.

Die meisten Lichter waren jetzt aus. Der Lärm in der Baracke hatte sich gelegt. Die Leute begaben sich zur Ruhe. Heinrich war noch wach, er saß auf dem Boden, vollständig angezogen, Rücken zur Wand und las ein

Rot-Kreuz-Handbuch über Wiederbelebung. Er war ohnehin kein Kind, dessen illustrer Schlummer mir Frieden gebracht hätte. Ein unruhiger, zähneknirschender und unberechenbarer Schläfer, fiel der Junge manchmal sogar aus dem Bett, so daß ihn das frühe Morgenlicht als zusammengekauertes Bündel fröstelnd auf dem Hartholzboden fand.

»Sie scheinen die Sache unter Kontrolle zu haben«, sagte ich.

»Wer?«

»Die, die da draußen verantwortlich sind.«

»Wer ist verantwortlich?«

»Schon gut.«

»Es ist, als wenn wir in der Zeit zurückgeworfen worden wären«, sagte er. »Wir sind hier im Steinzeitalter; wir wissen nach Jahrhunderten des Fortschritts all diese tollen Dinge, aber was können wir tun, um den Steinzeitmenschen das Leben zu erleichtern? Können wir einen Kühlschrank bauen? Können wir erklären, wie er funktioniert? Was ist Elektrizität? Was ist Licht? Wir erleben diese Dinge jeden Tag unseres Lebens, aber was nützt es, wenn wir plötzlich in der Zeit zurückgeworfen sind und wir den Leuten nicht einmal die grundlegenden Prinzipien erklären können, geschweige denn etwas herstellen, was die Lage verbessern könnte. Nenn mir einen Gegenstand, den du herstellen könntest. Könntest du ein einfaches Streichholz aus Holz herstellen, das man an einem Felsen reiben kann, um eine Flamme zu bekommen? Wir glauben, daß wir so großartig und modern sind. Mondlandungen, künstliche Herzen. Was aber, wenn man im Zeitraffer zurückgeschleudert würde und auf einmal den alten Griechen gegenüberstünde? Die Griechen haben die Trigonometrie erfunden. Sie haben Autopsien und Sezierungen vorgenommen. Was könnte man einem alten Griechen erzählen, ohne daß er sagt: Na und, was ist das schon? Könntest du ihm was über Atome erzählen? Atom ist ein griechisches Wort. Die Griechen wußten schon, daß man die wichtigsten Vorgänge im Universum nicht mit dem menschlichen Auge sehen kann. Wellen sind das, Strahlen, Partikel.«

»Uns geht's doch nicht schlecht.«

»Wir sitzen hier in diesem riesigen modrigen Raum. Es ist, wie wenn wir zurückgeworfen worden wären.«

»Wir haben Wärme, wir haben Licht.«

»Das sind Steinzeitdinge. Sie hatten damals auch Wärme und Licht. Sie kannten das Feuer. Sie rieben Feuersteine aneinander und erzeugten Funken. Könntest du Feuersteine aneinander reiben? Würdest du einen Feuerstein erkennen, wenn du einen sähst? Wenn ein Steinzeitmensch dich fragen würde, was ein Nukleotid ist, könntest du es ihm sagen? Wie stellen wir Kohlepapier her? Was ist Glas? Wenn du morgen im Mittelalter aufwachen würdest und eine Epidemie wüten würde, was könntest du tun, um ihr Einhalt zu gebieten, mit all deinem Wissen über den Fortschritt der Medizin und Krankheiten? Wir befinden uns praktisch im einundzwanzigsten Jahrhundert, und du hast Hunderte von Büchern und Zeitschriften gelesen und hundert Fernsehsendungen über Naturwissenschaften und Medizin gesehen. Könntest du diesen Leuten eine einzige kleine entscheidende Sache sagen, die einundeinhalb Millionen Menschenleben retten könnte?«

»›Kocht euer Wasser ab‹, würde ich sagen.«

»Klar. Wie wär's mit: ›Wascht euch hinter den Ohren.‹ Das taugt ungefähr genau so viel.«

»Trotzdem finde ich, daß es uns ziemlich gut geht. Es hat schließlich keinerlei Vorwarnung gegeben. Wir haben Essen, wir haben Radios.«

»Was ist ein Radio? Was ist das Prinzip eines Radios? Na los, erklär es. Du bist umringt von diesen Menschen. Sie benützen Steinwerkzeuge. Sie essen Maden. Erklär ihnen das Radio.«

»Da ist nichts Rätselhaftes dran. Mächtige Sender schicken Signale aus. Sie fliegen durch die Luft und werden von Empfängern aufgefangen.«

»Sie fliegen durch die Luft. Wie Vögel, was? Warum redest du nicht gleich von Wundern? Sie bewegen sich in magischen Wellen durch die Luft. Was ist ein Nukleotid? Das weißt du nicht, oder? Dabei sind das die Bausteine des Lebens. Was nützt da Wissen, wenn es nur in der Luft schwebt? Es geht von einem Computer zum anderen. Es verwandelt sich und wächst jede Sekunde, jeden Tag. Aber keiner weiß wirklich etwas.«

»Du weißt etwas. Du weißt über Nyoden-D Bescheid. Ich hab dich vor diesen Leuten gesehen.«

»Das war ein einmaliger, außergewöhnlicher Umstand«, belehrte er mich.

Er wandte sich wieder seiner Lektüre zu. Ich beschloß, etwas frische Luft zu schnappen. Draußen standen mehrere Menschengrüppchen um Feuer in 200-Liter-Fässern. Ein Mann verkaufte von einem an der Seite offenen Fahrzeug aus Limonade und Sandwiches. In der Nähe waren Schulbusse, Motorräder und kleinere Lieferwagen, die Ambuletten hießen, geparkt. Ich ging eine Weile umher. Leute schliefen in Autos, andere schlugen Zelte auf. Lichtstrahlen schwenkten langsam durch den Wald, suchten Geräusche, leise rufende Stimmen. Ich ging an einer Autoladung voller Prostituierter aus Iron City vorbei. Die Innenbeleuchtung war an, die Gesichter besetzten die Fenster. Sie ähnelten den Kassiererinnen im Supermarkt, blond mit Doppelkinnen, resigniert. Ein Mann lehnte sich an der Fahrerseite gegen die Vordertür und sprach durch eine kleine Öffnung im Fenster, mit weiß sichtbarem Atem. Ein Radio sagte: »Schlachtschwein-Termingeschäfte glitten nachbörslich stark ab und lassen auf dem Markt Baissetendenzen erkennen.«

Ich erkannte, daß der Mann, der mit den Prostituierten sprach, Murray Jay Siskind war. Ich ging hinüber, wartete, bis er seinen Satz beendet hatte, bevor ich ihn ansprach. Er zog seinen rechten Handschuh aus, um mir die Hand zu schütteln. Das Autofenster wurde hochgekurbelt.

»Ich dachte, Sie wären über die Weihnachtsferien in New York.«

»Ich bin früher zurückgekommen, um mir Filme über Autounfälle anzusehen. Alfonse hat eine Filmwoche arrangiert, um mir bei den Vorbereitungen für mein Seminar zu helfen. Ich saß im Flughafenbus von Iron City, als die Sirenen zu heulen anfingen. Der Fahrer hatte kaum eine andere Wahl, als dem übrigen Verkehr hier raus zu folgen.«

»Wo bringen Sie die Nacht zu?«

»Der ganze Bus wurde einem der Nebengebäude zugeordnet. Ich hörte ein Gerücht über geschminkte Frauen und bin herausgekommen, um dem nachzugehen. Eine hat unter ihrem Mantel ein Leoparden-Negligé an. Sie hat es mir gezeigt. Eine andere sagt, sie hätte eine Möse mit Schnappverschluß. Was glauben Sie, was sie damit meint? Ich bin allerdings ein wenig besorgt über all diese Ausbrüche von Lustseuchen. Ich trage jederzeit ein verstärktes, geripptes Kondom. Universalgröße. Aber ich habe das Gefühl, daß es kein sonderlich guter Schutz gegen die Intelligenz und Anpassungsfähigkeit der modernen Viren ist.«

»Die Frauen scheinen nichts zu tun zu haben«, sagte ich.

»Ich glaube nicht, daß dies die Art von Katastrophe ist, die zu sexueller Ausschweifung führt. Ein oder zwei Typen kommen gelegentlich herausgeschlichen, aber es wird keine orgiastische Horde geben, jedenfalls nicht heute nacht.«

»Ich nehme an, die Leute brauchen Zeit, um bestimmte Stadien zu durchlaufen.«

»Das ist klar«, sagte er.

Ich erzählte ihm, daß ich zweieinhalb Minuten der Giftwolke ausgesetzt gewesen war. Dann faßte ich das Interview zusammen, das der SIMUVAK-Mann mit mir geführt hatte. »Dieser kleine Hauch von Nyoden hat den Tod in meinen Körper gepflanzt. Das ist jetzt offiziell, laut Computer. Ich trage den Tod in mir. Jetzt geht es nur noch darum, ob ich ihn überleben kann oder nicht. Er hat eine eigene Lebensdauer. Dreißig Jahre. Auch wenn er mich nicht direkt umbringt, wird er mich vermutlich in meinem eigenen Körper überleben. Ich könnte in einem Flugzeugabsturz ums Leben kommen, und das Nyoden würde bestens gedeihen, während meine Überreste zur letzten Ruhe gebettet würden.«

»Das ist das Wesen des modernen Todes«, sagte Murray. »Er hat ein von uns unabhängiges Leben. Er wächst an Prestige und Dimension. Er hat einen Spielraum, den er nie zuvor gehabt hat. Wir studieren ihn objektiv. Wir können sein Auftreten vorhersagen, seinen Verlauf im Körper feststellen. Wir können Querschnittzeichnungen davon anlegen, seine Zuckungen und seine Wellenbewegungen auf Band aufnehmen. Wir sind ihm nie so nahe gewesen, so vertraut mit seinen Gewohnheiten und seinem Verhalten. Wir kennen ihn genau. Aber er hört nicht auf zu wachsen, an Breite und Umfang zuzunehmen, sich neue Ventile, neue Wege und Kanäle zu suchen. Je mehr wir erfahren, um so stärker wächst er. Ist dies ein physikalisches Gesetz? Jeder Vorstoß an Wissen und Technik wird von einer neuen Art von Tod begleitet, einer neuen Belastung. Der Tod paßt sich an wie ein Viruskampfstoff. Ist das ein Naturgesetz? Oder mein ganz persönlicher Aberglaube? Ich spüre, daß die Toten uns näher sind als je zuvor. Ich spüre, daß wir dieselbe Luft bewohnen wie die Toten. Denken Sie an Lao Tse. ›Es gibt keinen Unterschied zwischen dem, was schnell und dem, was tot ist. Sie sind ein und derselbe Kanal der Vitalität.‹ Das hat er sechshundert Jahre vor Christus gesagt. Es ist wieder wahr, vielleicht wahrer als je zuvor.«

Er legte mir die Hände auf die Schultern und sah mir traurig ins Gesicht. Er sagte mir in den einfachsten Worten, wie leid ihm das tue, was geschehen sei. Er erwog die Wahrscheinlichkeit eines Computer-Irrtums. Computer machen Fehler, sagte er. Die Aufladung eines Teppichbodens kann einen Fehler bewirken. Eine Fluse oder ein Haar in den Schaltkreisen. Er glaubte es selbst nicht, und ich auch nicht. Aber er sprach überzeugend, die Augen von spontaner Emotion erfüllt, von einem weiten und tiefen Gefühl. Ich kam mir seltsam belohnt vor. Sein Mitgefühl entsprach dem Anlaß, war eindrucksvolles Mitleid, eindrucksvoller Gram. Es lohnte fast die schlimme Nachricht.

»Schon seit ich Anfang zwanzig war, habe ich immer diese Angst, diese Furcht. Jetzt hat sie sich bewahrheitet. Ich fühle mich verstrickt, ich fühle mich zutiefst in Mitleidenschaft gezogen. Es ist kein Wunder, daß sie dieses Ding den luftübertragenen toxischen Vorfall nennen. Es ist wirklich ein Vorfall, ein Ereignis. Es markiert das Ende aller Ereignislosigkeit. Dies ist erst der Anfang. Warten Sie nur ab.«

Ein Talk-Master sagte: »Sie sind auf Sendung.« Die Feuer brannten in den Ölfässern. Der Sandwichverkäufer schloß seinen Wagen.

»Irgendwelche *déjà vu*-Vorkommen in Ihrer Gruppe?«

»Frau und Tochter«, sagte ich.

»Es gibt eine Theorie über *déjà vu.*« – »Ich will sie nicht hören.«

»Warum glauben wir, daß diese Dinge schon einmal passiert sind? Ganz einfach. Sie *sind* schon einmal passiert, als Zukunftsvisionen in unseren Gedanken. Weil dies Präkognitionen sind, können wir das Material nicht in unser Bewußtseinssystem einpassen, so wie es jetzt strukturiert ist. Im Grunde ist das etwas Übernatürliches. Wir blicken in die Zukunft, aber wir haben nicht gelernt, das Erlebnis zu verarbeiten. Also bleibt es verborgen, bis die Präkognition sich verwirklicht, bis wir dem Ereignis Auge in Auge gegenüberstehen. Jetzt sind wir frei, uns daran zu erinnern, es als bekanntes Material zu erleben.«

»Warum haben so viele Leute gerade jetzt diese Erlebnisse?«

»Weil der Tod in der Luft liegt«, sagte er sanft. »Er legt verdrängtes Material frei. Er bringt uns den Dingen näher, die wir noch nicht über uns selbst erfahren haben. Die meisten von uns haben vermutlich ihren eigenen Tod schon gesehen, wußten aber bisher nicht, wie sie das Material an die Oberfläche bringen können. Vielleicht wird das erste, was wir sagen, wenn wir sterben, sein: »Ich kenne dieses Gefühl. Ich bin hier schon einmal gewesen.«

Er legte mir wieder die Hände auf die Schultern und betrachtete mich erneut mit bewegender Traurigkeit. Wir hörten, wie die Prostituierten jemandem etwas zuriefen.

»Ich würde gern das Interesse an mir selbst verlieren«, sagte ich zu Murray. »Gibt es eine Chance, daß das passiert?«

»Nein, keine. Das haben schon bessere Menschen versucht.«

»Vermutlich haben Sie recht.«

»Das ist doch klar.«

»Ich wollte, es gäbe etwas, was ich tun könnte. Ich wollte, ich könnte dem Problem gedanklich ein Schnippchen schlagen.«

»Arbeiten Sie intensiver an Ihrem Hitler«, sagte er.

Ich sah ihn an. Wieviel wußte er?

Das Autofenster öffnete sich einen Spalt. Eine der Frauen sagte zu Murray: »Na gut, ich mach's für fünfundzwanzig.«

»Haben Sie das schon mit Ihrem Agenten besprochen?« sagte er.

Sie kurbelte das Fenster herunter, um ihn anzusehen. Sie hatte das glanzlose Aussehen einer Frau mit Lockenwicklern in den Abendnachrichten, deren Haus von Lehmmassen verschüttet worden ist.

»Sie wissen, wen ich meine«, sagte Murray. »Der Bursche, der Ihre emotionalen Bedürfnisse befriedigt im Austausch für einhundert Prozent ihrer Einkünfte. Der Bursche, auf den Sie angewiesen sind, damit er Sie durchprügelt, wenn Sie nicht brav sind.«

»Bobby? Der ist in Iron City, um aus der Wolke draußen zu bleiben. Er zeigt sich nicht gern, wenn es nicht absolut notwendig ist.«

Die Frauen lachten, sechs Köpfe hüpften auf und ab. Es war das Gelächter von Eingeweihten, ein bißchen übertrieben, dazu gedacht, sie als Menschen zu identifizieren, die einander verbunden sind auf eine Art, die wir anderen nicht ohne weiteres würdigen konnten.

Ein zweites Fenster öffnete sich einen Zentimeter weit, ein knalliger Mund tauchte auf. »Der Typ von Loddel, wie Bobby einer ist, der benützt gern seinen Kopf.«

Eine zweite Lachsalve. Wir waren nicht sicher, ob sie auf Bobbys, unsere oder ihre Kosten ging. Das Fenster ging wieder zu.

»Es geht mich ja nichts an«, sagte ich, »aber was ist das, was sie für fünfundzwanzig Dollar mit Ihnen zu tun bereit ist?«

»Den Handgriff nach *Heimlich*.«

Ich betrachtete den Teil seines Gesichts, der zwischen der Fliegermütze und dem Bart lag. Er schien tief in Gedanken versunken, während er das Auto ansah. Die Fenster waren beschlagen, die Köpfe der Frauen von Zigarettenrauch eingehüllt.

»Natürlich müßten wir einen vertikalen Ort finden«, sagte er geistesabwesend.

»Sie erwarten aber nicht wirklich, daß sie sich einen Brocken Essen in die Luftröhre bugsiert?«

Er sah mich an, halb erschreckt. »Was? Nein, nein, das wird nicht nötig sein. So lange sie würgende und erstikkende Geräusche macht. So lange sie tief aufseufzt, wenn ich gegen ihr Becken stoße. So lange sie hilflos nach hinten in meine lebensrettende Umarmung sinkt.«

Er zog seinen Handschuh aus, um mir die Hand zu schütteln. Dann ging er zum Auto hinüber, um Einzelheiten mit der betreffenden Frau auszumachen. Ich sah zu, wie er an die hintere Tür klopfte. Nach einem Moment öffnete sie sich, und er zwängte sich auf den Rücksitz. Ich ging hinüber zu einem der Ölfässer. Drei Männer und eine Frau standen um das Feuer und tauschten Gerüchte aus.

Drei der lebenden Rehe im Kung Fu Palace waren tot. Der Gouverneur war tot, sein Pilot und Kopilot schwer verletzt, nach einem Absturz über einem Einkaufszentrum. Zwei der Männer auf dem Rangierbahnhof waren tot, ihre Mylexanzüge wiesen winzige Säurelöcher auf. Meuten von deutschen Schäferhunden, die Nyoden-Schnüffler, hatten ihre Fallschirme abgeworfen und wurden jetzt in den betroffenen Kommunen losgelassen. Ansammlungen von UFOs waren in der Gegend gesichtet worden. Es gab ausgedehnte Plünderungen durch Männer in Plastikfolien. Zwei Plünderer waren tot. Sechs Männer der National Guard waren tot, umgekommen bei einem Brand, der nach einem Rassenzwischenfall ausgebrochen war. Es gab Berichte von Fehlgeburten, verfrüht geborenen Babies. Weitere dräuende Wolken waren gesichtet worden.

Die Leute, die diese unbestätigten Neuigkeiten weitergaben, taten es mit einem gewissen respektvollen Grauen, in der Kälte auf den Zehen hüpfend und die Arme um sich gelegt. Sie waren voller Sorge, daß die Geschichten stimmen könnten, gleichzeitig aber beeindruckt von der Dramatik der Dinge. Der toxische Vorfall hatte eine Welle von Ideenreichtum ausgelöst. Menschen dachten sich etwas aus, andere hörten gebannt zu. Es gab einen wachsenden Respekt für das lebendige Gerücht, die gruseligste Erzählung. Wir waren nicht geneigter, eine bestimmte Geschichte zu glauben oder nicht zu glauben, als wir es früher gewesen waren. Aber sie erfuhr jetzt mehr Anerkennung. Wir begannen, über unsere eigene Fähigkeit zu staunen, Furcht zu produzieren.

Die deutschen Schäferhunde. Das war die beruhigende Nachricht, die ich mit nach drinnen nahm. Der kräftige Körper, das dichte und dunkle Fell, der grimmige Kopf, die lang heraushängende Zunge. Ich stellte sie mir vor, wie sie durch die leeren Straßen streiften, schweren Schrittes, wachsam. Fähig, Töne zu hören, die wir nicht hören konnten. Fähig, Veränderungen im Informationsfluß zu spüren. Ich sah sie in unserem Haus, in Schränke hineinschnüffelnd, die hohen Ohren aufgerichtet, einen Geruch von Hitze und Pelz und geballter Kraft an sich.

In der Baracke schliefen fast alle. Ich suchte mir meinen Weg an einer halbdunklen Wand entlang. Die geballten Körper lagen in schwerer Ruhe, schienen einen einzigen nasalen Seufzer auszustoßen. Gestalten regten sich; ein großäugiges asiatisches Kind sah mir zu, wie ich zwischen ein Dutzend gebündelter Schlafsäcke trat. Farbige Lichter sprangen an meinem rechten Ohr vorbei. Ich hörte eine Toilettenspülung.

Babette hatte sich auf eine Luftmatratze gekuschelt und mit ihrem Mantel zugedeckt. Mein Sohn schlief auf einem Stuhl sitzend wie ein besoffener Pendler, sein Kopf rollte auf der Brust hin und her. Ich trug einen Campingstuhl hinüber zu dem Feldbett, auf dem die jüngeren Kinder lagen. Dann saß ich dort, nach vorn gebeugt und sah zu, wie sie schliefen.

Ein wahlloses Durcheinander von Köpfen und baumelnden Gliedmaßen. In diesen weichen, warmen Gesichtern lag ein Ausdruck so absoluten und reinen Vertrauens, daß ich nicht daran denken wollte, daß es fehl am Platz sein könnte. Es mußte etwas geben, irgendwo, groß und herrlich und respekteinflößend genug, um dieses strahlende Zutrauen, diesen bedingungslosen Glauben zu rechtfertigen. Ein Gefühl verzweifelter Frömmigkeit überkam mich. Es war kosmischer Natur, voller Sehnen und Verlangen. Es sprach von gewaltigen Entfernungen, fürchterlichen, aber feinsinnigen Kräften. Diese schlafenden Kinder waren wie Gestalten in einem Rosenkreuzer-Werbebildchen, die von irgendwo außerhalb des Bildrands einen mächtigen Lichtstrahl auf sich zogen. Steffie drehte sich ein wenig, murmelte dann etwas im Schlaf. Es schien wichtig, daß ich wußte, was es war. In meinem augenblicklichen Zustand, den Todesstempel der Nyoden-Wolke auf mir, war ich bereit, überall nach Zeichen und Andeutungen zu suchen, Ankündigungen von merkwürdigem Trost. Ich zog meinen Stuhl dichter heran. Ihr vom Schlaf umfangenes Gesicht wirkte wie ein Gebilde, das nur zum Schutz der Augen ersonnen war, dieser herrlichen, großen und empfindsamen Organe mit ihrer Neigung zu Farbphasen und pfeilschneller Wachsamkeit, zur Wahrnehmung von Kummer bei anderen. Ich saß da und beobachtete sie. Ein paar Augenblicke später sprach sie wieder. Diesmal klar erkennbare Silben, kein träumerisches Gemurmel – doch eine Sprache nicht ganz von dieser Welt. Ich bemühte mich, es zu verstehen. Ich war überzeugt davon, daß sie etwas sagte, Einheiten fester Bedeutung aneinanderpaßte. Ich beobachtete ihr Gesicht, wartete. Zehn Minuten vergingen. Sie sprach zwei deutlich hörbare Worte, vertraut und gleichzeitig schwer faßbar, Worte, die eine rituelle Bedeutung zu haben schienen, Teil eines Zauberspruchs oder ekstatischen Gesangs.

Toyota Celica.

Ein langer Augenblick verging, bevor mir klar wurde, daß dies der Name eines Automobils war. Die Wahrheit erstaunte mich nur noch mehr. Die Äußerung war schön und rätselhaft, golddurchwoben von etwas schemenhaft Wunderbarem. Es war wie der Name einer uralten Macht des Himmels, in Keilschrift in eine Tafel geritzt. Es vermittelte mir das Gefühl, daß etwas schwebte. Doch wie konnte das sein? Ein einfacher Markenname, ein gewöhnliches Auto. Wie konnten diese fast sinnlosen Worte, im rastlosen Schlaf eines Kindes gemurmelt, mich eine Bedeutung, eine Präsenz verspüren lassen? Sie wiederholte nur eine Fernsehstimme. Toyota Corolla, Toyota Celica, Toyota Cressida. Supranationale Namen, Computer-erzeugt, mehr oder weniger universell aussprechbar. Teil des Gehirngeräuschs jeden Kindes in substatischen Regionen, die zu tief sind, um erforscht zu werden. Was auch immer ihre Quelle war, die Äußerung traf mich mit der Wucht eines Augenblicks wunderbarer Transzendenz.

Für so etwas bin ich auf meine Kinder angewiesen.

Ich saß noch eine Weile da, sah Denise zu, sah Wilder zu, fühlte mich selbstlos und innerlich weit. Eine leere Luftmatratze lag auf dem Boden, aber ich wollte Babettes teilen und ließ mich vorsichtig neben ihren Körper, einem träumenden Hügel, nieder. Ihre Hände, Füße und ihr Gesicht hatte sie unter den schützenden Mantel gezogen; nur eine Explosion von Haaren blieb. Ich fiel sofort in meerhaftes Vergessen, ein in der Tiefe lebendes krebsartiges Bewußtsein, still und traumlos.

Es schien nur Minuten später, daß ich von Lärm und Tumult umgeben war. Ich schlug die Augen auf und merkte, daß Denise mir auf die Arme und Schultern trommelte. Als sie sah, daß ich wach war, fing sie an, auf ihre Mutter einzuschlagen. Rings um uns zogen sich Menschen an und packten. Der Großteil des Lärms stammte von Sirenen in den Ambuletten draußen. Eine Stimme gab uns durch ein Megaphon Anweisungen. In der Ferne hörte ich eine Glocke klingeln und dann eine Abfolge von Autohupen, die ersten von etwas, das zu einem allgemeinen Blöken werden sollte, einer Herdenpanik von schrecklichen jammernden Ausmaßen, als Fahrzeuge aller Größen und Typen versuchten, den Parkway in der schnellstmöglichen Zeit zu erreichen.

Es gelang mir, mich aufzusetzen. Beide Mädchen versuchten, Babette zu wecken. Der Raum leerte sich. Ich sah Heinrich auf mich herunterstarren, ein rätselhaftes Grinsen im Gesicht. Die Lautsprecherstimme sagte: »Windwechsel, Windwechsel. Wolke hat Richtung geändert. Toxisch, toxisch, Zielrichtung hier.«

Babette drehte sich auf der Matratze wohlig seufzend auf die andere Seite. »Nur noch fünf Minuten«, sagte sie. Die Mädchen ließen Hiebe auf ihren Kopf und ihre Arme niederregnen.

Ich rappelte mich hoch und sah mich nach einer Herrentoilette um. Wilder war angezogen und aß einen Keks, während er wartete. Wieder sprach die Stimme, wie eintöniges Redegeplätscher durch einen Kaufhauslautsprecher, mitten zwischen parfümierten Verkaufstischen und klingelnden Kassen: »Toxisch, toxisch. Gehen Sie zu Ihrem Fahrzeug, gehen Sie zu Ihrem Fahrzeug.«

Denise, die das Handgelenk ihrer Mutter umklammert

hielt, ließ den Arm ganz auf die Matratze fallen. »Warum muß der alles zweimal sagen? Wir kapieren das beim ersten Mal. Der will sich nur selbst reden hören.«

Sie zogen Babette auf alle Viere hoch. Ich eilte fort zur Toilette. Ich hatte meine Zahnpasta dabei, konnte aber die Zahnbürste nicht finden. Ich drückte etwas Paste auf meinen Zeigefinger und fuhr mit dem Finger über meine Zähne. Als ich zurückkam, waren sie angezogen und fertig und steuerten auf den Ausgang zu. Eine Frau mit Armbinde gab an der Tür Masken aus, weiße hauchdünne Chirurgenmasken, die Nase und Mund bedeckten. Wir nahmen sechs Stück und gingen hinaus.

Es war noch dunkel. Ein schwerer Regen fiel. Vor uns lag eine Szene panoramischer Unordnung. Autos, die im Lehm festsaßen, Autos mit abgewürgtem Motor, Autos, die den einspurigen Fluchtweg entlang krochen, Autos, die Abkürzungen durch den Wald fuhren, Autos, die von Bäumen, Felsbrocken, anderen Autos eingeschlossen waren. Sirenen ertönten und verklangen, Hupen plärrten voller Verzweiflung und Protest. Man sah rennende Männer, Zelte, die vom Wind in die Bäume geweht worden waren, ganze Familien, die ihre Fahrzeuge verließen, um zu Fuß zum Parkway zu laufen. Aus der Tiefe des Waldes hörten wir Motorräder aufheulen, Stimmen unzusammenhängende Schreie ausstoßen. Es war wie eine Kolonialhauptstadt, die fanatischen Rebellen in die Hände fällt. Ein großartiges, wogendes Drama mit Elementen von Demütigung und Schuld.

Wir setzten unsere Masken auf und liefen durch den Regenguß zu unserem Auto. Keine zehn Meter weiter begab sich eine Gruppe von Männern in aller Ruhe zu einem Landrover. Sie ähnelten Ausbildern im Dschungelkrieg, Männern mit hagerem Knochenbau und langen ekkigen Köpfen. Sie fuhren geradeswegs in das Unterholz hinein, nicht nur von der Lehmstraße, sondern auch von allen anderen Autos weg, die Abkürzungen suchten. Auf ihrem Stoßstangenaufkleber stand: GUN CONTROL IS MIND CONTROL. In Situationen wie dieser hält man sich gern an Menschen, die rechten Randgruppen angehören. Sie sind darin geübt, am Leben zu bleiben. Ich folgte mit einigen Schwierigkeiten, da unser eher kleiner Kombiwagen im Unterholzgestrüpp über Erdhügel und versteckte Steine heftig holperte. Innerhalb von fünf Minuten war der Landrover außer Sichtweite.

Regen wurde zu Schneeregen, Schneeregen zu Schnee.

Ich sah eine Schlange von Scheinwerfern weit rechts und fuhr fünfzig Meter durch eine Wasserrinne in diese Richtung, das Auto schlingerte wie ein Schlitten. Wir schienen den Lichtern nicht näherzukommen. Babette drehte das Radio an, und uns wurde mitgeteilt, daß die Evakuierten des Pfadfinderlagers nach Iron City fahren sollten, wo Vorkehrungen getroffen würden, Essen und Unterkunft bereitzustellen. Wir hörten Hupen und dachten, es sei eine Reaktion auf die Radioansage, aber sie behielten ihren schnellen und dringlichen Takt bei und übermittelten eine Atmosphäre von tierhafter Angst und Warnung durch die stürmische Nacht.

Dann hörten wir die Rotoren. Durch die kahlen Bäume sahen wir sie, die ungeheure Giftwolke, jetzt von achtzehn Hubschraubern beleuchtet – ungeheuer fast über jegliches Begriffsvermögen hinaus, über Legenden und Gerüchte, eine wütende, aufgeblähte, schneckenförmige Masse. Sie schien ihre eigenen inneren Stürme zu erzeugen. Es krachte und stotterte darin, es gab Lichtblitze und lange, verschlungene Strähnen chemischer Flammen. Die Autohupen plärrten und stöhnten. Die Hubschrauber bebten wie riesenhafte Haushaltsgeräte. Wir saßen im Auto, im verschneiten Wald und sagten gar nichts. Die große Wolke war außerhalb ihres turbulenten Kerns von den Flutlichtern silbern umrandet. Sie bewegte sich entsetzlich und schneckenartig durch die Nacht, und die Hubschrauber schienen ineffektiv an ihren Rändern herumzupusseln. In ihrer kolossalen Größe, ihrer dunklen und massigen Bedrohlichkeit, mit den sie begleitenden Luftfahrzeugen glich die Wolke einer landesweiten Werbung für den Tod, einer Multimillionen-Dollaraktion, begleitet von Radiowerbung, Zeitungs- und Plakatreklame und Werbefernsehen. Es gab eine Hochspannungsentladung von leuchtendem Licht. Das Hupkonzert nahm an Lautstärke zu.

Schockartig fiel mir ein, daß ich technisch ja schon tot war. Das Gespräch mit dem SIMUVAK-Spezialisten kam mir in schrecklichen Details wieder in den Sinn. Mir war auf mehreren Ebenen übel.

Ich konnte nur versuchen, wenigstens meine Familie in Sicherheit zu bringen. Ich schob uns weiter auf die Scheinwerfer, auf die tönenden Hupen zu. Wilder schlief, segelte in gleichförmigen Räumen. Ich trat aufs Gas, riß das Steuer herum, drückte das Auto mit meiner Muskelkraft durch ein Weißkiefernwäldchen.

Durch seine Maske sagte Heinrich: »Habt ihr euch schon mal wirklich euer Auge angeschaut?«

»Wie meinst du das?« sagte Denise, sofort interessiert, als säßen wir an einem Hochsommertag faulenzend auf der Veranda vor dem Haus.

»Dein eigenes Auge. Weißt du, was das ist?«

»Du meinst, so wie die Iris und die Pupille?«

»Das sind die allgemein bekannten Teile. Wie steht's mit dem Glaskörper? Wie mit der Linse? Die Linse ist vertrackt. Wieviele Menschen wissen überhaupt, daß sie eine Linse haben? Sie denken, ›Linse‹ bedeutet ›Fotoapparat‹.«

»Und was ist mit dem Ohr?« sagte Denise mit gedämpfter Stimme.

»Wenn das Auge ein Rätsel ist, dann das Ohr erst recht. Sag nur mal ›Cochlea‹ zu jemand, und die gucken dich an wie: ›Was ist denn das für ein Typ?‹ Ganze Welten gibt es da in unserem Körper.«

»Und keiner macht sich überhaupt Gedanken drüber«, sagte sie.

»Wie können Menschen ein ganzes Leben lang leben, ohne die Namen ihrer eigenen Körperteile zu kennen?«

»Wie steht's mit den Drüsen?« sagte sie.

»Tierdrüsen kann man essen. Die Araber essen Drüsen.«

»Die Franzosen essen Drüsen«, sagte Babette durch die Gaze. »Die Araber essen Augen, wenn wir schon von Augen reden.«

»Welche Teile?« sagte Denise.

»Das ganze Auge. Schafsaugen.«

»Die Wimpern essen sie nicht«, sagte Heinrich.

»Haben Schafe Wimpern?« sagte Steffie.

»Frag deinen Vater«, sagte Babette.

Das Auto fuhr spritzend durch einen Bach, dessen Existenz ich erst bemerkte, als wir darinsaßen. Ich kämpfte, um uns aufs andere Ufer zu bringen. Dichter Schnee fiel durch das Aufblendlicht. Der gedämpfte Dialog ging weiter. Ich dachte darüber nach, daß unsere augenblickliche mißliche Lage für einige von uns von recht beiläufigem Interesse war. Ich wollte, daß sie auf den toxischen Vorfall achteten. Ich wollte, daß man mir Bewunderung zollte für meine Bemühungen, uns auf den Parkway zu bringen. Ich dachte daran, ihnen von der Computerabrechnung zu erzählen, von dem zeitabhängigen Tod, den ich in meinen Chromosomen und in meinem Blut trug. Selbstmitleid sickerte durch meine Seele. Ich versuchte, mich zu entspannen und es zu genießen.

»Ich gebe jedem in diesem Auto fünf Dollar«, sagte Heinrich durch seine Schutzmaske, »der mir sagen kann, ob mehr Leute beim Bau der Pyramiden in Ägypten oder beim Bau der großen Mauer in China umgekommen sind – und ihr müßt sagen, wie viele es jeweils waren, auf fünfzig Leute genau.«

Ich folgte drei Schneemobilen über ein offenes Feld. Sie strahlten eine Mischung aus Cleverness und Spaß aus. Der toxische Vorfall war noch sichtbar, chemische Leuchtspuren schossen in flachen Kurven aus seinem Inneren. Wir überholten zu Fuß gehende Familien, sahen, wie eine Schlange von roten Lichterpaaren sich durch die Dunkelheit wand. Als wir uns aus dem Wald schoben, warfen Leute in anderen Autos uns verschlafene Blicke zu. Wir brauchten neunzig Minuten, um den Parkway zu erreichen, weitere dreißig, um bis zu dem Autobahnkreuz zu kommen, von dem wir dann in Richtung Iron City losbrausten. Dort trafen wir auch mit der Gruppe vom Kung Fu Palace zusammen. Tönende Hupen, winkende Kinder. Wie Planwagentrecks, die auf der Strecke nach Santa Fé zusammenströmen. Die Wolke hing noch immer im Rückspiegel.

Xyladecor, Mennige, Roter Teufel.

Wir erreichten Iron City in der Morgendämmerung. An allen Autobahnausfahrten standen Kontrollen. Bundespolizisten und Rotkreuzleute teilten vervielfältigte Anweisungen aus, die die Evakuierungszentren betrafen.

Eine halbe Stunde später befanden wir uns zusammen mit vierzig weiteren Familien in einem verlassenen Karate-Studio im obersten Geschoß eines vierstöckigen Gebäudes in der Hauptstraße. Es gab weder Betten noch Stühle. Steffie weigerte sich, ihre Maske abzunehmen.

Bis neun Uhr morgens waren Luftmatratzen, etwas Essen und Kaffee bereitgestellt worden. Durch die staubigen Fenster sahen wir eine Gruppe turbantragender Schulkinder, Mitglieder der örtlichen Sikh-Gemeinde, die mit einem handgeschriebenen Schild Iron City begrüsst die Evakuierten auf der Straße standen. Wir durften das Gebäude nicht verlassen.

An der Studiowand hingen postergroße Illustrationen der sechs erstaunlichen Schichten an der Oberfläche der menschlichen Hand.

Um die Mittagszeit lief ein Gerücht durch die Stadt. Spezialisten würden in Gurten von Armeehubschraubern heruntergelassen, um Mikroorganismen in den Kern der Giftwolke einzupflanzen. Diese Organismen seien genetische Rekombinationen, die einen eingebauten Appetit auf die spezifischen toxischen Wirkstoffe in Nyoden-D hatten. Sie würden die dräuende Wolke buchstäblich verzehren, sie auffressen, sie aufspalten, sie auflösen.

Diese verblüffende Neuerung, die ihrer Natur nach dem so ähnelte, was uns im ›National Enquirer‹ oder dem ›Star‹ begegnen mochte, bewirkte, daß wir uns eine Spur erschöpft fühlten, auf unsubstantielle Weise übersättigt, wie nach einer Kartoffelchip-Orgie. Ich wanderte durch den Raum, wie ich es in der Pfadfinderbaracke getan hatte, bewegte mich von einer Gesprächsgruppe zur nächsten. Keiner schien zu wissen, wie eine Gruppe von Mikroorganismen genügend toxische Materie verzehren sollte, um den Himmel von einer so dichten und ungeheuren Wolke freizumachen. Keiner wußte, was mit dem Giftmüll passieren würde, nachdem er aufgefressen war, oder mit den Mikroorganismen, wenn sie mit dem Fressen fertig waren.

Überall im Raum vollführten Kinder Pseudo-Karatebewegungen. Als ich zu unserem Platz zurückkam, saß Babette in Halstuch und Strickmütze allein da.

»Das neueste Gerücht gefällt mir überhaupt nicht«, sagte sie.

»Zu weit hergeholt? Du hältst es für unmöglich, daß eine Handvoll Organismen sich durch den toxischen Vorfall hindurchfressen kann?«

»Ich glaube, daß es durchaus möglich ist. Ich habe nicht die geringsten Zweifel daran, daß sie diese kleinen Organismen haben, in Kartons mit Plastik-Guckfensterchen verpackt, wie Kugelschreiberminen. Das ist es ja, was mich so beunruhigt.«

»Die bloße Existenz der maßgefertigten Organismen.«

»Die bloße Idee, die bloße Existenz, die wundersame Genialität. Einerseits bewundere ich sie eindeutig. Allein die Vorstellung, daß es da draußen Leute gibt, die sowas zaubern können! Eine wolkenfressende Mikrobe oder was auch immer. Es gibt eben unendlich viele Überraschungen. Alles Erstaunen, das es auf der Welt noch gibt, ist mikroskopisch. Aber damit kann ich leben. Was mir angst macht, ist, haben sie das auch genau durchdacht?«

»Du hast böse Vorahnungen«, sagte ich.

»Ich habe das Gefühl, daß sie mit dem abergläubischen Teil meiner Natur operieren. Jeder Fortschritt ist schlimmer als der letzte, weil er mir noch mehr angst macht.«

»Angst wovor?«

»Vor dem Himmel, vor der Erde, ich weiß nicht.«

»Je größer der wissenschaftliche Fortschritt, um so primitiver die Angst.«

»Wie kommt das?« sagte sie.

Um drei Uhr nachmittags trug Steffie immer noch die Schutzmaske. Sie ging an den Wänden entlang, ein Paar blaßgrüner Augen, kritisch, wachsam, verschwiegen. Sie beobachtete die Menschen, als könnten sie nicht sehen, wie sie sie beobachtete, als bedecke die Maske ihre Augen, anstatt sie frei zu lassen. Die Leute dachten, sie spiele ein Spiel. Sie zwinkerten ihr zu, sagten hallo. Ich war sicher, daß es mindestens noch einen Tag dauern würde, bis sie sich sicher genug fühlen würde, die Schutzvorrichtung abzunehmen. Sie nahm Warnungen ernst, interpretierte Gefahr als einen Zustand, dem es zu sehr an Detailgenauigkeit und Präzision fehlte, als daß er sich auf eine feste Zeit und einen festen Ort beschränken ließ. Ich wußte, daß wir einfach abwarten mußten, bis sie die Lautsprecherstimme, die Sirenen, die nächtliche Fahrt durch den Wald vergaß. Inzwischen verstärkte die Maske, die ihre Augen freiließ, noch ihre Sensibilität für belastende und alarmierende Ereignisse. Die Maske schien sie den wahren Belangen der Welt näherzubringen, schärfte ihre Sinne.

Um sieben Uhr abends begann ein Mann, der einen winzigen Fernseher herumtrug, langsam durch den Raum zu gehen und im Gehen eine Rede zu halten. Er war mittleren Alters oder älter, ein aufrechter Mann mit klaren Augen und einer pelzgefütterten Mütze mit heruntergeklappten Ohrenklappen. Er hielt den Fernseher hoch in die Luft und weit von seinem Körper ab, und während seiner Rede drehte er sich mehrere Male vollständig um sich selbst und ging dabei herum, um uns allen in dem Raum den leeren Bildschirm zu zeigen.

»Nichts wird gesendet«, sagte er zu uns. »Nicht ein Wort, nicht ein Bild. Auf dem Kanal von Glassboro, aufgrund von Zählungen, schätzungsweise 52 Wörter. Kein Dokumentarfilm, kein Live-Bericht. Passiert denn sowas so oft, daß keiner mehr daran interessiert ist? Wissen diese Leute denn nicht, was wir durchgemacht haben? Wir haben fürchterliche Angst gehabt. Wir haben immer noch Angst. Wir haben unsere Häuser verlassen, wir sind durch Schneestürme gefahren, wir haben die Wolke gesehen. Sie war ein tödlicher Anblick, so direkt über uns. Ist es möglich, daß kein Mensch über so ein Ereignis fundiert Bericht erstattet? Eine halbe Minute, zwanzig Sekunden? Wollen sie uns damit sagen, daß es unbedeutend war, daß es belanglos war? Sind sie so abgebrüht? Sind sie schon so gelangweilt von Chemie, Verseuchung und Giftmüll? Denken sie, das ist ja nur Fernsehen? ›Es gibt sowieso schon zu viel Fernsehen – warum noch mehr davon?‹ Wissen sie nicht, daß dies Realität ist? Sollten die Straßen nicht vor Kameraleuten und Tontechnikern und Reportern wimmeln? Sollten wir nicht durchs Fenster zu ihnen hinausschreien: ›Laßt uns in Frieden, wir haben genug durchgemacht, raus hier mit euren gemein aufdringlichen Apparaten!‹ Brauchen sie zweihundert Tote, seltenes Katastrophenfilmmaterial, bevor sie in ihren Hubschraubern und Fernsehlimousinen an einen gegebenen Schauplatz strömen? Was muß eigentlich passieren, bis sie uns Mikrofone vors Gesicht halten und uns bis auf die Türschwellen unsrer Häuser verfolgen, in unseren Vorgärten campieren und den üblichen Medienzirkus veranstalten? Haben wir uns nicht das Recht verdient, ihre idiotischen Fragen zu verachten? Schauen Sie uns an, hier an diesem Ort. Wir sind in Quarantäne. Wir sind wie Aussätzige im Mittelalter. Sie lassen uns hier nicht heraus. Sie stellen unten an die Treppe Essen hin und schleichen auf Zehenspitzen fort, in Sicherheit. Dies ist der schrecklichste Abschnitt unseres Lebens. Alles, was wir lieben und wofür wir gearbeitet haben, ist ernstlich bedroht. Aber wir blicken uns um und sehen keine Reaktion der offiziellen Medienorgane. Der luftübertragene toxische Vorfall ist etwas Entsetzliches. Unsere Angst ist ungeheuer. Selbst wenn es keine großen Verluste an Menschenleben gegeben hat, verdienen wir nicht wenigstens einige Aufmerksamkeit für unser Leiden, unsere menschlichen Sorgen, unseren Schrecken? Ist Angst nicht berichtenswert?«

Applaus. Ein anhaltender Sturm von Rufen und Klatschen. Der Sprecher drehte sich langsam noch einmal um sich selbst und zeigte seinem Publikum dabei den kleinen Fernseher. Als er die Drehung beendet hatte, stand er mir direkt gegenüber, nicht mehr als zwanzig Zentimeter entfernt. Eine Verwandlung überzog sein windgegerbtes Gesicht, eine leichte Verwirrung, der Schock über eine Winzigkeit, die aus den Angeln war.

»Ich hab das schon mal gesehen«, sagte er schließlich zu mir.

»Was schon mal gesehen?«

»Sie haben da gestanden, ich habe hier gestanden. Wie ein Sprung in die vierte Dimension. Ihre Gesichtszüge unglaublich scharf und klar. Helles Haar, verwaschene Augen, rötliche Nase, nichtssagende Mund- und Kinnpartie, leicht schwitzende Haut, durchschnittliche Hängebacken, eingefallene Schultern, große Hände und Füße. Das ist alles schon mal passiert. Dampf, der in den Leitungen zischt. Winzigkleine Härchen, die aus Ihren

Poren herausstehen. Genau dieser Blick in Ihrem Gesicht.«

»Was für ein Blick?« sagte ich.

»Gehetzt, aschgrau, verloren.«

Es dauerte neun Tage, bis sie uns mitteilten, daß wir zurück nach Hause könnten.

III Dylarama

Der Supermarkt ist voll von älteren Leuten, die in den blinkenden Hohlwegen verloren aussehen. Manche Leute sind zu klein, um die oberen Regale zu erreichen; manche Leute blockieren die Gänge mit ihren Einkaufswagen; manche sind ungeschickt und reagieren langsam; manche sind vergeßlich, manche konfus; manche schlurfen murmelnd umher mit dem argwöhnischen Blick von Menschen in Anstaltskorridoren.

Ich schob meinen Wagen den Gang entlang. Wilder saß darin, auf dem herunterklappbaren Fach und versuchte nach Gegenständen zu greifen, deren Form und Glanz sein sensorisches Analysiersystem ansprachen. Es gab zwei Neuentwicklungen im Supermarkt, eine Schlachter-Ecke und eine Bäckerei, und der würzige Backofenduft von Brot und Kuchen in Verbindung mit dem Anblick eines blutbespritzten Mannes, der dünne Stücke lebensechten Kalbfleisches klopfte, war für uns alle recht aufregend.

»Ultra-Aspirin, Ultra-Aspirin.«

Die zweite Aufregung war der Schnee. Schwere Schneefälle, vorhergesagt für später am Tage oder für die Nacht. Er lockte die Massen heraus, jene, die befürchteten, daß die Straßen bald unpassierbar sein würden, jene, die zu alt waren, um in Eis und Schnee sicher zu gehen, jene, die dachten, der Schneesturm würde sie tage- oder wochenlang in ihren Häusern isolieren. Die älteren Leute waren besonders empfänglich für Nachrichten von drohenden Katastrophen, wie sie im Fernsehen von Männern, die mit ernster Miene vor Digital-Radarkarten oder flimmernden Satellitenfotos standen, vorausgesagt wurden. In heller Aufregung eilten sie zum Supermarkt, um Vorräte zu ergänzen, bevor die Wettermassen heranzogen. Schneebereitschaft sagten die Ansager. Schneewarnung. Schneepflüge. Schnee vermischt mit Schneeregen und Eisregen. Im Westen schneite es schon. Er kam schon nach Osten gezogen. Sie stürzten sich auf diese Nachricht wie auf einen Pygmäenschädel. Schneeschauer. Schneegestöber, Schneewarnung. Schneetreiben. Schneesturm. Tiefer Schnee und Schneeverwehungen. Schneewächten, Schneeschäden. In Panik machten die alten Leute ihre Einkäufe. Wenn das Fernsehen sie einmal nicht zur Weißglut brachte, dann erschreckte es sie beinahe zu Tode. Sie flüsterten in den Schlangen vor den Kassen miteinander. Ratschläge für Reisende, Sichtweite Null. Wann ist es so weit? Wieviele Zentimeter? Wieviele Tage? Sie wurden geheimniskrämerisch, verschlagen, schienen anderen die neuesten und schlimmsten Nachrichten vorenthalten, schienen Schlauheit in ihre Hast mischen zu wollen, versuchten, hinauszueilen, bevor jemand das Ausmaß ihrer Einkäufe in Frage stellte. Hamsterer in einem Krieg. Gierig, schuldbewußt.

Ich sah Murray in der Abteilung für markenlose Artikel, mit einer Teflonpfanne unter dem Arm. Ich blieb stehen, um ihn ein Weilchen zu beobachten. Er sprach mit vier oder fünf Leuten und hielt dabei gelegentlich inne, um Notizen in ein Spiralheft zu kritzeln. Es gelang ihm, trotz der unbeholfen unter den Arm geklemmten Bratpfanne, zu schreiben.

Wilder rief ihm etwas zu, ein Baumkronengekreisch, und ich schob den Wagen hinüber.

»Wie geht es Ihrer lieben Frau?«

»Gut«, sagte ich.

»Spricht dieser Knabe schon?«

»Hin und wieder. Er sucht sich die Gelegenheiten gern aus.«

»Wissen Sie noch, diese Sache, bei der Sie mir behilflich waren? Der Elvis-Presley-Machtkampf?«

»Gewiß. Ich kam zu Ihnen rein und hielt meinen Vortrag.«

»Jetzt stellt sich tragischerweise heraus, daß ich ohnehin gewonnen hätte.«

»Was ist passiert?«

»Cotsakis, mein Rivale, weilt nicht mehr unter den Lebenden.«

»Was soll das heißen?«

»Es soll heißen, daß er tot ist.«

»Tot?«

»Vermißt in der Brandung vor Malibu. Während der

Weihnachtsferien. Ich habe es vor einer Stunde erfahren. Bin geradewegs hierhergekommen.«

Ich war mir plötzlich der Dichte der Umgebung bewußt. Die automatischen Türen öffneten und schlossen sich, abrupt atmend. Die Farben und Gerüche schienen schärfer. Das Geräusch gleitender Füße löste sich aus einem Dutzend anderer Geräusche, aus dem tiefer gelegenen Brummen der Versorgungssysteme, aus dem Rascheln von Zeitungspapier, wenn die Käufer vorne ihre Horoskope in den Groschenblättchen überflogen, aus dem Geflüster ältlicher Frauen mit gepuderten Gesichtern, aus dem gleichmäßigen Klappern von Autos, die direkt vor dem Eingang über einen losen Kanaldeckel fuhren. Gleitende Füße. Ich hörte sie deutlich, ein trauriges taubes Schlurfen überall zwischen den Regalen.

»Wie geht's den Mädchen?« sagte Murray.

»Gut.«

»Wieder in der Schule?«

»Ja.«

»Jetzt, wo der Schreck vorbei ist.«

»Ja. Steffie trägt ihre Schutzmaske auch nicht mehr.«

»Ich möchte ein paar New Yorker Koteletts kaufen«, sagte er und deutete auf den Schlachter.

Der Satz hörte sich vertraut an, aber was bedeutete er?

»Nicht-abgepacktes Fleisch, frisches Brot«, fuhr er fort. »Exotische Früchte, seltener Käse. Produkte aus zwanzig Jahrhunderten. Es ist, als befände man sich an einer Kreuzung der alten Welt, auf einem persischen Basar oder in einer Stadt am Tigris in ihrer Blütezeit. Wie geht es Ihnen, Jack?«

Was meinte er nur, wie geht es Ihnen?

»Der arme Cotsakis, in der Brandung vermißt«, sagte ich. »Dieser riesige Mann.«

»Genau der.«

»Ich weiß nicht, was ich sagen soll.«

»Er war wirklich groß und stark.«

»Ungeheuerlich.«

»Ich weiß auch nicht, was ich sagen soll. Es sei denn, besser er als ich.«

»Er muß an die dreihundert Pfund gewogen haben.«

»Ach, leicht.«

»Was meinen Sie, zweihundertneunzig, dreihundert?«
»Dreihundert leicht.«
»Tot. Ein so großer und starker Mann wie er.«
»Was soll man dazu sagen?«
»Ich dachte, ich wäre groß und stark.«
»Er war es auf eine andere Weise. Sie sind groß und stark auf Ihre Weise.«
»Nicht, daß ich ihn gekannt hätte. Ich habe ihn überhaupt nicht gekannt.«
»Es ist besser, man kennt sie nicht, wenn sie sterben. Besser sie als wir.«
»So ungeheuer groß zu sein. Und dann zu sterben.«
»Spurlos zu verschwinden. Weggerissen zu werden.«
»Ich kann ihn mir so deutlich vorstellen.«
»Es ist irgendwie merkwürdig, nicht wahr«, sagte er, »daß wir uns die Toten vorstellen können.«
Ich schob Wilder an den Obstständen entlang. Das Obst war glänzend und naß, an den Rändern hart. Es hatte etwas Befangenes an sich. Es sah sorgfältig beobachtet aus, wie vierfarbiges Obst in einem Leitfaden der Fotografie. Bei den Plastikkanistern mit Quellwasser schwenkten wir nach rechts und gingen auf die Kassen zu. Ich war gern mit Wilder zusammen. Die Welt war eine Abfolge von flüchtigen Genüssen. Er nahm mit, was er konnte, und vergaß es dann sofort wieder im Ansturm eines nachfolgenden Vergnügens. Es war dieses Vergessen, um das ich ihn beneidete und das ich bewunderte.
Die Frau an der Kasse stellte ihm eine Reihe von Fragen und gab dann selbst mit Babystimme die Antworten.
Manche der Häuser in der Stadt wiesen Anzeichen von Vernachlässigung auf. Die Parkbänke waren reparaturbedürftig, die aufgebrochenen Straßen brauchten neue Beläge. Zahn der Zeit. Doch der Supermarkt veränderte sich nicht, es sei denn zum Besseren. Er war reich bestückt, melodisch und hell. Dies war der Schlüssel, schien uns. Alles war in Ordnung, würde weiterhin in Ordnung sein, würde im Lauf der Zeit sogar noch besser werden, solange der Supermarkt nicht wich noch wankte.
Früh am Abend fuhr ich Babette zu ihrem Haltungsunterricht. Wir hielten auf der Parkway-Überführung und stiegen aus, um den Sonnenuntergang anzusehen. Seit

dem luftübertragenen toxischen Vorfall waren die Sonnenuntergänge geradezu unerträglich schön geworden. Nicht daß es einen meßbaren Zusammenhang gegeben hätte. Falls der besondere Charakter des Nyoden-Derivats (zusätzlich zu dem alltäglichen Ausstoß von Abwässern, Abgasen, Ablüften und Abschäumen) diesen ästhetischen Sprung von bereits strahlenden Sonnenuntergängen, zu breit aufsteigenden wie mit Rötel gezeichneten, visionären Himmelslandschaften mit einem Anflug von Grauen verursacht hatte, so hätte dies doch keiner beweisen können.

»Was sollen wir denn sonst glauben?« sagte Babette. »Wie sollen wir es denn sonst erklären?«

»Ich weiß nicht.«

»Wir befinden uns weder am Rand eines Ozeans noch einer Wüste. Wir müßten unaufdringliche Wintersonnenuntergänge haben. Aber sieh dir den flammenden Himmel an. Er ist so schön und dramatisch. Sonnenuntergänge dauerten früher fünf Minuten. Jetzt dauern sie eine Stunde.«

»Wie kommt das?«

»Wie kommt das?« sagte sie.

Diese Stelle auf der Überführung bot einen weiten Ausblick nach Westen. Schon seit den allerersten der neuen Sonnenuntergänge kamen die Leute hierher, parkten ihre Autos und standen im bitterkalten Wind herum, um aufgeregt zu schwatzen und zu schauen. Vier Autos waren schon da, weitere würden noch kommen. Die Überführung war ein malerischer Aussichtspunkt gewesen. Die Polizei zögerte, das Parkverbot durchzusetzen. Es war eine jener Situationen, wie die Olympiade für Behinderte, die alle Einschränkungen kleinlich erscheinen lassen.

Später fuhr ich zur Congregational Church zurück, um Babette abzuholen. Denise und Wilder kamen mit. Babette in Jeans und Legwarmers war ein schöner und erregender Anblick. Legwarmers verleihen eine Note von paramilitärischer Sicherheit, einen Hauch archaischen Kriegertums. Wenn sie Schnee schaufelte, trug sie zusätzlich ein Stirnband aus Pelz. Es ließ mich an das fünfte Jahrhundert nach Christus denken. Männer, die um Lagerfeuer stehen und mit gedämpfter Stimme ihre türkischen und mongolischen Dialekte sprechen. Klarer Himmel. Der furchtlose, vorbildliche Tod Attilas, des Hunnen.

»Wie war die Stunde?« sagte Denise.

»Es läuft so gut, daß ich noch einen Kurs unterrichten soll.«

»Worin?«

»Jack wird es nicht glauben.«

»Worin?« sagte ich.

»Essen und Trinken. Er heißt: Essen und Trinken, grundlegende Parameter. Was zugegebenermaßen ein bißchen blöder klingt als unbedingt nötig.«

»Was würdest du ihnen beibringen?« sagte Denise.

»Das ist genau der Punkt. Das Thema ist praktisch unerschöpflich. Leichtes Essen bei warmem Wetter. Viel Flüssigkeit zu sich nehmen.«

»Aber das weiß doch jeder.«

»Das Wissen wandelt sich jeden Tag. Die Menschen lassen sich ihre Glaubensgrundsätze gern bestätigen. Nach einer reichlichen Mahlzeit soll man sich nicht hinlegen. Keinen Alkohol auf leeren Magen. Wenn schon schwimmen, dann soll man damit mindestens eine Stunde nach dem Essen warten. Die Welt ist für Erwachsene komplizierter als für Kinder. Wir sind nicht mit all diesen sich verändernden Tatsachen und Standpunkten aufgewachsen. Sie sind einfach eines Tages aufgetaucht. Deshalb brauchen die Leute von einer Autoritätsperson die Bestätigung, daß eine bestimmte Art, etwas zu tun, die richtige oder die falsche Art ist, zumindest für den Augenblick. Ich bin eben die erstbeste, die sie gefunden haben, das ist alles.«

Ein aufgeladenes Fusselstück klebte am Fernsehschirm.

Im Bett lagen wir still da, mein Kopf ruhte zwischen ihren Brüsten, eingebettet wie gegen einen erbarmungslosen Schlag. Ich war entschlossen, ihr nichts von dem Computerurteil zu erzählen. Ich wußte, daß sie am Boden zerstört sein würde, wenn sie erführe, daß mein Tod mit ziemlicher Sicherheit ihrem vorausgehen würde. Ihr Körper wurde die Ursache für meinen Entschluß, mein Schweigen. Nacht für Nacht schob ich mich an ihre Brüste, kuschelte mich in diesen ausersehenen Ort wie ein angeschossenes U-Boot in sein Reparaturdock. Ich holte mir Mut von ihren Brüsten, ihrem warmen Mund, ihren grasenden Händen, ihren streichelnden Fingerspitzen auf meinem Rücken. Je leichter die Berührung, desto entschlossener war ich, sie davor zu bewahren, es zu erfahren. Nur ihre eigene Verzweiflung konnte meinen Willen brechen.

Einmal hätte ich sie fast gebeten, Legwarmers anzuziehen, bevor wir uns liebten. Aber diese Bitte schien eher in Pathos verwurzelt als in abweichender Sexualität, und ich dachte, es könne in ihr den Verdacht aufkeimen lassen, daß etwas nicht stimmte.

Ich bat meinen Deutschlehrer, jede Unterrichtsstunde um eine halbe Stunde zu verlängern. Es schien dringlicher denn je, daß ich die Sprache endlich lernte. Sein Zimmer war kalt. Er trug eine Schlechtwetter-Ausrüstung und schien allmählich Möbel vor den Fenstern aufzutürmen.

Wir saßen einander im Düstern gegenüber. Ich machte hervorragende Fortschritte in Wortschatz und Grammatikregeln. Eine schriftliche Prüfung hätte ich leicht bestehen, beste Noten erzielen können. Aber ich hatte weiterhin Schwierigkeiten, die Wörter auszusprechen. Dunlop schien das nicht zu bekümmern. Er sprach sie mir wieder und wieder vor, und Fünkchen trockenen Speichels flogen mir ins Gesicht.

Wir erhöhten auf drei Stunden pro Woche. Er schien seine Zerstreutheit abzuschütteln, eine Spur engagierter zu werden. Möbel, Zeitungen, Pappkartons, Plastikfolien stapelten sich weiter vor den Wänden und Fenstern – auf Müllhalden aufgelesene Gegenstände. Er starrte mir in den Mund, während ich meine Aussprache-Übungen absolvierte. Einmal griff er mit seiner rechten Hand hinein, um meine Zunge zurechtzurücken. Es war ein merkwürdiger und schrecklicher Moment, ein Akt quälender Intimität. Niemand hatte je zuvor meine Zunge angefaßt.

Deutsche Schäferhunde patrouillierten noch immer durch die Stadt, von Männern in Mylexanzügen begleitet. Wir nahmen die Hunde freundlich auf, gewöhnten uns an sie, fütterten und streichelten sie, konnten uns aber nicht recht auf den Anblick der uniformierten Männer mit den wattierten Stiefeln und den an ihren Masken befestigten Schläuchen einstellen. Wir assoziierten diese Ausrüstung mit der Quelle unserer Unruhe und unserer Furcht.

Beim Abendessen sagte Denise: »Warum können sie denn nicht normale Kleider anziehen?«

»Das ist eben ihre Dienstkleidung«, sagte Babette. »Es bedeutet nicht, daß wir in Gefahr sind. Die Hunde haben nur ein paar Spuren von toxischem Material gefunden, am Stadtrand.«

»Das sollen wir jedenfalls glauben«, sagte Heinrich. »Wenn sie die wahren Ergebnisse bekanntgeben würden, gäbe es Gerichtsverfahren über Milliardenhöhe. Ganz abgesehen von Demonstrationen, Panik, Gewalt und sozialen Unruhen.«

Er schien Vergnügen an dieser Aussicht zu finden. Babette sagte: »Das ist doch wohl ein bißchen übertrieben, oder?«

»Was ist übertrieben, was ich gesagt habe, oder was passieren würde?«

»Beides. Es gibt keinen Grund anzunehmen, daß die Resultate nicht stimmen, so wie sie veröffentlicht werden.«

»Glaubst du das wirklich?« sagte er.

»Warum sollte ich es nicht glauben?«

»Die Industrie würde zusammenbrechen, wenn die wahren Ergebnisse von irgendeiner dieser Untersuchungen bekanntgegeben würden.«

»Welcher Untersuchungen?«

»Von denen, die überall im Land gemacht werden.«

»Das ist es ja gerade«, sagte sie. »Jeden Tag gibt es in den Nachrichten einen neuen Gift-Störfall. Krebserregende Flüssigkeiten fließen aus Vorratstanks, Arsen steigt aus Schornsteinen, radioaktives Wasser fließt aus Kraftwerken aus. Wie schlimm kann das denn alles sein, wenn es ständig passiert? Ist die Definition eines schwerwiegenden Zwischenfalls nicht auf der Tatsache begründet, daß es kein alltägliches Vorkommnis ist?«

Die beiden Mädchen sahen Heinrich an, in Erwartung einer messerscharf ausgetüftelten Erwiderung.

»Vergiß die Störfälle«, sagte er. »Diese Störfälle sind gar nichts.«

Dies ging ganz und gar nicht in die Richtung, die wir von ihm erwartet hätten. Babette betrachtete ihn aufmerksam. Er schnitt auf seinem Salatteller ein Salatblatt in zwei gleichgroße Hälften.

»Ich würde nicht gerade sagen, daß sie gar nichts sind«, sagte sie vorsichtig. Es sind keine alltäglichen Zwischenfälle. Sie sind kontrollierbar, aber sie sind nicht gar nichts. Wir müssen sie im Auge behalten.«

»Je schneller wir diese Störfälle vergessen, um so

schneller können wir dem eigentlichen Problem zu Leibe rücken.«

»Was ist das eigentliche Problem?« sagte ich.

Er sprach, den Mund voller Salat und Gurke.

»Das eigentliche Problem ist die Strahlung, die uns jeden Tag umgibt. Dein Radio, dein Fernseher, dein Mikrowellenherd, deine Hochspannungsleitung direkt vor der Haustür, deine Radarfalle an der Landstraße. Jahrelang hat man uns erzählt, diese geringen Dosen seien ungefährlich.«

»Und jetzt?« sagte Babette.

Wir sahen ihm zu, wie er seinen Löffel dazu benützte, den Kartoffelbrei auf seinem Teller in die Form eines Vulkans zu modellieren. Ganz, ganz vorsichtig goß er Soße in die Öffnung an der Spitze. Dann begab er sich daran, sein Steak von Fett, Sehnen und anderen Unvollkommenheiten zu befreien. Mir ging durch den Sinn, daß Essen die einzige Form des Professionalismus ist, die die meisten Menschen je erreichen.

»Das ist die große neue Sorge«, sagte er. »Vergeßt die Störfälle, Niederschläge, Lecks. Die Dinge um euch, in eurem Haus sind es, die euch früher oder später drankriegen. Es sind die elektrischen und magnetischen Felder. Wer in diesem Zimmer würde mir glauben, wenn ich sagen würde, daß die Selbstmordrate einen beispiellosen Rekord erreicht bei Leuten, die in der Nähe von Hochspannungsleitungen wohnen? Was macht diese Menschen so traurig und depressiv? Nur der Anblick der häßlichen Drähte und Strommasten? Oder passiert etwas mit ihren Gehirnzellen, weil sie beständig den Strahlen ausgesetzt sind?«

Er tauchte ein Stück Steak in die Soße, die in der Vulkansenkung stand, und schob es dann in den Mund. Aber er begann erst zu kauen, nachdem er etwas Kartoffelmasse von den flacheren Abhängen abgeschöpft und zu dem Fleisch hinzugefügt hatte. Spannung schien sich um die Frage aufzubauen, ob er wohl die Soße aufbrauchen könnte, bevor der Kartoffelbreiberg zusammenstürzte.

»Vergeßt Kopfschmerzen und Erschöpfungszustände«, sagte er, während er kaute. »Wie steht's mit Nervenstörungen, wunderlichem Verhalten, Gewalt gegen Familienmitglieder? Es gibt da wissenschaftliche Erkenntnisse. Was glaubt ihr, wo all die mißgebildeten Babys herkommen? Radio und Fernsehen, da kommen sie her.«

Die Mädchen blickten ihn bewundernd an. Ich hätte ihm gern widersprochen. Ich hätte ihn gern gefragt, warum ich diesen wissenschaftlichen Erkenntnissen glauben sollte, aber nicht den Ergebnissen, die besagten, daß wir frei von der Nyoden-Verseuchung waren. Doch was konnte ich sagen in Anbetracht meines Zustands? Ich hätte ihn gern darüber belehrt, daß statistisches Beweismaterial von der Sorte, wie er es zitierte, von Natur aus ohne Beweiskraft und irreführend sei. Ich hätte ihm gern gesagt, daß er es noch lernen würde, all diese katastrophalen Erkenntnisse mit Gleichmut zu betrachten, wenn er heranreifen, aus seinem einschränkenden Wörtlichkeitsdenken herauswachsen, einen Sinn für das informierte und skeptische Nachfragen entwickeln würde, zunehmen würde an Weisheit und abgerundetem Urteilsvermögen, wenn er alt werden, wenn es mit ihm zu Ende gehen, wenn er sterben würde.

Aber ich sagte nur: »Erschreckendes Datenmaterial ist eine eigene Industrie geworden. Verschiedene Firmen konkurrieren miteinander darin, auszuprobieren, wieviel Furcht sie uns einjagen können.«

»Da weiß ich was Hübsches für dich«, sagte er. »Das Gehirn einer weißen Ratte setzt Kalzium-Ionen frei, wenn man es Hochfrequenzwellen aussetzt. Weiß irgendwer an diesem Tisch, was das bedeutet?«

Denise sah ihre Mutter an.

»Lernt man das heutzutage in der Schule?« sagte Babette. »Was ist aus Gemeinschaftskunde geworden? Von der Gesetzesvorlage zum Gesetz? Aquadrat plus Bequadrat gleich Zequadrat? Ich weiß meine Merksätze immer noch. Die Schlacht von Bunker Hill wurde in Wirklichkeit auf Breed's Hill geschlagen. Noch einer. Lettland, Estland und Litauen.«

»War es die ›Monitor‹ oder die ›Merrimac‹, die gesunken ist?« sagte ich.

»Das weiß ich nicht, aber es war ›Tippecanoe und Tyler dazu‹.«

»Was war das?« sagte Steffie.

»Ich würde sagen, das war ein Indianer, der sich für das Präsidentenamt beworben hat. Hier ist noch was: Wer hat die Mähmaschine erfunden, und wie hat diese Erfindung das Gesicht der amerikanischen Landwirtschaft verändert?«

»Ich versuche mich gerade an die drei Gesteinsarten zu erinnern, Eruptivgestein, Sedimentgestein und noch was.«

»Wie steht's mit deinen Logarithmen? Wie steht's mit den Ursachen der ökonomischen Unzufriedenheit, die zum großen Börsenkrach führte? Hier ist noch was: Wer hat die Lincoln-Douglas Debatten gewonnen? Vorsicht. Das ist nicht so einfach, wie es sich anhört.«

»Anthrazit und Magerkohle«, sagte ich. »Hypotenuse und Kathete.«

Die mysteriösen Worte kamen mir in einem Schwall wirrer Klassenzimmer-Bilder wieder.

»Hier ist noch was: Angeln, Sachsen und Jüten.«

Déja vu war in der Gegend immer noch ein Problem. Ein gebührenfreier Telefonservice war eingerichtet worden. Rund um die Uhr waren Berater im Dienst, um mit Menschen zu sprechen, die von sich wiederholenden Ereignissen beunruhigt waren. Vielleicht waren *déjà vu* und andere Ticks der Psyche und des Körpers die dauerhaften Ergebnisse des luftübertragenen toxischen Vorfalls. Aber über einen längeren Zeitraum wurde es möglich, solche Dinge als Zeichen einer tiefgreifenden Isolation zu interpretieren, die wir zu spüren begannen. Es gab keine große Stadt, die noch schlimmer heimgesucht worden wäre und die wir dazu hätten benutzen können, unsere eigene Zwangslage in beruhigende Relation zu rücken. Keine große Stadt, der man für unser Gefühl, geprellt worden zu sein, die Schuld geben konnte. Keine Großstadt, die man hassen und fürchten konnte. Kein gierendes Millionenzentrum, das unser Leid absorbieren, uns von unserem unbarmherzigen Gefühl für die Zeit ablenken konnte – die Zeit als Ursache unseres spezifischen Verderbens, unserer Chromosomenbrüche, des sich hysterisch vermehrenden Gewebes.

»Baba«, flüsterte ich zwischen ihren Brüsten, abends im Bett.

Obwohl wir für eine Kleinstadt bemerkenswert frei von Ressentiments sind, vermittelt uns die Abwesenheit einer Leitstern-Metropole in unseren privatesten Augenblicken das Gefühl, ein bißchen einsam zu sein.

24

In der folgenden Nacht entdeckte ich das Dylar. Ein bernsteinfarbenes Fläschchen aus Leichtplastik. Es war mit Klebeband an der Unterseite der Heizungsabdeckung im Badezimmer befestigt. Ich fand es, als der Heizkörper zu klopfen begann, und ich die Abdeckung entfernte, um das Ventil ernsthaft und systematisch zu untersuchen, um damit vor mir selbst die Hilflosigkeit, die ich fühlte, zu verbergen.

Ich ging sofort auf die Suche nach Denise. Sie lag im Bett und sah fern. Als ich ihr erzählte, was ich gefunden hatte, gingen wir leise ins Badezimmer und sahen uns zusammen das Fläschchen an. Durch das durchsichtige Klebeband konnte man leicht das Wort Dylar erkennen. Keiner von uns berührte es, so groß war unsere Überraschung darüber, das Medikament auf diese Weise versteckt zu finden. Wir betrachteten die kleinen Tabletten mit feierlicher Betroffenheit. Dann tauschten wir einen bedeutungsschweren Blick aus.

Wortlos legten wir die Heizungsabdeckung mit dem nicht angetasteten Fläschchen wieder an ihren Platz und gingen zurück in Denises Zimmer. Die Stimme am Bettende sagte: »Hier inzwischen eine schnelle und reizvolle Zitronengarnierung, die zu allen Meeresfrüchten paßt.«

Denise saß auf dem Bett, sah an mir vorbei, an dem Fernseher vorbei, an den Posters und Souvenirs vorbei. Sie hatte die Augen zusammengekniffen und die Stirn in nachdenkliche Falten gelegt.

»Wir sagen Baba nichts davon.«

»In Ordnung«, sagte ich.

»Sie wird sowieso nur sagen, daß sie sich nicht daran erinnert, warum sie es dorthin getan hat.«

»Was ist Dylar? Das möchte ich gerne wissen. Es gibt nur drei oder vier Stellen in annehmbarer Entfernung, wo sie hingegangen sein kann, um das Rezept einzulösen. Ein Apotheker kann uns sagen, wofür das Zeug ist. Gleich morgen früh setz ich mich ins Auto.«

»Das hab ich schon getan«, sagte sie.

»Wann?«

»Um Weihnachten herum. Ich bin in drei Drugstores gegangen und habe mit den Indern hinten an den Ladentischen gesprochen.«

»Ich glaube, es sind Pakistanis.«

»Meinetwegen.«

»Was haben sie dir über Dylar erzählt?«

»Hatten nie davon gehört.«

»Hast du sie gebeten, es nachzuschlagen? Sie müssen Listen von den neuesten Medikamenten haben. Ergänzungslisten, auf den letzten Stand gebrachte Unterlagen.«

»Sie haben nachgesehen. Es steht auf keiner Liste.«

»Nicht eingetragen«, sagte ich.

»Wir werden ihren Arzt anrufen müssen.«

»Ich ruf ihn jetzt an, ich ruf ihn zu Hause an.«

»Überrumple ihn«, sagte sie mit einer gewissen Skrupellosigkeit.

»Wenn ich ihn zu Hause erwische, kann er sich nicht abschirmen lassen, von einem Anrufbeantworter, einer Sprechstundenhilfe, einer Schwester, einem jungen und fröhlichen Arzt, der mit ihm die Praxis teilt und dessen Lebensaufgabe es ist, die von dem etablierten Arzt abgewiesenen Patienten zu behandeln. Wenn du einmal von dem älteren Arzt zu dem jüngeren rübergeschoben wirst, bedeutet das, daß du und deine Krankheit zweitklassig sind.«

»Ruf ihn zu Hause an«, sagte sie. »Weck ihn auf. Bring ihn dazu, daß er uns sagt, was wir wissen wollen.«

Das einzige Telefon war in der Küche. Ich schlenderte durch den Flur und spähte dabei in unser Schlafzimmer, um mich zu vergewissern, daß Babette noch dort drinnen war, Blusen bügelte und dabei eine Höreranrufsendung im Radio hörte, eine Form der Unterhaltung, nach der sie seit kurzem süchtig war. Ich ging hinunter in die Küche, suchte den Namen des Arztes im Telefonbuch und wählte seine Privatnummer.

Der Arzt hieß Hookstratten. Das klang irgendwie deutsch. Ich hatte ihn einmal gesehen – einen gebeugten Mann mit Vogelgesicht und tiefer Stimme. Denise hatte gesagt, ich sollte ihn überlisten, aber der einzige Weg, das zu tun, lag im Bereich von Ehrlichkeit und Wahrhaftigkeit. Wenn ich vorgab, ein Unbekannter zu sein, der Informationen über Dylar suchte, würde er entweder auflegen oder mir empfehlen, in seine Praxis zu kommen.

Er nahm beim vierten oder fünften Läuten ab. Ich erklärte ihm, wer ich war, und sagte, ich machte mir Sorgen um Baba. Solche Sorgen, daß ich ihn zu Hause anrief – ein zugegebenermaßen unbesonnener Schritt, aber einer, für den er, wie ich hoffte, Verständnis hätte. Ich sagte, ich sei ziemlich sicher, daß das Medikament, das er ihr verschrieben habe, die Schwierigkeiten verursachte.

»Welche Schwierigkeiten?«

»Erinnerungslücken.«

»Sie haben die Stirn, einen Arzt zu Hause anzurufen, um über Erinnerungslücken zu sprechen? Wenn jeder mit Erinnerungslücken einen Arzt zu Hause anriefe, wo kämen wir denn da hin? Der Schneeballeffekt wäre ungeheuer!«

Ich erklärte ihm, daß die Lücken häufig seien.

»Häufig. Ich kenne Ihre Frau. Das ist die Frau, die eines Abends mit einem weinenden Kind zu mir kam. ›Mein Kind weint.‹ Sie hat die Stirn, zu einem Doktor der Medizin, der eine Privatkörperschaft darstellt, zu kommen und ihn zu bitten, ein Kind wegen Weinens zu behandeln. Jetzt nehme ich den Hörer ab, und es ist der Ehemann. Sie haben die Stirn, einen Arzt zu Hause nach zehn Uhr abends anzurufen. Sie haben die Stirn, zu ihm zu sagen: ›Erinnerungslücken.‹ Warum erzählen Sie mir nicht, daß sie Blähungen hat! Rufen mich zu Haus an wegen Blähungen!«

»Häufig und anhaltend, Herr Doktor. Es muß das Medikament sein.«

»Welches Medikament?«

»Dylar.«

»Nie davon gehört.«

»Eine kleine, weiße Tablette. In einem bernsteinfarbenen Fläschchen.«

»Sie haben die Stirn, mir eine Tablette als klein und weiß zu beschreiben, und erwarten, daß ein Arzt Ihnen Antwort gibt, zu Hause, nach zehn Uhr abends! Warum erzählen Sie mir nicht, daß sie rund ist? Das ist für unseren Fall von entscheidender Bedeutung!«

»Es ist ein nicht eingetragenes Medikament.«

»Ich habe es nie gesehen. Und Ihrer Frau habe ich es schon gar nicht verschrieben. Sie ist eine sehr gesunde Frau, soweit es in meinen Kräften steht, solche Dinge zu beurteilen, da ich nun mal denselben menschlichen Schwächen wie jeder andere unterworfen bin.«

Das klang wie ein Kunstfehlerdementi. Vielleicht las er es von einem gedruckten Kärtchen ab wie ein Detektiv, der einen Verdächtigten über seine gesetzlich verankerten Grundrechte informiert. Ich bedankte mich, legte auf, rief meinen eigenen Arzt zu Hause an. Er nahm beim siebten Läuten ab und sagte, er glaube, Dylar sei eine Insel im Persischen Golf, einer jener Öl-Umschlagplätze, die für das Überleben des Westens von entscheidender Bedeutung sind. Im Hintergrund verlas eine Frau den Wetterbericht.

Ich ging nach oben und sagte zu Denise, sie sollte sich keine Sorgen machen. Ich würde eine Tablette aus dem Fläschchen nehmen und sie von jemandem in der Chemieabteilung im College analysieren lassen. Ich war darauf gefaßt, daß sie sagen würde, das habe sie schon getan. Aber sie nickte nur verbissen, und ich ging den Flur entlang, wobei ich bei Heinrichs Zimmer halt machte, um ihm gute Nacht zu sagen. Er machte in seinem Kleiderschrank Klimmzüge an einer Stange, die in den Türrahmen geklemmt war.

»Wo hast du die her?«

»Gehört Mercator.«

»Wer ist das?«

»Der Senior, mit dem ich öfter zusammen bin. Er ist fast neunzehn und immer noch in der Highschool. Um dir eine Vorstellung zu geben.«

»Eine Vorstellung wovon?«

»Wie groß und stark er ist. Er stemmt wahnsinnige Bankgewichte.«

»Warum willst du Klimmzüge machen? Was bringen Klimmzüge?«

»Was bringt überhaupt was? Vielleicht will ich nur meinen Körper auf Vordermann bringen, um andere Dinge zu kompensieren.«

»Welche anderen Dinge?«

»Meine Geheimratsecken werden schlimmer, um nur eins zu nennen.«

»Sie werden nicht schlimmer. Frag Baba, wenn du mir nicht glaubst. Sie hat ein scharfes Auge für sowas.«

»Meine Mutter hat mir geraten, zum Hautarzt zu gehen.«

»Ich glaube nicht, daß das in deinem Stadium nötig ist.«

»Ich war schon dort.«

»Was hat er gesagt?«

»Es war eine sie. Meine Mutter hat mir geraten, zu einer Frau zu gehen.«

»Was hat sie gesagt?«

»Sie sagte, ich hätte ein ergiebiges Spenderpotential.«

»Was bedeutet das?«

»Sie kann Haar von anderen Teilen meines Kopfes nehmen und es chirurgisch dort einpflanzen, wo es gebraucht wird. Nicht, daß das einen Unterschied machen würde. Ich würde genauso schnell kahlköpfig werden. Ich seh mich schon ohne weiteres völlig kahl. Es gibt Kinder in meinem Alter mit Krebs. Denen fällt das Haar von der Chemotherapie aus. Warum soll ich anders aussehen?«

Er stand im Wandschrank und starrte zu mir heraus. Ich beschloß, das Thema zu wechseln.

»Wenn du wirklich glaubst, daß Klimmzüge helfen, warum stellst du dich nicht vor den Schrank und machst deine Übungen mit dem Gesicht nach drinnen? Warum mußt du in diesem dunklen, muffigen Raum stehen?«

»Wenn du das merkwürdig findest, solltest du mal sehen, was Mercator tut.«

»Was tut er?«

»Er trainiert dafür, den Weltdauerrekord darin zu brechen, in einem Käfig voller Giftschlangen zu sitzen, für das Guiness-Buch der Rekorde. Er fährt dreimal in der Woche nach Glassboro, wo es diesen Laden für exotische Haustiere gibt. Der Besitzer läßt ihn die Mamba und die Puffotter füttern. Damit er sich dran gewöhnt. Die nordamerikanische Klapperschlange kannst du glatt vergessen. Die Puffotter ist die giftigste Schlange der Welt.«

»Jedesmal, wenn ich in den Nachrichten einen sehe, der die vierte Woche in einem Käfig voller Schlangen sitzt, wünsche ich mir im Grunde meines Herzens, daß er gebissen wird.«

»Ich auch«, sagte Heinrich.

»Wie kommt das?«

»Weil er das Schicksal herausfordert.«

»Das stimmt. Die meisten von uns verbringen ihr Leben damit, Gefahr zu vermeiden. Für wen halten sich diese Leute eigentlich?«

»Sie fordern das Schicksal heraus. Sollen sie es doch haben!«

Ich schwieg eine Weile und kostete diesen seltenen Moment der Übereinstimmung aus.

»Was tut dein Freund noch für sein Training?«

»Er sitzt lange Zeit an einer Stelle und gewöhnt seine Blase daran. Er ist runter auf zwei Mahlzeiten pro Tag. Er schläft im Sitzen, jeweils zwei Stunden. Er will trainieren, allmählich aufzuwachen, ohne plötzliche Bewegungen, die eine Mamba erschrecken könnten.«

»Das scheint mir ein merkwürdiger Ehrgeiz.«

»Mambas sind sensibel.«

»Aber wenn es ihn glücklich macht.«

»Er glaubt, daß er glücklich ist, aber es ist nur eine Nervenzelle in seinem Gehirn, die zu viel Stimulation erfährt, oder zu wenig Stimulation.«

Mitten in der Nacht stieg ich aus dem Bett und ging in das kleine Zimmer am Ende des Flurs, um Steffie und Wilder beim Schlafen zuzusehen. Ich widmete mich dieser Aufgabe unbeweglich fast eine Stunde lang und fühlte mich auf namenlose Weise erfrischt und geweitet.

Ich war überrascht, als ich unser Schlafzimmer betrat, Babette an einem der Fenster stehen und in die stahlblaue Nacht hinausschauen zu sehen. Sie tat so, als habe sie meine Abwesenheit vom Bett gar nicht bemerkt und schien auch nicht zu hören, daß ich wieder hineinstieg und mich unter den Decken begrub.

25

Unsere Zeitung wird von einem Iraner mittleren Alters gebracht, der einen Nissan Sentra fährt. Etwas an dem Auto verursacht mir Unbehagen – an diesem Auto, das mit angeschalteten Scheinwerfern im Morgengrauen wartend dasteht, während der Mann die Zeitung auf die Treppenstufe legt. Ich sage mir, daß ich ein bestimmtes Alter erreicht habe, das Alter unzuverlässiger Bedrohungen. Die Welt ist voller herrenloser Bedeutungen. Im Banalen finde ich unerwartete Themen und Intensitäten.

Ich saß an meinem Schreibtisch in meinem Dienstzimmer und sah auf die weiße Tablette hinunter. Sie hatte mehr oder weniger die Gestalt einer fliegenden Untertasse, eine stromlinienförmige Scheibe mit dem winzigsten aller Löcher am einen Ende. Erst nach Augenblicken intensiver Betrachtung hatte ich das Loch entdecken können.

Die Tablette war nicht kreidig wie Aspirin, aber eigentlich auch nicht glatt wie eine Kapsel. Sie fühlte sich in der Hand seltsam an, merkwürdig berührungsempfindlich, vermittelte aber gleichzeitig den Eindruck, daß sie synthetisch war, unlöslich, kunstvoll konstruiert.

Ich ging hinüber zu einem kleinen Kuppelgebäude, das unter dem Namen Observatorium lief, und gab die Tablette Winnie Richards, einer jungen Wissenschaftlerin auf dem Gebiet der Neurochemie, deren Arbeiten als brillant bezeichnet wurden. Sie war eine große, bäurische, schüchterne Frau, die rot wurde, wenn jemand etwas Komisches sagte. Einige der New Yorker Emigranten liebten es, ihre Zelle aufzusuchen und Schnellfeuerpointen loszulassen, nur um ihr Gesicht rotwerden zu sehen.

Ich sah zu, wie sie zwei oder drei Minuten an ihrem überladenen Schreibtisch saß und die Tablette langsam zwischen Daumen und Zeigefinger drehte. Sie leckte daran und zuckte die Achseln.

»Nach viel schmecken tut sie jedenfalls nicht.«

»Wie lang wird es dauern, den Inhalt zu analysieren?«

»Ich hab ein Delphin-Gehirn in meinem Eingangskorb, aber kommen Sie mal in achtundvierzig Stunden wieder.«

Winnie war auf dem Hill bekannt dafür, daß sie sich von Ort zu Ort bewegte, ohne daß man sie sah. Keiner wußte, wie sie das schaffte oder warum sie es für notwendig hielt. Vielleicht war sie befangen wegen ihrer unglücklichen Statur, ihres Kranichhalses und ihrem eigenartigen Hoppeln. Vielleicht hatte sie eine Phobie vor offenen Plätzen, obwohl die Plätze im College überwiegend traulich und anheimelnd waren. Vielleicht hatte die Welt der Menschen und Dinge eine so starke Wirkung auf sie, traf sie mit der Gewalt eines rauhen, nackten Körpers – brachte sie in der Tat zum Erröten –, daß sie es einfacher fand, häufigen Kontakt zu vermeiden. Vielleicht war sie es leid, als brillant bezeichnet zu werden. Jedenfalls hatte ich den ganzen Rest der Woche Schwierigkeiten, sie aufzuspüren. Weder war sie auf den Rasen noch auf den Wegen zu sehen, und jedesmal, wenn ich in ihre Zelle schaute, war sie fort.

Zu Hause machte Denise es zum Prinzip, das Thema Dylar nicht anzurühren. Sie wollte keinen Druck auf mich ausüben und vermied sogar jeden Augenkontakt, als sei ein Austausch bedeutungsschwangerer Blicke mehr, als unser geheimes Wissen vertragen könnte. Babette ihrerseits konnte offenbar keinen Blick von sich geben, der nicht bedeutungsschwanger war. Mitten im Gespräch wandte sie den Kopf, um Schneefälle, Sonnenuntergänge oder geparkte Autos auf eine statuenartige und ewigkeitsträchtige Weise zu betrachten. Diese Versunkenheit begann mich zu beunruhigen. Sie war immer eine nach außen orientierte Frau gewesen, mit einem erfrischenden Gefühl für Eigentümlichkeiten, einem Vertrauen in das Greifbare und Reale. Dieses private Starren war eine Form der Entfremdung nicht nur von uns, die wir um sie waren, sondern auch gerade von den Dingen, die sie so endlos beobachtete.

Wir saßen am Frühstückstisch, nachdem die Kinder gegangen waren.

»Hast du den neuen Hund von den Stovers schon gesehen?«

»Nein«, sagte ich.

»Sie glauben, daß er ein außerirdisches Wesen ist. Das soll kein Witz sein. Ich war gestern da. Das Tier ist wirklich seltsam.«

»Quält dich etwas?«

»Mir geht's gut«, sagte sie.

»Ich wollte, du würdest es mir sagen. Wir erzählen einander doch alles. Das haben wir schon immer getan.«

»Jack, was sollte mich denn quälen?«

»Du starrst aus dem Fenster. Du bist irgendwie anders. Du siehst die Dinge und reagierst auf sie nicht mehr so wie früher.«

»Das ist genau das, was ihr Hund tut. Er starrt aus dem Fenster. Aber keineswegs aus irgendeinem Fenster. Er geht nach oben auf den Dachboden und legt seine Pfoten auf den Sims, um aus dem höchsten Fenster hinauszuschauen. Sie glauben, daß er auf Anweisungen wartet.«

»Denise würde mich umbringen, wenn sie wüßte, daß ich das jetzt sage.«

»Was?«

»Ich habe das Dylar gefunden.«

»Was für ein Dylar?«

»Es war an die Heizkörperabdeckung geklebt.«

»Warum sollte ich etwas an die Heizkörperabdeckung kleben?«

»Genau das hat Denise vorausgesagt, würdest du sagen.«

»Gewöhnlich hat sie recht.«

»Ich habe mit Hookstratten gesprochen, deinem Arzt.«

»Ich bin in ausgezeichneter Verfassung, wirklich.«

»Das hat er auch gesagt.«

»Weißt du, welchen Wunsch diese kalten grauen, bleiernen Tage in mir wecken?«

»Welchen?«

»Mit einem gutaussehenden Mann ins Bett zu kriechen. Ich steck Wilder in seinen Spieltunnel. Geh, rasier dich und putz die Zähne. Bis in zehn Minuten im Schlafzimmer.«

Am Nachmittag sah ich Winnie Richards aus einer Seitentür des Observatoriums schlüpfen und eine kleine Wiese in Richtung auf die neuen Gebäude hinunterhoppeln. Ich eilte aus meinem Dienstzimmer und lief ihr nach. Sie bewegte sich mit langen Schritten dicht an den Hauswänden entlang. Ich hatte das Gefühl, ein wichtiges aussterbendes Tier oder ein phänomenales subhumanes Wesen, einen Schneemenschen oder Sasquatch gesichtet zu haben. Es war kalt und immer noch bleiern. Ich stellte fest, daß ich den Abstand zwischen uns nicht verringern konnte, ohne in Trab zu fallen. Sie eilte hinten um das Fakultätsgebäude, und ich übernahm ihre Geschwindigkeit, in der Furcht, sie zu verlieren. Es war ein seltsames Gefühl zu rennen. Ich war viele Jahre lang nicht gerannt und erkannte meinen Körper in dieser neuen Fortbewegungsart nicht wieder, erkannte die Welt unter meinen Füßen, so abrupt und mit harter Oberfläche, nicht wieder. Ich bog um eine Ecke und erhöhte meine Geschwindigkeit, meiner fließenden Masse gewahr. Auf, ab, Leben, Tod. Mein Talar flatterte hinter mir her.

Ich holte sie im leeren Korridor eines eingeschossigen Gebäudes ein, in dem es nach Präparierflüssigkeiten roch. Sie stand in einer blaßgrünen Tunika und in Tennisschuhen an die Wand gelehnt. Ich war zu sehr außer Atem, um sprechen zu können, und hob meinen rechten Arm, um Aufschub bittend. Winnie führte mich in einem kleinen Raum voller Gehirne in Reagenzgläsern an einen Tisch. In den Tisch war ein Ausguß eingelassen, und er war mit Notizblöcken und Laborinstrumenten bedeckt. Sie gab mir etwas Wasser in einem Pappbecher. Ich versuchte, den Geschmack des Leitungswassers von dem Anblick der Gehirne und dem allgemeinen Geruch von Konservierungs- und Desinfektionsmitteln zu trennen.

»Haben Sie sich vor mir versteckt?« sagte ich. »Ich habe Ihnen Zettel hinterlassen, telefonische Nachrichten.«

»Nicht vor Ihnen, Jack, oder sonst jemand Bestimmtem.«

»Warum waren Sie dann so schwer zu finden?«

»Geht es darum nicht generell im zwanzigsten Jahrhundert?«

»Worum?«

»Daß die Menschen sich verstecken, auch wenn keiner sie sucht.«

»Glauben Sie wirklich, daß das wahr ist?«

»Es ist offensichtlich«, sagte sie.

»Wie ist es mit der Tablette?«

»Ein interessantes Stück angewandte Wissenschaft. Wie heißt sie?«

»Dylar.«

»Nie gehört«, sagte sie.

»Was können Sie mir darüber sagen? Versuchen Sie nicht, zu brillant zu sein. Ich hab noch nicht zu Mittag gegessen.«

Ich sah zu, wie sie rot wurde.

»Es ist keine Tablette im herkömmlichen Sinn«, sagte sie. »Es ist ein Wirkstoff-Zuleitungssystem. Sie löst sich nicht sofort auf und gibt die Inhaltsstoffe frei. Das Medikament in Dylar ist in eine Polymermembran eingeschlossen. Das Wasser aus dem gastrointestinalen Trakt tropft in sorgfältig kontrollierter Geschwindigkeit durch die Membran.«

»Was tut das Wasser?«

»Es löst das in der Membran eingeschlossene Medikament auf. Langsam, allmählich, präzise. Das Medikament tritt dann durch ein einziges, winziges Loch aus der Polymer-Tablette. Wiederum ist die Geschwindigkeit genauestens kontrolliert.«

»Ich habe eine Weile gebraucht, bis ich das Loch entdeckt habe.«

»Das kommt, weil es Laser-gebohrt ist. Es ist nicht nur winzig, sondern auch phantastisch präzise in seinen Dimensionen.«

»Laser, Polymere.«

»Ich bin in keinem von beidem Expertin, Jack, aber ich kann Ihnen sagen, daß es ein wundervolles kleines System ist.«

»Wozu ist all diese Präzision gut?«

»Ich nehme an, die kontrollierte Dosis soll den Geratewohlfaktor der Pillen und Kapseln eliminieren. Der Wirkstoff wird über einen längeren Zeitraum mit spezifischer Geschwindigkeit ausgeschüttet. Man vermeidet das klassische Muster von Überdosierung gefolgt von Unterdosierung. Man hat nicht den typischen Medikamentenausstoß, auf den dann nur ein schwaches Tröpfeln folgt.

Keine Magenverstimmung, keine Übelkeit, kein Erbrechen, keine Muskelkrämpfe, und so weiter. Dieses System ist effizient.«

»Ich bin beeindruckt. Ich bin sogar verblüfft. Aber was passiert mit der Polymer-Tablette, nachdem das Medikament herausgepumpt worden ist?«

»Sie zerstört sich selbst. Ihre eigene massive Schwerkraft bewirkt eine minuziöse Implosion. Jetzt haben wir das Reich der Physik betreten. Wenn die Plastikmembran dann zu mikroskopisch kleinen Teilchen reduziert ist, verläßt sie auf dem altehrwürdigen Wege auf harmlose Weise den Körper.«

»Phantastisch. Jetzt sagen Sie mir noch, was das Medikament eigentlich bewirken soll? Was ist Dylar? Was sind die chemischen Komponenten?«

»Ich weiß nicht«, sagte sie.

»Natürlich wissen Sie es. Sie sind doch brillant. Das sagen alle.«

»Was sollen sie denn sonst sagen? Ich beschäftige mich mit Neurochemie. Keiner weiß, was das ist.«

»Andere Wissenschaftler haben eine ungefähre Vorstellung davon. Müssen sie ja. Und die sagen, daß Sie brillant sind.«

»Wir sind alle brillant. Ist das hier nicht die generelle Übereinkunft? Sie nennen mich brillant, ich nenne Sie brillant. Es ist eine Form von gemeinschaftlichem Wander-Ego.«

»Mich bezeichnet keiner als brillant. Ich gelte als schlau. Man sagt, ich hätte mir eine große Sache an Land gezogen. Ich hätte eine Marktlücke gefüllt, von deren Existenz keiner etwas gewußt hat.«

»Es gibt auch Marktlücken für Brillanz. Ich bin eben an der Reihe, das ist alles. Außerdem bin ich komisch gebaut und gehe komisch. Wenn man mich nicht als brillant bezeichnen könnte, wäre man gezwungen, gemeine Dinge über mich zu sagen. Wie entsetzlich für alle.«

Sie drückte einige Akten an ihre Brust.

»Jack, alles, was ich Ihnen mit Bestimmtheit sagen kann, ist, daß die in Dylar enthaltenen Substanzen eine Art von Psychopharmakon sind. Es ist wahrscheinlich dazu entwickelt worden, auf einen entlegenen Teil der menschlichen Großhirnrinde einzuwirken. Schauen Sie um sich. Überall Gehirne. Haie, Wale, Delphine, Primaten. Keins von ihnen ist dem menschlichen Gehirn an Komplexität auch nur entfernt vergleichbar. Das menschliche Gehirn ist nicht mein Gebiet. Ich habe lediglich ein nacktes Funktionswissen vom menschlichen Gehirn, aber es reicht aus, um mich stolz darauf zu machen, Amerikanerin zu sein. Ihr Gehirn hat eine Billion Neuronen, und jedes Neuron hat zehntausend kleine Dendriten. Das System der Interkommunikation ist ehrfurchtseinflößend. Es ist wie eine Galaxis, die Sie in der Hand halten können, nur noch komplexer, mysteriöser.«

»Warum macht Sie das stolz darauf, Amerikanerin zu sein?«

»Das kindliche Gehirn entwickelt sich in Reaktion auf Stimuli. Wir sind immer noch die führende Nation für Stimuli in der Welt.«

Ich nippte an meinem Wasser.

»Ich wollte, ich wüßte mehr«, sagte sie. »Aber die präzise Natur des Medikaments entzieht sich mir. Ich kann Ihnen nur eins sagen. Es ist nicht auf dem Markt.«

»Aber ich habe es in einem gewöhnlichen Verschreibungsfläschchen gefunden.«

»Mir ist egal, wo Sie es gefunden haben. Ich bin ziemlich sicher, daß ich die Inhaltsstoffe jedes bekannten Gehirnrezeptoren-Mittels erkennen würde. Dieses ist unbekannt.«

Sie begann, kurze Blicke zur Tür zu werfen. Ihre Augen waren blank und furchtsam. Ich merkte, daß auf dem Korridor Geräusche waren. Stimmen, Schlurfen von Füßen. Ich sah zu, wie Winnie rückwärts auf eine Hintertür zuging. Ich beschloß, daß ich sie noch einmal erröten sehen wollte. Sie schob einen Arm hinter sich, klinkte die Tür auf, drehte sich rasch um und lief in den grauen Nachmittag hinaus. Ich versuchte immer noch, mir etwas Komisches einfallen zu lassen.

Ich saß aufrecht im Bett, mit meinen Notizen über die deutsche Grammatik. Babette lag auf der Seite, starrte auf ihren Radiowecker und hörte eine Hörer-rufen-an-Sendung. Ich hörte eine Frau sagen: »1977 schaute ich in den Spiegel und sah die Person, die zu werden ich im Begriff war. Ich konnte oder wollte morgens nicht mehr aufstehen. Am Rand meines Gesichtskreises bewegten sich Gestalten, wie mit schlurfenden Schritten. Ich bekam Anrufe von einer Pershing-Abschußrampe. Ich hatte das Bedürfnis, mit anderen zu sprechen, die dieselben Erlebnisse hatten. Ich brauchte Unterstützung, eine Gruppe, etwas, wofür man sich anmelden muß.«

Ich beugte mich über den Körper meiner Frau und drehte das Radio ab. Sie starrte weiter. Ich küßte sie leicht auf den Kopf.

»Murray sagt, du hast bedeutendes Haar.«

Sie lächelte auf eine bleiche und dezimierte Weise. Ich legte meine Notizen hin und drehte Babette ein wenig herum, so daß sie direkt nach oben blickte, während ich sprach.

»Es ist an der Zeit, daß wir ausführlich miteinander reden. Du weißt es, ich weiß es. Du wirst mir jetzt alles über Dylar erzählen. Wenn nicht um meinetwillen, dann um deines kleinen Mädchens willen. Sie macht sich Sorgen – sorgt sich halb krank. Außerdem hast du keinen Manövrierspielraum mehr. Wir haben dich an die Wand gedrängt, Denise und ich. Ich habe das versteckte Fläschchen gefunden, eine Tablette herausgenommen, sie von einem Experten analysieren lassen. Diese kleinen weißen Scheiben sind superb gemacht. Laser-Techniken, modernste Kunststoffe. Dylar ist fast so genial wie die Mikroorganismen, die die dräuende Wolke aufgefressen haben. Wer würde glauben, daß es eine kleine weiße Pille gibt, die im menschlichen Körper als Druckpumpe operiert, um den Wirkstoff sicher und wirksam abzuliefern, und sich dann noch selbst zerstört? Ich bin ganz beeindruckt, wie schön das ist. Und wir wissen noch etwas,

etwas, was für deinen Fall von entscheidendem Nachteil ist. Wir wissen, daß Dylar für die allgemeine Öffentlichkeit nicht verfügbar ist. Diese Tatsache allein rechtfertigt schon unsere Forderungen nach einer Erklärung. Dir bleibt eigentlich nur wenig zu sagen. Sag uns nur noch etwas über das Wesen des Medikaments. Wie du sehr gut weißt, habe ich nicht das Temperament dazu, andere in die Enge zu treiben. Aber Denise ist eine andere Art von Mensch. Ich habe alles getan, was ich konnte, sie zurückzuhalten. Wenn du mir nicht sagst, was ich wissen will, laß ich dein kleines Mädchen von der Leine los. Sie wird dich anfallen mit allem, was sie hat. Sie wird keine Zeit damit verschwenden, dir ein schlechtes Gewissen zu machen. Denise glaubt an den Frontalangriff. Sie wird dich in Grund und Boden hämmern. Du weißt, daß ich recht habe, Babette.«

Etwa fünf Minuten vergingen. Sie lag da und starrte an die Decke.

»Dann laß es mich auf meine Weise erzählen«, sagte sie zaghaft.

»Möchtest du einen Likör?«

»Nein, danke.«

»Laß dir Zeit«, sagte ich. »Wir haben die ganze Nacht. Wenn du irgend etwas möchtest oder brauchst, sag es nur. Du brauchst nur darum zu bitten. Ich werde hier bei dir sein, so lange es nötig ist.«

Wieder verging ein Augenblick.

»Ich weiß nicht mehr genau, wann es anfing. Vielleicht vor eineinhalb Jahren. Ich dachte, es wäre nur eine Phase, eine Art Scheidestein-Situation in meinem Leben.«

»Grenzstein«, sagte ich, »oder Scheideweg.«

»Eine Art Eingewöhnungsphase, dachte ich. Lebensmitte. Der Zustand würde vorübergehen, und ich würde alles vergessen. Aber er ging nicht vorüber. Ich dachte allmählich, er würde nie mehr vorübergehen.«

»Welcher Zustand?«

»Das spielt im Augenblick keine Rolle.«

»Du bist in letzter Zeit deprimiert gewesen. Ich habe dich noch nie so gesehen. Das ist doch gerade das Wesentliche an Babette: sie ist ein fröhlicher Mensch. Sie gibt sich keinem Trübsinn oder Selbstmitleid hin.«

»Laß mich erzählen, Jack.«

»In Ordnung.«

»Du weißt, wie ich bin. Ich glaube, daß alles reparabel ist. Die richtige Einstellung oder ernstes Bemühen vorausgesetzt, kann der Mensch jede schlimme Situation verändern, indem er sie auf ihre einfachsten Bestandteile reduziert. Man kann Listen machen, Kategorien erfinden, sich Tabellen und Graphiken ausdenken. Mit dieser Methode kann ich auch meinen Studenten beibringen, wie man steht, sitzt und geht, obwohl ich weiß, daß du diese Gebiete für zu vordergründig und zu verschwommen und allgemein hältst, um sie auf ihre Grundbestandteile zu reduzieren. Ich bin kein sehr genialer Mensch, aber ich weiß, wie man Dinge aufschlüsselt, zerlegt und klassifiziert. Wir können die Körperhaltung analysieren, wir können Essen, Trinken und sogar das Atmen analysieren. Wie sonst soll man die Welt verstehen, so seh ich das jedenfalls.«

»Ich bin hier bei dir«, sagte ich. »Wenn es etwas gibt, was du möchtest oder brauchst, sag es nur.«

»Als ich merkte, daß dieser Zustand nicht weggehen wollte, machte ich mich daran, ihn besser zu verstehen, indem ich ihn in seine Bestandteile zerlegte. Zuerst mußte ich mal herausfinden, ob er überhaupt Bestandteile hatte. Ich ging in Bibliotheken und Buchläden, las Zeitschriften und wissenschaftliche Journale, sah Kabelfernsehen, machte Listen und Diagramme, stellte mehrfarbige Tabellen auf, rief Sachbuchautoren und Wissenschaftler an, sprach mit einem Sikh-Heiligen in Iron City und studierte sogar den Okkultismus – die Bücher versteckte ich auf dem Dachboden, damit du und Denise sie nicht finden und euch fragen solltet, was los sei.«

»Und das alles ohne mein Wissen! Das Wesentliche an Babette ist, daß sie mit mir spricht, daß sie sich offenbart und anvertraut.«

»Dies ist keine Geschichte von deiner Enttäuschung über mein Schweigen. Das Thema dieser Geschichte ist mein Schmerz und meine Bemühungen, ihn zu beenden.«

»Ich mach ein bißchen heiße Schokolade. Wär dir das recht?«

»Bleib. Dies ist ein entscheidender Punkt. All diese

Energie, dieses Nachforschen, Studieren und Verheimlichen, aber es führte zu nichts. Der Zustand wollte nicht weichen. Er hing über meinem Leben, ließ mir keine Ruhe. Dann las ich eines Tages Mr. Treadwell aus dem ›National Examiner‹ vor. Mein Blick fiel auf eine Anzeige. Was genau drinstand, ist nicht so wichtig. Freiwillige für geheimes Forschungsvorhaben gesucht. Mehr brauchst du nicht zu wissen.«

»Ich dachte, das seien meine früheren Frauen gewesen, die mit Tricks arbeiteten. Süße Betrügerinnen. Angespannt, heftig atmend, mit hohen Wangenknochen, zweisprachig.«

»Ich meldete mich auf die Anzeige hin und wurde von einer kleinen Firma interviewt, die auf dem Gebiet der Psychobiologie forscht. Weißt du, was das ist?«

»Nein.«

»Weißt du, wie komplex das menschliche Gehirn ist?«

»Ich habe eine gewisse Vorstellung davon.«

»Nein, das hast du nicht. Laß uns die Firma Gray Research nennen, obwohl das nicht der wahre Name ist. Laß uns meinen Kontaktmann Mr. Gray nennen. Mr. Gray ist eine zusammengesetzte Person. Ich war im Lauf der Zeit in Kontakt mit drei oder vier oder mehr Leuten in der Firma.«

»In einem von diesen langen, niedrigen, nichtssagenden Backsteingebäuden mit Elektrozaun und unaufdringlichem Strauchwerk?«

»Ich habe das Hauptquartier nie gesehen. Warum, spielt keine Rolle. Das Entscheidende ist, daß ich einen Test nach dem anderen machte. Emotionen, Psychologie, Motorik, Gehirntätigkeit. Mr. Gray sagte, drei Personen seien in der Endausscheidung, und ich sei eine davon.«

»Endausscheidungen wofür?«

»Wir sollten die Testpersonen für die Entwicklung eines hochexperimentellen Top-Secret Medikaments mit dem Code-Namen Dylar sein, an der er schon jahrelang arbeitete. Er hatte im menschlichen Gehirn einen Dylar-Rezeptor gefunden und legte jetzt letzte Hand an die Tablette selbst. Aber er sagte mir auch, daß es gefährlich sei, diese Versuche an Menschen durchzuführen. Ich könnte sterben. Ich könnte am Leben bleiben, aber mein

Gehirn könnte absterben. Die linke Hälfte meines Gehirns könnte sterben, aber die rechte weiterleben. Das würde bedeuten, daß meine linke Körperhälfte weiterleben, aber die rechte sterben würde. Es gab viele gräßliche Aussichten. Daß ich seitwärts, aber nicht mehr vorwärts gehen könnte. Daß ich die Wörter nicht mehr von den Dingen unterscheiden könnte, so daß ich, wenn jemand ›Geschoßhagel‹ sagte, mich auf den Boden werfen und in Deckung gehen würde. Mr. Gray wollte, daß ich die Risiken kannte. Ich mußte Verzichtleistungsurkunden und andere Dokumente unterschreiben. Die Firma hatte Juristen, Priester.«

»Und sie haben dich weitermachen lassen, ein menschliches Versuchskaninchen?«

»Nein, das haben sie nicht. Sie sagten, es sei viel zu riskant – juristisch, ethisch und so weiter. Sie machten sich dran, Computermoleküle und Computergehirne zu entwerfen. Aber ich weigerte mich, es zu akzeptieren. Ich war so weit gekommen, war so dicht dran. Ich möchte, daß du das verstehst, was als nächstes passierte. Wenn ich dir die Geschichte überhaupt erzähle, muß ich diesen Aspekt einbeziehen, diesen schmuddeligen Winkel des menschlichen Herzens. Du sagst, Babette offenbart sich und vertraut sich an.«

»Das ist das Wesentliche an Babette.«

»Gut. Ich werde mich offenbaren und anvertrauen. Mr. Gray und ich trafen eine Privatvereinbarung. Weg mit den Priestern, Juristen, Psychobiologen. Wir würden die Experimente selbst durchführen. Ich würde von meinem Zustand geheilt werden, und er würde für einen wunderbaren medizinischen Durchbruch gefeiert werden.«

»Was ist daran so schmuddelig?«

»Es beinhaltete eine Indiskretion. Es war der einzige Weg, wie ich Mr. Gray dazu bringen konnte, mich das Medikament benützen zu lassen. Es war mein letztes Mittel, meine letzte Hoffnung. Zuvor hatte ich ihm meinen Geist angeboten. Jetzt bot ich ihm meinen Körper an.«

Ich spürte ein Wärmegefühl den Rücken heraufsteigen und nach außen über meine Schultern ausstrahlen. Babette blickte unverwandt zur Zimmerdecke. Ich lag auf einen Ellbogen gestützt, ihr zugewandt da und betrachtete forschend ihr Gesicht. Als ich schließlich sprach, tat ich es mit vernünftiger und wißbegieriger Stimme – der Stimme eines Mannes, der ein zeitloses menschliches Rätsel ehrlich zu verstehen trachtet.

»Wie bietet man einer aus drei oder mehr Leuten zusammengesetzten Person seinen Körper an? Dies ist eine Mischperson. Es ist wie ein Phantombild der Polizei mit den Augenbrauen von einer Person und der Nase von einer anderen. Konzentrieren wir uns auf die Genitalien. Von wieviel Stück ist jetzt die Rede?«

»Nur von denen einer einzigen Person, Jack. Einer Schlüsselperson, des Projektmanagers.«

»Also beziehen wir uns nicht mehr auf den Mr. Gray, der eine zusammengesetzte Person ist.«

»Er ist jetzt eine Person. Wir gingen in ein schmuddeliges, kleines Motelzimmer. Spielt keine Rolle, wo oder wann. Der Fernseher stand hoch oben, fast an der Decke. Das ist alles, woran ich mich erinnere. Schmuddelig, schäbig. Mir tat das Herz weh. Aber ich war so, so verzweifelt.«

»Du nennst das eine Indiskretion, als hätten wir niemals eine Revolution hinsichtlich offener und mutiger Sprache gehabt. Bezeichne es doch als das, was es war, beschreib es ehrlich, gib ihm die Ehre, die ihm gebührt. Du hast ein Motelzimmer betreten, warst erregt von der Unpersönlichkeit, dem Funktionalismus und dem schlechten Geschmack der Einrichtung. Du bist barfuß über den feuer-resistenten Teppich gegangen. Mr. Gray ging herum, machte Türen auf, suchte nach einem lebensgroßen Spiegel. Er sah dir zu, wie du dich auszogst. Ihr lagt auf dem Bett, habt euch umarmt. Dann drang er in dich ein.«

»Benütz doch nicht diesen Ausdruck. Du kennst meine Vorbehalte dagegen.«

»Er bewerkstelligte das, was als Eindringen bezeichnet wird. Mit anderen Worten, er hat ihn dir reingesteckt. Im einen Augenblick war er noch voll angezogen, legte die Mietautoschlüssel auf die Frisierkommode. Im nächsten Augenblick war er in dir.«

»Keiner war in irgendeinem anderen. Das ist ein dummer Wortgebrauch. Ich tat, was ich tun mußte. Ich war distanziert. Ich funktionierte außerhalb meiner selbst. Es war eine kapitalistische Transaktion. Du schätzt die Ehefrau, die dir alles erzählt. Ich tu mein Bestes, diese Frau zu sein.«

»In Ordnung, ich versuch ja nur zu verstehen. Wie oft bist du in dieses Motel gegangen?«

»Mehr oder weniger auf fortlaufender Basis mehrere Monate lang. Das war die Abmachung.«

Ich spürte Hitze in meinem Nacken hochsteigen. Ich betrachtete Babette aufmerksam. In ihren Augen zeigte sich Traurigkeit. Ich legte mich zurück und schaute an die Decke. Das Radio ging an. Sie begann leise zu weinen.

»Da ist noch etwas Götterspeise mit Bananenscheiben«, sagte ich. »Steffie hat sie gemacht.«

»Sie ist ein liebes Mädchen.«

»Ich kann dir gern was davon holen.«

»Nein, danke.«

»Warum ist das Radio angegangen?«

»Die Zeitautomatik ist kaputt. Ich bring es morgen zur Reparatur.«

»Ich tu das.«

»Ist schon gut«, sagte sie. »Es ist kein Problem. Ich kann es selbst hinbringen.«

»Hat dir der Sex mit ihm Spaß gemacht?«

»Ich erinnere mich nur an den Fernseher dicht unter der Decke, der auf uns heruntersah.«

»Hatte er Sinn für Humor? Ich weiß, daß Frauen Männer schätzen, die über Sex Witze machen können. Ich kann's nicht, unglückseligerweise, und nach dieser Sache gibt es, glaube ich, keine große Chance, daß ich es je lernen werde.«

»Es ist besser, wenn du ihn nur als Mr. Gray kennst. Das ist alles. Er ist nicht groß, klein, jung oder alt. Er lacht nicht und weint nicht. Es ist zu deinem eigenen Besten.«

»Ich hab eine Frage: Warum hat Gray Research eigentlich keine Versuche an Tieren gemacht? Tiere müssen in mancher Hinsicht besser sein als Computer.«

»Das ist genau der Punkt. Kein Tier kennt diesen Zustand. Es ist ein menschlicher Zustand. Tiere fürchten sich vor vielen Dingen, hat Mr. Gray gesagt. Aber ihr Gehirn ist nicht entwickelt genug, um Raum für diesen speziellen Bewußtseinszustand zu bieten.«

Zum ersten Mal begann mir zu dämmern, wovon sie schon die ganze Zeit gesprochen hatte. Mein Körper wurde kalt. Ich fühlte mich innerlich hohl. Ich kam aus meiner liegenden Haltung hoch und stützte mich erneut auf einen Ellbogen, um auf sie hinunter zu sehen. Sie fing wieder an zu weinen.

»Du mußt es mir sagen, Babette. Du hast mich so weit mitgenommen, mir so viel zugemutet. Ich muß es wissen. Was für ein Zustand ist das?«

Je länger sie weinte, um so sicherer wurde ich, daß ich wußte, was sie sagen würde. Ich spürte einen Drang, mich anzuziehen und wegzugehen, irgendwo ein Zimmer zu nehmen, bis dieser Sturm sich gelegt hatte. Babette erhob ihr Gesicht zu mir, gramvoll und bleich, mit Augen, die ein hilfloses Elend spiegelten. Wir sahen einander an, auf Ellbogen aufgestützt, wie eine Skulptur ruhender Philosophen in einer klassischen Akademie. Das Radio schaltete sich aus.

»Ich habe Angst zu sterben«, sagte sie. »Ich muß die ganze Zeit daran denken. Es will nicht weggehen.«

»Um Gottes willen. Das ist ja schrecklich.«

»Ich kann nichts dagegen tun. Wie kann ich etwas dagegen tun?«

»Ich will davon nichts wissen. Spar dir das für dein Alter auf. Du bist noch jung, du treibst viel Sport. Das ist eine unvernünftige Angst.«

»Sie verfolgt mich, Jack. Ich kann sie nicht aus meinem Kopf vertreiben. Ich weiß, daß ich so eine Angst nicht so bewußt und so unablässig haben dürfte. Was kann ich bloß tun? Sie ist einfach da. Deshalb habe ich Mr. Grays Anzeige in dem Groschenblättchen, das ich vorgelesen habe, so schnell bemerkt. Die Überschrift traf ins Schwarze. ANGST VOR DEM TOD, hieß sie. Ich denke die ganze Zeit daran. Du bist enttäuscht. Ich merk es dir an.«

»Enttäuscht?«

»Du hast gedacht, der Zustand wäre spezifischer. Ich wollte, er wäre es. Aber man sucht ja nicht monatelang, um die Lösung für ein alltägliches kleines Wehwehchen einzukreisen.«

Ich versuchte, es ihr auszureden.

»Wie kannst du so sicher sein, daß es der Tod ist, den du fürchtest? Der Tod ist so vage. Keiner weiß, was er ist, wie er sich anfühlt oder aussieht. Vielleicht hast du einfach ein persönliches Problem, das in der Form eines großen universellen Themas an die Oberfläche kommt.«

»Was für ein Problem?«

»Etwas, was du dir selbst nicht eingestehen willst. Vielleicht dein Gewicht.«

»Ich habe abgenommen. Wie steht's mit meiner Größe?«

»Ich weiß, daß du abgenommen hast. Das sag ich ja. Du strahlst geradezu Gesundheit aus. Du stinkst förmlich danach. Hookstratten bestätigt das, dein eigener Arzt. Es muß noch etwas anderes geben. Ein tieferliegendes Problem.«

»Was könnte tieferliegend sein als der Tod?«

Ich versuchte, sie davon zu überzeugen, daß es nicht so ernst war, wie sie meinte.

»Baba, jeder fürchtet sich vor dem Tod. Warum solltest du anders sein? Du selbst hast schon früher mal gesagt, daß das ein menschlicher Zustand ist. Es gibt keinen Menschen, der älter als sieben Jahre geworden ist und sich niemals Gedanken über das Sterben gemacht hat.«

»Auf irgendeiner Ebene hat jeder Angst vor dem Tod. Bei mir sitzt sie direkt hier vorn. Ich weiß nicht, wie oder warum das gekommen ist. Aber ich kann nicht die einzige sein, oder warum würde Gray Research sonst Millionen für eine Pille ausgeben?«

»Das sage ich ja. Du bist nicht die einzige. Es gibt Hunderttausende von Leuten. Ist es nicht beruhigend, das zu wissen? Du bist wie die Frau im Radio, die Anrufe von einer Raketenabschußbasis bekam. Sie wollte andere finden, deren psychotische Erlebnisse ihr das Gefühl geben würden, weniger isoliert zu sein.«

»Aber Mr. Gray hat gesagt, ich sei besonders sensibel für die extreme Angst vor dem Tod. Er hat mich eine ganze Batterie von Tests machen lassen. Deshalb war er ja auch interessiert daran, mich zu benützen.«

»Das finde ich ja gerade so merkwürdig. Du hast deine Angst so lange verheimlicht. Wenn du fähig bist, so etwas vor einem Ehemann und Kindern zu verheimlichen, dann ist es vielleicht gar nicht so schlimm.«

»Dies ist nicht die Geschichte vom Betrug einer Ehefrau. Du kannst der wahren Geschichte nicht ausweichen, Jack. Sie ist zu groß.«

Ich sprach mit ruhiger, beherrschter Stimme. Ich sprach zu ihr wie einer dieser ruhenden Philosophen zu einem jüngeren Mitglied der Akademie reden würde, einem, dessen Arbeit vielversprechend und sporadisch brillant ist, der sich aber vielleicht zu sehr an die Gelehrsamkeit des amtsälteren Kollegen anlehnt.

»Baba, ich bin in dieser Familie derjenige, der vom Tod besessen ist. Ich bin schon immer derjenige gewesen.«

»Das hast du nie gesagt.«

»Um dich vor Kummer zu bewahren. Damit du munter, vital und glücklich bleibst. Du bist die Glückliche. Ich bin der Narr, der dem Untergang geweiht ist. Genau das kann ich dir nicht verzeihen. Mir zu erzählen, daß du nicht die Frau bist, für die ich dich gehalten habe. Ich bin verletzt, ich bin am Boden zerstört.«

»Ich habe dich immer für jemand gehalten, der über den Tod vielleicht nachsinnt. Spazierengeht und nachsinnt. Aber all die Male, die wir darüber gesprochen haben, wer zuerst sterben wird, hast du nie gesagt, daß du Angst hast.«

»Das gleiche gilt für dich. ›Sobald die Kinder erwachsen sind.‹ Bei dir hat es geklungen wie eine Reise nach Spanien.«

»Ich will wirklich zuerst sterben«, sagte sie, »aber das bedeutet nicht, daß ich keine Angst habe. Ich habe schreckliche Angst. Ich habe die ganze Zeit Angst.«

»Ich habe schon mehr als mein halbes Leben lang Angst.«

»Und was soll ich jetzt sagen? Deine Furcht ist älter und weiser als meine?«

»Ich wache schwitzend auf. Ich habe mörderische Schweißausbrüche.«

»Ich kaue Kaugummi, weil sich mir die Kehle zuschnürt.«

»Ich habe keinen Körper. Ich bin nur mein Geist oder mein Selbst, allein, in einem riesigen Raum.«

»Alles in mir verschließt sich.«

»Ich bin zu schwach, mich zu bewegen. Mir fehlt jede Entschlußkraft, jede Zielstrebigkeit.«

»Ich habe daran gedacht, daß meine Mutter stirbt. Und dann ist sie gestorben.«

»Ich denke von allen, daß sie sterben. Nicht nur von mir selbst. Ich verfalle in schreckliche Tagträume.«

»Ich fühlte mich so schuldig. Ich dachte, ihr Tod stünde in Verbindung damit, daß ich daran gedacht hatte. Das gleiche Gefühl habe ich auch meinem eigenen Tod gegenüber. Je mehr ich darüber nachdenke, desto früher wird er eintreten.«

»Wie seltsam das ist. Wir haben diese tiefen, schrecklichen, schleichenden Ängste um uns und die Menschen, die wir lieben. Und trotzdem gehen wir herum, reden mit Leuten, essen und trinken. Wir schaffen es, zu funktionieren. Die Gefühle sind tief und echt. Müßten sie uns nicht lähmen? Wie kommt es, daß wir sie ertragen können, zumindest eine Weile? Wir fahren Auto, wir unterrichten einen Kurs. Wie kommt es, daß keiner sieht, welch tiefe Angst wir in der vergangenen Nacht, an diesem Vormittag hatten? Ist das etwas, was wir alle voreinander verstecken, in gegenseitigem Einvernehmen? Oder teilen wir alle dasselbe Geheimnis, ohne es zu wissen? Tragen dieselbe Verkleidung.«

»Was, wenn der Tod nichts anderes ist als ein Geräusch?«

»Ein elektrischer Ton.«

»Man hört ihn immerzu. Geräusch ringsumher. Wie schrecklich.«

»Gleichmäßig, weiß.«

»Manchmal streicht er über mich hin«, sagte sie. »Manchmal drängt er sich in mein Denken ein, Stückchen für Stückchen. Ich versuche, mit ihm zu reden: ›Jetzt nicht, Tod.‹«

»Ich liege in der Dunkelheit und schaue auf die Uhr. Immer ungerade Zahlen. Ein Uhr siebenunddreißig früh. Drei Uhr neunundfünfzig morgens.«

»Der Tod ist ungerade. Das hat der Sikh mir gesagt. Der heilige Mann in Iron City.«

»Du bist meine Stärke, meine Lebenskraft. Wie kann ich dich davon überzeugen, daß dies ein schrecklicher Irrtum ist? Ich habe dir zugesehen, wie du Wilder badest, meinen Talar bügelst. Diese tiefen und einfachen Freuden sind mir verloren gegangen. Siehst du nicht die Ungeheuerlichkeit dessen, was du getan hast?«

»Manchmal trifft er mich wie ein Schlag«, sagte sie. »Dann würde ich am liebsten physisch durchdrehen.«

»Ist das der Grund, warum ich Babette geheiratet habe? Damit sie die Wahrheit vor mir verbirgt, Gegenstände vor mir verbirgt, sich auf meine Kosten auf eine sexuelle Verschwörung einläßt? Alle Verschwörungen tendieren in eine Richtung«, belehrte ich sie unerbittlich.

Wir hielten einander lange Zeit fest, unsere Körper klammerten sich in einer Umarmung aneinander, die Elemente von Liebe, Gram, Zärtlichkeit, Sex und Kampf enthielt. Wie raffiniert wir die Gefühle verschoben, Abstufungen fanden, wozu wir die spärlichsten Bewegungen unserer Arme, unserer Hüften benutzten, das leichteste Atemschöpfen, um zur Einigung über unsere Angst zu kommen, um unseren Wettstreit voranzutreiben, um unser tiefwurzelndes Begehren gegen das Chaos in unseren Seelen zu behaupten.

Verbleit, Bleifrei, Bleifrei Super.

Nach der Liebe lagen wir nackt da, naß und glänzend. Ich zog die Decken über uns herauf. Eine Weile sprachen wir in schläfrigem Flüstern. Das Radio ging an.

»Ich bin hier bei dir«, sagte ich. »Was immer du möchtest oder brauchst, wie schwierig es auch immer sein mag, sag es mir und es ist getan.«

»Einen Schluck Wasser.«

»Natürlich.«

»Ich komm mit«, sagte sie.

»Bleib, ruh dich aus.«

»Ich will nicht allein sein.«

Wir zogen unsere Bademäntel an und gingen zum Wasserhahn ins Badezimmer. Sie trank, während ich pißte. Auf dem Weg zurück ins Schlafzimmer legte ich meinen Arm um sie, und wir gingen halb übereinanderfallend, wie Jugendliche am Strand. Ich wartete neben dem Bett, während sie die Laken ordentlich zurechtzog, die Kissen an ihren Platz legte. Sie kuschelte sich sofort zum Schlafen zusammen, aber es gab noch Dinge, die ich wissen wollte, Dinge, die ich sagen mußte.

»Was genau haben die Leute bei Gray Research denn zustandegebracht?«

»Sie haben den Todesfurcht-Teil des Gehirns isoliert. Dylar bringt diesem Sektor rasch Erleichterung.«

»Unglaublich.«

»Es ist nicht nur ein starkes Beruhigungsmittel. Das Medikament interagiert spezifisch mit den Neurotransmittern im Gehirn, die der Todesfurcht zugeordnet sind. Jedes Gefühl und jede Sinneswahrnehmung hat ihre eigenen Neurotransmitter. Mr. Gray fand die Todesfurcht und ging dann daran, die Chemikalien zu suchen, die das Gehirn dazu anregen würden, seine eigenen Hemmstoffe herzustellen.«

»Erstaunlich und beängstigend.«

»Alles, was in deinem ganzen Leben vor sich geht, ist ein Ergebnis von Molekülen, die irgendwo in deinem Gehirn herumschwirren.«

»Heinrichs Gehirntheorien. Sie stimmen alle. Wir sind die Summe unserer chemischen Impulse. Das brauchst du mir nicht zu erzählen. Der Gedanke daran ist unerträglich.«

»Sie können alles, was du sagst, tust und fühlst, von der Anzahl der Moleküle in einer bestimmten Zone herleiten.«

»Und was passiert mit Gut und Böse in diesem System? Leidenschaft, Neid und Haß? Werden sie ein Gewirr von Neuronen? Willst du etwa behaupten, daß eine ganze Tradition menschlicher Unzulänglichkeiten jetzt am Ende ist, daß Feigheit, Sadismus, unsittliche Belästigungen bedeutungslose Begriffe geworden sind? Wird von uns erwartet, daß wir diese Dinge mit Nostalgie betrachten? Wie ist es mit mörderischer Wut? Ein Mörder hatte immer eine gewisse furchteinflößende Größe. Sein Verbrechen war eine große Sache. Was passiert, wenn wir es auf Zellen und Moleküle reduzieren? Mein Sohn spielt Schach mit einem Mörder. Er hat mir das alles erzählt. Ich wollte nicht zuhören.«

»Kann ich jetzt schlafen?«

»Warte. Wenn Dylar so rasch Erleichterung bringt, warum bist du dann die vergangenen Tage über so traurig gewesen und hast ins Leere gestarrt?«

»Ganz einfach. Das Medikament wirkt nicht.«

Ihre Stimme brach, als sie diese Worte sagte. Sie zog die Steppdecke über den Kopf. Mir blieb nur noch der Blick auf die Hügellandschaft. Ein Mann sagte in dem Radiogespräch: »Ich bekam gemischte Botschaften über meine Sexualität.«

Ich streichelte ihren Kopf und Körper durch den gequilteten Bettüberwurf.

»Kannst du das etwas genauer ausführen, Baba? Ich bin hier bei dir. Ich möchte dir helfen.«

»Mr. Gray hat mir sechzig Tabletten in zwei Fläschchen gegeben. Das wäre mehr als genug, sagte er. Eine Tablette alle zweiundsiebzig Stunden. Die Freisetzung des Medikaments geschieht so allmählich und genau, daß es von einer Pille zur nächsten keine Überlappung gibt. Ich habe das erste Fläschchen irgendwann Ende November, Anfang Dezember leergehabt.«

»Denise hat es gefunden.«

»So?«

»Seit damals ist sie dir auf der Spur.«

»Wo habe ich es denn hingetan?«

»In den Küchenabfall.«

»Warum habe ich das getan? Das war leichtsinnig.«

»Und das zweite Fläschchen?« sagte ich.

»Du hast das zweite Fläschchen gefunden.«

»Ja. Ich will wissen, wieviele Tabletten du davon genommen hast.«

»Aus dem Fläschchen habe ich jetzt fünfundzwanzig genommen. Das sind insgesamt fünfundfünfzig. Fünf sind noch übrig.«

»Vier sind übrig. Ich habe eine analysieren lassen.«

»Hast du mir das gesagt?«

»Ja. Und ist bei deinem Zustand irgendeine Veränderung eingetreten?«

Der oberste Teil ihres Kopfes tauchte auf.

»Zuerst dachte ich es. Der allererste Anfang war die hoffnungsvollste Zeit. Seit damals keine Verbesserung.

Ich habe immer mehr den Mut verloren. Laß mich jetzt schlafen, Jack.«

»Erinnerst du dich daran, daß wir eines Abends bei Murray zum Essen waren? Auf dem Heimweg sprachen wir über deine Gedächtnislücken. Du sagtest, du seist nicht sicher, ob du ein Medikament nähmst oder nicht. Du könntest dich nicht daran erinnern, sagtest du. Das war natürlich eine Lüge.«

»Vermutlich«, sagte sie.

»Aber du hast nicht über die Erinnerungslücken im Allgemeinen gelogen. Denise und ich nahmen an, deine Vergeßlichkeit sei ein Nebeneffekt des Medikaments, das du nahmst, was immer das auch sein mochte.«

Der ganze Kopf war aufgetaucht.

»Völlig falsch«, sagte sie. »Es war kein Nebeneffekt des Medikaments. Es war ein Nebeneffekt des Zustands. Mr. Gray sagte, der Verlust meines Erinnerungsvermögens sei ein verzweifelter Versuch, meiner Angst vor dem Tod entgegenzuarbeiten. Das ist wie ein Neuronenkrieg. Ich bin fähig, viele Dinge zu vergessen, aber ich versage, wenn es um den Tod geht. Und jetzt hat auch Mr. Gray versagt.«

»Weiß er das?«

»Ich habe eine Nachricht auf seinem Anrufbeantworter hinterlassen.«

»Was hat er gesagt, als er dich zurückrief?«

»Er hat mir mit der Post ein Tonband geschickt, mit dem bin ich hinüber zu den Stovers gegangen, um es dort abzuspielen. Er sagte, es tue ihm leid, im wahrsten Sinne des Wortes, was immer das bedeuten mag. Er sagte, ich sei doch nicht die richtige Testperson. Er ist sicher, daß es eines Tages funktionieren wird, mit irgendjemand, irgendwo. Er sagte, er hätte mit mir einen Fehler gemacht. Es sei zu wahllos gewesen und er zu ungeduldig.«

Es war mitten in der Nacht. Wir waren beide erschöpft. Aber wir waren so weit gekommen, hatten so viel gesagt, daß ich wußte, daß wir gerade jetzt noch nicht aufhören konnten. Ich holte tief Luft. Dann legte ich mich zurück und starrte an die Decke. Babette beugte sich über meinen Körper, um die Lampe auszuknipsen. Dann drückte sie am Radio auf einen Knopf und schnitt die Stimmen ab. Tausend andere Nächte hatten mehr oder weniger wie diese geendet. Ich fühlte, wie sie ins Bett sank.

»Es gibt etwas, von dem ich mir gelobt habe, es dir nicht zu erzählen.«

»Hat das nicht bis morgen Zeit?« sagte sie.

»Es besteht eine gewisse Wahrscheinlichkeit, daß ich sterben muß. Nicht morgen oder übermorgen. Aber die Sache läuft.«

Dann erzählte ich ihr von meinem Kontakt mit Nyoden-D, sachlich, tonlos, in kurzen Aussagesätzen. Ich erzählte ihr von dem Computer-Spezialisten, und wie er meine Geschichte angezapft und dann seine pessimistische massive Abrechnung produziert hatte. Wir sind die Endsumme unserer Daten, erklärte ich ihr, genau wie wir die Endsumme unserer chemischen Impulse sind. Ich versuchte, ihr zu erklären, wie sehr ich gekämpft hatte, um dieses Wissen vor ihr geheim zu halten. Aber nach ihren eigenen Eröffnungen scheine es falsch, gerade dies Geheimnis zu wahren.

»Es geht also nicht mehr nur um Angst und zielloses Entsetzen. Wir haben es jetzt mit dem harten und schweren Eigentlichen, mit der Sache selbst zu tun.«

Langsam tauchte sie unter den Decken auf. Schluchzend stieg sie auf mich. Ich spürte, wie ihre Finger meine Schultern und meinen Hals packten. Die warmen Tränen fielen auf meine Lippen. Sie trommelte auf meine Brust, ergriff meine linke Hand und biß in das Fleisch zwischen Daumen und Zeigefinger. Ihr Schluchzen wurde ein grunzender Laut, voller entsetzlicher, verzweifelter Anstrengung. Sie nahm meinen Kopf in die Hände, sanft und doch fest und schaukelte ihn auf dem Kopfkissen hin und her, ein Verhalten, das ich mit nichts in Verbindung bringen konnte, was sie je getan hatte, mit nichts, was sie zu sein schien.

Später, nachdem sie von meinem Körper und in einen unruhigen Schlaf gefallen war, starrte ich weiter in die Dunkelheit. Das Radio ging an. Ich warf die Decken von mir und ging ins Badezimmer. Denises Landschafts-Briefbeschwerer lagen auf einem staubigen Regal bei der Tür. Ich ließ Wasser über meine Hände und Handgelenke laufen. Ich spritzte mir kaltes Wasser ins Gesicht. Das einzige greifbare Handtuch war ein kleiner rosa Waschlappen mit einem Käsekästchen-Muster. Ich trocknete mich langsam und sorgfältig ab. Dann kippte ich die Heizkörperabdeckung von der Wand und streckte meine Hand darunter. Das Fläschchen mit dem Dylar war weg.

27

Ich ließ mich zum zweiten Mal seit dem toxischen Vorfall ärztlich untersuchen. Keine beunruhigenden Zahlen auf dem Ausdruck. Dieser Tod saß noch zu tief, um sichtbar zu sein. Mein Arzt, Sundar Chakravarty, fragte mich nach dieser plötzlichen Häufung von Kontrolluntersuchungen. In der Vergangenheit hatte ich immer Angst davor gehabt, etwas zu wissen.

Ich teilte ihm mit, daß ich immer noch Angst hatte. Er lächelte breit und wartete auf die Pointe. Ich schüttelte ihm die Hand und steuerte auf die Tür zu.

Auf dem Heimweg fuhr ich die Elm hinunter in der Absicht, einen kurzen Halt im Supermarkt einzulegen. Die Straße stand voller Noteinsatz-Fahrzeuge. Weiter unten sah ich Menschen auf der Straße herumliegen. Ein Mann mit Armbinde blies mich mit einer Pfeife an und trat vor mein Auto. Ich erspähte noch andere Männer in Mylexanzügen. Träger mit Tragbahren rannten über die Straße. Als der Mann mit der Pfeife näher herankam, gelang es mir, die Buchstaben auf seiner Armbinde auszumachen: SIMUVAK.

»Rückwärts rausfahren«, sagte er. »Straße ist geschlossen.«

»Seid ihr Burschen ganz sicher, daß ihr zu einer Simulation bereit seid? Wollt ihr nicht lieber noch einen massiven Störfall abwarten? Das Timing bißchen perfektionieren?«

»Zurück! Rausfahren! Sie sind in der Ausfallzone.«

»Was bedeutet das?«

»Das bedeutet, daß Sie tot sind«, erklärte er mir.

Ich fuhr rückwärts aus der Straße heraus und parkte. Dann ging ich die Elm langsam zu Fuß entlang, indem ich versuchte auszusehen, als gehörte ich dazu. Ich hielt mich dicht an den Ladenfronten, mischte mich unter Techniker und Vollzugsbeamte, uniformiertes Personal. Busse standen herum, Polizeiautos, Ambuletten. Leute mit elektronischen Ausrüstungen schienen Radioaktivität oder toxischen Niederschlag messen zu wollen. Nach und nach näherte ich mich den freiwilligen Opfern. Es waren etwa zwanzig, auf dem Bauch oder auf dem Rükken liegend, über Bordsteine hingestreckt, mit wirrem Blick auf der Straße sitzend.

Ich war überrascht, meine Tochter unter ihnen zu sehen. Sie lag in der Mitte in der Straße, auf dem Rücken, einen Arm zur Seite geworfen, den Kopf in die andere Richtung gedreht. Ich konnte den Anblick kaum ertragen. Ist das die Vorstellung, die sie von sich hat, im Alter von neun Jahren – schon jetzt ein Opfer, versucht sie, ihre Fertigkeiten zu üben? Wie natürlich sie aussah, wie tief durchdrungen von dem Gedanken einer umfassenden Katastrophe. Ist das die Zukunft, die sie vor sich sieht?

Ich ging hinüber und kniete mich hin.

»Steffie? Bist du das?«

Sie schlug die Augen auf.

»Du darfst dich hier nicht aufhalten, außer wenn du ein Opfer bist«, sagte sie.

»Ich wollte mich nur vergewissern, daß mit dir alles in Ordnung ist.«

»Ich krieg Schwierigkeiten, wenn sie dich sehen.«

»Es ist kalt. Du wirst dir was holen. Weiß Baba, daß du hier bist?«

»Ich habe mich erst vor einer Stunde in der Schule gemeldet.«

»Sie sollten zumindest Decken austeilen«, sagte ich.

Sie schloß die Augen. Ich sprach noch ein Weilchen mit ihr, aber sie antwortete nicht. Keine Spur von Ärger oder Abweisung lag in ihrem Schweigen. Nur Gewissenhaftigkeit. Hingabe an das Opfersein hatte bei ihr schon eine Geschichte.

Ich ging zurück auf den Bürgersteig. Die Lautsprecherstimme eines Mannes dröhnte von irgendwo innerhalb des Supermarkts über die Straße.

»Ich möchte Sie alle willkommen heißen im Namen des Advanced Disaster Managements, einer privaten Consulting-Firma, die simulierte Evakuierungen entwirft und durchführt. Wir bilden die Nahtstellen zwischen zweiundzwanzig staatlichen Organen in der Durchführung dieses fortgeschrittenen Katastrophentrainings. Dem ersten, möchte ich annehmen, von vielen. Je mehr wir die

Katastrophe üben, desto sicherer sind wir vor ihrem wirklichen Eintreten. So ist es doch im Leben, nicht wahr? Sie nehmen Ihren Regenschirm mit ins Büro, siebzehn Tage hintereinander – kein Tropfen Regen. Am ersten Tag, an dem Sie ihn zu Hause lassen: ein wahnsinniger Wolkenbruch. Funktioniert immer, stimmt's? Das ist der Mechanismus, auf den wir uns unter anderem stützen. Na denn, jetzt zur Sache. Wenn die Sirene drei lange Töne von sich gibt, werden Tausende von speziell ausgesuchten zu Evakuierenden ihre Häuser und Arbeitsplätze verlassen, in ihre Fahrzeuge steigen und zu gut ausgerüsteten Notunterkünften fahren. Die Verkehrsregler werden sich auf dem schnellsten Weg zu ihren Computerstationen begeben. Auf den neuesten Stand gebrachte Anweisungen werden im SIMUVAK Rundfunksender durchgegeben werden. Luftprobenleute werden sich entlang der Wolkenausfallzone aufstellen. Molkereiprüfer werden die Milch und zufällig ausgewählte Lebensmittelproben entlang der Nahrungsaufnahmezone über einen Zeitraum von drei Tagen überprüfen. Wir simulieren heute keinen besonderen Störfall. Dies ist ein Allzweck-Stör- oder Zwischenfall. Es könnte radioaktiver Dampf, ein chemisches Wölkchen, ein Nebel unbekannten Ursprungs sein. Das Entscheidende ist Bewegung! Bringen Sie diese Leute aus der Gefahrenzone! Wir haben während der Nacht der dräuenden Wolke viel gelernt. Aber es ist kein Ersatz für eine geplante Simulation. Sollte sich die Realität in Form eines Autounfalls oder eines von der Tragbahre fallenden Opfers störend bemerkbar machen, so ist es wichtig, sich ins Gedächtnis zu rufen, daß wir nicht hier sind, um gebrochene Knochen zu schienen oder echte Brände zu löschen. Wir sind hier, um zu simulieren. Unterbrechungen können in einem wirklichen Notfall Leben kosten. Wenn wir jetzt lernen, Unterbrechungen zu vermeiden, werden wir später, wenn es zählt, auch fähig sein, mit ihnen fertig zu werden. Na denn, wenn die Sirene zwei melancholische Klagelaute ertönen läßt, werden die Straßenkapitäne Haus-zu-Haus-Durchsuchungen machen, nach denen, die versehentlich zurückgelassen wurden. Vögel, Goldfische, ältere Menschen, Behinderte, Invaliden, Eingeschlossene, was auch immer. Fünf Minuten noch, alle Opfer! Hallo, Rettungspersonal, denken Sie dran, dies ist keine Druckwellen-Simulation. Ihre Opfer sind überwältigt, aber nicht traumatisiert. Sparen Sie sich Ihre liebevoll-zärtliche Fürsorge für den nuklearen Feuerball im Juni auf. Wir sind bei vier Minuten, es wird gezählt. Opfer, schlaff werden! Und denken Sie daran, Sie sind nicht hier, um zu schreien oder um sich zu schlagen. Wir haben das zurückhaltende Opfer gern. Dies ist schließlich nicht New York oder L. A. Leises Stöhnen reicht vollauf.«

Ich beschloß, daß ich nicht zusehen wollte. Ich ging zum Auto zurück und fuhr nach Hause. Die Sirenen gaben die ersten drei Heultöne von sich, als ich vor dem Haus hielt. Heinrich saß auf der Haustreppe, mit einer Rückstrahler-Weste an und seiner Tarn-Mütze auf. Neben ihm saß ein älterer Junge. Er hatte einen kräftigen, kompakten Körper unbestimmter Hautfarbe. Keiner in unsrer Straße schien evakuiert zu werden. Heinrich las etwas auf seiner Klemmschreibtafel nach.

»Was geht hier vor sich?«

»Ich bin Straßenkapitän«, sagte er.

»Wußtest du, daß Steffie ein Opfer ist?«

»Sie hat gesagt, daß sie es vielleicht macht.«

»Warum hast du mir das nicht gesagt?«

»Warum denn? Sie heben sie auf und tragen sie in einen Krankenwagen. Was ist denn das Problem dabei?«

»Ich weiß nicht, was das Problem ist.«

»Wenn sie es tun will, dann soll sie es eben tun.«

»Sie scheint mir der Rolle zu gut angepaßt.«

»Das könnte ihr eines Tages das Leben retten«, sagte er.

»Wie kann denn Verletzt- oder Totspielen jemand das Leben retten?«

»Wenn sie es jetzt tut, muß sie es vielleicht später nicht. Je mehr man etwas übt, um so weniger wahrscheinlich ist es, daß es wirklich passiert.«

»Das hat der Simulations-Berater auch gesagt.«

»Es ist ein Trick, aber er funktioniert.«

»Und wer ist das hier?«

»Das ist Orest Mercator. Er hilft mir, nach den Überbleibseln zu suchen.«

»Du bist doch der, der sich in einen Käfig voller tödlicher Schlangen setzen will. Kannst du mir erklären, warum?«

»Weil ich hinter dem Rekord her bin«, sagte Orest.

»Aber warum willst du dich partout umbringen, nur weil du hinter einem Rekord her bist?«

»Wie, umbringen? Wer hat was von umbringen gesagt?«

»Du wirst von seltenen und tödlichen Reptilien umgeben sein.«

»Sie sind die besten in ihrem Job. Ich will der beste in meinem Job sein.«

»Was ist dein Job?«

»Ich setz', mich siebenundsechzig Tage in einen Käfig. So lange braucht man, um den Rekord zu brechen.«

»Verstehst du, daß du den Tod riskierst, für ein paar Zeilen in einem Taschenbuch?«

Er blickte Heinrich forschend an, betrachtete den Jungen offensichtlich als verantwortlich für diese idiotische Befragungsweise.

»Sie werden dich beißen«, fuhr ich fort.

»Sie werden mich nicht beißen.«

»Woher weißt du das?«

»Ich weiß es eben.«

»Das sind echte Schlangen, Orest. Ein Biß, und es ist aus.«

»Ein Biß, wenn sie beißen. Aber sie werden nicht beißen.«

»Sie sind echt. Du bist echt. Die ganze Zeit werden Leute gebissen. Das Gift ist tödlich.«

»Leute werden gebissen. Aber nicht ich.«

Ich hörte mich selbst sagen: »Doch, doch, das wirst du. Diese Schlangen wissen nicht, daß der Tod für dich unbegreiflich ist. Sie wissen nicht, daß du jung und stark bist und daß du denkst, daß der Tod für alle gilt, nur nicht für dich. Sie werden dich beißen, und du wirst sterben.«

Ich hielt inne, beschämt über die Leidenschaft meiner Argumentation. Es überraschte mich, daß er mich mit einem gewissen Interesse, einem gewissen widerwilligen Respekt ansah. Vielleicht brachte ihm die unpassende Heftigkeit meines Ausbruchs die Bedeutungsschwere seines Vorhabens zu Bewußtsein, erfüllte ihn mit Vorahnungen über ein unhandliches Schicksal.

»Wenn die beißen wollen, beißen die«, sagte er. »Wenigstens bin ich dann gleich hinüber. Diese Schlangen sind die besten, die schnellsten. Sagen wir, eine Puffotter beißt mich, dann sterb' ich innerhalb von Sekunden.«

»Warum so eilig? Du bist neunzehn Jahre alt. Du wirst noch Hunderte von Arten zu sterben finden, die besser als Schlangen sind.«

Was für ein Name ist Orest? Ich studierte sein Gesicht. Er konnte Hispano-Amerikaner sein oder aus dem Mittleren Osten, aus Zentralasien, ein dunkelhäutiger Osteuropäer oder ein hellhäutiger Schwarzer. Hatte er einen Akzent? Ich war nicht sicher. War er Samoaner, ein Ureinwohner Nordamerikas, ein sephardischer Jude? Es wurde langsam schwierig zu wissen, was man zu jemand nicht sagen durfte.

Er sagte zu mir: »Wieviel Pfund können Sie bankstemmen?«

»Ich weiß nicht. Nicht sehr viel.«

»Haben Sie schon mal jemandem in die Fresse gehauen?«

»Vielleicht mal ganz leicht gestreift, vor langer Zeit.«

»Ich such' jemand, dem ich in die Fresse hauen kann. Mit der bloßen Faust. So fest, wie ich kann. Möcht' gern rausfinden, wie es sich anfühlt.«

Heinrich grinste wie ein Polizeispitzel in einem Krimi. Die Sirene ertönte – zwei melancholische Heuler. Ich ging nach drinnen, während die Jungen auf der Klemmschreibtafel Hausnummern durchgingen. Babette war in der Küche und gab Wilder sein Mittagessen.

»Er hat eine Rückstrahler-Weste an«, sagte ich.

»Für den Fall, daß es Nebel gibt, dann wird er nicht von flüchtenden Fahrzeugen angefahren.«

»Ich glaube nicht, daß irgend jemand sich die Mühe macht zu flüchten. Wie fühlst du dich?«

»Besser«, sagte sie.

»Ich auch.«

»Ich glaube, mit Wilder zusammenzusein, bringt mich wieder ins Lot.«

»Ich weiß, was du meinst. Ich fühle mich immer gut,

wenn ich mit Wilder zusammen bin. Vielleicht, weil die Freuden nicht an ihm kleben? Er ist egoistisch, ohne grapschig zu sein, egoistisch auf völlig uneingeschränkte und natürliche Weise. Es ist etwas Wunderbares daran, wie er eine Sache fallenläßt und die Hände nach einer anderen ausstreckt. Ich ärgere mich, wenn die anderen Kinder besondere Momente oder Gelegenheiten nicht voll auskosten. Sie lassen Dinge vorbeiziehen, die sie halten und genießen sollten. Aber wenn Wilder das tut, sehe ich den Geist des Genies am Werk.«

»Das mag wohl sein, aber an ihm ist noch etwas anderes, was mir Auftrieb gibt. Etwas Größeres, Grandioseres, das ich nicht ganz greifen kann.«

»Erinnere mich dran, Murray zu fragen«, sagte ich.

Sie löffelte Suppe in den Mund des Kindes und erfand dabei Gesichtsausdrücke, die er nachahmen sollte und sagte: »Jajajajajajaja.«

»Eins muß ich dich noch fragen. Wo ist das Dylar?«

»Vergiß es, Jack. Es ist nicht alles Gold oder wie immer der passende Spruch dazu heißt.«

»Eine grausame Illusion, ich weiß. Aber ich würde die Tabletten gern an einem sicheren Ort aufbewahren, wenn auch nur als konkretes Beweismittel, daß Dylar existiert. Sollte deine linke Gehirnhälfte sich entschließen zu sterben, möchte ich die Möglichkeit haben, jemanden zu verklagen. Vier Tabletten sind noch übrig. Wo sind sie?«

»Willst du damit sagen, daß sie nicht mehr hinter der Heizkörperabdeckung sind?«

»So ist es.«

»Ich habe sie nicht weggenommen, ehrlich.«

»Ist es möglich, daß du sie in einem ärgerlichen oder deprimierten Augenblick weggeworfen hast? Ich möchte sie nur um der historischen Genauigkeit willen. Wie die Tonbänder im Weißen Haus. Sie kommen ins Archiv.«

»Du bist nicht vorgetestet«, sagte sie. »Schon eine einzige Pille einzunehmen, kann gefährlich sein.«

»Ich will nichts einnehmen.«

»Doch, willst du.«

»Wir werden doch gerade aus der Lebensmittelaufnahmezone hinauskomplimentiert. Wo ist Mr. Gray? Ich könnte ihn aus Prinzip verklagen wollen.«

»Wir haben einen Pakt geschlossen, er und ich.«

»Dienstags und freitags. Im Gray-Blick Motel.«

»Das meine ich nicht. Ich habe versprochen, seine wahre Identität nicht preiszugeben. Angesichts dessen, was du vorhast, gilt mein Versprechen doppelt. Es ist mehr um deinet- als um seinetwillen. Ich verrate nichts, Jack. Laß uns einfach unser Leben wieder aufnehmen. Laß uns einander sagen, daß wir es so gut machen wollen, wie wir können. Jajajaja.«

Ich fuhr zur Grundschule und parkte gegenüber dem Haupteingang auf der anderen Straßenseite. Zwanzig Minuten später kamen sie herausgeströmt, ungefähr dreihundert Kinder, plappernd, ausgelassen, lässig blindwütend. Sie riefen sich geniale Beleidigungen zu, informierte und umfassende Obszönitäten, schlugen einander mit Büchertaschen, gestrickten Mützen. Ich saß auf dem Fahrersitz und überflog die Menge der Gesichter und kam mir vor wie ein Rauschgifthändler oder ein Perverser.

Als ich Denise entdeckte, hupte ich, und sie kam herüber. Es war das erste Mal, daß ich sie je von der Schule abgeholt hatte, und sie warf mir einen argwöhnischen und kaltäugigen Blick zu, als sie vorne ums Auto ging – einen Blick, der zu verstehen gab, daß sie nicht in der Laune für Neuigkeiten über eine Trennung oder Scheidung war. Ich fuhr über die Uferstraße nach Hause. Sie musterte mein Profil.

»Es ist wegen dem Dylar«, sagte ich. »Das Medikament hat nichts mit Babas Gedächtnisproblemen zu tun. Im Grunde genau das Gegenteil. Sie nimmt das Dylar, um ihr Gedächtnis zu verbessern.«

»Das glaube ich dir nicht.«

»Warum nicht?«

»Weil du nicht kommen und mich an der Schule abholen würdest, nur um mir das zu sagen. Weil wir schon herausgefunden haben, daß man es nicht auf Rezept bekommt. Weil ich mit ihrem Arzt gesprochen habe und er nie davon gehört hatte.«

»Hast du ihn zuhause angerufen?«

»In der Praxis.«

»Dylar ist ein bißchen zu spezifisch für einen praktischen Arzt.«

»Ist meine Mutter drogensüchtig?«

»So dumm bist du doch nicht.«

»Doch, bin ich.«

»Wir möchten gern wissen, was du mit dem Fläschchen gemacht hast. Es waren noch ein paar Tabletten übrig.«

»Woher weißt du, daß ich sie genommen habe?«

»Ich weiß es, und du weißt es auch.«

»Wenn jemand mir erzählen würde, was Dylar in Wirklichkeit ist, könnten wir vielleicht weiterkommen.«

»Es gibt noch etwas, was du nicht weißt«, sagte ich. »Deine Mutter nimmt das Medikament nicht mehr. Egal, was dein Grund dafür ist, das Fläschchen zurückzuhalten, er gilt nicht mehr.«

Wir waren in einer Schleife nach Westen gefahren und kamen jetzt durch den College Campus. Automatisch griff ich in meine Jacke nach meiner dunklen Brille und setzte sie auf.

»Dann werfe ich es weg«, sagte sie.

Die nächsten paar Tage über probierte ich eine Auswahl von Argumenten, einige geradezu atemberaubend in ihrer hauchdünnen, spinnwebfeinen Beschaffenheit. Ich spannte sogar Babette ein, indem ich sie davon überzeugte, daß das Fläschchen in die Hände Erwachsener gehörte. Aber der Wille des Mädchens war hochgradig resistent. Ihr Leben als juristische Person war vom Feilschen und Schachern anderer Menschen geformt worden, und sie war entschlossen, einem Kodex zu folgen, der zu streng war, um Geschäfte und Kuhhandel zu erlauben. Sie würde den Gegenstand versteckt halten, bis wir ihr sein Geheimnis verrieten.

Vielleicht war es ganz gut so. Das Medikament konnte schließlich gefährlich sein. Und ich war keiner, der an leichte Lösungen glaubt, an etwas, das man schluckt, um seine Seele von einer uralten Angst zu befreien. Aber ich konnte nicht umhin, an die untertassenförmige Tablette zu denken. Würde sie jemals funktionieren, konnte sie bei manchen wirken, aber bei anderen nicht? Sie war das gutartige Gegenstück zu der Nyoden-Bedrohung. Wie sie von meinem Zungenrücken hinunter in meinen Magen purzelte. Wie der Kern des Medikaments sich auflöste, gutartige Chemikalien in meinen Blutstrom entließ, die den Todesfurcht-Teil meines Gehirns überschwemmten. Wie die Pille sich still und leise selbst zerstörte, durch ein winziges Bersten nach innen, eine Polymer-Implosion, diskret und präzise und taktvoll.

Technologie mit einem menschlichen Gesicht.

28

Wilder saß auf einem hohen Hocker vor dem Herd und sah zu, wie Wasser in einem kleinen Emailletopf kochte. Er schien fasziniert von dem Vorgang. Ich fragte mich, ob er wohl eine großartige Verbindung zwischen Dingen entdeckt hatte, die ihm früher immer unabhängig voneinander erschienen waren. Die Küche ist naturgemäß reich an solchen Momenten, für mich vielleicht ebenso sehr wie für ihn. Steffie kam herein mit den Worten: »Ich bin der einzige Mensch, den ich kenne, der den Mittwoch mag.« Wilders Versunkenheit schien sie zu interessieren. Sie ging hinüber und stellte sich neben ihn, um herauszufinden, was ihn an dem sprudelnden Wasser anzog. Sie beugte sich über den Topf, auf der Suche nach einem Ei.

Mir fiel plötzlich ein Werbeslogan für ein Produkt namens Ray-Ban Wayfarer ein.

»Wie lief die Evakuierung?«

»Viele Leute sind überhaupt nicht aufgekreuzt. Wir haben ewig gewartet. Und gestöhnt.«

»Im Ernstfall kreuzen sie schon auf«, sagte ich.

»Dann ist es zu spät.«

Das Licht war hell und kühl und ließ die Gegenstände leuchten. Stcffic war an diesem Schulmorgen schon für draußen angezogen, blieb aber beim Herd stehen und schaute von Wilder zu dem Topf und zurück und versuchte, die Fährten seiner Neugier und seines Staunens zu kreuzen.

»Baba sagt, du hast einen Brief bekommen.«

»Meine Mutter möchte, daß ich sie an Ostern besuche.«

»Gut. Möchtest du hin? Natürlich möchtest du. Du magst doch deine Mutter. Sie wohnt in Mexico City, nicht wahr?«

»Wer fährt mich hin?«

»Ich bring dich zum Flughafen. Deine Mutter holt dich dann am anderen Ende ab. Das ist ganz leicht. Bee macht das ständig. Du magst Bee doch.«

Das Ungeheuerliche dieser Mission, mit nahezu Überschallgeschwindigkeit in tausend Meter Höhe in ein anderes Land zu fliegen, allein, in einem gebuckelten Behälter aus Titan und Stahl, ließ sie einen Moment verstummen. Wir sahen zu, wie das Wasser kochte.

»Ich habe mich wieder als Opfer gemeldet. Direkt vor Ostern. Ich glaube, dann muß ich wohl hierbleiben.«

»Wieder eine Evakuierung? Was ist diesmal der Anlaß?«

»Ein komischer Geruch.«

»Ein chemischer Stoff von einer Fabrik drüben auf der anderen Flußseite, meinst du?«

»Ich nehme es an.«

»Was macht man als Opfer von einem Geruch?«

»Das müssen sie uns noch sagen.«

»Dieses eine Mal werden sie wohl auf dich verzichten können. Ich schreib dir eine Entschuldigung«, sagte ich.

In erster und vierter Ehe war ich mit Dana Breedlove verheiratet, Steffies Mutter. Die erste Ehe lief immerhin so gut, daß sie uns Mut gab, es noch einmal zu versuchen, sobald es sich beiderseits einrichten ließ. Als wir dann, nach den melancholischen Zwischenspielen von Janet Savory und Tweedy Browner, einen weiteren Versuch wagten, nahm der Zusammenbruch seinen Fortgang. Aber erst nachdem Stephanie Rose gezeugt worden war, in einer Sternennacht auf Barbados. Dana hielt sich dort auf, um einen Beamten zu bestechen.

Sie erzählte mir sehr wenig über ihre Arbeit im Geheimdienst. Ich wußte, daß sie für den CIA Belletristik rezensierte, meist lange, ernste Romane mit chiffriertem Aufbau. Die Arbeit hinterließ sie müde und gereizt, nur selten noch fähig, Essen, Sex oder eine Unterhaltung zu genießen. Sie sprach mit jemandem am Telefon Spanisch, war eine hyperaktive Mutter, durchdrungen von einer unheimlichen Sturmlichtintensität. Die langen Romane kamen ständig weiter mit der Post.

Es war merkwürdig, wie ich immer wieder in die Gesellschaft von Menschen im Nachrichtendienst stolperte. Dana arbeitete teilzeitlich als Spionin. Tweedy kam aus einer vornehmen alten Familie mit einer langen Tradition von Spionage und Konterspionage und war jetzt mit einem hohen Dschungeldetektiv verheiratet. Janet war, bevor sie sich in den Ashram zurückzog, Prüferin ausländischer Währungen und arbeitete in der Forschung für eine Geheimgruppe fortgeschrittener Theoretiker mit Verbindungen zu einer umstrittenen Denkfabrik. Das einzige, was sie mir davon erzählte, war, daß sie sich nie zweimal am gleichen Ort trafen.

Meine Bewunderung für Babette war wohl zum Teil schiere Erleichterung. Sie war keine Geheimnisträgerin, zumindest nicht, bis ihre Todesfurcht sie in einen Wahnsinn verstohlener Recherchen und erotischer Betrügereien trieb. Ich dachte an Mr. Gray und sein baumelndes Glied. Das Bild war verschwommen, unfertig. Der Mann war buchstäblich grau, von ihm ging etwas wie ein optisches Summen aus.

Das Wasser gedieh zu einem brodelnden Kochen. Steffie half dem Jungen von seinem Hochsitz. Ich lief auf dem Weg zur Haustür Babette in die Arme. Wir tauschten die einfache, aber tiefernste Frage aus, die wir einander seit der Nacht der Dylar-Enthüllungen zwei- oder dreimal täglich stellten: *»Wie fühlst du dich?«* Die Frage zu stellen, sie zu hören, bewirkte, daß wir uns beide besser fühlten. Ich sprang nach oben, um meine Brille zu suchen.

Das »Nationenweite Krebs-Quiz« kam im Fernsehen.

Im Lunchroom in Centenary Hall beobachtete ich Murray, wie er an seinem Besteck roch. Eine ganz besondere Blässe lag auf den Gesichtern der New Yorker Emigranten. Vor allem bei Lasher und Grappa. Sie hatten die Blässe der Besessenheit, der mächtigen, auf engen Raum beschränkten Lüste. Murray sagte, Elliot Lasher habe ein *Film noir*-Gesicht. Sein Gesicht war scharf geschnitten, sein Haar mit einem öligen Extrakt parfümiert. Ich hatte den kuriosen Gedanken, daß diese Männer sich nostalgisch nach Schwarz-Weiß sehnten, daß ihre Sehnsüchte von farblosen Werten beherrscht waren, persönlichen Extremen von städtischem Nachkriegs-Grau.

Alfonse Stompanato ließ sich nieder, Angriffslust und Bedrohung ausstrahlend. Er schien mich zu beobachten, ein Abteilungsleiter, der die Aura eines anderen mißt. Ein Emblem der Brooklyn Dodgers war vorne auf seinen Talar genäht.

Lasher knüllte eine Papierserviette zusammen und zielte auf jemanden, der zwei Tische weiter saß. Dann starrte er Grappa an.

»Wer hat in deinem Leben den größten Einfluß auf dich gehabt?« sagte er in aggressivem Ton.

»Richard Widmark in ›Kiss of Death‹. Als Richard Widmark die alte Lady in diesem Rollstuhl die Treppe hinunterstieß, war das für mich wie ein persönlicher Durchbruch. Es löste eine Anzahl von Konflikten. Ich imitierte Richard Widmarks sadistisches Lachen und benützte es zehn Jahre lang. Es hat mir durch ein paar schwierige emotionale Phasen geholfen. Richard Widmark als Tommy Udo in ›Todeskuß‹. Erinnerst du dich an das gruselige Lachen? Hyänengesichtig. Ein ghulenhaftes Kichern. Es klärte eine Reihe von Dingen in meinem Leben. Half mir, eine Persönlichkeit zu werden.«

»Hast du jemals in deine Limoflasche gespuckt, damit du das Getränk nicht mit anderen Kindern teilen mußtest?«

»Das war schon automatisch so. Manche Typen spuckten sogar auf ihre Schulbrote. Wenn wir Groschenschlittern gespielt hatten, kauften wir uns was zu essen und zu trinken. Dann gab's einen wahren Spuckeregen. Die Typen spuckten auf ihr Karameleis und ihre Katzenzungen.«

»Wie alt warst du, als du zum ersten Mal gemerkt hast, daß dein Vater ein Trottel ist?«

»Zwölfeinhalb«, sagte Grappa. »Ich saß in Loew's Fairmont Kino auf dem Balkon und sah Fritz Langs ›Clash by Night‹ mit Barbara Stanwyck als Mae Doyle, Paul Douglas als Jerry d'Amato und dem großen Robert Ryan als Earl Pfeiffer. Mit J. Carroll Naish, Keith Andes und der frühen Marilyn Monroe in den Hauptrollen. In zweiunddreißig Tagen gedreht. Schwarz-weiß.«

»Hast du schon mal eine Erektion gekriegt, weil eine Zahnhygienikerin sich an deinem Arm rieb, während sie dir die Zähne putzte?«

»Öfter als ich zählen kann.«

»Wenn du Hautfetzen am Daumennagel abbeißt, schluckst du sie dann runter oder spuckst du sie aus?«

»Kau sie kurz, dann katapultier' ich sie von der Zungenspitze.«

»Machst du manchmal«, sagte Lasher, »beim Autofahren auf einem Highway die Augen zu?«

»Ich habe die Augen schon volle acht Sekunden auf der 95 North zugemacht. Acht Sekunden ist meine persönliche Bestzeit. Ich habe die Augen schon bis zu sechs Sekunden auf kurvenreichen Landstraßen zugemacht, aber das nur bei fünfzig oder sechzig Stundenkilometern. Auf mehrspurigen Highways geh ich normalerweise so auf die hundertzehn, bevor ich die Augen zumache. Man macht das auf geraden Strecken. Auf geraden Strecken habe ich schon mit anderen Leuten im Auto bis zu fünf Sekunden lang die Augen zugemacht. Man wartet, bis sie eindösen, das ist der Trick.« Grappa hatte ein rundes, feuchtes, besorgtes Gesicht. Es lag etwas von einem lieben Jungen, der enttäuscht worden ist, darin. Ich sah ihm zu, wie er eine Zigarette anzündete, das Streichholz auswedelte und es in Murrays Salat warf.

»Wieviel Vergnügen hast du als Kind daran gefunden«, sagte Lasher, »dir vorzustellen, daß du tot wärst?«

»Laß getrost das als Kind weg«, sagte Grappa. »Ich tu das immer noch, ständig. Immer wenn mich was auf die Palme bringt, stelle ich mir alle meine Freunde, Verwandten und Kollegen um meine Totenbahre versammelt vor. Dann tut es ihnen sehr, sehr leid, daß sie nicht netter zu mir waren, solange ich noch gelebt habe. Selbstmitleid ist etwas, an dessen Beibehaltung ich sehr hart gearbeitet habe. Warum es fallen lassen, nur weil man erwachsen wird? Selbstmitleid ist etwas, was Kinder sehr gut beherrschen, und das muß doch bedeuten, daß es natürlich und wichtig ist. Sich vorzustellen, daß man tot wäre, ist die billigste, schäbigste und am meisten befriedigende Form kindlichen Selbstmitleids. Wie traurig und schuldbewußt alle diese Leute sind, die an deinem großartigen Bronzesarg stehen. Sie können einander nicht mal in die Augen sehen, weil sie wissen, daß der Tod dieses anständigen und mitfühlenden Mannes das Ergebnis einer Verschwörung ist, an der sie alle beteiligt waren. Der Sarg ist von Blumen überhäuft und mit einem lachs- oder pfirsichfarbenen Noppenstoff ausgeschlagen. In welch wundervollen Gegenströmungen aus Selbstmitleid und Selbstachtung kannst du schwelgen, wenn du dich selbst in dunklem Anzug mit Krawatte hingebettet siehst, gebräunt, fit und ausgeruht, wie es immer von Präsidenten nach den Ferien heißt. Aber es ist noch etwas anderes dran, was noch kindlicher und befriedigender als das Selbstmitleid ist, etwas, das erklärt, warum ich mir regelmäßig vorstelle, daß ich tot wäre, ein prächtiger Bursche von schniefenden Trauernden umgeben: es ist meine Art, Menschen dafür zu bestrafen, daß sie denken, ihr eigenes Leben sei wichtiger als meins.«

Lasher sagte zu Murray: »Wir sollten einen offiziellen Tag der Toten haben. Wie die Mexikaner.«

»Haben wir doch. Das Super-Bowl-Endrunden Wochenende.«

Ich hatte keine Lust, mir das anzuhören. Ich hatte mein eigenes Sterben zu bedenken, unabhängige Phantasien. Nicht, daß ich Grappas Bemerkungen aus der Luft gegriffen fand. Sein Verschwörungsgedanke weckte in mir eine besonders kribbelnde Resonanz. Genau das ist es, was wir auf unserem Totenbett vergeben, nicht Lieblosigkeit oder Gier. Wir vergeben ihnen ihre Fähigkeit, sich von uns zu distanzieren, in der Stille gegen uns zu intrigieren, uns wirkungsvoll um die Ecke zu bringen.

Ich sah zu, wie Alfonse seine bärenhafte Gegenwart mit einer schulterrollenden Gebärde in Erinnerung brachte. Ich nahm dies als ein Zeichen, daß er sich aufwärmte, um zu sprechen. Mir war danach, die Kurve zu kratzen, mich aus dem Staub zu machen, mich zu verkrümeln.

»In New York«, sagte er und sah mich dabei direkt an, »fragen die Leute einen, ob man einen guten Internisten hat. Dort liegt die wahre Macht. Die inneren Organe, Leber, Nieren, Magen, Eingeweide, Pankreas. Innere Medizin ist das Zaubermittel. Ein guter Internist verleiht einem Kraft und Charisma, ganz abgesehen von der Behandlung, die er bietet. Die Leute fragen einen auch nach Steuerberatern, Anlageberatern, Rauschgifthändlern. Aber der Internist spielt die eigentlich wichtige Rolle. ›Wer ist Ihr Internist?‹ fragt jemand in herausforderndem Ton. Die Frage impliziert, daß Sie, wenn der Name des Internisten unbekannt ist, mit Sicherheit an einem pilzförmigen Tumor am Pankreas sterben werden. Sie sollen sich minderwertig und dem Untergang geweiht vorkommen, nicht nur, weil in Ihren inneren Organen vielleicht schon das Blut tropft, sondern auch, weil Sie nicht wissen, an wen man sich deswegen wendet, wie man Kontakte knüpft, wie man seinen Weg in der Welt macht. Den militärisch-industriellen Komplex können Sie vergessen. Die wahre Macht wird alltäglich ausgeübt, in Form dieser kleinen Herausforderungen und Einschüchterungen, von Leuten wie Ihnen und mir.«

Ich stürzte meinen Nachtisch hinunter und stahl mich vom Tisch fort. Draußen wartete ich auf Murray. Als er auftauchte, nahm ich seinen Arm dicht über dem Ellbogen, und wir wanderten über den Campus wie ein Paar europäischer Senioren, die Köpfe im Gespräch geneigt.

»Wie können Sie sich das nur anhören?« sagte ich. »Nichts als Tod und Krankheit. Reden die immer so?«

»Als ich Sportberichterstatter war, traf ich unterwegs immer mit den anderen Journalisten zusammen. In Hotelzimmern, Flugzeugen, Taxis, Restaurants. Es gab nur ein Gesprächsthema. Sex und Tod.«

»Das sind zwei Themen.«

»Sie haben recht, Jack.«

»Ich würde sehr ungern glauben müssen, daß sie unentwirrbar miteinander verknüpft sind.«

»Nur ist unterwegs eben alles miteinander verknüpft. Alles und nichts, um es genau zu sagen.«

Wir kamen an kleinen Hügeln schmelzenden Schnees vorbei.

»Wie geht es mit Ihrem Verkehrsunfall-Seminar voran?«

»Wir haben uns Hunderte von Zusammenstößen angesehen. Autos mit Autos. Autos mit Lastern. Laster mit Bussen. Motorräder mit Autos. Autos mit Hubschraubern. Laster mit Lastern. Meine Studenten glauben, daß diese Filme prophetisch sind. Daß sie die Selbstmordgelüste der Technisierung markieren. Den Drang zum Selbstmord, den rasenden Ansturm auf den Selbstmord.«

»Was erwidern Sie ihnen?«

»Es sind vor allem B-movies, Fernsehfilme, Filme, die in Autokinos auf dem Lande gezeigt werden. Ich fordere meine Studenten auf, nicht an solchen Stellen nach der Apokalypse zu suchen. Ich sehe diese Autounfälle als

Teil einer langen Tradition des amerikanischen Optimismus. Sie sind positive Ereignisse, voll der alten Erfolgsgewißheit: Wir machen das schon! Jeder Zusammenstoß soll besser als der vorhergegangene sein. Unentwegt steigern sich Mittel und Fertigkeiten, werden Herausforderungen bewältigt. Ein Regisseur: ›Ich brauche einen Sattelschlepper für einen doppelten Salto in der Luft, bei dem ein orangeroter Feuerball mit zwölf Metern Durchmesser entsteht, den der Kameramann zum Ausleuchten der Szene benützen wird.‹ Ich sage meinen Studenten, wenn sie den Aspekt Technik einbringen wollen, müssen sie das berücksichtigen, diese Tendenz zu grandiosen Taten, die Tendenz, einen Traum zu verfolgen.«

»Einen Traum? Und was antworten Ihre Studenten darauf?«

»Das gleiche wie Sie: ›Einen Traum?‹ All das Blut und das Glas, das quietschende Gummi! Wie steht es dabei mit der schieren Verschwendung? Mit dem Bewußtsein, daß hier eine Zivilisation im Zerfall begriffen ist?«

»Und wie steht es damit?« sagte ich.

»Ich sage ihnen, daß es nicht der Zerfall ist, den sie sehen, sondern die Unschuld. Der Film reißt sich los von den komplizierten menschlichen Leidenschaften, um uns etwas Elementares zu zeigen, etwas Feuriges und Lautes und Direktes. Es ist eine konservative Wunscherfüllung, eine Sehnsucht nach Naivität. Wir möchten wieder schlicht und naiv sein. Wir wollen den Fluß der Erfahrungen, der Weltverbundenheit und ihrer Verantwortlichkeiten umkehren. Meine Studenten sagen: ›Sehen Sie sich die zerschmetterten Körper an, die abgetrennten Glieder. Was für eine Unschuld soll das sein?‹«

»Was sagen Sie dazu?«

»Ich sage ihnen, daß sie einen Zusammenstoß in einem Film nicht als Akt der Gewalt sehen dürfen. Es ist eine Verherrlichung. Eine Bestätigung traditioneller Werte und Glaubenssätze. Ich bringe Autozusammenstöße mit Feiertagen wie Erntedankfest und dem Vierten Juli in Verbindung. An diesen Tagen betrauern wir weder die Toten, noch frohlocken wir über Wunder. Es sind Tage voller weltlichem Optimismus, voller Selbstverherrlichung. Wir werden es weiter bringen, Erfolg haben, uns vervollkommnen. Man betrachte jeden beliebigen Zusammenstoß in jedem beliebigen amerikanischen Film. Es ist ein Moment voller Leben, wie altmodische Stunt-Flüge, wo jemand auf den Flugzeugtragflächen herumgeht. Die Leute, die diese Zusammenstöße in Szene setzen, sind fähig, eine Heiterkeit einzufangen, eine sorglose Vergnügtheit, die Autounfälle in ausländischen Filmen niemals erreichen.«

»Von der Gewalttätigkeit einmal abgesehen.«

»Genau. Von der Gewalttätigkeit einmal abgesehen, Jack, herrscht eine wundervolle übersprudelnde Stimmung von Unschuld und Vergnügen.«

29

Babette und ich gingen den breiten Gang entlang, jeder mit einem glänzenden Einkaufswagen. Wir überholten eine Familie, die mit Zeichensprache einkaufte. Ich sah immer noch farbige Lichter.

»Wie fühlst du dich?« sagte sie.

»Mir geht's gut. Ich fühl mich gut. Wie geht's dir?«

»Warum läßt du dich nicht untersuchen? Würdest du dich nicht besser fühlen, wenn du herausfindest, daß nichts ist?«

»Ich habe mich schon zweimal durchuntersuchen lassen. Es ist nichts.«

»Was hat Dr. Chakravarty gesagt?«

»Was soll er denn sagen?«

»Er spricht so wunderschön. Ich höre ihn gern sprechen.«

»Nicht so gern, wie er sich selbst sprechen hört.«

»Wie meinst du das, er hört sich gern sprechen? Meinst du, daß er jede Möglichkeit wahrnimmt, zu sprechen? Er ist schließlich Arzt. Er muß sprechen. In einem sehr realen Sinne bezahlst du ihn dafür, daß er spricht. Willst du damit sagen, daß er sein wunderschönes Englisch zur Schau stellt? Daß er es dir unter die Nase reibt?«

»Wir brauchen Meister Proper.«

»Laß mich nicht allein«, sagte sie.

»Ich geh doch nur zu Gondel fünf.«

»Ich möchte nicht allein sein, Jack. Ich glaube, du weißt das.«

»Wir werden diese Sache schon durchstehen«, sagte ich. »Vielleicht sogar stärker daraus hervorgehen. Wir sind entschlossen, gesund zu sein. Babette ist keine Neurotikerin. Sie ist stark, gesund, extravertiert, lebensbejahend. Sie sagt ja zu den Dingen. Das ist das Wesentliche an Babette.«

Wir blieben zusammen, in den Gängen und an der Kasse. Babette kaufte drei Groschenblättchen für ihre nächste Sitzung mit dem alten Treadwell. Wir lasen sie zusammen, während wir in der Schlange warteten. Dann gingen wir zusammen zum Auto, luden die Waren ein und saßen ganz dicht nebeneinander, während ich heimfuhr.

»Bis auf meine Augen«, sagte ich.

»Was meinst du?«

»Chakravarty findet, daß ich einen Augenspezialisten konsultieren sollte.«

»Sind es wieder die farbigen Punkte?«

»Ja.«

»Hör auf, diese dunkle Brille zu tragen.«

»Ich kann ohne sie nicht Hitler lehren.«

»Warum nicht?«

»Ich brauche sie eben.«

»Sie ist dumm, sie ist unnötig.«

»Ich habe mir eine Karriere aufgebaut«, sagte ich. »Kann sein, daß ich nicht alle Faktoren begreife, die dazu beigetragen haben, aber deshalb darf ich um so weniger daran herumpfuschen.«

Die *déjà vu*-Zentren schlossen. Der Telefondienst hörte still und leise auf zu existieren. Die Leute schienen im Begriff zu vergessen. Ich konnte es ihnen nicht verübeln, auch wenn ich mich in gewissem Maße alleingelassen fühlte, mit dem Schwarzen Peter in der Hand.

Ich ging getreulich zu meinen Deutschstunden. Ich begann, mit meinem Lehrer Sätze auszuarbeiten, die ich bei der Hitlertagung, bis zu der es noch einige Wochen hin war, zur Begrüßung der Delegierten sagen könnte. Die Fenster waren jetzt vollständig mit Mobiliar und Schutt verbarrikadiert. Howard Dunlop saß in der Mitte des Zimmers, sein ovales Gesicht verschwamm in sechzig Watt staubigen Lichts. Ich hatte allmählich den Verdacht, daß ich der einzige Mensch war, mit dem er überhaupt sprach. Ich hatte ebenso allmählich den Verdacht, daß er mich mehr brauchte als ich ihn. Ein beruhigender und schrecklicher Gedanke.

Ein Buch in deutscher Sprache lag auf einem kaputten Tisch in der Nähe der Tür. Der Titel war schwarz und in dicken, schweren, unheildrohenden Lettern gedruckt: ›Das Ägyptische Totenbuch‹.

»Was ist das?« sagte ich.

»Das ägyptische Buch der Toten«, flüsterte er. »Ein Bestseller in Deutschland.«

Wieder und wieder wanderte ich, wenn Denise nicht da war, in ihr Zimmer. Ich nahm Dinge in die Hand, legte sie wieder hin und schaute hinter einen Vorhang, spähte in eine offene Schublade, streckte meinen Fuß unter das Bett und tastete herum. Geistesabwesende Schnüffelei.

Babette hörte Talk Radio.

Ich fing an, Dinge fortzuwerfen. Dinge von oben und unten aus meinem Schrank, Dinge aus Kartons im Keller und auf dem Dachboden. Ich warf Briefe fort, alte Taschenbücher, Zeitschriften, die ich aufgehoben hatte, um sie zu lesen, stumpfe Bleistifte. Ich warf Tennisschuhe weg, Frotteesocken, Handschuhe mit zerfetzten Fingern, alte Gürtel und Krawatten. Ich stieß auf Stapel von College-Zeugnissen, zerbrochene Stangen für Regie-Stühle. Ich warf sie weg. Ich warf alle Spraydosen ohne Deckel weg.

Der Gaszähler machte ein sonderbares Geräusch.

An diesem Abend sah ich in den Fernsehnachrichten einen Bericht über Polizisten, die aus einem Hausgarten in Baskerville einen Leichensack heraustrugen. Der Reporter sagte, man habe zwei Leichen gefunden, und man glaube, es seien in demselben Garten noch weitere begraben. Vielleicht noch viele weitere. Vielleicht zwanzig, dreißig Leichen, keiner wisse es genau. Er fuhr mit dem Arm über das Gebiet. Es war ein großer Garten.

Der Reporter war ein Mann mittleren Alters, der deutlich und bestimmt sprach und doch mit einer Andeutung von Intimität, die den Eindruck häufigen Kontakts mit seinen Zuschauern vermittelte, den Eindruck gemeinsamer Interessen und gegenseitigen Vertrauens. Die Grabungsarbeiten würden über Nacht fortgesetzt, sagte er, und die Zentrale würde zurück zum Schauplatz des Geschehens schalten, sobald die weitere Entwicklung es rechtfertige. Bei ihm klang es wie ein Liebesversprechen.

Drei Abende später schlenderte ich in Heinrichs Zimmer, in dem im Augenblick der Fernseher stationiert war. Heinrich saß in einem Sweatshirt mit Kapuze auf dem Boden und schaute sich einen Live-Bericht von demselben Schauplatz an. Der Garten war von Flutlicht erhellt, Männer mit Hacken und Schaufeln arbeiteten zwischen Erdhaufen. Im Vordergrund stand der Reporter, barhäuptig, mit einem Lammfellmantel an, in leichtem Schneefall, und faßte den neuesten Stand der Dinge zusammen. Die Polizei behauptete, zuverlässige Informationen zu haben, die Erdarbeiter gingen systematisch und geschickt vor, die Arbeit dauere jetzt schon zweiundsiebzig Stunden an. Aber es waren keine weiteren Leichen gefunden worden.

Das Gefühl enttäuschter Erwartungen war komplett. Traurigkeit und Leere überschatteten die Szene. Eine Niedergeschlagenheit, eine bekümmerte Düsterkeit. Auch wir, mein Sohn und ich, verspürten sie, während wir stumm zusahen. Sie war im Zimmer, floß durch pulsierende Elektronenströme in die Luft. Der Reporter wirkte zunächst nur entschuldigend. Doch als er fortfuhr, die Abwesenheit von Massengräbern zu diskutieren, wurde er zusehends verzweifelter, gestikulierte zu den Gräbern hin, schüttelte den Kopf, schien drauf und dran, uns um Mitgefühl und Verständnis zu bitten.

Ich versuchte, nicht enttäuscht zu sein.

30

In der Dunkelheit arbeitet das Gehirn weiter, wie eine Maschine, die Laub und Schnee verschlingt, das einzig wache Ding im Universum. Ich versuchte, die Wände auszumachen, die Frisierkommode in der Ecke. Es war das alte ohnmächtige Gefühl. Klein, schwach, todgeweiht, allein. Panik, der Gott der Wälder und der Wildnis, halb Ziegenbock. Der Radiowecker fiel mir ein, und ich drehte den Kopf nach rechts. Ich sah zu, wie die Zahlen sich veränderten, die Digitalminuten ihren Fortgang nahmen, ungerade zu gerade. Sie leuchteten grün in der Dunkelheit.

Nach einer Weile weckte ich Babette. Ein warmer Dunst stieg von ihrem Körper auf, als sie sich näher zu mir schob. Ein Dunst der Zufriedenheit. Eine Mischung aus Vergessen und Schlaf. Wo bin ich, wer bist du, was habe ich gerade geträumt?

»Wir müssen reden«, sagte ich.

Sie murmelte etwas, schien eine über ihr dräuende Präsenz wegzuschieben. Als ich zur Lampe hinüberreichte, fiel sie mir mit dem Handrücken in den Arm. Das Licht ging an. Sie wich zur Radioseite zurück und zog sich klagend die Decke über den Kopf.

»So kommst du mir nicht davon. Es gibt Dinge, über die wir reden müssen. Ich will Zugang zu Mr.Gray. Ich will den wahren Namen von Gray Research.«

Sie stöhnte nur: »Nein!«

»Ich bin völlig vernünftig. Ich kann die Aussichten einschätzen. Habe keine wilden Hoffnungen oder Erwartungen. Ich will es ja nur ausprobieren, einmal versuchen. Ich glaube nicht an Zaubermittel. Ich sage ja nur: ›Laß es mich ausprobieren, laß mich selbst sehen.‹ Ich liege hier seit Stunden wie gelähmt. Ich bin in Schweiß gebadet. Fühl doch meine Brust, Babette.«

»Noch fünf Minuten. Ich brauche Schlaf.«

»Fühl mal. Gib mir deine Hand. Sieh mal, wie naß.«

»Wir alle schwitzen«, sagte sie. »Was ist schon Schweiß?«

»Das hier sind ganze Sturzbäche.«

»Du willst was schlucken. Es nützt doch nichts, Jack.«

»Ich will nur ein paar Minuten mit Mr. Gray allein sein, um herauszufinden, ob ich mich eigne.«

»Er wird glauben, daß du ihn umbringen willst.«

»Das ist doch verrückt. Da wäre ich ja verrückt. Wie kann ich ihn umbringen?«

»Er wird wissen, daß ich dir von dem Motel erzählt habe.«

»Das Motel ist vorbei und vergessen. Ich kann an dem Motel nichts ändern. Werd' ich den einzigen Mann umbringen, der meinen Schmerz lindern kann? Fühl mal unter meinen Armen, wenn du mir nicht glaubst.«

»Er wird denken, daß du ein mißgünstiger Ehemann bist.«

»Das Motel ist ehrlich gesagt meine geringste Sorge. Soll ich ihn umbringen, damit ich mich besser fühle? Er braucht gar nicht zu wissen, wer ich bin. Ich erfinde eine Identität, ich erfinde die Umstände. Hilf mir, bitte.«

»Erzähl mir nicht, daß du schwitzt. Was ist schon Schweiß? Ich habe dem Mann mein Wort gegeben.«

Am Morgen saßen wir am Küchentisch. Der Wäschetrockner lief im Eingangsflur. Ich horchte auf das klopfende Geräusch von Knöpfen und Reißverschlüssen, die an die Trommel schlugen.

»Ich weiß schon, was ich zu ihm sagen will. Ich werde deskriptiv sein, klinisch. Keine Philosophie oder Theologie. Ich werde den Pragmatiker in ihm ansprechen. Er muß doch beeindruckt sein von der Tatsache, daß ich zum Sterben bestimmt bin. Das ist ehrlich gesagt mehr, als du von dir behaupten konntest. Mein Bedürfnis ist intensiv. Ich glaube, daß er darauf reagieren wird. Außerdem wird ihn eine zweite Chance am lebenden Objekt locken. Diese Leute sind so.«

»Woher weiß ich, daß du ihn nicht umbringen wirst?«

»Du bist meine Frau. Bin ich ein Killer?«

»Du bist ein Mann, Jack. Wir alle wissen Bescheid über Männer und ihre aberwitzige Wut. Das ist etwas, was Männer vorzüglich können. Aberwitzige und blutige Eifersucht hegen. Mörderische Wut. Wenn Leute etwas gut können, dann ist es nur natürlich, daß sie nach einer Gelegenheit suchen, es anzuwenden. Wenn ich es gut könnte, würde ich es auch tun. Rein zufällig kann ich es nicht. Anstatt mich in eine mörderische Wut hineinzusteigern, lese ich den Blinden vor. Mit anderen Worten, ich kenne meine Grenzen. Ich bin willens, mich mit weniger zufrieden zu geben.«

»Was habe ich getan, um das zu verdienen? Das sieht dir gar nicht ähnlich. Sarkastisch! Spöttisch!«

»Laß es gut sein«, sagte sie. »Dylar war mein Fehler. Ich werde nicht zulassen, daß du es auch zu deinem machst.«

Wir horchten auf das Klopfen und Kratzen von Knöpfen und Reißverschlüssen. Es war Zeit für mich, zum Unterricht zu gehen. Die Stimme oben bemerkte: »Eine Denkfabrik in Kalifornien sagt, der nächste Weltkrieg könnte möglicherweise um Salz geführt werden.«

Den ganzen Nachmittag stand ich am Fenster in meinem Dienstzimmer und beobachtete das Observatorium. Es wurde schon dunkel, als Winnie Richards an der Nebentür erschien, in beide Richtungen sicherte und dann begann, in wölfischem Trab an der Rasenböschung entlang zu laufen. Ich eilte aus meinem Zimmer und die Treppen hinunter. Innerhalb von Sekunden war ich draußen, auf einem gepflasterten Weg und rannte. Fast sofort empfand ich ein merkwürdiges Hochgefühl, jene erfrischende Erregung, die die Wiederentdeckung eines verlorenen Vergnügens begleitet. Ich sah, wie sie mit einem kontrollierten Rutscher die Ecke nahm, bevor sie hinter einem Wartungsgebäude verschwand. Ich rannte, so schnell ich konnte, legte los, stemmte mich gegen den Wind, die Läuferbrust herausgestreckt, den Kopf hoch, mit hart pumpenden Armen. Sie tauchte an der Ecke der Bibliothek wieder auf, eine wachsame Gestalt, die sich verstohlen unter den Spitzbogenfenstern bewegte, fast unsichtbar in der Dämmerung. Als sie sich der Treppe näherte, beschleunigte sie plötzlich, ging auf volle Kraft, fast aus dem Stand. Es war ein gewandtes und herrliches Manöver, das zu bewundern ich fähig war, obwohl es meine Chancen noch verschlechterte. Ich beschloß, hinter der Bibliothek abzukürzen und sie auf der langen, geraden Auffahrt zu den Chemielabors einzuholen. Vorübergehend lief ich neben den Mitgliedern der Lacrossemannschaft her, die nach dem Training von einem Spielfeld stürmte. Wir rannten im Gleichschritt, wobei die Spieler ihre Schläger ritualisch schwenkten und etwas riefen, das ich nicht verstehen konnte. Als ich den breiten Weg erreichte, rang ich nach Luft. Winnie war nirgends zu sehen. Ich rannte über den Fakultätsparkplatz, an der hochmodernen Kapelle vorbei, um die Verwaltungsgebäude herum. Jetzt war der Wind zu hören, der durch die hohen kahlen Äste knarrte. Ich rannte nach Osten, besann mich anders, blieb stehen und sah mich um, nahm meine Brille ab, um Ausschau zu halten. Ich wollte laufen, ich war willens zu laufen. Ich würde laufen, so weit ich konnte, die Nacht durchlaufen, laufen, um zu vergessen, warum ich lief. Einen Moment später sah ich eine Gestalt am Rande des Campus einen Hügel hinaufhoppeln. Das mußte sie sein. Ich begann wieder zu laufen, obwohl ich wußte, daß sie zu weit weg war, daß sie über die Hügelkuppe verschwinden und wochenlang nicht wieder auftauchen würde. Ich steckte alles, was ich hatte, in einen letzten steilen Spurt, stürmte über Beton, Gras, dann Geröll, die Lunge brannte mir in der Brust, und eine Schwere zog an meinen Beinen, die die Anziehungskraft der Erde selbst zu sein schien, ihre intimste und wirksamste Strafe, das Gesetz der fallenden Körper.

Wie überrascht war ich, als ich mich dem Gipfel des Hügels näherte und sah, daß sie stehengeblieben war. Sie hatte eine mit Isoliermaterial aufgeblähte Gore-Tex-Jakke an und schaute nach Westen. Ich ging langsam auf sie zu. Nachdem ich eine Reihe von Eigenheimen hinter mir gelassen hatte, sah ich, was sie zum Innehalten gebracht hatte. Der Rand der Erde zitterte in einem dunklen Dunst. Auf ihm lag die Sonne, die unterging wie ein Schiff in einem brennenden Meer. Ein weiterer postmoderner Sonnenuntergang, reich an romantischer Bildlichkeit. Warum versuchen, ihn zu beschreiben? Es genügt zu sagen, daß alles in unserem Gesichtskreis nur zu dem Zweck zu existieren schien, das Licht von diesem Ereignis aufzufangen. Nicht, daß dies einer der stärksten Sonnenuntergänge gewesen wäre. Es hatte schon dynamischere Farben gegeben, einen stärkeren Eindruck erzählerischen Schwungs.

»Hallo, Jack. Ich wußte gar nicht, daß Sie auch immer hier hochkommen.«

»Ich gehe normalerweise zur Highway-Überführung.«

»Ist das nicht ein Ding?«

»Ja, ist schon schön.«

»Gibt mir zu denken. Wirklich.«

»Was denken Sie?«

»Was kann man denn angesichts dieser Schönheit denken? Ich kriege Angst, das weiß ich.«

»Dies ist nicht einer der beängstigenderen.«

»Mir macht er angst. Mann, sehen Sie sich das an!«

»Haben Sie den am letzten Dienstag gesehen? Ein gewaltiger und überwältigender Sonnenuntergang. Ich stufe diesen als durchschnittlich ein. Vielleicht lassen sie langsam nach.«

»Das hoffe ich nicht«, sagte sie. »Ich würde sie vermissen.«

»Möglicherweise verringert sich der giftige Rückstand in der Atmosphäre.«

»Es gibt eine Theorie, die besagt, daß es nicht die Rückstände der toxischen Wolke sind, die die Sonnenuntergänge verursachen. Angeblich sind es die Rückstände der Mikroorganismen, die die Wolke aufgefressen haben.«

Wir standen da und beobachteten eine Welle rötlichen Lichts, wie ein Herz, das in einem Farbdokumentarfilm im Fernsehen pumpt.

»Erinnern Sie sich an die untertassenförmige Pille?«

»Natürlich«, sagte sie. »Eine technische Meisterleistung.«

»Ich habe herausgefunden, was sie bewirken soll. Sie ist dazu bestimmt, ein uraltes Problem zu lösen. Die Angst vor dem Tod. Sie regt das Gehirn an, Todesfurcht-Hemmer zu produzieren.«

»Aber sterben müssen wir trotzdem.«

»Jeder Mensch muß sterben, ja.«

»Wir haben dann nur keine Angst«, sagte sie.

»Richtig.«

»Klingt interessant.«

»Dylar ist von einer geheimen Forschungsgruppe entwickelt worden. Ich glaube, einige dieser Leute sind Psychobiologen. Haben Sie vielleicht Gerüchte gehört von einer Gruppe, die insgeheim an der Todesangst arbeitet?«

»Ich wäre die letzte, die so was hört. Mich findet nie jemand. Wenn mich jemand findet, dann nur, um mir etwas Wichtiges zu sagen.«

»Was könnte wichtiger sein?«

»Was Sie da reden, ist Klatsch, Gerüchte. Nichts Stichhaltiges, Jack. Wer sind diese Leute, wo ist ihr Standort?«

»Deshalb bin ich ja hinter Ihnen hergejagt. Ich dachte, Sie könnten etwas über sie wissen. Ich weiß nicht einmal, was ein Psychobiologe ist.«

»Das ist so eine Art Sammelbegriff. Interdisziplinär. Die wirkliche Arbeit wird an der Basis geleistet.«

»Können Sie mir denn gar nichts darüber sagen?«

Etwas in meiner Stimme veranlaßte sie, sich mir zuzuwenden und mich anzusehen. Winnie war kaum dreißig, doch hatte sie ein vernünftiges und geübtes Auge für die halbverborgenen Katastrophen, die das menschliche Leben ausmachen. Ein schmales Gesicht, teils verdeckt von dünnen braunen Löckchen, die Augen glänzend und erregt. Sie hatte das schnäbelige und hohlknochige Aussehen eines großen, watenden Wesens. Kleiner gezierter Mund. Ein Lächeln, das in ständigem Konflikt mit einer inneren Kritik an den verführerischen Reizen des Humors lag. Murray erzählte mir einmal, daß er in sie vernarrt sei, ihre körperliche Ungelenkheit als Zeichen einer Intelligenz empfand, die sich fast zu schnell entwickelte, und ich glaubte zu verstehen, was er meinte. Sie knuffte und zwickte ihre Umwelt und rannte sie gelegentlich sogar über den Haufen.

»Ich weiß nicht, in welcher Weise Sie persönlich mit dieser Substanz zu tun haben«, sagte sie, »aber ich glaube, es ist ein Fehler, wenn man das Gefühl für den Tod verliert, und auch die Angst vor dem Tod. Ist der Tod nicht die Grenze, die wir brauchen? Gibt er dem Leben nicht eine kostbare Beschaffenheit, eine Art Definition? Sie müssen sich einmal fragen, ob irgend etwas, was Sie auf der Welt tun, diese Schönheit und Bedeutung hätte, ohne das Wissen von einer Endlinie, einer Grenze oder Beschränkung, das Sie mit sich herumtragen.«

Ich beobachtete Licht, das in die abgerundeten Gipfel der Höhenwolken klettert. Atemgold, Velemint, Vivil.

»Die Leute halten mich für versponnen«, sagte sie. »Ich habe eine versponnene Theorie über die menschliche Angst, das stimmt. Stellen Sie sich vor, Jack, Sie, ein eingefleischt häuslicher Mensch, ein Mensch der sitzenden Lebensweise, befänden sich auf einer Wanderung durch einen tiefen Wald. Sie entdecken etwas am Rand Ihres Gesichtskreises. Bevor Sie sonst etwas wissen, ist Ihnen klar, daß dieses Ding sehr groß ist, und daß es in Ihrem normalen Bezugsrahmen keinen Platz hat. Ein Makel im Weltbild. Entweder dürfte dieses Ding nicht hier sein, oder Sie nicht. Jetzt kommt das Ding voll in Sicht. Es ist ein Grizzlybär, riesengroß, glänzendbraun, schwankend, Schleim tropft von den gebleckten Reißzähnen. Jack, Sie haben noch nie so ein großes Tier in der Wildnis gesehen. Der Anblick dieses Grizzlys ist so elektrisierend seltsam, daß er Ihnen ein neues Gefühl Ihrer selbst gibt, ein frisches Bewußtsein Ihrer selbst – des Selbst in Begriffen einer einzigartigen und entsetzlichen Situation. Sie sehen sich selbst auf eine neue, intensive Weise. Sie entdecken sich selbst wieder. Sie sind für Ihre kurz bevorstehende Zerstückelung erleuchtet. Das wilde Tier auf den Hinterbeinen hat Sie befähigt, zu sehen, wer Sie sind, wie zum ersten Mal, außerhalb der vertrauten Umgebung, allein, scharf umrissen, ganz. Der Name, den wir diesem komplizierten Prozeß geben, ist Angst.«

»Angst ist also das auf eine höhere Ebene gehobene Bewußtsein von sich selbst.«

»Das ist richtig, Jack.«

»Und der Tod?« sagte ich.

»Immer nur selbst, selbst, selbst! Wenn man den Tod als weniger fremd und beziehungslos betrachten kann, dann wird auch das Bewußtsein von sich selbst im Verhältnis zum Tod abnehmen und ebenso die Angst.«

»Was soll ich tun, um den Tod weniger fremd zu machen? Wie fange ich das an?«

»Ich weiß nicht.«

»Soll ich den Tod herausfordern, indem ich mit dem Auto um Kurven rase? Soll ich an den Wochenenden Klettern gehen?«

»Ich weiß nicht«, sagte sie. »Ich wollte, ich wüßte es.«

»Soll ich mich anseilen und die blanke Fassade eines neunzigstöckigen Gebäudes erklimmen? Was soll ich tun, Winnie? Soll ich mich in einen Käfig voller afrikanischer Schlangen setzen, wie der beste Freund meines Sohnes? So was machen Leute heutzutage.«

»Meiner Meinung nach sollten Sie das Medikament in dieser Tablette völlig vergessen, Jack. Es gibt ganz offensichtlich kein Medikament.«

Sie hatte recht. Alle hatten sie recht. Mein Leben weiterleben, meine Kinder aufziehen, meine Studenten unterrichten. Versuchen, nicht an die szintillierende Gestalt zu denken, die im Grayview Motel ihre unfertigen Hände an meine Frau legt.

»Ich bin immer noch traurig, Winnie, aber Sie haben meiner Trauer eine Fülle und eine Tiefe gegeben, die sie vorher nicht gehabt hat.« Sie wandte sich errötend ab.

Ich sagte: »Sie sind mehr als ein Gut-Wetter-Freund – Sie sind ein wahrer Feind.« Sie färbte sich ausnehmend rot.

Ich sagte: »Brillante Leute denken nie an die Menschenleben, die sie am Boden zerstören, indem sie brillant sind.«

Ich sah zu, wie sie rot wurde. Sie nahm beide Hände, um ihre gestrickte Mütze über ihre Ohren herunterzuziehen. Wir warfen einen letzten Blick auf den Himmel und begannen, den Hügel hinunterzusteigen.

31

Haben Sie daran gedacht: 1.) Ihren Scheck für Waveform Dynamics auszustellen? 2.) Ihre Kontonummer auf Ihrem Scheck anzugeben? 3.) Ihren Scheck zu unterschreiben? 4.) Die volle Summe anzuweisen, da wir keine Teilzahlungen annehmen? 5.) Ihren Originalzahlungsbeleg beizufügen, keine Kopie? 6.) Ihren Beleg so einzulegen, daß die Adresse im Klarsichtfenster erscheint? 7.) Den grünen Teil Ihres Belegs an der gepunkteten Linie abzutrennen und ihn für Ihre Unterlagen zurückzubehalten? 8.) Ihre richtige Adresse und Postleitzahl anzugeben? 9.) Uns mindestens drei Wochen vor einem Umzug zu benachrichtigen? 10.) Den Umschlag zuzukleben? 11.) Eine Briefmarke auf den Umschlag zu kleben, da die Post ohne Gebühren keine Beförderung vornimmt? 12.) Den Briefumschlag mindestens drei Tage vor dem Datum, das im blauen Kasten erscheint, zur Post zu geben?

Kabel-Gesundheit, Kabel-Wetter, Kabel-Nachrichten, Kabel-Natur.

Keiner wollte an diesem Abend kochen. Wir stiegen alle ins Auto und fuhren hinaus in das Industriegebiet im Niemandsland jenseits der Stadtgrenze. Das niemals endende Neon. Ich fuhr vor einem Lokal vor, das auf Hähnchenteile und Schoko-Brownies spezialisiert war. Wir beschlossen, im Auto zu essen. Das Auto reichte für unsere Bedürfnisse aus. Wir wollten essen, nicht andere Leute angucken. Wir wollten uns den Magen füllen und damit fertig. Wir brauchten kein Licht und keinen Platz. Ganz bestimmt brauchten wir einander beim Essen nicht über den Tisch hinweg anzusehen, um ein feingesponnenes und komplexes Kreuz-Netzwerk von Signalen und Chiffren aufzubauen. Wir waren es zufrieden, mit Blick in dieselbe Richtung zu essen, nur Zentimeter über unsere Hände hinauszublicken. Das hatte etwas Strenges an sich. Denise holte das Essen zum Auto und verteilte Papierservietten. Wir machten uns darüber her. Wir aßen voll angezogen, mit Mützen und in dicken Mänteln, ohne zu reden, rissen mit Händen und Zähnen unsere Hähnchenstücke auseinander. Es herrschte eine Stimmung intensiver Konzentration, unsere Gedanken liefen zu einer einzigen zwingenden Idee zusammen. Ich stellte überrascht fest, daß ich ungeheuer hungrig war. Ich kaute und aß und blickte nur Zentimeter über meine Hände hinaus. So engt der Hunger die Welt ein. Dies ist der Rand des beobachtbaren Universums des Essens. Steffie riß die knusprige Haut von einem Bruststück ab und gab sie Heinrich. Sie aß die Haut nie. Babette lutschte an einem Knochen. Heinrich tauschte Flügel mit Denise, einen großen gegen einen kleinen. Er fand, daß kleine Flügel schmackhafter seien. Alle gaben Babette ihre Knochen zum Abnagen und Aussaugen. Ich kämpfte ein Bild von Mr. Gray nieder, der sich nackt auf einem Motel-Bett rekelte. Ein ungelöstes Bild, das an den Rändern zusammenfiel. Wir schickten Denise, noch mehr Essen zu holen, und warteten schweigend auf sie. Dann stürzten wir uns wieder darauf, halb verblüfft über die Dimensionen unseres Vergnügens.

Steffie sagte leise: »Wie können Astronauten eigentlich schweben?«

Es folgte eine Pause, die wie ein fehlendes Ticken in der Ewigkeit war.

Denise hörte auf zu essen und sagte: »Sie sind leichter als die Luft.«

Wir hörten alle auf zu essen. Eine besorgte Stille folgte.

»Da gibt es gar keine Luft«, sagte Heinrich schließlich. »Sie können doch nicht leichter sein als etwas, das es gar nicht gibt. Der Weltraum ist ein Vakuum, mit Ausnahme von schweren Molekülen.«

»Ich dachte, im Weltraum sei es kalt«, sagte Babette. »Wenn es dort keine Luft gibt, wie kann es dann kalt sein? Was macht denn warm oder kalt? Doch die Luft, jedenfalls dachte ich das bisher immer. Wenn es keine Luft gibt, dann dürfte es auch keine Kälte geben. Wie an so einem wischi-waschi-Tag.«

»Wie kann da nichts sein?« sagte Denise. »Irgend etwas muß da sein.«

»Da ist auch etwas«, sagte Heinrich aufgebracht. »Da sind schwere Moleküle.«

»An so einem brauch-ich-jetzt-einen-Pullover-oder-nicht-Tag«, sagte Babette.

Es folgte wieder eine Pause. Wir warteten, um zu sehen, ob der Dialog vorüber war. Dann machten wir uns wieder ans Essen. Wir tauschten schweigend ungewollte Stücke, steckten unsere Hände in Kartons mit geriffelten Pommes frites. Wilder mochte die weichen, weißen Pommes frites, und die anderen suchten sie heraus und gaben sie ihm. Denise verteilte Ketchup in kleinen wässrigen Beutelchen. Das Autoinnere roch nach Fett und abgelutschtem Fleisch. Wir tauschten Teile und nagten.

Steffie sagte zaghaft: »Wie kalt ist denn der Weltraum?«

Wieder warteten wir alle. Dann sagte Heinrich: »Das hängt davon ab, wie hoch du steigst. Je weiter du nach oben kommst, um so kälter wird es.«

»Wart mal«, sagte Babette. »Je weiter du nach oben kommst, um so näher kommst du zur Sonne. Um so wärmer wird es also.«

»Wieso glaubst du, daß die Sonne oben ist?«

»Wie kann die Sonne denn unten sein? Man muß doch nach oben schauen, um die Sonne zu sehen.«

»Und nachts?« sagte er.

»Da ist sie auf der anderen Seite der Erde. Aber trotzdem schauen die Menschen nach oben.«

»Die Quintessenz von Sir Albert Einstein ist«, sagte er, »wie kann die Sonne aufgehen, wenn man auf ihr draufsteht?«

»Die Sonne ist ein großer Feuerball«, sagte sie. »Es ist unmöglich, auf der Sonne zu stehen.«

»Er hat nur gesagt, ›wenn‹. Grundsätzlich gibt es kein oben oder unten, heiß oder kalt, Tag oder Nacht.«

»Was gibt es dann?«

»Schwere Moleküle. Der ganze Sinn des Weltraums besteht darin, den Molekülen eine Gelegenheit zu geben, sich abzukühlen, nachdem sie von der Oberfläche riesiger Sterne heruntergeschossen sind.«

»Wenn es kein heiß oder kalt gibt, wie können dann die Moleküle sich abkühlen?«

»Heiß und kalt sind Wörter. Wir müssen sie als Wörter verstehen. Wir müssen Wörter benützen. Wir können nicht nur grunzen.«

»Das heißt Sonnenkorollar«, sagte Denise in einer gesonderten Diskussion zu Steffie. »Wir haben es neulich abends im Wetterbericht gesehen.«

»Ich dachte, Korollar ist ein Auto«, sagte Steffie.

»Alles ist ein Auto«, sagte Heinrich. »Die Sache, die man bei den Riesensternen verstehen muß, ist, daß sie richtige Atomexplosionen in ihrem Kern haben. Da könnt ihr diese russischen IBMs, die so fürchterlich sein sollen, glatt vergessen. Die Rede ist von Explosionen, die hundertmillionenmal so stark sind!«

Es gab eine lange Pause. Keiner sprach. Wir widmeten uns wieder dem Essen, so lange, wie man braucht, um einen Bissen abzubeißen und zu kauen.

»Es sollen russische Hellseher sein, die dieses verrückte Wetter verursachen«, sagte Babette.

»Welches verrückte Wetter?« sagte ich.

Heinrich sagte: »Wir haben Hellseher, sie haben Hellseher, angeblich. Sie wollen unsere Ernte kaputtmachen, indem sie das Wetter beeinflussen.«

»Das Wetter war doch normal.«

»Für diese Jahreszeit«, warf Denise gewandt ein.

Das war die Woche, in der ein Polizist sah, wie eine Leiche aus einem UFO geworfen wurde. Es geschah, während er sich auf einer Routinepatrouille in den Vororten von Glassboro befand. Der regennasse Leichnam eines unidentifizierten Mannes wurde später in der Nacht gefunden, vollbekleidet. Eine Autopsie ergab, daß der Tod aufgrund zahlreicher Brüche und Herzversagens eingetreten war – vielleicht das Ergebnis eines gräßlichen Schocks. Unter Hypnose erlebte der Polizist, Jerry Tee Walker, erneut den verblüffenden Anblick des neonleuchtenden Objekts, das einem ungeheuren Drehkreisel ähnelte, während es achtzig Fuß hoch über einem Feld schwebte. Officer Walker, ein Vietnamveteran, sagte, die bizarre Szene erinnere ihn an Helikopterbesatzungen, die verdächtige Vietcong aus der Tür warfen. Unglaublicherweise spürte Walker, während er zusah, wie sich eine Luke öffnete, und der Körper zu Boden sackte, daß ihm auf psychischem Wege eine unheimliche Botschaft ins Gehirn übermittelt wurde. Die Polizeihypnotiseure planen, ihre Sitzungen zu intensivieren und zu versuchen, die Botschaft zu entschlüsseln.

Überall in der Gegend gab es Sichtungen. Ein Energien freisetzender, geistiger Strom schien von Stadt zu Stadt zu fließen. Es spielte keine Rolle, ob man diese Dinge glaubte oder nicht. Sie waren eine Erregung, eine Welle, ein Beben. Irgendeine Stimme oder ein Geräusch knallte über den Himmel, und wir waren dem Tod enthoben. Die Leute fuhren auf gut Glück an Stadtränder, wo einige dann wieder umkehrten, andere beschlossen, sich in noch entlegenere Gegenden zu wagen, die in diesen Tagen unter einem Zauber zu stehen schienen, einer geweihten Erwartung. Die Luft wurde weich und mild. Der Hund eines Nachbarn bellte die ganze Nacht hindurch.

Wir aßen auf dem Fast-Food-Parkplatz unsere Brownies. Krumen klebten an unseren Handballen. Wir verschlangen die Krümel, wir leckten uns die Finger. Als wir zum Ende kamen, begann sich das Maß unserer physischen Bewußtheit auszuweiten. Die essensbedingten Grenzen wichen der weiteren Welt. Wir blickten wieder über unsere Hände hinaus. Wir schauten durch die Fenster, auf die Autos und Lichter. Wir schauten die Leute an, die das Restaurant verließen, Männer, Frauen und Kinder, die Kartons mit Essen trugen und sich gegen den Wind lehnten. Von den Körpern auf dem Rücksitz begann Ungeduld auszugehen. Sie wären am liebsten schon zu Hause gewesen, nicht hier. Sie hätten sich gern auf ein Fingerschnalzen hin in ihren Zimmern befunden, bei ihren Sachen, anstatt auf dieser winddurchfegten Betonebene gedrängt im Auto zu sitzen. Heimfahrten waren immer eine Prüfung. Ich startete das Auto und wußte schon, daß es nur eine Sache von Sekunden war, bis die massierte Unruhe Elemente der Bedrohlichkeit annehmen würde. Wir spürten es kommen, Babette und ich. Eine mißmutige Drohung braute sich dort hinten zusammen. Sie würden uns angreifen, indem sie die klassische Strategie benutzten, miteinander zu streiten. Aber warum dieser Angriff auf uns? Dafür, daß wir sie nicht schneller heimbrachten? Dafür, daß wir älter und größer waren und eine Spur beständiger in unseren Stimmungen? Würden sie uns angreifen wegen unseres Status als Beschützer – Beschützer, die früher oder später versagen mußten? Oder griffen sie einfach nur die an, die wir waren, unsere Stimmen, unsere Gesichtszüge, unsere Gesten, unsere Art zu gehen und zu lachen, unsere Augenfarbe, Haarfarbe, unseren Hautton, unsere Chromosomen und Zellen?

Wie um ihnen zuvorzukommen, als könne sie dem, was ihre Drohungen andeuteten, nicht ins Auge sehen, sagte Babette gewinnend: »Wie kommt es eigentlich, daß diese UFOs meistens im Norden von Staaten gesichtet werden? Die besten Sichtungen sind immer im Norden von Staaten. Leute werden entführt und an Bord gebracht. Bauern sehen Brandstellen, wo Fliegende Untertassen gelandet sind. Eine Frau gebiert ein UFO-Baby, wie sie sagt. Immer im Norden.«

»Da sind ja auch die Berge«, sagte Denise. »Die Raumschiffe können sich dort vor dem Radar oder sonst was verstecken.«

»Warum sind die Berge im Norden?« sagte Steffie.

»Berge sind immer im Norden«, belehrte Denise sie. »Damit der Schnee plangemäß im Frühjahr schmilzt und bergabwärts zu den Reservoirs in der Nähe der Städte fließt, die genau aus diesem Grund in den tieferliegenden Regionen des Staates gebaut werden.«

Ich dachte einen Augenblick lang, sie hätte recht. Es klang merkwürdig plausibel. Oder doch nicht? War es vielleicht völlig verrückt? Es mußte doch in den nördlichen Regionen einiger Staaten auch große Städte geben. Oder lagen sie eben jenseits der Grenze in den südlichen Teilen der im Norden angrenzenden Staaten? Was sie sagte, konnte nicht stimmen, und doch hatte ich einen Augenblick lang Schwierigkeiten, einen Gegenbeweis zu führen. Ich konnte keine Städte oder Berge nennen, um das Gegenteil zu beweisen. Es mußte doch im südlichen Teil einiger Staaten Berge geben. Oder lagen sie vielmehr doch unterhalb der Staatsgrenze im nördlichen Teil der Staaten südlich davon? Ich versuchte, Hauptstädte von Staaten, Gouverneure zu nennen. Wie konnte es unterhalb von einem Süden einen Norden geben? War es das, was mich verwirrte? War das die Crux von Denises Irrtum? Oder hatte sie doch irgendwie unheimlicherweise recht?

Das Radio sagte: »Ein Überschuß von Salz, Phosphor, Magnesium.«

Später am Abend saßen Babette und ich zusammen und tranken Kakao. Auf dem Küchentisch, zwischen den Coupons, den halbmeterlangen Supermarktkassenzetteln, den Versandhauskatalogen, lag eine Postkarte von Mary Alice, meiner Ältesten. Sie ist der goldene Sproß meiner ersten Ehe mit Dana Breedlove, der Spionin, und ist damit Steffies Vollschwester, wenn auch zehn Jahre und zwei Ehen dazwischen liegen. Mary Alice ist jetzt neunzehn und lebt auf Hawaii, wo sie mit Walen arbeitet.

Babette nahm ein Groschenblatt in die Hand, das jemand auf dem Tisch liegengelassen hatte.

»Das Pfeifen von Mäusen ist bei vierzigtausend Hertz gemessen worden. Chirurgen benützen Hochfrequenz-Tonbänder von Mäusepfiffen, um Tumoren im menschlichen Körper zu zerstören. Glaubst du das?«

»Ja.«

»Ich auch.«

Sie legte die Zeitung hin. Nach einer Weile sagte sie drängend zu mir: »Wie fühlst du dich, Jack?«

»Mir geht's gut, ich fühl mich prima. Ehrlich. Und du?«

»Ich wollte, ich hätte dir nicht von meinem Zustand erzählt.«

»Warum?«

»Dann hättest du mir nicht erzählt, daß du als erster stirbst. Das sind die beiden Dinge, die ich mir am meisten auf der Welt wünsche: Daß Jack nicht als erster stirbt. Und daß Wilder ewig so bleibt, wie er jetzt ist.«

32

Murray und ich spazierten in unserer europäischen Manier über den Campus: in heiter besinnlichem Tempo, die Köpfe im Gespräch gesenkt. Manchmal faßte einer von uns den anderen am Ellbogen, eine Geste der Intimität und der physischen Unterstützung. Dann wieder gingen wir etwas weiter auseinander, Murray die Hände hinter dem Rücken ineinandergelegt, Gladney die seinen, in einem Anflug von Besorgtheit, mönchisch vor dem Unterleib gefaltet.

»Mit Ihrem Deutsch geht es gut voran?«

»Ich spreche immer noch schlecht. Die Wörter machen mir Schwierigkeiten. Howard und ich arbeiten gerade an Sätzen für die Eröffnung der Tagung.«

»Sie sagen Howard zu ihm?«

»Nicht als Anrede. Ich rede ihn überhaupt nicht an, und er redet mich nicht an. Es ist diese Art von Beziehung. Sehen Sie ihn eigentlich manchmal? Sie leben immerhin unter dem selben Dach.«

»Nur flüchtig. Den anderen Mietern scheint es so lieber zu sein. Wir haben das Gefühl, daß es ihn kaum gibt.«

»Irgendwas ist mit ihm. Ich bin nicht sicher, was genau.«

»Er ist fleischfarben«, sagte Murray.

»Richtig. Aber das ist nicht der Grund für mein Unbehagen.«

»Weiche Hände.«

»Ob es das ist?«

»Weiche Hände bei einem Mann stimmen mich nachdenklich. Weiche Haut ganz allgemein. Babyhaut. Ich glaube nicht, daß er sich rasiert.«

»Was sonst noch?« sagte ich.

»Flocken trockenen Speichels in den Mundwinkeln.«

»Sie haben recht«, sagte ich aufgeregt. »Trockener Speichel. Ich spüre, wie er mir ins Gesicht fliegt, wenn Howard sich zum Artikulieren nach vorn beugt. Was sonst noch?«

»Und eine Art, einem über die Schulter zu schauen.«

»Das alles sehen Sie bei Ihren flüchtigen Begegnungen? Bemerkenswert. Was sonst noch?«

»Und eine steife Haltung, die nicht recht zu seinem schlurfenden Gang passen will.«

»Ja, er geht, ohne die Arme zu bewegen. Was sonst noch, was sonst noch?«

»Und noch etwas, etwas, was über all das noch hinausgeht, etwas Unheimliches und Schreckliches.«

»Genau. Aber was ist es? Etwas, das ich nicht ganz identifizieren kann.«

»Ihn umgibt eine seltsame Atmosphäre, eine bestimmte Stimmung, ein Gefühl, eine Präsenz, eine Emanation!«

»Aber welche?« sagte ich, überrascht darüber, wie tief und persönlich ich betroffen war, und farbige Punkte tanzten am Rand meines Gesichtsfeldes.

Wir waren dreißig Schritte gegangen, als Murray zu nicken begann. Ich beobachtete beim Gehen sein Gesicht. Er nickte, während er die Straße überquerte, und nickte weiter, bis wir an der Musikbibliothek vorbei waren. Ich ging mit ihm, Schritt für Schritt, nahm seinen Ellbogen, beobachtete sein Gesicht, wartete darauf, daß er sprach, und kümmerte mich gar nicht darum, daß er mich völlig von meinem Weg abgebracht hatte, und er nickte immer noch, als wir uns dem Eingang von Wilmot Grange näherten, einem restaurierten Gebäude aus dem neunzehnten Jahrhundert am Rande des Campus.

»Aber was?« sagte ich. »Aber was?«

Erst vier Tage später rief er mich zu Hause an, um ein Uhr morgens, um mir hilfreich ins Ohr zu flüstern: »Er sieht aus wie einer, der Leichen erotisch findet.«

Ich ging zu einer letzten Unterrichtsstunde. Die Wände und Fenster waren von Gegenständen verdunkelt, die sich jetzt auf die Mitte des Zimmers zuzuschieben schienen. Vor mir schloß der ungerührt blickende Mann die Augen und sprach, er rezitierte nützliche Redewendungen für Touristen. »Wo bin ich?« – »Können Sie mir helfen?« – »Es ist Nacht, und ich habe mich verirrt.« Ich hielt es kaum aus, still sitzenzubleiben. Murrays Bemerkung legte ihn für immer auf eine plausible Identität fest. Was an Howard Dunlop so schwer greifbar gewesen war, war jetzt auf einen Nenner gebracht. Was merkwürdig und halb gruselig gewesen war, war jetzt krankhaft. Eine verbissene Geilheit ging von seinem Körper aus und schien durch das verbarrikadierte Zimmer zu zirkulieren.

Im Grunde würde ich die Stunden vermissen. Ich würde auch die Hunde vermissen, die deutschen Schäferhunde. Eines Tages waren sie einfach fort. Wurden vielleicht woanders gebraucht oder waren zurück in die Wüste geschickt worden, um ihre Fähigkeiten zu schärfen. Dagegen waren die Männer in den Mylexanzügen noch immer in der Gegend, trugen Meß- und Sondierinstrumente umher oder fuhren in Mannschaften zu sechst oder acht in klobigen Steck-Fahrzeugen, die Legoautos ähnelten, durch die Stadt.

Ich stand an Wilders Bett und beobachtete ihn beim Schlafen. Die Stimme im angrenzenden Zimmer sagte: »Vierhunderttausend Dollar im Dinah-Shore-Golfturnier der Firma Nabisco.«

Es war die Nacht, in der das Irrenhaus abbrannte. Heinrich und ich stiegen ins Auto und fuhren hin, um zuzuschauen. Am Ort des Geschehens befanden sich auch noch andere Väter mit ihren heranwachsenden Söhnen. Offenbar suchen Väter und Söhne bei solchen Gelegenheiten die Gesellschaft voneinander. Brände helfen, sie einander näherzubringen, bieten einen Einstieg ins Gespräch. Es gilt, Gerätschaften zu taxieren, die Techniken der Feuerwehrleute zu diskutieren und kritisieren. Das Männliche an der Brandbekämpfung – die Virilität des Feuers könnte man sagen – paßt zu den lakonischen Dialogen, die Väter und Söhne ohne Peinlichkeiten und Verlegenheiten führen können.

»In alten Gebäuden liegt der Brandherd meistens irgendwo in der Elektroleitung«, sagte Heinrich. »Defekte Leitungen. Das ist so ein Schlagwort, das man immer über kurz oder lang zu hören kriegt.«

»Die meisten Menschen verbrennen gar nicht«, sagte ich. »Sie sterben an Rauchvergiftung.«

»Das ist noch so ein Schlagwort«, sagte er.

Flammen tosten durch die Dachgauben. Wir standen auf der anderen Straßenseite und sahen zu, wie ein Teil des Dachs einstürzte, ein hoher Kamin langsam einknickte und sank. Unaufhörlich kamen Löschfahrzeuge aus

Nachbarstädten angefahren. Männer in Gummistiefeln und altmodischen Helmen sprangen schwerfällig zu Boden. Schläuche wurden bemannt und ausgerichtet, eine Gestalt schob sich in den Klauen einer Ausfahrleiter hoch über das glänzende Dach. Wir sahen zu, wie der Säulengang nachzugeben begann, eine entfernt stehende Säule sich neigte. Eine Frau in feurigem Nachthemd lief über den Rasen. Wir hielten fast bewundernd den Atem an. Sie war weißhaarig und schmächtig, von brennender Luft umsäumt, und wir konnten sehen, daß sie verrückt war, so sehr in Träume und aufbrausende Heftigkeit verloren, daß das Feuer um ihren Kopf fast nebensächlich schien. Keiner sagte ein Wort. In all der Hitze und dem Lärm von splitterndem Holz zog sie die Stille auf sich. Wie gewaltig und wirklich. Wie tiefgründig war doch der Wahnsinn. Ein Feuerwehrhauptmann eilte auf sie zu, führte dann, aus der Fassung gebracht, eine leichte Schwenkung aus, als sei sie doch nicht die Person, die hier anzutreffen er erwartet hatte. Sie ging in einem weißen Bersten zu Boden, wie eine Teetasse, die zerbricht. Vier Männer waren jetzt um sie und schlugen mit Helmen und Mützen auf die Flammen.

Die schwere Arbeit der Brandbekämpfung ging weiter, eine Mühe, die so alt und vergeblich schien wie das Erbauen einer Kathedrale, die Männer schienen getrieben von einem Geist stolzen gemeinsamen Könnens. Ein Dalmatiner saß im Führerhaus eines Gerätewagens.

»Komisch, wie man so endlos zuschauen kann«, sagte Heinrich. »Genau wie bei einem Feuer im Kamin.«

»Willst du damit sagen, daß diese beiden Arten von Feuer gleichermaßen unwiderstehlich sind?«

»Ich sage ja nur, man kann endlos zuschauen.«

»›Der Mensch ist schon immer vom Feuer fasziniert gewesen.‹ Willst du das damit sagen?«

»Dies ist mein erstes brennendes Haus. Gib mir doch eine Chance«, sagte er.

Die Väter und Söhne drängten sich auf dem Bürgersteig und zeigten auf dieses oder jenes Teil des halb ausgebrannten Gebäudes. Murray, dessen Pension nur wenige Meter entfernt lag, schlängelte sich zu uns und schüttelte uns wortlos die Hand. Fenster barsten. Wir sahen zu, wie ein weiterer Kamin durch das Dach glitt, ein paar lose Steine auf den Rasen polterten. Murray schüttelte uns erneut die Hand und verschwand dann.

Bald darauf verbreitete sich ein beißender Geruch. Vielleicht war es brennendes Isoliermaterial – Styroporverkleidungen um Rohre und Leitungen – oder es mochten eine oder mehrere aus einem Dutzend anderer möglicher Substanzen sein. Jedenfalls erfüllte ein scharfer und bitterer Gestank die Luft und überlagerte den Geruch von Rauch und verkohlten Steinen. Er brachte die Stimmung der Menschen auf dem Bürgersteig zum Umschlagen. Manche preßten sich Taschentücher vors Gesicht, andere verließen angewidert ganz plötzlich den Schauplatz. Was auch den Geruch bewirkt haben mochte, ich spürte, daß er den Leuten das Gefühl vermittelte, betrogen worden zu sein. Ein uraltes, grenzenloses und schreckliches Schauspiel wurde von etwas Unnatürlichem, einer kleinen und häßlichen Störung gefährdet. Unsere Augen begannen zu brennen. Die Menge zerstreute sich. Es war, als seien wir gezwungen worden, die Existenz einer zweiten Art von Tod anzuerkennen. Der eine war wirklich, der andere synthetisch. Der Geruch trieb uns fort, aber darunter, und das war viel schlimmer, lauerte die Gewißheit, daß der Tod aus zwei Richtungen kam, manchmal sogar gleichzeitig, und daß die Art und Weise, wie der Tod in Mund und Nase eindrang, wie der Tod roch, irgendwie von Bedeutung für die Seele sein konnte.

Wir eilten zu unseren Autos und dachten dabei an die Heimatlosen, die Verrückten und die Toten, jetzt aber auch an uns selbst. Bewirkt hatte das der Geruch jenes brennenden Materials: er komplizierte unsere Traurigkeit, brachte uns dem Geheimnis unseres eigenen unausweichlichen Endes näher.

Zu Hause machte ich uns beiden eine warme Milch. Ich war überrascht, daß Heinrich seine trank. Er umfaßte den Becher mit beiden Händen, redete vom Lärm des Feuers, von der luftgespeisten Wucht der Verbrennung, die die Schubkraft eines Düsenantriebs hatte. Ich erwartete fast, daß er sich für das hübsche Feuer bedanken würde. Wir saßen da und tranken unsere Milch. Nach einer Weile ging er in seinen Wandschrank, um Klimmzüge zu machen.

Ich saß noch lange auf und dachte an Mr. Gray. Grauleibig, szintillierend, unfertig. Das Bild schwankte und schlingerte, die Ränder seines Körpers flackerten in zielloser Verzerrung. In letzter Zeit hatte ich oft an ihn denken müssen. Manchmal als Mr. Gray, die zusammengesetzte Person. Vier oder mehr gräuliche Gestalten, in ihre Pionierarbeit vertieft. Wissenschaftler, Phantasten. Die schlierigen Körper ineinander übergehend, sich vermischend, vereinigend, verschmelzend. Ein wenig wie Außerirdische. Gescheiter als wir übrigen, selbstlos, geschlechtslos, entschlossen, uns aus unserer Angst herauszuholen. Aber wenn die Körper verschmolzen, blieb ich mit einer einzigen Gestalt zurück, dem Projektmanager, einem nebelhaften grauen Verführer, der sich durch ein Motelzimmer schlängelt. Bettwärts, Babettewärts. Ich sah meine Frau, auf der Seite ruhend, üppig gerundet, der ewig wartende weibliche Akt. Ich sah sie so wie er. Abhängig, unterwürfig, ihren Gefühlen ausgeliefert. Ich spürte seine Überlegenheit und Herrschaft. Seine Machtposition. Er übernahm die Macht über meine Gedanken, dieser Mann, den ich nie gesehen hatte, dieses halbe Bild, dieses armselige Nichts von einem Gehirnlicht. Seine rauhen Hände umfaßten eine rosenweiße Brust. Wie lebensecht und lebendig sie war, welch taktiles Vergnügen, um die Spitze bestäubt mit rotbraunen Sommersprossen. Ich litt akustische Folterqualen. Hörte das plätschernde Liebesspiel der beiden, das Liebesgestammel und Summen des Fleisches. Hörte das Schwappen und Schmatzen, das Klatschen nasser Münder, nachgebende Matratzenfedern. Eine Pause murmelnden Sicheinrichtens. Dann umzog Düsternis das graubezogene Bett, in einem langsam enger werdenden Kreis.

Onkyo. Panasonic. Sony.

33

Wie spät war es, als ich die Augen aufschlug, weil ich jemanden oder etwas in der Nähe spürte? War es eine ungerade Stunde? Das Zimmer war weich und gespinstartig. Ich streckte die Beine aus, blinzelte, stellte die Augen langsam auf einen vertrauten Gegenstand ein. Es war Wilder, der einen halben Meter vor dem Bett stand und mir ins Gesicht spähte. Wir verharrten eine geraume Weile in gegenseitiger Betrachtung. Sein großer runder Kopf, der auf einem kurzgliedrigen und untersetzten Körper saß, gab ihm das Aussehen einer primitiven Tonfigurine, eines Hausgötzen obskurer und kultischer Herkunft. Ich hatte das Gefühl, daß er mir etwas zeigen wollte. Während ich leise aus dem Bett schlüpfte, ging er in seinen wattierten Hausschuhen aus dem Zimmer. Ich folgte ihm auf den Flur und bis zu dem Fenster, das nach hinten auf unseren Garten hinausgeht. Ich war barfuß und ohne Bademantel und spürte, wie ein Kälteschauer durch den Hongkong-Polyester meines Schlafanzugs zog. Wilder stand da und schaute aus dem Fenster, das Kinn etwa zwei Zentimeter über dem Fensterbrett. Mir kam es vor, als hätte ich mein Leben in einem schiefhängenden Schlafanzug verbracht, mit falsch zugeknöpftem Oberteil und offenem, hängenden Hosenschlitz.

Dämmerte es schon? Waren das Krähen, die ich in den Bäumen kreischen hörte?

Jemand saß im Garten. Ein weißhaariger Mann saß aufrecht in unserem alten Korbstuhl, eine Gestalt von unheimlicher Bewegungslosigkeit und Gefaßtheit. Benommen und verschlafen wußte ich zunächst nicht, was ich mit dem Anblick anfangen sollte. Er schien eine sorgfältigere Interpretation zu verlangen, als ich im Augenblick zu geben fähig war. Ich hatte nur einen Gedanken: daß er dort zu irgendeinem Zweck *eingeblendet* worden sei. Dann begann sich Angst einzuschleichen, handgreiflich und überwältigend, eine Faust, die sich wiederholt in meiner Brust zusammenballte. Wer war das, was ging hier vor? Ich merkte, daß Wilder nicht mehr neben mir stand. Ich kam gerade rechtzeitig an seine Zimmertür, um noch zu sehen, wie sein Kopf ins Kissen sank. Bis ich an sein Bett getreten war, war er schon fest eingeschlafen. Ich wußte nicht, was ich tun sollte. Mir war kalt, ich fühlte mich bleich. Ich tastete mich zum Fenster zurück, wobei ich einen Türknauf faßte, dann ein Geländer, wie um mich selbst an die Natur und das Sein wirklicher Dinge zu erinnern. Er saß immer noch dort draußen und starrte in die Hecke. Ich sah sein Profil in dem unbestimmten Licht, reglos und wissend. War er so alt, wie ich zunächst gedacht hatte – oder war das weiße Haar ein reines Symbol, Teil seiner allegorischen Macht? Das war es, natürlich! Er mußte der Tod sein, oder der Bote des Todes, ein hohläugiger Spezialist aus dem Zeitalter der Pest, aus dem Zeitalter der Inquisitionen, der endlosen Kriege, der Tollhäuser und Leprosorien. Er mußte ein Aphoristiker letzter Dinge sein, er würde mir den oberflächlichsten aller Blicke zuwerfen – kultiviert, ironisch – und dabei seine prägnante, modische Floskel über meine Reise ins Jenseits sprechen. Ich sah lange Zeit hinaus, wartete darauf, daß er eine Hand bewegte. Seine Reglosigkeit war imponierend. Ich spürte, wie ich von Sekunde zu Sekunde bleicher wurde. Was bedeutet es, wenn man bleich wird? Was für ein Gefühl ist es, den leibhaftigen Tod vor sich zu sehen, der gekommen ist, dein Lebenslicht auszublasen? Ich war bis ins Mark erschrocken. Mir war kalt und heiß, ich war trocken und naß, war ich selbst und jemand anderes. Die Faust ballte sich in meiner Brust. Ich ging zur Treppe, setzte mich auf die oberste Stufe und sah in meine Hände. So viel blieb. Jedes Wort und jedes Ding eine Perlstickerei strahlender Schöpferkraft. Allein meine Hand, kreuzweise und spiralig durchzogen von einem Netz ausdrucksvoller Linien, ein Lebensgelände, hätte auf Jahre hin Gegenstand genauester Untersuchung und Verwunderung sein können. Eine Kosmologie gegen die Leere.

Ich stand auf und ging zurück zum Fenster. Er war immer noch da. Ich ging ins Badezimmer, um mich zu verstecken. Ich klappte den Toilettendeckel herunter, saß eine Weile dort und überlegte, was ich tun sollte. Ich wollte ihn nicht im Haus haben.

Ich ging eine Weile hin und her. Ich ließ mir kaltes Wasser über die Hände und Handgelenke laufen, spritzte mir Wasser ins Gesicht. Ich fühlte mich leicht und schwer, verwirrt und hellwach. Ich nahm einen Landschaftsbriefbeschwerer vom Regal bei der Tür. In der Plastikscheibe schwamm ein 3D-Bild des Grand Canyon, in dem die Farben näherkamen und wieder zurückwichen, während ich das Ding im Licht drehte. Fluktuierende Ebenen. Ich mochte diesen Ausdruck. Er schien die Musik jeglicher Existenz zu sein. Wenn man den Tod nur als eine weitere Oberfläche betrachten könnte, die man eine Zeitlang bewohnt. Eine weitere Facette kosmischer Vernunft. Einen Steilflug über dem Bright Angel Trail.

Ich wandte mich dem Nächstliegenden zu. Wenn ich ihn nicht ins Haus lassen wollte, blieb mir wohl nichts anderes übrig, als nach draußen zu gehen. Zuerst würde ich noch bei den Kleinen vorbeischauen. Ich bewegte mich leise auf bloßen, weißen Füßen durch die Zimmer. Ich schaute, wo es eine Decke zurechtzuziehen, ein Spielzeug aus einer warmen Kinderhand zu lösen gab, und hatte dabei das Gefühl, in eine Fernsehszene hineingeraten zu sein. Alles war ruhig und in Ordnung. Würden sie den Tod eines Elternteils nur als Sonderform einer Scheidung betrachten?

Ich schaute bei Heinrich hinein. Er nahm nur die obere linke Bettecke ein, sein Körper war fest zusammengerollt wie einer dieser Überraschungsgegenstände, die abrupt auseinanderschnellen, wenn man sie berührt. Ich stand nickend in der Tür.

Ich schaute bei Babette hinein. Sie hatte ganze Schichten abgelegt, war wieder ein Mädchen, eine laufende Gestalt aus einem Traum. Ich küßte sie auf den Kopf, roch den warmen Moschusduft, der von ihrem Schlaf heraufwehte. Ich entdeckte meine Ausgabe von ›Mein Kampf‹ in einem Stapel von Büchern und Zeitschriften. Das Radio ging an. Ich eilte aus dem Zimmer, in der Angst, daß irgendeine Anruferstimme, die Seelenklage irgendeines Fremden, das letzte sein würde, was ich auf dieser Welt hören sollte.

Ich ging hinunter in die Küche. Ich schaute durch das

Fenster. Dort war er, in dem Korbsessel auf dem nassen Gras. Ich öffnete die Innentür und dann die Sturmtür. Ich ging nach draußen, ›Mein Kampf‹ vor den Magen gedrückt. Als die Sturmtür zuschlug, ging ein Ruck durch den Kopf des Mannes, und seine übergeschlagenen Beine falteten sich auseinander. Er stand auf und wandte sich in meine Richtung. Das Gefühl unheimlicher und unüberwindlicher Bewegungslosigkeit zerrann, die Aura des Wissens, das Flair eines uralten und schrecklichen Geheimnisses, das er vermittelte. Eine zweite Gestalt begann, sich aus den numinosen Überresten der ersten zu lösen, begann wirksame Form anzunehmen, sich in dem spröden Licht als ein Gefüge von Bewegungen, Linien und Gesichtszügen zu entfalten, als Kontur, als ein lebendiger Mensch, dessen deutlich erkennbare physischen Merkmale immer vertrauter wurden, während ich, ein wenig erstaunt, ihrer Entstehung zusah.

Es war nicht der Tod, der vor mir stand, sondern nur Vernon Dickey, mein Schwiegervater.

»Hab' ich geschlafen?« sagte er.

»Was tust du denn hier draußen?«

»Wollte euch nicht aufwecken.«

»Haben wir gewußt, daß du kommst?«

»Ich weiß es selbst erst seit gestern nachmittag. Bin ohne Stop durchgefahren. Vierzehn Stunden.«

»Babette wird sich freuen, dich zu sehen.«

»Da kannst du Gift drauf nehmen.«

Wir gingen hinein. Ich setzte den Kaffeetopf auf. Vernon saß in seiner zerbeulten Jeansjacke am Tisch und spielte mit dem Deckel eines alten Zippo-Feuerzeugs. Er sah aus wie ein Herzensbrecher in der Schnelltauchphase seiner Karriere. Sein silbriges Haar hatte einen Anflug von Glanzlosigkeit, war ins Gelbliche verfärbt, und er trug es hinten zu einem Entenschwanz zusammengekämmt. Die Bartstoppeln waren bestimmt schon vier Tage alt. Sein chronischer Husten hatte eine zerklüftete Schärfe angenommen, ein Element von Verantwortungslosigkeit. Babette machte sich weniger Sorgen über seinen Gesundheitszustand, als vielmehr darüber, daß er so ein hämisches Vergnügen an seinem eigenen Bellen und Keuchen empfand, als liege etwas verhängnisvoll Anziehendes in diesem gräßlichen Geräusch. Er trug immer noch einen Uniformgürtel mit Langhornschnalle.

»Ach, zum Teufel. Hier bin ich jedenfalls. Toll, was?«

»Was machst du denn so im Moment?«

»Deck hier mal ein Dach, mach da mal Rostschutz. Schwarzarbeit, nur daß ich mich nicht schwarz daran verdiene. Schwarzarbeit ist das einzige, was es da draußen gibt.«

Mein Blick fiel auf seine Hände. Zerkratzt, kaputt, gegerbt, von ewigen Öl- und Schmutzfurchen durchzogen. Er sah sich suchend im Zimmer um, versuchte Dinge zu entdecken, die ersetzt oder repariert werden mußten. Solche Mängel dienten ihm vorwiegend als Anlässe für Unterhaltungen. Vernon war eindeutig im Vorteil, wenn er über Dichtungsringe und Manschetten, über Verfugen, Abdichten, Vergipsen reden konnte. Manchmal schien er mich mit Begriffen wie Bohrknarre und Schrotsäge richtig angreifen zu wollen. Er betrachtete meine Unsicherheit in solchen Dingen als Zeichen einer tieferen Inkompetenz oder Beschränktheit. Dies waren die Dinge, die die Welt zusammenhielten. Über sie nichts zu wissen und sich um sie nicht zu scheren, war ein Verrat an Grundprinzipien, ein Verrat am Menschengeschlecht, an der Spezies an sich. Was konnte nutzloser sein als ein Mann, der nicht wußte, wie man einen tropfenden Wasserhahn repariert – er war von Grund auf nutzlos, für die Geschichte gestorben, taub für die Botschaften in seinen Genen. Ich war nicht sicher, ob ich anderer Meinung war.

»Gerade neulich hab' ich zu Babette gesagt: ›Wenn's eins gibt, was man deinem Vater nicht ansieht, dann, daß er Witwer ist.‹«

»Und was hat sie gesagt?«

»Sie findet, daß du für dich selbst die größte Gefahr bist. ›Er wird eines Tages mit der brennenden Zigarette im Mund einschlafen. Er wird im Bett verbrennen, und neben ihm irgendso eine arme Frau, eine offiziell als vermißt geltende Person. Eine arme, verlorene, unidentifizierte, vielfach geschiedene Frau.‹«

Vernon hustete, dankbar für das Verständnis. Eine Abfolge von lungentiefen Keuchern. Ich konnte den Schleim in seiner Brust hin- und herpeitschen hören. Ich goß ihm Kaffee ein und wartete.

»Nur daß du weißt, wie's mit mir steht, Jack, es gibt da eine Frau, die partout meinen Arsch heiraten will. Sie geht zur Kirche, in einem Wohnwagen. Sag Babette nichts.«

»Ich werd' mich hüten.«

»Sie würde Zustände kriegen. Mich mit Billigtarif-Anrufen bombardieren.«

»Sie findet, daß du zu zügellos für die Ehe geworden bist.«

»Mit der Ehe heutzutage ist das so: du brauchst gar nicht mehr außer Haus zu gehen für all diese kleinen Extras. Du kriegst schon alles, was du willst, in deinem trauten amerikanischen Heim. So sind die Zeiten, in denen wir leben, ob wir wollen oder nicht. Die Ehefrauen machen einem die Sachen. Sie wollen einem die Sachen machen. Du brauchst keiner mehr vielsagende Blicke zuzuwerfen. Früher war das einzige, was du zu Hause im amerikanischen Heim gekriegt hast, der pure natürliche Akt. Jetzt hast du die freie Wahl. Da ist was los, kann ich dir sagen. Ist aber doch ein erstaunlicher Zug unserer Zeit, daß, je mehr Wahlfreiheit du zu Hause hast, um so mehr Prostituierte siehst du auf der Straße. Wie erklärst du dir das, Jack? Du bist der Professor. Was bedeutet das?«

»Ich weiß nicht.«

»Die Ehefrauen tragen eßbare Reizwäsche. Sie kennen die Wörter, die Usancen. Derweil stehen die Prostituierten auf der Straße, bei jedem Wetter, Tag und Nacht. Auf wen warten sie? Auf Touristen? Geschäftsleute? Männer, die auf der Pirsch nach Weiberfleisch sind? Es ist, wie wenn es den Korken rausgedrückt hätte. Hab' ich nicht irgendwo gelesen, daß die Japaner nach Singapur gehen? Ganze Flugzeugladungen von Männern. Ein erstaunliches Volk.«

»Denkst du ernsthaft ans Heiraten?«

»Ich müßte doch wohl verrückt sein, eine Frau zu heiraten, die in einem mobilen Heim zur Kirche geht!«

Vernon hatte etwas Gerissenes an sich, eine trockene Art von hellwacher und suchender Intelligenz, eine Schläue, die nur auf die passende Gelegenheit wartete.

Das machte Babette nervös. Sie hatte gesehen, wie er sich in aller Öffentlichkeit an Frauen heranmachte, um ihnen mit ausdruckslosem Gesicht in seiner durchtriebenen Art eine tiefschürfende Frage zu stellen. Sie weigerte sich, mit ihm in Restaurants zu gehen, weil sie seine beiläufigen Bemerkungen zu den Bedienungen fürchtete, intime Bemerkungen, technisch vollendete Nebenbemerkungen und Beobachtungen in der Mitternachtsstimme eines gewieften Radioansagers. Er hatte ihr schon in einer Reihe von kunstlederausgestatteten Sitznischen fürchterliche Sekunden, Augenblicke des Ärgers und der Verlegenheit beschert.

Jetzt kam sie herein, in ihrem Trainingsanzug, bereit für einen frühmorgendlichen Spurt über die Stadiontreppen. Als sie ihren Vater am Tisch sah, schien ihr Körper all seine Antriebskraft zu verlieren. Sie stand in den Knien eingeknickt da. Nichts blieb ihr mehr, außer der Fähigkeit, mit offenem Mund zu starren. Es sah aus, als mime sie eine mit offenem Mund starrende Person. Sie war der Inbegriff des mit offenem Mund Starrens, das strahlende Ideal, nicht weniger verwirrt und aufgeschreckt, als ich gewesen war, als ich ihn so tödlich still im Garten hatte sitzen sehen. Ich sah zu, wie ihr Gesicht sich bis zum Rand mit benommenem Staunen füllte.

»Haben wir gewußt, daß du kommst?« sagte sie. »Warum hast du nicht angerufen? Du rufst nie an.«

»Hier bin ich. Toll, was? Wie wär's mit einem Tusch?«

Sie blieb in den Knien eingeknickt, während sie versuchte, seine unwirtliche Gegenwart, den zähen Körper und den abgespannten Blick in sich aufzunehmen. Welch eine epische Gewalt mußte er für sie darstellen, wie er so in ihrer Küche Gestalt annahm, ein Elternteil, ein Vater, mit der ganzen Last seiner Jahre, mit der ganzen dichten Geschichte von Assoziationen und Verbindungen, gekommen, um sie daran zu erinnern, wer sie war, ihre Verkleidung zu lüften, ihr zielloses Leben eine Weile aufzuhalten, und das ganz ohne Vorwarnung.

»Ich hätte doch alles vorbereiten können. Du siehst schrecklich aus. Wo willst du schlafen?«

»Wo habe ich das letzte Mal geschlafen?« Beide sahen mich an, während sie versuchten, sich zu erinnern.

Während wir das Frühstück machten und aßen, während die Kinder herunterkamen und sich Vernon vorsichtig näherten, um sich küssen und durchs Haar fahren zu lassen, während die Stunden vergingen und Babette sich an den Anblick der herumschlendernden Gestalt in den geflickten Jeans gewöhnte, begann mir die Freude aufzufallen, mit der sie ihn umflatterte, Kleinigkeiten für ihn verrichtete, da war, um ihm zuzuhören. Ein Entzücken, eingefangen in Routinegesten und automatischen Abläufen. Zeitweilig mußte sie Vernon daran erinnern, welches seine Lieblingsspeisen waren, wie er sie zubereitet und gewürzt mochte, welche Witze er am besten erzählte, welche Gestalten aus der Vergangenheit die großen Idioten, welches die komischen Helden waren. Nachlesen aus einem anderen Leben sprudelten aus ihr heraus. Der Tonfall dessen, was sie sagte, veränderte sich, nahm einen ritualen Klang an. Die Wörter veränderten sich, die Bezüge. Sie war jetzt das Mädchen, das seinem Vater geholfen hatte, alte Eichenbretter zu schmirgeln und zu lackieren und Heizkörper von den Dielen zu wuchten. Seine Jahre als Zimmermann, sein Versuch mit Motorrädern, seine Bizepstätowierung.

»Bei dir kann man bald die Rippen zählen, Daddy. Iß deine Kartoffeln auf. Ich hab noch mehr auf dem Herd.«

Und Vernon sagte zu mir: »Ihre Mutter hat die schlimmsten Pommes frites gemacht, die man sich nur denken kann. Wie die Pommes frites am Kiosk in einem Naturschutzpark.« Und dann wandte er sich ihr zu und sagte: »Jack kennt die Schwierigkeiten, die ich mit Naturschutzparks habe. Sie gehen einem nicht zu Herzen.«

Wir verlegten Heinrich nach unten aufs Sofa und gaben Vernon sein Zimmer. Es war entnervend, ihn trotzdem schon um sieben Uhr morgens in der Küche vorzufinden, oder um sechs oder um welche graue Stunde Babette oder ich hinuntergingen, um Kaffee zu machen. Er erweckte den Eindruck, als habe er es darauf abgesehen, uns zu überlisten, an unseren Gewissensbissen zu arbeiten, uns zu zeigen, daß, egal wie wenig Schlaf wir bekamen, er noch weniger bekam.

»Sag dir eins, Jack. Wenn du alt wirst, dann merkst du, daß du auf irgendwas wartest, nur weißt du nicht was.

Ständig machst du dich fertig. Du kämmst dir das Haar, stehst am Fenster und guckst raus. Ich hab so ein Gefühl, wie wenn die ganze Zeit ein kleines nörgelndes Männchen um mich rumtanzt. Deshalb hab ich mich auch ins Auto geschwungen und bin Hals über Kopf hierhergefahren.«

»Um den Bann zu brechen«, sagte ich. »Um vom alltäglichen Kram wegzukommen. Der alltägliche Kram kann tödlich sein, Vern, wenn man es damit auf die Spitze treibt. Ich habe einen Freund, der sagt, aus dem Grund fahren die Leute auch in die Ferien. Nicht, um sich zu erholen oder Anregung zu finden oder neue Orte kennenzulernen. Um dem Tod zu entkommen, der in dem alltäglichen Kram sitzt.«

»Was ist das für einer, ein Jude?«

»Was hat das damit zu tun?«

»Deine Dachrinne sackt ab«, sagte er zu mir. »Du weißt doch, wie man die repariert, oder?«

Vernon lungerte gern ums Haus herum und wartete auf die Müllmänner, Telefonleute, den Paketpostboten, den Jungen mit der Nachmittagszeitung. Auf jemanden, mit dem er über Techniken und Prozeduren reden konnte. Systeme von Spezialmethoden. Routen, Zeitdauer, Ausrüstungen. Es stärkte sein Gefühl, die Dinge im Griff zu haben, wenn er erfuhr, wie eine Arbeit gemacht wurde, die außerhalb seines Gebiets lag.

Er neckte die Kinder gern auf seine trockene Art. Sie antworteten zögernd auf seine frotzelnden Bemerkungen. Alle Verwandten waren ihnen verdächtig. Verwandte waren ein heikles Problem, sie waren Teil der trüben und vielschichtigen Vergangenheit, der geteilten Leben, der Erinnerungen, die durch ein Wort oder einen Namen wieder hochgespült werden konnten.

Er saß gerne in seinem zerbeulten Auto mit Hecktür und rauchte.

Babette beobachtete ihn aus einem Fenster, wobei es ihr gelang, Liebe und Sorge, Wut und Verzweiflung, Hoffnung und Schwermut mehr oder weniger gleichzeitig zum Ausdruck zu bringen. Vernon brauchte nur eine Bewegung zu machen, und schon löste er bei ihr eine Kette extremer Gefühle aus.

Er mischte sich gern zwischen Käufermassen in Einkaufszentren.

»Ich verlaß mich ganz drauf, daß du mir das sagen kannst, Jack.«

»Was sagen?«

»Du bist der einzige Mensch, den ich kenne, der gebildet genug ist, mir die Antwort zu geben.«

»Die Antwort worauf?«

»Waren die Menschen vor dem Fernsehen auch schon so doof?«

Eines Nachts hörte ich eine Stimme und dachte, er spräche vielleicht im Schlaf. Ich zog meinen Bademantel an, ging auf den Flur und merkte, daß die Stimme aus dem Fernseher in Denises Zimmer kam. Ich ging hinein und schaltete das Gerät aus. Sie schlief in einer Drift von Decken, Büchern und Kleidern. Auf einen plötzlichen Impuls hin ging ich leise zu dem offenstehenden Wandschrank, zog an der Lichtschalterschnur und spähte hinein, auf der Suche nach den Dylar-Tabletten. Ich lehnte die Tür gegen meinen Körper, der jetzt halb in, halb vor dem Wandschrank stand. Ich sah mich vor einem ungeheuren Aufgebot von Stoffen, Schuhen, Spielsachen, Spielen und anderen Gegenständen. Ich stöberte darin herum, wobei ich hier und da auf Spuren von Kindheitserinnerungen stieß: Ton, Turnschuhe, Abfälle von Bleistiftspitzen. Das Fläschchen konnte in einem abgelegten Schuh stecken, in der Tasche eines alten Hemds, das in einer Ecke zusammengeknüllt lag. Dann hörte ich, wie Denise sich rührte. Ich erstarrte, hielt den Atem an.

»Was machst du da?« sagte sie.

»Hab keine Angst, ich bin's nur.«

»Ich weiß, wer es ist.«

Ich setzte meine Suche fort, im Glauben, daß ich dann weniger schuldbewußt wirken würde.

»Ich weiß auch, was du suchst.«

»Denise, ich habe in letzter Zeit Angstgefühle gehabt. Ich dachte, daß etwas Entsetzliches passieren würde. Es hat sich herausgestellt, daß ich unrecht hatte, Gott sei Dank. Aber es gibt noch Nachwirkungen. Ich brauche das Dylar. Es hilft mir vielleicht, ein Problem zu lösen.«

Ich fuhr fort herumzukramen.
»Was für ein Problem denn?«
»Reicht es nicht, wenn du weißt, daß ein Problem existiert? Sonst wäre ich doch nicht hier. Willst du mir denn gar nicht helfen?«
»Natürlich will ich dir helfen. Ich will mich nur nicht austricksen lassen.«
»Von Austricksen kann gar keine Rede sein. Ich muß das Medikament einfach einmal ausprobieren. Vier Tabletten sind noch übrig. Ich nehme sie, und die Sache ist erledigt.«
Je beiläufiger meine Stimme, um so besser meine Chance, Denise zu gewinnen.
»Du wirst sie nicht selbst nehmen. Du wirst sie meiner Mutter geben.«
»Eins möchte ich hier mal ganz klar sagen«, sagte ich wie ein hoher Regierungsbeamter. »Deine Mutter ist nicht drogenabhängig. Dylar gehört nicht zu dieser Art von Medikamenten.«
»Wozu gehört es dann? So erzähl mir doch, was es ist.«
Etwas in ihrer Stimme oder in meinem Herzen oder in der Absurdität des Augenblicks erlaubte mir, die Möglichkeit in Betracht zu ziehen, ihre Frage tatsächlich zu beantworten. Welch ein Durchbruch. Warum sollte ich es ihr nicht einfach erzählen? Sie war verantwortungsbewußt, fähig, die Implikationen ernster Dinge einzuschätzen. Mir ging auf, daß es töricht von Babette und mir gewesen war, ihr die ganze Zeit über die Wahrheit vorzuenthalten. Das Mädchen würde die Wahrheit doch mit offenen Armen aufnehmen, uns besser kennenlernen und uns, mit all unseren Schwächen und Ängsten, um so mehr lieben!
Ich ging hinüber und setzte mich ans Bettende. Sie beobachtete mich aufmerksam. Ich erzählte ihr in Grundzügen die ganze Geschichte, unter Auslassung der Tränen, der Leidenschaften, des Schreckens, des Entsetzens, meines Kontakts mit Nyoden-D, Babettes Sex-Abkommen mit Mr. Gray, unseres Streits darüber, wer von uns den Tod mehr fürchtete. Ich konzentrierte mich auf das Medikament selbst, erzählte ihr alles, was ich über sein Leben im gastrointestinalen Trakt und im Gehirn wußte.

Das erste, was sie erwähnte, waren die Nebenwirkungen. Jedes Medikament hat Nebenwirkungen. Ein Medikament, das die Angst vor dem Tod ausschalten konnte, mußte schreckliche Nebenwirkungen haben, besonders solange es noch im Versuchsstadium war. Sie hatte natürlich recht. Babette hatte den Tod schlechthin erwähnt, den Gehirntod, den Tod der linken Gehirnhälfte, Teillähmungen und andere grausame und absonderliche körperliche und geistige Leiden.

Ich erklärte Denise, daß die Macht der Suggestion bedeutender sein könne als Nebenwirkungen.

»Weißt du noch, wie ihr im Radio hörtet, daß die dräuende Wolke Schweißausbrüche in den Handflächen bewirke? Und ihr bekamt tatsächlich Schweißausbrüche in den Handflächen, nicht wahr? Die Macht der Suggestion macht manche Menschen krank, andere gesund. Vielleicht spielt es gar keine Rolle, wie stark oder schwach Dylar ist. Wenn ich glaube, daß es mir hilft, dann hilft es mir auch.«

»Bis zu einem gewissen Punkt.«

»Wir reden vom Tod«, flüsterte ich. »In einem sehr realen Sinne spielt es gar keine Rolle, was in diesen Tabletten drin ist. Es könnte Zucker sein, es könnte Geschmacksstoff sein. Ich bin einfach scharf darauf, endlich meinen Willen zu kriegen und mir etwas vormachen zu lassen!«

»Ist das nicht ein bißchen dumm?«

»Soweit, Denise, kann es eben mit verzweifelten Menschen kommen.«

Schweigen folgte. Ich wartete darauf, daß sie mich fragte, ob diese Verzweiflung unvermeidlich sei, ob sie eines Tages dieselbe Angst erleben, in dieselbe mißliche Lage geraten würde.

Stattdessen sagte sie: »Stark oder schwach spielt keine Rolle. Ich habe das Fläschchen weggeworfen.«

»Nein, das hast du nicht! Wohin?«

»Ich habe es in den Müllkompressor getan.«

»Das kann ich nicht glauben. Wann war das?«

»Etwa vor einer Woche. Ich dachte, Baba würde vielleicht in mein Zimmer schleichen und es finden. Deshalb beschloß ich, einen Schlußstrich zu ziehen. Mir wollte ja keiner erzählen, was es war. Deshalb habe ich es mit allen anderen Büchsen und Flaschen und dem sonstigen Müll reingeworfen. Und dann habe ich alles zusammengepreßt.«

»Wie ein gebrauchtes Auto.«

»Keiner wollte es mir sagen. Mehr hättet ihr ja gar nicht tun zu brauchen. Ich war die ganze Zeit hier.«

»Ist schon gut. Mach dir keine Sorgen. Du hast mir einen Gefallen getan.«

»Ganze acht Wörter hättet ihr vielleicht sagen müssen, mehr nicht.«

»Ich bin ohne das Zeug sowieso besser dran.«

»Es wäre nicht das erste Mal, daß jemand versucht hätte, mich reinzulegen.«

»Du bist trotzdem mein Schatz«, sagte ich.

Ich küßte sie auf den Kopf und ging zur Tür. Mir kam plötzlich zu Bewußtsein, daß ich fürchterlich hungrig war. Ich ging nach unten, um mir etwas zu essen zu suchen. Das Küchenlicht war an. Vernon saß am Tisch, voll angezogen, rauchend und hustend. Die Asche an seiner Zigarette war zwei Zentimeter lang und begann sich zu biegen. Er hatte die Angewohnheit, niemals die Asche abzustreifen. Babette meinte, er tue es, um bei anderen Gefühle der Spannung und Besorgnis auszulösen. Es sei Teil des rücksichtslosen Klimas, in dem er sich bewegte.

»Genau der Mann, den ich brauche.«

»Vern, es ist mitten in der Nacht. Schläfst du denn überhaupt nie?«

»Laß uns raus zum Auto gehen«, sagte er.

»Ist das dein Ernst?«

»Es geht um eine Sache, die wir ganz unter uns ausmachen sollten. Dieses Haus ist voller Frauen. Stimmt's oder hab' ich recht?«

»Wir sind hier völlig allein. Worüber willst du denn reden?«

»Sie lauschen im Schlaf«, sagte er.

Wir gingen zur Hintertür hinaus, um Heinrich nicht zu wecken. Ich folgte ihm auf dem Weg, der am Haus entlang und die Treppen zur Einfahrt hinunterführte. Sein kleines Auto stand in der Dunkelheit. Er setzte sich hinters Steuer, und ich schob mich neben ihn, den Bademantel schürzend und mit dem Gefühl, auf einem zu engen Raum eingeschlossen zu sein. Im Auto hing ein Geruch wie von gefährlichen Dämpfen in der Tiefe einer Karosserie-Werkstatt, eine Mischung aus verbrauchtem Metall, leichtentzündlichen Lumpen und versengtem Gummi. Die Polster waren zerschlissen. Im Glimmen der Straßenlaterne sah ich Drähte, die vom Armaturenbrett und von der Deckenleuchte herunterhingen.

»Ich möchte dir das hier schenken, Jack.«

»Was denn?«

»Ich besitze es schon jahrelang. Jetzt möchte ich, daß du es bekommst. Wer weiß, ob ich euch jemals wiedersehe? Ach zum Teufel. Ist ja auch wurscht. Toll, was?«

»Du willst mir dein Auto schenken? Ich will es nicht haben. Das ist eine entsetzliche Klapperkiste!«

»Hast du, in deinem ganzen Leben als Mann in der heutigen Welt, jemals ein Schießeisen besessen?«

»Nein«, sagte ich.

»Dachte ich mir. Ich habe mir gesagt, dies ist der letzte Mann in Amerika, der nicht die Mittel besitzt, sich selbst zu verteidigen.«

Er griff in ein Loch im Rücksitz und förderte einen kleinen dunklen Gegenstand zutage. Er hielt ihn in der Handfläche seiner rechten Hand.

»Nimm es, Jack.«

»Was ist das?«

»Wieg es mal in der Hand. Krieg das Gefühl dafür. Es ist geladen.«

Er gab es mir. Dümmlich sagte ich noch einmal: »Was ist das?« Die Erfahrung, eine Pistole in der Hand zu halten, hatte etwas Unwirkliches an sich. Ich starrte sie unverwandt an und fragte mich, was wohl Vernons Motiv sein mochte. War er vielleicht doch der dunkle Bote des Todes? Eine geladene Waffe. Wie schnell sie in mir einen Wandel bewirkte, meine Hand erstarren ließ, schon, als ich nur dasaß und das Ding anstarrte, ihm nicht einmal einen Namen geben wollte. Hatte Vernon die Absicht, meine Gedanken herauszufordern, mein Leben mit einem neuen Plan zu versehen, einem Komplott, einer Gestalt? Ich hätte sie ihm am liebsten zurückgegeben.

»Es ist ein winzigkleines Ding, aber schießen tut es

echte Kugeln, und mehr kann ein Mann in deiner Situation von einer Feuerwaffe wahrhaftig nicht erwarten. Mach dir keine Sorgen, Jack, die spürt keiner so schnell auf.«

»Warum sollte jemand sie aufspüren?«

»Ich denke, wenn man jemand eine geladene Pistole in die Hand drückt, dann soll man auch die technischen Details dazuliefern. Dies ist eine 6,35 mm Zumwalt Automatik. Deutsche Wertarbeit. Sie hat natürlich nicht die Durchschlagkraft einer langläufigen Waffe, aber du wirst ja wohl nicht losziehen, um damit ein Rhinozeros zur Strecke zu bringen, oder?«

»Genau. Und um *was* zur Strecke zu bringen, werde ich ausziehen? Wozu brauch ich das Ding?«

»Nenn es nicht Ding. Hab Respekt davor, Jack. Es ist eine sauber konstruierte Waffe. Praktisch, wiegt nicht viel, leicht zu verstecken. Lern deine Pistole kennen. Es ist nur eine Frage der Zeit, bis du sie verwenden wollen wirst.«

»Wann werde ich sie verwenden wollen?«

»Leben wir eigentlich auf demselben Planeten? In welchem Jahrhundert sind wir denn? Schau mal, wie leicht ich in euren Garten gekommen bin. Ich stemme ein Fenster auf und bin im Haus. Hätt ja sein können, daß ich ein Berufseinbrecher gewesen wäre, ein ausgebüchster Knakki, einer von diesen Streunern mit schütterem Bart. Ein wandernder Killer-Typ, der der Sonne nachzieht. Ein Büroangestellter, der am Wochenende Amok läuft. Such dir einen aus.«

»Vielleicht brauchst *du* eine Pistole, dort, wo du wohnst. Nimm sie wieder. Wir wollen sie nicht.«

»Ich hab eine Combat Magnum vor meinem Bett geparkt. Ich möchte dir nicht ausmalen, wie die das Gesicht von einem Menschen durcheinanderwürfeln kann.«

Er warf mir einen schlauen Blick zu. Ich starrte erneut die Pistole an. Mir ging durch den Kopf, daß dies wohl die wahnsinnigste Erfindung war, um die Tauglichkeit eines Menschen für diese Welt zu bestimmen. Ich wog sie in der Hand, roch an der stählernen Mündung. Was bedeutet es für einen Menschen, über sein Gefühl von Tüchtigkeit und Wohlbefinden und persönlichem Wert hinaus, eine tödliche Waffe mit sich herumzutragen, sie zu beherrschen, bereit und willens zu sein, sie zu benützen? Eine verborgene tödliche Waffe. Sie war ein Geheimnis, sie war ein zweites Leben, ein zweites Selbst, ein Traum, ein Zauber, eine Verschwörung, ein Fieberwahn.

Deutsche Wertarbeit.

»Sag Babette nichts. Die gerät total aus dem Häuschen, wenn sie weiß, daß du ein Schießeisen spazierenträgst.«

»Ich will sie nicht, Vern. Nimm sie wieder.«

»Laß sie auch nirgends rumliegen. Nimm an, ein Kind kriegt sie in die Finger, und schon hast du unversehens eine dramatische Situation. Sei clever. Überleg dir, wo du sie hinlegst, damit sie zum richtigen Zeitpunkt bei der Hand ist. Überleg dir vorher deinen Feuerbereich. Nimm an, du hast eine Einbruchsituation: wo kommt er rein, wie schleicht er sich an die Wertsachen? Nimm an, du hast einen Übergeschnappten vor dir. Von wo stürzt er sich auf dich? Übergeschnappte sind unberechenbar, weil sie selbst nicht wissen, was sie tun. Sie kommen von überall, von einem Baumstamm oder einem Ast. Denk daran, Glassplitter auf die Fenstersimse zu legen. Lern, dich rasch zu Boden zu werfen.«

»Wir wollen keine Kanonen in unserer kleinen Stadt.«

»Sei clever, einmal in deinem Leben«, beschwor er mich in dem dunklen Auto. »Auf das, was du gern hättest, kommt's nicht an.«

Früh am nächsten Tag kam ein Bautrupp, um die Straße zu reparieren. Vernon war sofort draußen, sah ihnen beim Preßlufthämmern und Asphaltabladen zu und blieb dicht bei ihnen stehen, als sie das rauchende Gefälle ebneten. Mit dem Aufbruch der Bauarbeiter schien auch sein Besuch zu Ende zu gehen, fiel in seinen eigenen verebbenden Schwung zusammen. Wir begannen, dort, wo Vernon stand, eine leere Stelle zu sehen. Er betrachtete uns aus kluger Entfernung, als seien wir Fremde mit heimlichen Vorbehalten. Eine undefinierbare Ermattung legte sich um unsere Bemühungen um ein Gespräch.

Draußen auf dem Bürgersteig umarmte Babette ihn und weinte. Für seine Abreise hatte er sich rasiert, das Auto gewaschen, ein blaues Tuch um den Hals gebunden. Sie wollte gar nicht aufhören zu weinen. Sie sah ihm ins

Gesicht und weinte. Sie weinte, während sie ihn an sich drückte. Sie gab ihm einen Styroporbehälter mit belegten Broten, Hähnchen und Kaffee, und sie weinte, als er ihn zwischen die ausgehöhlten Sitzpolster und die zerschlissenen Bezüge stellte.

»Sie ist ein gutes Mädchen«, versicherte er mir zähneknirschend.

Als er eingestiegen war, strich er sich mit den Fingern durch seinen Entenschwanz und besah sich im Rückspiegel. Dann hustete er ein Weilchen – eine letzte Episode seines peitschenden Bronchialschleims. Babette weinte von neuem. Wir beugten uns auf der Beifahrerseite zum Fenster und sahen zu, wie er sich zum Fahren zurechtsetzte, wozu er sich lässig zwischen Tür und Sitz schob, und den linken Arm aus dem Fenster hängen ließ.

»Macht euch bloß keine Sorgen um mich«, sagte er. »Das bißchen Gehinke hat nichts zu bedeuten. In meinem Alter hinken die Leute. Hinken ist in einem bestimmten Alter eine ganz natürliche Sache. Und vergeßt den Husten. Husten ist gesund. Man rührt das Zeug damit schön durch. Es kann einem nicht schaden, solange es sich nicht an einer Stelle festsetzt und jahrelang da bleibt. Der Husten ist also in Ordnung. Die Schlaflosigkeit auch. Die Schlaflosigkeit ist in Ordnung. Was hab' ich denn vom Schlafen? Man kommt mal in ein Alter, wo jede Minute Schlaf eine Minute weniger Zeit ist, was Nützliches zu tun. Husten oder Hinken zum Beispiel. Regt euch bloß über die Frauen nicht auf. Die Frauen sind in Ordnung. Wir leihen uns einen Video aus und machen ein bißchen Sex. Das pumpt Blut ins Herz. Und vergeßt die Zigaretten. Ich sag' mir immer gern, daß ich mit irgendwas schon ungestraft davonkomme. Sollen doch die Mormonen das Rauchen aufgeben. Sie werden an was sterben, was genau so schlimm ist. Geld ist kein Problem. Einkommensmäßig ist bei mir alles bestens. Null Pension, null Ersparnisse, null Aktien oder Wertpapiere. Da braucht ihr euch also keine Sorgen drum zu machen. Das ist alles geregelt. Und regt euch bloß nicht über meine Zähne auf. Die Zähne sind in Ordnung. Je lockerer sie sind, desto besser kann man mit der Zunge dran wackeln. Dann ist die Zunge beschäftigt. Macht euch auch keine Sorgen um das Zittern. Jeder hat mal das Zittern. Es ist ohnehin nur die linke Hand. Kann man sogar richtig genießen, das Zittern: man tut so, als wäre es die Hand von einem andern. Macht euch keine Sorgen wegen dem plötzlichen und unerklärlichen Gewichtsverlust. Es bringt nichts, etwas zu essen, was man sowieso nicht sieht. Macht euch ja keine Gedanken wegen den Augen. Die Augen können gar nicht mehr schlimmer werden, als sie schon sind. Meinen Geisteszustand könnt ihr sowieso ganz vergessen. Der Verstand baut vor dem Körper ab. So ist das eingerichtet. Macht euch also keine Gedanken um meinen Verstand. Mein Kopf ist in Ordnung. Macht euch lieber Sorgen um das Auto. Das Lenkrad zieht nach einer Seite. Die Bremsen sind dreimal beanstandet worden. Die Motorhaube klappt auf Straßen mit Schlaglöchern hoch.«

Unbewegte Miene. Babette fand den letzten Teil komisch. Den Teil mit dem Auto. Ich stand staunend da, sah zu, wie sie sich vor Heiterkeit drehte, mit schwachen Knien, watschelnd, all ihre Ängste und Abwehrmechanismen haltlos in der verschmitzten Geschichte seiner Stimme.

Die Zeit der Spinnen kam. Spinnen in hohen Zimmerekken. In Spinnenweben eingepackte Kokons. Silbrig tanzende Fäden, die ein bloßes Spiel des Lichts schienen, leicht wie vergängliche Nachrichten, Ideen aus dem Licht geboren. Die Stimme im ersten Stock sagte: »Seht euch das genau an. Joanie versucht, Ralph mit einem Bushido-Verblüffungskick die Kniescheibe zu zerschmettern. Sie stellt den Kontakt her, er krümmt sich, sie läuft weg.«

Denise informierte Babette darüber, daß Steffie routinemäßig ihre Brust nach Knoten abtastete. Babette erzählte es mir.

Murray und ich dehnten unsere beschaulichen Spaziergänge weiter aus. In der Stadt erging er sich eines Tages in kleinen verlegenen Entzückensausbrüchen über das diagonale Parken. Den Reihen schrägstehender Autos hafte ein Charme und eine Ursprünglichkeit an. Diese Art zu parken sei ein unentbehrlicher Teil der amerikanischen Stadtlandschaft, sogar wenn es sich um Autos ausländischer Machart handle. Die Anordnung sei nicht nur praktisch, sondern vermeide auch die Konfrontation, das Motiv der sexuellen Belästigung, das dem Hintereinanderparken in wimmelnden Großstadt-Straßen anhafte.

Murray sagte, es sei möglich, Heimweh nach einem Ort zu haben, sogar wenn man sich dort befinde.

Die zweistöckige Welt einer ganz normalen Hauptstraße. Bescheiden, vernünftig, kommerziell auf eine unhastige Weise, eine Vorkriegsweise, mit Spuren von architektonischen Vorkriegsdetails in den oberen Stockwerken, wie die Kupfergesimse und bleieingefaßten Fenster oder das Amphorenfries über dem Eingang zum Billigkaufhaus.

Das erinnerte mich an das Gesetz der Ruinen.

Ich erzählte Murray, daß Albert Speer Gebäude errichten wollte, die ruhmvoll, eindrucksvoll zerfallen sollten, wie römische Ruinen. Keine rostigen Klötze oder mürrische Stahlslums. Er wußte, daß Hitler alles unterstützte, was die Nachwelt in Staunen versetzen würde. Er fertigte eine Zeichnung von einem Reichsgebäude an, das aus besonderen Materialien gebaut werden sollte, die ein romantisches Zerfallen ermöglichen würden – eine Zeichnung von eingestürzten Wänden, halb zerfallenen, von Glyzinien umrankten Säulen. Die Ruine ist schon in den Entwurf einbezogen, sagte ich, was auf eine gewisse Nostalgie hinter dem Prinzip der Macht hinweist oder auf die Tendenz, die Sehnsüchte einer zukünftigen Generation in ein System zu bringen.

Murray sagte: »Ich traue keiner Nostalgie außer meiner eigenen. Nostalgie ist ein Produkt aus Unzufriedenheit und Wut. Sie ist ein Versuch, Mißstände zwischen der Gegenwart und der Vergangenheit zu beheben. Je stärker die Nostalgie, desto mehr nähert man sich der Gewalt. Krieg ist die Form, die die Nostalgie annimmt, wenn Männer sich gedrängt fühlen, etwas Gutes über ihr Land zu sagen.«

Eine Feuchtwetterperiode. Ich öffnete den Kühlschrank, spähte in das Tiefkühlfach. Ein seltsames knisterndes Geräusch kam von der Lebensmittelfolie, jener ordentlichen Umhüllung für halbgegessene Dinge, von den Tiefkühlbeuteln mit Leber und Rippchen, die vor graupeligen Kristallen glitzerten. Ein kaltes, trockenes Zischen. Ein Geräusch, wie wenn ein Element zerfällt, sich in Freondämpfe auflöst. Ein unheimliches Knacken, beharrlich, doch nahezu unterschwellig, das mich an überwinternde Seelen denken ließ, eine Form von schlafendem Leben, das sich der Schwelle der Wahrnehmung nähert.

Keiner war in der Nähe. Ich ging durch die Küche, öffnete die Kompressorschublade und schaute in die Mülltüte. Ein tropfender Würfel aus halbzerfetzten Büchsen, Kleiderbügeln, Tierknochen und anderem Abfall. Die Flaschen waren zerbrochen, die Schachteln plattgedrückt. Die Farben der Produkte waren unvermindert leuchtend und intensiv. Fett, Saft und schlammige Substanzen sickerten durch Schichten zusammengepreßter organischer Materie. Ich kam mir vor wie ein Archäologe, der im Begriff ist, einen Fund von Werkzeugfragmenten und gemischten Höhlenabfällen durchzusieben. Es war etwa zehn Tage her, seit Denise das Dylar komprimiert hatte. Und dieses Müllsortiment war fast mit Sicherheit schon nach draußen gebracht und inzwischen abgeholt worden. Und falls nicht, so waren die Tabletten sicherlich vom Preßkolben des Kompressors zerstört worden.

Diese Tatsachen halfen mir sehr bei meinen Bemühungen, fest daran zu glauben, daß ich mir nur die Zeit vertrieb und ganz nebenbei den Müll durchsuchte.

Ich drückte auf die Entriegelung, faltete die Tüte auf und hob sie heraus. Der Gestank schlug mir mit schokkierender Wucht entgegen. War das von uns? Gehörte uns das? Hatten wir es geschaffen? Ich nahm die Tüte mit hinaus in die Garage und leerte sie aus. Die zusammengedrückte Masse saß da wie eine ironische moderne Skulptur, massig, geduckt, spöttisch. Ich stach mit dem Stielende eines Rechens hinein und verteilte dann das Material über den Betonboden. Ich pickte mich Gegenstand für Gegenstand hindurch, Masse für gestaltlose Masse,und wunderte mich, warum ich ein schlechtes Gewissen hatte, mir wie ein Verletzer einer Privatsphäre vorkam, der intime und vielleicht beschämende Geheimnisse aufdeckt. Es war schwer, sich nicht von einigen der Dinge ablenken zu lassen, die diesem Moloch von Gerät ausgeliefert worden waren. Aber warum kam ich mir wie ein schnüffelnder Privatdetektiv vor? Ist Müll etwas so Persönliches? Glüht in seinem Kern die Hitze der Privatsphäre, glühen dort Signale unseres innersten Wesens, Hinweise auf geheime Sehnsüchte, demütigende Charaktermängel? Auf welche Angewohnheiten, Fetische, Süchte, Neigungen? Auf welche einsamen Taten, festgefahrene Verhaltensmuster? Ich fand Buntstiftzeichnungen von einer Gestalt mit vollen Brüsten und männlichen Genitalien. Ich stieß auf ein langes Stück Schnur, das eine Serie von Knoten und Schlingen enthielt. Zuerst schien es eine beliebige Anordnung, aber als ich genauer hinsah, glaubte ich eine komplexe Beziehung zwischen der Größe der Schlingen, dem Grad der Knoten (einfach oder doppelt) und den Zwischenräumen zwischen Knoten und Schlingen und freistehenden Knoten zu entdecken. Eine Art okkulter Geometrie oder eine symbolische Girlande der Zwangsvorstellungen. Ich fand eine Bananenschale mit einem Tampon darin. War dies die dunkle Unterseite des Verbraucherbewußtseins? Ich stieß auf eine gräßlich zusammengeklumpte Masse aus Haar, Seife, Q-tips, totgeschlagenen Küchenschaben, Flaschenringen, sterilen Tupfern, die mit Eiter und Schinkenfett verschmiert waren, Stränge zerschlissener Zahnseide, Bruchstücke von Kuli-Nachfüllminen, Zahnstocher, die noch Stückchen aufgespießter Speisereste aufwiesen. Ein Paar zerfetzte Boxershorts mit Spuren von Lippenstift, vielleicht ein Memento an das Grayview Motel. Doch nirgends ein Anzeichen eines zerbrochenen bernsteinfarbenen Fläschchens oder der Überreste jener untertassenförmigen Tabletten. Es spielte keine Rolle. Ich würde allem, was unausweichlich war, mutig die Stirn bieten, und zwar ohne chemische Hilfe. Babette hatte über Dylar gesagt, es sei nicht alles Gold, was glänze. Sie hatte recht, Winnie Richards hatte recht, Denise hatte recht. Sie waren meine Freunde, und sie hatten recht.

Ich beschloß, mich noch einer ärztlichen Untersuchung zu unterziehen. Als die Ergebnisse da waren, konsultierte ich Dr. Chakravarty in seinem kleinen Sprechzimmer im Medizinertrakt. Er saß da und las in dem Computerausdruck, ein Mann mit aufgedunsenem Gesicht und umschatteten Augen, die langen Hände flach auf den Schreibtisch gelegt, mit leichtem Kopfschütteln.

»Da sind Sie ja wieder, Mr. Gladney. Wir sehen Sie in letzter Zeit recht häufig. Wie schön, einen Patienten zu finden, der seinen Status ernst nimmt.«

»Welchen Status?«

»Seinen Status als Patient. Die Leute neigen dazu zu vergessen, daß sie Patienten sind. Sobald sie die Praxis oder das Krankenhaus verlassen, schieben sie es einfach beiseite. Und dabei sind Sie doch alle permanente Patienten, ob Sie wollen oder nicht. Ich bin der Arzt, Sie sind der Patient. Der Arzt hört nicht auf, Arzt zu sein, auch am Ende eines Tages nicht. Patienten sollten das auch nicht. Die Leute erwarten, daß der Arzt mit äußerster Ernsthaftigkeit, Geschicklichkeit und Erfahrung an die Dinge herangeht. Aber wie steht es mit dem Patienten? Wie professionell ist er?«

Er blickte nicht von dem Ausdruck auf, während er in seinem akribischen Singsang diese Worte sprach.

»Ich weiß nicht, Ihr Kalium gefällt mir gar nicht«, fuhr er fort. »Schauen Sie her, eine Zahl in Klammer mit Computersternchen.«

»Was bedeutet das?«

»Dem augenblicklichen Stand der Dinge nach hat es wenig Sinn, wenn Sie das wissen.«

»Wie war mein Kalium letztes Mal?«

»Durchschnittlich, kann man sagen. Aber vielleicht handelt es sich hier um einen falsch erhöhten Wert. Wir haben es immerhin mit Vollblut zu tun. Da wäre die Frage der Gerinnungshemmung zu beachten. Wissen Sie, was das bedeutet?«

»Nein.«

»Ich habe keine Zeit, Ihnen das zu erklären. Es gibt echt erhöhte und falsch erhöhte Werte. Das ist alles, was Sie wissen müssen.«

»Wie hoch genau ist denn mein Kaliumwert?«

»Er ist offenbar explodiert.«

»Und wofür könnte das ein Zeichen sein?«

»Es könnte gar nichts bedeuten, und es könnte in der Tat von großer Bedeutung sein.«

»Wie groß?«

»Das führt uns auf den schlüpfrigen Boden der Wortbedeutungen«, sagte er.

»Worauf ich hinauswill: Könnte dieses Kalium ein Hinweis auf ein Leiden sein, das sich gerade zu manifestieren beginnt, einen Zustand, der vielleicht von der Einnahme eines Stoffes, einem Kontakt mit einem Stoff, der unfreiwilligen Aufnahme einer chemischen Substanz in der Luft oder im Regen verursacht sein könnte?«

»Sind Sie denn mit einer solchen Substanz in Berührung gekommen?«

»Nein«, sagte ich.

»Sind Sie sicher?«

»Unbedingt. Warum, geben die Werte denn einen Anhaltspunkt für einen möglichen Kontakt?«

»Wenn Sie keinen Kontakt gehabt haben, können sie ja wohl keinen Anhaltspunkt dafür geben, oder?«

»Dann sind wir uns einig«, sagte ich.

»Sagen Sie mir mal, Mr. Gladney, ganz offen und ehrlich. Wie fühlen Sie sich?«

»Soweit ich weiß, fühle ich mich sehr wohl. Vorzüglich. Ich fühle mich besser denn je, relativ gesehen.«

»Wie meinen Sie das, relativ gesehen?«

»In Anbetracht der Tatsache, daß ich jetzt älter bin.«

Er schaute mich aufmerksam an. Er schien versuchen zu wollen, mich mit seinem Blick zum Wegsehen zu zwingen. Dann machte er sich auf meiner Karte eine Notiz. Ich kam mir vor wie ein Kind, das wegen mehrmaligen unentschuldigten Fehlens vor den Direktor zitiert worden ist.

Ich sagte: »Wie kann man erkennen, ob die Werte echt oder falsch erhöht sind?«

»Ich werde Sie zu weiteren Untersuchungen nach Glassboro schicken. Wäre Ihnen das recht? Es gibt dort eine ganz neue Einrichtung, die Autumn Harvest Farms heißt. Die Leute haben blitzende neue Geräte. Sie werden nicht enttäuscht sein, warten Sie nur ab. Es blitzt nur so.«

»In Ordnung. Aber ist das Kalium das einzige, worauf wir achten müssen?«

»Je weniger Sie wissen, um so besser. Gehen Sie nach Glassboro. Bitten Sie die, den Dingen auf den Grund zu gehen. Keinen Stein auf dem anderen zu lassen. Lassen Sie sich mit versiegelten Ergebnissen zu mir zurückschikken. Ich werde sie bis ins kleinste Detail analysieren. Ich werde sie total auseinandernehmen. Die Leute auf den Harvest Farms haben das Know-how, die empfindlichsten Instrumente, das verspreche ich Ihnen. Die besten Spezialisten der Dritten Welt, die neuesten Verfahren.«

Sein strahlendes Lächeln hing da wie ein Pfirsich am Baum.

»Gemeinsam, als Arzt und Patient, können wir Dinge vollbringen, die keiner von uns allein könnte. Es wird nicht genügend Wert auf die Vorbeugung gelegt. Vorbeugen ist besser als Heilen, pflegt man ja zu sagen. Ist das ein Sprichwort oder eine Sentenz? Der Herr Professor kann uns das doch sicher sagen.«

»Ich werde Zeit brauchen, darüber nachzudenken.«

»Auf jeden Fall ist Vorbeugen das Wahre, nicht wahr? Ich habe gerade das letzte Heft von ›Leichenbestattung heute‹ in den Händen gehabt. Ein recht schockierendes Bild. Diese Unternehmenssparte ist nur sehr ungenügend gerüstet, um die riesige Anzahl von Toten unterzubringen.«

Babette hatte recht. Er sprach so wunderschön. Ich ging nach Hause und begann, Dinge wegzuwerfen. Ich warf Fischköder weg, abgespielte Tennisbälle, zerrissene Reisetaschen. Ich durchstöberte den Speicher nach alten Möbeln, ausrangierten Lampenschirmen, verzogenen Fliegengittern, verbogenen Gardinenstangen. Ich warf Bilderrahmen fort, Schuhhalter, Schirmständer, Wandkonsolen, Hochstühle und Gitterbettchen, zusammenklappbare Fernsehtabletts, Bohnensacksessel, zerbrochene Plattenspielerteller. Ich warf Einlegepapier fort, verblichenes Briefpapier, Manuskripte von Artikeln, die ich geschrieben hatte, Fahnenabzüge derselben Artikel, die Zeitschriften, in denen die Artikel abgedruckt waren. Je mehr ich fortwarf, um so mehr fand ich.

Das Haus war ein Tintenfischlabyrinth von alten und müden Dingen. Es war eine Ungeheuerlichkeit von Gegenständen, ein erdrückendes Gewicht, eine Bindung, eine Sterblichkeit. Ich durchschritt Zimmer und warf Sachen in Pappkartons, Elektroventilatoren, ausgebrannte Toaster. *Star-Trek*-Stickbilder. Es dauerte gut über eine Stunde, alles hinunter auf den Bürgersteig zu tragen. Keiner half mir. Ich wollte weder Hilfe, noch Gesellschaft, noch menschliches Verständnis. Ich wollte einfach nur das Zeug aus dem Haus haben. Ich setzte mich allein auf die Haustreppe und wartete darauf, daß sich in der Luft um mich her ein Gefühl der Ruhe und des Friedens verbreiten sollte.

Eine Frau, die auf der Straße vorbeiging, sagte: »Ein Laxativ, ein Antihistamin, Hustensaft und Schmerzmittel.«

35

Babette konnte von Talk Radio nicht genug kriegen.

»Ich hasse mein Gesicht«, sagte eine Frau. »Das ist schon seit Jahren mein ständiges Problem. Von allen Gesichtern, die ich hätte kriegen können, muß dies hier aussehensmäßig das schlimmste sein. Und wie soll ich es anstellen, daß ich nicht immer hinschaue? Auch wenn man mir alle Spiegel wegnähme, würde ich trotzdem noch einen Weg finden, mich anzusehen. Wie kann ich denn einfach nicht hinschauen? Aber andererseits hasse ich es. In anderen Worten, ich schau eben doch hin. Denn wessen Gesicht ist es schließlich? Was soll ich machen? Vergessen, daß es da ist, so tun, als würde es jemand anderem gehören? Was ich mit diesem Anruf hier will, Mel, ist, andere Leute suchen, die auch Schwierigkeiten haben, ihr Gesicht zu akzeptieren. Hier sind ein paar Fragen zum Einstieg. Wie hat man ausgesehen, bevor man geboren wurde? Wie wird man im nächsten Leben aussehen, abgesehen von Rasse und Hautfarbe?«

Babette trug fast pausenlos ihren Trainingsanzug. Er war eine schlichte graue Angelegenheit, lose und schlabbernd. Sie kochte darin, fuhr die Kinder zur Schule, hatte ihn beim Einkaufen im Baumarkt und im Schreibwarengeschäft an. Ich dachte eine Weile darüber nach, beschloß, daß nichts unangemessen Merkwürdiges daran war, nichts, worüber man sich Sorgen machen müßte, kein Grund zu glauben, sie versinke in Apathie und Verzweiflung.

»Wie fühlst du dich?« sagte ich. »Sag mir die Wahrheit.«

»Was ist die Wahrheit? Ich verbringe mehr Zeit mit Wilder. Wilder hilft mir, drüber wegzukommen.«

»Ich verlasse mich darauf, daß du wieder die alte gesunde, extravertierte Babette bist. Ich brauche das genauso sehr wie du, wenn nicht mehr.«

»Was heißt brauchen? Wir alle brauchen etwas. Wo ist daran das Einzigartige?«

»Fühlst du dich grundsätzlich gleich?«

»Meinst du, ob ich noch am Tod kranke? Die Angst ist nicht fort, Jack.«

»Wir müssen aktiv bleiben.«

»Aktivsein hilft, aber Wilder hilft noch mehr.«

»Bilde ich mir das ein«, sagte ich, »oder spricht er weniger denn je?«

»Es wird schon genug geredet. Was heißt reden? Ich will nicht, daß er redet. Je weniger er redet, desto besser.«

»Denise macht sich Sorgen um dich.«

»Wer?«

»Denise.«

»Talk is radio«, sagte sie.

Denise wollte ihre Mutter erst zum Joggen gehen lassen, wenn sie ihr versprach, eine dicke Schicht Sonnenschutzgel aufzulegen. Das Mädchen folgte ihr aus dem Haus, um einen letzten Klecks Lotion über Babettes Nacken zu spritzen und sich dann auf die Zehen zu stellen, um ihn gleichmäßig einzureiben. Sie versuchte, jede exponierte Stelle zu bedecken. Die Augenbrauen, die Lider. Sie führten erbitterte Auseinandersetzungen über die Notwendigkeit dieser Vorsichtsmaßnahme. Denise sagte, die Sonne sei für hellhäutige Menschen ein Risiko. Ihre Mutter behauptete, die ganze Angelegenheit diene nur als Reklame für das Kranksein.

»Außerdem bin ich ja eine Läuferin«, sagte sie. »Schon von der Definition her, werden Läufer mit geringerer Wahrscheinlichkeit von gefährlichen Strahlen getroffen als jemand, der geht oder steht.«

Denise wirbelte zu mir herum, die Arme gen Himmel gestreckt, ihr ganzer Körper ein flehentlicher Appell an mich, diese Frau doch zur Raison zu bringen.

»Die schlimmsten Strahlen sind die direkten«, sagte Babette. »Das bedeutet, je schneller sich ein Mensch bewegt, um so größer ist die Wahrscheinlichkeit, daß er nur teilweise getroffen wird, oberflächliche und gebrochene Strahlen abkriegt.«

Denise riß verzweifelt den Mund auf und ging in die Knie. In Wirklichkeit war ich gar nicht so sicher, daß ihre Mutter unrecht hatte.

»Das ist alles eine einzige Interessenverquickung«, sagte Babette zusammenfassend. »Der Lichtschutzfaktor, das Marketing, die Angst, die Krankheit. Das eine kann ohne das andere gar nicht existieren.«

Ich fuhr mit Heinrich und seinem Schlangen-Spezi Orest Mercator hinaus in die Einkaufszone zum Essen. Es war vier Uhr nachmittags, die Tageszeit, um die Orests Trainingsplan seine Hauptmahlzeit vorsah. Auf seine Bitte hin fuhren wir zu Vincent's Casa Mario, einem Blockhausgebäude mit schlitzartigen Fenstern, das Teil einer Küstenverteidigungsanlage hätte sein können.

Ich hatte mich dabei ertappt, wie ich an Orest und seine Schlangen dachte, und suchte nun eine Gelegenheit, weiter mit ihm zu reden. Wir saßen in einer blutroten Nische. Orest packte mit klobigen Händen die troddelverzierte Speisekarte. Seine Schultern schienen breiter denn je, der ernste Kopf fast zwischen ihnen zu versinken.

»Wie läuft das Training?« sagte ich.

»Ich laß es jetzt ein bißchen langsamer laufen. Ich will nicht zu schnell Topform erreichen. Ich weiß, wie ich mit meinem Körper umgehen muß.«

»Heinrich hat mir erzählt, daß du im Sitzen schläfst, um dich auf den Käfig vorzubereiten.«

»Das habe ich schon perfektioniert. Ich konzentriere mich jetzt auf andere Sachen.«

»Was denn?«

»Mich mit Kohlehydraten aufladen.«

»Deshalb sind wir hier hergekommen«, sagte Heinrich.

»Ich lade mich jeden Tag ein bißchen mehr auf.«

»Das ist wegen der Riesenmengen Energie, die er im Käfig verbrennen wird, weil er unentwegt wachsam und angespannt sein muß, wenn so eine Mamba ankommt oder so.« Wir bestellten Pasta und Wasser.

»Sag mal, Orest. Wo du dich jetzt dem Zeitpunkt immer mehr näherst, kriegst du nicht so langsam ein bißchen Angst?«

»Angst? Ach was! Ich will endlich in den Käfig. Je schneller, desto besser. So einer ist Orest Mercator!«

»Du bist nicht aufgeregt? Du machst dir keine Gedanken darüber, was passieren kann?«

»Er ist gern positiv«, sagte Heinrich. »Das ist bei Sportlern heutzutage in. Man hält sich nicht beim Negativen auf.«

»Dann sag mir eins. Was ist das Negative? Woran denkst du, wenn du an das Negative denkst?«

»Das denke ich: Ohne die Schlangen bin ich nichts. Das ist das einzige Negative. Das Negative ist, wenn es nicht über die Bühne geht, wenn die Tierschutzgesellschaft mich nicht läßt. Wie kann ich der Beste in meiner Disziplin sein, wenn sie mich nicht ranlassen?«

Ich sah Orest gern beim Essen zu. Er nahm die Nahrung nach Prinzipien der Aerodynamik auf: Druckunterschiede, Ansauggeschwindigkeiten. Er ging schweigend und zielstrebig zu Werke, lud auf, konzentrierte sich und schien mit jedem Gramm Stärke, das über seine Zunge rutschte, selbstgefälliger zu werden.

»Du weißt, daß die Möglichkeit besteht, daß du gebissen wirst. Wir haben schon letztes Mal darüber gesprochen. Denkst du daran, was passiert, wenn die Giftzähne sich um dein Handgelenk schließen? Denkst du ans Sterben? Das möchte ich gerne wissen. Erschreckt dich der Tod? Verfolgt er dich in Gedanken? Laß mich meine Karten auf den Tisch legen, Orest. Hast du Angst zu sterben? Empfindest du Furcht? Läßt die Furcht dich zittern oder schwitzen? Spürst du, daß ein Schatten über das Zimmer fällt, wenn du an den Käfig denkst, die Schlangen, die Giftzähne?«

»Was habe ich da grade neulich gelesen? Es gibt heute mehr Tote als in der ganzen restlichen Weltgeschichte zusammengenommen. Was ist schon einer mehr? Da kann ich doch ebenso gut in dem Moment sterben, wo ich versuche, Orest Mercators Namen ins Buch der Rekorde zu bringen, oder?«

Ich sah meinen Sohn an. Ich sagte: »Will er damit sagen, daß innerhalb der jetzt laufenden vierundzwanzig Stunden mehr Menschen sterben als in der ganzen restlichen Geschichte der Menschheit bis jetzt?«

»Er will sagen, daß die Toten heute zahlreicher sind als je zuvor, zusammengenommen.«

»Was für Tote? Definier die Toten.«

»Er meint die Leute, die jetzt tot sind.«

»Wie meinst du das, jetzt tot? Jeder, der tot ist, ist jetzt tot.«

»Er meint, die Leute in Gräbern. Die bekannten Toten. Die, die man zählen kann.«

Ich hörte gespannt zu und versuchte zu begreifen, was sie meinten. Ein zweiter Teller Essen kam für Orest.

»Aber manchmal sind Menschen Hunderte von Jahren in ihren Gräbern. Will er sagen, daß es mehr tote Menschen in Gräbern gibt als sonstwo?«

»Das kommt darauf an, was du mit sonstwo meinst.«

»Ich weiß nicht, was ich meine. Die Ertrunkenen. Die in Stücke Zerfetzten.«

»Es gibt jetzt mehr Tote als je zuvor. Nur das will er doch sagen.«

Ich sah ihn noch ein Weilchen an. Dann wandte ich mich Orest zu.

»Du stellst dich willentlich dem Tod. Du bist im Begriff, genau das zu tun, was andere Menschen ein Leben lang zu vermeiden versuchen. Sterben. Ich möchte wissen, warum.«

»Mein Trainer sagt: ›Atmen, nicht denken.‹ Er sagt: ›Sei eine Schlange, dann wirst du die Bewegungslosigkeit einer Schlange kennen.‹«

»Er hat jetzt einen Trainer«, sagte Heinrich.

»Er ist Sunnit«, sagte Orest.

»In Iron City gibt es paar Sunnis draußen in Flughafennähe.«

»Die Sunnis sind meistens Koreaner. Nur meiner ist Araber, glaub' ich.«

Ich sagte: »Meinst du nicht die Moonis, die meistens Koreaner sind?«

»Er ist ein Sunni«, sagte Orest.

»Aber das sind die Moonis, die meistens Koreaner sind. Nur sind sie es natürlich nicht. Nur ihre Führer.«

Sie dachten nach. Ich sah Orest beim Essen zu. Ich sah ihm zu, wie er die Spaghetti in seinen Schlund hineinschaufelte. Sein ernster Kopf blieb unbewegt, ein Tor für das Essen, das von der mechanischen Gabel hineinfiel. Welche Zielstrebigkeit er ausstrahlte, welches Fluidum eines festgelegten, mit Absolutheit verfolgten Aktionskurses. Wenn jeder von uns das Zentrum seiner Existenz ist, so schien Orest darauf bedacht, dieses Zentrum zu vergrößern, es zum Ganzen zu machen. Tun Sportler das, nehmen sie ihr Selbst vollständiger in Besitz? Möglicherweise beneiden wir sie um eine Tüchtigkeit, die nur wenig mit Sport zu tun hat. Indem sie sich auf eine Gefahr hin aufbauen, entfliehen sie ihr in einem tieferen Sinn, hausen sie in einem engelsgleichen Abbild, fähig, sich vom alltäglichen Sterben loszumachen. Aber war Orest denn ein Sportler? Er würde nichts anderes tun als dasitzen – siebenundsechzig Tage in einem Glaskäfig sitzen und darauf warten, öffentlich gebissen zu werden.

»Du wirst dich nicht verteidigen können«, sagte ich. »Und nicht nur das, du wirst überdies mit den schleimigsten, meist gefürchteten und widerwärtigsten Wesen auf Erden zusammen in einem Käfig sein. Schlangen. Die Menschen haben Alpträume von Schlangen. Von diesen kriechenden gleitenden kaltblütigen eierlegenden Wirbeltieren. Manche Menschen gehen damit zum Psychiater. Schlangen haben einen besonders schleimigen Platz in unserem kollektiven Unbewußten. Und du begibst dich freiwillig in einen eingeschlossenen Raum, zusammen mit dreißig oder vierzig der giftigsten Schlangen der Welt.«

»Schleimig? Was? Sie sind nicht schleimig.«

»Die berühmte Schleimigkeit ist ein Mythos«, sagte Heinrich. »Er geht in einen Käfig mit Gabunvipern, die Giftzähne von vier Zentimetern Länge haben. Vielleicht einem Dutzend Mambas. Die Mamba ist zufällig die schnellste Landschlange der Welt. Ist die Schleimigkeit da nicht ein bißchen nebensächlich?«

»Genau das ist ja mein Argument, Giftzähne. Schlangenbiß. Fünfzigtausend Menschen sterben jedes Jahr an Schlangenbissen. Das kam gestern abend im Fernsehen.«

»Alles kam gestern abend im Fernsehen«, sagte Orest.

Ich bewunderte die Antwort. Wahrscheinlich bewunderte ich auch ihn. Er schuf sich aus einer Groschenblatt-Sehnsucht ein imposantes Selbst. Er würde unbarmherzig trainieren, von sich selbst in der dritten Person sprechen, sich mit Kohlehydraten aufladen. Sein Trainer war immer da, seine Freunde waren von der Aura seines inspirierten Risikos angezogen. Er würde an Lebenskraft zunehmen, während er sich dem Zeitpunkt näherte.

»Sein Trainer lehrt ihn, in der alten Weise zu atmen, auf die sunnitische Weise. Eine Schlange ist ein Ding. Ein Mensch kann tausend Dinge sein.«

»Sei eine Schlange«, sagte Orest.

»Die Leute interessieren sich langsam dafür«, sagte Heinrich. »Es ist, als ob es jetzt Gestalt annimmt. Als ob er schon im Begriff ist, es zu tun. Als ob sie ihm jetzt glauben. Ohne Abstriche.«

Wenn das Selbst der Tod ist, wie kann es dann gleichzeitig stärker als der Tod sein?

Ich verlangte die Rechnung. Unzugehöriges Aufflakkern von Mr. Gray. Ein gesprenkeltes Bild, in grauen Shorts und Socken. Ich zog mehrere Geldscheine aus meiner Brieftasche und rieb jeden mit den Fingern, um sicherzugehen, daß keine weiteren Scheine an ihm klebten. Im Motelspiegel war meine Frau zu sehen, in voller Lebensgröße, vollbusig, mit weißem Leib, rosa Knien, Stupszehen, und nur mit pfefferminzfarbenen Legwarmers bekleidet, wie eine Studentin im 2. Jahr, die bei einer Orgie die Begeisterung anfeuert.

Als wir nach Hause kamen, fand ich sie bügelnd im Schlafzimmer.

»Was tust du?« sagte ich.

»Radiohören. Nur ist es gerade ausgegangen.«

»Wenn du denkst, daß wir mit Mr. Gray fertig sind, wäre es wohl an der Zeit, dich aufzuklären.«

»Ist die Rede von Mr. Gray, dem Kompositum, oder Mr. Gray, dem Individuum? Das ist ein großer Unterschied.«

»Das ist es zweifellos. Denise hat die Tabletten druckentsorgt.«

»Bedeutet das, daß wir mit dem Kompositum fertig sind?«

»Ich weiß nicht, was es bedeutet.«

»Bedeutet das, daß du deine männliche Aufmerksamkeit dem Individuum im Motel zugewandt hast?«

»Das habe ich nicht gesagt.«

»Du brauchst es nicht zu sagen. Du bist ein männliches Wesen. Männliche Wesen folgen dem Pfad mörderischer Wut. Das ist der biologische Pfad. Der Pfad der einfachen, blöden, blinden, männlichen Biologie.«

»Wie selbstgefällig, und das beim Taschentuchbügeln!«

»Jack, wenn du stirbst, werde ich einfach zu Boden sinken und da liegenbleiben. Irgendwann einmal, nach sehr langer Zeit wird man mich vielleicht finden, in der

Dunkelheit kauernd, sprachlos, gestenlos. Aber bis dahin werde ich dir ganz sicher nicht dabei helfen, diesen Mann oder sein Medikament zu finden.«

»Die unermeßliche Weisheit derer, die da bügeln und nähen.«

»Frag dich selbst, was du eigentlich lieber willst, deine uralte Angst besänftigen oder deinen kindischen dämlichen verletzten männlichen Stolz rächen.«

Ich ging den Flur entlang, um Steffie beim Packen zu helfen. Ein Sportreporter sagte: »Sie buhen nicht – sie rufen ›Bruce, Bruce!‹« Denise und Wilder waren bei ihr im Zimmer. Aus der gedämpften Atmosphäre schloß ich, daß Denise streng vertrauliche Ratschläge über Reisen zu entfernt lebenden Eltern gegeben hatte. Steffies Flugzeug würde von Boston kommen und zweimal zwischen Iron City und Mexico City landen, aber sie würde nicht umsteigen müssen, so daß die Situation zu bewältigen zu sein schien.

»Woher weiß ich, daß ich meine Mutter erkennen werde?«

»Du hast sie doch letztes Jahr gesehen«, sagte ich. »Du mochtest sie gern.«

»Was, wenn sie sich weigert, mich zurückzuschicken?«

»Für diese Idee dürfen wir uns bei Denise bedanken, nicht wahr? Danke, Denise. Mach dir keine Sorgen. Sie wird dich zurückschicken.«

»Und wenn sie es nicht tut?« sagte Denise. »Das kommt nämlich vor, weißt du.«

»Dieses Mal wird es nicht vorkommen.«

»Dann mußt du sie zurückentführen.«

»Das wird nicht nötig sein.«

»Und was, wenn doch?« sagte Steffie.

»Würdest du das tun?« sagte Denise.

»Es wird ganz bestimmt nicht passieren.«

»Es passiert dauernd«, sagte sie. »Ein Elternteil nimmt sich das Kind, der andere bezahlt Entführer, um es zurückzuholen.«

»Was ist, wenn sie mich behält?« sagte Steffie. »Was tust du dann?«

»Dann muß er jemand nach Mexiko schicken. Das ist das einzige, was er tun kann.«

»Aber wird er es tun?« sagte sie.

»Deine Mutter weiß, daß sie dich nicht behalten kann«, sagte ich. »Sie ist dauernd auf Reisen. Es kommt gar nicht in Frage.«

»Mach dir keine Sorgen«, sagte Denise zu ihr. »Egal, was er jetzt sagt, er wird dich schon zurückholen, wenn es soweit ist.«

Steffie schaute mich zutiefst interessiert und voller Neugier an. Ich erklärte ihr, daß ich selbst nach Mexiko reisen und tun würde, was getan werden müßte, um sie zurückzuholen. Sie sah Denise an.

»Es ist besser, jemand anzuheuern«, sagte die Ältere hilfreich. »Dann hat man einen, der es schon mal gemacht hat.«

Babette kam herein und hob Wilder hoch.

»Da bist du ja«, sagte sie. »Wir fahren mit Steffie zum Flughafen. Ja, das tun wir. Ja, ja.«

»Bruce! Bruce!«

Am nächsten Tag war wegen eines schädlichen Geruchs eine Evakuierung anberaumt. Überall standen SIMUVAK-Fahrzeuge. Männer in Mylexanzügen patrouillierten durch die Straßen, viele mit Instrumenten, um den Schaden zu messen. Die Beratungsfirma, die die Evakuierung geplant hatte, sammelte eine kleine Gruppe von computerüberprüften Freiwilligen in einem Polizeimannschaftswagen auf dem Supermarktparkplatz. Es folgte eine halbe Stunde selbstverursachten Würgens und Brechens. Der Vorgang wurde auf Videofilm aufgenommen und zur Analyse fortgeschickt.

Drei Tage später trieb tatsächlich ein ungesunder Geruch über den Fluß. Ein Innehalten, eine vorsichtige Nachdenklichkeit schien sich über die Stadt zu legen. Der Verkehr floß langsamer, die Autofahrer waren ausnehmend höflich. Es gab keine Anzeichen offizieller Aktionen, keine in Grundfarben gestrichenen Einsatzbusse oder Ambuletten. Die Menschen vermieden es, einander direkt anzusehen. Ein stechender Reiz in der Nase, ein Geschmack von Kupfer auf der Zunge. Je mehr Zeit verstrich, desto mehr schien sich der Wille, nichts zu unternehmen, zu vertiefen, sich fest zu fixieren. Es gab jene, die leugneten, überhaupt etwas zu riechen. Das ist immer so bei Gerüchen. Es gab jene, die erklärten, die Ironie ihrer Inaktivität nicht zu sehen. Sie hatten an der SIMUVAK-Übung teilgenommen, zögerten aber jetzt zu fliehen. Es gab jene, die sich fragten, was wohl den Geruch verursache, jene, die besorgt aussahen, jene, die meinten, die Abwesenheit von technischem Personal bedeute, daß es keinen Grund zur Sorge gebe. Unsere Augen begannen zu tränen.

Etwa drei Stunden, nachdem wir ihn wahrzunehmen begonnen hatten, hob sich der Dunst plötzlich und rettete uns vor unseren Scheinüberlegungen.

Hin und wieder dachte ich an die Zumwalt Automatik, die im Schlafzimmer versteckt war.

Die Zeit der baumelnden Insekten kam. Weiße Häuser, von deren Traufen Schmetterlingspuppen baumelten. Weiße Steine an Auffahrten. Man kann nachts in der Mitte der Straße gehen und Frauen am Telefon reden hören. Wärmeres Wetter bringt Stimmen in der Dunkelheit hervor. Sie reden von ihren heranwachsenden Söhnen. Wie groß, wie schnell. Die Söhne sind fast beängstigend. Die Mengen, die sie essen. Die Art und Weise, wie sie bedrohlich groß in der Tür stehen. Das sind die Tage, die voller wurmartiger Insekten sind. Sie sitzen im Gras, kleben an der Holzverkleidung, hängen in der Luft, hängen von Bäumen und Traufen, kleben an den Fliegenfenstern. Die Frauen führen Ferngespräche mit den Großeltern der heranwachsenden Jungen. Die sitzen gemeinsam an ihrem formschönen Trimline-Telefon, liebe alte Leutchen in handgestrickten Pullovern mit festem Monatseinkommen.

Was passiert mit ihnen, wenn der Werbespot zu Ende ist?

Ich bekam selbst eines Nachts einen Anruf. Die Telefonistin sagte: »Da ist eine Mutter Devi, die ein R-Gespräch mit einem Jack Gladney wünscht. Nehmen Sie es an?«

»Hallo Janet. Was willst du?«

»Nur hallo sagen. Fragen, wie's dir geht. Wir haben ewig nicht miteinander geredet.«

»Geredet?«

»Der Swami möchte wissen, ob unser Sohn diesen Sommer in den Ashram kommt.«

»Unser Sohn?«

»Deiner, meiner und seiner. Der Swami betrachtet die Kinder seiner Anhänger als seine Kinder.«

»Ich habe letzte Woche eine Tochter nach Mexiko geschickt. Wenn sie zurück ist, bin ich bereit, über den Sohn zu reden.«

»Der Swami sagt, Montana wird dem Jungen gut tun. Er wird einen Schuß tun, in den Schultern breiter werden. Er macht schwierige Jahre durch.«

»Warum rufst du an? Sag's ehrlich.«

»Nur, um dich zu grüßen, Jack. Wir grüßen einander hier.«

»Ist er einer von diesen schrulligen Swamis mit schneeweißem Bart? So ein bißchen witzig anzusehen?«

»Wir sind ernsthafte Leute hier. Der Zyklus der Geschichte zählt nur vier Zeitalter. Wir sind zufällig im letzten. Es ist wenig Zeit für Schrullen.«

Ihre winzige Piepsstimme hüpfte von einem hohlen Ball in der geosynchronen Umlaufbahn auf mich herunter.

»Wenn Heinrich dich diesen Sommer besuchen will, soll es mir recht sein. Laß ihn reiten, laß ihn Forellen angeln. Aber ich will nicht, daß er in etwas so Privates und Intensives wie die Religion verwickelt wird. Hier ist schon von Entführungen die Rede gewesen. Die Leute sind nervös.«

»Das letzte Zeitalter ist das Zeitalter der Dunkelheit.«

»Schön. Jetzt sag mir, was du willst.«

»Nichts. Ich habe alles. Meinen Seelenfrieden, einen Lebensinhalt, wahre Gemeinschaft. Ich möchte dich nur grüßen. Ich grüße dich, Jack. Ich vermisse dich. Ich vermisse deine Stimme. Ich möchte nur ein bißchen reden, ein paar Augenblicke in freundlichen Erinnerungen schwelgen.«

Ich legte auf und ging spazieren. Die Frauen saßen in ihren erleuchteten Eigenheimen und telefonierten. Ob der Swami mit den Augen zwinkerte? Würde er da, wo ich versagt hatte, die Fragen des Jungen beantworten können, würde er Bestätigung geben, da wo ich Streit und Diskussion entfacht hatte? Wie endgültig ist das Zeitalter der Dunkelheit? Bedeutet es die totale Zerstörung, eine Nacht, die alle Existenz so vollständig schluckt, daß ich von meinem eigenen einsamen Sterben geheilt werde? Ich horchte auf die redenden Frauen. Ganz Laut, ganz Seele.

Als ich nach Hause kam, fand ich Babette in ihrem Jogginganzug beim Schlafzimmerfenster, wo sie in die Nacht hinausstarrte.

Die ersten Delegierten zur Hitlertagung kamen an. Etwa neunzig Hitlerforscher würden die drei Konferenztage damit zubringen, Vorlesungen anzuhören, auf Podien zu sitzen, sich Filme anzusehen. Sie würden mit gotisch beschrifteten, folienbeschichteten Namensschildchen am Jackenaufschlag über den Campus wandern. Sie würden Hitlerklatsch austauschen, die üblichen sensationellen Gerüchte über die letzten Tage im Führerbunker in Umlauf bringen.

Es war interessant zu sehen, wie sehr sie einander ähnelten, trotz der großen Unterschiede ihres nationalen und regionalen Hintergrunds. Sie waren fröhlich und aufgeschlossen, neigten beim Lachen zum Spucken, neigten zu altmodischer Kleidung, Häuslichkeit, Pünktlichkeit. Sie schienen ausgeprägten Geschmack für Süßes zu haben.

Ich begrüßte sie in der modernistischen Kapelle. Ich sprach deutsch, mit Konzept, fünf Minuten lang. Ich sprach hauptsächlich über Hitlers Mutter, seinen Bruder und seinen Hund. Sein Hund hieß Wolf. Dieses Wort lautet auf deutsch und englisch gleich. Die meisten Wörter, die ich in meiner Ansprache benützte, lauteten in beiden Sprachen gleich oder fast gleich. Ich hatte Tage mit dem Wörterbuch verbracht und Listen solcher Wörter aufgestellt. Meine Bemerkungen waren entsprechend unzusammenhängend und seltsam. Ich bezog mich vielfach auf Wolf, noch häufiger auf die Mutter und den Bruder, ein paarmal auf Schuhe und Socken, ein paarmal auf Jazz, Bier und Baseball. Natürlich gab es auch noch Hitler selbst. Ich sprach den Namen oft aus, hoffte, er würde meine unsichere Satzstruktur übertönen.

Die übrige Zeit versuchte ich, den Deutschen in der Gruppe aus dem Weg zu gehen. Sogar in meinem schwarzen Talar, mit der dunklen Brille und meinem Namen in Nazi-Lettern über dem Herzen fühlte ich mich in ihrer Gegenwart schwach, todesnah, wenn ich zuhörte, wie sie ihre gutturalen Laute, ihre Wörter, ihr Schwermetall produzierten. Sie erzählten Hitlerwitze und spielten Pinokel. Mir blieb nichts anderes übrig, als willkürliche Einsilber zu murmeln, mich vor leerem Gelächter zu schütteln. Ich verbrachte viel Zeit in meinem Dienstzimmer, wo ich mich versteckte.

Immer wenn ich mich an die Pistole erinnerte, die wie ein tropisches Insekt in einem Stapel Unterhemden lauerte, spürte ich, wie mich ein kleiner intensiver Schauder durchfuhr. Ich war nur nicht sicher, ob freudig oder ängstlich. Ich erkannte ihn überwiegend als Kindheitserlebnis, als die dunkle Regung des Geheimhaltens.

Welch raffiniertes Gerät eine Handfeuerwaffe doch ist. So klein vor allem. Ein intimes und schlaues Ding, eine geheime Geschichte des Mannes, der sie besitzt. Ich rief mir ins Gedächtnis zurück, wie ich mich vor ein paar Tagen gefühlt hatte, beim Versuch, das Dylar zu finden. Wie jemand, der den familieneigenen Abfall ausspioniert. Tauchte ich Stück für Stück in ein Geheimleben ein? Glaubte ich, das sei mein letzter Schutz vor dem Untergang, der von jener Gewalt oder Nichtgewalt, jenem Prinzip oder jener Macht oder jenem Chaos, das solche Dinge bestimmt, so beiläufig für mich bewerkstelligt worden war? Vielleicht begann ich allmählich, meine Exfrauen und ihre Verbindungen zum Geheimdienst zu verstehen.

Die Hitlerforscher versammelten sich, wanderten herum, aßen ungeheuerliche Mengen, lachten mit übergroßen Zähnen. Ich saß derweil in der Dunkelheit an meinem Schreibtisch und dachte an Geheimnisse. Sind Geheimnisse ein Tunnel zu einer Traumwelt, in der man die Ereignisse beherrscht?

Am Abend raste ich hinaus zum Flughafen, um meine Tochter vom Flugzeug abzuholen. Sie war aufgeregt und glücklich, trug mexikanische Kleidung. Sie sagte, die Leute, die ihrer Mutter Bücher zum Rezensieren schickten, wollten sie nicht in Frieden lassen. Dana bekomme jeden Tag dicke, lange Romane und schreibe Kritiken, die sie mikroverfilme und an ein Geheimarchiv schicke. Sie klage über strapazierte Nerven, Perioden tiefer seelischer Erschöpfung. Sie sagte zu Steffie, sie habe keine Lust mehr, sich da draußen kalte Füße zu holen.

Am Morgen raste ich nach Glassboro, um mich den zusätzlichen Tests auf den Autumn Harvest Farms zu unterziehen, zu denen mein Arzt mir geraten hatte. Die Ernsthaftigkeit einer solchen Gelegenheit steht in direktem Verhältnis zur Anzahl der Körpersäfte, die man zu

Analysezwecken auszuscheiden gebeten wird. Ich trug mehrere Probefläschchen bei mir, von denen jedes ein melancholisches Ausscheidungsprodukt oder Sekret enthielt. Im Handschuhfach reiste, allein, ein ominöses Plastikmedaillon, das ich respektvoll in drei ineinandergesteckte, der Reihe nach mit Twistverschlüssen zugebundenen Plastiksäckchen eingeschlossen hatte. Dies war ein Klecks der feierlichsten Ausscheidung von allen, die mit Gewißheit von den Technikern vom Dienst mit jener Mischung aus Ehrerbietung, Scheu und Schrecken betrachtet werden würde, die wir gemeinhin mit den exotischen Religionen der Welt in Verbindung bringen.

Doch zunächst mußte ich die Institution erst einmal finden. Sie stellte sich als funktionales, bleiches Backsteingebäude heraus, einstöckig, mit gefliesten Böden und heller Beleuchtung. Warum hieß so ein Ort wohl »Herbsternte-Farm«? War dies ein Versuch, ein Gegengewicht zu der Herzlosigkeit ihrer glänzenden Präzisionsgeräte zu schaffen? Würde ein anheimelnder Name uns zum Glauben verleiten, wir lebten in Vor-Krebs-Zeiten? Welche Art von Leiden durften wir hoffen, in einer Einrichtung dieses Namens diagnostiziert zu bekommen? Keuchhusten? Diphterie? Einen leichten grippalen Infekt? Vertraute alte Bauernhauswehwehchen, die Bettruhe forderten, ein gründliches Einreiben der Brust mit linderndem Wick-Vaporub? Würde uns jemand aus ›David Copperfield‹ vorlesen?

Ich hegte böse Vorahnungen. Sie nahmen mir meine Pröbchen ab und setzten mich vor einen Computer. Als Antwort auf die Fragen auf dem Bildschirm tippte ich die Geschichte meines Lebens und Sterbens ein, Stück für Stück, wobei jede Antwort weitere Fragen hervorlockte, in unbarmherziger Abfolge von Gruppen und Untergruppen. Ich log dreimal. Sie gaben mir ein losesitzendes Kleidungsstück und ein Identifizierungsarmband. Sie schickten mich enge Korridore entlang, zum Messen und Wiegen, zur Blutabnahme, zur Gehirnstrommessung, zur Aufzeichnung der Ströme, die durch mein Herz flossen. Sie prüften und sondierten, in wechselnden Räumlichkeiten, wobei jede Zelle eine Idee kleiner als die vorherige schien, greller beleuchtet, leerer von menschlichen

Einrichtungsgegenständen. Jedesmal ein neuer Spezialist. Jedesmal gesichtslose Mitpatienten in den irrgartenartigen Fluren, die identisch bekleidet von Raum zu Raum querten. Keiner grüßte den anderen. Man schnallte mich an eine Schaukelvorrichtung, drehte mir den Kopf nach unten und ließ mich sechzig Sekunden so hängen. Ein Computerausdruck entsprang einem Apparat in der Nähe. Man stellte mich in eine Tretmühle und befahl mir, zu laufen und zu laufen. Instrumente wurden mir an die Oberschenkel geschnallt, Elektroden auf die Brust gepflanzt. Man steckte mich in einen Durchleuchtungsapparat, eine Art computergesteuerten Röntgen-Scanner. Jemand saß tippend an der Tastatur und übermittelte der Maschine eine Botschaft, die meinen Körper durchsichtig machen würde. Ich hörte magnetische Winde, sah Blitze von Nordlichtern. Menschen querten die Flure wie wandernde Seelen, hielten ihren Urin in fahlen Bechern empor. Ich stand in einem Raum von der Größe eines Wandschranks. Man wies mich an, einen Finger vors Gesicht zu halten und das linke Auge zu schließen. Die Platte schob sich zu, ein weißes Licht blitzte auf. Sie versuchten ja nur, mir zu helfen, mich zu retten.

Schließlich saß ich, wieder bekleidet, vor einem Schreibtisch, einem nervösen jungen Mann im weißen Kittel gegenüber. Er studierte meine Akte und murmelte dabei etwas von ganz neu hier sein. Ich war überrascht festzustellen, daß diese Tatsache mich nicht schreckte. Ich glaube, ich war sogar erleichtert.

»Wie lange dauert es, bis die Ergebnisse da sind?«

»Die Ergebnisse sind da«, sagte er.

»Ich dachte, wir sollten hier die allgemeine Diskussion führen, über die menschliche Seite. Das, was die Apparate nicht entdecken können. In zwei oder drei Tagen wären dann die tatsächlichen Werte so weit.«

»Die Werte sind so weit.«

»Ich bin nur nicht sicher, ob ich so weit bin. All diese glänzenden Apparaturen sind ein bißchen beunruhigend. Ich könnte mir gut vorstellen, daß ein vollständig gesunder Mensch nur dadurch daß er sich diesen Untersuchungen unterzieht, krank wird.«

»Warum sollte jemand davon krank werden? Dies sind

die genauesten Untersuchungsapparaturen, die es überhaupt gibt. Wir haben hochentwickelte Computer, um die Daten zu analysieren. Diese Apparateausstattung rettet Menschenleben. Glauben Sie mir, ich habe es schon erlebt. Wir haben eine Ausstattung, die besser funktioniert als der neueste Röntgenapparat oder Computer-Tomograph. Wir sehen tiefer und genauer.«

Er schien an Selbstvertrauen zu gewinnen. Er war ein sanftäugiger Bursche mit schlechter Haut und erinnerte mich an die jungen Männer im Supermarkt, die hinter der Kasse stehen und die Ware einpacken.

»Normalerweise fangen wir so an«, sagte er. »Ich stelle Fragen, die sich auf den Ausdruck beziehen, und dann antworten Sie nach bestem Wissen und Gewissen. Wenn wir fertig sind, übergebe ich Ihnen in einem versiegelten Umschlag den Ausdruck, und Sie gehen damit zu Ihrem Arzt, der Ihnen diese Konsultation berechnet.«

»Gut.«

»Gut. Normalerweise fragen wir als erstes, wie Sie sich fühlen.«

»Auf den Ausdruck bezogen?«

»Einfach nur, wie Sie sich fühlen«, sagte er mit sanfter Stimme.

»Ich von mir aus gesehen, fühle mich eigentlich soweit relativ gesund.«

»Normalerweise geht es dann mit der Müdigkeit weiter. Haben Sie sich in letzter Zeit müde gefühlt?«

»Was sagen die Leute normalerweise?«

»Leichte Erschöpfungszustände ist eine beliebte Antwort.«

»Genau das könnte ich auch sagen, in vollster Überzeugung, daß dies eine passende und genaue Beschreibung ist.«

Diese Antwort schien ihn zufriedenzustellen, und er notierte etwas in fetten Buchstaben auf dem vor ihm liegenden Blatt.

»Wie steht es mit dem Appetit?« sagte er.

»Da könnte ich mich so oder so entscheiden.«

»Das könnte ich auch, mehr oder weniger, aufgrund des Ausdrucks.«

»Mit anderen Worten sagen Sie also, daß ich manchmal verstärkten Appetit habe und manchmal gar keinen.«

»Sagen Sie mir das jetzt oder fragen Sie mich?«

»Das hängt davon ab, was die Zahlen sagen.«

»Dann sind wir einer Meinung.«

»Gut.«

»Gut«, sagte er. »Und wie steht's mit dem Schlafen? Normalerweise ziehen wir den Schlaf durch, bevor wir den Patienten fragen, ob er eine Tasse koffeinfreien Kaffee oder Tee möchte. Wir stellen keinen Zucker.«

»Haben Sie viele Leute mit Schlafstörungen?«

»Nur in den Spätphasen.«

»Den Spätphasen des Schlafs? Meinen Sie, daß sie früh morgens aufwachen und nicht wieder einschlafen können?«

»In den Spätphasen des Lebens.«

»Das dachte ich mir. Gut. Das einzige, was ich habe, ist eine niedrige Animationsschwelle.«

»Gut.«

»Ich werde leicht unruhig. Wer wird das nicht?«

»Wälzen und drehen sich?«

»Wälzen«, sagte ich.

»Gut.«

»Gut.«

Er machte ein paar Notizen. Es schien gut zu laufen. Ich war ermutigt davon, wie gut es lief. Ich schlug sein Teeangebot aus, was ihn zu freuen schien. Wir kamen bestens voran.

»An dieser Stelle fragen wir nach dem Rauchen.«

»Das ist einfach. Die Antwort ist nein. Und es geht auch nicht um fünf oder zehn Jahre, die ich nicht mehr rauche. Ich habe überhaupt noch nie geraucht. Nicht einmal als Jugendlicher. Habe es nie probiert. Habe nie eine Notwendigkeit dafür gesehen.«

»Das ist immer ein Plus.«

Ich fühlte mich ungeheuer beruhigt und dankbar.

»Wir kommen gut voran, nicht wahr?«

»Manche Leute ziehen es gern in die Länge«, sagte er. »Sie fangen an, sich für ihren Gesundheitszustand zu interessieren. Es wird fast so etwas wie ein Hobby.«

»Wer braucht denn schon Nikotin? Und nicht nur das, ich trinke auch selten Kaffee und grundsätzlich keinen koffeinhaltigen. Ich verstehe gar nicht, was die Leute mit dieser ganzen künstlichen Stimulation wollen. Ich werde schon high, wenn ich einfach nur im Wald spazierengehe.«

»Koffeinfrei ist immer von Vorteil.«

Ja, dachte ich. Belohne meine Tugendhaftigkeit. Schenk mir das Leben.

»Und dann noch die Milch«, sagte ich. »Die Leute sind ja nicht zufrieden mit dem Koffein und dem Zukker. Sie wollen auch noch Milch. All diese Fettsäuren. Ich habe seit meiner Kindheit keine Milch mehr angerührt. Rühre keine Sahne an. Esse ungewürzt. Harte Sachen rühr' ich kaum an. Hab' noch nie gewußt, was das alles soll. Wasser! Das ist mein Getränk! Einem Glas Wasser kann man wenigstens noch trauen.«

Ich erwartete, daß er mir jetzt erzählen würde, daß dies zusätzliche Lebensjahre bedeutete.

»Apropos Wasser«, sagte er. »Sind Sie irgendwann einmal industriellen Verseuchungsstoffen ausgesetzt gewesen?«

»Was?«

»Toxischer Materie in der Luft oder im Wasser?«

»Fragen Sie das normalerweise nach den Zigaretten?«

»Es ist keine vorgesehene Frage.«

»Meinen Sie, ob ich mit Substanzen wie Asbest arbeite? Eindeutig nein. Ich bin Lehrer. Lehren ist mein Leben. Ich habe mein Leben auf einem College Campus verbracht. Wo soll das Asbest herkommen?«

»Haben Sie schon mal was von Nyoden-Derivat gehört?«

»Sollte ich das, laut Computerausdruck?«

»Spuren davon sind in Ihrem Blutkreislauf.«

»Wie kann das sein, wenn ich nie etwas davon gehört habe?«

»Der Magnet-Scanner sagt, daß es vorhanden ist. Ich habe jetzt eingeklammerte Zahlen mit Sternchen vor mir.«

»Wollen Sie damit sagen, daß der Ausdruck die ersten, nicht ganz eindeutigen Zeichen eines kaum wahrnehmbaren Zustandes zeigt, der sich von einem minimalen annehmbaren Kontakt mit einem Giftgasaustritt ableitet?«

Warum redete ich so gespreizt?
»Der Magnet-Scanner ist ziemlich eindeutig«, sagte er.
Was war aus unserem schweigenden Einverständnis geworden, unser Programm flott und ohne zeitaufwendige und abwegige Diskussion durchzuziehen?
»Was passiert denn, wenn jemand Spuren dieses Materials im Blut hat?«
»Dann tritt eine nebelhafte Massierung auf«, sagte er.
»Aber ich denke, keiner weiß genau, was Nyoden-D bei Menschen bewirkt. Bei Ratten ja.«
»Sie haben mir gerade erzählt, daß Sie nie etwas davon gehört hätten. Woher wissen Sie dann, was es bewirkt und was nicht?«
Jetzt hatte er mich ertappt. Ich hatte das Gefühl, hereingelegt worden zu sein, mitgerissen, zum Narren gehalten.
»Das Wissen wandelt sich jeden Tag«, sagte er. »Wir haben widersprüchliches Material, das besagt, Kontakt mit dieser Substanz kann eindeutig zu einer nebelhaften Massierung führen.«
Sein Selbstbewußtsein stieg.
»Gut. Gehen wir doch weiter zum nächsten Punkt. Ich bin ein bißchen in Eile.«
»An dieser Stelle übergebe ich den versiegelten Umschlag.«
»Kommt als nächstes sportliche Betätigung? Die Antwort ist: null. Ich hasse Sport, weigere mich, irgendeinen auszuüben.«
»Gut. Ich übergebe jetzt den Umschlag.«
»Was ist eine nebelhafte Massierung? Reine Neugier.«
»Ein mögliches Wachstum im Körper.«
»Und es heißt nebelhaft, weil man kein klares Bild davon bekommt?«
»Wir bekommen ein sehr klares Bild davon. Der Durchleuchtungsapparat macht die klarsten Aufnahmen, die nur menschenmöglich sind. Es wird als nebelhafte Massierung bezeichnet, weil es keine bestimmte Gestalt, keine Form oder Grenzen hat.«
»Was kann sie in Begriffen von Schlimmstfall-Szenario-Eventualitäten bewirken?«
»Daß man stirbt.«

»Drücken Sie sich doch klar aus, Mann! Ich hasse diesen modernen Jargon!«

Er steckte Beleidigungen gut ein. Je ärgerlicher ich wurde, um so besser gefiel es ihm. Er strahlte Energie und Gesundheit aus.

»An dieser Stelle bitte ich Sie, draußen im Büro die Rechnung zu begleichen.«

»Und was ist mit dem Kalium? Ich bin eigentlich hierhergekommen, weil mein Kaliumwert weit über den normalen Grenzen lag.«

»Wir untersuchen kein Kalium.«

»Gut.«

»Gut. Meine letzte Aufgabe ist, Sie zu beauftragen, den Umschlag zu Ihrem Arzt zu bringen. Ihr Arzt kennt die Symbole.«

»Das wär's also. Gut.«

»Gut«, sagte er.

Ich schüttelte ihm warm die Hand. Wenige Minuten später stand ich draußen auf der Straße. Ein Junge trieb spreizbeinig einen Fußball über eine öffentliche Anlage. Ein zweites Kind saß auf dem Gras und zog die Strümpfe aus, indem es sie an den Fersen packte und daran zerrte. Wie literarisch, dachte ich gereizt, Straßen voller Details impulsiven Lebens, während der Held die letzte Phase seines Sterbens in seinen Gedanken bewegt. Es war ein leicht bewölkter Tag mit gegen Sonnenuntergang abnehmenden Winden.

In dieser Nacht ging ich durch die Straßen von Blacksmith. Das Glühen blauäugiger Fernsehapparate. Die Stimmen in den Tastentelefonen. Weit fort kauern die Großeltern in einem Sessel, teilen sich begierig in den Hörer, während die Trägerwellen sich zu hörbaren Signalen modulieren. Es ist die Stimme ihres Enkels, des heranwachsenden Jungen, dessen Gesicht auf den ums Telefon aufgestellten Schnappschüssen wiederkehrt. Freude schießt ihnen in die Augen, wird aber umflort von einem traurigen und vielschichtigen Wissen. Was erzählt ihnen der Junge da? Daß seine unreine Haut ihn unglücklich macht? Daß er von der Schule abgehen und ganztags im Foodland-Supermarkt arbeiten will, Waren einpakken. Er erzählt ihnen, daß er das gern tut, Waren einpakken. Daß dies das einzige auf der Welt ist, was ihn wirklich befriedigt. Die fünf-Liter-Flaschen zuerst, die Sechserpacks im rechten Winkel dazu, die schweren Waren doppelt tüten. Er macht es gut, er hat den Dreh raus, er sieht die Gegenstände schon in der Tüte an ihrem Platz, bevor er überhaupt etwas anrührt. Das ist wie Zen, Opa. Ich schüttle zwei Papiertüten auf, schiebe eine in die andere. Das Obst nicht drücken, auf die Eier achten, das Eis in eine Kühltüte. Tausend Leute kommen täglich an mir vorbei, aber keiner sieht mich. Mir gefällt das, Oma, es ist so total unbedrohlich, genau so möchte ich mein Leben verbringen. Und so hören sie traurig zu, lieben ihn um so mehr, die Gesichter an den glänzenden Hörer ihres formschönen Telefons gedrückt, den weißen Apparat Typ »Prinzessin« im Schlafzimmer, den einfarbig braunen »Rotary« in Opas holzverkleidetem Arbeitseckchen im Keller. Der alte Herr fährt mit der Hand durch seinen weißen Haarschopf, die Frau hält ihre zusammengeklappte Brille an die Backe. Wolken jagen über den nach Westen wandernden Mond, die Jahreszeiten wechseln in düsterer Bildabfolge, bewegen sich tiefer in die Winterstille, eine Landschaft aus Stille und Eis hinein.

Ihr Arzt kennt die Symbole.

37

Der lange Spaziergang begann mittags. Ich wußte nicht, daß es ein langer Spaziergang werden würde. Ich dachte, es würde eine gemischte Meditation, Murray und Jack, ein halbes Stündchen verschlungener Wege über den Campus. Aber es wurde ein schwerwiegender Nachmittag, ein ernsthafter, Schleifen ziehender, sokratischer Spaziergang mit praktischen Konsequenzen.

Ich traf Murray nach seinem Unfallseminar, und wir wanderten an den Rändern des Campus entlang, an den mit Zedernschindeln verkleideten Eigentumswohnungen, die in ihrer vertraut defensiven Haltung zwischen den Bäumen hockten – eine Konzentration von Behausungen, die sich so gut in die Umgebung einpaßte, daß unentwegt Vögel gegen die Spiegelglasfenster flogen.

»Sie rauchen ja Pfeife«, sagte ich.

Murray lächelte vielsagend.

»Das sieht gut aus. Gefällt mir. Es haut hin.«

Er senkte lächelnd die Augen. Die Pfeife hatte einen langen schmalen Stiel und einen konischen Kopf. Sie war hellbraun und sah aus wie ein rein funktionaler Haushaltsgegenstand, eine Antiquität, wie sie bei den Amish oder Shakern noch in Gebrauch sind. Ich fragte mich, ob er sie vielleicht so ausgewählt hatte, daß sie zu seinem eher strengen Kinnbart paßte. Eine Tradition eherner Tugendhaftigkeit schien seinen Gesten und seiner Ausdrucksweise anzuhaften.

»Warum können wir aus dem Tod nicht klug werden?« sagte ich.

»Das ist doch offensichtlich.«

»So?«

»Iwan Iljitsch hat drei Tage lang geschrien. Das ist ungefähr so klug, wie wir werden können. Tolstoi selbst hat gekämpft, um ihn zu verstehen. Er hat fürchterliche Angst vor dem Tod gehabt.«

»Es ist fast, als sei es unsere Angst, die ihn verursacht. Wenn wir lernen könnten, keine Angst zu haben, könnten wir ewig leben.«

»Wir reden uns den Tod ein? Meinen Sie das?«

»Ich weiß nicht, was ich meine. Ich weiß nur, daß ich im Augenblick rein mechanisch weiterlebe. Technisch gesehen bin ich tot. In meinem Körper wächst eine nebelhafte Massierung. Die spüren diese Dinger auf wie Satelliten. Und das alles nur als Resultat eines Nebenprodukts bei der Insektizidherstellung. Es ist etwas Künstliches an meinem Tod. Er ist seicht, unerfüllt. Ich gehöre weder zur Erde noch zum Himmel. Man sollte mir eine Sprühdose in den Grabstein meißeln.«

»Gut gesagt.«

Was sollte das: gut gesagt? Ich wollte, daß er mit mir disputierte, mein Sterben auf eine höhere Ebene heben, mir helfen sollte, mich besser zu fühlen.

»Finden Sie, daß es unfair ist?« sagte er.

»Natürlich. Oder ist das eine banale Antwort?«

Mir kam es so vor, als zucke er die Achseln.

»Schauen Sie doch, wie ich gelebt habe. War mein Leben ein wahnsinniger Vergnügungstaumel? War ich versessen darauf, mich mit illegalem Drogengenuß, schnellen Autos, exzessivem Trinken selbst zu zerstören? Ein Gläschen trockener Sherry bei Fakultätsparties! Ich esse salzlos!«

»Nein, das stimmt nicht.«

Er paffte ernst an seiner Pfeife, wobei seine Backen hohl wurden. Wir gingen eine Weile schweigend weiter.

»Meinen Sie, daß Ihr Tod verfrüht ist?« sagte er.

»Jeder Tod ist verfrüht. Es gibt keinen wissenschaftlichen Grund, warum wir nicht hundertfünfzig Jahre lang leben sollten. Manche Menschen tun das ja, einer Schlagzeile zufolge, die ich im Supermarkt gesehen habe.«

»Meinen Sie, daß es das Gefühl des Nichtvollendethabens ist, was bei Ihnen das tiefste Bedauern hervorruft? Gibt es Dinge, die Sie noch zu leisten hoffen? Arbeit, die getan werden muß, intellektuelle Herausforderungen, denen man sich stellen muß?«

»Das tiefste Bedauern gilt dem Tod. Das einzige, dem man sich stellen muß, ist der Tod. Ich denke an nichts anderes. Es gibt nur ein einziges Problem. Ich möchte leben.«

»Robert Wise, in seinem Film eben diesen Titels mit

Susan Hayward als Barbara Graham, der zum Tode verurteilten Mörderin. Aggressiver Jazz-Soundtrack von Johnny Mandel.«

Ich sah ihn an.

»Sie wollen damit also sagen, Jack, daß der Tod genauso bedrohlich wäre, auch wenn Sie alles geleistet hätten, was Sie je in Ihrem Leben und Ihrer Arbeit zu leisten gehofft haben?«

»Sind Sie verrückt? Aber natürlich! Was für eine elitistische Idee! Würden Sie einen Mann, der Waren eintütet, fragen, ob er den Tod fürchtet, nicht weil es der Tod ist, sondern weil es noch ein paar interessante Waren gibt, die er noch nie eingepackt hat?«

»Gut gesagt.«

»Es geht um den Tod! Ich will nicht, daß er noch ein Weilchen zaudert, damit ich eine Monographie schreiben kann. Ich will, daß er verschwindet, und zwar auf siebzig oder achtzig Jahre!«

»Ihr Status als todgeweihter Mann verleiht Ihren Worten ein gewisses Prestige und eine gewisse Autorität. Das gefällt mir. Ich glaube, wenn der Zeitpunkt näherkommt, werden Sie feststellen, daß die Menschen begierig sein werden zu hören, was Sie zu sagen haben. Man wird sich um Sie scharen!«

»Wollen Sie damit sagen, daß dies eine wundervolle Gelegenheit für mich ist, Freunde zu gewinnen?«

»Ich will damit sagen, daß Sie die Lebenden nicht enttäuschen dürfen, indem Sie sich in Selbstmitleid und Verzweiflung zurückziehen. Die Menschen werden damit rechnen, daß Sie tapfer sind. Was die Menschen in einem sterbenden Freund suchen, ist eine sonore Form standhafter Vornehmheit, eine Weigerung nachzugeben, mit Momenten unbeugsamen Humors versetzt. Sie gewinnen bereits Prestige, jetzt, während wir miteinander sprechen. Sie erzeugen ein verschwommenes Leuchten um Ihren Körper. Das muß mir einfach gefallen.«

Wir gingen mitten auf einer steilen gewundenen Straße abwärts. Kein Mensch war zu sehen. Die Häuser waren alt und ragten über engen, teilweise baufälligen Steintreppen auf.

»Glauben Sie, daß die Liebe stärker ist als der Tod?«

»Auf keinen Fall.«

»Gut«, sagte er. »Nichts ist stärker als der Tod. Glauben Sie, daß nur die Menschen, die Angst vor dem Leben haben, den Tod fürchten?«

»Das ist verrückt. Total dumm.«

»Richtig. Wir alle fürchten den Tod in gewissem Maße. Diejenigen, die etwas anderes behaupten, lügen sich selbst etwas in die Tasche. Oberflächliche Menschen sind das.«

»Menschen, die sich ihren Spitznamen aufs Nummernschild prägen lassen.«

»Ausgezeichnet, Jack. Glauben Sie, daß das Leben ohne den Tod irgendwie unvollständig wäre?«

»Wie könnte es unvollständig sein? Der Tod macht es doch unvollständig.«

»Macht nicht unser Wissen vom Tod das Leben kostbarer?«

»Was taugt eine Kostbarkeit, die sich auf Furcht und Sorge gründet? Sie ist ein ängstlich zitterndes Ding.«

»Richtig. Die meisten zutiefst kostbaren Dinge sind diejenigen, deren wir uns sicher fühlen. Eine Ehefrau, ein Kind. Macht das Schreckgespenst des Todes ein Kind kostbarer?«

»Nein.«

»Nein. Es gibt keinen Grund zu glauben, daß das Leben wertvoller ist, weil es vergänglich ist. Hören Sie diese Behauptung: Der Mensch muß erfahren, daß er sterben wird, erst dann kann er beginnen, sein Leben voll auszuleben. Richtig oder falsch?«

»Falsch. Wenn Ihr Tod einmal festgesetzt ist, wird es unmöglich, ein befriedigendes Leben zu führen.«

»Würden Sie es vorziehen, das genaue Datum und die Zeit Ihres Todes zu wissen?«

»Um keinen Preis. Es ist schlimm genug, das Unbekannte zu fürchten. Mit dem Unbekannten konfrontiert können wir vorgeben, es sei nicht da. Genaue Daten würden manch einen in den Selbstmord treiben, und wenn auch nur, um das System zu durchkreuzen.«

Wir überquerten eine alte Highway-Brücke, die zwischen Häusern eingezwängt dastand und von traurigem und verblaßtem Abfall übersät war. Wir folgten einem

Fußweg entlang eines Baches, näherten uns dem Rand des High-School-Sportplatzes. Frauen kamen mit ihren kleinen Kindern hierher, um sie in den Weitsprunggruben spielen zu lassen.

»Wie werde ich damit fertig?« sagte ich.

»Sie könnten Ihren Glauben in die angewandte Wissenschaft setzen. Sie hat Sie da hineingezogen, sie kann Sie auch wieder herausholen. Das ist ja der Witz an der angewandten Wissenschaft: einerseits weckt sie den Hunger auf Unsterblichkeit. Andrerseits droht sie mit globaler Zerstörung. Die angewandte Wissenschaft ist die von der Natur losgelöste Lust.«

»Ist sie das?«

»Sie ist das, was wir erfunden haben, um das schreckliche Geheimnis unserer zerfallenden Körper zu verbergen. Aber sie ist ebenso das Leben, oder nicht? Sie verlängert Leben, sie bietet neue Organe für diejenigen, die sich abnutzen. Neue Apparate, neue Technologien jeden Tag. Laser, Maser, Ultraschall. Stellen Sie sich dem, Jack. Glauben Sie daran. Man wird Sie in eine schimmernde Röhre stecken, Ihren Körper mit den Grundstoffen des Universums bestrahlen. Mit Licht, Energie, Träumen. Gottes eigener Güte.«

»Ich glaube, ich will eine Weile keine Ärzte mehr sehen, Murray, danke.«

»In diesem Fall können Sie immer noch mit dem Tod fertigwerden, indem Sie sich auf das jenseitige Leben konzentrieren.«

»Wie fange ich das an?«

»Das liegt doch auf der Hand. Belesen Sie sich über Reinkarnation, Transmigration, den Hyperraum, die Auferstehung der Toten und so weiter. Einige herrliche Systeme haben sich aus dieser Glaubensrichtung entwikkelt. Studieren Sie sie.«

»Glauben Sie an irgend etwas davon?«

»Millionen von Menschen haben Tausende von Jahren daran geglaubt. Machen Sie gemeinsame Sache mit ihnen. Den Glauben an eine Wiedergeburt, ein zweites Leben gibt es praktisch weltweit. Das muß doch etwas bedeuten.«

»Aber diese herrlichen Systeme sind alle so unterschiedlich.«

»Suchen Sie sich eins aus, das Ihnen gefällt.«

»Aber bei Ihnen klingt das nach einer praktischen und bequemen Phantasterei, der schlimmsten Art von Selbsttäuschung.«

Wieder schien mir, als zucke er die Achseln. »Denken Sie an die großartige Dichtung, die Musik, den Tanz und das Ritual, die aus unserer Sehnsucht nach einem Leben nach dem Tod entspringen. Vielleicht sind diese Dinge Rechtfertigung genug für unsere Hoffnungen und Träume, obwohl ich das nicht gerade zu einem Sterbenden sagen würde.«

Er gab mir einen Stoß mit dem Ellbogen. Wir gingen auf das Geschäftszentrum der Stadt zu. Murray blieb stehen, hob einen Unterschenkel hinter sich und streckte den Arm nach hinten, um etwas Asche aus seiner Pfeife zu klopfen. Dann steckte er das Ding fachmännisch ein, indem er es, Pfeifenkopf zuerst, in seine Cordjackentasche gleiten ließ.

»Allen Ernstes, man kann eine Menge Langzeit-Trost in der Vorstellung von einem zukünftigen Leben finden.«

»Aber muß man dazu nicht glauben? Muß ich das nicht in meinem Herzen fühlen, daß da draußen in der Dunkelheit, jenseits von diesem Leben, wirklich etwas wartet?«

»Wie stellen Sie sich denn das Leben nach dem Tode vor? Als ein System von Fakten, die nur darauf warten, entdeckt zu werden? Glauben Sie, daß die amerikanische Luftwaffe heimlich Informationen über das Leben nach dem Tod sammelt und sie geheimhält, weil wir nicht reif genug sind, die Erkenntnisse zu akzeptieren? Weil die Erkenntnisse eine Panik bewirken würden? Nein. Ich werde Ihnen sagen, was das Leben nach dem Tod ist. Es ist eine süße und schrecklich rührende Idee. Sie können sie aufnehmen oder es sein lassen. In der Zwischenzeit sollten Sie aber auf alle Fälle einen Attentatsversuch überleben. Das wäre ein augenblicklich wirkendes Stimulans. Sie würden sich ganz besonders vom Schicksal begünstigt fühlen, Sie würden an Charisma zunehmen.«

»Vorhin haben Sie gesagt, daß der Tod mich an Charisma zunehmen lassen würde, und außerdem, wer würde mich denn umbringen wollen?«

Wieder zuckte er mit den Achseln. »Überleben Sie ein

Zugunglück, bei dem hundert Menschen sterben. Lassen Sie sich unverletzt aus Ihrer einmotorigen Cessna schleudern, wenn sie über einem Golfplatz abstürzt, nachdem sie in heftigem Regen wenige Minuten nach dem Start gegen eine Hochspannungsleitung geprallt ist. Es braucht kein Attentat zu sein. Das Entscheidende ist, daß Sie am Rande des schwelenden Zusammenbruchs aufrecht dastehen, während andere sich untätig am Boden krümmen. Das vermag die Wirkung einer ganzen Anzahl von nebelhaften Massierungen zu kompensieren, zumindest eine Zeitlang.«

Wir betrachteten eine Weile Schaufenster, dann gingen wir in ein Schuhgeschäft. Murray sah sich Weejuns, Wallabees und Hush Puppies an. Dann spazierten wir wieder hinaus in die Sonne. Kinder in Sportkarren blinzelten zu uns auf und schienen zu finden, daß wir merkwürdige Wesen seien.

»Hat Ihnen das Deutsch etwas genützt?«

»Das kann ich nicht gerade sagen.«

»Hat es Ihnen jemals etwas genützt?«

»Ich kann es nicht sagen. Ich weiß nicht. Wer weiß das schon?«

»Worum haben Sie sich denn all diese Jahre bemüht?«

»Mich mit einem Zauber zu umgeben, nehme ich an.«

»Richtig. Nichts, wofür man sich schämen müßte, Jack. Es ist nur Ihre Angst, die Sie das tun läßt.«

»*Nur* meine Angst? *Nur* mein Tod?«

»Wir dürften uns über Ihren Mangel an Erfolg eigentlich gar nicht wundern. Wieviel Macht haben die Deutschen denn letztendlich besessen? Sie haben schließlich den Krieg verloren.«

»Genau das sagt Denise auch.«

»Sie haben das mit den Kindern diskutiert?«

»Oberflächlich.«

»Hilflose und ängstliche Menschen werden von magischen Gestalten, mythischen Gestalten angezogen, von heroischen Männern, die andere einschüchtern und sie bedrohlich überragen.«

»Sie reden von Hitler, nehme ich an.«

»Manche Menschen sind überlebensgroß. Hitler ist

übertodesgroß. Sie haben gedacht, er würde Sie schützen. Ich verstehe das vollkommen.«

»Wirklich? Ich wollte, ich würde es selbst verstehen.«

»Es ist völlig offensichtlich. Sie haben Hilfe und Schutz gesucht. Der überwältigende Schrecken würde für Ihren eigenen Tod keinen Raum mehr lassen. ›Überflute mich‹, haben Sie gesagt. ›Nimm meine Angst in dich auf.‹ Auf einer bestimmten Ebene wollten Sie sich hinter Hitler und seinen Taten verstecken. Auf einer anderen Ebene wollten Sie ihn dazu benützen, an Bedeutung und Stärke zu wachsen. Ich spüre da eine Verwechslung der Mittel. Nicht, daß ich Sie kritisiere. Es war eine mutige Sache, die Sie da unternahmen, ein mutiger Vorstoß. *Ihn zu benützen.* Ich vermag den Versuch zu bewundern, auch wenn ich sehe, wie völlig blöde er war, wenn auch nicht blöder, als ein Maskottchen mit sich herumzutragen oder auf Holz zu klopfen. Sechshundert Millionen Hindus gehen nicht zur Arbeit, wenn morgens die Zeichen nicht günstig stehen. Ich will Sie da keineswegs als Einzelfall herausstellen.«

»Die ungeheure und schreckliche Tiefe.«

»Natürlich«, sagte er.

»Die Unerschöpflichkeit.«

»Ich verstehe.«

»Das ganze riesige namenlose Ding.«

»Ja, absolut.«

»Die massive Dunkelheit.«

»Gewiß, gewiß.«

»Die ganze schreckliche endlose Riesigkeit.«

»Ich weiß genau, was Sie meinen.«

Er klopfte an den Kotflügel eines diagonal geparkten Autos, lächelte ein wenig.

»Warum haben Sie versagt, Jack?«

»Eine Verwechslung der Mittel.«

»Richtig. Es gibt zahlreiche Wege, den Tod zu umgehen. Sie haben versucht, zwei davon gleichzeitig zu gehen. Sie haben sich einerseits hervorgetan und andrerseits versucht, sich zu verstecken. Wie nennen wir so einen Versuch?«

»Reichlich blöde.«

Ich folgte ihm in den Supermarkt. Explosionen von

Farbe, Schichten ozeanischer Geräusche. Wir gingen unter einem leuchtenden Spruchband hindurch, das eine Lotterie zugunsten einer unheilbaren Krankheit ankündigte. Die Ausdrucksweise schien anzudeuten, daß der Gewinner die Krankheit bekommen würde. Murray verglich das Spruchband mit einer tibetanischen Gebetsfahne.

»Warum habe ich diese Angst schon so lange und so beständig?«

»Das liegt doch auf der Hand. Sie wissen nicht, wie Sie sie verdrängen sollen. Wir sind uns alle klar darüber, daß es kein Entrinnen vor dem Tod gibt. Wie setzen wir uns mit diesem niederschmetternden Wissen auseinander? Wir verdrängen, wir verschleiern, wir schütten zu, wir schließen aus. Manche Menschen machen es besser als andere, das ist alles.«

»Wie kann ich mich verbessern?«

»Das können Sie nicht. Manche Menschen haben einfach nicht das unbewußte Handwerkszeug, um die notwendigen Verschleierungstaktiken zu vollziehen.«

»Woher wissen wir, daß es Verdrängung gibt, wenn das Handwerkszeug dafür unbewußt und die Sache, die wir verdrängen, so geschickt verschleiert ist?«

»Freud hat es uns gesagt. Wenn wir schon von bedrohlichen Gestalten reden.«

Er nahm eine Schachtel Packe-Fix Zwei in die Hand, las den Aufdruck und studierte die Farben. Er roch an einem Päckchen Beutelsuppe. Der Informationsfluß war heute stark.

»Glauben Sie, daß ich irgendwie gesünder bin, weil ich nicht verdrängen kann? Ist es möglich, daß ständige Furcht ein natürlicher menschlicher Zustand ist und daß ich, indem ich dicht an meiner Angst lebe, in Wirklichkeit etwas Heroisches tue, Murray?«

»Kommen Sie sich heroisch vor?«

»Nein.«

»Dann sind Sie es wahrscheinlich auch nicht.«

»Aber ist Verdrängen nicht unnatürlich?«

»Furcht ist unnatürlich. Blitz und Donner sind unnatürlich. Schmerz, Tod, die Realität, das ist alles unnatürlich. Wir können diese Dinge nicht so ertragen, wie sie sind. Wir wissen zuviel. Deshalb nehmen wir unsere Zuflucht zu Verdrängung, Kompromiß und Verschleierung. Nur so können wir im Universum überleben. Das ist die natürliche Sprache der Spezies.«

Ich sah ihn aufmerksam an.

»Ich verschaffe mir Bewegung. Ich kümmere mich um meinen Körper.«

»Nein, das tun Sie nicht«, sagte er.

Er half einem alten Mann, das Datum auf einem Laib Rosinenbrot zu entziffern. Kinder segelten in silbernen Einkaufswagen vorbei.

Crisan, Sulfrin, Head and Shoulders.

Murray schrieb etwas in sein kleines Buch. Ich sah zu, wie er geschickt um ein Dutzend zu Boden gefallener Eier herum ging, die aus einem zerbrochenen Karton Eiweißmasse tröpfelten.

»Warum fühle ich mich so wohl, wenn ich mit Wilder zusammen bin? Es ist nicht so, wie wenn ich mit den anderen Kindern zusammen bin«, sagte ich.

»Sie spüren sein totales Ego, seine Freiheit von Einschränkungen.«

»In welcher Hinsicht ist er frei von Einschränkungen?«

»Er weiß nicht, daß er einmal sterben wird. Er kennt den Tod überhaupt nicht. Sie schätzen die Wohltat seiner Einfältigkeit, dieses Ausgenommensein von allem Übel. Sie möchten dicht bei ihm sein, ihn berühren, ihn ansehen, ihn einatmen. Wie glücklich ist er dran. Eine Wolke des Nichtwissens, eine alleswissende kleine Persönlichkeit. Das Kind ist alles, der Erwachsene nichts. Denken Sie einmal darüber nach. Das ganze Leben eines Menschen besteht in der Entwirrung dieses Konflikts. Kein Wunder, daß wir verwirrt sind, taumelnd, zerrüttet.«

»Gehen Sie da nicht ein bißchen weit?«

»Ich komme aus New York.«

»Wir schaffen schöne und dauerhafte Dinge, bauen ungeheure Kulturen auf.«

»Prächtige Ausflüchte«, sagte er. »Großartige Fluchten.«

Die Türen teilten sich photoelektronisch. Wir gingen nach draußen, an der Reinigung vorbei, am Friseur, am Optiker. Murray zündete seine Pfeife wieder an und saugte beeindruckend am Mundstück.

»Wir haben über Möglichkeiten gesprochen, den Tod zu umgehen«, sagte er. »Wir haben darüber diskutiert, daß Sie schon zwei solche Wege versucht haben, von denen jeder den anderen ausschließt. Wir haben die angewandte Wissenschaft erwähnt, Zugunglücke, den Glauben an ein Leben nach dem Tod. Es gibt noch mehr Methoden, und ich würde gern mit Ihnen über einen solchen Weg sprechen.«

Wir überquerten die Straße.

»Ich glaube, Jack, daß es zwei Arten von Menschen auf der Welt gibt, die Töter und die Sterber. Die meisten von uns sind Sterber. Wir haben die Anlage nicht, die Wut, oder was auch immer man braucht, um ein Töter zu sein. Wir lassen den Tod geschehen. Wir legen uns hin und sterben. Aber überlegen Sie nur einmal, wie es ist, ein Töter zu sein. Überlegen Sie sich, wie aufregend es ist, theoretisch, einen Menschen in direkter Gegenüberstellung zu töten. Wenn *er* stirbt, können *Sie* nicht sterben. Ihn zu töten, bedeutet Lebens-Guthaben zu erhalten. Je mehr Menschen Sie töten, desto mehr Guthaben sammeln Sie an. Das ist eine Erklärung für jede Menge Massaker, Kriege, Hinrichtungen.«

»Wollen Sie damit sagen, daß die Menschen in ihrer gesamten Geschichte versucht haben, sich vom Tod zu heilen, indem sie andere töteten?«

»Das liegt doch auf der Hand.«

»Und das nennen Sie aufregend?«

»Ich rede rein theoretisch. Theoretisch gesehen ist Gewalt eine Form von Wiedergeburt. Der Sterber erliegt passiv. Der Töter lebt weiter. Was für eine herrliche Gleichung. Indem eine räuberische Bande Leichen anhäuft, sammelt sie Kraft. Kraft sammelt sich an wie eine Gunst der Götter.«

»Und was hat das mit mir zu tun?«

»Dies ist reine Theorie. Wir sind zwei Akademiker, die einen Spaziergang machen. Aber stellen Sie sich doch den Ruck vor, der Ihre Eingeweide durchfährt, wenn Sie Ihren Gegner blutend im Staub liegen sehen.«

»Sie meinen, es trägt zum aktiven Guthaben eines Menschen bei wie eine Banktransaktion?«

»Das Nichtssein starrt Ihnen ins Gesicht. Äußerstes

und dauerhaftes Vergessensein. Sie werden aufhören zu sein. Zu sein, Jack. Der Sterber akzeptiert das und stirbt. Der Töter versucht, theoretisch, seinen eigenen Tod zu bekämpfen, indem er andere tötet. Er kauft Zeit, er kauft Leben. Sehen Sie zu, wie andere sich winden. Sehen Sie, wie das Blut in den Staub tropft.«

Ich sah ihn erstaunt an. Er sog zufrieden an seiner Pfeife und gab hohle Geräusche von sich.

»Es ist ein Weg, um den Tod zu beherrschen. Ein Weg, letztlich die Oberhand zu gewinnen. Seien Sie doch zur Abwechslung mal der Töter! Lassen Sie jemand anderen den Sterber sein. Lassen Sie ihn theoretisch in dieser Rolle Ihren Platz einnehmen. Sie können nicht sterben, wenn er es tut. Er stirbt und Sie leben. Sehen Sie, wie wunderbar einfach.«

»Sie sagen, das haben die Menschen schon jahrhundertelang getan.«

»Sie tun es immer noch. Sie tun es in einem kleinen, intimen Ausmaß, sie tun es in Gruppen und Mengen und Massen. Töten um zu leben.«

»Klingt ziemlich schrecklich.«

Er schien die Achseln zu zucken. »Niedermetzeln ist niemals willkürlich. Je mehr Menschen Sie töten, um so mehr Macht gewinnen Sie über ihren eigenen Tod. Eine geheime Präzision ist am Werk, auch bei den wildesten und blindesten Tötungen. Hierüber zu sprechen bedeutet keine Öffentlichkeitsarbeit zugunsten des Mordes. Wir sind zwei Akademiker in einer intellektuellen Umgebung. Es ist unsere Pflicht, Gedankenläufe zu untersuchen, die Bedeutung von menschlichem Verhalten zu erforschen. Aber denken Sie nur, wie aufregend, als Gewinner aus einem tödlichen Kampf hervorzugehen, den Scheißkerl bluten zu sehen!«

»Machen Sie eine Mord-Verschwörung, sagen Sie. Aber jede Verschwörung ist an sich schon ein Mord. Sich verschwören bedeutet sterben, ob wir das wissen oder nicht.«

»Sich verschwören bedeutet leben«, sagte er.

Ich sah ihn an. Ich studierte sein Gesicht, seine Hände.

»Wir beginnen unser Leben im Chaos, lallend. Indem wir in der Welt nach oben branden, versuchen wir, Form zu geben, einen Plan zu entwickeln. Darin liegt eine gewisse Würde. Ihr ganzes Leben ist eine Verschwörung, ein Plan, ein Diagramm. Es ist ein fehlgelaufener Plan, aber das ist nicht das Entscheidende. Sich verschwören bedeutet, Leben zu bestätigen, Form und Kontrolle zu suchen. Sogar nach dem Tod, und ganz besonders nach dem Tod, setzt sich die Suche fort. Beerdigungsriten sind ein Versuch, den Plan im Ritual zu vollenden. Stellen Sie sich ein Staatsbegräbnis vor, Jack. Es ist ganz Präzision, Detail, Ordnung, Gestaltung. Die Nation hält den Atem an. Die Bemühungen einer riesigen und mächtigen Regierung richten sich auf eine Zeremonie, die die letzten Spuren des Chaos zerstreuen wird. Wenn alles gut geht, wenn sie es schaffen, ist einem Naturgesetz der Perfektion gehorcht worden. Die Nation wird von Angst und Sorge entbunden, das Leben des Verblichenen ist freigekauft, das Leben selbst wird gestärkt, bestätigt.«

»Sind Sie sicher?« sagte ich.

»Sich verschwören, auf etwas zielen, Zeit und Raum gestalten. Auf diese Weise nähern wir uns der Kunst menschlicher Bewußtheit.«

Wir bewegten uns in einem weiten Bogen zurück zum Campus. Straßen in tiefem und lautlosem Schatten, Müllsäcke zur Abholung bereitgestellt. Wir querten die Sonnenuntergangsüberführung, blieben kurz stehen, um die Autos vorbeischießen zu sehen. Von Glas und Chrom abprallendes Sonnenlicht.

»Sind Sie ein Töter oder ein Sterber, Jack?«

»Sie kennen die Antwort. Ich bin schon mein Leben lang ein Sterber gewesen.«

»Was können Sie dagegen tun?«

»Was kann ein Sterber schon tun? Impliziert seine Veranlagung nicht schon, daß er nicht überwechseln kann?«

»Lassen Sie uns darüber nachdenken. Lassen Sie uns die Natur der Kreatur sozusagen einmal untersuchen. Des männlichen Tiers. Liegt in der männlichen Psyche nicht ein Fundus, eine Ansammlung, ein Reservoir potentieller Gewalt?«

»Theoretisch wohl, denke ich.«

»Wir sprechen rein theoretisch. Genau davon reden wir doch. Zwei Freunde auf einer baumbeschatteten Straße. Was sonst als Theorie? Liegt da nicht ein tiefes Feld, eine

Art Rohölablagerung, die man anbohren könnte, falls und wenn die Situation es rechtfertigt? Ein großer, dunkler See männlicher Wut.«

»Das sagt Babette auch. Mörderische Wut. Sie hören sich an wie sie.«

»Erstaunliche Frau. Hat sie recht oder unrecht?«

»Theoretisch? Wahrscheinlich hat sie recht.«

»Liegt dort nicht ein schlammiges Gebiet, von dem Sie lieber gar nichts wissen wollen? Ein Überbleibsel irgendeiner prähistorischen Periode, als Dinosaurier auf der Erde herumzogen und die Menschen mit Waffen aus Feuerstein kämpften? Als Töten Leben bedeutete?«

»Babette spricht von der männlichen Biologie. Ist es Biologie oder Geologie?«

»Spielt das eine Rolle, Jack? Wir wollen ja nur wissen, ob es sich tatsächlich dort befindet, in der besonnensten und bescheidensten Seele begraben liegt.«

»Ich nehme an. Es kann sein. Es kommt drauf an.«

»Ist es da oder nicht?«

»Es ist da, Murray. Und was dann?«

»Ich wollte nur hören, daß Sie es sagen. Das ist alles. Ich will nur Wahrheiten ans Licht bringen, die Sie schon besitzen, Wahrheiten, die Sie schon immer auf einer grundlegenden Ebene gekannt haben.«

»Wollen Sie damit sagen, daß aus einem Sterber ein Töter werden kann?«

»Ich bin nur Gastdozent. Ich theoretisiere, gehe spazieren, ich bewundere die Bäume und Häuser. Ich habe meine Studenten, mein gemietetes Zimmer, meinen Fernsehapparat. Ich picke mir hier ein Wort heraus, dort ein Bild. Ich bewundere die Rasenflächen, die Eingangsterrassen. Was für eine wundervolle Einrichtung eine Eingangsterrasse doch ist. Wie konnte ich bisher ein Leben ohne eine Eingangsterrasse zum Draufsitzen führen? Ich spekuliere, ich reflektiere, ich mache mir unaufhörlich Notizen. Ich bin hier, um zu denken, um zu sehen. Seien Sie gewarnt, Jack. Ich werde nicht nachlassen.«

Wir kamen an meiner Straße vorbei und gingen den Berg hinauf zum Campus.

»Wer ist Ihr Arzt?«

»Chakravarty«, sagte ich.

»Ist er gut?«

»Woher soll ich das wissen?«

»Meine Schulter renkt sich so leicht aus. Eine alte Sexualverletzung.«

»Ich habe Angst, zu ihm zu gehen. Ich habe den Computerausdruck von meinem Tod in die unterste Schublade einer Kommode gelegt.«

»Ich weiß, wie Sie sich fühlen. Aber der schwerste Teil kommt noch. Sie haben sich von allen verabschiedet außer von sich selbst. Wie verabschiedet man sich von sich selbst? Das ist ein pikantes existentielles Dilemma.«

»Das ist es bestimmt.«

Wir gingen am Verwaltungsgebäude vorbei.

»Ich hasse es, derjenige zu sein, der es sagt, Jack, aber es gibt etwas, was gesagt werden muß.«

»Was?«

»Besser Sie als ich.«

Ich nickte ernst. »Warum muß das gesagt werden?«

»Weil Freunde brutal ehrlich zueinander sein müssen. Ich hätte ein schreckliches Gefühl, wenn ich Ihnen nicht sagen würde, was ich denke, besonders zu einem Zeitpunkt wie diesem.«

»Ich weiß das zu schätzen, Murray. Wirklich.«

»Außerdem ist es ein Teil der universalen Erfahrung des Sterbens. Ob Sie nun bewußt darüber nachdenken oder nicht, man ist sich auf irgendeiner Ebene bewußt, daß die anderen Menschen herumlaufen und zu sich sagen: ›Besser er als ich.‹ Das ist ganz natürlich. Man kann es ihnen nicht übelnehmen oder sie deswegen verwünschen.«

»Alle, außer meiner Frau. Sie will zuerst sterben.«

»Seien Sie da nicht so sicher«, sagte er.

Wir schüttelten einander vor der Bibliothek die Hand. Ich dankte ihm für seine Ehrlichkeit.

»Darauf läuft am Ende alles hinaus«, sagte er. »Ein Mensch verbringt sein Leben damit, sich von anderen Menschen zu verabschieden. Wie verabschiedet er sich von sich selbst?«

Ich warf Bilderrahmenhaken fort, metallene Bücherstützen, Korkuntersetzer, Schlüsselanhänger aus Plastik, staubige Flaschen mit Mercuchrom und Vaseline, eingetrocknete Pinsel, verkrustete Schuhbürsten, zusammengeklumpte Korrekturflüssigkeit. Ich warf Kerzenstummel fort, beschichtete Platzdeckchen, ausgefranste Topflappen. Ich war hinter gepolsterten Kleiderbügeln und Magnettafeln her. Ich war in einem rachsüchtigen und nahezu wilden Zustand. Ich hegte diesen Dingen gegenüber einen persönlichen Groll. Sie hatten mich irgendwie in diese Patsche gebracht. Sie hatten mich zu Boden gezogen, ein Entrinnen unmöglich gemacht. Die beiden Mädchen folgten mir überall hin, bewahrten respektvolles Schweigen. Ich warf mein zerbeultes Khaki-Kochgeschirr fort, meine lächerlichen Anglerstiefel. Ich warf Diplome fort, Zertifikate, Preise und Gerichtsvorladungen. Als die Mädchen mich bremsten, war ich dabei, die Badezimmer zu bearbeiten und gebrauchte Seifenstücke, feuchte Handtücher, Shampooflaschen mit durchweichten Etiketten und fehlenden Deckeln fortzuwerfen.

Bitte beachten Sie. In einigen Tagen wird Ihnen Ihre neue automatische Scheckkarte mit der Post zugestellt werden. Falls es sich um eine rote Karte mit Silberstreifen handelt, wird Ihre Geheimzahl dieselbe wie bisher bleiben. Falls es sich um eine grüne Karte mit grauem Streifen handelt, suchen Sie bitte mit Ihrer Karte Ihre Zweigstelle auf, um eine neue Geheimzahl festzulegen. Zahlen, die sich auf Geburtstage beziehen, sind beliebt. Warnung. Schreiben Sie Ihre Geheimzahl nicht auf. Tragen Sie Ihre Geheimzahl nicht bei sich. Denken Sie daran. Sie haben keinen Zugang zu Ihrem Konto, wenn Sie Ihre Geheimzahl nicht ordnungsgemäß eingeben. Behalten Sie Ihre Geheimzahl im Kopf. Geben Sie Ihre Geheimzahl niemandem bekannt. Nur Ihre Geheimzahl erlaubt Ihnen den Zugang zur Anlage.

Mein Kopf lag zwischen ihren Brüsten, wo er sich in jüngster Zeit viel aufzuhalten schien. Sie streichelte meine Schulter.

»Murray sagt, das Problem besteht darin, daß wir unsere Angst nicht verdrängen.«

»Verdrängen?«

»Manche Menschen haben die Gabe, es zu tun, andere nicht.«

»Die Gabe? Ich dachte, Verdrängen sei aus der Mode gekommen. Man erzählt uns doch seit Jahren, daß wir unsere Ängste und Bedürfnisse nicht verdrängen sollen. Verdrängen bewirkt Spannungen, Beklemmungen, Unglücklichsein und hundert Krankheiten und Leiden. Ich dachte, das letzte, was wir tun sollten, sei etwas zu verdrängen. Man hat uns doch beigebracht, über unsere Ängste zu reden, mit unseren Gefühlen Kontakt aufzunehmen.«

»Mit dem Tod Kontakt aufzunehmen war damit aber nicht gemeint. Der Tod ist so stark, daß wir ihn verdrängen müssen, jedenfalls die von uns, die das können.«

»Aber Verdrängen ist etwas völlig Falsches und Mechanisches. Das weiß doch jeder. Wir sollen nicht unsere Natur verleugnen.«

»Laut Murray ist es natürlich, seine Natur zu verleugnen. Das genau ist der entscheidende Unterschied zum Tier.«

»Aber das ist doch verrückt.«

»Es ist die einzige Möglichkeit zu überleben«, sagte ich zwischen ihren Brüsten.

Sie streichelte meine Schulter und dachte darüber nach. Graue Blitze eines szintillierenden Mannes, der neben einem Doppelbett steht. Sein Körper verzerrt, gewellt, unfertig. Seine Motelgefährtin brauchte ich mir nicht vorzustellen. Unsere Körper bildeten eine Fläche, ihrer und meiner, aber die Freuden der Berührung waren von Mr. Gray mit Beschlag belegt. Ich erlebte sein Vergnügen, seine Gewalt über Babette, seine billige und schäbige

Macht. Am Flurende sagte eine inbrünstige Stimme: »Wenn Sie Ihre Paketschnur nie finden können, sperren Sie sie doch einfach in ein Barney-Körbchen: befestigen Sie zwei Wäscheklammern an Ihrem Küchenpinnbord und stecken das Körbchen an die Klammern. Fertig!«

Am nächsten Tag nahm ich zum ersten Mal die Zumwalt Automatic mit ins College. Sie steckte in der Pattentasche meiner Jacke, während ich unterrichtete, sie lag in meiner obersten Schreibtischschublade, wenn ich in meinem Zimmer Besucher empfing. Die Pistole schuf eine zweite Realität, in die ich mich zurückziehen konnte. Die Luft war hell und wirbelte um meinen Kopf. Namenlose Gefühle preßten erregend auf meine Brust. Es war eine Realität, die ich kontrollieren, heimlich beherrschen konnte.

Wie dumm diese Leute waren, unbewaffnet in mein Zimmer zu kommen.

Spät eines Nachmittags nahm ich die Pistole aus meinem Schreibtisch und untersuchte sie sorgfältig. Nur drei Schuß Munition waren noch im Magazin. Ich fragte mich, wozu Vernon Dickey die fehlende Munni (oder wie immer Menschen, die mit Feuerwaffen auf du und du sind, die Kugeln bezeichnen) wohl benutzt hatte. Vier Dylar-Tabletten, drei Schuß Zumwalt-Munition. Warum war ich überrascht, als ich entdeckte, daß die Projektile so unverwechselbar projektilartig aussahen? Wahrscheinlich ging ich davon aus, daß in den Jahrzehnten, seit mir erstmals Objekte und ihre Funktionen aufgegangen waren, so ungefähr alle Dinge neue Namen und Formen bekommen hatten. Die Waffe war pistolenförmig, die kleinen spitzen Projektile beruhigend projektilförmig. Sie waren wie Kindheitsgegenstände, die einem nach vierzig Jahren wieder in die Hände fallen und deren Genialität man zum ersten Mal wahrnimmt.

Am Abend hörte ich Heinrich in seinem Zimmer, wo er mit wehmütiger Stimme »Junge, komm bald wieder« sang. Ich ging hinein, um zu fragen, ob Orest schon in den Käfig gegangen sei.

»Es hieß, es sei inhuman. Er hat keinen Ort gefunden, wo er es offiziell durchziehen durfte. Er mußte in den Untergrund.«

»Wo ist der Untergrund?«

»Watertown. Orest und sein Trainer. Dort haben sie einen Notar gefunden, der sagte, er würde ein Dokument bestätigen, des Inhalts, daß Orest Mercator so und so viele Tage eingesperrt mit diesen giftigen Reptilien blah, blah, blah.«

»Und wo gedachten sie in Watertown so einen großen Glaskäfig zu finden?«

»Sie haben keinen gefunden.«

»Und was haben sie gefunden?«

»Ein Zimmer im einzigen Hotel dort. Außerdem waren es auch nur drei Schlangen. Und er ist nach vier Minuten gebissen worden.«

»Willst du behaupten, daß man ihnen im Hotel erlaubt hat, giftige Schlangen mit aufs Zimmer zu nehmen?«

»Im Hotel haben sie von nichts gewußt. Der Mann, der die Schlangen organisiert hat, brachte sie in einer PanAm-Tasche nach oben. Es war ein perfektes Täuschungsmanöver, bloß daß der Mann nur mit drei Schlangen ankam statt mit den vereinbarten siebenundzwanzig.«

»Mit anderen Worten, er hatte ihnen gesagt, er könnte siebenundzwanzig Schlangen beschaffen.«

»Giftige. Und das waren sie gar nicht! Orest ist für nichts und wieder nichts gebissen worden. Der Trottel.«

»Jetzt plötzlich ist er ein Trottel.«

»Sie hatten dieses ganze Antiserum, das sie nicht mal anwenden konnten. Nach vier Minuten!«

»Wie fühlt er sich?«

»Wie würdest du dich fühlen, wenn du ein Trottel wärst?«

»Froh, noch am Leben zu sein«, sagte ich.

»Orest nicht. Er ist total von der Bildfläche verschwunden. Er hat sich in die völlige Abgeschiedenheit zurückgezogen. Keiner hat ihn gesehen, seit es passiert ist. Er geht nicht an die Tür, er geht nicht ans Telefon, er kommt nicht in die Schule. Totaler Distanztrip.«

Ich beschloß, zu meinem Dienstzimmer hinüberzuspazieren und mir ein paar Abschlußprüfungsarbeiten anzusehen. Die meisten Studenten waren schon abgereist, scharf darauf, den routinierten Hedonismus eines weiteren leichtbekleideten Sommers zu beginnen. Der Campus war dunkel und leer. Zitternder Nebel lag darüber. Als ich an einer Reihe von Bäumen vorbeikam, hatte ich das Gefühl, daß jemand hinter mir herschlich, vielleicht fünfundzwanzig Meter entfernt. Als ich mich umsah, war der Weg leer. War es die Pistole, die mich nervös machte? Zieht eine Pistole Gewalt an, zieht sie andere Pistolen in das sie umgebende Kraftfeld? Ich ging rasch weiter in Richtung Centenary Hall. Ich hörte Tritte auf Kies, ein verdächtiges Knirschen. Dort draußen war jemand, am Rand des Parkplatzes, zwischen den Bäumen und dem Nebel. Warum hatte ich Angst, wo ich doch eine Pistole bei mir trug? Warum rannte ich nicht, wenn ich doch Angst hatte? Ich zählte fünf Schritte ab, blickte rasch nach links, sah eine Gestalt, die sich parallel zu dem Weg, mal im tiefen Schatten, mal aus ihm herausbewegte. Ich fiel in einen schlurfenden Trott, die Waffenhand in der Tasche, um die Automatic geklammert. Als ich wieder hinsah, war sie nicht mehr da. Ich verlangsamte argwöhnisch, querte eine weite Rasenfläche, hörte Laufen, den Takt von Füßen, die auf der Erde aufkamen. Diesmal kam es von rechts, kompromißlos, schnell heranrückend. Ich fiel in einen Zickzacklauf, in der Hoffnung, für jemanden, der auf meinen Rükken schießen wollte, ein schwer definierbares Ziel abzugeben. Ich war noch nie vorher im Zickzack gelaufen. Ich hielt den Kopf gesenkt, schwenkte scharf und unvorhersagbar ab. Es war interessant, so zu laufen. Ich war überrascht über das Ausmaß von Möglichkeiten, die Anzahl von Kombinationen, die ich innerhalb eines Rahmens von Schwenks nach links und rechts herstellen konnte. Ich schlug einen engen linken Haken, weitete ihn aus, kreuzte scharf nach rechts, täuschte nach links, lief dann wirklich nach links, lief weit nach rechts. Etwa fünfzehn Meter vor dem Ende des freien Geländes, brach ich das Zickzackmuster ab und rannte so schnell und direkt ich konnte auf eine Roteiche zu. Ich streckte den linken Arm aus, schlidderte in einer ungestümen kurbelnden Gegenbewegung um den Baum und benützte gleichzeitig meine rechte Hand, um die Zumwalt aus meiner Jackentasche zu reißen, so daß ich jetzt der Person, vor der ich geflüchtet war, gegenüberstand, von einem Baumstamm gedeckt und mit gezückter Pistole.

Dies war so ungefähr das raffinierteste Ding, das ich je gedreht hatte. Ich spähte in den dichten Nebel, während mein Angreifer mit kurzen, dumpfen Schritten näherkam. Als ich das vertraute merkwürdige Hoppeln erkannte, steckte ich die Pistole in die Tasche zurück. Es war natürlich Winnie Richards.

»Hallo, Jack. Zuerst wußte ich nicht, wer das war, deshalb habe ich ausweichende Taktiken angewendet. Als ich feststellte, daß Sie das sind, hab' ich zu mir gesagt: das ist genau der Mann, den ich suche.«

»Und wieso?«

»Erinnern Sie sich, als Sie damals nach einer geheimen Forschungsgruppe gefragt haben? Die über die Todesangst arbeitet? Versucht, ein Medikament zu perfektionieren?«

»Sicher – Dylar.«

»Gestern lag eine Zeitschrift im Büro. ›Spektrum der Psychobiologie‹. Merkwürdige Geschichte stand drin. So eine Gruppe hat tatsächlich existiert. Von einem multinationalen Industriegiganten unterstützt. Hat in tiefster Verborgenheit in einem nicht genauer bezeichneten Gebäude direkt außerhalb von Iron City operiert.«

»Warum in tiefster Verborgenheit?«

»Das liegt doch auf der Hand. Um Spionage von konkurrierenden Giganten zu verhindern. Das Entscheidende ist: sie waren sehr dicht dran, ihr Ziel zu erreichen.«

»Und was ist dazwischengekommen?«

»Eine Menge. Das ortsansässige Organisationstalent, einer der treibenden Kräfte hinter dem ganzen Projekt, war ein Bursche namens Willie Mink. Es stellte sich heraus, daß er ein fragwürdiger Typ ist. Er macht einige sehr, sehr fragwürdige Dinge.«

»Ich wette, ich weiß schon, was er als erstes gemacht hat. Er hat in einem Klatsch- und Tratsch-Groschenheft eine Anzeige aufgegeben, über die er Freiwillige für ein riskantes Experiment suchte. ANGST VOR DEM TOD stand drüber.«

»Sehr gut, Jack. Eine kleine Anzeige in irgendeinem billigen Blättchen. Dann führt er in einem Motelzimmer Eignungsgespräche mit den Interessenten und testet sie auf emotionale Integration und ein Dutzend anderer

Dinge, weil er für jede Person ein Todesprofil ausarbeiten will. Eignungsgespräche in einem Motel! Als die Wissenschaftler und Juristen das erfahren, rasen sie vor Wut, sie erteilen Mink einen Verweis, stecken all ihre Ressourcen in Computertests. Wütende Reaktionen von offizieller Seite.«

»Aber das ist noch nicht alles.«

»Wie recht Sie haben. Trotz der Tatsache, daß Mink nun eine sorgfältig überwachte Person ist, gelingt es einem der Freiwilligen, durch das Netz von Wachsamkeit zu schlüpfen und in ein Programm mehr oder weniger unkontrollierter Menschenversuche einzusteigen: diese Person nimmt ein Medikament, das völlig unbekannt, ungetestet und ungenehmigt ist, und Nebenwirkungen hat, die einen Wal stranden lassen könnten. Eine nicht supervisierte, wohlgestaltete Person.«

»Weiblichen Geschlechts.«

»Sehr richtig. Sie erstattet Mink regelmäßig Bericht, im selben Motel in dem er ursprünglich seine Eignungsgespräche führte, wobei sie manchmal mit dem Taxi ankommt, manchmal zu Fuß, von der schäbigen und deprimierenden Bushaltestelle. Und was hat sie an, Jack?«

»Ich weiß nicht.«

»Eine Ski-Maske. Sie ist die Frau mit der Ski-Maske. Als die anderen von Minks jüngster Kapriole erfahren, folgt eine Phase der anhaltenden Auseinandersetzungen, Feindseligkeit, des Prozessierens und der Ungnade. Pharmazeutische Giganten haben ihren Ehrenkodex genau wie Sie und ich. Der Projektmanager wird rausgeworfen, das Projekt geht ohne ihn weiter.«

»Stand in dem Artikel, was aus ihm geworden ist?«

»Der Reporter hat ihn aufgespürt. Er wohnt in demselben Motel, wo sich die ganze Auseinandersetzung abgespielt hat.«

»Wo ist das Motel?«

»In Germantown.«

»Wo ist das?« sagte ich.

»Iron City. Es ist der alte deutsche Teil. Hinter der Gießerei.«

»Ich wußte gar nicht, daß es in Iron City einen Stadtteil namens Germantown gibt.«

»Die Deutschen sind natürlich nicht mehr da.«

Ich ging schnurstracks nach Hause. Denise hakte in einem Taschenbuch mit dem Titel ›Das Fernsprechbuch gebührenfreier Nummern‹ Eintragungen ab. Ich fand Babette an Wilders Bett sitzen, wo sie ihm eine Geschichte vorlas. »Ich störe mich nicht an Jogging-Kleidung als solcher«, sagte ich. »Ein Jogginganzug ist zeitweise eine sehr praktische Sache. Aber ich wünschte, du würdest ihn nicht tragen, wenn du Wilder Gutenachtgeschichten vorliest oder Steffie das Haar bürstest. Solche Momente haben etwas Bewegendes, was durch die Jogging-Kleidung in Gefahr gebracht wird.«

»Vielleicht habe ich die Jogging-Kleidung aus einem ganz bestimmten Grund an.«

»Welchem zum Beispiel?«

»Weil ich joggen will«, sagte sie.

»Ist das eine gute Idee? Nachts?«

»Was ist schon Nacht? Sie findet sieben Mal in der Woche statt. Wo ist da das Einzigartige?«

»Es ist dunkel, es ist naß.«

»Leben wir etwa in gleißendem Wüstenlicht? Und was ist naß? Wir müssen mit der Nässe leben.«

»Babette spricht nicht so.«

»Muß das Leben aufhören, nur weil unsere Hälfte der Erde dunkel ist? Ist an der Nacht etwas, was einem Läufer physisch widersteht? Ich muß einfach japsen und keuchen. Was ist schon Dunkelheit? Es ist nur ein anderer Name für Licht.«

»Keiner wird mich davon überzeugen können, daß der Mensch, den ich als Babette kenne, tatsächlich um zehn Uhr nachts die Stadiontreppen hinauflaufen will.«

»Es geht nicht darum, was ich will, es geht darum, was ich brauche. Mein Leben bewegt sich nicht mehr im Bereich des Wollens. Ich tue, was ich tun muß. Ich japse, ich keuche. Jeder Läufer kann das Bedürfnis nachvollziehen.«

»Warum mußt du denn Treppen hinauflaufen? Du bist doch kein Profi-Sportler, der ein kaputtes Knie wieder aufbauen muß. Lauf auf dem flachen Land! Mach doch keine so hochengagierte Angelegenheit daraus. Alles ist heutzutage eine hochengagierte Angelegenheit.«

»Es ist mein Leben. Ich neige dazu, mich zu engagieren.«

»Es ist nicht dein Leben. Es ist nur eine Körperübung.«

»Ein Läufer hat eben Bedürfnisse«, sagte sie.

»Ich habe auch Bedürfnisse, und heute abend habe ich das Bedürfnis nach einem Auto. Bleib nicht auf, warte nicht auf mich. Wer weiß, wann ich zurück bin.«

Ich erwartete, daß sie fragen würde, welch mysteriöse Mission es erforderlich machte, daß ich ins Auto stieg und durch die regengepeitschte Nacht fuhr, Zeitpunkt der Rückkehr unbekannt.

Sie sagte: »Ich kann nicht zu Fuß zum Stadium gehen, fünf- oder sechsmal die Treppen hinauflaufen und dann den ganzen Weg zu Fuß nach Hause gehen. Du kannst mich hinfahren, auf mich warten und mich zurückfahren. Dann gehört das Auto dir.«

»Ich will es nicht. Was sagst du jetzt? Du willst das Auto, also nimm es. Die Straßen sind glatt. Du weißt, was das bedeutet, nicht wahr?«

»Was bedeutet das?«

»Schnall dich an! Außerdem liegt Frost in der Luft. Du weißt, was Frost in der Luft bedeutet?«

»Was bedeutet es?«

»Setz deine Ski-Maske auf«, sagte ich zu ihr.

Der Thermostat begann zu summen.

Ich zog eine Jacke an und ging hinaus. Seit dem luftübertragenen toxischen Vorfall ließen unsere Nachbarn, die Stovers, ihr Auto immer draußen in der Einfahrt statt in der Garage stehen, Nase zur Straße, den Zündschlüssel im Zündschloß. Ich ging ihre Einfahrt hinauf und stieg in das Auto ein. Abfallbehälter waren am Armaturenbrett und an den Rücklehnen befestigt, baumelnde Plastiktüten, angefüllt mit Kaugummipapierchen, eingerissenen Eintrittskarten, lippenstiftverschmierten Papiertüchern, zerbeulten Limo-Dosen, zusammengeknüllten Postwurfsendungen und Quittungen, Resten aus Aschenbechern, Eisstielen und Pommes, zusammengeknüllten Coupons und Papierservietten, Taschenkämmen mit fehlenden Zinken. Durch diesen vertrauten Anblick eingewöhnt ließ ich den Motor an, schaltete das Licht ein und fuhr los.

Ich fuhr durch rot, als ich die Middlebrook kreuzte. Am Ende des Schnellstraßenzubringers beachtete ich die Vorfahrt nicht. Den ganzen Weg nach Iron City hatte ich das Gefühl einer Traumhaftigkeit, eines Befreitseins, einer Unwirklichkeit. Am Autobahngebührenschalter verlangsamte ich, machte mir aber nicht die Mühe, eine Münze in den Geldkorb zu werfen. Ein Alarmsignal ertönte, aber keiner verfolgte mich. Was ist ein Vierteldollar für einen Staat, der Schulden in Milliardenhöhe hat? Was sind fünfundzwanzig Cent, wenn von einem gestohlenen Auto im Wert von neuntausend Dollar die Rede ist? Das muß der Weg sein, wie die Menschen der Anziehungskraft der Erde entkommen, dem Blätterrauschen der Gravitation, das uns stündlich dem Tode näherbringt. Einfach aufhören zu gehorchen. Stehlen anstatt zu kaufen, schießen anstatt zu reden. Ich fuhr noch zweimal durch rot, auf den regennassen Einfahrtsstraßen nach Iron City. Die außerhalb der Stadt gelegenen Gebäude waren lang und niedrig, Fisch- und Erzeugermärkte, Fleischumschlagsplätze mit alten Baldachinen aus Holz. Ich fuhr in die Stadt hinein und drehte das Radio an, ich brauchte Gesellschaft, nicht auf dem einsamen Highway, sondern hier, auf den gepflasterten Straßen, unter den Natriumdampflampen, wo die Leere haftet. Jede Stadt hat ihre Viertel. Ich fuhr am Viertel der verlassenen Autos vorbei, am Viertel des nicht abgeholten Mülls, am Heckenschützenversteck-Viertel, den Vierteln der schwelenden Sofas und des zerbrochenen Glases. Zermahlenes Glas knirschte unter den Reifen. Ich fuhr auf die Gießerei zu.

Random Access Memory, Acquired Immune Deficiency Syndrome, Strategic Defence Initiative.

Ich fühlte mich immer noch außerordentlich leicht – leichter als Luft, farblos, geruchlos. Aber um die Leichtigkeit und Traumhaftigkeit baute sich etwas auf, ein Gefühl einer anderen Ordnung. Ein Branden, ein Wille, ein Aufbrausen der Leidenschaften. Ich griff in meine Tasche, rieb mit den Knöcheln über den körnigen, rostfreien Stahl des Zumwalt-Laufs. Der Mann im Radio sagte: »Und diese Angaben, wie immer, ohne Gewähr.«

39

Ich fuhr zweimal um die Gießerei herum und suchte nach Anzeichen einer ehemaligen deutschen Präsenz. Ich fuhr an den Reihenhäusern für die Gießereiarbeiter vorbei. Sie saßen an einem steilen Hügel, Holzhäuser mit schmalen Fassaden, eine aufsteigende Linie spitzer Dächer. Ich fuhr am Busbahnhof vorbei, durch den strömenden Regen. Ich brauchte eine Weile, um das Motel zu finden, ein einstökkiges Gebäude, direkt vor den Betonpfeilern einer erhöhten Fahrbahn. Es hieß Roadway Motel.

Vergängliche Vergnügungen, drastische Maßnahmen.

Die Gegend war verlassen, ein parolenbesprühtes Viertel mit Lagerhäusern und Leichtindustrie. Das Motel bestand aus neun oder zehn Zimmern, alle waren dunkel, keine Autos standen vor der Tür. Ich fuhr einmal daran vorbei, besah mir die Szene genau und parkte dann ein Stück weiter im Schotter unter der Fahrbahn. Dann ging ich zu Fuß zurück zum Motel. Dies waren die ersten drei Punkte in meinem Plan.

Mein Plan war folgender: Mehrmals an der Stelle vorbeifahren, in einiger Entfernung von der Stelle parken, zu Fuß zurückgehen, Mr. Gray ausfindig machen, unter seinem richtigen oder einem Decknamen, ihn dreimal in die Eingeweide schießen, um ein Höchstmaß an Schmerz zu garantieren, die Waffe von Fingerabdrücken säubern, dem Opfer die Waffe in die szintillierende Hand geben, einen Filzstift oder Lippenstift suchen und eine mysteriöse Selbstmordbotschaft an den raumhohen Spiegel schreiben, dem Opfer seinen Vorrat an Dylar-Tabletten abnehmen, zurück zum Auto schleichen, zur Schnellstraßenauffahrt fahren, dann nach Osten in Richtung Blacksmith, bei der alten Flußstraße abfahren, das Auto der Stovers in der Garage des alten Treadwell abstellen, die Garagentür schließen, im Regen und Nebel zu Fuß nach Hause gehen.

Elegant. Meine heitere Stimmung kehrte zurück. Ich machte Fortschritte in der bewußten Wahrnehmung. Ich beobachtete jeden einzelnen meiner Schritte. Bei jedem einzelnen Schritt wurden mir Prozesse bewußt, Komponenten, Dinge, die sich auf andere Dinge bezogen. Wasser fiel in Tropfen zur Erde. Ich sah die Dinge neu. Über der Tür zum Büro hing eine Aluminiummarkise. Auf der Tür selbst waren kleine Plastikbuchstaben in Leisten so angeordnet, daß sie eine Botschaft ergaben. Die Botschaft lautete NU MISH BOOT ZUP KO.

Quatsch, aber anspruchsvoller Quatsch. Ich schlich mich an der Hauswand entlang und schaute in die Fenster. Mein Plan war, mich mit dem Rücken zur Wand dicht neben die Fenster zu stellen, den Kopf so zu drehen, daß ich seitlich in die Zimmer schauen konnte. Einige Fenster waren kahl, vor anderen hingen Rollos oder verstaubte Lichtblenden. Ich konnte in den dunklen Zimmern die groben Umrisse von Stühlen oder Betten ausmachen. Über mir rumpelten Lastwagen vorbei. Im zweitletzten Zimmer war ein winziger Lichtschein. Ich stellte mich neben das Fenster und lauschte. Ich drehte den Kopf, schaute aus dem rechten Augenwinkel ins Zimmer. Eine Gestalt saß in einem niedrigen Sessel und schaute nach oben zu der flimmernden Lichtquelle. Ich spürte, daß ich Teil eines Netzwerks von Strukturen und Kanälen war. Ich kannte die genaue Beschaffenheit von Vorgängen. Ich bewegte mich dichter auf die Dinge in ihrer Tatsächlichkeit zu, indem ich mich einer Gewalt, einer vernichtenden Intensität näherte. Wasser fiel in Tropfen, Oberflächen glänzten.

Mir fiel ein, daß ich nicht zu klopfen brauchte. Die Tür würde offen sein. Ich umfaßte den Türknauf, öffnete vorsichtig die Tür und schlüpfte in das Zimmer. Verstohlenheit. Es war leicht. Alles würde leicht sein. Ich stand in dem Zimmer, erfühlte Dinge, nahm das Fluidum des Zimmers wahr, die dichte Atmosphäre. Informationen drangen auf mich ein, langsam, mit zunehmender Intensität. Die Gestalt war ein Mann, natürlich, der breitbeinig in dem niedrigen Sessel lag. Er trug ein Hawaii-Hemd und Budweiser-Shorts. Plastiksandalen baumelten von seinen Zehen. Der unförmige Sessel, das zerdrückte Bett, der Noppenteppichboden, die schäbige Frisierkommode, die traurigen grünen Wände und Sprünge in der Decke. Der an einem Metallbügel in der Luft schwebende Fernsehapparat, der auf den Mann gerichtet war.

Er sprach als erster, ohne die Augen von dem flimmernden Bildschirm abzuwenden:

»Sind Sie krank am Herzen oder an der Seele?«

Ich stellte mich mit dem Rücken zur Tür.

»Sie sind Mink«, sagte ich.

Nach angemessener Zeit sah er mich an, sah die große freundliche Gestalt mit den eingefallenen Schultern und dem Gesicht, das man getrost vergessen konnte.

»Was für ein Name ist Willie Mink?« sagte ich.

»Ein Vorname und ein Nachname. Ganz normal.«

Sprach er mit Akzent? Sein Gesicht war seltsam, eingedrückte Stirn und vorstehendes Kinn. Er sah ohne Ton fern. »Einige dieser trittsicheren Dickhornschafe sind mit Rundfunksendern ausgerüstet worden«, sagte er.

Ich spürte den Druck und die Dichte der Dinge. Es passierte so viel. Ich spürte die in meinem Gehirn aktiven Moleküle, die sich auf den Neuronenpfaden bewegten.

»Sie sind natürlich hier, weil Sie Dylar wollen.«

»Natürlich. Weshalb sonst?«

»Weshalb sonst? Um die Angst zu vergessen.«

»Die Angst vergessen. Wir schützen Sie.«

»Wir schützen Sie. Deshalb kommen alle zu mir.«

Mein Plan war folgender: Ohne Ankündigung eintreten, sein Vertrauen gewinnen, einen unbeobachteten Moment abwarten, die Zumwalt herausziehen, ihn dreimal in die Eingeweide schießen, um ein Höchstmaß an langsamer Agonie zu garantieren, ihm die Pistole in die Hand legen, um den Selbstmord eines einsamen Mannes vorzutäuschen, unzusammenhängende Worte auf den Spiegel schreiben, das Auto der Stovers in Treadwells Garage abstellen.

»Indem Sie hier hereinkommen, lassen Sie sich auf ein bestimmtes Verhalten ein«, sagte Mink.

»Was für ein Verhalten?«

»Zimmerverhalten. Das Entscheidende an Zimmern ist, daß sie drinnen sind. Keiner sollte sich in ein Zimmer begeben, wenn er das nicht versteht. Die Menschen benehmen sich in Zimmern auf *eine* Weise, auf Straßen, in Parks und auf Flughäfen auf eine andere. Ein Zimmer betreten bedeutet, sich auf eine bestimmte Art von Verhalten einzulassen. Daraus folgt, daß dies die Verhaltensweise wäre, die im Zimmer stattfindet. Dies ist der Standard im Gegensatz zu Parkplätzen und Stränden. Es ist das Entscheidende an Zimmern. Keiner sollte ein Zimmer betreten, der diesen entscheidenden Punkt nicht kennt. Es besteht eine ungeschriebene Übereinkunft zwischen der Person, die ein Zimmer betritt, und der Person, deren Zimmer betreten worden ist, im Gegensatz zu Freilichttheatern, Freibädern. Der Zweck eines Zimmers leitet sich von der spezifischen Beschaffenheit eines Zimmers ab. Ein Zimmer ist drinnen. Darauf müssen Menschen in Zimmern sich im Gegensatz zu Menschen auf Rasen, Wiesen, Feldern, Obstplantagen einlassen.«

Ich war vollkommen seiner Meinung. Es war vollkommen vernünftig. Wozu war ich denn hier, wenn nicht um zu definieren, mich einzustellen, zu zielen? Ich hörte ein Geräusch, schwach, monoton, weiß.

»Bevor Sie mit dem Stricken des geplanten Pullovers beginnen«, sagte er, »fragen Sie sich zunächst, welche Ärmelform Ihren Bedürfnissen entgegenkommt.«

Seine Nase war flach, seine Haut von der Farbe einer Züchtererdnuß. Welche Geographie steckt hinter einem löffelförmigen Gesicht? War er Melanesier, Polynesier, Indonesier, Nepalese, Surinamese, Holländisch-Chinese? War er ein Kompositum? Wieviele Menschen kamen wegen Dylar hierher? Wo liegt Surinam? Wie kam ich mit meinem Plan voran?

Ich studierte den mit Palmen übersäten Druck seines losen Hemds, das Budweiser-Muster, das sich auf der Oberfläche seiner Bermudashorts wiederholte. Die Shorts waren zu groß. Seine Augen waren halb geschlossen. Sein Haar war lang und stand zu Berge. Er saß in der Haltung eines gestrandeten Flugreisenden ausgestreckt da, in der Haltung von einem, der schon vor langer Zeit vom schalen Warten, vom Flughafengebrabbel aufgerieben worden ist. Babette begann mir leid zu tun. Dies war ihre letzte Hoffnung auf Zuflucht und Gelassenheit gewesen, dieser schwächliche Puls von einem Mann, der jetzt ein gewöhnlicher stachelhaariger Pusher war und in einem abgestorbenen Motel den Verstand verlor.

Lautfetzen, Bruchstücke, wirbelnde Flecken. Eine erhöhte Realität. Eine Dichte, die gleichzeitig Transparenz war. Oberflächen schimmerten. Wasser schlug in kugeligen Formen aufs Dach, in Tröpfchen, klatschenden Drachmen. Dicht an der Gewalt, dicht am Tod.

»Ihr gestreßtes Haustier braucht vielleicht eine rezeptpflichtige Diät«, sagte er.

Natürlich war er nicht immer so gewesen. Er war Projektmanager gewesen, dynamisch, antriebsstark. Sogar jetzt noch konnte ich in seinem Gesicht und seinen Augen die zögernden Reste einer wagemutigen Schlauheit und Intelligenz erkennen. Er griff in seine Tasche, fischte eine Handvoll weißer Tabletten heraus und warf sie in Richtung Mund. Einige fielen hinein, einige flogen vorbei. Die untertassenförmigen Pillen. Das Ende der Angst.

»Wo kommen Sie ursprünglich her – wenn ich Sie Willie nennen dürfte?«

Er versank in Gedanken, versuchte sich zu erinnern. Ich wollte ihm Mißtrauen und Befangenheit nehmen, ihn dazu bringen, über sich selbst, über Dylar zu sprechen. Teil und Posten meines Plans. Mein Plan war folgender: Den Kopf drehen, um in die Zimmer zu spähen, ihm Mißtrauen und Befangenheit nehmen, einen unbewachten Augenblick abwarten, ihm dreimal in die Eingeweide ballern, um ein Höchstmaß an Schmerzwirkung zu garantieren, sein Dylar nehmen, bei der Flußstraße abfahren, die Garagentür schließen, im Regen und Nebel zu Fuß nach Hause gehen.

»Ich war nicht immer so, wie Sie mich jetzt sehen.«

»Genau das habe ich eben gedacht.«

»Ich habe wichtige Arbeit geleistet. Ich habe mich selbst beneidet. Ich war schon buchstäblich saniert. Tod ohne Angst ist etwas Alltägliches. Man kann damit leben. Ich habe Englisch gelernt, indem ich amerikanisches Fernsehen sah. Amerikanischen Sex hatte ich zum ersten Mal in Port-O-San, in Texas. Alles, was sie gesagt haben, hat gestimmt. Ich wollte, ich könnte mich daran erinnern.«

»Sie wollen damit sagen, daß es keinen Tod, so wie wir ihn kennen, ohne das Element der Angst gibt? Die Menschen würden sich daran gewöhnen, seine Unausweichlichkeit akzeptieren?«

»Dylar hat versagt, schweren Herzens. Aber es wird

ganz bestimmt kommen. Vielleicht jetzt, vielleicht nie. Die Wärme Ihrer Hand wird das Blattgold am Wachspapier haften lassen.«

»Es wird eines Tages ein wirksames Medikament geben, wollen Sie damit sagen. Ein Heilmittel gegen die Angst.«

»Gefolgt von einem noch größeren Tod. Noch effektiver, produktmäßig gesehen. Das eben verstehen die Wissenschaftler nicht, wenn sie ihre Kittel mit Perwoll waschen. Nicht daß ich persönlich etwas gegen den Tod hätte, hier von unserem Beobachtungsposten aus, hoch über dem Metropolitan County Stadion.«

»Wollen Sie damit behaupten, daß der Tod sich anpaßt? Daß er sich unseren Versuchen, mit ihm zu rechten, entzieht?«

Dies klang ähnlich wie etwas, was Murray einmal gesagt hatte. Murray hatte auch gesagt: »Stellen Sie sich den Ruck in den Eingeweiden vor, wenn Sie Ihren Kontrahenten im Staub liegen und bluten sehen. Er stirbt und Sie leben.«

Dem Tode nahe, dem Einschlag von Metallgeschossen in Fleisch nahe, dem Ruck in den Eingeweiden. Ich sah zu, wie Mink noch weitere Pillen einnahm, indem er sie sich ins Gesicht warf und sie dann wie Bonbons lutschte, die Augen auf den flimmernden Bildschirm gerichtet. Wellen, Strahlen, Strahlungszusammenhänge. Ich sah die Dinge neu.

»Im Vertrauen gesagt«, sagte er. »Ich vernasche das Zeug wie Süßigkeiten.«

»Genau das habe ich gerade gedacht.«

»Wieviel wollen Sie kaufen?«

»Wieviel brauche ich?«

»Ich sehe Sie als einen schwerknochigen, weißen Mann um die fünfzig. Beschreibt das Ihren Schmerz? Ich sehe Sie als einen Menschen in einer grauen Jacke und hellbraunen Hose. Sagen Sie mir, ob ich recht habe. Um Fahrenheit in Celsius umzurechnen, macht man folgendes.«

Wir schwiegen. Die Gegenstände begannen zu glühen. Der kompakte Sessel, die schäbige Frisierkommode, das zerwühlte Bett. Das Bett war mit Laufrollen ausgerüstet.

Ich dachte: Dies ist die graue Gestalt meiner Qual, der Mann, der meine Frau nahm. Hat sie ihn im Zimmer herumgerollt, während er auf dem Bett saß und Pillen in sich hineinstopfte? Lagen sie beide bäuchlings auf dem Bett, jeder an einer Seite und streckten den Arm nach unten, um zu paddeln? Brachten sie das Bett zum Tanzen mit ihrem Liebesspiel, einen Schaum von Kopfkissen und Laken über den kleinen Rädern auf Drehzapfen? Sieh ihn jetzt an, wie er in der Dunkelheit leuchtet, ein seniles Grinsen auf den Lippen.

»Ich vergesse wohl schwerlich die Dinge, die ich in diesem Zimmer erlebt habe«, sagte er, »bevor ich verlorenging. Es gab da eine Frau mit Ski-Maske, ihr Name ist mir im Augenblick entfallen. Amerikanischer Sex, ich kann Ihnen sagen, so hab ich Englisch gelernt.«

Die Luft war angereichert mit außersinnlicher Materie. Näher am Tod, näher am zweiten Gesicht. Eine umwerfende Intensität. Ich rückte zwei Schritte zur Mitte des Zimmers vor. Mein Plan war elegant. Mich allmählich nähern, sein Vertrauen gewinnen, die Zumwalt zücken, drei Schüsse auf sein Zwerchfell abgeben, um maximale Todesqualen in den Eingeweiden zu garantieren, die Waffe von Fingerabdrücken reinigen, kultische Selbstmordbotschaften an Spiegel und Wände schreiben, seinen Vorrat an Dylar mitnehmen, zurück zum Auto schleichen, zur Schnellstraßenauffahrt fahren, in östlicher Richtung bis Blacksmith weiterfahren, Stovers Auto in Treadwells Garage abstellen, im Regen und Nebel zu Fuß nach Hause gehen.

Er schlang weitere Pillen hinunter, warf andere auf seine Budweiser-Shorts. Ich rückte einen Schritt vor. Zerbrochene Dylartabletten lagen über den ganzen feuerresistenten Teppich verstreut. Zertreten, zerstampft. Er warf einige Tabletten gegen den Bildschirm. Der Apparat war mit Walnußfurnier und silbrigen Leisten ausgestattet. Das Bild schlingerte heftig.

»Jetzt nehme ich meine Tube mit Goldmetallic«, sagte er. »Unter Benützung meines Palettenmessers und meines geruchlosen Terpentins werde ich die Farbe jetzt auf meiner Palette verdicken.«

Ich rief mir Babettes Bemerkungen über die Nebeneffekte des Medikaments ins Gedächtnis zurück. Als Test sagte ich: »Flugzeugabsturz.«

Er sah mich an, umklammerte die Armlehnen seines Sessels, und erste Zeichen von Panik traten in seine Augen.

»Abstürzender Jumbojet«, sagte ich gebieterisch, die Worte schneidig artikulierend.

Er stieß seine Sandalen von den Füßen, klappte sich zur empfohlenen Absturzhaltung zusammen, den Kopf weit nach vorn gelegt, die Hände über den Knien gefaltet. Er führte das Manöver automatisch aus, mit einer gummigelenkigen klappbaren Geschicklichkeit, warf sich geradezu hinein, wie ein Kind oder ein Pantomime. Interessant. Das Medikament bewirkte also nicht nur, daß der Benutzer Wörter mit den Dingen, die sie bezeichneten, verwechselte; sondern es ließ ihn zusätzlich in einer stilisierten Weise agieren. Ich beobachtete, wie er zitternd zusammengesackt dasaß. Mein Plan war folgender: Seitlich in die Zimmer spähen, unangekündigt eintreten, ihn zum Zittern bringen, ihm maximal drei Bauchschüsse verpassen, bei der Flußstraße rausfahren, die Garagentür schließen.

Ich tat einen weiteren Schritt in die Zimmermitte. Während das Fernsehbild hüpfte, schlotterte und sich in Knoten verfing, schien Mink wieder lebendig zu werden. Die präzise Beschaffenheit der Ereignisse. Dinge in ihrem tatsächlichen Zustand. Schließlich arbeitete er sich aus der tiefen Beugehaltung heraus, kam säuberlich hoch, scharf abgesetzt gegen die an Vorgängen so reiche Luft. Weißes Rauschen überall.

»Enthält Eisen, Niacin und Riboflavin. Ich hab mein Englisch in Flugzeugen gelernt. Es ist die internationale Sprache des Flugverkehrs. Warum bist du hier, weißer Mann?«

»Um zu kaufen.«

»Sie sind sehr weiß, wissen Sie das?«

»Das kommt, weil ich dabei bin zu sterben.«

»Das Zeug hier möbelt Sie auf.«

»Trotzdem werde ich sterben.«

»Aber es wird Ihnen nichts ausmachen, was aufs Gleiche hinausläuft. Einige dieser verspielten Delphine sind mit Radiosendern ausgerüstet worden. Ihre ausgedehnten Wanderungen können uns vielleicht einiges Interessante verraten.«

Ich fuhr fort, an Wahrnehmungsbewußtsein zuzunehmen. Die Gegenstände leuchteten, ein geheimes Leben stieg von ihnen auf. Wasser schlug in länglichen Kugeln, schwappenden Drachmen aufs Dach. Zum ersten Mal wußte ich, was Regen wirklich war. Ich wußte, was naß war. Ich verstand die Neurochemie meines Gehirns, die Bedeutung von Träumen (den Abfallprodukten von Vorahnungen). Großartiges Zeug überall, durchs Zimmer rasend, langsam rasend. Eine Fülle, eine Dichte. Ich glaubte alles. Ich war Buddhist, Jaina, Flußtaufen-Baptist. Traurig machte mich nur Babette, die ein ausgehöhltes Gesicht küssen mußte.

»Sie trug die Ski-Maske, um mein Gesicht nicht küssen zu müssen, das sie für unamerikanisch hielt. Ich sagte zu ihr, ein Zimmer ist drinnen. Man soll kein Zimmer betreten, wenn man sich darauf nicht einlassen will. Das ist das Entscheidende, im Gegensatz zu neu auftauchenden Küstenlinien, Kontinentalplatten. Oder Sie können Naturkörner essen, Gemüse, Eier, keinen Fisch, kein Obst. Oder Obst, Gemüse, tierische Eiweiße, keine Körner, keine Milch. Oder viel Sojamehl wegen des Vitamin B-12 und viel Gemüse, um den Insulinausstoß zu regulieren, aber kein Fleisch, keinen Fisch, kein Obst. Oder weißes Fleisch, aber kein rotes Fleisch. Oder Vitamin B-12, aber keine Eier. Oder Eier, aber keine Körner. Es gibt endlose funktionierende Kombinationen.«

Ich war jetzt bereit, ihn zu töten. Aber ich wollte keine Abstriche von meinem Plan machen. Der Plan war wohldurchdacht. Mehrere Male an der Stelle vorbeifahren, sich dem Motel zu Fuß nähern, den Kopf herumschnellen lassen und seitlich in die Zimmer zu spähen, Mr. Gray unter seinem richtigen Namen ausfindig machen, unangekündigt eintreten, sein Vertrauen gewinnen, mich allmählich nähern, ihn zum Zittern bringen, einen unbeobachteten Moment abwarten, die 6,35 mm Zumwalt Automatik rausziehen, ihm drei Kugeln in die Eingeweide jagen, um maximale Langsamkeit, Tiefe und Intensität der Schmerzen zu garantieren, Fingerabdrücke von der Waffe wischen, die Waffe dem Opfer in die Hand geben, um den banalen und voraussehbaren Selbstmord eines Hoteleinsiedlers vorzutäuschen, primitive Worte an die Wand schmieren, mit dem Blut des Opfers selbst, als Beweis für seinen endgültigen, kultbezogenen Wahn, seinen Vorrat an Dylar mitnehmen, zurück zum Auto schleichen, auf der Schnellstraße nach Blacksmith fahren, Stovers Auto in Treadwells Garage stehenlassen, die Garagentür schließen, zu Fuß im Regen und Nebel nach Hause gehen.

Ich rückte in den Bereich des flimmernden Lichts vor, aus dem Schatten heraus, bemüht, bedrohlich zu wirken. Ich steckte die Hand in die Tasche, packte die Waffe. Mink schaute auf den Bildschirm. Ich sagte sanft zu ihm: »Kugelhagel.« Die Hand immer noch in der Tasche.

Er fiel zu Boden, begann zum Badezimmer zu kriechen, schaute über die Schulter zurück, kindlich, mimend, unter Benutzung von Prinzipien verstärkter darstellerischer Ausgestaltung, aber unter Anzeichen echten Schreckens, brillant sich duckender Angst. Ich folgte ihm in die Toilette, vorbei an dem raumhohen Spiegel, vor dem er zweifellos mit Babette posiert hatte, ungepflegt, mit baumelndem Glied, wie ein Wiederkäuer.

»Feuersalve«, flüsterte ich.

Er versuchte, sich hinter die Kloschüssel zu winden, beide Arme über den Kopf, die Beine fest zusammengedrückt. Ich stand drohend in der Tür, mir des drohend Dastehens bewußt und sah mich selbst aus Minks Perspektive, vergrößert, furchteinflößend. Es war jetzt an der Zeit, ihm zu sagen, wer ich war. Das war Teil meines Plans. Mein Plan war folgender: ihm sagen, wer ich war, ihm den Grund für seinen langsamen und qualvollen Tod mitteilen. Ich gab meinen Namen bekannt, erklärte meine Beziehung zu der Frau mit der Ski-Maske.

Er legte die Hände über sein Geschlecht, versuchte, sich unter den Spülkasten zu drücken, hinter die Schüssel. Die Intensität der Geräusche in dem Raum war auf allen Frequenzen dieselbe. Geräusche ringsumher. Ich zog die Zumwalt heraus. Große und namenlose Gefühle schlugen mir auf die Brust. Ich wußte, wer ich im Geflecht der Bedeutungen war. Wasser fiel in Tropfen zur Erde, brachte Oberflächen zum Glänzen. Ich sah die Dinge neu.

Mink nahm eine Hand von seinem Geschlecht, grapschte weitere Tabletten aus seiner Tasche, schleuderte sie in Richtung seines offenen Munds. Sein Gesicht tauchte am Ende des weißen Raumes auf, ein weißes Summen, die Innenhaut einer Kugel. Er setzte sich auf, riß seine Hemdtasche auf, um weitere Pillen zu finden. Seine Angst war wunderschön.

Er sagte zu mir: »Haben Sie sich schon einmal Gedanken darüber gemacht, warum von zweiunddreißig Zähnen gerade diese vier uns so viele Schwierigkeiten machen? Die Antwort erfahren Sie in wenigen Minuten.«

Ich feuerte die Pistole ab, die Waffe, die Knarre, das Schießeisen, die Automatik. Das Geräusch wuchs in dem weißen Raum lawinenartig an, verstärkte sich in reflektierenden Wellen. Ich sah zu, wie aus dem Zwerchfell des Opfers Blut spritzte. Ein zierlicher Bogen. Ich staunte über die prächtige Farbe, spürte den farbverursachenden Vorgang in den jetzt kernlosen Zellen. Der Blutstrom schwächte sich zu einem Tröpfeln ab, breitete sich über den Fliesenboden aus. Ich blickte über Wörter hinaus. Ich wußte jetzt, was rot war, sah es in Form von dominierenden Wellenlängen, Lichtstärke, Reinheit. Minks Schmerz war wunderschön, intensiv.

Ich feuerte einen zweiten Schuß ab, nur um des Feuerns willen, um die Erfahrung noch einmal zu durchleben, die Schallwellen sich durch den Raum überlagern zu hören, den Ruck meinen Arm hinauflaufen zu spüren. Die Kugel traf ihn genau neben dem rechten Hüftknochen. Ein weinroter Fleck erschien auf seinen Shorts und seinem Hemd. Ich hielt inne, um Mink zu beobachten. Er saß zwischen Kloschüssel und Wand eingekeilt, eine Sandale fehlte, seine Augen waren völlig weiß. Ich versuchte, mich aus Minks Perspektive zu sehen. Drohend, beherrschend, Lebenskraft gewinnend, Lebensguthaben ansammelnd. Doch er war schon zu weit weg, um noch eine Perspektive zu haben.

Es lief gut. Es machte mir Freude zu sehen, wie gut es lief. Über uns rumpelten die Lastwagen. Der Duschvorhang roch nach verschimmeltem Plastik. Eine Fülle, eine umwerfende Intensität. Ich näherte mich der sitzenden Gestalt, bedacht, nicht in Blut zu treten, verräterische Spuren zu hinterlassen. Ich nahm mein Taschentuch, wischte die Pistole ab, legte sie in Minks Hand, zog vorsichtig das Taschentuch heraus, legte sorgfältig seine knochigen Finger, einen nach dem anderen, um den Griff und steckte zartfühlend seinen Zeigefinger durch den Abzug. Er schäumte ein wenig in den Mundwinkeln. Ich trat zurück, um die Überreste des vernichtenden Augenblicks zu betrachten, diese Szene der erbärmlichen Gewalt und des einsamen Todes in den schattigen Randzonen der Gesellschaft. Mein Plan war folgender: zurücktreten, die Erbärmlichkeit betrachten, mich versichern, daß alles richtig an Ort und Stelle war.

Minks Augen fielen aus den Höhlen. Sie leuchteten kurz auf. Er hob die Hand, zog am Abzug und schoß mich ins Handgelenk.

Die Welt stürzte nach innen, begrub die gesamte lebendige Stofflichkeit und Verwobenheit unter Bergen von Gewöhnlichem. Ich war enttäuscht. Verletzt, wie gelähmt und enttäuscht. Was war nur mit der höheren Energieebene geschehen, auf der ich mein Projekt durchgezogen hatte? Der Schmerz war stechend. Blut bedeckte meinen Unterarm, mein Handgelenk und meine Hand. Ich taumelte stöhnend nach hinten, sah das Blut von meinen Fingerspitzen tropfen. Ich war beunruhigt und verwirrt. Farbige Punkte tauchten am Rand meines Gesichtsfeldes auf. Vertraute kleine tanzende Flecken. Die zusätzlichen Dimensionen, die erhabenen Wahrnehmungen waren zu einem optischen Durcheinander reduziert, zu einem wirbelnden Mischmasch, bedeutungslos.

»Und dies könnte die einflußreichen Randschichten wärmerer Luftmassen darstellen«, sagte Mink.

Ich sah ihn an. Er lebte. Sein Schoß eine Blutpfütze. Mit Wiederherstellung der normalen Ordnung von Materie und Wahrnehmung, hatte ich das Gefühl, daß ich ihn jetzt zum ersten Mal als Mensch sah. Die alten verworrenen menschlichen Schrullen waren wieder in Fluß gebracht. Mitleid, Reue, Gnade. Doch bevor ich Mink helfen konnte, mußte ich einige grundlegende Reparaturarbeiten an mir selbst verrichten. Noch einmal zog ich mein Taschentuch heraus, schaffte es, dasselbe mit meiner rechten Hand und den Zähnen dicht oberhalb des Einschusses in meinem linken Handgelenk, beziehungsweise zwischen der Wunde und meinem Herzen, fest um den Arm zu binden. Dann saugte ich kurz an der Wunde, ohne genau zu wissen warum, und spuckte die erhaltene breiige Blutmasse aus. Die Kugel war nur oberflächlich eingedrungen und dann abgeprallt. Mit Hilfe meiner gesunden Hand packte ich Mink an seinem bloßen Fuß und zog ihn über die blutbefleckten Fliesen. Die Pistole hielt er noch immer fest in seiner Faust. Etwas Erlösendes lag darin. Ihn mit den Füßen voran über die Fliesen, über den medizinisch behandelten Teppich, durch die Tür und in die Nacht hinauszuziehen. Etwas Großes und Grandioses und Dramatisches. Ist es vielleicht besser, etwas Böses zu begehen und dann zu versuchen, es mit einer erhabenen Handlung auszugleichen, als ein entschieden neutrales Leben zu leben? Ich weiß, daß ich mir tugendhaft vorkam, ich fühlte mich blutbefleckt und imposant, als ich den stark verletzten Mann durch die dunklen, leeren Straßen schleifte.

Der Regen hatte aufgehört. Ich war schockiert über die Blutmenge, die wir hinter uns ließen. Überwiegend von ihm. Der Bürgersteig bekam einen Streifen. Eine interessante kulturelle Ablagerung. Mink führte schwach die Hand zum Mund und warf sich noch mehr Dylar in den Rachen. Die Hand mit der Pistole schleifte hinterher.

Wir kamen zum Auto. Mink strampelte sich los, unwillkürlich, sein Körper zappelte und wand sich, ein bißchen fischartig. Er gab matte, keuchende Laute von sich, als fehle ihm Sauerstoff. Ich beschloß, es mit Mund-zu-Mund-Atmung zu versuchen. Ich beugte mich über ihn, benützte Daumen und Zeigefinger, um ihm die Nase zuzuklemmen, und versuchte dann, mein Gesicht hinunter auf seins zu legen. Die Peinlichkeit und unerbittliche Intimität des Vorgangs ließ ihn unter diesen Umständen um so würdevoller erscheinen. Um so größer, großzügiger. Ich versuchte immer wieder, seinen Mund zu erreichen, um mächtige Böen von Luft in seine Lungen zu blasen. Meine Lippen waren gespitzt, zum Trichtern bereit. Seine Augen folgten mir nach unten. Vielleicht dachte er, er sollte geküßt werden. Ich kostete die Ironie aus.

Sein Mund war überflutet von ausgespienem Dylar-Schaum, halb zerkauten Tabletten. Fliegendreckscherben von Polymeren. Ich kam mir groß und selbstlos vor, über allen Groll erhaben. Dies war der Schlüssel zur Selbstlosigkeit, oder zumindest schien es mir so, als ich über dem Verletzten kniete und rhythmisch auf die abfallübersäte Straße unterhalb der Auffahrtrampe ausatmete. Den Ekel überwinden, dem übelriechenden Körper vergeben. Ihn ganz umarmen. Nach einigen Minuten spürte ich, daß er zu sich kam, regelmäßig atmete. Ich blieb weiter über ihn gebeugt, so dicht, daß unsere Münder sich fast berührten.

»Wer hat auf mich geschossen?« sagte er.

»Sie.«

»Wer hat auf Sie geschossen?«

»Sie. Sie haben die Pistole noch in der Hand.«

»Was wollte ich damit zum Ausdruck bringen?«

»Sie haben die Herrschaft über sich verloren. Sie tragen keine Verantwortung. Ich vergebe Ihnen.«

»Wer sind Sie, wörtlich genommen?«

»Ein Vorübergehender. Ein Freund. Es spielt keine Rolle.«

»Einige Tausendfüßler haben Augen, andere nicht.«

Mit viel Mühe, vielen Fehlstarts bekam ich ihn hinten ins Auto, wo er sich stöhnend ausstreckte. Es war nicht mehr möglich zu sagen, ob das Blut an meinen Händen und Kleidern seins oder meins war. Meine Menschlichkeit schwang sich empor. Ich ließ das Auto an. Der Schmerz in meinem Arm war jetzt ein Pochen, weniger brennend. Ich fuhr einhändig durch die verlassenen Straßen auf der Suche nach einem Krankenhaus. Iron City Belegkrankenhaus. Barmherzige Schwestern. Bethanien. Ich war bereit zu nehmen, was sie zu bieten hatten, sogar eine Notambulanz im schlimmsten Stadtviertel. Dort gehörten wir ja eigentlich hin, zu den mehrfach klaffenden Wunden, den Einschuß- und Ausschußwunden, den Wunden von stumpfen Gegenständen, den Traumata, den Überdosen, akuten Delirien. Der einzige Verkehr bestand aus Milchwagen, einem Bäckerwagen, ein paar schweren Lastwagen. Der Himmel begann sich aufzuhellen. Wir kamen an ein Haus mit einem Neonkreuz über dem Eingang. Es war ein dreistöckiges Gebäude, das eine Kirche der Pfingstgemeinde, eine Tagesklinik oder das Hauptquartier irgendeiner Bewegung organisierter Jugendlicher hätte sein können.

Es gab eine Rollstuhlrampe, was bedeutete, daß ich Mink vor die Eingangstür schleifen konnte, ohne daß sein Kopf auf Betontreppen aufschlug. Ich bugsierte ihn aus dem Auto, packte seinen geschmeidigen Fuß und arbeitete mich die Rampe hinauf. Er hielt eine Hand an sein Zwerchfell, um den Blutstrom aufzuhalten. Die Pistolenhand schleifte hinterher. Dämmerung. Diesem Augenblick haftete eine Weiträumigkeit an, ein heroisches Mitleid und Erbarmen. Nachdem ich auf ihn geschossen und ihm eingeredet hatte, daß er auf sich selbst geschossen habe, hatte ich das Gefühl, uns beiden, ja uns allen, Ehre zu machen, indem ich unsere Schicksale miteinander verschmolz und ihn jetzt der körperlichen Rettung zuführte. Ich machte langsame, lange Schritte, zog sein Gewicht. Mir war bisher noch nie der Gedanke gekommen, daß der Versuch eines Menschen, etwas abzubüßen, jene Hochstimmung verlängern könne, die er während des Verbrechens verspürte, das wiedergutzumachen er sich eben bemühte.

Ich läutete. Innerhalb von Sekunden kam jemand an die Tür. Eine alte Frau, eine Nonne, in schwarzem Habit, schwarz verschleiert, die sich auf einen Stock stützte.

»Wir sind angeschossen«, sagte ich und hob mein Handgelenk in die Höhe.

»Sowas sehen wir hier oft«, antwortete sie sachlich, mit einem Akzent, und wandte sich wieder nach drinnen.

Ich schleifte Mink über die Schwelle. Es schien tatsächlich eine Klinik zu sein. Es gab Wartezimmer, abgeschirmte Kabinen, Türen, auf denen Röntgen stand, Sehtest. Wir folgten der alten Nonne zum Traumazimmer. Zwei Sanitäter tauchten auf, große, vierschrötige Männer mit der Statur von Sumo-Ringern. Sie hoben Mink auf einen Tisch und rissen ihm mit sauberen, knappen, geübten Handgriffen die Kleider vom Leib.

»Inflationiert bereinigtes Realeinkommen«, sagte er.

Weitere Nonnen trafen ein, raschelnd, uralt, die miteinander deutsch sprachen. Sie trugen Transfusionsgeräte, rollten Tabletts mit glänzenden Instrumenten herein. Die erste Nonne näherte sich Mink, um ihm die Pistole aus der Hand zu nehmen. Ich sah zu, wie sie sie in eine Schreibtischschublade warf, die vielleicht zehn weitere Pistolen und ein halbes Dutzend Messer enthielt. An der Wand hing ein Bild von John F. Kennedy, der im Himmel die Hände von Papst Johannes XXIII hält. Der Himmel war ein teilweise wolkiger Ort.

Der Arzt kam herein, ein älterer Mann in einem schäbigen Anzug mit Weste. Er sprach deutsch mit den Nonnen und betrachtete Minks Körper, der jetzt teilweise in Tücher gehüllt war.

»Gelingt immer, klebt nie. Der Gabeltest beweist es.«

Er wuchs mir langsam ans Herz. Die erste Nonne brachte mich in eine Kabine, um meine Wunde zu versorgen. Ich setzte an, ihr einen Bericht über die Schießerei zu geben, aber sie zeigte kein Interesse. Ich sagte, daß es eine alte Pistole mit schwachen Kugeln gewesen sei.

»So ein gewalttätiges Land.«

»Sind Sie schon lange in Germantown?« sagte ich.

»Wir sind die letzten Deutschen.«

»Wer wohnt jetzt hier, überwiegend?«

»Überwiegend keiner«, sagte sie.

Weitere Nonnen gingen vorbei, schwere Rosenkränze an den Gürteln. Für mich waren sie ein freundlicher Anblick, jene Art von homogener Gegenwart, die einen auf Flughäfen lächeln läßt.

Ich fragte meine Nonne nach ihrem Namen. Schwester Hermann Marie. Ich erzählte ihr, daß ich ein wenig deutsch könne, ein Versuch, ihre Gunst zu gewinnen, den ich bei medizinischem Personal jeder Art stets unternehme, zumindest in den Frühstadien, bevor meine Angst und mein Mißtrauen jegliche Hoffnung auf das Herausschinden eines Vorteils überwältigen.

»*Gut, besser, best*«, sagte ich.

Ein Lächeln erschien auf ihrem zerfurchten Gesicht. Ich zählte ihr vor, deutete auf Gegenstände und gab ihnen Namen. Sie nickte glücklich und säuberte dabei die Wunde und verpackte das Handgelenk in sterile Tupfer. Sie sagte, ich müßte nicht geschient werden, und versicherte mir, der Arzt würde ein Rezept für ein Antibiotikum ausstellen. Wir zählten zusammen bis zehn.

Zwei weitere Nonnen erschienen, verschrumpelt und knarrend. Meine Nonne sagte etwas zu ihnen, und bald waren wir alle vier in einer bezaubernd kindlichen Unterhaltung begriffen. Wir gingen die Farben durch, Kleidungsstücke, die Körperteile. Ich fühlte mich in dieser deutsch sprechenden Gesellschaft viel wohler als in der meiner Hitlerforscher. Ist am Aufsagen von Namen etwas so Unschuldiges, daß Gott sich freut?

Schwester Hermann Marie legte letzte Hand an die Kugelwunde. Von einem Stuhl aus hatte ich einen ungetrübten Blick auf das Bild von Kennedy und dem Papst im Himmel. Heimlich bewunderte ich das Bild. Es löste ein gutes Gefühl in mir aus, erfrischte mich gemütsmäßig. Der Präsident, auch nach seinem Tode, noch vital. Die Freundlichkeit des Papstes eine Art Strahlenkranz. Warum sollte es nicht stimmen? Warum sollten sie sich nicht irgendwo treffen, zu vorgerückter Stunde, vor einer Schicht flaumiger Schäfchenwolken, um sich an den Händen zu fassen? Warum sollten wir uns nicht alle, wie in einem Epos von proteischen Göttern und normalen Menschen, dort oben treffen, wohlgestaltet und strahlend?

Ich sagte zu meiner Nonne: »Was sagt denn die Kirche heutzutage über den Himmel? Ist es immer noch der gleiche alte Himmel, so wie da, über der Erde?«

Sie wandte sich um und schaute das Bild an.

»Halten Sie uns für dumm?« sagte sie.

Ich war überrascht vom Nachdruck ihrer Antwort.

»Was ist denn dann, der Kirche zufolge, der Himmel, wenn nicht der Aufenthaltsort von Gott und den Engeln und den Seelen der Geretteten?«

»Gerettet? Was heißt gerettet? Wer hier reinkommt und von Engeln reden will, ist ein Dummkopf. Zeigen Sie mir doch einen Engel! Bitte! Ich möchte einen sehen!«

»Aber Sie sind eine Nonne. Nonnen glauben an sowas. Wenn wir eine Nonne sehen, dann heitert uns das auf, es ist goldig und charmant, daran erinnert zu werden, daß noch immer jemand an Engel, an Heilige, all die traditionellen Dinge glaubt.«

»Und Sie haben einen Kopf, der so dumm ist, das zu glauben?«

»Nicht was ich glaube, zählt. Sondern was Sie glauben.«

»Das ist richtig«, sagte sie. »Die Nichtgläubigen brauchen die Gläubigen. Sie brauchen dringend jemanden, der glaubt. Aber zeigen Sie mir einen Heiligen. Geben Sie mir ein Haar vom Körper eines Heiligen.«

Sie beugte sich zu mir, das nackte Gesicht vom schwarzen Schleier umrahmt. Ich fing an, mir Sorgen zu machen.

»Wir sind hier, um uns um die Kranken und Verletzten zu kümmern. Nur das. Wollen Sie sich über den Himmel unterhalten, dann müssen sie sich einen anderen Ort suchen.«

»Andere Nonnen tragen Kleider«, sagte ich vernünftig. »Sie tragen hier noch die alte Uniform. Das Habit, den Schleier, die klobigen Schuhe. Sie müssen an Traditionen glauben. An den alten Himmel und die Hölle, die lateinische Messe. An die Unfehlbarkeit des Papstes. Daran, daß Gott die Erde in sechs Tagen erschaffen hat. Die großen alten Glaubensinhalte. Die Hölle besteht aus brennenden Seen, geflügelten Dämonen.«

»Sie kommen da blutend von der Straße herein und wollen mir erzählen, daß es sechs Tage gedauert hat, ein Universum zu machen?«

»Und am siebenten Tag ruhte Er.«

»Sie wollen mir von Engeln reden? Hier?«

»Natürlich hier. Wo sonst?«

Ich war frustriert und verwirrt, dem Schreien nahe.

»Warum nicht himmlische Heerscharen, die am Ende der Welt miteinander kämpfen?«

»Warum nicht? Warum sind Sie denn überhaupt Nonne? Warum haben Sie das Bild an der Wand?«

Sie wich zurück, die Augen voller verächtlichen Vergnügens.

»Das ist für andere. Nicht für uns.«

»Aber das ist doch lächerlich. Welche anderen?«

»Alle anderen. Die anderen, die ihr Leben lang glauben, daß wir noch glauben. Es ist unsere Aufgabe in der Welt, Dinge zu glauben, die keiner sonst ernstnimmt. Solche

Glaubenssätze vollständig abzuschaffen, daran würde die menschliche Rasse zugrunde gehen. Deshalb sind wir hier. Eine winzige Minderheit. Um Altes, alte Glaubensüberzeugungen zu verkörpern. Den Teufel, die Engel, den Himmel, die Hölle. Wenn wir nicht vorgeben würden, daran zu glauben, würde die Welt zusammenbrechen.«

»Vorgeben?«

»Natürlich vorgeben. Halten Sie uns für dumm? Machen Sie, daß Sie rauskommen!«

»Sie glauben nicht an den Himmel? Als Nonne?«

»Wenn Sie es nicht tun, warum sollte ich es?«

»Wenn Sie es täten, würde ich es vielleicht auch tun.«

»Wenn ich es täte, würden Sie es nicht brauchen.«

»All die alten verworrenen Schrullen«, sagte ich. »Glaube, Religion, ewiges Leben. Die großen alten menschlichen Einfältigkeiten. Wollen Sie damit sagen, daß Sie die nicht ernstnehmen? Daß Ihre Hingabe nur Verstellung ist?«

»Unsere Verstellung ist Hingabe. Jemand muß sich doch den Anschein geben, zu glauben. Unser Leben ist nicht weniger ernsthaft, als wenn wir wahren Glauben, wahre Überzeugung bekunden würden. In dem Maße, wie der Glaube von der Welt verschwindet, halten es die Menschen für notwendiger denn je, daß irgend jemand glaubt. Wildblickende Männer in Höhlen. Nonnen in Schwarz. Mönche, die nicht sprechen. Wir sind noch übrig zum Glauben. Narren, Kinder. Wer dem Glauben abgeschworen hat, muß doch an uns glauben. Sie sind sicher, daß sie recht haben, nicht zu glauben, aber sie wissen, daß der Glaube nicht vollständig auslöschen darf. Hölle ist, wenn keiner mehr glaubt. Es muß immer Gläubige geben. Narren, Idioten, diejenigen, die Stimmen hören, diejenigen, die in Zungen sprechen. Wir sind eure Verrückten. Wir gaben unser Leben hin, um euren Unglauben zu ermöglichen. Ihr seid sicher, daß ihr recht habt, aber ihr wollt nicht, daß alle so denken wie ihr. Es gibt keine Wahrheit ohne Narren. Wir sind eure Narren, eure Umnachteten, die wir beim Morgengrauen aufstehen, um zu beten, Kerzen anzuzünden, Statuen um Gesundheit und langes Leben bitten.«

»Sie haben ein langes Leben gehabt. Also nützt es ja vielleicht.«

Sie gab ein rasselndes Lachen von sich und zeigte dabei ihre Zähne, die so alt waren, daß sie fast transparent wirkten.

»Bald nicht mehr. Ihr werdet eure Gläubigen verlieren.«

»Dann haben Sie all diese Jahre umsonst gebetet?«

»Für die Welt, Dummkopf.«

»Und nichts lebt weiter? Der Tod ist das Ende?«

»Wollen Sie wissen, was ich glaube oder was ich vorgebe zu glauben?«

»Ich will nichts hören. Das ist ja schrecklich.«

»Aber wahr.«

»Sie sind eine Nonne. Verhalten Sie sich wie eine.«

»Wir legen Gelübde ab. Armut, Keuschheit, Gehorsam. Ernstgemeinte Gelübde. Ein ernstgemeintes Leben. Ihr könnt ohne uns nicht überleben.«

»Es muß doch einige von euch geben, die nicht nur so tun, als ob, die ehrlich glauben. Ich weiß, daß es die gibt. Jahrhunderte des Glaubens versanden nicht einfach in ein paar Jahren. Ganze Studienzweige sind diesen Themen gewidmet. Die Angelologie. Ein Zweig der Theologie, nur für Engel. Eine Wissenschaft der Engel. Große Geister haben diese Dinge diskutiert. Auch heute gibt es noch große Geister. Sie disputieren immer noch, sie glauben immer noch.«

»Sie kommen da einfach von der Straße herein, schleifen einen menschlichen Körper am Fuß hinter sich her und reden von Engeln, die im Himmel leben. Machen Sie, daß Sie rauskommen!«

Sie sagte etwas auf Deutsch. Ich verstand es nicht. Sie sprach von neuem, lange, drückte ihr Gesicht dabei auf meines, immer harscher, nasser, kehliger werdende Wörter. Ihre Augen zeigten ein schreckliches Vergnügen an meinem Nichtverstehen. Sie übersprühte mich mit Deutsch. Mit einem Sturm von Worten. Sie wurde immer lebendiger, je weiter sie mit ihrer Rede kam. Eine ausgelassene Heftigkeit trat in ihre Stimme. Sie sprach schneller, ausdrucksvoller. Blutgefäße flackerten in ihren Augen und ihrem Gesicht auf. Ich begann einen Rhythmus, einen gleichmäßigen Takt zu entdecken. Ich kam zu dem Schluß, daß sie etwas rezitierte. Litaneien, Kirchenlieder, Katechismus. Die Mysterien des Rosenkranzes vielleicht. Sie verhöhnte mich mit einem verächtlichen Gebet.

Das Komische daran war, daß ich es schön fand.

Als ihre Stimme schwächer wurde, verließ ich die Kabine und wanderte umher, bis ich den alten Arzt fand. »*Herr Doktor*«, rief ich und kam mir wie jemand in einem Film vor. Er setzte seinen Hörapparat in Betrieb. Ich erhielt mein Rezept, fragte, ob Willie Mink bald gesund sein würde. Nein, das würde er nicht, zumindest noch eine Weile nicht. Aber er würde auch nicht sterben, und damit hatte er mir etwas voraus.

Die Heimfahrt verlief ereignislos. Ich ließ das Auto in der Einfahrt der Stovers stehen. Der Rücksitz war voller Blut. Blut war am Lenkrad, Blut auch am Armaturenbrett und den Türgriffen. Das wissenschaftliche Studium des kulturellen Verhaltens und der Entwicklung des Menschen. Anthropologie.

Ich ging nach oben und beobachtete die Kinder eine Weile. Alle schliefen, tappten durch ihre Träume, die Augen in rascher Bewegung unter geschlossenen Lidern. Ich legte mich neben Babette ins Bett, völlig angezogen, mit Ausnahme der Schuhe, und wußte irgendwie, daß sie es nicht merkwürdig finden würde. Aber meine Gedanken rasten weiter, ich konnte nicht schlafen. Nach einer Weile ging ich hinunter in die Küche, um mich mit einer Tasse Kaffee hinzusetzen, den Schmerz in meinem Handgelenk zu fühlen, den erhöhten Puls.

Es gab nichts zu tun, als auf den nächsten Sonnenuntergang zu warten, wenn der Himmel wie Bronze tönen würde.

40

Das war der Tag, an dem Wilder auf sein Plastikdreirad stieg, darauf um den Häuserblock fuhr, nach rechts in eine Sackgasse einbog und geräuschvoll auf das nicht weiterführende Ende zutrampelte. Er schob das Dreirad um die Halteplanke und fuhr dann einen gepflasterten Fußweg weiter, der sich an einigen zugewachsenen Grundstücken vorbei auf eine aus zwanzig Betonstufen bestehende Treppe zuschlängelte. Die Plastikräder rumpelten und quietschten. Hier hält sich unsere Rekonstruktion an den ehrfürchtigen Bericht zweier älterer Frauen, die aus der hinteren Veranda im zweiten Stock eines hohen Hauses zwischen den Bäumen zusahen. Er schob das Dreirad die Treppen hinunter, lenkte es mit pflichtbewußter und unsentimentaler Hand, ließ es neben sich her aufschlagen, als sei es ein merkwürdig geformter, nicht notwendigerweise geliebter, kleiner Nachkomme. Er stieg wieder auf, fuhr über die Straße, fuhr über den Bürgersteig, fuhr weiter auf den grasbewachsenen Abhang, der an die Schnellstraße grenzte. Hier begannen die Frauen zu rufen. He, he, riefen sie, ein wenig vorsichtig zuerst, nicht bereit, die Implikationen des Vorgangs, der sich vor ihnen abspielte, zu akzeptieren. Der Junge strampelte diagonal den Abhang hinunter, verringerte geschickt den Abstiegswinkel, blieb dann unten stehen, um mit seinem Dreirad denjenigen Punkt auf der gegenüberliegenden Seite anzuvisieren, der den kürzesten Abstand darzustellen schien. He, Kleiner, nein! Sie winken mit den Armen, halten verzweifelt nach einem kräftigen Fußgänger Ausschau, der möglicherweise auftauchen könnte. Inzwischen begann Wilder, der ihr Geschrei nicht beachtete oder es in dem serienmäßigen Zischen vorbeifahrender Fünftürer und Lastwagen nicht hörte, über den Highway zu strampeln, voller mystischer Dynamik. Die Damen konnten nur noch zusehen, mit offenstehendem Mund, jede mit einem Arm in der Luft, einer flehentlichen Bitte, die Szene möge rückwärtslaufen, der Junge möge auf seinem verblaßten blaugelben Spielfahrzeug rückwärts treten wie eine

Zeichentrickgestalt im Frühstücksfernsehen. Die Autofahrer waren nicht ganz fähig zu begreifen. In ihrer verknoteten Haltung angeschnallt wußten sie, daß dieses Bild nicht zum sausenden Bewußtsein des Highways, des breitgebänderten modernistischen Stroms gehörte. In der Geschwindigkeit lag ein Sinn. In Schildern, in Mustern, in Sekundenbruchteile dauerndem Leben. Was aber bedeutete das, dieser kleine rotierende Flecken? Irgendeine Kraft in der Welt war fehlgelaufen. Sie wichen aus, bremsten, hupten den langen Nachmittag hinunter, eine tierische Klage. Das Kind sah sie nicht einmal an, sondern strampelte nur auf den Mittelstreifen zu, einen schmalen Flecken bleichen Grases. Er war aufgeblasen, stolzgeschwellt, die Arme schienen sich ebenso rasch wie die Beine zu bewegen, der runde Kopf wackelte in einem Tänzchen hirnlahmer Entschlossenheit. Er mußte abbremsen, um auf den erhöhten Mittelstreifen hinaufzukommen, bäumte sich auf, um das Vorderrad hinüberzuschieben, äußerst bestimmt in seinen Bewegungen, einem numerierten Plan folgend, und die Autos fuhren klagend vorbei, ließen verspätet die Hupe ertönen, die Augen der Fahrer suchten den Rückspiegel. Er schob das Dreirad über das Gras. Die Frauen beobachteten, wie er sich erneut fest auf dem Sitz niederließ. Bleib da, riefen sie. Fahr nicht. Nein, nein. Wie auf einfache Sätze beschränkte Ausländer. Dauernd kamen Autos, peitschten auf die Zielgerade, endlos flitzender Verkehr. Er setzte an, die letzten drei Fahrbahnen zu queren, fiel vom Mittelstreifen herunter wie ein hüpfender Ball, Vorderrad, Hinterräder. Dann das kopfwackelnde Rennen zur anderen Seite. Autos sprangen beiseite, irrten ab, erklommen den Randstein, und erstaunte Gesichter tauchten an den Seitenfenstern auf. Der eilig tretende Junge konnte nicht wissen, wie langsam er sich aus der Sicht der Frauen auf der Veranda zu bewegen schien. Die Frauen waren jetzt still, von dem Vorgang ausgeschlossen, plötzlich müde. Wie langsam er vorankam, wie täuschend seine Vorstellung war, dahinzusausen. Er machte sie müde. Die Hupen ertönten weiter, Schallwellen mischten sich mit der Luft, verflachten, riefen schimpfend zurück aus schon verschwundenen Autos. Er erreichte die andere Seite, fuhr kurz parallel zum Verkehr, schien das Gleichgewicht zu verlieren, umzufallen, in einem vielfarbigen Purzelbaum die Böschung hinunterzurollen. Als er eine Sekunde später wieder auftauchte, saß er in einer Wasserfurche, Teil des periodisch auftauchenden Baches, der den Highway begleitete. Überwältigt faßte er den Entschluß zu weinen. Er brauchte einen Augenblick dazu, Matsch und Wasser überall, das Dreirad zur Seite gekippt. Die Frauen begannen erneut zu rufen, beide mit erhobenem Arm, um die Handlung rückgängig zu machen. Junge im Wasser, riefen sie. Seht. Hilfe. Ertrinken. Und er schien sie, auf seinem Sitzplatz im Bach, laut heulend, zum ersten Mal gehört zu haben, als er über den Erdhügel und in die Bäume auf der anderen Seite der Schnellstraße schaute. Dies erschreckte sie nur noch mehr. Sie riefen und winkten, näherten sich den Frühphasen unkontrollierbaren Entsetzens, als ein vorbeifahrender Kraftfahrer, wie solche Menschen genannt werden, flink an den Straßenrand fuhr, aus dem Auto stieg, die Böschung hinunterschlidderte und den Jungen aus den trüben Untiefen hob und ihn dann so emporhielt, daß die lamentierenden älteren Damen ihn sehen konnten.

Wir gehen häufig zur Überführung. Babette, Wilder und ich. Wir nehmen eine Thermosflasche Eistee mit, stellen das Auto ab, beobachten die untergehende Sonne. Wolken schrecken uns nicht ab. Wolken intensivieren das Schauspiel, fangen das Licht ein und formen es. Auch dichte Bewölkung hat nur geringe Wirkung. Licht bricht durch, Leuchtspuren und rauchige Bögen. Leichte Bewölkung verstärkt die Stimmung. Wir haben einander wenig zu sagen. Weitere Autos kommen an, parken in einer Schlange, die bis hinunter zum Wohngebiet reicht. Menschen wandern den Hügel herauf und auf die Überführung, tragen Obst und Nüsse, kühle Getränke, vorwiegend die im mittleren Alter, die Älteren, einige mit geflochtenen Klappstühlen, die sie auf den Bürgersteig stellen, aber auch jüngere Paare, Arm in Arm am Geländer, und schauen nach Westen. Der Himmel gewinnt an Inhalt, Gefühl und einem gehobenen erzählenden Leben. Die Farbstreifen reichen so weit nach oben, scheinen sich zeitweise in ihre Bestandteile aufzulösen. Es gibt aufgetürmte Himmel, leichte Stürme, sanft niedersinkende Nebelschwaden. Es fällt schwer, sich eine Meinung zu bilden, was wir davon halten sollen. Manchen Menschen jagen die Sonnenuntergänge Angst ein, manche sind entschlossen, sich hochgestimmt zu fühlen, aber die meisten von uns wissen nicht, wie wir uns fühlen sollen, sind bereit, in die eine oder die andere Richtung zu gehen. Regen schreckt uns nicht ab. Regen verursacht abgestufte Entfaltungen, wunderschöne zerlaufene Färbungen. Weitere Autos kommen an, Leute kommen den Hügel heraufgestapft. Die Stimmung dieser warmen Abende ist schwer zu beschreiben. Erwartung liegt in der Luft, aber es ist nicht das erwartungsvolle Hochsommersummen einer hemdsärmeligen Menge, eines Sandkastenspiels mit zusammenhängenden Vorläufern, einer Geschichte von abgesicherten Reaktionen. Dieses Warten ist nach innen gekehrt, unausgeglichen, fast retardiert und schüchtern, neigt zum Schweigen. Was empfinden wir sonst noch? Ganz sicher ist Ehrfurcht dabei, es ist vor allem Ehrfurcht, sie geht über frühere Kategorien von Ehrfurcht hinaus, aber wir wissen nicht, ob wir in Staunen oder Furcht zuschauen, wir wissen weder, was wir anschauen, noch was es bedeutet, wir wissen nicht, ob es Bestand hat, eine Erfahrungsebene ist, der wir uns allmählich anpassen, die unsere Unsicherheit schließlich absorbieren wird, oder nur eine atmosphärische Unheimlichkeit, die bald vorbeigeht. Die Klappstühle werden aufgefaltet, die alten Leute setzen sich. Was soll man dazu sagen? Die Sonnenuntergänge verweilen, und wir tun dasselbe. Der Himmel unterliegt einem Zauber, der mächtig und sagenumwoben ist. Hin und wieder fährt tatsächlich ein Auto über die Überführung, langsam, ehrerbietig. Immer mehr Menschen kommen den Hügel herauf, einige in Rollstühlen, von Krankheit gekrümmt, ihre Betreuer bücken sich tief, um gegen die Schräge anzuschieben. Ich hatte gar nicht gewußt, wieviele behinderte und hilflose Menschen es in der Stadt gab, bis die warmen Nächte die Menschenmassen zur Überführung brachten. Autos sausen unter uns durch, von Westen kommend, aus dem sich auftürmenden Licht, und wir beobachten sie, wie um ein Zeichen, als ob sie auf ihren lackierten Oberflächen einen Überrest des Sonnenuntergangs tragen, einen kaum wahrnehmbaren Glanz oder einen Film verräterischen Staubs. Keiner läßt ein Radio laufen oder erhebt die Stimme über ein Flüstern. Etwas Goldenes fällt, eine der Luft übergebene Sanftheit. Leute führen Hunde spazieren, Kinder fahren Rad, ein Mann mit Fotoapparat und Teleobjektiv wartet auf seinen Augenblick. Erst einige Zeit, nachdem die Dunkelheit hereingebrochen ist, die Insekten in der Hitze schrillen, fangen wir langsam an, uns zu zerstreuen, schüchtern, höflich, ein Auto nach dem anderen, unserem individuellen und verteidigungsfähigen Selbst wiedergegeben.

Die Männer in den Mylexanzügen sind immer noch in der Gegend, gelbschnäuzig sammeln sie ihre schrecklichen Daten, richten ihre Infrarotgeräte auf Erde und Himmel.

Dr. Chakravarty will mit mir sprechen, aber ich bleibe geflissentlich fern. Er ist erpicht darauf zu sehen, wie mein Tod fortschreitet. Vielleicht ein interessanter Fall. Er möchte mich noch einmal in den Durchleuchtungsapparat stecken, wo aufgeladene Partikel zusammenstoßen, hohe Winde blasen. Aber ich habe Angst vor dem Durchleuchtungsapparat. Habe Angst vor seinen Magnetfeldern, seinem computergesteuerten nuklearen Puls. Habe Angst davor, was er über mich weiß.

Ich nehme keine Anrufe entgegen.

Die Regale im Supermarkt sind umgestellt worden. Es geschah eines Tages, ohne Vorwarnung. Aufregung und Panik herrscht in den Gängen, Bestürzung zeichnet sich auf den Gesichtern der älteren Käufer ab. Sie gehen in bruchstückhafter Trance umher, bleiben stehen und gehen wieder, Grüppchen gutgekleideter Gestalten, in den Gängen festgefroren, die versuchen, das Ordnungsprinzip herauszufinden, die zugrundeliegende Logik zu entdecken, versuchen, sich zu erinnern, wo sie die Haferflocken gesehen haben. Sie sehen keinen Grund, finden keinen Sinn darin. Die Topfkratzer liegen jetzt neben der Seife, die Gewürze sind auf verschiedene Stellen verteilt. Je älter der Mann oder die Frau, um so sorgfältiger gekleidet und gepflegt. Männer in Freizeit-Hosen und leuchtenden Strickhemden. Frauen mit gepudertem und pedantischem Aussehen, einem Anflug von Schüchternheit, wie auf ein banges Ereignis gefaßt. Sie biegen in den falschen Gang, spähen die Regale entlang, bleiben manchmal abrupt stehen, so daß andere Einkaufswagen in sie hineinfahren. Nur die markenlosen Artikel sind da, wo sie immer waren, weiße Verpackung, einfach beschriftet. Die Männer ziehen Listen zu Rate, die Frauen nicht. Es herrscht eine Atmosphäre des Herumirrens, ein Gefühl der Ziellosigkeit und des Gejagtseins, liebe Menschen, die an den Rand der Verzweiflung gebracht werden, prüfen das Kleingedruckte auf den Packungen, auf der Hut vor Betrug auf einer zweiten Ebene. Die Männer suchen nach aufgedruckten Verfallsdaten, die Frauen nach Zutaten. Viele haben Schwierigkeiten, die Schrift zu lesen. Verschmierter Druck, Geisterbilder. Inmitten der veränderten Regale, im Getöse der Umgebung, umfangen von der vordergründigen und herzlosen Tatsache ihres körperlichen Zerfalls versuchen sie, sich durch Verwirrung hindurchzuarbeiten. Doch am Ende spielt es keine Rolle, was sie sehen oder zu sehen glauben. Die Kassen sind mit Fotoabtastern ausgerüstet, die das binäre Geheimnis jeden Gegenstands unfehlbar entschlüsseln. Dies ist die Sprache der Wellen und Strahlen, oder die, in der die Toten mit den Lebenden sprechen. Und hier warten wir zusammen, unabhängig von unserem Alter, unsere Einkaufswagen mit leuchtend bunten Waren bestückt. Eine angenehm langsam vorrückende Schlange, die uns Zeit gibt, einen Blick auf die Groschenblätter in den Ständern zu werfen. Alles, was wir außer Essen oder Liebe brauchen, befindet sich hier in den Groschenblattständern. Die Geschichten des Übernatürlichen und Außerirdischen. Die Wundervitamine, die Heilmittel gegen den Krebs, die Arzneien gegen Fettleibigkeit. Die Kulte der Berühmten und der Toten.

Saul Bellow
Mehr noch sterben an gebrochnem Herzen
Roman

Titel der Originalausgabe: *More Die of Heartbreak*
Aus dem Amerikanischen von Helga Pfetsch
Gebunden

In tragikomische amouröse Abenteuer verstrickt, muß der renommierte amerikanische Botaniker Benn Crader erfahren, wie übel einem anständigen Menschen in der heutigen auf Erfolg und Geld ausgerichteten Zeit mitgespielt wird. Ein großer ideenreicher Roman des amerikanischen Nobelpreisträgers Saul Bellow, ein Buch zum Lachen und Nachdenken.

»Ein wortgewaltiges und unterhaltsames Buch, in dem sich Gedankenreichtum mit komischen Szenen verbindet.« *Los Angeles Times Book Review*